루소전집
1

Jean-Jacques Rousseau

라 투르가 그린 루소의 초상화
루소는 라 투르가 그린 초상화가 자신의 모습과 가장 흡사하다고 생각했다.

1 1720년 무렵의 제네바

루소는 1712년 6월 28일 스위스 제네바의 라 그랑 뤼 거리 40번지에서 태어났다.

2 제네바에 있는 루소가 태어난 집

루소는 자신이 "허약하고 아픈 아이"로 태어났고 "나 때문에 어머니는 세상을 떠났고, 내가 태어난 것은 내 여러 불행들 가운데 최초의 불행이었다"라고 밝힌다.

루소의 아버지, 이자크 루소

루소는 어린 시절에 아버지와 함께 소설을 탐
독하곤 했던 일을 추억으로 간직한다. 아버지
는 한 퇴역 장교와 싸운 뒤 1722년 제네바를
떠나 니옹으로 이사하고 루소와 떨어져 지내
다 1726년에 재혼한다.

루소의 고모, 쉬잔 루소

루소는 어머니 대신에 자신을 돌봐준 쉬종 고모(쉬잔 루소)에게, "사
랑하는 고모, 당신이 저를 살려주신 것을 용서합니다"라고 고백한다.

1

2

1 "수로, 수로가 있어!"
랑베르시에 씨는 어린 루소가 함께 하숙하던 사촌 베르나르와 몰래 만들어놓은 배수로를 발견하고 곡괭이로 내리치며 고함을 지른다.

2 동판 조각 작업장
1725년 루소는 조각공 뒤코묑 씨 밑에서 도제가 되어 일하게 된다. 그는 조각 일을 하면서 정신까지도 피폐해졌다고 고백한다.

레 샤르메트
루소와 바랑 부인은 '두 개의 언덕 사이에 작은 계곡이 있고, 바닥에는 조
약돌과 나무들 사이로 시냇물이 흐르는' 곳에 거처를 정하고 1735년부터
1737년까지 함께 산다.

바랑 부인으로 추정되는 여인의 초상
로잔 미술관 소장. 루소는 16세가 되던 1728년 안
시에서 바랑 부인을 만난다. 결혼 생활을 일찍 접
은 바랑 부인은 가톨릭으로 개종했고 루소에게
안식처를 제공한다.

1 몽펠리에

루소는 1737년 9월 심장의 종양에 대한 진찰을 받기 위해 샹베리를 떠나 프랑스 남부의 몽펠리에로 떠난다. 거기서 라르나주 부인을 만나 잠시 사랑을 나눈다.

2 루소가 쓴 숫자 악보

루소는 숫자로 음계를 기보하는 방법을 생각해내고 파리에 가면 그 악보 체계를 이용해 돈을 벌 수 있을 것이라고 생각한다.

JEAN-JACQUES ROUSSEAU

루소전집
1

고백 1

장 자크 루소 지음 | 박아르마 옮김

책세상

일러두기

1. 이 책은《루소 전집*Jean-Jacques Rousseau. Œuvres complètes*》1부(Paris : Gallimard, 1959)에 수록된《고백*Les confessions*》을 옮긴 것이다.
2. 본문의 각주는 원작에 속하는 것이며 미주는 옮긴이의 주이다.
3. 책(단행본)·잡지·신문은《 》로, 논문·희곡·시·연극·오페라 등은〈 〉로 표시했다.

차례

여기 있는 그대로 완전히 자연 그대로 충실하게 묘사한, 앞으로도 유일무이하게 남을 인간의 초상화가 있다. 나의 운명 혹은 나의 신뢰로 이 수기의 운명을 결정하게 된 당신이 누구이든, 나의 불행과 당신의 인정에 호소하여 또한 전 인류의 이름으로 이 하나뿐인 유익한 저작물을 없애지 말 것을 간청하는 바이다. 이 저작물은 앞으로 꼭 시작되어야 할 인간 연구에 최초의 비교 자료로 사용될 수 있기 때문이다. 또한 나를 기념할 때, 적들이 왜곡하지 않은 내 성격에 관한 유일하고 확실한 내 기념물을 부디 치우지 말 것을 부탁드리는 바이다. 비록 당신이 그 가혹한 적들 중의 한 사람이었다 해도 내 유해 앞에서는 그렇게 되지 않기를 바란다. 당신도 나도 더 이상 살고 있지 않을 시간까지 당신의 잔인한 불의를 남기지 말기 바란다. 만일 단 한 번도 죄를 지은 적이 없고 그럴 마음도 없는 사람에게 저지르는 악행을 복수라 부를 수 있다면, 당신이 악의와 복수심을 품었을 때 너그럽고 선량한 적이 있다는 고귀한 증거를 적어도 한 번쯤은 보여줄 수 있도록 말이다.

장 자크 루소

내면으로 마음속까지[1]

나는 일찍이 전례가 없고 어떤 모방자도 결코 실행하지 못할 계획을 세우고 있다. 나는 나를 닮은 사람들에게 한 인간을 온전하게 있는 그대로 보여주고 싶다. 그 인간은 바로 나일 것이다.

나는 혼자이다. 나는 내 마음을 느끼고 사람들을 알고 있다. 나는 내가 알던 사람들 누구와도 같지 않다. 외람되지만 나는 살아 있는 어느 누구와도 같은 사람이 아니라고 생각한다. 내가 더 낫지는 않더라도 적어도 나는 다른 사람이다. 자연은 잘했건 못했건 나를 만든 거푸집을 산산조각 내버렸는데, 그 일에 대해서는 내 글을 읽고 난 후에야 판단할 수 있다.

최후의 심판 나팔이 울리면 언제든지 나는 이 책을 손에 들고 신 앞에 나아갈 것이다. 나는 큰 소리로 말할 것이다. "이것이 제가 한 행적이고, 제가 한 생각이며 과거의 제 모습입니다. 저는 선과 악을 모두 솔직하게 고했습니다. 나쁜 점을 전혀 숨기지 않았고 좋은 점이라 해도 전혀 덧붙이지 않았습니다. 어쩌다 사소한 윤문을 했더라도 그저 제 부족한 기억력 탓에 생긴 공백을 메우려 했던 것일 따름입니다. 저는 제가 알기로 진실일 수 있는 것은 진실이라고 여길 수 있었지만 거짓이라고 아는 것은 결코 그렇게 할 수 없었습니다. 저는 과거의 제 모습을 있는 그대로 드러냈습니다. 제가 비열하고 비천했을 때는 비열하고 비천하게, 선량하고 관대하고 고귀했을 때는 선량하고 관대하고 고귀하게 말입니다. 저는 제 내면을 당신께서 몸소 보신 그대로 드러냈습니다. 신이시여, 제 주위에 수없이 많은 저와 같은 사람들을 모아주소서. 저들이 제 고백을 듣고 제 비열함에 한탄하며 제 불행에 얼굴을 붉히게 해주소서. 저들이 저마다 당신의 권좌의 밑에서 차례로 솔직하게 자신의 마음을 털어놓게 하소서. 그러고 나서 단 한 명이라도 감히 할 수만 있다면 '저는 좀 전의 그 사람보다 더 솔직했습니다'라고 당신께 고하게 하소서."

나는 1712년 제네바에서 시민 이자크 루소Isaac Rousseau와 시민 쉬잔 베르나르Suzanne Bernard 사이에서 태어났다. 별로 보잘것없는 재산을 15명의 자녀가 나누어야 했던 탓에 내 아버지의 몫이라고는 거의 없어서 그는 오로지 시계수리공이라는 직업으로만 생계를 이어나갔다. 사실 그는 그 분야에서 상당히 솜씨가 좋았다. 목사 베르나르의 딸인 내 어머니는 더 부유했으며 사려 깊고 아름다웠다. 그래서 아버지가 어머니를 아내로 맞는 데는 어려움이 없지 않았다. 두 사람의 사랑은 거의 그들이 태어나면서부터 시작되었다. 그들은 여덟, 아홉 살 때부터 라 트레유[2]에서 밤마다 함께 산책했고, 열 살이 되어서는 더 이상 서로 헤어질 수 없게 되었다. 두 영혼이 공감하고 조화를 이루면서 그들 마음속에서 습관이 불러일으킨 애정은 더욱 굳건해졌다. 천성이 다정다감한 두 사람은 상대에게서 똑같은 성향을 발견할 순간만을 기다렸다. 아니 차라리 그 순간이 바로 그들을 기다렸다는 말이 더 정확한데, 그들은 저마다 자기 마음을 상대에게 쏟았고 그 마음을 받아들이기 위해 자신의 마음을 열어 그 것을 받아들였다. 그들의 열정을 방해하는 듯싶었던 운명은 단지 그 열 정을 자극했을 따름이다. 사랑에 빠진 젊은이는 애인을 얻을 수 없어 고 통으로 쇠약해졌고, 그녀는 그에게 여행이라도 해서 자신을 잊으라고 권 했다. 그는 여행을 했지만 성과가 없었고 그 어느 때보다 애정이 충만해 져서 돌아왔다. 그는 자신이 사랑한 여인이 여전히 다정하고 변함없음을 다시금 깨달았다. 이러한 시련을 겪고 난 그들에게는 일생 동안 서로 사 랑하는 일밖에 남지 않게 되었고, 그들은 사랑을 서약하고 하늘도 그들 의 서약을 축복했다.

어머니의 남동생인 가브리엘 베르나르Gabriel Bernard는 아버지의 누 이동생들 중 한 명과 사랑에 빠졌다. 하지만 그녀는 오빠가 그의 누이와 결혼한다는 전제로만 그와 결혼하는 데 동의했다. 사랑으로 모든 일이 해결되었고 두 쌍의 결혼식은 같은 날에 치러졌다.[3] 그래서 외삼촌은 고 모의 남편이 되고 그들의 자녀는 이중으로 내 사촌이 되었다. 1년 뒤 두 가정에서 아이가 태어났고 이후에 두 부부는 서로 헤어져야만 했다.

외삼촌 베르나르는 기술자였다. 그는 신성로마제국과 외젠 대공 치하 의 헝가리 제국에 군복무를 하러 갔다.[4] 그는 베오그라드 포위 공격과 전 투에서 두각을 나타냈다. 내 아버지는 하나뿐인 형이 태어난 후 콘스탄 티노플로 떠났다. 그는 그곳에서 명을 받아 오스만 제국의 시계수리공이 되었다. 아버지가 없는 동안 어머니는 미모와 지성과 재능으로 찬사를 받았다.* 프랑스 변리공사인 라 클로쥐르la Closure 씨는 어머니를 가장

---

* 그녀는 자신의 처지에는 과분할 정도의 탁월한 재능을 지니고 있었다. 그녀를 너무나 좋아했던 목 사인 아버지가 그녀의 교육에 정성을 쏟았기 때문이다. 그녀는 그림도 그리고 노래도 했으며 티오 르바라는 현악기로 반주도 했다. 교양도 있고 웬만한 시도 썼다. 그녀는 동생과 남편이 없는 동안 올케와 그들의 두 자녀와 함께 산책을 하며 누군가와 그 두 사람에 대해 이야기를 하다가 그 자리에 서 다음과 같은 시를 지었다.

열렬히 사모한 사람들 중의 한 명이었다. 확실히 그의 열정은 강렬했다. 30년이 지나서도 나는 그가 어머니에 대해 이야기하며 감격하는 모습을 보았으니 말이다. 내 어머니는 그런 유혹으로부터 자신을 지키는 데 정절의 의무 이상의 무언가를 간직하고 있었다. 그녀는 진심으로 남편을 사랑했던 것이다. 그녀는 남편에게 돌아올 것을 재촉했고 아버지는 모든 일을 그만두고 돌아왔다. 나는 그 귀환으로 얻은 슬픈 결실이었다. 10개월 후에 나는 허약하고 아픈 아이로 태어났다. 나 때문에 어머니는 세상을 떠났고, 내가 태어난 것은 내 여러 불행들 가운데 최초의 불행이었다.

나는 아버지가 어떻게 그 사별을 견뎌냈는지 알지 못한다. 하지만 적어도 그가 그 죽음 때문에 상심한 마음을 결코 달래지 못했다는 사실은 알고 있다. 아버지는 내게서 어머니를 다시 본다고 믿었다. 내가 당신에게서 아내를 앗아갔다는 사실을 잊지 못한 채로 말이다. 아버지가 나를 껴안을 때면 한숨과 부들부들 떠는 듯한 흔들림으로 쓰라린 회한이 애정의 표시에 뒤섞여 있음을 항상 느껴야 했다. 아버지의 애정 표시는 그래서 더욱 각별한 것이었다. 아버지가 "장 자크야, 네 어머니 이야기를 해줄게" 하고 말하면, 나는 "네, 아버지, 이제 또 울어야겠네요" 하고 대답했다. 그는 그 말끝에 벌써 눈물을 흘리고 있었다. 아버지는 한탄하며 말했다. "아! 내게 네 엄마를 돌려다오. 아내 잃은 나를 달래다오. 네 엄마가 내 마음에 남겨놓은 빈자리를 채워다오. 네가 단지 내 아들이기만 하다면 내가 너를 이토록 사랑하겠느냐?" 아버지는 어머니를 잃고 40년이

그 두 분은 지금 안 계시지만
우리에게는 어느 모로 보나 소중하다네
그들은 우리의 친구이자 연인,
우리의 지아비이자 우리의 오라비,
또한 이 아이들의 아버지라네.

지나 둘째 부인의 품에서 돌아가셨다. 하지만 입으로는 어머니의 이름을 불렀고 마음속 깊은 곳에서는 그녀의 모습을 떠올렸다.

이런 분들이 나를 태어나게 한 사람들이다. 하늘이 그들에게 내려준 모든 재능들 가운데 그들은 나에게 다정다감한 마음만을 남겨주었다. 그들은 다정다감한 마음으로 행복했지만 나는 그 마음으로 인해 삶의 온갖 불행을 겪어야 했다.

나는 거의 죽어가다시피 태어났고, 내가 생명을 부지하리라고는 누구도 기대하지 않았다. 나는 병의 씨앗을 지니고 있었고 그 병은 해마다 악화되었다. 이제 이따금 병이 완화되기도 하지만 단지 다른 방식으로 더욱 혹독하게 고통을 느껴서 그럴 뿐이다. 정이 많고 사려 깊은 여성인 고모5 한 분이 정성껏 돌보아주어서 나를 살려냈다. 내가 이 글을 쓰고 있는 동안에도 그녀는 아직 살아 있으며, 여든의 나이에 술에 찌든 연하의 남편을 돌보며 살고 있다. 사랑하는 고모, 당신이 저를 살려주신 것을 용서합니다. 제가 몹시 슬픈 것은 제 삶이 시작될 때 당신이 제게 베푸신 극진하고 애정 어린 정성을 당신의 삶이 끝날 때 갚을 길이 없기 때문입니다. 내게는 자클린Jacqueline이라는 유모도 있었는데 그녀는 건강하고 다부진 체격의 소유자로 아직 살아 있다. 내가 태어날 때 눈을 뜨게 해준 그 두 손이 내가 죽을 때도 눈을 감겨줄 수 있을 것이다.

나는 생각하기 전에 느낀다. 그것은 인간의 공통된 조건이다. 나는 그것을 다른 사람보다 더 겪었을 따름이다. 내가 대여섯 살까지 무엇을 했는지 모르며, 어떻게 읽기를 배웠는지 알지 못한다. 기억나는 것이라고는 내 최초의 책 읽기와 그것이 내게 미친 영향이다. 추정컨대 바로 그 무렵부터 자의식이 쉬지 않고 나타났던 듯싶다. 어머니는 우리에게 소설책을 남겨주셨다. 우리는, 그러니까 아버지와 나는 저녁식사 후에 그 책들을 읽기 시작했다. 처음에는 그저 재미있는 책들로 읽기 연습을 하려는 것이었지만 이윽고 그것이 너무 흥미로워진 나머지 우리는 번갈아가며 쉼 없이 책을 읽었고 걸핏하면 밤을 새우곤 했다. 책을 다 읽기 전에는 둘 다 좀처럼 자리를 뜰 수 없었다. 이따금 아버지는 아침 제비 소리를 듣고 아주 무안해하며 이렇게 말하곤 했다. "이제 자자꾸나. 내가 너보다 더 아이 같구나."

머지않아 나는 그와 같은 위험한 방법으로 읽고 이해하는 비상한 독해 능력뿐 아니라 내 또래에서는 찾아보기 어려운 열정에 대한 이해력을 얻게 되었다. 사물들에 대해서는 전혀 몰랐지만 모든 감정들에 대해서는 이미 알고 있었다. 아무것도 이해하지 못했지만 모든 것을 느꼈다. 연이어 겪은 이 혼란스러운 감정들은 내가 아직 지니지 못한 이성을 조금도 손상시키지 않았다. 하지만 그 감정들로 인해 나는 남다른 성격의 이성이 형성되었고 인생에 대해 기이하고 소설적인 개념을 갖게 되었으며, 경험과 성찰로도 그런 감정에서 끝내 벗어나지 못했다.

소설 읽기는 1719년 여름으로 끝이 났다. 그해 겨울에는 또 다른 책을 읽었다. 어머니의 장서는 다 읽어버려서 어쩌다 상속받은 외조부의 장서를 일부 이용했다. 다행히도 장서에는 훌륭한 책들이 있었다. 당연할 수밖에 없었다. 왜냐하면 그 장서는 당시에 유행이기도 했는데, 실제 목사이면서 학자이기도 했던, 취미가 고상하고 재기 넘치는 분이 갖추어놓은 것이기 때문이다. 르 쉬외르Le Sueur의 《교회와 제국의 역사Histoire de l'Église et de l'Empire》, 보쉬에Bossuet의 《세계사 강연Discours sur l'histoire universelle》, 플루타르코스Ploutarchos의 《위인전Hommes il-lustres》, 나니Nani의 《베네치아의 역사Histoire de Venise》, 오비디우스Ovidius의 《변신Métamorphoses》, 라 브뤼예르La Bruyère, 퐁트넬Fontenelle의 《우주의 다원성에 관한 대화Entretiens sur la pluralité des mondes》와 《죽은 자들의 대화Dialogues des Morts》, 몰리에르Molière의 몇 작품 등을 아버지의 작업장으로 가져왔다. 아버지가 작업을 하는 동안 나는 그 책들을 매일 읽었다. 그 나이에는 드물고 어쩌면 찾아보기 어려운 취미를 붙였던 셈이다. 특히 플루타르코스는 내가 가장 좋아하는 책이 되었다. 재미 삼아 그 책을 계속 읽다 보니 소설을 탐독하던 습관에서 벗어나게 되었고, 오래지 않아 오롱다트, 아르타멘느, 쥐바보다 아게실라오스, 브루투스, 아리스테이데스를 더 좋아하게 되었다.6 이런 흥미로운 책 읽기와 그것이 계기가 되어 나눈 아버지와 나 사이의 대화들 덕분에 자유롭고 공화주의적인 성향이 형성되었는데, 굽힐 줄 모르고 자존심이 강하며 구속과 복종을 참지 못하는 그 성격 때문에 나는 성격대로 마음껏 할 수 없는 최악의 처지에서 일생 동안 고통을 받았다. 나는 줄곧 로마와 아테네에 몰두해 있었는데, 말하자면 그 나라의 위인들과 함께 살고 있으면서 나 자신이 공화국의 시민으로 태어났고 가장 열렬히 조국을 사랑한 아버지의 아들인 까닭에 그를 본받아 조국애에 열광했다. 나는 자신을 그리스인이나 로마인으로 생각했고, 내가 읽은 전기의 등장인물이 되었다. 내게 강한 인상을 준 의연하고 용맹한 행동에 대한 이야기를 듣게 되면 눈빛이 번뜩이고 목소리가 커졌다. 어느 날엔가는 식탁에서 스카에볼라의 모험담을 이야기하다가 그의 행동을 흉내 낸다는 것이 그만 풍로 위에 손을 대는 바람에 사람들을 오싹하게 만들기도 했다.7

내게는 나보다 일곱 살 많은 형이 있었다. 그는 아버지의 일을 배우고 있었다. 나에게 쏟아진 과도한 편애 탓에 형은 다소 소홀한 대접을 받았다. 그것은 잘못된 일이었다. 이 무관심은 그의 교육에서도 분명히 나타난다. 그는 진짜 탕아가 될 나이에 이르기도 전에 이미 방탕한 생활에 물들었다. 다른 장인의 집에도 있어보았지만 그는 아버지의 집에서 그랬던 것처럼 그곳에서도 도망치고 말았다. 나는 형을 거의 본 일이 없어서 도저히 그를 안다고 말할 수 없을 정도이다. 그래도 나는 형을 다정하게 사랑했고, 형도 나를 부랑아가 누군가를 사랑할 수 있는 만큼은 사랑했다. 내 기억에 한번은 아버지가 화를 내며 호되게 그를 매질하고 있었는데, 내가 두 사람 사이에 다짜고짜 뛰어들어 형을 꼭 끌어안은 적이 있다. 그렇게 형을 내 몸으로 감싸고 형에게 가해지는 매를 대신 맞았다. 내가 그런 자세로 너무나 잘 버텨서였는지 결국 아버지는 형을 용서해야만 했다. 내 비명과 울음에 마음이 누그러진 것인지 아니면 형보다 나를 더 매질하지 않기 위해서였는지 모르지만 말이다. 결국 형은 아주 나빠져서 달아나버렸고 아예 자취를 감추고 말았다. 얼마 후에 그가 독일에 있다는 소식을 듣게 되었다. 그는 단 한 번도 편지를 쓰지 않았다. 그 이후 형에 관한 소식은 더 이상 듣지 못했다. 그래서 아들은 나 혼자만 남게 되었다.

그 가엾은 소년은 무관심 속에서 자랐지만 그의 동생은 그렇지 않았다. 왕의 자녀들도 유년기의 나만큼 지극정성으로 보살핌을 받지는 못했을 것이다. 나는 주위의 모든 사람들로부터 우상 대접을 받았고, 또 아주 드문 일이지만 항상 애지중지하는 귀한 아이로 대접받았지 결코 응석받이 취급은 당하지 않았다. 내가 아버지의 집을 나오기 전까지 결코 단 한 번도 나 혼자서 다른 아이들과 함께 거리를 배회하도록 내버려두지 않았고, 내게서 그 변덕스러운 성격 중 어느 하나도 억누르거나 들어줄 필요가 없었다. 흔히들 그런 성격을 천성 탓으로 돌리지만 모든 것은 오직 교육에서 비롯되기 마련이다. 나는 내 또래가 가질 법한 결점들을 지니고 있었다. 말이 많고 식탐이 있으며 이따금 거짓말도 했다. 과일이며 사탕, 먹을거리 따위를 훔치기도 했을 것이다. 하지만 결코 재미 삼아 나쁜 짓을 하거나 해를 끼치지 않았고 다른 사람을 비난하거나 불쌍한 동물들을 괴롭히지도 않았다. 그렇지만 클로 부인이라는 이웃에 사는 아주머니가 예배당에 가 있는 동안 그녀의 냄비에 소변을 한 번 본 기억이 있다. 고백하건대 그 일을 생각하면 지금도 웃음이 나온다. 클로 부인은 어찌 되었든 착한 여자이지만 내가 살아오면서 알았던 사람들 중에 가장 불만이 많은 할머니였으니 말이다. 여기까지가 어린 시절에 내가 저지른 일체의 나쁜 짓에 관한 짧지만 진실한 이야기이다.

눈앞에는 온화함의 본보기가 되는 사람들밖에 없고 주위에는 세상에서 가장 좋은 사람들만 있으니, 어떻게 내가 나쁜 사람이 되겠는가? 나의 아버지, 고모, 유모, 친척들, 친구들, 이웃들까지 내 주위의 모든 사람들이 사실 내 뜻을 들어준 것은 아니지만 나를 사랑했고, 나 역시도 그들을 사랑했다. 내게는 욕구를 부채질할 일도 그것을 억누를 일도 별로 없어서 그런 욕구를 가질 생각 또한 하지 않았다. 단언하건대 어느 주인 밑에서 속박당하기 전까지는 변덕이라는 것이 무엇인지도 알지 못했다. 아버지 곁에서 책을 읽거나 글을 쓰며 보낸 시간과 유모가 나를 데리고 산책하러 나간 시간 말고는 나는 항상 고모와 함께 있으면서 그녀 곁에 앉거나 선 채로 그녀가 수놓는 모습을 지켜보기도 하고 노래 부르는 것을 듣기도 했다. 나는 만족스러웠다. 그녀의 쾌활하고 다정한 성격과 매력적인 자태는 내게 매우 강한 인상으로 남아서 아직도 그녀의 표정과 시선, 몸짓이 떠오른다. 그녀의 다정하고 상냥한 말들이 기억난다. 그녀가 어떻게 옷을 입고 어떤 머리 모양을 했는지 말할 수 있을 듯싶다. 당시 유행대로 검은 머리채를 양 갈래로 말아서 양쪽 관자놀이에 늘어뜨린 모습도 잊히지 않는다.

나의 음악에 대한 취미, 보다 정확히 말해 열정은 고모 덕분이라고 확신한다. 그 열정은 내 안에서 오랜 시간이 지난 뒤에야 유감없이 발휘되었다. 그녀는 노래를 놀라울 정도로 많이 알았고 무척 가녀리고 감미로운 목소리로 노래를 불렀다. 이 훌륭한 처녀의 영혼에서 나오는 평온함은 그녀와 그녀 주위의 모든 사람들에게서 몽상과 슬픔을 몰아내었다. 그녀의 노래가 내게 끼친 매력은 참으로 대단해서 몇몇 노래들은 내 기억 속에 여전히 남아 있을 뿐 아니라 기억력이 감퇴한 요즘에도 다시 떠오를 정도다. 그 노래들은 어린 시절 이후 완전히 잊어버렸지만 나이가 들어가면서 형용할 수 없는 매력으로 되새기게 된다. 같은 말이나 늘어놓고 근심과 고통으로 괴로워하는 나 같은 노인네가 이미 쉬고 떨리는 목소리로 시시한 노래를 흥얼거리며 이따금 자신도 모르게 어린아이처럼 눈물을 흘리고 있음을 문득 깨닫는다는 것을 생각이나 하겠는가? 특히 내게 완전히 떠오르는 곡조가 하나 있다. 하지만 가사의 후반부는 기억해내려고 아무리 노력해도 도통 떠오르지 않는다. 비록 운(韻)은 희미하게 떠오르지만 말이다. 다음은 시작 부분과 나머지 부분에서 내가 기억할 수 있는 대목이다.

티르시스여, 나는 그대의 피리 소리를
느릅나무 아래서 도저히 듣지 못하네.
우리 마을에서는 벌써 말이 돌고 있으니까.
…… 어느 양치기에게
…… 마음을 빼앗긴다네
…… 위험 없이는
하지만 장미꽃은 항상 가시를 숨기고 있지.

내 마음이 이 노래에서 느끼는 감동적인 매력이 어디에 있는지 찾아보니, 그것은 내가 도무지 이해할 길이 없는 일시적인 기분이다. 하지만 눈물 때문에 멈추지 않고 그 노래를 끝까지 부르는 것은 도저히 불가능하다. 누군가가 아직 그 가사를 알고 있다면 나머지 가사를 알아내려고 파리에 편지를 쓸 생각도 수없이 했다. 하지만 거의 확신하건대 만일 내 가엾은 쉬종 고모가 아닌 다른 사람들이 이 노래를 불렀다는 증거가 나타난다면, 내가 이 노래를 기억하면서 느끼는 즐거움은 얼마간 줄어들게 될 것이다.

내가 삶을 시작하면서 지니게 된 최초의 감정은 이와 같았다. 자존심이 무척 강하면서도 동시에 무척 다정한 그 마음과 유약하지만 그렇다고 꺾일 줄 모르는 그 성격은 내 안에서 그렇게 형성되거나 나타나기 시작했다. 나약함과 용기, 나태함과 미덕 사이에서 늘 동요하던 이러한 성향들로 인해 나는 끝까지 나 자신과 모순되었고 절제와 쾌락, 즐거움과 사려와는 모두 멀어지게 되었다.

어떤 사건이 일어나면서 이런 교육의 진행이 중단되었다. 그 사건의 결과는 내 남은 삶에도 영향을 미쳤다. 아버지가 고티에Gautier 씨와 다툼을 벌인 것이다. 그는 프랑스군 대위로 시의회와 가까운 사람이었다. 그 고티에라는 자는 거만하고 무례한 사람으로 코피가 나자 복수를 하려고 아버지가 시내에서 손에 칼을 들었다고 고발했다. 아버지는 감옥에 가게 되자 법에 따라 고소인도 자신과 마찬가지로 투옥되기를 고집했다. 그는 원하는 결과를 얻을 수 없게 되자 명예와 자유가 위태로워 보이는 문제에 굴복하기보다는 제네바를 떠나 여생을 외국에서 사는 편이 더 낫겠다고 생각했다.

나는 남아서 외삼촌 베르나르의 보호를 받았다. 그는 당시 제네바의 축성 공사를 맡고 있었다. 그의 큰딸은 죽었지만 나와 같은 나이의 아들이 있었다. 우리는 보세[8]에 있는 랑베르시에Lambercier 목사 댁에 하숙하면서 교육을 명목으로 라틴어와 그에 따른 부수적인 것들을 배웠다.

이 마을에서 2년을 보내자 나의 로마인 같은 거친 성격은 완화되고 다시 어린아이 같은 상태가 되었다. 아무것도 강요받지 않던 제네바에서는 실기와 책 읽기를 즐겼다. 그것이 거의 유일한 내 즐거움이었다. 보세에서는 공부 때문에 휴식이 될 만한 놀이를 좋아하게 되었다. 내게 시골은 너무나 새로운 곳이어서 그곳 생활을 즐기느라 지겨울 겨를이 없었다. 나는 시골이 너무나 좋아졌고 그 애정은 결코 식을 줄 몰랐다. 내가 시골에서 보낸 행복한 나날을 회상하면 아무리 나이를 먹어도 그곳에서의 생활과 즐거움을 그리워하지 않을 수 없었고 그 그리움은 시골로 돌아갈 때까지 지속되었다. 랑베르시에 씨는 상당히 합리적인 분이어서 우리를 교육하는 데 소홀하지 않으면서도 우리에게 과제를 지나치게 부과하는 법이 없었다. 그가 처신을 잘했다는 증거를 들자면 내가 구속에 거부감을 지니고 있었음에도 불구하고 공부 시간을 기억하면 결코 반감이 들지 않았다는 것과, 비록 그에게서 많은 것을 배우지는 못했지만 배운 것만큼은 어려움 없이 배웠고 무엇 하나 잊어버리지 않았다는 것이다.

나는 이런 전원생활의 소박함 덕분에 우정에 마음을 열게 되었고 헤아릴 수 없이 소중한 가치를 얻었다. 그때까지만 해도 나는 고매하지만 몽상적인 감정만을 알고 있었다. 평화로운 상태에서 함께 지내는 습관 덕분에 나는 사촌 베르나르와 다정하게 어울렸다. 잠깐 사이에 나는 그에게 내가 형에게 가졌던 것보다 더 다정한 감정을 가지게 되었고 그 감정은 결코 지워지지 않았다. 그는 상당히 야위고 가냘픈 몸매에 키가 큰 소년으로 허약한 몸만큼이나 온화한 성격이었으며, 내 보호자의 아들로서 집에서 받는 편애를 지나치게 남용하지도 않았다. 우리는 공부도 놀이도 취미도 똑같았다. 둘 다 외톨이였고 동갑이었으며 각자 동무가 필요했다. 우리를 헤어지게 한다는 것은 어떤 의미로는 우리를 죽게 만드는 것이었다. 서로에 대한 애정을 보여줄 기회는 별로 없었지만 그런 만큼 그 애정은 굉장히 각별한 것이었다. 우리는 한순간도 떨어져 살 수 없었으며 언젠가 헤어질 수도 있다는 것조차 상상하지 못했다. 우리 둘 다 호의에 쉽게 마음을 열고, 억지로 시키려 들지만 않으면 잘해보려는 성격이어서 매사에 항상 의견을 같이 했다. 비록 그는 우리를 지도하는 사람들의 호의를 이용해 그들이 보는 데서는 내게 약간의 주도권을 행사했지만 우리 둘만이 남게 되면 내가 그에게 주도권을 행사하여 균형이 바로 잡혔다. 우리가 공부하는 동안 그가 주저하고 있으면 나는 그가 해야 할 것을 몰래 알려주었고, 작문을 끝내고 나면 그의 작문을 도와주었으며, 놀이에서도 내가 더 적극적인 의욕을 드러내어 항상 그를 이끄는 역할을 했다. 어쨌든 우리 두 사람은 성격이 너무 잘 맞고 서로를 결합시킨 우정이 너무 진실해서 제네바에서와 마찬가지로 보세에서도 5년이 넘도록 거의 붙어 지내다시피 했다. 고백하건대 종종 다투기도 했지만 우리를 결코 떼어놓을 필요는 없었다. 우리의 다툼은 절대 15분을 넘기지 않았고 결단코 서로를 한 번도 비난한 적이 없었다. 이러한 지적이 유치해 보일 수도 있겠지만, 그럼에도 결과적으로는 어린아이들이 존재한 이래 유일한 사례가 아닐까 싶다.

보세에서의 생활방식은 나와 아주 잘 맞아서 그런 방식이 더 오래 지속되기만 했어도 내 성격은 완전히 굳어졌을 것이다. 온화하고 다정하며 평화로운 감정이 그 기반이 되었다. 내 생각에 우리 같은 사람 중에 천성적으로 나보다 허영심이 적은 사람은 결코 없었다고 생각한다. 나는 고결한 기분에 사로잡히면 격정적으로 고양되지만 곧장 다시금 의기소침해지고 만다. 나와 친해진 모든 사람들에게 사랑받고자 하는 것은 나의 가장 강렬한 욕망이었다. 나는 유순했고 내 사촌도, 우리를 가르치는 사람들도 마찬가지였다. 2년 내내 나는 격한 감정을 목격한 적도, 그 희생물이 된 적도 없었다. 모든 것이 자연에서 얻은 내 마음속 태도들을 키워주었다. 나는 모든 사람들이 나에게 그리고 모든 것에 만족하는 모습을 보는 것만큼 좋은 일을 전혀 알지 못했다. 결코 잊을 수 없는 것은 내가 교회에서 교리문답을 하다 주저하고 있으면 랑베르시에 양의 얼굴에서 근심 어리고 곤란한 표정을 읽게 되는데 그보다 내게 당황스러운 일은 없었다는 사실이다. 여러 사람 앞에서 더듬거렸다는 수치보다 내 마음을 아프게 한 것은 오로지 그 일뿐이었다. 그렇다고 그런 수치가 내 마음을 극도로 아프게 하지 않은 것은 아니다. 왜냐하면 나는 칭찬에는 별반 예민하지 않지만 수치에는 언제나 무척 민감했기 때문이다. 또한 이제야 말할 수 있는데, 랑베르시에 양의 질책을 예상했을 때 근심보다는 그녀를 슬프게 만들 것이라는 두려움이 들었다.

그렇지만 그녀도 필요한 경우에는 자기 오빠 이상으로 엄격했다. 그러나 그 엄격함은 거의 항상 옳았고 지나친 것은 아니어서 나는 그 일로 마음이 아팠지만 결코 반항심을 품지는 않았다. 나는 벌 받는 것보다 타인의 기분을 상하게 하는 것에 더 화가 났고 체벌보다 불만스러운 기색이 더 고통스러웠다. 자기 생각을 더 잘 밝히는 것은 거북스러운 일이지만 그럼에도 그렇게 해야 한다. 항상 무차별적으로 그리고 종종 경솔하게 사용되는 방법이 가져올 미래의 결과를 좀 더 잘 알았더라면, 어린아이를 대하는 방법이 바뀌었을 것이다! 나는 평범하지만 그만큼 치명적이어서 큰 교훈을 끌어낼 수 있다는 생각에서 그 사례를 들기로 결심했다.

랑베르시에 양은 우리에게 어머니 같은 애정을 갖고 있었으므로 그만큼 권위도 있었다. 그래서 이따금 권위를 행사하여 우리가 벌 받을 만한 행동을 하면 자녀에게 하듯이 우리에게 벌을 주기도 했다.[9] 그녀는 상당히 오랫동안 겁을 주는 것으로 그쳤지만 나로서는 새로운 벌을 주겠다는 위협만으로도 상당한 공포감이 들었던 듯싶다. 하지만 체벌이 끝나고 나서 생각해보니 체벌이 예상보다는 심하지 않았다. 더욱 이상한 일은 내가 벌을 받고 나서 체벌한 여인을 더 좋아하게 되었다는 것이다. 벌 받을 만한 짓을 저질러서 같은 체벌을 받으려 하지 않도록 막으려면 진실한 애정과 나의 타고난 온순함을 아낌없이 발휘해야 했다. 왜냐하면 나는 괴로워하면서도 심지어는 수치스러워하면서도 혼재된 관능을 발견했는데, 그 관능 때문에 같은 손에 당하는 체벌을 무서워하기보다는 오히려 욕망했다. 사실 그런 생각에는 아마도 조숙한 성적 본능이 뒤섞여 있어서 같은 체벌을 그녀의 오빠에게서 받았다면 전혀 기분 좋게 생각하지 않았을 것이다. 하지만 그의 기질로 미루어볼 때 그가 대신 체벌한다고 해서 두려워할 일은 거의 없었다. 만일 내가 체벌을 받을 만한 일을 하지 않았다면 그것은 오직 랑베르시에 양을 화나게 할지 모른다는 두려움 때문이었다. 비록 관능에서 생겨난 것이지만, 내 안에서는 호의가 절대적인 영향력을 지니고 있어서 내 마음속 관능을 억눌렀기 때문이다.

나는 겁을 내지는 않았지만 피하려 했던 같은 잘못을 되풀이하는 일이 다시 벌어졌다. 내 잘못은 아니었다. 말하자면 고의는 없었던 것이다. 하지만 나는 그 잘못을 이용했다. 이제야 말할 수 있지만 거기에 양심의 가책은 없었다. 하지만 그 두 번째가 또한 마지막이었다. 왜냐하면 랑베르시에 양이 어떤 기색을 통해 그 체벌로는 목적을 달성하지 못하게 될 것임을 알아채고는, 벌을 주는 일이 너무 힘이 들어 체벌을 그만두겠다고 선언했기 때문이다. 그때까지 우리는 그녀의 침실에서 잠을 잤으며 겨울에는 이따금 그녀의 침대에서 자기도 했다. 이틀 후에 우리는 다른 방에서 자게 되었고, 그 후로 정말 원치 않는 일이었지만 그녀에게서 다 큰 아이 취급을 받는 영광을 누렸다.

여덟 살짜리 아이에게 서른 살 처녀의 손으로 가한 체벌이 그 후 나의 인생에서 나의 취향, 나의 욕망, 나의 정념, 나 자신을 결정했다는 것을 누가 믿겠는가?[10] 더구나 자연스럽게 결과로서 일어나야 할 것과 정반대 방향으로 그랬다면 말이다. 감각에 불이 붙는 순간 나의 욕망은 완전히 바뀌어서 내가 느꼈던 것에서 벗어나지 못하고 다른 것을 찾을 생각을 조금도 하지 못했다. 거의 태어날 때부터 관능으로 불타는 피를 가졌던 나는 아무리 감각이 둔하고 성장이 늦은 체질의 사람도 다 자라는 나이가 될 때까지 모든 더러운 것으로부터 몸을 깨끗하게 유지했다. 오랫동안 괴로워하면서도 그 까닭을 모른 채 나는 불타는 눈길로 아름다운 여자들을 탐욕스럽게 바라보았다. 나는 상상을 통해 끊임없이 그녀들을 떠올렸는데, 그것은 오로지 그녀들을 내 방식대로 이용하여 저마다 랑베르시에 양으로 만들기 위함이었다.

그 기이한 취향은 성장한 이후에도 여전히 지속되었고 변태성욕과 광기로까지 이어져서 내게 정숙한 품행을 벗어버리게 하는가 싶었지만 오히려 그런 품행을 유지하게 해주었다. 예의 바르고 순결한 교육이란 게 있다면 그것은 확실히 내가 받았던 교육을 두고 하는 말일 것이다. 내 세 분의 고모들은 본보기가 될 만큼 정숙했을 뿐 아니라 오래전부터 여인들이 더 이상 기억하지 못하는 조심성을 지닌 여성들이었다. 내 아버지는 방탕한 사람이었지만 옛날 방식으로 여자들에게 환심을 사려는 사람이어서 자신이 가장 좋아하는 여성들을 앞에 두고 처녀가 얼굴을 붉힐 만한 말은 결코 늘어놓지 않았다. 우리 집에서도 내 앞에서도 어린아이에게 지켜야 할 도리를 더없이 최선을 다해 지켰다. 내가 보기에 같은 문제를 두고 랑베르시에 씨의 집에서도 그에 못지않은 배려를 했다. 아주 착한 하녀가 우리 앞에서 내뱉은 약간 외설적인 말 한마디 때문에 내쫓겼을 정도였다. 나는 청소년기에 이르기까지 성적 결합에 대해 어떤 명확한 관념도 없었을 뿐 아니라 그에 대한 어렴풋한 생각조차 불쾌하고 역겨운 상상으로 떠올랐을 따름이다. 몸 파는 여자들에게서는 결코 혐오감이 가시지 않았다. 말하자면 방탕한 사람을 보게 되면 어김없이 경멸스럽고 두렵기까지 했다. 하루는 움푹한 길을 따라 프티 사코넥스[11]에 갔는데, 길 양쪽의 토굴을 본 다음부터 방탕한 사람에 대한 내 혐오감이 그 정도까지 이르렀던 것이다. 그곳에서 나는 그런 사람들이 재미를 본다는 말을 들었다. 사람들이 그 짓을 하는 것을 생각하면 암캐들의 교미 장면을 보았던 일이 항상 머릿속에 떠올랐고, 그런 기억만으로도 구역질이 났다.

교육으로부터 비롯된 그 선입관은 불붙기 쉬운 관능적인 욕구의 첫 폭발을 늦추어주는 데 그 자체로 적절했고, 내가 말했듯이 처음으로 나타난 관능이 나로 하여금 관심을 다른 곳으로 돌리도록 해주어 도움이 되기도 했다. 나는 느꼈던 것만을 상상함으로써 아주 기분 나쁠 정도로 피가 끓어올랐음에도 불구하고 단지 내가 알고 있던 종류의 관능에만 욕망을 품을 줄 알았지, 혐오스럽게 여기게 된 관능에까지는 결코 이르지 않았다. 그런데 내가 알고 있던 욕망과 혐오했던 욕망은 추호의 의심도 못 했지만 상당히 가까운 것이었다. 나는 어리석은 공상이나 성적인 흥분 속에서 이따금 그 두 감정에 이끌리기도 하며 엉뚱한 행동을 저지르고 상상력을 통해 이성(異姓)의 도움을 빌렸다. 하지만 그 이성이 내가 사용하려고 열망했던 용도 말고 다른 용도에도 적합하다는 것은 결코 생각하지 못했다.

따라서 그런 식으로 아주 강렬하고 아주 관능적이며 아주 조숙한 기질을 지니고 있었음에도 랑베르시에 양이 그저 별 뜻 없이 나의 성적 욕망을 자극했던 관능과는 또 다른 관능의 쾌락은 원하지도 알지도 못한 채 사춘기를 보냈다. 뿐만 아니라 마침내 세월이 흘러 성인이 되었을 때도 그런 식으로 나를 타락시켰어야 하는 것이 오히려 나를 보호해주었다. 나의 어린애 같은 오래된 취향은 사라지기는커녕 또 다른 취향과 너무나 밀접하게 결합한 나머지, 관능으로 불붙은 욕망에서 그것을 결코 떼어놓을 수 없었다. 또한 타고난 수줍음과 결합된 그 격정 때문에 여자들 옆에서는 아주 소극적이 되어서 감히 모든 것을 다 말하거나 행할 수 없게 되었다. 그런 종류의 쾌락은, 다른 쾌락이 내게 마지막 것에 불과하다면, 그것을 욕망하는 남자가 찬탈할 수 없으며 그것에 동조한 여자도 짐작조차 못하는 것이다. 나는 이렇게 내가 가장 좋아하는 여자들을 옆에 두고 갈망하면서도 입도 열지 못한 채 삶을 보냈다. 감히 취향은 밝히지 못했지만 나는 적어도 내게 그와 같은 생각을 지속시켜준 관계들을 통해 그 취향을 다른 데로 돌렸다. 거만한 애인에게 무릎을 꿇는 것, 그녀의 지시에 따르는 것, 그녀에게 용서를 구하는 것이 나에게는 무척 달콤한 기쁨이었다. 나는 강렬한 상상으로 피가 끓어오를수록 더욱더 소심한 애인처럼 보였다. 누구나 생각할 수 있듯이 이렇게 사랑하는 방식은 그리 빨리 발전하지 않을뿐더러 그 대상이 된 여자들의 정조에 큰 위험이 되지 않는다. 그래서 나는 여자를 육체적으로 차지한 적은 거의 없지만 그래도 내 나름의 방식으로 말하자면 상상을 통해 많은 육체적 즐거움을 누렸다. 바로 이렇게 내 관능이 나의 소심한 기질과 공상적인 정신과 공모하여 나는 순수한 감정과 올바른 품행을 지킬 수 있었다. 아마도 좀 더 염치가 없었더라면 나를 난폭한 쾌락에 빠지게 했을 그 취향들을 통해서 말이다.

나는 나의 고백이라는 어둡고 수치스러운 미궁 속으로 가장 고통스러운 첫걸음을 내딛었다. 가장 말하기 고통스러운 것은 죄가 되는 일이 아니라 조롱거리가 되고 수치스러운 일이다. 이제부터는 나에 대해 자신이 있다. 그래서 내가 조금 전에 대담하게 할 말을 한 이상 어느 것도 나를 멈추게 할 수는 없다. 나의 그러한 고백이 얼마나 고통스러운 일인지 다음과 같은 점에 비추어 판단할 수 있을 것이다. 나는 평생을 통해 내가 좋아했던 여자들 옆에서 보고 듣지 못하게 만드는 격렬한 정념에 종종 사로잡혔으며 이성을 잃고 온몸에서 일어나는 발작적인 전율에 휩싸이기도 했다. 하지만 그녀들에게 나의 터무니없는 광기를 고백하고, 가장 허물없는 사이이면서도 그녀들에게 다른 사람들에게는 베풀지 않는 유일한 호의를 애원할 수는 없었다. 그런 일은 어린 시절에 나와 같은 나이의 여자아이와의 사이에서 단 한 번 있었는데, 게다가 처음 제안을 한 사람은 바로 그 아이였다.

이렇게 감수성이 예민한 내 존재가 남긴 최초의 흔적들을 찾아 거슬러 올라가면, 간혹 양립할 수 없는 것처럼 보이지만 그래도 서로 결합되어 일정하고 단일한 결과를 강력하게 만들어내는 요소들을 발견했다. 또한 겉으로는 같아 보여도 어떤 상황들이 교차하면서 너무나 다른 조합을 만들어내고 그것들이 서로 어떤 관계가 있다고 결코 상상하지 못할 요소들을 발견하기도 한다. 예를 들면, 내 영혼의 가장 격렬한 충동들 중 하나가 기대고 있는 원천이 내 피에 스며든 음란함과 나약함의 원천과 서로 같다는 것을 누가 믿겠는가? 내가 방금 전에 말한 주제에서 벗어나지 않더라도 그것에서 상당히 다른 인상이 떠오르는 것을 보게 될 것이다.

어느 날 나는 부엌에 딸린 방에서 혼자 공부하고 있었다. 그 전에 하녀가 랑베르시에 양의 빗을 말리려고 난로 뒤쪽에 올려두었는데 그녀가 빗을 가지러 다시 왔을 때 빗 하나의 한쪽 빗살이 전부 부러져 있었다. 이같은 피해를 누구 탓으로 돌리겠는가? 나 말고는 누구도 그 방에 들어간 일이 없었다. 사람들이 나를 추궁하고 나는 빗에 손을 댄 적이 없다고 부인한다. 랑베르시에 남매가 결탁하여 나를 구슬리고 다그치더니 위협한다. 나는 완강하게 버틴다. 하지만 확신이 너무나 강해서 일체의 내 항변을 무기력하게 만들어버린다. 내가 그토록 대담하게 거짓말하는 것을 본일이 처음이었는데도 말이다. 상황은 심각하게 받아들여졌고 그럴 만도 했다. 심술궂은 언행, 거짓말, 고집은 모두 마찬가지로 벌을 받을 만해 보였다. 하지만 이번에 내게 벌을 줄 사람은 랑베르시에 양이 아니었다. 내 외삼촌 베르나르에게 편지가 간 것이다. 그가 도착했다. 내 불쌍한 사촌도 나 못지않게 중대한 또 다른 잘못의 책임이 있었다. 우리는 싸잡아서 같은 처벌을 받게 되었다. 처벌은 가혹했다. 질병 자체에서 치유책을 찾아 나의 타락한 관능을 영원히 약화시키려 한 것이라면 그보다 나은 처신은 없었을 것이다. 그래서 나는 오랫동안 관능에서 벗어나게 되었다.

사람들은 자신들이 요구하는 자백을 내게 얻어낼 수 없었다. 여러 차례 혼이 나고 가장 끔찍한 처지에 빠졌지만 나는 굽히지 않았다. 나는 죽음이라도 견뎠을 것이고 죽을 각오도 되어 있었다. 폭력조차 어린아이의 악마 같은 고집에 굴복해야 했다. 나의 집요함을 달리 부를 말이 없었을 것이다. 마침내 나는 이 잔인한 시련에서 갈기갈기 찢긴 채로 벗어났지만 승리하고 말았다.

이제 그 사건이 있은 지 거의 50년이 되었고, 지금 같은 일로 또다시 벌을 받을까 봐 겁내지는 않는다. 그래 좋다. 하늘에 대고 맹세컨대 나는 그일에 대해 죄가 없으며, 빗을 부러뜨린 일도 손을 댄 일도 없다. 난로 뒤쪽에 가까이 간 적이 없을뿐더러 그렇게 하려는 생각조차 하지 않았다. 어떻게 그런 소동이 일어났는지 나에게 묻지 않기를 바란다. 내가 아주 확실하게 알고 있는 것은 나는 그 일과 무관하다는 사실이다.

평상시에는 수줍고 온순하지만 일단 흥분하면 격렬하고 자존심이 강하며 길들일 수 없는 성격을 생각해보기 바란다. 항상 이성의 목소리에

통제되고, 항상 상냥하고 공정하며 호의적인 대우를 받아 부당함에 대한 생각조차 없었는데, 난생처음으로 그토록 견디기 힘든 부당함을 가장 사랑하고 존경하는 사람들에게서 당한 어린아이를 생각해보기 바란다. 얼마나 생각이 혼란스럽겠는가! 얼마나 감정이 어수선하겠는가! 그의 마음과 머릿속에, 지적이고 도덕적인 어린아이의 존재 전체에 얼마나 큰 충격이 있었겠는가! 가능하다면 이 모든 일을 생각해보라고 말하겠다. 왜냐하면 나로서는 그때 내 안에서 일어났던 일의 사소한 흔적이라도 밝혀내고 규명하는 것이 가능하다고 느껴지지 않기 때문이다.

나는 충분한 판단력을 지니지 못해서 겉으로 드러난 모습 때문에 내가 얼마나 비난을 받는지 느끼지 못했고 다른 사람들의 입장이 되어보지도 못했다. 내 입장만을 고집했고 내가 느낀 것이라고는 저지르지도 않은 죄에 대한 무시무시한 처벌의 준엄함뿐이었다. 육체적 고통은 혹독했지만 별로 고통스럽게 느껴지지 않았다. 단지 분노, 격분, 절망만을 느꼈을 따름이다. 내 사촌도 거의 유사한 상황에서 고의가 아닌 과실을 계획적인 행위인 것처럼 벌을 받게 되자 나와 마찬가지로 분통을 터트렸다. 말하자면 한통속이 된 것이다. 우리 두 사람이 한 침대 속에서 발작적인 격정에 사로잡혀 서로를 얼싸안고 있으니 숨이 막힐 지경이었다. 우리는 어린 마음이 다소 가라앉자 분노를 토해낼 수 있게 되어 몸을 일으켜 앉아서는, 둘이 함께 원 없이 있는 힘껏 고함을 지르기 시작했다. "카르니펙스! 카르니펙스! 카르니펙스!"[12]

이 글을 쓰면서 아직도 맥박이 빨라지는 것을 느낀다. 이런 순간들은 내가 십만 년을 살아도 내 마음에 여전히 남을 것이다. 폭력과 부당함에 관한 이 최초의 감정은 내 마음속에 너무나 깊이 새겨진 나머지 그와 관련된 모든 생각들은 내가 처음 느꼈던 흥분을 되살아나게 한다. 또한 그 감정은 본래 나와 관련이 있는데, 그 자체로 너무나 굳어지고 일체의 개인적 이해관계를 훨씬 벗어나 있어서, 모든 부당한 행위를 보거나 듣게 되면 내 마음은 흥분하여 끓어오른다. 부당한 행위의 대상이 무엇이든 그 행위가 어디서 저질러졌든 마치 내가 그 결과에 대해 책임을 져야 할 것처럼 말이다. 잔인한 폭군의 냉혹함과 교활한 사제의 능란한 흉악함에 관한 이야기를 책에서 읽게 되면 주저 없이 달려가 그 파렴치한들을 칼로 찌를 것만 같다. 그 일 때문에 백번을 죽게 되더라도 말이다. 닭, 소, 개와 같은 짐승이라도 강한 놈이 약한 다른 놈을 괴롭히는 것을 보게 되면 종종 땀이 나도록 쫓아가거나 돌을 던졌다. 그런 감정의 기복은 나의 타고난 성격일 수 있고 나도 그렇다고 생각한다. 하지만 내가 당한 최초의 부당함에 대한 강렬한 기억은 너무나 오랫동안 너무나 강하게 내 천성과 결합되어 그것을 훨씬 더 강화시켰다.

내 유년기의 평온한 삶은 여기서 끝이 났다. 이때부터 나는 순수한 행복을 즐기지 못했고 지금 느끼기에도 내 어린 시절의 매혹적인 기억은 여기서 멈추었다. 우리는 보세에서 몇 달을 더 머물렀다. 그곳에서 흔히 말하듯이 우리는 지상낙원에 있었지만 그 삶을 즐기지 못하는 최초의 인류였다. 남 보기에는 같은 상황에 있었지만 실상은 완전히 다른 방식으로 살았다. 애정, 존경, 친밀감, 신뢰는 학생들과 그 인도자들을 더 이상 결속시켜주지 못했다. 더 이상 그들은 우리의 마음을 읽는 신들로 보이지 않았다. 우리는 나쁜 짓을 저지르는 것을 수치스럽게 여기기보다 비난 듣는 것을 더 두려워했다. 우리는 숨어서 말썽을 일으키고 거짓말하기 시작했다. 우리 나이의 온갖 악행들로 우리의 순수성은 타락하고 우리의 놀이는 추해졌다. 우리가 보기에 시골조차도 감동을 주는 그 온화하고 소박한 매력을 상실하여 그저 황량하고 침울해 보였다. 시골은 장막으로 뒤덮여 있어서 우리에게 아름다움을 감추고 있는 듯했다. 우리는 작은 정원과 화초를 가꾸는 일을 그만두었다. 땅을 파헤치다 우리가 심어놓은 씨앗에 싹이 돋은 것을 발견하고 기쁨에 넘쳐 소리를 지르지도 않게 되었다. 우리는 그런 삶이 지긋지긋해졌다. 사람들도 우리에게 싫증을 냈다. 외삼촌이 우리를 데리고 나왔고 우리는 랑베르시에 남매와 헤어졌다. 우리는 서로에게 싫증이 나 있었으므로 서로 헤어지는 일이 그다지 아쉽지 않았다.

보세를 떠난 지 거의 30년이 지났는데도, 다소 관련이 있는 추억들을 통해 그곳에서의 체류를 유쾌하게 기억한 적이 없다. 하지만 중년기를 지나 노년기에 접어든 이래로 다른 기억들은 사라지는 반면에 바로 그 추억은 다시 살아나 매력과 힘이 나날이 더해가며 내 기억 속에 생생하게 새겨지는 것을 느낀다. 이미 삶이 얼마 남지 않았음을 느끼면서 그것을 처음부터 다시 잡으려고 애쓰듯이 말이다. 당시의 아무리 사소한 일이라도 그것이 그때의 일이기 때문에 내 마음에 든다. 장소, 사람, 시간과 관련된 모든 상황들이 기억난다. 하녀나 하인이 방 안에서 서성이던 일이며 제비 한 마리가 창문으로 들어온 일, 수업 내용을 암송하고 있는데 내 손에 파리 한 마리가 앉던 일이 떠오른다. 우리가 있던 방 안이 어떻게 배치되어 있었는지도 보인다. 오른쪽에 있는 랑베르시에 씨의 서재, 역대 교황들이 그려진 판화, 기압계, 커다란 달력, 집 뒤편으로 이어진 상당히 높은 정원에서 창문에 그늘을 드리우고 간혹 그 안까지 가지를 뻗치던 나무딸기. 독자들이 이 모든 것을 꼭 알 필요가 없다는 점은 잘 안다. 하지만 나로서는 그것을 독자들에게 말할 필요가 있다. 어찌 감히 그 행복한 시절의 사소한 일화들을 죄다 들려주지 않을 수 있겠는가! 그 일화들을 떠올리면 아직도 기쁨으로 몸이 떨리는데 말이다. 특히 대여섯 가지는…… 타협을 하기로 하자. 여러분에게 다섯 가지는 면해주겠다. 하지만 단 한 가지만큼은 꼭 이야기하고 싶다. 한 가지만은 가능한 한 가장 길게 이야기하도록 해주어 내 기쁨이 지속되도록 해준다면 말이다.

내가 여러분의 즐거움에만 관심을 둔다면 랑베르시에 양의 엉덩이 이야기를 선택할 수도 있을 것이다. 그녀는 운수 사납게도 풀밭 아래로 나뒹구는 바람에 지나가던 사르데냐 왕 앞에서 있는 대로 모든 것을 다 보여주고 말았다. 하지만 나로서는 내가 당사자인 테라스의 호두나무 이야기가 더 재미있다. 그녀가 나뒹굴었을 때 나는 구경꾼에 불과했으니 말이다. 그 자체로는 우습지만 내가 어머니로서 어쩌면 그 이상으로 좋아했던 여자 때문에 당황했던 사건을 두고 조롱거리로 만들 생각은 전혀 없었음을 고백하는 바이다.

오, 테라스의 호두나무에 관한 엄청난 이야기를 알고 싶어 하는 독자 여러분이여, 그 소름 끼치는 이야기를 듣고 제발 몸서리치지 마시라!

안뜰 문 밖으로 들어서면서 왼편을 보면 테라스가 있었다. 오후에는 테라스에 종종 앉아 있었는데, 그곳에는 그늘이 없었다. 랑베르시에 씨는 그곳에 그늘을 만들려고 호두나무 한 그루를 심게 했다. 나무를 심는 일은 엄숙하게 이루어졌다. 하숙생 두 명이 나무의 대부가 되어주었다. 구덩이를 메우는 동안 우리는 승리의 노래를 부르며 각기 한 손으로 나무를 붙들고 있었다. 나무에 물을 주기 위해 나무 밑동을 둘러가며 작은 수로를 만들었다. 날마다 물 주는 것을 조바심치며 바라보던 사촌과 나는 싸움터에서 깃발을 꽂는 것보다 테라스에 나무 한 그루를 심는 것이 더 훌륭한 일이라고 아주 자연스럽게 확신하게 되었다. 또한 이 영광을 다른 누구와도 나누지 않은 채 둘이서만 차지하려고 결심했다.

그렇게 하기 위해 우리는 어린 버드나무의 꺾꽂이 가지를 잘라내어 위엄 있는 호두나무에서 여덟 내지 열 걸음 떨어져 있는 테라스에 심었다. 우리 나무 주위에 물구덩이를 파는 것도 잊지 않았다. 어려움은 물구덩이를 어떻게 채우느냐에 있었다. 왜냐하면 물은 상당히 먼 곳에서 흘러나왔는데, 우리는 물을 길러 이곳저곳 다니도록 허락받지 못했기 때문이다. 그렇지만 우리의 버드나무를 위해서는 물이 절대적으로 필요했다. 우리는 온갖 술책을 다 써서 며칠 동안 버드나무에 물을 주려 했다. 그 일은 큰 성공을 거두어 나무에 싹이 트고 어린잎들이 나는 것을 보았다. 우리는 시시각각으로 나무가 얼마나 자랐는지 재어보았고 아직 땅에서 한 치가 채 자라지 않았는데도 곧 우리에게 그늘을 만들어줄 것임을 굳게 믿었다. 이 나무에 완전히 마음이 빼앗긴 나머지 우리는 일체의 실습과 공부가 불가능했고 정신이 나가 있었다. 사람들은 우리가 무엇에 마음을 빼앗겨 있는지 몰랐으므로 우리를 이전보다 더 가까이에 붙들어놓았다. 우리는 물이 떨어질 어쩔 수 없는 순간을 알았고 우리 나무가 말라 죽을지 모른다는 예상에 가슴이 아팠다. 결국 필요는 발명의 어머니라고, 분명히 죽게 될 나무와 우리를 지켜낼 방안이 떠올랐다. 즉, 땅 밑에 배수로를 만들어 호두나무에 주는 물의 일부를 몰래 버드나무로 끌어들이는 것이었다. 이 계획을 열심히 실행해보았지만 당장은 성공을 거두지 못했다. 기울기를 잘못 조정해서 물이 전혀 흐르지 않았다. 지면이 무너져 수로를 막아버렸다. 배수로 입구는 오물로 가득 찼다. 모든 일이 지지부진했다. 우리는 어떤 난관에도 물러서지 않았다. '악착스럽게 일하면 모든 난관을 극복해낼 수 있다.'[13] 우리는 땅과 물구덩이를 더 파내어 물이 흐르도록 했다. 상자 바닥을 잘라내어 폭이 좁은 작은 널빤지로 삼았는데 그중 몇 장은 차례로 평평하게 깔고 다른 몇 장은 그 위에 양쪽에서 각이 지게 올려놓으니 수도관으로 쓰이는 세모꼴의 수로가 되었다. 우리는 수로 입구에 얇고 작은 나무 막대기들을 살울타리처럼 촘촘히 꽂아 일종의 쇠창살이나 거름망을 설치하고, 그것으로 진흙과 돌을 걸러내 물길이 막히지 않도록 해주었다. 그런 다음 잘 다져진 흙으로 우리 작품을 정성스럽게 다시 덮어주었다. 모든 작업이 끝나던 날 우리는 기대와 걱정으로 불안한 가운데 물 줄 시간을 기다렸다. 오랜 기다림 끝에 마침내 그 시간이 되었다. 랑베르시에 씨도 평소대로 작업에 참여하러 왔다. 그동안 우리는 둘 다 그의 뒤에 서서 우리 나무를 숨기고 있었는데, 아주 다행히도 그는 나무에 등을 돌리고 있었다.

처음으로 물 한 통을 붓자마자 우리의 물웅덩이로 물이 흘러드는 것이 보이기 시작했다. 이 광경에 우리는 조심성을 저버렸다. 우리는 환호성을 지르기 시작했고, 그 바람에 랑베르시에 씨가 뒤를 돌아보았다. 애석한 일이었다. 왜냐하면 그는 호두나무의 땅이 어찌나 좋은지 물을 흠뻑 빨아들이는 것을 보면서 큰 기쁨에 사로잡혀 있었기 때문이다. 물이 두 개의 물구덩이로 나뉘는 것을 보고 놀라서 이번에는 그가 소리를 질렀다. 그리고 안을 들여다보더니 속임수를 알아채고는 느닷없이 곡괭이를 가져오게 하여 바닥을 내리쳤다. 널빤지 두세 조각이 날아갔고 그는 있는 대로 고함을 질렀다. "수로! 수로가 있어!" 그는 무자비하게 이곳저곳을 내리쳤고, 한 번 내리칠 때마다 우리 가슴은 내려앉았다. 일순간 널빤지, 수로, 물구덩이, 버드나무 등 모든 것이 부서지고 파헤쳐졌다. 이런 끔찍한 일이 저질러지는 동안 그는 끊임없이 "수로가 있어!"라는 말만 되풀이해서 외칠 뿐 다른 말은 한마디도 하지 않았다. 그는 모든 것을 산산조각 내면서 "수로, 수로가 있어!" 하고 소리를 질렀다.

이 사건으로 어린 발명가들에게 큰일이 일어났다고 생각할 것이다. 하지만 잘못 생각한 것이다. 랑베르시에 씨는 우리에게 한마디도 질책하지 않았고 우리를 차갑게 대하지도 않았으며 그 문제에 대해서 더 이상 말을 하지 않았다. 우리는 조금 뒤에 그가 자기 누이 옆에서 껄껄거리며 웃는 소리까지 들었다. 왜냐하면 랑베르시에 씨의 웃음소리는 멀리서도 들렸기 때문이다. 더욱더 놀라운 일은 첫 충격이 지나고 우리 자신도 크게 괴로워하지는 않았다는 점이다. 우리는 다른 곳에 또 다른 나무를 심었다. 그러면서 첫 번째 나무의 대참사를 종종 회상했다. 우리끼리 "수로! 수로가 있어!"라는 말을 과장하여 반복하면서 말이다. 그때까지 나는 나 자신을 아리스테이데스나 브루투스로 생각하게 되면, 이따금 자만심이 폭발하곤 했다. 여기서 상당히 분명한 허영심이 내게 처음으로 꿈틀거리기 시작했다. 우리 손으로 수로를 만들 수 있었던 일과 꺾꽂이 가지를 큰 나무와 경쟁하게 만든 일로 나는 영광의 정점에 놓여 있는 듯싶었다. 열 살 때 나는 서른 살의 카이사르보다 영광이 무엇인지 더 잘 알고 있었다.

그 호두나무에 관한 생각과 그와 관련된 일화는 내게 너무나 분명하게 남아 있다가 다시 떠올랐으므로 1754년에 내가 제네바를 여행할 때 세운 가장 유쾌한 계획들 중 하나가 보세에 가서 어린 시절 놀이의 기념물과, 무엇보다도 그때 이미 서른세 살은 되었을 사랑스러운 호두나무를 다시 보는 일이었다. 나는 너무나 지속적으로 이런저런 생각에 시달렸고 나 자신을 마음대로 통제하지 못했으므로 욕구를 스스로 만족시킬 기회를 찾을 수 없었다. 이런 기회가 언제 내게 다시 올지는 알 수 없다. 그렇지만 기대를 지니고 아직까지 그 욕망을 잃지는 않았으므로, 언젠가는 내게 소중한 그 장소로 돌아가서 아직 살아 있을 내 사랑스러운 호두나무를 다시 보고 내 눈물로 나무를 적시게 될 거라고 거의 확신한다.

제네바로 돌아온 나는 내 장래가 결정되기를 기다리면서 2, 3년을 내 외삼촌 집에서 보냈다.[14] 외삼촌은 자기 아들을 토목기사로 만들 생각이었으므로 그에게 제도를 어느 정도 배우게 했고 유클리드의 《기하학 원론》을 가르쳤다. 나도 곁에서 이 모든 것을 배웠고 좋아하게 되었는데, 특히 제도에 흥미를 붙였다. 그렇지만 사람들은 나를 시계수리공이나 법무 서기로 만들지 아니면 목사로 만들지 의논하고 있었다. 나는 목사가 되는 것이 더 좋았다. 설교하는 것이 무척 멋지다고 생각했기 때문이다. 하지만 어머니의 유산에서 나오는 얼마 안 되는 수입을 형과 나누다 보니 그 돈으로는 공부를 계속하기에 충분하지 못했다. 또 아직 그런 선택이 시급한 나이는 아니었으므로 나는 외삼촌 집에 머무르면서 시간을 어영부영 허비했는데, 그러는 중에도 상당히 비싼 하숙비를 마땅히 지불해야 했다.

외삼촌은 아버지와 마찬가지로 방탕한 사람이었고 자신의 의무를 다할 줄 모르는 사람이어서 우리를 별로 보살펴주지 않았다. 외숙모는 경건주의적인 신앙을 지녀서 우리의 교육에 신경을 쓰기보다는 시편 낭송을 더 좋아했다. 덕분에 우리는 거의 완전한 자유를 누리게 되었지만 그렇다고 해서 그것을 남용하지는 않았다. 늘 서로 떨어지지 못했던 우리는 둘만 있어도 충분하고 같은 또래의 나쁜 친구들과는 어울릴 생각이 전혀 없었던 터라, 나태함 때문에 빠질 수 있는 방탕한 습관이 조금도 몸에 배지 않았다. 그렇다고 우리가 아무 일도 하지 않았다고 생각하는 것은 잘못이다. 평생에 걸쳐 이때보다 바쁜 적이 결코 없었기 때문이다. 다행히도 이런저런 놀이에 쉴 새 없이 빠져들다 보니 우리는 둘 다 집에서 대부분의 시간을 보냈고 거리에 나가볼 시도조차 하지 않았다. 우리는 새장, 피리, 연, 북, 집, 입으로 부는 화살 총, 강철 활 등을 만들었다. 할아버지[15]를 흉내 내어 시계를 만든다고 선량하고 연세 많으신 그분의 연장들을 못쓰게 만들기 일쑤였다. 종이에 글씨를 휘갈겨 쓰고 선을 그리고 엷게 혹은 울긋불긋하게 색칠하다가 물감을 다 써버리는 일을 특히 좋아했다. 제네바에 감바 코르타Gamba-Corta라는 이탈리아 약장사가 온 일이 있는데, 한 번은 그를 보러 갔으나 더는 가고 싶지 않았다. 그런데 그가 꼭두각시 인형들을 가지고 있어서 우리도 그 인형을 만들기 시작했다. 그의 꼭두각시들은 일종의 희극에 사용되었는데, 우리도 우리 꼭두각시들로 희극을 만들었다. 꼭두각시를 놀리려는 사람이 목소리를 바꾸기 위해 사용하는, 금속 피리가 없어서 우리는 고래고래 소리 지르며 폴리치넬라 인형[16]의 목소리를 흉내 내면서 그 매력적인 희극들을 공연했다. 가엾고도 사람 좋은 우리의 친척들은 그 희극을 인내심을 발휘하여 관람해주었다. 하지만 베르나르 외삼촌이 어느 날 집안에서 대단히 아름다운 설교문을 자기 나름대로 읽은 다음부터, 우리는 희극을 그만두고 설교문을 만들기 시작했다. 이런 세세한 일들이 그다지 흥미롭지 못하다는 것은 나도 인정하는 바이다. 하지만 그것들은 확실히 우리의 초기 교육이 얼마나 잘 이루어졌는지를 보여준다. 그토록 어린 나이에 자기 시간과 자기 자신을 거의 마음대로 할 수 있음에도 우리에게 이를 남용하려는 마음이 거의 들지 않았을 정도로 말이다. 우리는 친구를 사귈 필요가 거의 없었으므로 그럴 기회조차 무시할 정도였다. 산책을 하러 나갔다가 지나가는 길에 친구들의 놀이를 보고도 부러워하지 않았고 놀이에 끼어들 생각조차 하지 않았다. 우리의 마음은 우정으로 충만해져서 함께 있기만 하면 아무리 소박한 취미라도 충분히 함께 즐길 수 있었다.

우리는 한시도 떨어져 있지 않는 것처럼 보인 나머지 사람들의 주목을 끌었다. 내 사촌은 키가 아주 컸고 나는 아주 작았던 만큼 상당히 우스꽝스럽게 조합된 한 쌍이었다. 그는 길고 마른 체형에 잘 구운 사과처럼 작은 얼굴, 무기력한 태도에 어쭙잖은 거동으로 아이들의 조롱거리가 되었다. 그에게는 지방 사투리로 '바르나 브르다나'[17]라는 별명이 붙었고 우리가 밖으로 나가기만 하면 사방에서 '바르나 브르다나'라는 말이 곧 따라붙었다. 그는 나보다 더 묵묵하게 그런 놀림을 견뎌냈다. 나는 화가 나서 싸우고 싶었다. 악동들은 바로 그것을 노렸다. 나는 때리기도 하고 맞기도 했다. 내 가엾은 사촌은 있는 힘껏 나를 도왔다. 하지만 그는 허약해서 주먹 한 방에 나뒹굴었다. 그러면 나는 분노에 사로잡혔다. 나는 몰매를 맞았지만 정작 그들이 노린 대상은 내가 아닌 '바르나 브르다나'였다. 하지만 나는 물불을 가리지 않는 분노로 상황을 악화시켰던 까닭에 우리는 아이들이 수업 중인 시간이 아니고는 감히 밖에 나가지도 못했다. 아이들이 소리를 지르며 뒤쫓아 나올까 봐 무서웠던 것이다.

나는 이미 정의의 사도가 되었다. 정식으로 기사가 되기 위해서는 귀부인만 있으면 부족할 것이 없었다. 내게는 두 사람의 귀부인이 있었다. 나는 이따금 아버지를 만나러 니옹에 가곤 했다. 아버지는 보 지방의 소도시인 니옹에 자리 잡고 있었다. 그곳에서 아버지는 상당히 사랑을 받았고 아들인 나도 그런 친절을 느낄 정도였다. 아버지 곁에서 지낸 얼마 안 되는 체류 기간 동안 나는 열렬한 환대를 받았다. 특히 뷜송Vulson 부인이라는 분이 나에게 각별한 호의를 보였다. 더군다나 그녀의 딸이 나를 자기 애인으로 만들었다. 스물두 살의 아가씨에게 열한 살 된 애인이 어떤 의미인지는 알 만할 것이다. 어쨌든 노는 여자들은 이런 식으로 작은 마스코트들을 과시하면서 큰 마스코트들을 감춘다든지, 자기들이 매력적으로 만들 줄 아는 놀이의 비유를 통해 큰 마스코트들을 유혹하는 일을 대단히 즐거워한다! 그녀와 내가 어울리지 않는다는 것을 조금도 알지 못했던 나로서는 그 일을 심각하게 받아들였다. 나는 온 힘을 다해서 아니 온 정신이 팔려서 마음을 쏟았다. 왜냐하면 나는 거의 머리로만 사랑을 했기 때문이다. 비록 열정적으로 사랑했고 열광과 흥분, 정열의 폭발로 기함할 만한 장면들을 만들어냈지만 말이다.

나는 아주 다르지만 구체적인 두 종류의 사랑을 알고 있다. 그 두 사랑은 모두 강렬하지만 공통점이 거의 없고 다정한 우정과는 무관하다. 내 인생 전체가 너무나 성격이 다른 두 개의 사랑으로 나뉘어졌고, 심지어 나는 두 사랑을 동시에 겪기도 했다. 예를 들어 내가 이야기하고 있는 당시에 나는 뷜송 양을 너무나 공개적으로 또한 너무나 억압적으로 독차지하고 있어서 어떤 남자도 그녀에게 다가서는 것을 견디지 못했는데, 그러면서도 나는 어린 고통Goton 양과 단둘이서 아주 짧지만 강렬한 만남을 가졌다. 둘만의 만남에서 그녀는 학교 선생님 행세를 했고, 그것이 전부였다. 하지만 그 전부가 실제로 내게는 전부였고 최고의 행복인 듯싶었다. 나는 이미 그 비밀의 가치를 알고 있었던 터라 비록 그것을 애송이처럼 이용할 줄밖에 몰랐지만, 그 비밀을 거의 의심하지 못했던 뷜송 양이 또 다른 연애를 감추는 데 나를 이용하려고 공을 들였듯이 나도 뷜송 양에게 비밀을 감추려고 애썼다. 하지만 너무나 유감스럽게도 내 비밀은 발각되었는데, 그것이 아니라면 나보다는 어린 내 여선생 쪽에서 비밀을 잘 지키지 못한 것이다. 왜냐하면 오래지 않아 우리는 헤어졌고 나는 얼마 뒤 제네바에 돌아왔는데, 쿠탕스 거리를 지나다가 여자아이들이 작게 수군거리는 소리를 들었기 때문이다. "고통과 루소가 티격태격한대."

사실 어린 고통 양은 특이한 인물이었다. 그녀는 아름답지는 않지만 좀처럼 잊기 어려운 용모여서 늙다리가 다 되어서도 여전히 너무 자주 기억이 난다. 특히 그녀의 눈은 제 나이답지 않았고, 키도 몸가짐도 마찬가지였다. 그녀는 자기가 맡은 역할과 아주 잘 어울리는 다소 위엄 있고 거만한 태도를 지니고 있었는데 그 때문에 우리 사이에는 그런 최초의 생각이 자리 잡게 되었다. 하지만 그녀에게서 가장 묘한 점은 납득하기 힘든 대담성과 신중함이 뒤섞여 있었다는 것이다. 그녀는 나에게 더없이 친근하게 대하면서도 내가 자신을 그렇게 대하는 것은 결코 용납하지 않았다. 그녀는 나를 완전히 어린아이 다루듯이 대했다. 그래서 나는 그녀가 이미 어린아이가 아니거나 반대로 아직 어려서 자신이 위험에 처해 있어도 그것을 놀이로밖에 생각하지 못했던 것이라고 생각한다.

이를테면 나는 그 두 여자 각자에게 완전히 열중한 나머지 둘 중 어느 한 사람과 같이 있을 때는 다른 사람을 생각하는 법이 결코 없었다. 더군다나 내가 그녀들에게서 느끼는 것에는 조금도 비슷한 데가 없었다. 나는 뷜송 양과는 헤어질 생각을 하지 않은 채 평생을 보냈을 것이다. 하지만 그녀 곁에 다가서면 내 기쁨은 차분해지고 흥분에까지 이르지는 않았다. 나는 그녀를 특히 여러 사람들과 함께 있을 때 좋아했다. 농담, 애교, 질투마저도 나를 사로잡았고 나의 관심을 끌어당겼다. 나는 그녀가 쌀쌀맞게 대하는 듯싶은 쟁쟁한 경쟁자들 곁에서 그녀의 편애를 받으며 의기양양하게 승리를 구가했다. 고통을 당하기도 했지만 그 고통마저 좋았다. 박수갈채, 격려, 웃음이 나를 자극하고 내게 생기를 불어넣었다. 나는 열광하고 격정에 사로잡혔다. 모임 속에서는 사랑으로 흥분했다. 단둘이 있게 되면 어색하고 냉담했으며 어쩌면 지루했는지도 모른다. 그렇지만 그녀에게 다정하게 관심을 가졌다. 그녀가 병이 나면 괴로워했고, 그녀의 건강을 회복시키기 위해서는 내 건강이라도 내주었을 것이다. 내가 경험을 통해 병이 무엇이고 건강이 무엇인지 너무나 잘 알고 있다는 점에 유의하기 바란다. 그녀가 없으면 나는 그녀를 생각했고 그녀가 그리웠다. 그녀가 있을 때면 그녀의 다정한 몸짓이 내 마음을 온화하게 감쌌지만 관능을 자극하지는 않았다. 그녀와 별문제 없이 가깝게 지냈고, 나의 상상력은 그녀가 내게 허락하는 것만을 요구했다. 그렇지만 그녀가 다른 사람들에게도 나와 똑같이 대하는 것을 본다면 참지 못했을 것이다. 나는 동생으로서 그녀를 좋아했지만 애인으로서는 그녀를 질투했다.

　고통 양이 나에게 해준 대우를 다른 사람에게 똑같이 할 수 있다는 상상만 해도 나는 터키 사람처럼, 미치광이처럼, 호랑이처럼 시샘했을 것이다. 왜냐하면 그런 일조차도 무릎을 꿇고 간청해야 하는 호의였기 때문이다. 나는 뷜송 양에게는 아주 열렬한 기쁨으로, 그렇지만 연애감정 없이 다가갔다. 반면에 고통 양은 보기만 해도 다른 아무것도 더는 보이지 않았고 내 모든 감각은 뒤죽박죽이 되었다. 뷜송 양과는 허물없지는 않으면서도 친밀하게 지냈다. 반대로 고통 양 앞에서는 가장 친밀한 때조차도 들뜨고 흥분되었다. 나는 그녀와 너무 오래 함께 있으면 살 수 없을 것이라고 생각했다. 가슴이 두근거려 숨이 막힐 지경이었다. 나는 두 사람의 마음을 상하게 할까 봐 두 사람 다 걱정했다. 하지만 한 여자에게는 더욱 친절했고 다른 한 여자에게는 더욱 복종했다. 무슨 일이 있어도 뷜송 양을 화나게 하고 싶지 않았을 테지만, 고통 양이 내게 불길에 뛰어들라고 명령했다면 즉시 복종했을 것이다.

　고통 양과의 사랑, 정확히 말해서 그녀와의 만남은 그리 오래가지 못했는데 그녀를 위해서도 나를 위해서도 아주 다행한 일이었다. 뷜송 양과의 관계는 같은 우려는 아니지만 역시 얼마쯤 더 지속된 다음에 끝내는 파국을 맞고 말았다. 이런 모든 결말은 언제나 약간 소설 같아서 탄성을 불러일으키기 마련이다. 뷜송 양과의 교제는 그다지 강렬하지 않았지만 더 매혹적이었던 것 같다. 우리는 결코 눈물 없이 헤어질 수 없었고, 그녀와 헤어진 다음에는 묘하게도 나 자신이 얼마나 가혹한 공허 속에 빠져 있다고 느꼈는지 모른다. 나는 오로지 그녀에 대해서만 말하고 그녀에 대해서만 생각할 수 있었다. 나의 그리움은 진실하고 열렬했다. 하지만 사실 그 단호한 그리움이 전부 그녀를 향한 것만은 아니었으며, 내가 미처 알아차리지는 못했지만 그녀가 중심이 되어 벌이던 놀이가 그 그리움과 상당 부분 관련이 있었다고 생각한다. 우리는 상실의 고통을 진정시키기 위해 바위마저 갈라지게 할 것 같은 비장한 편지를 서로 주고받았다. 마침내 영광스럽게도 그녀는 더 이상 견딜 수 없었는지 나를 만나러 제네바에 왔다. 이번에는 내가 얼이 빠지고 말았다. 그녀가 머무는 이틀 동안 나는 제정신이 아닌 미치광이 같았다. 그녀가 떠날 때 나는 그녀를 쫓아 물속에 뛰어들려고 했으며 내 울부짖는 소리는 오랫동안 허공에 울려 퍼졌다. 일주일 후에 그녀는 나에게 사탕과 장갑을 선물로 보내왔다. 나는 그 선물을 상당히 정중한 것으로 여겼을지도 모르겠다. 그녀가 그때 결혼했다는 것과, 그녀가 내게 큰 기쁨이 되었으면 좋겠다던 그 여행이 실은 결혼 예복을 사기 위한 것이었음을 내가 몰랐더라면 말이다. 내가 느낀 분노를 이야기하지는 않겠지만 그 분노가 어땠을지는 이해가 될 것이다. 나는 고결한 분노에 사로잡혀 그 사랑의 배신자를 다시는 보지 않겠다고 맹세했다. 그녀에 대한 이보다 더 가혹한 처벌은 생각해낼 수 없었기 때문이다. 그렇지만 그녀는 이 때문에 죽지는 않았다. 왜냐하면 20년 뒤에 아버지를 만나러 갔다가 그와 함께 호수에서 배를 탔는데, 우리 배와 멀지 않은 곳에서 배를 타고 있는 부인들이 누구냐고 묻자, 아버지가 웃으면서 내게 이런 말을 했기 때문이다. "아니! 네 마음에서 느껴지는 것이 없더냐? 네 옛 애인들이잖니. 크리스탱 부인, 그러니까 뷜송 양이지." 나는 거의 잊고 있던 그 이름을 듣고 소스라치게 놀랐다. 그래서 노를 젓는 사람들에게 항로를 바꾸지 말라고 말했다. 그녀에게 복수하기에는 상당히 좋은 여건이었지만 맹세를 깨고 마흔이 다 된 여자와 20년 전의 일로 다시 싸울 필요는 없다고 생각했기 때문이다.

나의 장래가 결정되기도 전에 내 어린 시절의 가장 소중한 시간은 이처럼 하찮은 일들로 허비되고 말았다. 나의 타고난 재능을 지켜보려는 긴 논의 끝에 결국 내게 가장 부족한 재능을 살리기로 결정이 났다. 그래서 나는 시의 사법서사인 마스롱Masseron 씨의 집에 맡겨져 베르나르 씨 말마따나 법무 서기라는 유용한 직업을 그 밑에서 배우게 되었다. 나는 그런 식의 명칭이 지독하게 싫었다. 비열한 방법으로 많은 돈을 벌겠다는 기대는 나의 고상한 기질과 별로 어울리지 않았다. 내게 그런 직업은 지루하고 참을 수 없는 것으로 보였다. 매일 출근하고 노예처럼 복종하는 일에 마침내 싫증이 나서 사법서사 사무실에 들어설 때마다 혐오감이 날로 더해만 갔다. 나를 못마땅하게 여기던 마스롱 씨 쪽에서도 나를 멸시하듯 대했고 나태하고 우둔하다고 쉴 새 없이 야단을 쳤다. 그리고 외삼촌이 '내가 일을 알고 있고, 일을 잘할 줄 안다고' 몇 번이나 안심시켰는데 사실은 내가 아무것도 할 줄 모른다고, 또 외삼촌이 영리한 녀석을 보내겠다고 약속해놓고서 멍청한 녀석을 보냈다는 말을 날마다 늘어놓았다. 결국 나는 수치스럽게도 무능하다는 이유로 사법서사 사무실에서 쫓겨나고 말았다. 마스롱 씨의 서기들로부터는 줄로 다듬는 일 말고는 쓸모가 없다는 선고를 받았다.

적성을 확인한 나는 시계수리공이 아닌 조각공 밑에서 수련을 쌓게 되었다. 나는 사법서사에게 받은 멸시 때문에 극도로 자존심이 상했던 터라 두말 않고 따랐다. 뒤코묑Ducommun 씨라 불리던 내 장인(匠人)은 상스럽고 거친 젊은이였는데, 얼마 되지 않은 시간에 내 어린 시절의 광채를 퇴색시키고 다정하고 활발한 내 성격을 우둔하게 만들었으며, 내 처지는 물론 정신까지도 진짜 도제 신분으로 만들어버렸다. 내가 배운 라틴어며 고대 문명, 역사 등 모든 것이 오래도록 잊히고 말았다. 나는 세상에 로마인들이 있었다는 것조차 기억하지 못했다. 아버지는 당신을 만나러 온 아들에게서 더는 자신의 우상을 발견하지 못했고, 나는 부인들에게 더 이상 예전의 우아한 장 자크가 아니었다. 나 스스로도 랑베르시에 남매가 나를 더 이상 자신들의 학생으로 알아보지 못할 것임을 너무나 잘 알고 있었기에 그들 앞에 다시 나타나는 것이 수치스러웠으며 그때 이후 다시는 그들을 만나지 않았다. 비할 데 없이 천한 취미와 저속한 농담이 나의 정감 있는 놀이를 대신했는데, 나는 그런 놀이가 있었다고는 전혀 생각조차 하지 못했다. 더할 나위 없이 반듯한 교육을 받았음에도 불구하고 나는 타락하기 쉬운 성향이 농후했던 것이 분명하다. 왜냐하면 이런 일은 대단히 빠르면서도 전혀 어렵지 않게 이루어졌고, 그토록 발육이 빠른 카이사르도 그렇듯 신속하게 라리동이 되지는 못했을 것이기 때문이다.[18]

그 직업 자체가 마음에 들지 않았던 것은 아니다. 나는 제도에 상당한 취미가 있었고 끌 작업은 상당히 재미가 있었다. 시계 조각에 필요한 세공사의 재능은 매우 한정된 것이었으므로 나는 완벽하게 해낼 수 있으리라는 기대를 품었다. 장인의 난폭함과 과도한 제약 때문에 작업에 싫증만 내지 않았어도 아마 그렇게 되었을 것이다. 나는 그가 모르게 내 시간을 빼내어 같은 종류의 일이기는 하지만 내가 자유의 매력을 느낄 만한 일에 할애했다. 일종의 메달을 조각하여 나와 내 친구들이 쓸 훈장을 만들려고 한 것이다. 내 장인은 내가 금지된 작업을 하는 것을 알아채고는 나를 마구 두들겨 패면서 내가 위폐 만드는 연습을 한다고 말했다. 우리의 메달에는 공화국의 문장이 있었기 때문이다. 나는 위폐 따위에는 추호도 관심이 없었고 진짜 화폐도 마찬가지였다고 분명히 맹세할 수 있다. 나는 우리나라의 3수짜리 동전보다 로마의 청동화폐가 어떻게 만들어지는지 더 잘 알고 있었다.

장인의 횡포로 어쩌면 좋아했을지도 모를 그 일이 끝내는 견딜 수 없을 정도가 되어버렸고, 나는 거짓말, 게으름, 도둑질과 같은 내가 혐오했을 악덕에 빠져들고 말았다. 이 시기에 내 마음속에서 일어난 변화를 회상해보면, 자식으로서 의존하는 것과 노예로서 속박당하는 것의 차이를 그만큼 나에게 더 잘 가르쳐준 것도 없다. 나는 천성적으로 소심하고 수줍음이 많아서 염치없는 짓에는 그 어떤 결점보다도 더할 나위 없는 반감이 있었다. 나는 웬만한 자유를 누렸고 그 자유는 다만 그때까지 점차 축소되고 있었을 뿐인데 이제는 마침내 완전히 사라지고 말았다. 아버지 집에서는 자유분방했고 랑베르시에 씨 집에서는 자유로웠으며 외삼촌 집에서는 눈에 띄지 않았다. 장인 밑에서는 겁이 많아졌고 그때 이후로 나는 부랑아였다. 삶의 방식에서 윗사람들과 완전히 평등하여 내가 누리지 못하는 즐거움은 알지 못했고, 내 몫이 아닌 음식은 보지 못했으며, 내가 드러내지 못하는 욕망은 없었고, 결국 마음속에서 일어나는 모든 동요를 입 밖으로 내뱉었다. 그러니 그런 집에서 내가 어떻게 되었을지 생각해보기 바란다. 나는 감히 입을 열지 못하고 식사의 3분의 1만 하고 식탁을 떠나야 했으며[19] 할 일이 없으면 곧장 방을 나와야 했다. 또한 그 집에서는 끊임없이 일에 매어 있다 보니 다른 사람들에게는 즐거운 일만 있고 나 혼자만 그것을 누리지 못한다고 생각했으며, 장인과 직인(職人)들의 자유로운 모습을 지켜보며 내게 부과된 복종의 중압감에 점점 더 힘겨워했다. 뿐만 아니라 그 집에서는 내가 가장 잘 아는 것을 두고 언쟁을 할 때도 감히 입을 열지 못했으며, 요컨대 내가 보는 모든 것은 단지 내게는 모든 것이 금지되었던 까닭에, 내 마음속에서 갈망의 대상이 되었다. 여유와 즐거움, 그리고 예전에는 잘못을 저지르고도 종종 벌을 받지 않게 해주던 재치 있는 말들과도 작별을 고했다. 생각해보면 웃지 않을 수 없는 일이 있는데, 하루는 내가 아버지 집에서 어떤 장난을 치는 바람에 저녁을 굶고 잠자리로 가야 하는 벌을 받은 적이 있었다. 처량 맞게도 나는 빵 한 조각을 들고 부엌을 지나가다가 꼬치에서 구운 고기가 돌아가는 것을 보고 쿵쿵거리며 냄새를 맡았다. 모든 사람이 화로 주위에 있었다. 지나가면서 모두에게 인사를 하지 않을 수 없었다. 나는 돌아가면서 인사를 마쳤고, 그때 상당히 먹음직스럽고 냄새가 좋은 구운 고기를 곁눈질하게 되었다. 나는 그것에게도 예를 갖추지 않을 수가 없어서 슬픈 목소리로 "구운 고기야, 너도 안녕" 하고 말해버렸다. 천진난만함에서 불쑥 튀어나온 이 말이 너무나 재미있게 들렸는지 나는 남아서 저녁 식사를 하게 되었다. 어쩌면 내 장인의 집에서도 이 같은 기지는 똑같은 성공을 가져다주었을 것이지만, 그런 기지가 내게 떠오르지 않았을 것이고 그랬다 하더라도 감히 입 밖에 내지 못했을 것이 분명하다.

이렇게 나는 은밀하게 탐하고 사람들의 시선을 피하고 거짓말하며 끝내는 훔치는 짓까지 배웠다. 도둑질하고 싶은 일시적인 욕망은 그때까지만 해도 일어나지 않았는데 그 이후부터 나는 그런 습관에서 벗어날 수 없었다. 탐욕과 소유할 수 없다는 무력감은 항상 그런 결과로 나타나기 마련이다. 그 때문에 모든 하인들이 도둑이고 모든 도제들이 도둑일 수밖에 없다. 하지만 도제들은 동등하고 편안한 상태에서 눈에 보이는 모든 것을 마음대로 할 수 있다면 성장하면서 이 부끄러운 성향을 잊게 된다. 바로 그런 특권을 갖지 못해서 나는 그 같은 이득을 얻을 수 없었다.

선한 감정이 길을 잘못 들어서면 대개 아이들은 악행으로 향하는 첫걸음을 내딛게 된다. 나는 장인의 집에서 1년 이상을 머물렀는데, 계속된 결핍과 유혹에도 불구하고 어떤 것도, 심지어는 먹을 것조차 훔칠 엄두를 내지 못했다. 내 첫 번째 도둑질은 환심을 사려는 태도에서 비롯된 사건이었다. 하지만 그 일은 또 다른 도둑질들을 가능하게 만들었고, 그리 칭찬할 만한 결말을 가져오지 못했다.

내 장인의 집에는 베라Verrat 씨라는 직인이 있었는데, 이웃인 그의 집에는 상당히 외진 곳에 아주 질 좋은 아스파라거스가 나는 좋은 땅이 있었다. 돈이 많지 않은 베라 씨는 신선한 아스파라거스를 어머니 몰래 훔쳐다 팔아서 근사한 아침식사를 하고 싶어 했다. 하지만 그는 섣불리 위험을 무릅쓰고 싶지 않고 동작이 그리 민첩하지도 못했으므로 그 원정에 나를 지목했다. 그는 몇 마디 계획된 아부를 했고 나는 그 목적을 알지 못했던 까닭에 더 쉽게 설득을 당했다. 그런 다음에 그는 느닷없이 떠오른 생각인 것처럼 내게 그 제안을 했다. 나는 한참 그와 실랑이를 벌이고 한사코 버텼지만 그가 어르고 달래는 데는 별 도리가 없었다. 결국은 굴복하고 나는 아침마다 가장 좋은 아스파라거스를 거두러 갔다. 훔친 아스파라거스는 몰라르 광장에 가져갔는데, 내가 그것들을 막 훔쳐왔다는 것을 알게 된 어떤 할머니가 그 사실을 내게 말하며 그것을 헐값에 가져가려고 했다. 나는 두려움에 사로잡힌 나머지 할머니가 주는 대로 돈을 받았고, 그 돈을 베라 씨에게 가져다주었다. 그것은 곧장 아침식사로 바뀌었는데, 식사는 내가 제공했건만 그는 정작 다른 동료들과 식사를 함께 했다. 내가 얼마 되지 않는 먹다 남은 찌꺼기에 상당히 흡족해하면서 그들의 포도주에는 입도 대지 않았으니 말이다.

이런 술책은 여러 날 동안 계속되었지만 나는 도둑의 것을 훔치거나 베라 씨의 아스파라거스 수입에서 일부를 떼어가려는 짓은 생각도 하지 않았다. 나는 더없이 충실하게 좀도둑질을 저질렀다. 그 짓을 저지르게 된 동기는 오직 내게 그 짓을 시킨 사람의 비위를 맞추려는 것이었다. 하지만 만약 그 일이 발각되었다면 나는 얼마나 주먹질을 당하고 얼마나 욕을 먹고 얼마나 가혹한 대접을 받았겠는가! 반면에 그 파렴치한 인간이 내 말을 거짓이라고 반박한다면 사람들은 그의 말만 믿고 감히 그를 고발했다는 이유로 나를 이중으로 처벌했을 것이다. 그는 직인이고 나는 일개 도제에 불과했으니 말이다. 이렇듯 어느 경우에나 잘못을 저지른 강자는 무고한 약자를 희생시켜 살길을 찾는 법이다.

이런 식으로 도둑질이 생각만큼 그리 겁나는 일은 아님을 알게 되었고, 곧 내 기술을 십분 활용하여 일단 내가 탐한 것은 어느 것도 쉽게 손에 넣지 못하는 물건이 없었다. 내가 장인의 집에서 완전히 잘 못 먹은 것은 아니다. 다만 나에게 음식에 대한 절제가 고통스러웠던 것은 그가 너무나 잘못된 절제를 하는 모습을 보았기 때문이다. 내 생각에, 젊은이들의 식욕을 가장 왕성하게 불러일으키는 음식을 차려놓고 식사 도중에 그들을 식탁에서 일어나게 하는 관습은 당연히 그들을 입맛 까다로운 사람으로 바꿔놓을 뿐 아니라 좀도둑으로도 만들어놓을 듯싶다. 나는 얼마 지나지 않아 둘 다가 되었다. 평상시에는 그것이 상당히 만족스러웠고 이따금 발각될 때만 기분이 나빴다.

아직도 몸이 떨리고 동시에 웃음이 나는 추억 하나가 있다. 그 추억은 사과 서리에 관한 것인데 나는 그 일로 혹독한 대가를 치렀다. 사과들은 식품 저장고 바닥에 있었는데, 저장고에는 높이 달린 격자창을 통해 부엌으로부터 빛이 들어왔다. 어느 날 나는 집에 혼자 있다가 빵을 보관하는 뒤주[20] 위에 올라가 헤스페리데스[21]의 정원에 있는 내가 근접할 수 없는 진귀한 과일을 보게 되었다. 나는 꼬챙이를 하나 찾아서 과일에 닿는지 보았다. 꼬챙이는 너무 짧았다. 나는 자질구레한 사냥감을 꿰는 용도의 또 다른 작은 꼬챙이를 처음 꼬챙이에 길게 이어 붙였다. 내 장인은 사냥을 좋아했기 때문에 그런 꼬챙이가 있었다. 나는 꼬챙이로 여러 차례 찔러보았으나 성공하지 못했다. 마침내 사과가 끌려 나오는 것이 느껴지자 흥분에 휩싸여 어쩔 줄 몰랐다. 나는 아주 살며시 끌어당겼다. 어느새 사과는 덧문 가까이에 있었다. 이제 사과를 움켜잡기만 하면 되었다. 누가 나의 고통을 알겠는가? 사과 알이 너무 굵어 격자 사이로 나오지 않았다. 사과를 끄집어내려고 온갖 꾀를 다 부려보았던가! 꼬챙이를 잘 지탱할 버팀대를, 사과를 자를 긴 칼을, 사과를 떠받칠 널빤지를 찾아야 했다. 많은 재주와 시간을 들인 덕분에 나는 사과를 자르게 되었고 머지않아 사과 조각을 차례로 꺼낼 수 있다는 기대를 품었다. 하지만 사과는 두 쪽으로 쪼개지자마자 모두 저장고에 떨어져버렸다. 자애로운 독자여, 나의 애석함을 함께 나누시기를 바란다.

나는 조금도 용기를 잃지 않았지만 시간을 많이 허비했다. 들킬까 봐 겁이 났다. 나는 더 즐거운 시도를 다음 날로 미루고 아주 태연하게 다시 일을 시작했다. 금방 들키고 말 두 가지 증거가 저장고에서 내게 불리한 증언을 하리라고는 생각지도 못한 채 말이다.

이튿날 나는 다시 좋은 기회를 잡아서 새롭게 시도해보았다. 발판에 올라가 꼬챙이를 길게 뻗어서 사과를 겨누었다. 막 찌를 채비를 하려는 데…… 불행히도 용은 잠들지 않았다. 느닷없이 저장고의 문이 열렸다. 장인이 저장고에서 나오더니 팔짱을 낀 채 나를 노려보더니 말을 건넨다. "기운을 내!……" 나는 이 글을 쓰면서도 손에서 펜을 떨어뜨릴 지경이다.

나는 학대를 당한 나머지 곧 그것에 둔감해졌다. 학대는 결국 내게 도둑질에 대한 일종의 주고받기인 듯싶었고 내게 도둑질을 계속할 권리를 주었다. 나는 뒤를 돌아보며 벌을 생각하는 대신 앞을 보며 복수를 꿈꾸었다. 나를 도둑놈이라고 두들겨 패는 것은 내게 도둑놈이 되어도 좋다는 것이라 판단했다. 내 생각에 도둑질하는 것과 얻어맞는 것은 서로 어울리는 일이어서 어떻게 보면 하나의 상황을 이루게 되는데, 나는 내가 처한 그 상황의 일부를 충족시키고 나머지 부분은 내 장인이 책임져야 한다고 보았다. 나는 이런 생각으로 이전보다 좀 더 태연하게 도둑질을 하기 시작했다. 그리고 속으로 이렇게 중얼거렸다. "그러면 어떻게 될까? 얻어맞겠지. 좋아, 어차피 맞을 놈이니까."

나는 먹는 것을 좋아하지만 식탐이 있지는 않다. 나는 성적인 것을 밝히지만 미식가는 아니다. 다른 취미들이 하도 많아서 식도락에까지 관심을 두지는 못한다. 마음이 여유로울 때를 제외하고는 결코 먹는 것에 관심을 두지 않는다. 그런 일은 살아오면서 정말 드물었고 맛있는 음식을 생각할 여유도 거의 없었다. 그래서 내 좀도둑질의 대상은 먹을 것에 그리 오래 한정되지 않고 오래지 않아 나를 유혹하는 모든 것으로 확대되었다. 내가 진짜 도둑이 되지 않은 것은 돈에는 그다지 크게 끌리지 않았기 때문이다. 장인은 공동 작업실에 따로 작업실을 가지고 있으면서 열쇠로 잠가두었다. 나는 들키지 않고 작업실 문을 열었다 닫는 방법을 찾아냈다. 그곳에서 그의 훌륭한 연장이며 최고의 도안이며 날염된 문양과 함께 평소에 내가 탐을 냈지만 그가 별로 내주려 하지 않던 것을 모두 가져다 썼다. 사실상 그 도둑질은 오직 그를 위해서만 봉사하는 것이었기 때문에 죄가 되지 않았다. 나는 별것 아닌 물건들을 수중에 넣었다는 기쁨에 흥분했다. 그가 만들어낸 제품과 함께 재능도 훔친다고 생각했다. 더구나 상자에는 쓰다 남은 금은 부스러기와 작은 보석, 귀중품, 화폐 따위가 들어 있었다. 내 호주머니에 1수짜리 동전이 네댓 개만 있어도 그것은 상당한 것이었다. 하지만 나는 그 모든 것들 중 어느 하나에도 손을 대기는커녕 지금까지 살아오면서 그런 것들에 탐욕스러운 눈길을 준 기억조차 없다. 나는 그것을 기쁨보다는 두려움을 갖고 보았다. 돈이나 돈이 되는 것을 훔치는 데서 오는 이러한 두려움은 상당 부분 교육에서 비롯된 것이라고 굳게 믿는다. 그런 믿음에는 치욕, 감옥, 처벌, 교수대와 관련된 은밀한 생각들이 뒤섞여 있어서 만일 내가 시험에 빠졌다면 그런 생각들만으로도 두려워 몸서리쳤을 것이다. 반면에 내가 한 짓은 단지 장난에 불과한 듯싶었고 사실 별일도 아니었다. 그 모든 짓들은 내 장인에게 흠씬 두들겨 맞는 정도로 끝날 일이었고, 나도 그 점에 대해서는 이미 각오를 하고 있었다.

그런데 다시 말하지만 나는 자제해야 할 정도로 탐을 내지 않았으며, 애써 억제해야 할 어떤 것도 느끼지 않았다. 수백 장의 종이를 살 수 있는 돈보다 도안에 필요한 고급 종이 한 장에 마음이 끌렸다. 이런 별난 성격은 내 성격의 독특한 점들 중 하나와 관련이 있는데, 내 행동에 큰 영향을 미쳤기 때문에 설명이 필요하다.

나는 아주 불같은 열정을 지니고 있어서 그런 감정에 사로잡힐 때는 그 무엇도 나의 혈기에 맞서지 못한다. 그때는 더 이상 배려도, 존중도, 두려움도, 예의범절도 알지 못한다. 파렴치하고 뻔뻔하고 거친데다가 대담하기까지 하다. 수치심도 나를 자제시키지 못하고 위험도 나를 두렵게 만들지 못한다. 나를 사로잡는 단 하나의 대상 말고는 이 세상도 더는 내게 아무것도 아니다. 하지만 모든 것은 단지 한순간일 뿐이며 다음 순간 나는 절망에 빠지고 만다.

평온한 상태의 나를 보아주기 바란다. 게으름과 우유부단함 그 자체이다. 모든 것이 내 마음을 상하게 하고, 모든 것이 내게 혐오감을 준다. 날아다니는 파리 한 마리도 겁이 난다. 말 한마디, 몸짓 한 번이 나의 게으름을 두려운 것으로 만든다. 모든 사람들의 눈앞에서 사라지고 싶을 정도로 두려움과 수치심이 나를 사로잡는다. 행동해야 하는데 무엇을 해야 할지 모르고, 말해야 하는데 어떤 말을 해야 할지 모른다. 누군가 나를 보면 당황스럽다. 나는 열광하게 되면 내가 무슨 말을 해야 할지 간혹 생각해내긴 하지만 일상의 대화에서는 아무것도, 전혀 아무것도 찾아내지 못한다. 말을 해야 한다는 단 한 가지 이유로 나는 대화를 견딜 수 없다.

덧붙이자면 나의 주된 취향들 중 어느 것도 돈 주고 살 수 있는 것은 없다. 내게 필요한 것은 순수한 즐거움뿐이고 돈은 그것들을 모두 망쳐버린다. 이를테면 나는 식사하는 즐거움을 사랑한다. 하지만 상류사회에 대한 거북함도, 선술집의 방탕함도 견딜 수 없어서 오직 친구 한 사람과 함께할 때에만 그런 즐거움을 맛본다. 나 혼자서는 그런 즐거움이 가능하지 않기 때문이다. 혼자서는 생각이 다른 것에 미치므로 먹는 일을 즐겁게 생각하지 못하는 것이다. 들끓는 피는 내게 여자들을 요구하지만 감동한 마음은 내게 더욱더 사랑을 요구한다. 돈으로 산 여자들은 내게 어떠한 매력도 갖지 못한다. 내가 그런 여자들을 취할 수 있을지 의심스럽기까지 하다. 내게 주어진 모든 즐거움도 사정은 마찬가지이다. 즐거움이 거저 주어진다면 그런 즐거움은 무미건조하다고 생각한다. 나는 즐거움을 맛볼 줄 아는 사람 말고는 아무에게도 속하지 않은 재물만을 좋아한다.

내게 돈은 결코 사람들이 생각하는 것만큼 값진 것은 아니었다. 더구나 내게는 상당히 유용한 것으로 여겨지지 않았다. 돈은 그 자체로는 아무 쓸모가 없다. 돈은 모습을 바꾸어놓아야만 누릴 수 있다. 구입하고 흥정하며 이따금 속기도 하고 제대로 돈을 내고도 푸대접을 받아야 한다. 나는 품질 좋은 물건을 원한다. 그런데 내 돈을 주고도 틀림없이 나쁜 것을 사게 된다. 신선한 달걀을 비싸게 샀는데 오래된 것이고, 비싸게 산 좋은 과일은 덜 익었으며, 많은 돈을 지불한 처녀는 놀던 여자였다. 내가 질 좋은 포도주를 좋아한다고? 그런데 그런 포도주를 어디서 사지? 포도주 가게에서? 내가 무슨 짓을 해도 틀림없이 상인은 형편없는 포도주를 내놓을 터이다. 내가 그저 좋은 대접만 받으려 한다고? 얼마나 많은 신경을 써야 하고 난처한 일들이 많던가! 친구가 있어야 하고 연락을 주고받는 사람이 필요하고 위임을 하고 편지를 쓰고 오고가고 기다리다 끝내는 대개 속아 넘어가고 만다. 내 돈을 쓰면서 이 무슨 고생인가! 나는 질 좋은 포도주를 좋아하는 것 이상으로 그런 고생이 두렵다.

나는 도제로 있는 동안이나 그 후에도 무언가 단것을 사려고 수도 없이 외출을 하곤 했다. 제과점에 가까이 가자 계산대에 있는 여자들이 보인다. 벌써부터 자기들끼리 어린 미식가를 비웃고 놀리는 것이 보이는 것 같다. 과일가게 앞을 지나다가 탐스러운 배에 눈독을 들였는데 그 향이 나를 유혹한다. 바로 옆에 있던 두세 명의 청년들이 나를 지켜본다. 나를 아는 한 청년이 가게 앞에 있다. 멀리서 한 여자가 오는 것이 보인다. 우리 집 하녀는 아닐까? 나는 근시인 터라 수없이 착각을 일으킨다. 지나가는 모든 사람들이 아는 사람들만 같다. 나는 어디서든지 주눅이 들어 있고 어떤 난관에 부딪힌다. 내 욕망은 수치심과 더불어 커져가고, 주머니에 갈망을 충족시킬 것을 가지고 있으면서도 나는 결국 바보처럼 아무것도 사지 못한 채 갈망에 괴로워하며 돌아오고 만다.

내가 직접 혹은 남들을 통해 내 돈을 쓰면서 항상 겪었던 갖가지 곤경, 수치심, 반감, 곤란함, 반감 따위를 일일이 늘어놓게 된다면 더없이 따분하고 하찮은 이야기들을 들춰내게 될지도 모른다. 독자는 내 삶을 추적하며 내 기질을 알아가게 되므로 이 모든 이야기를 늘어놓지 않아도 느낄 수 있을 것이다.

이런 사실을 알고 나면 소위 말하는 나의 자기모순적인 성격들 중의 하나를 어렵지 않게 이해할 것이다. 말하자면 치사할 정도로 인색하면서도 돈은 더없이 경멸하는 것이다. 내게 돈은 그저 불편한 돌고 도는 재물이어서 내게 없는 돈은 바랄 생각조차 하지 않았다. 또한 내게 돈이 있을 때는 돈을 마음껏 쓸 줄 몰라서 쓰지 않은 채 오래 간수한다. 하지만 돈을 쓰기에 편리하고 마음이 내키는 기회가 오면, 그 기회를 너무 잘 이용한 나머지 스스로 깨닫기도 전에 지갑이 비어버린다. 그렇다고 내게서 자기 과시를 하느라 돈을 쓰는 구두쇠들의 나쁜 습성을 찾으려 하면 곤란하다. 이와 정반대로 나는 남몰래 재미 삼아 돈을 쓴다. 돈 쓰는 것을 자랑으로 여기기는커녕 몰래 감춘다. 돈이란 내게 쓸모없는 것이며 돈이 있다는 것은 늘 수치스럽고 그것을 쓰는 것은 더욱더 부끄러운 일임을 절감한다. 일찍이 편하게 살 수 있을 만큼의 수입만 있었어도 나는 전혀 구두쇠가 되려 하지 않았을 것인데, 그 점을 단연코 확신하는 바이다. 나는 수입을 늘리려 애쓰지 않은 채 전부 써버릴 것이다. 하지만 불안정한 내 처지 때문에 두려움이 떠나지 않는다. 나는 자유를 열렬히 사랑한다. 나는 제약과 수고와 예속을 몹시 싫어한다. 내 지갑에 돈이 있는 한 돈은 내 독립을 보장한다. 그렇게 되면 돈을 더 벌려고 애쓰지 않아도 된다. 그런 불가피함에 항상 염증이 나지만, 돈이 바닥나는 꼴을 보게 될까 봐 두려워서 돈을 소중히 여긴다. 소유하고 있는 돈은 자유의 도구이다. 쫓아다니는 돈은 속박의 도구이다. 그래서 나는 돈을 꼭 움켜쥐고 있지만 아무것도 탐하지 않는다.

따라서 나의 무사무욕은 게으름에 지나지 않는다. 소유하는 기쁨은 획득하는 수고만큼의 가치는 없으니 말이다. 나의 낭비 또한 게으름에 지나지 않는다. 기분 좋게 돈을 쓸 기회가 오면 그 기회를 필요 이상으로 이용하는 법이니 말이다. 내가 돈보다 물건들에 더 마음이 끌리는 것은 돈과 욕망하던 소유물 사이에는 항상 중개자가 있기 때문이다. 그에 반해 물건 자체와 그것의 소유 사이에는 중개자가 전혀 없다. 나는 물건을 보면 그것에 마음이 끌린다. 허나 그것을 얻는 방법만을 알면 그 방법에는 마음이 끌리지 않는다. 그래서 나는 도둑질을 했고 아직도 마음에 드는 하찮은 물건들을 가끔 슬쩍하곤 하는데, 그것들을 달라고 부탁하느니 차라리 훔치는 것이 더 좋다. 하지만 어려서나 커서나 살아오는 동안 남의 돈은 단 한 번을 빼면 동전 한 푼 훔치지 않았다고 기억한다. 지금부터 15년이 채 안 된 일인데, 나는 7리브르 10수를 훔친 적이 있다. 이 사건을 굳이 이야기할 필요가 있다. 왜냐하면 이 사건에는 몰염치와 어리석음이 우스꽝스럽게 뒤섞여 있어서, 그 사건이 나 말고 다른 사람과 관련되어 있었다면 나조차도 믿기 힘들 정도였기 때문이다.

파리에서의 일이었다. 오후 다섯 시 무렵에 나는 프랑쾨유Francueil[22] 씨와 함께 팔레 루아얄[23]을 산책하고 있었다. 그는 시계를 꺼내더니 쳐다보고 내게 말했다. "오페라 극장으로 갑시다." 나도 정말 그렇게 하고 싶어서 우리는 함께 갔다. 그는 계단식 좌석표 두 장을 사서 그중 한 장을 나에게 주더니 다른 한 장을 들고 먼저 들어갔다. 나는 그를 따라 들어가다가 입구가 혼잡스러운 것을 보았다. 내가 보니 모든 사람들이 서 있었다. 나는 군중들 틈에서 자취를 감출 수 있고 혹은 적어도 프랑쾨유 씨로 하여금 내가 그 틈바구니에서 사라졌다고 짐작하게 할 수 있을 것으로 판단했다. 나는 빠져나와서 외출표를 받고 돈을 돌려받은 다음, 뒤에 일어난 일은 짐작도 못한 채 가버렸다. 내가 문에 이르렀을 즈음에 이미 모든 사람들이 자리에 앉아 있었고 그래서 프랑쾨유 씨도 내가 그곳에 없음을 분명히 알았을 것이다. 여태껏 이런 행동만큼 내 기질과 동떨어진 일은 없었기 때문에 이 일을 기록하는 것인데, 이는 일종의 말도 안 되는 순간이라는 것이 있는 법이며 그때만큼은 사람들의 행위에 비추어 그들을 판단해서는 안 된다는 것을 보여주기 위해서이다. 정확히 말해 돈을 훔친 것이 아니라 돈의 용도를 훔친 것이다. 그 일은 도둑질이 아닐수록 더 파렴치한 짓이었다.

도제로 있는 동안 벌여온 숭고한 영웅적 행위부터 야비한 건달 짓에 이르기까지 내가 지나온 여정을 다 따라가고자 한다면 그 상세한 이야기들을 미처 끝낼 수 없을 것이다. 나는 내 처지에서 비롯된 악행을 받아들였지만 그것들을 완전히 좋아하기란 불가능했다. 동료들과의 놀이에도 싫증이 났다. 나는 지나칠 정도의 큰 고통 때문에 일에도 싫증이 났고 모든 것이 지긋지긋해졌다. 그러다 보니 오래전부터 잊고 있던 책 읽기 취미를 되찾았다. 책 읽기는 일에 지장을 주는지라 또 다른 죄가 되었고 나는 다시 벌을 받았다. 구속이 만들어낸 이 취미는 열정이 되었고 머지않아 광기로 돌변했다. 유명한 책 대여업자인 라 트리뷔La Tribu[24]라는 여자가 온갖 종류의 책들을 대주었다. 좋은 책이든 나쁜 책이든 거리낄 것이 없었고, 나는 모든 책을 똑같이 탐욕스럽게 읽었다. 작업대에서도 책을 읽었고, 심부름을 가면서도, 화장실에서도 책을 읽었으며 몇 시간이고 책에 몰두했다. 나는 완전히 책 읽기에 빠져서 읽는 일밖에는 더 이상 하지 않았다. 내 장인은 나를 감시하다가 붙잡아서 두들겨 패더니 책들을 빼앗아갔다. 얼마나 많은 책들을 찢고 불사르고 창밖으로 던져버렸는지 모른다! 라 트리뷔 책 대여점에는 군데군데 빠진 책들이 얼마나 많았는지 모른다! 그녀에게 지불할 돈이 다 떨어지자 셔츠며 넥타이며 입던 옷가지 들을 내주었다. 일요일이면 받던 가욋돈 3수도 어김없이 그녀에게 갖다 바쳤다.

"자, 결국에는 돈이 필요해졌지." 여러분은 나에게 이렇게 말할 것이다. 사실이다. 하지만 그것은 내가 책을 읽느라 일체의 활동을 저버렸을 때의 일이다. 나는 새로운 취미에 푹 빠져서 책 읽는 일밖에는 아무것도 하지 않고 도둑질도 더 이상 하지 않았다. 이 또한 나의 남다른 특성이다. 어떤 습관이 한창 몸에 익을 때면 아무것도 아닌 일에 마음이 팔려 딴사람이 되고 집착하고 결국에는 열중하게 된다. 그러면 모든 것을 잊고 나를 사로잡는 새로운 대상만을 생각한다. 나는 주머니에 넣어둔 새 책을 펼치고 싶은 조바심에 가슴이 두근거린다. 그러다 혼자가 되면 곧장 책을 꺼내들었고 장인의 작업실을 뒤지는 일 따위에는 더 이상 관심도 없었다. 비용이 많이 드는 열정의 대상이 있었다고 하더라도 도둑질을 했으리라고 생각하기는 힘들다. 현시점을 벗어나지 못하는 내 기질상 미래를 그렇게 대비한다는 것은 불가능했다. 라 트리뷔는 나에게 외상을 주었다. 선금은 미미했다. 일단 책을 주머니에 넣고 나면 더는 아무것도 생각나지 않았다. 내게 들어오는 돈은 자연스럽게 그 여자에게 들어갔다. 여자가 독촉을 하면 우선 내 옷가지를 집어 들었다. 미리 훔치고 보는 것은 지나친 선견지명이었고, 돈을 지불하려고 훔치는 짓은 생각조차 하지 않았다.

다툼과 주먹질, 몰래 하는 잘못 선택된 독서를 한 나머지 내 기질은 과묵하고 거칠어졌다. 나는 다른 사람이 되기 시작했고 진짜 늑대인간처럼 살았다. 비록 내게 조잡하고 멋없는 책들을 피할 만한 취향은 없었지만 다행히도 외설스럽고 방탕한 책들만큼은 멀리했다. 모든 면에서 꽤 타협적인 여자인 라 트리뷔가 내게 그런 책들을 빌려주기를 주저했기 때문은 아니었다. 그래서가 아니라 그 책들을 돋보이게 하려고 그 여자가 내게 책들의 제목을 슬쩍 일러주었기 때문에 수치심과 불쾌감을 느끼고 그 책들을 거절할 수밖에 없었던 것이다. 또한 내 수줍은 기질에 우연한 사건이 더해지는 바람에 서른 살이 넘기 전까지 그런 위험스러운 책들에는 눈길조차 던지지 않았다. 그 여자의 말에 따르면 그런 책들은 세상 어딘가의 아름다운 귀부인이 몰래 읽을 수밖에 없다는 점에서 불편하게 여긴다는 것이다.

1년이 채 못 되어 보잘것없는 라 트리뷔 가게의 책을 동나게 만들었다. 그래서 나는 정말로 할 일이 없는 자기만의 시간을 갖게 되었다. 책 읽기에 취미를 붙이면서 어린아이와 부랑아의 애착에서도 벗어났다. 심지어는 구별 없이 때로는 형편없이 이루어진 책 읽기를 통해서도 그렇게 되었고 그것은 내 처지로 인해 생겨난 감정들보다는 더 고상한 감정들로 내 마음을 이끌어주었다. 나와 가까이에 있는 모든 것에 싫증이 나고, 내 마음을 끌 수도 있는 모든 것이 나와 너무나 멀리 떨어져 있다고 느낀 이상 내 마음을 즐겁게 해줄 수 있는 것은 하나도 없다고 생각했다. 오래전부터 깨어 있던 내 관능은 그 대상을 상상할 수조차 없는 쾌락을 내게 요구하곤 했다. 마치 전혀 성(性)이 없는 것처럼 나는 실제 대상에서 멀리 떨어져 있기도 했다. 또 이미 사춘기에 이르러 감수성이 예민하고 종종 터무니없는 짓을 떠올리기도 했지만 아무것도 그 이상으로는 생각하지 않았다. 이런 기묘한 상황에서 나의 충족되지 못한 상상력은 나 자신에게서 나를 구해주고 이제 막 움튼 관능을 누그러뜨리는 해결책을 찾았다. 즉 책을 읽으면서 이전에 흥미로웠던 상황들에 몰두하여 그것들을 불러내고 다양하게 변화시키고 결합시켜서 내 것으로 만드는 식이었다. 그러다 보니 나는 내가 상상한 등장인물의 한 사람이 되고, 내 취향에 맞는 가장 기분 좋은 상황에 언제나 놓이게 되며, 결국에는 내가 들어앉게 된 허구의 상태 덕분에 그토록 불만스럽던 현실의 처지를 잊을 수 있었다. 이렇듯 상상 속 대상들을 사랑하고 그것들에 쉽게 빠져들던 나는 마침내 내 주위의 모든 것들에 싫증이 났고, 그 시기 이후로 항상 나를 떠나지 않던 고독에 대한 취향을 굳히게 되었다. 여러분은 이후에도 이러한 경향에서 비롯된 기이한 결과들을 여러 차례 보게 될 터인데, 이 경향은 겉보기에는 대단히 염세적이고 침울하지만 사실 너무나 다정다감하고 애정이 깊은 마음에서 나오는 것이다. 다만 그 마음은 자신과 흡사한 실재를 찾지 못해 허구에서 양분을 얻을 수밖에 없다. 지금으로서는 나의 모든 정념을 바꾸어놓은 어떤 성향의 기원과 최초의 원인을 지적하는 것만으로도 충분한데, 정념 자체로 정념을 억누르는 그 성향은 욕망이 강렬한 나머지 그것을 실행함에 있어 나를 언제나 게으르게 만들었다.

그리하여 나는 16세가 되었다. 불안하고 나 자신과 모든 것이 못마땅하고, 내 처지에 따른 취미도 내 나이에 맞는 즐거움도 없이 대상도 모르는 욕망 때문에 괴로워하고, 울 이유도 없이 눈물을 흘리고, 무슨 일인지도 모른 채 한숨을 지었다. 나의 공상에 비길 만한 것을 주위에서 찾지 못하자 결국엔 그 공상을 다정하게 품게 되었다. 일요일이면 동료들은 예배가 끝난 뒤 함께 놀자고 나를 부르러 오곤 했다. 나는 할 수만 있다면 기꺼이 그 패를 피했을 것이다. 하지만 한번 놀이를 하게 되면 가장 열심이었고 다른 누구보다 앞장을 섰다. 말하자면 마음을 움직이기도 붙잡아두기도 어려웠다. 바로 이런 것이 이전부터 계속되어온 내 변하지 않는 성향이었다. 교외로 산책을 나가면 다른 사람이 일깨워주지 않는 한 나는 돌아올 일 같은 건 생각하지 않고 계속 앞으로 나아갔다. 결국 두 번이나 일을 당했다. 내가 도착하기 전에 성문이 닫혀버린 것이다. 이튿날 나는 예상했던 대접을 받았다. 두 번째는 다음에 또 그러면 그와 같은 대접을 마찬가지로 받을 것이라는 경고를 받은 터라 다시는 위험을 무릅쓰지 않겠다고 결심했다. 하지만 그토록 두려웠던 세 번째가 일어났다. 늦지 않으려고 주의를 기울였건만 미뉘톨리 씨라는 고약한 수장 때문에 결국 낭패를 보고 말았다. 그 작자는 자신이 보초를 서는 문을 다른 사람들보다 항상 30분 먼저 닫았다. 나는 동료 두 명과 함께 돌아오는 길이었다. 도시로부터 2킬로미터 떨어진 곳에서 돌아올 것을 알리는 종소리가 들린다. 걸음을 재촉한다. 북 치는 소리가 들린다. 죽어라고 달린다. 땀에 흠뻑 젖은 채로 숨을 헐떡이며 도착한다. 가슴이 두근거린다. 멀리서 성문을 지키는 병사들이 보인다. 나는 달리며 목메어 소리친다. 너무 늦었다. 전방 초소로부터 스무 걸음 앞에서 첫 번째 다리가 올라가는 것이 보인다. 허공의 무시무시한 나팔들을 보니 몸이 벌벌 떨린다. 나팔들은 그 순간 내게 시작된 피할 수 없는 운명의 불길하고 치명적인 전조였다.

처음에는 고통스러운 격정에 사로잡혀 요새의 비스듬한 제방에 뛰어들다가 쓰러졌다. 내 동료들은 자신들이 처한 불행을 우습게 여기며 곧바로 결심을 했다. 나 역시 나름대로 결정을 내렸다. 하지만 다른 방식의 결심이었다. 바로 그 자리에서 나는 장인의 집으로 절대 돌아가지 않겠다고 맹세했다. 다음 날 문이 열리자 그들은 도시로 들어갔고, 나는 그들과 영원한 작별의 인사를 하고, 내 외사촌 베르나르에게 나의 결심과 그가 다시 한 번 나를 만날 수 있을 장소를 비밀리에 알려달라는 부탁만 했다.

내가 도제로 들어간 후로는 그와 더 떨어져서 그를 만날 기회가 적어졌다. 그래도 우리는 얼마 동안은 일요일마다 만났다. 하지만 미처 깨닫지 못한 사이에 저마다 다른 습관을 갖게 되어서 우리는 더욱 드물게 만나게 되었다. 확신하건대 그의 어머니가 이 같은 변화에 상당한 역할을 했을 것이다. 그는 지체 높은 집안의 자제였고 보잘것없는 도제인 나는 생제르베 거리[25]의 어린애에 불과했다. 우리는 태어날 때는 같았지만 더 이상 동등하지 않았다. 나와 자주 만나는 것은 체면이 손상되는 일이었다. 그렇다고 우리의 관계가 완전히 단절된 것은 아니었고, 그는 본성이 착한 소년이어서 어머니의 만류에도 불구하고 종종 자기 생각대로 행동했다. 그는 내 결심을 알고서 급히 왔는데, 내 결심을 말리거나 함께 하기 위한 것이 아니라 별것 아닌 선물로 나의 도피를 묵인하려는 것이었다. 왜냐하면 내 수중의 돈만으로는 그리 오래 견디지 못할 것이었기 때문이다. 무엇보다도 그는 나에게 단검을 주었는데, 나는 그것이 꽤 마음에 들어 토리노까지 지니고 갔다. 그곳에서 나는 생활비가 궁해지자 칼을 팔아버렸다. 흔히 말하듯이 칼을 팔아서 먹고 마실 것을 산 병사처럼 된 것이다. 나중에 그가 그 중요한 순간에 나를 대한 태도에 대해 곰곰이 생각해볼 때마다, 그가 그의 어머니나 아버지의 지시를 따랐을 것이라는 확신이 점점 더 들었다. 왜냐하면 그가 자기 생각대로 했다면 나를 붙들려고 어떤 노력을 하거나 나를 따라가려 했을 것이기 때문이다. 하지만 전혀 아니었다. 그는 내 결심을 단념시키기는커녕 더 부추겼다. 그러더니 내가 결심을 굳힌 것을 알고는 별로 눈물도 흘리지 않은 채 나와 헤어졌다. 우리는 한 번도 편지를 주고받지 않았고 다시는 재회하지 않았다. 안타까운 일이다. 그는 본래 선한 성격이었다. 그래서 우리는 처음부터 서로 사랑할 수밖에 없었다.

내 숙명적인 운명에 몸을 맡기기 전에, 만일 내가 더 훌륭한 장인에게 맡겨졌다면 자연스레 나를 기다리고 있었을 운명에 잠시나마 눈을 돌려보고 싶다. 차분하고 잘 알려지지 않은 뛰어난 장인이라는 직업만큼 내 기질에 적합하고 나를 행복하게 만들어줄 자리는 아마 없을 것이다. 제네바에서는 조각공과 같은 몇몇 분야의 직업이 특히 그러했다. 그 직업은 넉넉한 생활을 할 만큼의 돈벌이는 되지만 상당한 재산을 모을 만큼은 아니어서 여생 동안 야심을 품기는 어려웠을 것이다. 또한 그 직업은 적당한 취미를 즐길 만큼의 여가를 허용해주므로 나를 내 영역에 묶어두고 그것에서 벗어날 어떤 구실도 좀처럼 제공하지 않았을 것이다. 나는 어떤 처지라도 공상으로 아름답게 만들 만큼 풍부한 상상력, 말하자면 내 뜻대로 이런 처지에서 저런 처지로 옮겨 다닐 정도로 뛰어난 상상력을 지니고 있어서 실상 내가 어떤 처지에 있는지는 별로 중요하지 않았다. 내가 실제로 있는 곳에서 최초의 공중누각까지의 거리가 그리 멀지 않아서 쉽사리 그곳에 자리를 잡았을 수 있었다. 단지 그런 이유로 가장 소박한 직업, 근심 걱정이 가장 적은 직업, 정신을 가장 자유롭게 해주는 직업이 나에게 적합하다는 결론이 나오는데, 그것이 바로 내가 배우던 직업이다. 나는 내 종교와 조국, 가족과 친구들에게 둘러싸여 평화롭고 안락한 삶을 보냈을 것이다. 늘 내 취향에 맞는 일을 하고 마음 내키는 대로 사람들을 만나는, 내 성격에 맞는 그런 삶을 말이다. 나는 선량한 기독교도, 선량한 시민, 선량한 가장, 좋은 친구, 훌륭한 일꾼, 모든 면에서 좋은 사람이 되었을 것이다. 내 직업을 사랑하고 아마도 그 일을 자랑스러워했을 것이다. 그리고 잘 알려지지 않고 소박하지만 기복이 없고 안락한 삶을 보낸 다음 가족들에게 둘러싸여 평화롭게 눈을 감았을 것이다. 아마도 사람들은 곧 나를 잊겠지만 적어도 나를 기억하는 동안은 그리워했을 것이다.

그런데 그게 아니라⋯⋯. 나는 앞으로 어떤 그림을 그리게 될 것인가? 아! 내 삶의 불행을 결코 앞질러 생각하지 말자. 이제 그런 서글픈 주제로 독자들을 지겹도록 붙들어둘 일만 남았으니 말이다.

———

제2권
1728

JEAN-JACQUES ROUSSEAU

두려움에 사로잡혀 도망치겠다는 계획을 떠올린 순간이 내게 서글펐던 만큼 그 계획을 실행한 순간 역시 매력적이었던 듯싶다. 아직 어린아이임에도 내 나라, 내 부모, 내 후원자와 의지할 수 있는 사람들을 떠난다는 것, 생활이 가능할 만큼 일을 익히지 못했는데 중도에 도제 수업을 그만둔다는 것, 불행을 벗어날 어떤 수단도 알지 못한 채 그 무시무시한 불행에 몸을 맡긴다는 것, 마음 약하고 세상 물정 모를 나이에 방탕과 절망의 모든 유혹에 빠져드는 것, 견딜 수 없는 너무나 가혹한 속박 속에서 죄악과 과오와 함정과 속박과 죽음을 찾아 멀리 나서는 것, 바로 이런 것들이 내가 부닥치게 될 일이었다. 또한 내가 예상했어야 할 미래의 일들이었다. 내가 그리던 미래와는 얼마나 다른 것이었던가! 내가 얻어냈다고 믿었던 독립이 내게 영향을 준 유일한 감정이었다. 자유롭고 마음대로 할 수 있게 된 나는 무엇이든 할 수 있고 무엇이든 얻을 수 있다고 확신했다. 이제 하늘로 날아오르기 위해서는 솟구쳐 오르기만 하면 되었다. 나는 안심하고 세상이라는 드넓은 공간에 들어섰다. 나의 재능은 곧 세상을 채우게 될 것이다. 한걸음 내딛을 때마다 향연과 보물과 모험들 그리고 나를 도와줄 채비가 되어 있는 친구들, 내 환심을 사고 싶어 안달하는 애인들을 발견할 것이다. 내가 등장하면 전 세계는 아니지만 세계가 나를 주목할 것이다. 어떻게 보면 전 세계가 내게 그렇게 하지 않아도 되고 내게 그 정도로까지 할 필요도 없는 것이다. 나는 매력적인 사회 하나면 족하므로 나머지에는 신경을 쓰지 않았다. 절제력 덕분에 내가 지배할 수 있으리라고 확신하는 협소하지만 기분 좋게 선택한 영역 안으로 들어갔다. 성(城) 하나만큼은 내 야심이 넘보지 못했다. 나는 영주와 귀부인의 사랑을 받고 아가씨의 애인이자 아드님의 친구로, 이웃들의 보호자로 만족했다. 그 이상의 것은 필요하지 않았다.

별반 기대할 것 없는 미래를 기다리느라 며칠 동안 도시 주위를 배회하며 친분이 있는 농부들 집에서 묵곤 했는데, 모두들 도회지 사람들에게서 기대할 수 있는 것보다 훨씬 더 호의적으로 나를 대접했다. 그들은 너무도 스스럼없이 나를 맞아주고 재워주고 먹여주어서 그것으로 공치사하는 것 같지는 않았다. 그것을 동정이라 부를 수도 없었다. 그도 그럴 것이 거기에는 그럴 만한 우월감이 보이지 않았기 때문이다.

여행을 떠나 정처 없이 세상을 돌아다닌 끝에 제네바에서 8킬로미터 떨어진 사부아 지방의 콩피뇽까지 흘러들어 갔다. 그 지역 주임신부의 이름은 퐁베르Pontverre[26]였다. 공화국의 역사에서 유명한 그 이름이 내게 깊은 인상을 주었다. 나는 목에 숟가락을 건 귀족들[27]의 후손이 어떤 사람들인지 보고 싶었다. 그래서 퐁베르 신부를 만나러 갔다. 그는 나를 환대해주었고 제네바의 이단[28]과 성모교회의 권위에 대해 이야기하더니 점심식사를 대접했다. 나는 이렇게 끝난 설득에서 별로 대답할 말이 없었고 자기 집에서 이토록 잘 대접하는 신부들이라면 적어도 우리의 목사들만큼 훌륭하다고 생각했다. 퐁베르 신부는 상당한 귀족이었지만 확실히 그보다는 내가 더 박식했다. 하지만 나는 식욕이 넘치는 손님이어서 그리 훌륭한 신학자는 되지 못했으며, 내가 보기에 너무나 근사한 그의 프랑지 산 포도주는 결정적인 승부수인지라 그렇게 좋은 주인의 입을 막게 되면 내가 낯이 뜨거워질지도 모를 일이었다. 그래서 져주었다. 다시 말해 적어도 정면으로 맞서지는 않았다. 나의 배려를 보고 나를 기회주의자로 생각할 수도 있을 것이다. 하지만 잘못 생각한 것이다. 나는 단지 정중했을 따름이고 이는 분명한 사실이다. 아첨이, 더 정확히 말해 자기보다 못한 사람에게 베푸는 겸손이 언제나 악덕은 아니다. 오히려 더 많은 경우에 미덕이 되기도 하며 특히 젊은이들에게는 그러하다. 어떤 사람이 우리를 호의적으로 대하면 우리는 그를 따르게 된다. 그에게 져주는 것은 그를 속이기 위해서가 아니라 그의 마음을 상하게 하지 않기 위해서인데, 말하자면 그에게 선을 악으로 갚지 않기 위함이다. 퐁베르 신부가 나를 환대하여 잘 대접하고 설득한들 무슨 이득이 있겠는가? 나 자신의 이익 말고 다른 이익은 아무것도 없다. 어린 마음에 그런 생각을 마음속으로 했다. 선량한 그 사제에게 감사와 존경의 마음이 들었다. 내가 우월하다고 느꼈지만 환대에 대한 보답으로 그 우월함을 이용해 그를 누르고 싶지는 않았다. 이러한 행동에 위선적인 동기라고는 전혀 없었다. 나는 개종할 생각이 조금도 없었다. 그런 생각에 금세 익숙해지기는커녕 그 생각을 하는 것만으로도 두려움이 생겼다. 그 두려움 때문에 그런 생각을 오래도록 멀리했을 것이다. 다만 그런 의도로 나에게 호의를 베푼 사람들의 비위를 거스르고 싶지 않았을 따름이다. 나는 실제보다 더 허술한 듯 굴면서 그들의 호의를 즐기며 그들로 하여금 환심을 살 수 있다는 기대를 갖게 만들고 싶었다. 그런 점에서 나의 잘못은 정숙한 여인들의 교태와 흡사한데, 그녀들은 종종 자신의 목적을 이루기 위해 아무것도 허락하지 않고 아무것도 약속하지 않은 채 자신이 지키고자 하는 약속 이상의 것을 기대하게 만들 줄 안다.

이성, 동정, 질서에 대한 사랑이 분명히 요구하기를, 나의 어리석은 행동을 따르게 해서는 안 되며 나를 가족의 품으로 돌려보냄으로써 내가 자초한 파멸에서 벗어나게 해야 한다고 했다. 진정 덕이 있는 사람이라면 모두 그렇게 하거나 그렇게 하려고 애썼을 것이다. 하지만 퐁베르 씨는 좋은 사람인지는 몰라도 확실히 후덕한 사람은 아니었다. 오히려 그는 고루한 신자여서 아는 미덕이라고는 성상(聖像)을 숭배하고 묵주신공을 드리는 일밖에 없었다. 또한 그는 선교사에 불과해서 신앙적 선행으로 제네바의 목사들에 대한 비방문을 쓰는 일보다 더 나은 것을 전혀 생각해내지 못했다. 그는 나를 집으로 돌려보내려고 하기는커녕 집을 벗어나려는 내 욕구를 이용하여, 장차 집에 돌아가고 싶어지더라도 돌아갈 수 없도록 만들었다. 그가 비참하게 죽거나 부랑자가 되도록 나를 이끌었다고 장담한다. 물론 그가 본래 생각한 것은 전혀 그런 쪽이 아니었다. 그는 이단에서 벗어난 영혼이 가톨릭교회로 돌아오기를 바랐다. 내가 미사를 드리기만 한다면 정직한 사람이건 부랑자이건 무슨 상관이겠는가? 더구나 이런 사고방식이 가톨릭 신자들의 특성이라고 생각해서는 안 된다. 그것은 행위가 아닌 믿음을 중시하는 모든 독단적인 종교들의 사고방식이다.

퐁베르 씨가 나에게 말했다. "하느님이 자네를 부르시네. 안시로 가게. 그곳에서 참으로 자비롭고 훌륭한 부인을 만나게 될 것이네. 왕의 자선 덕분에 여러 영혼들이 그릇된 신앙에서 벗어나고 그 부인도 오류에서 빠져나오게 되었다네." 새로운 개종자인 바랑Warens 부인[29]을 두고 하는 말인데, 사실 그녀는 신부들의 강요로 사르데냐 왕이 그녀에게 하사하는 2,000프랑의 연금을 자신의 신앙을 팔러 온 천민들과 나누고 있었다. 나는 매우 인정 많고 선량한 부인의 신세를 져야 한다는 것에 상당한 수치심을 느꼈다. 내게 필요한 것을 받기를 꽤 좋아했지만 동정받는 것을 좋아하지는 않았다. 더구나 독실한 여신도는 내게 그리 매력적이지 않았다. 하지만 퐁베르 씨의 부추김과 지독한 허기를 이기지 못한데다 목표가 있는 여행을 한다는 것에 상당히 만족했으므로 염려가 없지는 않았지만 결심을 하고 안시로 출발한다. 나는 그곳에 하루면 충분히 갈 수 있었다. 하지만 서두르지 않아 사흘이 걸렸다. 좌우로 성이 보일 때마다 거기서 틀림없이 나를 기다리고 있을 것만 같은 연애 사건을 찾아 나섰다. 하도 소심해서 나는 감히 성에 들어가지도 문을 두드리지도 못했다. 그래도 가장 외관이 훌륭한 창문 아래서 노래를 불렀다. 목이 다 쉬도록 오랫동안 노래를 불렀는데도 내 아름다운 목소리와 세련된 노랫가락에 이끌려 나온 부인이나 아가씨를 한 사람도 보지 못했다는 것에 상당히 놀랐다. 더구나 친구들이 알려준 기막힌 노래를 알고 있었고 그것을 멋들어지게 불렀는데도 말이다.

마침내 도착하여 바랑 부인을 만났다. 내 삶에서 이 시기가 내 성격을 결정지었다. 나는 이 시기를 가볍게 지나칠 결심을 할 수 없었다. 당시 나는 열여섯이라는 한창 나이였고, 미소년이라 부를 정도는 아니지만 아담한 키에 좋은 몸매를 지녔다. 귀여운 발에 잘빠진 다리, 자유분방한 태도와 활력이 넘치는 생김새, 사랑스러운 입매, 검은 눈썹과 머리카락에 작고 움푹 들어간 눈을 가졌지만, 그런 용모는 정열을 힘껏 발산하여 내 피를 끓어오르게 했다. 불행히도 나는 이 모든 것들에 대해 전혀 알지 못했다. 살아오면서 내 얼굴에 대해 생각해본 적이 없고, 그런 생각을 할 때는 이미 그것을 이용할 때가 아니었다. 이렇듯 나는 내 나이의 수줍음에 더해, 무척 상냥하면서도 다른 사람의 마음을 상하게 할지 모른다는 두려움으로 항상 불안한 천성에서 비롯된 수줍음을 지니고 있었다. 더구나 상당히 세련된 기지를 지녔지만 사교계를 전혀 몰라서 그 예법에 완전히 문외한이었고, 내 지식은 그 부족함을 채워주기는커녕 내가 얼마나 예의범절이 없는지 느끼게 함으로써 나를 더욱더 주눅 들게 했다.

초면에 호감을 얻지 못할까 두려워 나는 내가 잘할 수 있는 다른 방식을 찾았다. 그리하여 웅변가의 어조로 된 한 통의 아름다운 편지를 작성했는데, 바랑 부인의 호의를 얻어내기 위해 책에서 빌려온 문구들을 견습공의 표현과 한데 엮어가며 글솜씨를 있는 대로 발휘했다. 나는 퐁베르 씨의 편지를 내 편지와 함께 동봉한 뒤 그 무시무시한 접견에 나섰다. 바랑 부인은 전혀 볼 수 없었다. 부인이 성당에 가려고 막 떠났다고 했다. 그날은 1728년 종려주일이었다. 그녀를 뒤쫓아 뛰어갔다. 그녀를 보고 붙잡고 말을 건넸다……. 나는 그 장소를 기억하지 않으면 안 된다. 이후 나는 그곳을 종종 눈물로 적시고 입맞춤으로 뒤덮었다. 어째서 나는 이 행복한 장소를 황금 난간으로 둘러쌀 수 없는가! 왜 나는 이곳에서 온 지상의 찬사를 불러일으킬 수 없는가! 인간 구원의 기념물들에 존경을 표하고 싶은 사람은 누구든지 반드시 무릎을 꿇어야만 이곳에 접근할 수 있을 것이다.

그곳은 부인의 저택 뒤쪽에 있는 작은 길인데, 오른편의 집과 정원 사이로 흐르는 시냇물과 왼편 안뜰의 담을 끼고 장식용 문을 지나 성 프란체스코 교단의 성당으로 이어졌다. 바랑 부인은 이 문으로 막 들어가려다 내 목소리에 뒤를 돌아보았다. 그 시선에 내가 어떻게 되었겠는가! 잔뜩 얼굴을 찌푸린 독실한 신앙을 지닌 할머니를 생각했었다. 내 입장에서는 퐁베르 씨가 소개한 훌륭한 부인을 다르게 생각할 수 없었으니 말이다. 나는 우아함으로 빚어진 얼굴과 온화함으로 충만한 아름답고 푸른 눈, 눈부신 얼굴빛, 매혹적인 가슴의 곡선을 본다. 젊은 개종자는 단 한 번 쳐다보는 것만으로 어느 것 하나 놓치지 않는다. 왜냐하면 나는 이런 전도사들이 전도하는 종교는 틀림없이 천국으로 인도할 수 있다는 것을 확신하고 당장 그녀의 것이 되었기 때문이다. 부인은 내가 떨리는 손으로 내미는 편지를 미소 지으며 받아들였다. 그녀는 퐁베르 씨의 편지를 힐끔 보더니 다시 내 편지를 보고 전부 읽었다. 하인이 들어갈 시간이라고 알려주지 않았다면 그녀는 편지를 한 번 더 읽었을 것이다. "저런!

이봐요, 아직 나이도 어린데 마을을 떠돌아다니다니요. 정말 가슴 아프
군요." 그녀의 말에 나는 몸이 떨려왔다. 그러더니 그녀는 내 대답을 들을
새도 없이 이어서 말했다. "우리 집에 가서 기다리도록 해요. 아침식사를
달라고 하세요. 미사를 마치고 나서 당신과 이야기를 나누도록 하지요."

　루이즈 엘레오노르 드 바랑Louise-Eléonore de Warens은 본래 보 주
(州)에 있는 도시 브베의 오래된 귀족 가문인 라 투르 드 필la Tour de Pil
의 아가씨였다. 그녀는 루아Loys 가문의 바랑 씨와 아주 젊은 나이에 결
혼을 했다. 바랑 씨는 로잔 출신인 빌라르댕Villardin 씨의 장남이었다.
아이가 없는 이 결혼은 그다지 성공적이지 못했는데, 바랑 부인은 집안
문제로 일어난 어떤 슬픔을 못 이겨 비토리오 아메데오 왕[30]이 에비앙
에 행차한 때를 기회로 삼아 호수를 건너고 이 군주의 발아래 엎드렸다.
그녀는 나와 아주 비슷한 경솔한 행동으로 이렇게 자기 남편과 가족과
조국을 버리고서 자신의 행동을 늘 한탄했다. 왕은 열성적인 가톨릭 신
자이고 싶어 했으므로 그녀를 자신의 보호 아래 두고 피에몬테 돈으로
1,500리브르의 연금을 주었다. 별로 돈을 낭비하는 법이 없던 군주로서
는 상당한 액수였다. 이런 대접을 두고 사람들은 왕이 그녀를 마음에 두
고 있다고 생각했으므로 이를 안 왕은 근위병 몇을 붙여 그녀를 안시 지
방으로 보냈다. 그곳에서 그녀는 제네바의 명의(名義) 주교인 미셸 가브
리엘 드 베르네Michel Gabriel de Bernex의 책임 하에 비지타시옹 수도원
에서 공식적으로 개종했다.

　내가 그곳에 온 시기는 그녀가 안시에서 지낸 지 6년이 되었을 때였다.
당시 그녀는 한 세기가 시작될 때 태어나 28세가 되었다. 그녀는 변함없
이 유지되는 아름다움을 지니고 있었는데, 그 아름다움은 이목구비보다
는 개성 있는 용모에서 비롯된 것이었다. 그녀의 용모는 처음 한창 아름
다울 때의 화사함을 여전히 간직하고 있었다. 그녀는 상냥하고 다정한
자태에 매우 온화한 눈매와 천사 같은 미소와 내 입술에 꼭 맞는 입술, 그

리고 흔치 않게 아름다운 잿빛 머리카락을 가졌는데, 아무렇게나 틀어 올린 머리 때문에 더욱더 매력적으로 보였다. 그녀는 키가 크지 않고 오히려 작달막하기까지 했고 흉할 정도는 아니지만 키에 비해 다소 통통한 편이었다. 하지만 그녀보다 더 아름다운 얼굴과 더 아름다운 가슴과 더 아름다운 손과 더 아름다운 팔을 보는 것은 불가능했다.

그녀가 받은 교육은 그다지 체계적이지 못했다. 그녀는 나와 마찬가지로 태어나자마자 어머니를 잃었고 기회가 있을 때마다 되는대로 교육을 받았는데, 여자 가정교사에게서 조금, 아버지에게서 조금, 선생들에게서 조금 배우는 식이었고 애인들, 특히 타벨Tavel[31] 씨에게서 많이 배웠다. 그는 재치가 있고 아는 것도 많아서 자기가 좋아하는 여인을 더 매력적으로 만들었다. 하지만 상이하고 잡다한 종류의 지식들이 서로 방해가 되었고, 지식들의 체계가 잡히지 않은 탓에 그녀는 다양한 공부를 했음에도 불구하고 자신의 타고난 지성을 제대로 펼쳐 보이지 못했다. 그런 까닭에 철학과 물리학의 기초적인 지식을 얼마간 가졌음에도 그녀의 아버지가 지니고 있던 경험에 의존하는 민간요법과 연금술 방면의 취미를 여전히 버리지 못하고 있었다. 그녀는 묘약, 액체 약품, 방향성 진통제, 신약(神藥)을 만들었고, 그 비법을 알고 있다고 주장했다. 약장수들은 그녀의 약점을 이용해 그녀에게 들러붙어 귀찮게 하더니 결국 큰 손해를 끼치고 말았다. 또한 그들은 화덕과 엉터리 약들의 틈바구니에서 그녀의 재기와 재능, 매력을 소진시켰다. 그녀는 그것들을 지니고서 최상류층 사교계의 총애를 받을 수도 있었을 텐데 말이다.

비열한 사기꾼들은 그녀가 잘못 받은 교육을 악용하여 이성의 빛을 흐리게 했지만 그녀는 훌륭한 심성 덕분에 시련을 겪으면서도 언제나 한결같았다. 그녀의 다정하고 온화한 성격, 불쌍한 사람들에 대한 동정심, 한없는 호의, 명랑하고 개방적이며 솔직한 기질은 결코 변하지 않았다. 또한 나이가 들어가면서도, 가난과 불행과 온갖 불운에 휩싸여서도 그녀는 아름다운 영혼의 평온함 덕분에 죽을 때까지도 가장 즐거웠던 시절의 쾌활함을 그대로 간직하고 있었다.

그녀가 저지른 잘못은 끊임없이 일거리를 찾는 지칠 줄 모르는 활력에서 비롯되었다. 그녀에게 필요한 것은 여자들의 간계가 아니라 사업체를 만들어 운영하는 것이었다. 그녀는 큰 사업을 하도록 타고났다. 롱그빌 Longueville 부인[32]이 그녀의 위치에 있었다면 까다로운 여자에 불과했을 것이다. 반면에 그녀가 롱그빌 부인의 위치에 있었다면 국가를 통치했을 것이다. 그녀의 재능은 그녀의 처지에 걸맞지 않았던 것이다. 그 재능은 그녀가 더 높은 위치에 있었더라면 그녀에 대한 평판을 높여주었을 것인데, 그녀가 처해 있는 처지에서는 큰 손해를 끼쳤다. 그녀는 자기 능력에 맞는 일들을 하면서도, 항상 머릿속에 큰 계획을 잡고 늘 그 목적을 크게 세웠다. 그러다 보니 자신의 능력보다는 목적에 적합한 수단을 사용하게 되고, 타인의 잘못 때문에 실패했다. 그리고 계획이 실패하자 파산하고 말았다. 다른 사람들이라면 거의 아무것도 잃지 않았을 텐데 말이다. 그녀에게 그토록 해가 되던 이러한 사업 욕심은 적어도 수도원에 은신해 있을 때만큼은 큰 도움이 되었다. 그녀가 여생 동안 그곳에 거처를 정하기로 마음먹었을 때 그렇게 실행하는 것을 막아주었으니 말이다. 수녀들의 단조롭고 소박한 삶과 면회실에서 오가는 대수롭지 않은 경박한 수다, 이 모든 것들은 날마다 새로운 체계를 구상하고 그것에 몰두하고자 자유를 필요로 하는, 끊임없이 활동적인 정신의 소유자를 만족시킬 수 없었다. 사람 좋은 베르네 주교는 프랑수아 드 살François de Sales[33]보다 기지는 부족하지만 상당히 많은 점에서 그와 닮았다. 또한 그가 자기 딸이라고 부르던 바랑 부인은 여러 면에서 샹탈Chantal 부인과 흡사했다. 만약 그녀가 자기 취향 때문에 수도원의 한가로움에서 벗어나지 않았더라면 은둔이라는 점에서 샹탈 부인과 더 닮았을 수도 있을 것이다. 이 사랑스러운 여인이 고위 성직자의 영적인 지도 아래서 새로운 개종자에게 적합해 보이는 자질구레한 신앙상의 계율을 따르지 않은 것은 결코 열의가 부족해서가 아니다. 종교를 바꾼 이유가 무엇이든 간에 그녀는 자신이 선택한 종교에 충실했다. 그녀는 잘못한 것을 후회할 수는 있지만 이전 종교로 돌아가기를 바란 것은 아니었을 터이다. 그녀는 훌륭한 가톨릭 신자로 생을 마쳤을 뿐 아니라 신앙심 좋은 가톨릭 신자로 살았다. 그녀를 속속들이 안다고 생각하는 나로서는 감히 단언하는 바이지만, 그녀가 공공연하게 독실한 신자 행세를 하지 않은 것은 그저 거짓 태도를 드러내는 일에 반감이 있었기 때문이다. 그녀는 너무나 확고한 신앙심을 지니고 있어서 믿음을 가장하지는 못했던 것이다. 하지만 이 자리에서 그녀의 신념에 대해 길게 언급할 일은 아니다. 이 문제에 대해서는 말할 기회가 또 있을 것이다.

영혼의 공감을 부정하는 사람들은 할 수만 있다면 한번 설명해보기 바란다. 바랑 부인이 어떻게 첫 만남에서, 처음 건넨 말로, 처음 마주친 시선으로 가장 강렬한 애정뿐 아니라 결코 저버리지 않을 완벽한 신뢰를 내게 불어넣었는지. 내가 그녀에게 느낀 것이 진정 사랑이었다고 가정해보자. 우리 관계에 관한 이야기를 계속 읽어나갈 사람들에게는 적어도 그런 상황이 의심스러워 보이겠지만 말이다. 그런데 어떻게 이러한 열정이 그것이 전혀 불러일으킬 것 같지 않은 마음의 평화와 온화함과 평정과 안도 등의 감정들과 함께 처음부터 동시에 일어났을까? 어떻게 내가 상냥하고 세련되고 눈부신 여인에게, 나보다 지체 높은 귀부인에게 처음으로 접근했으며, 어찌 보면 내 운명은 그녀가 내게 얼마나 관심을 보이느냐에 달려 있었는데 어떻게 그런 여인에게 다가섰을까? 그럼에도 불구하고 어떻게 나는 내가 그녀의 마음에 들었다고 완전히 확신한 것처럼 곧바로 자유롭고 편해질 수 있었을까? 어떻게 나는 한순간도 당황하거나 소심해지거나 불편해하지 않았을까? 본래 수줍음이 많고 당황하며 세상 물정을 모르는 내가 어떻게 그녀를 첫날 처음 본 순간부터 편한 태도와 다정한 말과 허물없는 말투로 대했을까? 아무리 친밀한 관계라 해도 자연스러워지려면 10년은 지나야 하는 내가 말이다. 나는 욕망 없이 애정을 품을 수 있다고 생각하지 않는다. 나는 욕망을 품고 있었다. 하지만 불안해하지 않고 질투하지 않으면서도 애정을 품을 수 있을까? 적어도 사람들은 자기가 사랑하는 대상에게서 사랑받고 있는지 알고 싶어 하지 않을까? 나는 그녀에게 그런 질문을 할 생각을 평생 동안 단 한 번도 하지 않았다. 자기 자신을 사랑하는지 자문하는 것과 마찬가지이기 때문이다. 그녀도 나에 대해 더는 알려고 하지 않았다. 이 매력적인 여인에 대한 나의 감정에는 확실히 독특한 무언가가 있었다. 훗날 나의 감정에서 예상하지 못한 기묘한 것을 발견하게 될 것이다.

나의 장래가 화제에 올랐고, 그녀는 그 문제에 대해 좀 더 여유롭게 이야기하고 싶었는지 점심을 들고 가라며 나를 붙들었다. 나는 난생처음으로 식욕 없이 식사를 했다. 우리의 식사 시중을 들던 하녀도 내 나이와 처지에 있는 나그네치고 그렇게 식욕이 없는 이는 처음 본다고 말했다. 이같은 지적 때문에 집주인이 내게 나쁜 감정을 가지지는 않았지만, 어쨌든 우리와 함께 식사를 하면서 족히 6인분은 혼자서 해치우던 뚱뚱하고 버릇없는 어떤 사람을 어느 정도 겨냥하는 말이었다. 나로서는 일종의 황홀경에 사로잡혀 도저히 먹을 형편이 못 되었다. 내 마음은 내 존재 전체를 차지하게 된 아주 새로운 감정에 빠져 있었다. 내 마음에 다른 어떤 역할을 위한 여지는 남아 있지 않았다.

바랑 부인은 내가 지내온 날들을 상세히 알고 싶어 했다. 그녀에게 그 이야기를 하려다 보니 나는 장인의 집에서 잃어버린 정열을 모두 되찾았다. 내가 이 훌륭한 영혼의 관심을 불러일으켜 내게 호의를 품게 만들수록 그녀는 내가 맞닥뜨리게 될 운명을 더욱 불쌍히 여겼다. 그녀의 다정한 연민은 그녀의 태도와 시선과 몸짓에 역력히 드러났다. 그녀는 제네바로 돌아가도록 차마 나를 설득하지 못했다. 그녀의 입장에서 보면 그런 행동은 가톨릭 교리를 모독하는 것이며, 그녀도 자신이 얼마나 감시 당하고 있는지 자신의 말이 얼마나 주목받고 있는지 모르지 않았다. 하지만 그녀는 내게 너무나 뭉클한 어조로 아버지가 낙담하고 있을 것이라고 말해서, 내가 아버지를 위로하러 가는 것에 동의했다고 볼 수밖에 없었다. 그녀는 생각하지 못했지만 자신이 얼마나 모순된 행동을 하고 있는지 깨닫지 못했다. 내 결심은 정해졌을 뿐 아니라, 이미 말했다고 생각하지만, 그녀의 말이 감동적이고 호소력이 있다고 생각할수록, 그녀의 말이 내게 감동을 줄수록 더욱 그녀와 헤어질 결심을 할 수가 없었다. 제네바로 돌아간다는 것은, 내가 해왔던 이전의 생활방식으로 되돌아가지 않는 한 그녀와 나 사이에 거의 뛰어넘을 수 없는 방책을 세우는 일이라고 생각했다. 나는 그렇게 하기보다는 무턱대고 버티는 것이 낫다고 생각했다. 그래서 버티기로 했다. 바랑 부인은 자신의 노력이 소용없음을 알고 자신의 평판을 위태롭게 만들 정도의 노력을 계속하지는 않았다. 대신 그녀는 내게 연민 어린 시선으로 말했다. "가련한 아이야, 너는 신이 부르시는 곳으로 가야 한단다. 그렇지만 네가 어른이 되면 나를 기억하게 될 것이야." 나는 이 예언이 그토록 잔인하게 이루어질 줄을 그녀 자신도 생각하지 못했다고 믿는다.

어려움은 여전히 그대로였다. 그토록 어린 나이에 어떻게 고향을 떠나 살아갈 것인가? 도제 수업을 간신히 절반쯤 끝낸 내가 일에 대해 알기란 상당히 힘들었다. 내가 그 일을 잘 안다 하더라도 작업할 만한 일이 있기에는 너무나 가난한 고장인 사부아에서 그 일로 먹고살 수는 없었을 것이다. 우리 대신 밥을 먹었던 그 촌뜨기가 턱이 아픈지 잠시 휴식을 할 수밖에 없게 되자 신이 내려주었다는 의견을 제시했는데, 나중에 보니 그 의견은 영 다른 쪽에서 내려온 것이었다. 내가 토리노로 가는 것이 그의 의견이었다. 그곳에 세워진 예비 신자 교육을 위한 수도원 부속 무료 숙박소에서 물질적인 삶과 영적인 삶을 함께 도모해보라는 것이었다. 교회의 안식처에 들어가 너그러운 사람들이 베푸는 자비를 통해 나에게 적합한 자리를 찾을 때까지 말이다. 그자가 계속해서 말을 이었다. "여비 문제는 부인께서 그 거룩한 사업을 주교 성하께 제안하신다면 자비롭게도 그분께서 마련해주실 것입니다." 그는 음식에 고개를 처박고 말했다. "남작 부인께서도 너무나 인정이 많으시니 분명히 열의를 다해 그 일에 동참하실 것입니다."

나는 이 같은 모든 동정이 정말 참기 힘들었다. 가슴이 에이는 듯했지만 아무 말도 하지 못했다. 바랑 부인은 그 계획을 제안한 사람으로서는 그리 크게 받아들이지 않은 채 다만 각자 힘닿는 대로 자선에 기여해야 하며, 그 문제에 대해 자신도 주교님에게 말해보겠노라고 대답했을 뿐이다. 하지만 그 악마 같은 녀석은 그녀가 그 일에 대해 자기 뜻대로 말하지 않을까 염려했고, 그 문제에 자신도 작은 이해관계가 있던 터라 부속 사제들에게 달려가 미리 알리고 선량한 사제들의 입단속을 단단히 해둔 상태였다. 내가 하게 될 여행을 걱정해주던 바랑 부인이 주교에게 그 문제에 대해 말하려 했을 때는 이미 그 일이 결정되었다는 사실을 알게 되었다. 주교는 내게 줄 얼마 안 되는 여비를 그녀에게 당장 건네주었다. 그녀는 감히 나를 머물게 해달라고 간청할 수 없었다. 그 연령대의 여인이 젊은 남자를 자기 곁에 붙들어두려는 것은 상식적으로 점잖지 못한 처신이었는데, 내가 벌써 그런 나이에 이른 것이다.

나를 걱정하던 사람들이 그렇게 내 여행을 결정했고 나는 그 결정을 잘 따라야 했으며 그다지 반감이 들 것도 없어서 곧장 그렇게 했다. 토리노가 제네바보다 멀다고는 해도 그곳은 수도이므로 국가와 종교가 다른 여느 도시보다 안시와 더욱 밀접한 관계가 있다고 생각했다. 그리고 바랑 부인의 뜻을 따르려고 떠나기 때문에 여전히 부인의 지도를 받으며 살아가는 것이라 생각했다. 말하자면 그녀 가까이에서 사는 것 그 이상이었다. 요컨대 엄청난 여행을 한다는 생각이 이미 분출된 나의 방랑벽을 부추겼다. 내 나이에 산을 넘고 내 동료들보다 알프스의 고도만큼 더 높은 곳에 오른다는 것은 멋진 일처럼 보였다. 여러 고장을 돌아본다는 것은 제네바 사람이면 거의 뿌리치기 힘든 유혹이다. 그래서 나는 동의했다. 그 시골뜨기는 이틀 후에 자기 마누라와 함께 떠나기로 되어 있어서 그들이 나를 맡아 보살펴주기로 했다. 그들은 바랑 부인이 더 채워준 돈주머니를 건네받았다. 더구나 부인은 푼푼이 모아둔 얼마 안 되는 돈을 나에게 몰래 주면서 상세한 지시까지 덧붙였다. 우리는 성 수요일에 길을 나섰다.

안시를 출발한 다음 날 아버지가 친구인 리발Rival 씨와 함께 내 뒤를 쫓아 이곳에 왔다. 아버지처럼 시계수리공인 리발 씨는 기지가 풍부하고 재주까지 있는데다, 라 모트La Motte[34]보다 시를 잘 썼고 거의 그만큼 말을 잘했다. 더구나 그는 더할 나위 없이 예의가 바른 사람이었지만 걸맞지 않은 문학 취향으로 한 아들을 배우로 만든 것이 전부였다.

어른들은 바랑 부인을 만나 서로 나의 운명을 애석해하는 것으로 만족했다. 그들은 말을 타고 있었고 나는 걸어서 갔으니 나를 쫓아와 붙잡으려면 얼마든지 그렇게 할 수도 있었을 것이다. 베르나르 외삼촌에게도 같은 일이 일어났다. 그는 콩피뇽에 왔다가 그곳에서 내가 안시에 있다는 소식을 듣게 되자 제네바로 돌아갔다. 내 가까운 일가친척들이 내 운명의 별과 결탁하여 나를 기다리던 운명에 나를 넘겨버린 듯싶었다. 내 형도 이와 비슷하게 관심을 기울이지 않아서 행방불명되었는데, 그가 어떻게 되었는지 아는 이가 없을 정도로 행방이 묘연했다.

아버지는 신의가 있을 뿐 아니라 확실히 성실하고 많은 덕을 베푸는 강건한 마음을 지닌 사람들 가운데 한 명이었다. 더구나 그는 좋은 아버지였고 특히 나에게 그랬다. 아버지는 나를 매우 다정하게 사랑했다. 하지만 자신의 쾌락 또한 사랑해서, 내가 아버지와 떨어져 살게 된 이후로 또 다른 취미들을 즐기느라 부성애가 다소 식어버렸다. 아버지는 니옹에서 재혼을 했다. 아버지의 새로운 아내는 더 이상 아이를 낳을 나이는 아니었지만 혈육들이 있었다. 그렇게 해서 또 다른 가족, 또 다른 대상들, 새로운 집안이 만들어졌고, 그 때문에 나에 대한 기억이 자주 떠오르지 않게 된 것이다. 아버지는 늙어가는데 노후를 감당할 재산이 전혀 없었다. 형과 나에게는 어머니가 남긴 재산이 얼마간 있었는데, 거기서 나오는 수입은 우리가 나가 있는 동안은 아버지의 몫으로 돌아가게 되어 있었다. 아버지가 그런 생각을 직접 떠올린 것은 아니었고 그 때문에 자신의 의무를 다하지 않은 것도 아니었다. 하지만 그런 생각이 은연중에 떠올라 그런 일이 없었다면 더욱 정성을 다했을 아버지의 열의를 때때로 약화시켰다. 내 생각에 아버지가 처음 나를 쫓아 안시에 와서도 심정적으로 확실히 따라잡을 수 있었던 샹베리까지 나를 따라오지 않은 것은 바로 그 때문이었을 것이다. 바로 그런 이유 때문에 내가 집을 나간 이후 종종 아버지를 만나러 갔을 때도, 아버지는 항상 나에게 애정 표시를 했지만 나를 붙잡으려는 노력은 그리 크게 하지 않았다.

나는 아버지의 애정과 미덕을 너무나 잘 알고 있었지만 아버지의 그런 행동 때문에 스스로에 대해 심사숙고해볼 수밖에 없었고, 그런 성찰 덕분에 건전한 마음을 지니는 데 상당한 도움을 받았다. 그런 일을 겪으면서 나는 다음과 같은 도덕상의 대원칙을 얻었는데, 그것은 실생활에서 어쩌면 유일하게 사용할 수 있다. 말하자면 우리의 의무와 이익이 대립하는 상황, 타인의 불행에서 우리의 행복을 얻어내는 상황을 피하라는 것이다. 그와 같은 상황에서는 아무리 미덕에 진실한 사랑을 품고 있어도 깨닫지 못하는 사이에 마음이 약해지는 법이며, 마음속으로는 줄곧 정의롭고 선하지만 행동은 부당하고 사악해질 것이 분명하다.

이 원칙은 내 마음속 깊이 새겨져 비록 조금 나중의 일이지만 나의 모든 행동으로 옮겨졌는데, 나는 이 원칙들 중 하나로 인해 대중들에게, 특히 내 지인들 사이에서 가장 유별나고 정신 나간 사람처럼 보이게 되었다. 또 유별나고 타인들과 다르게 행동하고 싶어 한다고 의심받았다. 사실 나는 타인들처럼 행동하는 것도 그들과 다르게 행동하는 것도 생각해본 일이 전혀 없다. 나는 선하게 행동하기를 진심으로 원했다. 내가 온힘을 다해 피하려 했던 것은, 타인의 이익과 상반되는 이익을 내게 가져다주고 결과적으로 고의는 아니지만 그 사람의 불행을 은근히 바라는 상황이었다.

2년 전(1763년) 조지 키스George Keith 경[35]은 자신의 유언장에 내 이름을 써넣으려 했다. 나는 그 결정을 극구 반대했다. 나는 그에게 분명히 말하기를 무슨 일이 있어도 그 누구의 유언장을 통해서도 세상에 나를 알리고 싶지 않으며 경의 유언장을 통해서는 더욱더 그러고 싶지 않다고 했다. 그는 내 의사를 받아들였다. 이제 그는 나에게 종신연금을 지급하려 하고 나도 거부하지는 않는다. 내가 마음을 바꿔 득을 보려 한다고 말할 수 있을 것이며 어쩌면 사실일 수도 있다. 하지만 오, 나의 은인이자 나의 아버지여, 만일 내가 불행히도 당신보다 오래 산다면 나는 당신을 잃음으로써 모든 것을 잃고 얻을 것이 전혀 없다는 사실을 잘 압니다.

내 생각으로는 바로 이것이 훌륭한 철학이며 인간의 마음과 조화를 이루는 유일한 철학이다. 나는 이 철학의 심오한 영속성에 날이 갈수록 깊이 젖어들었다. 또한 나는 이 철학을 최근 나의 모든 저작들에서 다양한 방식으로 검토한 바 있다. 하지만 경박한 대중들은 그 작품들에서 이러한 철학을 눈여겨볼 줄 몰랐다. 만일 내가 지금의 계획을 끝내고 다른 작업을 계속할 만큼 오래 산다면, 나는 《에밀Émile》의 후속편에서 바로 그 원칙을 아주 매력적이고 인상적으로 드러내는 본보기를 제시하여, 내 독자들이 그것에 주목하지 않고는 못 배기게 할 작정이다. 하지만 이렇게 생각한 것만으로도 여행자로서는 충분하다. 이제 다시 떠나야 할 시간이다.

나는 기대했던 것보다 더 기분 좋게 여행을 했고 그 시골뜨기도 겉보기만큼은 그리 무뚝뚝하지 않았다. 그는 중년의 사내로 반백의 검은 머리를 길게 땋았으며 큰 덩치에 목소리가 크고 무척 쾌활한데다 잘 걷고 먹기도 잘 먹었다. 그는 갖가지 일에 손을 댔지만 잘하는 일은 하나도 없었다. 확실치는 않지만 그가 안시에 어떤 공장을 세울 제안을 했던 것 같다. 바랑 부인은 기어코 그 계획에 걸려들고 말았다. 그가 충분한 비용을 지급받고 토리노 여행을 한 것은 대신(大臣)이 그 계획을 받아들이도록 설득하기 위해서였다. 그 위인은 항상 신부들 사이에 비집고 들어가 술 책을 쓰는 재주가 있었다. 또한 그들을 모시려고 비위를 맞추기도 했다. 그는 그들이 공부하는 곳에서 어떤 종교적인 전문용어를 주워듣고는 그 말을 끊임없이 써먹었다. 자신이 위대한 설교자인 듯이 자랑하면서 말이다. 그는 성서의 라틴어 한 구절도 알고 있어서, 그 구절을 하루에 천 번씩 되풀이하는 통에 그가 라틴어 구절을 천 개쯤 알고 있는 듯싶었다. 더구나 다른 사람들의 지갑에 돈이 있는 것을 알면 돈 궁할 일이 좀처럼 생기지 않았다. 하지만 사기꾼이라기보다는 재주가 좋아서 모병관의 말투로 따분한 설교를 할 때면 옆구리에 칼을 차고 십자군에게 복음을 전하는 은둔자 피에르Pierre L'Ermite[36]를 연상케 했다.

그의 마누라 사브랑 부인은 무척이나 사람 좋은 여자로 밤보다는 낮에 더 얌전했다. 나는 항상 그들의 방에서 잠을 잤으므로 그녀가 잠을 이루지 못해 시끄럽게 구는 바람에 종종 잠을 설치곤 했는데, 그 이유를 알았더라면 더 자주 잠을 깼을 것이다. 하지만 나는 그 이유를 생각조차 하지 못했다. 나는 그런 문제에 대해서는 나의 교육에 관한 책임을 전적으로 자연에 맡겼을 만큼 어리석은 문외한이었다.

나는 독실한 척하는 안내자에 그의 쾌활한 동반자까지 함께 어울려 즐겁게 길을 갔다. 여행 중에 사고가 나서 어려움을 겪는 일은 없었다. 또한 이제까지 살아오면서 몸과 마음의 상태가 그렇게 행복한 적이 없었다. 나는 젊었고 거침이 없었으며, 건강과 안도의 마음과 자신과 다른 사람에 대한 믿음이 넘쳐났기에 인생에서 짧지만 소중한 순간을 맞은 것이다. 그 순간 넘쳐흐르는 삶의 충만함은 이를테면 우리의 모든 감각을 통해 우리의 존재를 드넓게 만들고, 그 매력으로 눈앞에서 온 자연을 더욱 아름답게 만든다. 나의 가벼운 불안은 그 불안을 덜 요동치게 만들고 나의 상상력을 몰입시키는 어떤 대상을 품고 있었다. 나는 나 자신을 바랑 부인의 작품이자 학생으로 친구로 또 거의 애인이나 마찬가지로 생각했다. 그녀가 내게 했던 다정한 말들, 그녀가 내게 보여주었던 잔잔한 애정의 표시들, 그녀가 내게 쏟은 듯싶은 그토록 다정한 관심들, 내게 사랑을 불러일으킨 까닭에 사랑으로 가득한 듯한 그녀의 매력적인 시선, 이 모든 것들이 걷는 동안 나의 상상력을 북돋았고 나로 하여금 기분 좋은 몽상에 빠지게 했다. 내 운명에 대한 어떤 두려움과 의심도 그 몽상을 방해하지 못했다. 나를 토리노에 보낸다는 것은 내 생각에 그곳에서 내가 적절히 자리 잡아 먹고살 수 있도록 책임지겠다는 뜻이었다. 나는 이제 나에 대한 걱정은 하지 않았다. 다른 사람들이 그 책임을 떠맡았으니 말이다. 그래서 근심을 덜고 가벼운 걸음을 옮겼다. 젊은이다운 욕망과 황홀한 희망과 훌륭한 계획으로 내 영혼은 충만해졌다. 눈에 보이는 모든 대상들이 다가올 나의 행복을 담보하는 듯싶었다. 집집마다 벌어지는 시골 잔치를 상상하고, 초원에서 펼쳐지는 흥에 겨운 놀이를, 물가에서 벌어지는 물놀이, 산책, 낚시질을, 나무에 열린 맛 좋은 과일을, 나무 그늘 아래서의 밀담을, 산 위에서 보이는 우유와 크림 통을, 매력적인 한가로움을, 평화와 소박함을, 어디로 가야 할지 모르는 즐거움을 떠올렸다. 요컨대 내 눈을 사로잡은 것치고 어느 것 하나 내 마음에 어떤 매력적인 기쁨을 주지 않는 것은 없었다. 위대하고 다채로우며 현실적인 아름다움을 지닌 정경은 그 매력을 이성(理性)에도 걸맞게 만들었다. 그런 생각에는 약간의 허영심마저 뒤섞여 있었다. 내 생각에 그토록 어린 나이에 이탈리아에 간다는 것, 이미 많은 지방을 보았다는 것, 산을 넘어 한니발을 뒤따라가는 것은 내 나이에 과분한 영광인 듯싶었다. 이 모든 것에 더하여 자주 즐겁게 휴식을 취했고 왕성한 식욕과 그런 욕구를 충족시킬 만한 먹을 것도 있었다. 사실 나는 먹을 것을 아낄 필요가 없었다. 사브랑 씨의 점심 식사에 견주어 내 식사는 눈에 띌 정도도 안 되었던 것이다.

내 기억에 우리가 이 여행에서 보낸 7, 8일 동안만큼 근심 걱정에서 완전히 벗어난 적은 평생 없었다. 사브랑 부인의 걸음에 우리가 보조를 맞추어야 해서 여행은 긴 산보가 되었기 때문이다. 그 기억 덕분에 그것과 관련된 모든 것, 특히 산과 도보 여행에 관한 가장 열렬한 취미가 내게 생겼다. 내가 도보 여행을 한 것은 한창때뿐이지만 항상 즐거웠다. 오래지 않아 의무와 일거리와 들고 가야 할 짐 때문에 어쩔 수 없이 점잔을 빼며 마차를 타야 했다. 마차를 타면서부터 마음을 좀먹는 근심과 걱정거리와 불편함이 더불어 생겨났다. 또한 예전의 여행에서는 오직 걸어가는 즐거움만을 느꼈는데 그때부터는 목적지에 도착할 필요만을 느꼈을 따름이다. 나는 파리에서 나와 같은 취미를 가진 두 친구를 찾았다. 그런 친구들이라면 우리와 나누어 여행 가방을 들어줄 아이 말고는 다른 동행 없이 도보로 이탈리아를 함께 일주하며, 각자 자기 지갑에서 50루이는 쓰려 하고 자기 시간에서 1년은 할애하려고 한다. 많은 사람들이 나서긴 했지만 이 계획을 겉으로만 즐거워할 뿐 마음속으로는 그야말로 헛된 생각으로 여겼고, 정작 실행하려 하지는 않으면서 이야깃거리로만 떠들어댔다. 나는 그 계획에 대해 디드로Diderot,[37] 그림Grimm[38]과 함께 열정적으로 이야기하면서 마침내 그들을 솔깃하게 만든 기억이 있다. 이번에는 일이 다 된 것으로 믿었다. 하지만 모든 것은 글을 통해 여행을 하고 싶다는 식으로 일단락되었고, 그 여행에서 그림이 생각해낸 가장 흥미로운 이야기는 디드로에게 엄청난 신성모독을 저지르게 하고 그를 대신해서 내가 종교재판을 받도록 만드는 것이었다.

토리노에 너무 일찍 도착하여 아쉬웠지만 대도시를 보았다는 기쁨과 자신에 걸맞은 중요한 역할을 할 것이라는 희망으로 마음을 달랬다. 타오르는 야망이 이미 내 머리까지 치솟았으니 말이다. 이미 나 자신이 예전의 견습공 신분보다 훨씬 높은 지위에 있다고 생각했던 것이다. 조만간 내가 그보다 훨씬 못한 처지에 놓이게 되리라고는 생각조차 하지 못했다.

나는 독자들이 보기에 전혀 흥미로울 것이 없는 사건의 전말을 상세하게 다루었고 앞으로 계속 다루게 될 것인데, 이야기를 좀 더 하기 전에 독자들에게 먼저 용서를 구하고 변명을 해야만 한다. 여러 사람에게 나 자신을 완전히 보여주기로 계획한 이상 그들에게 나에 관한 어떠한 것도 모호하거나 감춰진 채로 두어서는 안 된다. 나는 항상 그들의 시선 아래 있어야 한다. 그들은 내 마음속의 일체의 방황과 내 삶의 모든 은밀한 부분에서 나를 지켜보아야 하고 단 한 순간도 나를 시야에서 놓쳐서는 안 된다. 그들이 내 이야기에서 아주 사소한 공백과 빈틈을 발견하고, '그가 그사이에 무슨 일을 했을까?' 의구심을 품으면서 내가 모든 것을 말하려 하지 않았다며 나를 비난할까 봐 두렵기 때문이다. 나는 내 이야기를 함으로써 사람들에게 악의를 불러일으킬지언정 입을 다물어서 그런 비난을 초래하지는 않을 것이다.

나는 푼돈까지 다 쓰고 말았다. 내가 입을 함부로 열었기 때문이다. 나의 경솔한 언동이 안내자들에게 헛된 것은 아니었던 셈이다. 사브랑 부인은 은으로 만든 매끈하고 작은 리본까지 내게서 빼앗아가고 말았다. 그 리본은 바랑 부인이 나의 작은 칼에 달라고 준 것인데, 다른 어떤 것보다도 그것이 아까웠다. 내가 고집을 덜 피웠다면 칼까지 그들 수중에 넘어갔을 것이다. 그들은 내 여비를 정확히 지불했지만 내게 남겨준 것은 아무것도 없었다. 나는 옷도 돈도 속옷도 없이 토리노에 도착했던 까닭에 내가 출세하면 얻게 될 모든 명예는 온전히 내 재능 하나에만 달려 있었다.

나는 추천장을 받은 게 있어서 그것들을 들고 갔다. 그래서 곧 가톨릭

예비신자들을 위한 수도원의 자선 보호시설로 안내되어 종교교육을 받게 되었다. 종교교육을 받는다는 구실로 구차하게 생계를 해결한 셈이다. 안으로 들어서자 육중한 쇠창살 문이 보였고 그곳을 지나자마자 내 뒤에서 문이 이중으로 잠겼다. 이러한 시작은 유쾌하다기보다는 위압적으로 느껴졌고 나를 깊은 생각에 잠기게 만들기 시작했다. 그때 나는 상당히 큰 방으로 들어가게 되었다. 내가 그곳에서 본 가구는 방 안쪽에 위치한 커다란 예수 수난상이 걸려 있는 나무 제단과 그 주변에 있는 역시 나무로 만든 네댓 개의 의자가 전부였다. 의자들은 왁스칠을 한 듯했지만 실은 하도 오래 사용하고 문지른 나머지 반질거리는 것에 불과했다. 이 회합 장소에는 볼썽사나운 망나니들이 네댓 명 있었는데 그들은 나와 함께 교육을 받을 동료들이었고 신의 자녀들이 되기를 바라는 사람보다는 사탄의 궁수(弓手)와 더 흡사했다. 그놈들 중 둘은 슬라보니아 사람인데 자신을 유대인이나 무어인이라 칭했으며, 나에게 털어놓은 바에 따르면 자신들은 스페인과 이탈리아를 이리저리 떠돌아다니며 살아왔다는 것이다. 수고한 만큼의 수입이 오르는 곳이면 어디서든지 기독교 신자가 되어 세례를 받으면 그만이었다. 또 다른 철문이 열렸는데, 그 문은 안뜰을 향해 넓게 펼쳐진 커다란 발코니를 반으로 나누고 있었다. 그 문을 통해 예비신자인 우리의 자매들이 들어왔다. 그녀들은 나와 마찬가지로 세례가 아닌 엄숙한 개종을 통해 다시 태어날 예정이었다. 그녀들은 일찍이 주님의 품과 같은 교회를 오염시킨 그야말로 천하의 갈보들이자 추잡한 바람둥이 계집들이었다. 내가 보기에 한 여자만이 귀엽고 상당히 매력이 있었다. 그녀는 거의 나와 비슷한 연배이거나 어쩌면 한두 살 위인 듯싶었다. 그녀는 야한 눈을 지니고 있었는데 이따금 내 눈과 마주쳤다. 그런 눈빛 때문에 그녀와 사귀고 싶은 마음이 들었다. 하지만 그녀가 이 시설에서 석 달을 있었고 그 후 거의 두 달을 더 머물렀음에도 내가 그녀에게 접근하기란 완전히 불가능했다. 그녀는 간수인 노파에게 맡겨져 있었고 게다가 열의를 쏟는 것 이상으로 그녀의 개종에 열심이었던, 경건한 전도사의 끊임없는 감시를 받고 있었으니 말이다. 겉보기와는 다르게 그녀는 말도 못하게 우둔했음이 분명했다. 교육이 그 정도로 오래 걸리는 법은 없었던 것이다. 성인조차도 그녀가 개종할 수 있으리라고는 전혀 생각하지 못했다. 그런데도 그녀는 수도원의 은둔 생활이 지긋지긋해져서 기독교 신자가 되든지 안 되든지 무조건 떠나고 싶다고 말했다. 그녀가 아직 신자가 되기를 받아들이는 동안에는 그녀의 말을 그대로 들어줄 수밖에 없었다. 그녀가 반항을 하거나 더 이상 신자가 되기를 원치 않을까 봐 두려웠으니 말이다.

신참들을 환영하기 위한 작은 모임이 열렸다. 우리에게 짧은 설교가 베풀어졌다. 나에게는 신이 베풀어준 은총에 응할 것을 간구했고 다른 사람들에게는 내게 기도해주고 본보기를 보여 나를 감화시킬 것을 권유했다. 이후 처녀들이 자기네 수도원 출입 금지구역으로 돌아가고 나서야 비로소 내가 그런 구역에 있게 된 것을 마음 놓고 놀랄 만한 여유가 생겼다.

다음 날 아침에 우리는 교육을 받으러 다시 모였다. 바로 그때가 되어서야 나는 내가 가게 될 길과 이곳까지 오게 된 과정에 대해 처음으로 심사숙고하게 되었다.

예전에도 말한 적이 있고 지금도 되풀이해서 말하고 있으며 앞으로도 계속 말할지 모르는 것이 하나 있는데, 날이 갈수록 가슴 깊이 새기게 되는 한 가지 사실은 일찍이 분별 있고 건전한 교육을 받은 아이가 있다면 바로 내가 그렇다는 것이다. 품행이 여느 사람들과 다른 가정에서 태어난 나는 일가친척들로부터 사려 깊은 가르침과 도의를 다하는 모범만을 배웠다. 아버지는 비록 쾌락을 찾는 사람이지만 참으로 성실하며 신앙심도 두터웠다. 세상에서는 신사였고 가정에서는 기독교도였던 아버지는 당신이 마음에 새긴 감정을 일찍부터 나에게 고취시켰다. 하나같이 사려 깊고 정숙했던 세 분의 고모 가운데 첫째, 둘째 고모는 독실한 신자였고,

매력과 재치와 감각이 다같이 풍부했던 아가씨인 셋째는 과시는 덜했지만 어쩌면 두 고모보다 더 독실했을지도 모른다. 나는 이런 존경받을 만한 가정 안에 있다가 랑베르시에 씨 댁으로 가게 되었다. 그는 성직자이자 설교자였음에도 불구하고 내적인 신앙을 품고 있었으며 말하는 것만큼이나 거의 마찬가지로 올바르게 행동했다. 그의 누이와 그는 다정하고 온당한 교육을 통해 자신들이 내 마음속에서 발견한 신앙심의 원칙을 계발시켜주었다. 이 존경할 만한 사람들은 이를 위해 너무나 진실하고 신중하고 분별 있는 방법을 채택한 까닭에, 나는 설교에 싫증을 내기는커녕 설교를 듣고 나올 때면 늘 마음속으로 감동을 받고 올바르게 살기로 결심을 했다. 나는 그 결심을 잊지 않았고 그것을 어기는 법도 거의 없었다. 베르나르 고모 댁에서는 그녀가 신앙을 직업으로 삼았던 까닭에 예배가 좀 더 지루했다. 장인의 집에서도 신앙에 대한 생각이 달라지지는 않았지만 그것을 생각할 겨를이 거의 없었다. 나를 타락시키는 젊은이들은 전혀 보지 못했다. 나는 악동이 되었지만 방종한 사람은 되지 않았다.

그래서 나는 내 나이의 소년이 종교에 대해 지닐 수 있는 모든 것을 갖고 있었다. 심지어는 그 이상의 것도 가졌는데, 여기서 무엇하러 나의 그런 생각을 감추겠는가? 나는 유년기에도 어린아이가 아니었다. 나는 항상 어른처럼 느끼고 생각했다. 내가 평범한 계층에 들어간 것은 커가면서였다. 태어나면서부터는 그런 계층에 속해 있지 않았다. 내가 얌전을 빼고 천재를 자처하는 꼴을 본다면 비웃을 것이다. 하지만 실컷 비웃고 나서, 여섯 살 나이에 소설에 매달려 재미있어하고 뜨거운 눈물을 흘릴 정도로 감동을 받는 아이가 있는지 찾아보기 바란다. 그렇게 한다면 나도 내 허영심이 우스꽝스럽다는 것을 느끼고 잘못을 인정할 것이다.

마찬가지로 언젠가 아이들이 신앙심을 갖게 되기를 바란다면 그들에게 신앙에 대해서 전혀 말해서는 안 된다고 말했을 때나 아이들이 우리와 마찬가지 방식으로 신을 아는 것은 불가능하다고 말했을 때, 내가 그런 생각을 끌어낸 것은 나 자신의 경험에서가 아니라 관찰에서였다. 나 자신의 경험이 다른 사람들에게는 전혀 적용되지 못한다는 것을 잘 알고 있기 때문이다. 여섯 살 먹은 장 자크 루소와 같은 아이들을 찾아내어 일곱 살이 되면 신에 대해 이야기해보기 바란다. 나는 여러분이 어떤 문제도 겪지 않을 것임을 보장한다.

내가 보기에 아이들이나 심지어 어른들도 신앙을 갖는다는 것의 의미를 태어날 때부터의 신앙을 따르는 것으로 생각하는 듯하다. 간혹 믿음에서 무언가를 잃기는 해도 무언가를 얻는 경우는 드물다. 독단적인 신앙은 교육의 산물이다. 나는 나를 조상들의 종교에 묶어두는 일반적인 원칙은 차치하고라도, 가톨릭교를 대함에 있어 내가 태어난 도시에 유별난 반감을 품고 있었다. 사람들은 우리에게 가톨릭이 소름 끼치는 우상 숭배를 한다고 했고 성직자를 더없이 사악한 색채로 묘사했다. 그런 감정은 나에게 너무나 심각한 영향을 끼쳐서, 처음에는 성당 내부를 들여다보거나 중백의(中白衣)[39]를 입은 사제를 만나거나 행렬의 종소리를 듣기만 해도 어김없이 공포와 두려움에 온몸을 떨었다. 이러한 전율은 도시에서는 이내 사라졌지만 내가 그런 두려움을 처음 느꼈던 소교구와 비슷한 시골 교구들에서는 종종 나를 다시 엄습했다. 사실 그 같은 인상은 제네바 인근의 사제들이 도시 아이들에게 흔쾌히 호의를 베풀어주던 기억과 유난히 대비되었다. 임종 시의 성체배령 종소리를 들으며 무서워하기도 했지만 미사나 저녁기도의 종소리를 듣고는 아침식사와 간식, 신선한 버터와 우유로 만든 음식들을 떠올리기도 했다. 퐁베르 씨의 맛있는 점심식사도 큰 영향을 미쳤다. 그렇게 나는 이 모든 것들에 쉽게 빠져들었다. 로마 가톨릭교를 그저 즐거움이나 식탐과 관련지어 생각했던 까닭에 그 종교와 함께한다는 생각에 쉽게 익숙해졌다. 하지만 고향을 도망치듯 떠나고 먼 훗날이 되어서야 비로소 그 종교에 정식으로 입문하겠다는 생각이 머리에 떠올랐다. 이제 더 이상 나 자신을 속여 넘길 방도가 없었다. 나 자신이 했던 그런 종류의 약속과 피할 수 없었던 그 결과를 가장 섬뜩한 공포심을 품은 채 보게 되었으니 말이다. 내 주위에 있는 미래의 개종자들은 본보기를 통해 내게 용기를 불러일으킬 만한 사람들이 아니었다. 또한 내가 하려는 경건한 행동이 결국 탐욕스러운 자들의 행동에 불과하다는 것을 자인할 수밖에 없었다. 상당히 어린 나로서도, 어떤 종교가 진실한 것이든 나는 내 종교를 팔려고 하는 것이며 아무리 잘 선택하더라도 마음속으로는 성령을 속이고 응당 사람들의 멸시를 받게 되리라는 것을 느꼈다. 그런 생각을 하면 할수록 나 자신에게 더욱 분노했다. 또한 나 자신을 이곳까지 이끌어온 운명을 한탄했다. 마치 그 운명이 내가 만든 게 아니었다는 듯이 말이다. 그 같은 성찰이 너무나 절실하게 이루어져서 만일 잠깐이라도 문이 열려 있는 것을 발견했다면 틀림없이 도망쳤을 순간들이 있었다. 하지만 나는 그렇게 할 수 없었고 그런 결심도 그다지 견고하게 유지되지 않았다.

너무나 많은 은밀한 욕망들이 그 결심과 충돌했고 결국은 결심을 접을 수밖에 없었다. 더구나 제네바에 돌아가지 않겠다는 강한 결단이 서 있었고, 수치스러움과 산을 다시 넘어야 하는 어려움 그 자체, 친구들도 생계 수단도 없이 고향에서 멀리 떨어져 있다는 곤란함, 이 모든 문제가 한꺼번에 일어나다 보니 나는 양심의 가책을 때늦은 후회로 여기게 되었다. 나는 곧 하려는 일을 정당화하기 위해 이전에 했던 일을 후회하는 척했다. 과거에 저지른 잘못을 더 크게 만듦으로써 앞으로 닥쳐올 일을 그 잘못의 필연적인 결과로 간주했다. 나는 나 자신에게 "아직 아무 짓도 저지르지 않았으니 너는 결백할 수도 있어"라고 말하는 대신에 "네가 저질렀고 끝내 저지를 수밖에 없게 된 죄를 두고 한탄해"라고 말했다.

사실 내 나이에 어떤 보기 드문 정신력을 가져야만 그때까지 내가 약속하거나 기대를 걸게 할 수 있었던 모든 것을 철회하고, 스스로 자신을 옭아맨 사슬을 끊고, 그 때문에 일어날 수 있는 모든 위험을 무릅쓴 채,

내 조상들의 종교를 지키겠다고 대담하게 선언할 수 있단 말인가! 그런 단호함이 내 나이에 있을 리가 없었다. 또한 그것이 만족스러운 성과를 가져왔을 것 같지도 않다. 사태가 너무 진척된 나머지 사람들은 실패의 고배를 마시려 하지 않았다. 내 반발이 클수록 어떻게 해서든 그것을 막을 원칙을 세웠던 것 같다.

나를 망친 궤변은 대부분의 사람들이 늘어놓는 궤변인데, 그들은 힘을 쓰기에 너무 늦어버리면 힘이 모자란다고 투덜댄다. 미덕은 오직 우리가 잘못을 저지를 때만 고통을 안겨주는 법이며 우리가 항상 분별 있게 행동하려 한다면 사실 높은 덕이 필요치 않을 것이다. 하지만 우리는 쉽게 극복할 수 있는 성향들에 오히려 저항도 못 하고 끌려간다. 스스로 대수롭게 여기지 않는 사이에 가벼운 유혹에 굴하고 만다. 우리는 부지불식간에 위험한 상황에 빠져들며, 쉽게 피할 수도 있었을 그 상황에서 이제는 우리를 오싹하게 만들 정도의 영웅적인 노력 없이는 빠져나올 수 없다. 마침내 우리는 심연에 빠져서 신에게 말한다. "어째서 저를 이토록 나약하게 만드셨나이까?" 하지만 신은 우리의 항변에도 불구하고 우리의 양심에 답한다. "내가 너를 나락에서 빠져나올 수 없을 정도로 나약하게 만든 것은, 너를 거기에 빠지지 않을 정도로 강하게 만들었기 때문이다."

나는 가톨릭 신자가 되고자 하는 결심을 거의 하지 않았다. 다만 그 시기가 아직은 멀었다고 생각해서 이 견해에 익숙해질 시간을 가졌다. 그동안 나는 나를 곤경에서 벗어나게 해줄 어떤 예기치 못한 사건을 생각하고 있었다. 시간을 벌기 위해 내가 할 수 있는 최선의 방어를 하려고 결심했다. 머지않아 허영심 때문에 그 결심할 필요가 없어졌다. 나는 나를 가르치려는 사람들을 종종 난처하게 만든다는 것을 알아차리자마자 더 이상 그런 결심을 하지 않아도 될 만큼 그들을 꼼짝 못 하게 할 궁리를 할 수 있었다. 나는 그런 시도를 하는 데 터무니없을 정도로 열을 올렸다. 그도 그럴 것이 그들이 내게 공을 들이는 동안 나도 그들에게 열과 성을 다했기 때문이다. 나는 그들을 설득시키기만 하면 그들에게 개신교도가 되도록 권유할 수 있을 거라고 순진하게 생각했다.

그래서 그들은 자신들이 기대했던 것만큼 내가 지식 면에서나 의지 면에서 다루기가 쉽지 않다는 것을 깨달았다. 개신교도는 대개 가톨릭교도보다 교육이 더 잘되어 있다. 사실인즉 개신교의 교리는 토론을 요구하고 가톨릭교의 교리는 복종을 요구하기 때문이다. 가톨릭교도들은 자신에게 내려진 결정을 따라야 한다. 개신교도들은 스스로 결정하는 법을 배워야 한다. 사람들도 그 사실을 알고 있었다. 하지만 내 처지나 나이로 보더라도 잘 훈련받은 사람들을 큰 궁지에 몰아넣을 것이라고는 예상치 못했다. 더구나 나는 첫 영성체를 아직 하지 않았으며 그와 관련된 예비학습도 받지 않았다. 모두 그 사실은 알고 있었지만 그에 반해 내가 랑베르시에 씨 댁에서 교육을 잘 받았고 게다가 이들에게는 몹시 거북한 《교회와 제국의 역사》를 머릿속에 어느 정도 쌓아두었다는 사실은 알지 못했다. 나는 이 책을 아버지 집에서 거의 외울 정도로 알고 있다가 그 뒤 거의 잊어버렸지만 논쟁이 고조됨에 따라 다시 기억하게 되었다.

키는 작지만 꽤 위엄 있는 연로한 신부 한 사람이 우리를 모아놓고 첫 번째 협의회를 열었다. 이 협의회는 우리 동료들에게 논쟁이라기보다는 교리문답이었다. 신부는 그들의 반론을 설득하기보다는 그들을 가르치는 데 힘을 더 썼다. 내 순서가 되자 나는 그의 말을 죄다 가로막았다. 그에게 이의를 제기할 수만 있다면 하나도 남김없이 조목조목 따졌다. 그런 태도 때문에 협의회는 참석자들에게 상당히 길고 지루하게 느껴졌다. 나이 많은 신부는 말이 많았고 열을 냈으며 얼토당토않은 소리를 지껄였다. 또한 그는 프랑스 말을 알아듣지 못한다고 말하며 곤경에서 벗어났다. 다음 날 나의 조심성 없는 반박 때문에 내 동료들을 타락시킬까 염려한 나머지 나를 또 다른 신부와 함께 따로 다른 방에 있게 했다. 그 신부는 더 젊고 말주변이 좋은, 말하자면 젠체하는 말을 길게 늘어놓는 사람이었고 다른 어떤 학자보다도 자부심이 강했다. 그렇지만 나는 그의 위압적인 인상에 그다지 굴복당하지 않았다. 그리고 결국 내 할 바를 하는 것이라고 생각하며 상당히 대담하게 그에게 답변하고 내가 할 수 있는 한 최선을 다해 그를 마구 공격하기 시작했다. 그는 성 아우구스티누스와 성 그레고리우스 및 다른 교부들을 이용해 나를 궁지로 몰아넣을 생각이었다. 그러다가 내가 그 모든 교부들을 거의 자신과 마찬가지로 능숙하게 인용하는 것을 보고 믿기 어려울 만큼 놀랐다. 그것은 내가 그 교부들의 책을 읽은 적이 있어서가 아니었다. 아마 그 신부도 마찬가지였을 것이다. 하지만 나는 르 쉬외르가 인용한 많은 구절들을 기억하고 있었다. 그가 한 구절을 인용하자마자 그의 인용 구절을 두고 논쟁을 벌이는 대신 같은 교부의 다른 구절로 그에게 반격을 가했는데, 그 때문에 그는 무척 당황했다. 그렇지만 신부는 두 가지 이유에서 결국 승리했다. 첫 번째 이유는 그가 나보다 더 강했다는 것이다. 이를테면 나는 내가 그에게 좌우될 수밖에 없다는 것을 알고서 비록 어린 나이지만 그를 궁지에 몰아넣어서는 안 된다는 점을 아주 잘 판단했기 때문이다. 또한 그 나이 많고 키 작은 신부가 내가 박식한 것에 대해서나 나에 대해서나 좋아하지 않았다는 사실을 충분히 알고 있었다. 두 번째 이유는 젊은 신부는 연구를 했고 나는 전혀 그러지 못했다는 것이다. 그래서 그는 내가 쫓아갈 수 없는 수단을 자신의 논증 방식에 사용했고, 예상치 못한 반박으로 공격을 받는다고 느끼면 곧바로 내가 지금 문제가 되는 주제에서 벗어났다면서 그 반박을 내일로 미루어버렸다. 때로는 내가 한 인용이 죄다 거짓이라고 주장하면서 거부하기도 했다. 그리고 내게 책을 찾아주겠다고 직접 나서면서 책에 인용한 대목이 있으면 찾아보라고 말했다. 그는 자신이 그리 큰 위험을 무릅쓰는 것은 아니라고 생각했다. 내가 빌려온 모든 지식을 총동원해도 책들을 다루는 데 그다지 능숙하지 않으며, 두꺼운 책 속에 어떤 구절이 있다는 것을 확신하더라도 그것을 찾아낼 정도로 라틴어에 그다지 박식하지 않다는 사실을 알고 있었으니 말이다. 내가 그에 대해 의심하는 것은 그가 목사들의 부정확한 해석을 비난하면서도 자신도 그렇게 한 것은 아닌지 또 자신을 괴롭히는 반론을 피하려고 종종 구절들을 꾸며댄 것은 아닌지 하는 점이다.

이런 자질구레한 말싸움이 계속되고 논쟁을 벌이고 투덜거리며 기도문을 웅얼대고 말썽을 피우면서 세월이 흘렀다. 그러는 동안 내게 대단치는 않지만 몹시 불쾌하고 추잡한 사건이 일어나 내게 심각한 해악을 끼칠 뻔했다.

아무리 영혼이 비천하고 마음이 야비한 자라도 어떤 종류의 애정도 느끼지 못할 수는 없는 법이다. 자칭 무어인이라는 두 명의 망나니 중 한 놈이 나를 좋아하게 되었다. 그는 곧잘 내게 바짝 다가서서 알아들을 수 없는 프랑크어[40]로 말을 걸어왔고 나를 좀 도와주기도 했으며 식사 때 자기 몫을 덜어주기도 하고, 무엇보다도 종종 내게 열렬히 입을 맞추곤 했다. 나는 입을 맞출 때의 열렬한 그 기운이 상당히 불쾌했다. 호밀 빵처럼 거무튀튀하고 긴 흉터가 나 있는 얼굴과 다정하기보다는 오히려 화가 난 듯한 시뻘건 눈길에 절로 겁이 났지만 속으로 이렇게 생각하며 입맞춤을 참아냈다. '이 불쌍한 자가 내게 아주 열렬한 우정을 느낀 거야. 매정하게 밀쳐내면 틀림없이 내 잘못일 거야.' 그는 차츰 더 제멋대로의 태도를 보였고 내게 너무나 야릇한 말을 건네서 나는 그가 정신이 나갔나 하는 생각마저 들곤 했다. 하루는 그가 나와 함께 자러 왔다. 나는 내 침대가 너무 작아서 안 된다고 했다. 그는 그럼 자기 침대로 오라며 나를 재촉했다. 다시 그 제안을 거절했다. 그 역겨운 자는 지독하게 불결한데다 씹는담배 냄새를 하도 역겹게 풍겨 속을 뒤집어놓았기 때문이다.

이튿날 상당히 이른 아침부터 우리는 회합실에 단둘이 있었다. 그는 나를 다시 애무하기 시작했는데, 움직임이 어찌나 거친지 소름이 다 끼쳤다. 마침내 그는 더할 나위 없이 추잡한 친밀감을 드러내려 하더니 내 손을 멋대로 움직여 똑같은 짓을 하게 만들려 했다. 나는 고함을 지르고 뒤로 펄쩍 뛰며 격렬하게 빠져나왔다. 무엇이 문제인지 전혀 알지 못했기 때문에 분노도 화도 내지 않았다. 내가 있는 힘을 다해 놀라움과 혐오감을 나타내자 그도 나를 내버려두었다. 그가 미쳐서 날뛰기를 끝낼 무렵 나는 뭐라 말할 수 없는 끈적끈적하고 희끄무레한 무언가가 난로 쪽으로 튀어 바닥에 떨어지는 것을 보고 속이 뒤집어졌다. 나는 발코니로 황급히 달려 나갔다. 이제까지 살아오면서 그렇게 흥분하고 그렇게 당황스러우며 그렇게 겁이 난 적이 없었고 당장이라도 기절할 것만 같았다.

나는 그 불쌍한 놈에게 무슨 일이 일어났는지 도무지 이해할 수 없었다. 그가 간질을 일으키거나 더 끔찍한 광기에 사로잡혔다고 생각했다. 정말이지 나는 냉정한 사람의 입장에서 그 음란하고 더러운 짓거리와 너무나 짐승 같은 육욕으로 불타는 흉측한 얼굴만큼 더 끔찍한 것은 없다고 본다. 나는 그놈 말고는 그와 같은 상태에 있는 사람을 결코 본 적이 없다. 하지만 우리가 여인들 옆에서 그렇게 흥분을 하게 된다면, 여인들은 눈이 흘려 있어야만 우리에게 혐오감을 느끼지 않을 것이다.

나는 다급하게 방금 일어난 사건을 모든 사람들에게 이야기하러 갔다. 나이 많은 우리 원장 수녀는 나에게 입을 다물고 있으라고 했지만 나는 그녀가 이야기를 듣고 상당히 충격받았다는 것을 알았다. 그녀가 입을 다물고 중얼거리는 소리가 들렸다. "빌어먹을 놈! 더러운 짐승 같으니라고!" 나는 왜 내가 입을 다물어야 하는지 알지 못했으므로 그러지 말라는 말에도 불구하고 계속 떠들고 다녔다. 하도 떠벌리고 다녀서 이튿날 관리인 중 한 사람이 아침 일찍 나를 찾아와 꽤 엄하게 꾸짖더니 대수롭지 않은 잘못을 크게 떠들어대 성스러운 집의 평판을 더럽힌다며 질책했다.

그는 내가 몰랐던 많은 것들을 설명해주면서 질책을 계속했지만 그것을 내게 가르쳐줄 생각은 없었다. 그는 내가 주위에서 내게 원하는 것이 무엇인지 빤히 알면서도 그것에 수긍하고 싶지 않기 때문에 막무가내로

구는 것이라 확신했다. 그는 나에게 엄숙하게 말하기를, 그 짓은 음탕한 짓과 다를 바 없이 해서는 안 될 행동이지만 그 대상이 된 사람에게 그다지 모욕을 줄 의도는 없을 뿐 아니라 그가 나를 귀엽게 생각한 것이니 그렇게 심하게 화를 낼 필요는 없다는 것이었다. 솔직히 자신도 젊었을 때 이와 똑같은 영예를 얻었으며 저항할 수 없는 상태에서 불시에 습격을 당했지만 그리 끔찍한 일을 겪었다고는 생각하지 않는다고 말했다. 그는 직접 그런 말을 할 만큼 파렴치한 언행을 계속하며 내가 저항한 이유가 고통을 두려워해서라고 생각하고, 그런 두려움은 쓸데없는 것이며 아무 것도 아닌 일에 겁먹을 필요가 없다며 나를 안심시켰다.

나는 그 파렴치한 자의 말을, 나 자신을 두둔하는 것이 전혀 아닌 만큼 더 크게 놀라며 들었다. 그는 분명 나를 위해서만 가르치는 듯싶었다. 그에게는 자신의 말이 정말 아무렇지도 않은 것처럼 보였고 그는 둘만의 대화를 비밀로 하려고 애쓰지도 않았다. 또한 우리 곁에는 제삼자로 성직자 한 사람이 있었는데, 그 역시 파렴치한 자와 다를 바 없이 그 모든 이야기를 듣고도 놀라지 않았다. 나는 그런 태연자약한 태도에 너무나 충격을 받아서 이런 일은 확실히 세상에서 용납되는 관행인데 내가 더 일찍 배울 기회가 없었구나 하는 생각을 하게 되었다. 그래서인지 그의 말을 들으면서 화는 나지 않았지만 확실히 거북했다. 내게 일어난 일과 특히 내가 본 것에 대한 인상은 너무나 강하게 내 기억 속에 새겨져 있어 그 생각만 하면 아직도 속이 뒤집힌다. 나는 그 사건에 대해 더 이상은 알지 못했지만 그 일에 대한 반감은 그런 행동을 옹호하는 사람에게까지 이어졌다. 내가 도저히 참지 못하는 모습을 보고 그는 자신의 충고가 나쁜 결과를 초래했다는 사실을 깨달았다. 그는 나에게 그리 다정하지 않은 시선을 보냈고 그때부터 무료숙박소에 머물고 있는 나를 불쾌하게 만드는 일이라면 어떤 짓도 서슴지 않았다. 그가 너무나 멋지게 목적을 달성했으므로 나는 여기서 벗어나기 위해서는 한 가지 방법밖에 없다고 보고 그때까지 그 방법을 피하려고 애썼던 것과 마찬가지로 이번에는 그것을 이용하려고 갖은 노력을 다했다.

나는 그 사건 덕분에 차후에는 동성애자들의 공격을 피할 수 있었다. 동성애자로 통하는 사람들을 보게 되면 그 끔찍한 무어인의 표정과 행동이 떠올라 늘 숨기기 힘들 정도로 혐오감을 품게 되었다. 이와는 반대로 그런 비교를 통해 여성들은 훨씬 더 신뢰하게 되었다. 내 생각에 여성들이 나의 동성들로부터 받은 모욕을 나의 다정한 감정과 내가 바치는 경의를 통해 사죄해야 할 듯싶었다. 또한 아무리 못생긴 여자라도 내 눈에는 그 가짜 아프리카인에 대한 기억 때문에 숭배할 만한 대상으로 보이게 되었다.

나는 그 자에 대해서 어떤 말이 오갔는지 알지 못한다. 로렌자Lorenza 수녀 말고는 누구도 그를 이전보다 멸시하는 태도로 보는 것 같지 않았다. 그렇지만 그는 내게 무례하게 접근하지 않았고 더 이상 말을 건네지도 않았다. 일주일 후에 그는 성대한 의식을 치르며 세례를 받았는데 머리부터 발끝까지 다시 태어난 영혼의 순수함을 상징하는 흰옷을 입고 있었다. 이튿날 그는 수도원 부속 무료숙박소를 떠났으며 그 뒤로 다시는 그를 만나지 못했다.

내 순서는 한 달 뒤에 왔다. 종교 지도자들이 어렵사리 개종시켰다는 영예를 차지하려면 그 정도의 시간은 필요했고, 결국 그들은 내게 모든 교리를 검토하도록 만들어 나를 다시금 온순해지게 하는 데 성공했다.

마침내 나는 충분히 교육을 받고 선생들의 뜻에 따를 충분한 채비가 되어 대주교가 주재하는 성 요한 성당으로 열을 지어 갔다. 나는 그곳에서 엄숙한 개종식을 치르고 세례에 따른 부차적인 절차를 밟았다. 비록 내가 실제로 세례를 받은 것은 아니지만[41] 그와 같은 절차는 세례와 거의 동일한 의식이었으므로 개신교도들은 같은 기독교 신자가 아니라는 점을 사람들에게 납득시키는 데 도움이 되었다. 나는 이런 유형의 행사에 맞도록 준비된 흰색 단춧구멍 장식 끈이 달린 어떤 회색 의상을 걸쳤다. 두 사람이 나의 앞뒤에서 구리 대야를 들고 열쇠로 두드리자 저마다 자신의 신앙심에 따라 혹은 새로운 개종자에 대한 관심에 따라 그 안에 기부금을 넣었다. 말하자면 가톨릭교의 호사스러운 의식을 남김없이 보여줌으로써 군중에게는 의식을 더욱 교화적인 것으로 만들고 내게는 더욱 수치스러운 것으로 만들었다. 흰옷만이 내게 유일하게 유용했을 터인데, 내가 영광스럽게도 유대인이 되지 못한 탓에 그 옷은 내가 아닌 무어인에게 주어졌다.

이뿐만이 아니었다. 뒤이어 종교재판소에 가서 이단 죄를 사면받고 앙리 4세[42]의 대사(大使)가 왕에게 따르도록 만든 것과 같은 의식을 치르고 교회의 품으로 돌아가야만 했다. 이 시설에 입소했을 때 나를 엄습했던 은밀한 공포를 사라지게 하는 데 종교재판관 신부의 외모와 태도는 별로 도움이 되지 않았다. 신부는 나의 신앙과 신분과 가족에 대해 여러 질문을 하더니 느닷없이 내 어머니가 지옥에 떨어진 것은 아닌지 물었다. 공포심 때문에 나는 처음에 일어난 분노를 억누를 수 있었다. 나는 어머니가 그렇게 되지 않았기를 바라며 어머니가 임종할 때 신이 그녀를 인도하실 수 있었다고 대답했을 뿐이다. 신부는 아무 말도 하지 않았지만 오만상을 찌푸렸는데, 내가 보기에 그런 표정은 전혀 공감의 표시가 아니었다.

모든 일이 끝나고 마침내 내가 희망한 대로 자리를 잡을 것이라고 생각하는 순간 나는 기부금으로 받은 20프랑이 될까 말까 하는 잔돈을 쥐고 문밖으로 쫓겨났다. 사람들은 내게 선량한 기독교인으로 살 것과 신의 은총에 충실할 것을 권고했다. 모두들 나의 행운을 빌더니 내가 나가자 곧 문을 닫고 사라져버렸다.

이처럼 나의 큰 꿈은 일순간에 모두 사라지고 말았다. 내가 조금 전까지 타산적인 행동을 하면서 남게 된 기억이라고는 단번에 종교를 버리고 속임수에 넘어갔다는 것이다. 빛나는 성공을 계획했던 내가 철두철미하게 비참한 처지에 빠지게 된 것을 알았을 때, 아침에는 앞으로 살 궁전을 고르느라 고민하다가 저녁에는 노숙할 신세로 전락한 자신을 보았을 때 내 머릿속에 어떤 갑작스러운 혼란이 생겼으리라는 것은 쉽게 짐작할 일이다. 흔히들 생각하기를 내가 불행을 전부 내 탓이라고 자책하면서 잘못에 대한 후회가 고조될수록 더욱 쓰디쓴 절망에 빠져들기 시작할 것이라고 했다. 하지만 전혀 그게 아니었다. 나는 얼마 전까지 난생처음으로 두 달 이상을 갇혀 지냈다. 그러므로 내가 맛본 최초의 감정은 되찾은 자유의 감정이었다. 오랜 노예생활 끝에 나 자신과 나의 행동을 다시 마음대로 할 수 있게 되어 가능성이 넘쳐나고 높은 신분의 사람들로 북적대는 대도시 한가운데 있는 나의 모습을 보았다. 나의 재능과 장점은 내가 그들에게 알려지는 즉시 인정받지 않을 수 없었다. 더구나 나는 기다릴 시간적 여유가 충분했고, 주머니에는 고갈될 수 없는 큰돈으로 생각한 20프랑이 있었다. 나는 그 돈을 누구에게도 알리지 않고 내 마음대로 쓸 수 있었다. 생전 처음으로 내가 대단한 부자라고 생각했다. 낙담하거나 비탄에 빠진 것이 전혀 아니라 단지 기대하는 바를 바꾸었을 뿐이고 그로 인해 자존심도 전혀 상하지 않았다. 내가 이 정도로 자신감과 안도감을 느낀 적은 일찍이 없었다. 나는 벌써 출세했다고 믿었으며 그 일을 오직 나 혼자 해냈다는 것이 대견스럽기만 했다.

내가 처음으로 한 일은 온 시가를 돌아다니며 호기심을 충족시키는 것이었다. 비록 그런 행동이 단지 나의 자유를 과시하기 위한 일이었더라도 말이다. 보초 서는 광경을 보러 갔다. 군대의 악기들도 무척 마음에 들었다. 행진 대열을 따라다녔다. 신부들이 부르는 포부르동[43]이라는 성가도 좋았다. 왕궁을 보러 갔다. 겁을 먹은 채 그곳에 다가갔지만 다른 사람들도 들어간다는 것을 알고 그들을 따라 들어갔다. 붙잡는 사람은 없었다. 아마도 내가 호의를 입은 것은 겨드랑이에 끼고 다닌 작은 보따리 덕분이었을 것이다. 아무튼 왕궁에 들어온 나 자신에게 자부심을 느꼈다. 이미 나 자신을 왕궁의 거주민이나 다름없다고 생각했다. 마침내 이곳저곳을 돌아다니다가 지쳐버리고 말았다. 허기가 졌고 날은 무더웠다. 나는 유제품을 판매하는 여자의 가게에 들어갔다. 우유를 굳혀 만든 준카타와 내가 다른 어느 것보다도 좋아하는 피에몬테 지방의 맛있는 막대 모양 빵 두 개가 나왔다. 고작 5, 6수를 주고도 예전에 먹었던 맛있는 점심식사를 한 것이다.

숙소를 구해야만 했다. 나는 이미 알아들을 정도로 피에몬테 말을 할 줄 알았으므로 어렵지 않게 숙소를 찾았다. 또한 용의주도하게 내 취향보다는 주머니 사정에 따라 숙소를 골랐다. 포 거리에 가면 한 군인의 아내가 일거리 없는 하인들에게 하루 1수로 휴식처를 제공한다는 것을 알게 되었다. 나는 그녀의 집에 작고 초라한 침대 하나가 빈 것을 보고 그곳에 거처를 정했다. 그녀는 젊고 결혼한 지 얼마 되지 않았는데도 이미 아이가 대여섯이나 되었다. 우리는 어머니, 아이들, 손님 할 것 없이 모두 같은 방에서 묵었다. 나는 그녀의 집에 머무는 동안 계속 이런 방식으로 지냈다. 어쨌든 그녀는 좋은 여자였다. 그녀는 상스럽게 욕지거리를 하고 항상 단정치 못한 옷차림에 머리는 헝클어져 있었지만 마음씨가 상냥하고 친절하여 나를 좋아하고 나에게 도움을 주기도 했다.

나는 오로지 자유와 호기심의 즐거움에 빠진 채 여러 날을 보냈다. 도시의 안과 밖을 돌아다니면서 신기하고 새로워 보이는 것이라면 모두 샅샅이 뒤지고 찾아다녔다. 자기 둥지를 막 벗어난 젊은이에게 모든 것은 신기하고 새로웠다. 한 지역의 수도를 본 일조차 없었으니 말이다. 특히 나는 어김없이 궁정에 문안인사를 드리곤 해서 왕의 미사에 매일 아침 착실하게 참석했다. 내게는 같은 예배당에서 군주와 그 수행원들과 함께 있다는 사실이 대단하게 느껴졌다. 하지만 내가 그곳에 규칙적으로 나가게 된 데는 궁정의 화려함보다도 막 일어나기 시작한 음악에 대한 열정이 더 큰 구실을 했다. 궁정의 화려함은 곧 익숙해지기 마련이고 항상 변화가 없는 법이어서 내게 놀라운 인상을 오랫동안 주지는 못했다. 사르데냐 왕은 당시 유럽 최고의 교향악단을 거느리고 있었다. 소미스Somis, 자르디니Giardini, 레 베주치les Bezuzzi 형제[44] 등이 그곳에서 차례로 이름을 빛냈다. 아무리 소박한 악기라도 정확하게만 연주하면 그 정도가 아니더라도 기뻐서 어쩔 줄 모르는 젊은이를 충분히 사로잡을 수 있다. 더구나 나는 시선을 사로잡는 화려함에 대해서는 욕심 부릴 새 없이 그저 어리둥절해져 감탄했을 뿐이다. 궁정의 온갖 화려함 속에서 유일하게 내 흥미를 끈 것은 내가 찬사를 보낼 만하고 소설로 쓸 수 있는 젊은 공주가 그곳에 있는지 알아보는 일이었다.

나는 그리 화려하지 못한 처지에서 소설 한 편을 쓰기 시작할 뻔했다. 하지만 그런 처지에서라도 소설을 완성했다면 천배나 더 즐거운 기쁨을 누렸을 것이다.

상당히 돈을 아껴가며 살았는데도 내 지갑은 어느새 바닥이 나고 말았다. 뿐만 아니라 이러한 절약은 용의주도해서라기보다는 소박한 식성의 결과인데, 푸짐한 식탁이 일상화된 요즘에도 그런 식성은 전혀 바뀌지 않았다. 나는 시골 음식보다 더 나은 것을 예전에도 알지 못했고 지금도 알지 못한다. 유제품, 달걀, 야채, 치즈, 갈색 빵, 그럭저럭 마실 만한 포도주 정도면 내게 좋은 음식을 대접하는 것이라고 언제나 확신할 만하다. 나머지는 나의 좋은 식성에 맡기면 될 일이다. 급사장과 내 주위의 하인들이 귀찮은 관심으로 나를 짜증나게 하지 않는다면 말이다. 나는 당시에 6 내지 7수를 써서 그 후에 6프랑이나 7프랑을 쓰고 했던 식사보다 훨씬 나은 식사를 했다. 따라서 음식을 절제하고 싶은 마음이 들지 않아 결과적으로 더 절제하게 된 것이다. 더욱이 내가 이 모든 것을 절제라고 부르는 것도 잘못이다. 왜냐하면 나는 식사를 하면서 가능한 모든 쾌락을 다 추구했기 때문이다. 배와 준카타와 치즈와 막대 모양 빵, 그리고 칼로 벨 수 있을 정도의 몬페라토 산 싸구려 포도주 몇 잔이면 더없이 행복한 식도락가가 되었다. 하지만 그런 식으로 살아도 20프랑은 바닥이 나기 마련이었다. 나는 그런 사실을 나날이 더 분명하게 알아차렸고 경솔할 수 있는 내 나이에도 불구하고 미래에 대한 불안은 곧 공포로까지 이어졌다. 나의 허황된 생각들 중에서 내게 남은 것이라고는 먹고살 직업을 찾고자 하는 생각뿐이었다. 그나마도 이루기가 쉽지 않았다. 나는 내가 예전에 했던 일을 생각했다. 하지만 어느 장인의 집에 일을 하러 갈 정도로 일을 충분히 알지 못했고 토리노에는 장인들조차 많지 않았다. 그래서 당장은 이 가게 저 가게를 다니면서 나를 사람들의 재량에 맡겨두고 싼 값으로 그들의 마음을 끌 기대를 걸면서 식기류에 이니셜이나 문장(紋章)을 새겨주겠다고 제안할 마음을 먹었다. 이러한 궁여지책은 그리 만족스러운 결과를 낳지 못했다. 가는 곳마다 거의 퇴짜를 맞았고 내가 할 수 있는 일도 별것 아니어서 몇 끼니의 밥값도 제대로 벌지 못했다. 그렇지만 어느 날 아주 이른 아침에 콘트라 노바 거리를 지나가다가 계산대 진열창 건너편에서 상당히 호의적이고 무척 매력적인 자태의 젊은 여주인을 보게 되었다. 부인들 옆에 있게 되면 수줍음을 타는데도 불구하고 나는 망설임 없이 들어가 그녀에게 나의 보잘것없는 재능을 써달라고 제안했다. 그녀는 나를 전혀 물리치지 않고 자리에 앉게 하더니 내가 살아온 이야기를 하게 했다. 그녀는 나를 동정하고 용기를 가지라고 하더니 선량한 기독교도들이 나를 버리지 않을 것이라고도 말했다. 그러고 나서 그녀는 내가 필요하다고 말한 연장들을 이웃의 금은세공사 가게에서 찾아오게 했다. 그동안 그녀는 주방으로 가서 나에게 손수 아침식사를 가져다주었다. 시작부터 조짐이 좋아 보였다. 과연 그다음도 기대를 저버리지 않았다. 그녀는 나의 대수롭지 않은 작업에 만족한 듯싶었고 나의 이런저런 수다에 대해서는 더욱 만족한 듯 보여서 다소 마음이 놓였다. 왜냐하면 그녀는 화려하고 잘 치장하여 귀여운 외모에도 불구하고 그 빛나는 화려함이 나에게 경외심을 불러일으켰기 때문이다. 하지만 나는 그녀의 호의 넘치는 접대와 인정 어린 말투와 다정하고 상냥한 태도 덕분에 이내 편안해졌다. 나는 성공했음을 알았고 그래서인지 더욱 좋은 결과를 얻게 되었다. 하지만 그녀는 이탈리아 여자인데다 얼마간 교태를 부린다 싶을 정도로 상당히 귀여웠음에도 너무나 정숙했다. 나 또한 너무나 수줍어서 일이 금방 잘되기는 어려웠다. 우리에게는 연애를 완성할 시간조차 주어지지 않았다. 나는 그녀 곁에서 보낸 짧은 순간을 더욱더 매력적으로 회상할 수밖에 없으며, 그 순간에 사랑의 가장 순수하고 가장 감미로운 기쁨을 그것이 시작될 때부터 경험했다고 말할 수 있다.

그녀는 대단히 매력적인 갈색 머리를 하고 있었지만 귀여운 얼굴에 드러나는 착한 성격 덕분에 그 쾌활함이 감동적으로 보였다. 그녀의 이름은 바질Basile 부인이다. 그녀의 남편은 그녀보다 나이가 많고 질투심도 상당했는데 자신이 여행을 하는 동안에는 점원에게 아내를 감시하게 했다. 점원은 심할 정도로 무뚝뚝해서 멋이 없었지만 어김없이 자기 자랑을 했다. 그는 그런 과시를 하면서도 거의 항상 언짢은 기분을 드러냈다. 그는 나에게 화를 많이 냈다. 비록 내가 그의 플루트 연주를 듣기 좋아했고 그도 상당히 잘 연주했지만 말이다. 이 제2의 아이기스토스45는 내가 자신의 귀부인 집으로 들어가는 것을 보게 되면 항상 으르렁댔다. 그가 나를 경멸하는 태도로 대하면 그녀도 그에게 그대로 되갚아주었다. 그녀는 그를 자극하려고 그의 면전에서 나에게 애정 표시하기를 즐기는 듯싶기도 했다. 그런 식의 복수가 상당히 내 마음에 힘이 되었지만 단둘이 있을 때 그랬더라면 더 좋았을 것이다. 하지만 그녀는 그 정도까지 밀어붙이지는 않았고 적어도 둘만 있을 때는 똑같이 하지 않았다. 그녀가 나를 너무 어리게 본 것인지 나에게 전혀 접근하지 않은 것인지 아니면 정말로 정숙하고 싶었던 것인지 단둘이 있을 때는 모종의 신중함을 드러냈는데 그런 태도가 혐오감을 일으키지는 않았지만 영문도 모른 채 나를 주눅 들게 만들었다. 나는 그녀에게서 바랑 부인에게 품었던 정도의 진실되고 다정한 존경심을 느끼지는 못했고 친숙함보다는 두려움을 훨씬 더 느꼈다. 나는 당황하고 두려움에 떨었다. 감히 그녀를 쳐다보지도, 그녀 곁에서 숨을 쉬지도 못했다. 그렇지만 나는 그녀와 떨어지는 것이 죽기보다 무서웠다. 나는 들키지 않고 볼 수 있는 모든 것을 탐욕스러운 눈으로 집어삼켰다. 드레스 위의 꽃무늬, 예쁜 발끝, 장갑과 소매 사이 틈새로 드러난 꼿꼿하고 하얀 팔, 목 언저리의 장식과 목수건 사이로 이따금 드러나는 부분을 훔쳐보았다. 눈에 띄는 곳 하나하나는 다른 곳들에 대한 인상을 또렷하게 만들었다. 볼 수 있는 것과 그 이상의 것까지 보게 된 나는 눈이 흐려지고 가슴이 먹먹해지며 매 순간 숨이 턱턱 막혀 숨 고르기가 어려울 지경이었다. 내가 할 수 있는 일이라고는 아무 말 없이 몹시 거북한 한숨을 짓는 것뿐이었는데, 우리는 꽤나 자주 그런 침묵 속에 잠기곤 했다. 다행히 바질 부인은 자기 일에 정신이 팔려 그런 사실을 알아차리는 못하는 것 같았다. 그렇지만 일종의 공감으로 그녀의 세모꼴 숄이 꽤 자주 들썩이는 것을 이따금 보곤 했다. 이런 위태로운 광경에 마침내 나는 정신이 혼미해졌다. 내가 흥분하여 몸을 가누지 못할 정도가 되면 그녀는 내게 차분한 어조로 몇 마디 말을 건넸고 나는 그 말에 곧장 정신을 차렸다.

나는 혼자 있는 그녀를 그 같은 방식으로 여러 차례 만났다. 우리 사이에 지극히 사소한 내통이 있음을 드러내는 상당히 의미심장한 말 한마디, 동작 하나, 시선 한 번 없이 말이다. 그런 상태는 나에게 상당히 고통스러웠지만 한편으로는 즐거움을 주었으며 내 순박한 마음으로는 어째서 그토록 고통스러운 것인지 생각해낼 수 없었다. 그녀도 그렇게 잠시 둘만 있는 상황이 싫지는 않아 보였는데, 어쨌든 그녀는 그런 기회를 꽤나 빈번하게 만들었다. 그녀가 그 기회를 이용하고 내게도 이용하게 하는 것으로 보아 그녀 입장에서는 확실히 사심 없는 관심이라 할 수 있었다.

어느 날 점원과 나누는 쓸데없는 대화에 지친 그녀가 자기 방으로 올라갔다. 가게 뒷방에 있던 나는 서둘러 소소한 일을 끝내고 그녀를 뒤따라갔다. 그녀의 침실은 반쯤 열려 있었다. 나는 눈치채지 못하게 방에 들어갔다. 그녀는 문을 등지고 창가에서 수를 놓고 있었다. 그녀는 내가 들어오는 모습을 볼 수 없었고 거리에서 들려오는 마차 소리 때문에 내가 들어오는 기척도 알아차릴 수 없었다. 그녀는 항상 옷을 잘 차려입고 있었는데 그날 그녀의 몸치장은 교태에 가까웠다. 그녀의 자태는 우아했고 살짝 숙인 머리 뒤로 하얀 목덜미가 드러났으며 우아하게 틀어 올린 머리에는 꽃 장식이 되어 있었다. 그녀의 모습은 온통 매력이 넘쳐났는데, 지켜볼 여력이 있었던 나는 그 모습에 얼이 빠졌다. 나는 방 입구에서 무릎을 꿇은 채 열정 어린 움직임으로 그녀에게 두 팔을 내밀었다. 내가 들어오는 소리를 듣지 못할 거라 확신하고 나를 볼 수 있을 거라 생각도 못한 채 말이다. 하지만 벽난로에는 거울이 있어 나를 비추고 있었다. 나는 그런 열정이 그녀에게 어떤 결과를 가져왔는지 알지 못한다. 그녀는 나를 전혀 쳐다보지도, 내게 말을 걸지도 않았다. 하지만 고개를 반쯤 돌리더니 가벼운 손짓으로 자신의 발아래에 있는 매트를 가리켰다. 순식간에 일어난 일이지만 나는 부들부들 떨다가 외마디 소리를 지르고 곧장 그녀가 가리킨 자리로 몸을 날렸다. 참으로 믿기 어려운 일이지만 나는 그런 상황 속에서도 그 이상은 감히 아무것도 시도하지 못했다. 뿐만 아니라 그처럼 부자연스러운 자세로나마 잠시 그녀의 무릎에 기대려고 했지만 단 한 마디 말도, 그녀를 쳐다보지도, 그녀에게 손을 대지도 못했다. 나는 아무 말도 못하고 꼼짝하지도 못했는데 마음이 불편한 것은 물론이었다. 이 모든 것은 내 마음속에서 동요와 기쁨과 감사와 대상이 불분명한 강렬한 욕망이 일어나고 있음을 보여주었다. 그것은 내 어린 마음이 벗어날 수 없는, 타인의 기분을 상하게 할지 모른다는 두려움으로 억눌린 욕망이었다.

그녀가 나보다 더 침착하지도 덜 수줍어하는 것 같지도 않았다. 그녀는 내가 그곳에 있는 것을 보고 동요했고 나를 거기까지 끌어들인 것에 당황했으며, 분명 심사숙고하기 전에 나온 몸짓이 불러일으킬 모든 결과를 예감하기 시작했다. 그러면서 그녀는 나를 받아들이지도 밀어내지도 않았다. 그녀는 하던 일에서 눈을 떼지 않은 채 자기 발치에 있는 나를 보지 않은 척하려고 애를 썼다. 하지만 아무리 내가 바보 같아도 그녀가 나처럼 당황하고 아마도 나와 같은 욕망을 품고 있으며 나와 엇비슷한 수치심 때문에 자제하고 있다고 생각하지 않을 수 없었다. 하지만 그런 생각을 한다고 해서 내가 수치심을 이겨낼 힘을 얻을 수 있었던 것은 아니다. 그녀가 나보다 대여섯 살 정도 많으니 내 생각에 일체의 대담한 행동은 그녀가 먼저 했어야 했다. 또한 그녀는 나의 대담한 행동을 부추길 만한 어떠한 짓도 하지 않았으니, 내가 그렇게 하는 것도 원하지 않는 것이라고 생각했다. 지금까지도 나는 내가 옳았다고 생각한다. 또한 그녀는 상당히 분별력이 있어서 나 같은 풋내기는 용기를 부추기는 것 못지않게 교육이 필요하다고 판단한 것이 분명하다.

만일 우리가 방해를 받지 않았다면 이 강렬한 침묵의 장면이 어떻게 끝났을지 그리고 그런 우스꽝스럽고도 야릇한 상황에서 내가 얼마나 꼼짝 않고 있었을지 모르겠다. 내 마음의 동요가 가장 고조되었을 즈음 나는 우리가 있던 방과 인접한 주방의 문이 열리는 소리를 들었다. 그러자 바질 부인이 당황하여 다급한 목소리와 몸짓으로 내게 말했다. "어서 일어나요. 로지나Rosina가 왔어요." 나는 황급히 일어나며 그녀가 내게 내민 한 손을 붙잡고 열정적인 입맞춤을 두 번 했는데, 두 번째 입맞춤에서 그 매혹적인 손이 내 입술을 살짝 누르는 느낌을 받았다. 지금껏 살아오면서 이토록 감미로운 순간을 경험한 적이 한 번도 없었다. 하지만 내가 놓친 기회는 다시는 돌아오지 않았고 우리의 어설픈 사랑은 그것으로 끝이 났다.

어쩌면 바로 그런 일 때문에 이 사랑스러운 여인의 영상이 내 마음속 깊은 곳에 그토록 매력적인 모습으로 새겨져 있는 듯싶다. 그녀는 내가 세상과 여자들을 알아갈수록 내 안에서 더욱 아름다워지기까지 했다. 그녀가 조금이라도 경험이 있었다면 애송이를 부추기려고 다르게 처신했을 것이다. 그녀는 마음이 약했지만 정숙했다. 그녀는 저도 모르게 자기 마음을 사로잡은 애정에 굴복했지만, 어느 모로 보나 그런 행동은 그녀가 저지른 최초의 부정이었다. 나는 내 수치심보다는 그녀의 수치심을 극복하는 일에 더 신경 썼을 것이다. 나는 사태가 그 정도로까지 심각해지기 전에 그녀 곁에서 형용할 수 없는 즐거움을 맛보았다. 내가 여자들을 소유할 때 느꼈던 모든 것들을 통틀어 그 어느 것도 감히 그녀의 옷자락조차 스치지 못한 채 그녀의 발치에서 보낸 2분에 비할 바가 못 되었다. 그렇다. 사랑받는 정숙한 여자가 줄 수 있는 즐거움에 비길 만한 즐거움은 결코 없다. 그녀 곁에 있으면 모든 것이 애정의 표시로 보인다. 손가락을 가볍게 움직여 내 입술을 살짝 누른 것이 내가 바질 부인에게서 받은 유일한 애정의 표시이지만, 이토록 사소한 애정 표현을 기억하는 것만으로도 아직도 흥분이 된다.

그 다음 다음 날까지 다시 단둘이 있게 될 기회를 엿보았지만 소용이 없었다. 그 순간을 포착하는 것이 내게는 불가능했고, 내가 보기에 그녀 쪽에서도 그런 기회를 마련하려는 어떤 노력도 하지 않았다. 그녀가 평상시보다 더 냉정한 몸가짐을 하는 것도 아니지만 더 조심스럽긴 했다. 나는 그녀가 자기 시선을 충분히 가눌 수 없다는 두려움에 내 시선을 피한 것이라고 생각한다. 그 가증스러운 점원은 그 어느 때보다도 나를 힘들게 했다. 그는 빈정거리고 조롱하기까지 했다. 그는 내가 부인들에게 의지하여 출세할 것이라고 말했다. 나는 어떤 경솔한 짓을 저지르지나 않았는지 더럭 겁이 났고 나 자신이 이미 그녀와 내통한 것으로 생각되어 이제까지 숨길 필요가 없었던 호감마저 숨기고 싶었다. 그 때문에 나는 그 호감을 충족시킬 기회를 잡는 데 한층 신중해졌고 안전한 기회만을 원한 나머지 그런 기회를 더 이상 찾지 못했다.

게다가 내가 결코 벗어날 수 없었던 또 다른 비현실적인 광기가 나타났는데, 그것은 나의 타고난 수줍음과 결합되어 점원의 예측을 상당히 빗나가게 만들었다. 감히 말하자면 나는 너무나 진정으로 너무나 완전하게 사랑하는 까닭에 쉽게 행복해질 수 없었다. 어떤 열정도 나의 열정보다 더 열렬한 동시에 더 순수하지는 못했으며, 어떤 사랑도 나의 사랑보다 더 다정하고 더 진실하며 더 사심 없지는 않았다. 나는 내가 사랑하는 여자의 행복을 위해서라면 나의 행복은 천 번이라도 희생할 것이다. 내게는 그녀의 평판이 내 생명보다 더 소중했다. 또한 쾌락에서 얻는 일체의 즐거움을 희생해서라도 단 한 순간도 그녀의 안식을 위태롭게 하려 들지 않았을 것이다. 나는 그런 성향으로 인해 여자를 유혹하면서 매번 너무나 많은 정성을 쏟고 비밀을 지키며 신중을 기하는 바람에 한 번도 성공한 적이 없다. 내가 여자들에게 거의 성공을 거두지 못한 것은 항상 여자들을 너무나 사랑한 데에 이유가 있다.

플루트를 부는 아이기스토스 이야기를 다시 하자면, 특이한 점은 그 음흉한 자가 나를 더욱 참을 수 없게 만들면서도 한편으로는 나를 더욱 호의적으로 대했다는 것이다. 그의 상전인 부인이 나를 좋아하게 된 첫날부터 그녀는 나에게 가게 일을 맡기려고 생각했다. 나는 셈을 상당히 잘 할 줄 알았다. 그녀는 그에게 장부 기입하는 법을 나에게 가르치라고 일렀다. 하지만 그 무뚝뚝한 자는 자기 자리를 빼앗길까 봐 두려웠는지 그 지시를 잘 받아들이지 않았다. 그래서 끝 작업이 끝난 뒤 내가 하게 된 일은 몇 장의 계산서와 견적서를 옮겨 적고 장부 몇 권을 정서하고 이탈리아어로 된 거래 문서 몇 부를 프랑스어로 번역하는 것뿐이었다. 그런데 느닷없이 이자가 이미 내렸다가 거부당한 지시를 다시 끄집어내더니, 내게 복식부기를 가르쳐서 바질 씨가 돌아오면 내가 그 밑에서 일할 수 있게 해주고 싶다고 말했다. 그의 어조와 태도에는 뭐라 말할 수 없는 위선적이고 악의적이며 빈정거리는 투가 있어 전혀 신뢰가 가지 않았다. 바질 부인은 내 대답을 기다리지도 않은 채 그에게 매몰차게 말하기를, 내가 그의 제안에 감사해야 하지만 자신은 결국 나의 재능에 행운이 따를 것으로 기대하고 있으며 내가 그런 많은 재능을 지니고 고작 점원이 된다는 것은 대단히 안타까운 일일 것이라고 했다.

그녀는 나에게 도움이 될 만한 사람을 알려주고 싶다는 말을 여러 차례 했다. 그녀는 충분히 고심하더니 이제 나와 헤어져야 할 시간이 되었음을 느꼈다. 우리가 침묵의 고백을 한 것은 목요일이었다. 일요일에 그녀는 점심식사 자리를 마련했다. 그 자리에 나와 혈색 좋은 도미니크회의 수사가 함께했는데, 그녀가 그에게 나를 소개했다. 수사는 나를 퍽 다정하게 대했고 내가 개종한 것을 칭찬했으며 내 과거에 대해서도 여러 가지 말을 했다. 나는 그의 말을 듣고 그녀가 내 이야기를 그에게 소상히 했다는 것을 알게 되었다. 그리고 그는 손등으로 내 뺨을 두 번 툭 치더니 사려 깊게 용기를 내서 살라고 말하며 자신을 만나러 오라고 당부했다. 그때는 우리가 더 여유롭게 서로 이야기를 나눌 수 있을 것이라고 말했다. 모든 사람들이 그에게 보이는 존경의 표시로 보아 그는 존경받는 인물이고, 바질 부인을 대하는 정이 넘치는 말투로 보아 그가 고해신부일 거라는 생각이 들었다. 지금도 또렷이 기억하는 것이, 그의 점잖은 친밀감에는 자신이 인도하는 고해자에 대한 존중과 존경의 표시가 뒤섞여 있었다. 그런 표시가 당시에는 지금만큼 나에게 강한 인상을 주지는 않았다. 내가 이해력만 좀 더 있었더라면 고해신부에게 존경받는 젊은 여인의 감성을 건드릴 수 있었다는 사실에 얼마나 감동을 받았겠는가!

식탁은 우리 인원수에 비해 그리 크지 않았다. 작은 탁자가 더 필요했고 나는 점원 나리와 함께 그곳에서 유쾌한 대면을 하게 되었다. 내가 그 자리에 앉았다고 해서 충분한 관심과 좋은 음식을 받지 못한 것은 아니었다. 작은 식탁에도 음식이 계속 나왔는데 확실히 그를 위한 목적은 아니었다. 여기까지는 만사가 순조로웠다. 여자들은 무척 즐거워했고 남자들은 여자들에게 상당히 호의적이었다. 바질 부인은 호감 어린 친절함으로 접대에 정성을 다했다. 한창 식사 중에 문간에서 마차 서는 소리가 들린다. 누군가가 올라온다. 바질 씨다. 그가 들어오는 모습이 지금도 눈앞에 생생한데 그는 금단추가 달린 진홍색 옷을 입고 있었다. 그날 이후 나는 진홍색을 싫어하게 되었다. 바질 씨는 키가 크고 미남인데다 체격도 상당히 좋았다. 그는 떠들썩하게 들어왔다. 그곳에는 자기 친구들밖에 없는데도 불시에 들이닥치는 사람처럼 행동한 것이다. 그의 아내는 그의 목을 끌어안고 손을 잡으며 수없이 많은 애정 표시를 하지만 그는 묵묵부답으로 받기만 한다. 그는 동석자들에게 인사를 하고 가져온 음식을 먹는다. 그는 자신의 여행 이야기가 화제에 오르자마자 시선을 작은 식탁으로 돌리더니 엄격한 말투로 자신이 보고 있는 저 아이가 누구냐고 묻는다. 바질 부인은 그 물음에 아주 솔직하게 대답한다. 그는 내가 집에 머물고 있는지 묻는다. 그는 그렇지 않다는 대답을 듣는다. "왜 그러지?" 그가 거칠게 말을 잇는다. "낮에 집에 있으니 밤에도 머물 수 있잖아." 수사가 말을 받았고, 바질 부인에 대해 진지하고 솔직한 칭찬을 한 다음 나에 대해 짤막하게 칭찬했다. 또한 덧붙여 말하기를 자기 아내의 독실한 신앙에서 나온 자비를 비난하기보다는 충분히 신중한 행동이었던 만큼 그도 동참하려고 노력해야 한다고 했다. 남편은 기분 나쁜 투로 대답하긴 했지만 수사의 면전에서는 감정을 억제한 채 전부 드러내지는 않았다. 하지만 그런 태도만으로도 그가 나에 대해 잘 알고 있으며 점원이 자기 식대로 나를 대접했다는 사실을 깨닫기에 충분했다.

　모두 자리를 뜨자마자 주인이 급히 보낸 점원은 내게 의기양양하게 다가와서 당장 이 집을 떠나고 다시는 발을 들여놓지 말라는 주인의 말을 전했다. 그는 그 말을 전하면서 거기에 모욕적이고 매정하게 들릴 수 있는 말이란 말은 죄다 가져다 붙였다. 나는 아무 말 없이 떠났지만 정작 마음이 아팠던 것은 이 사랑스러운 여인과 헤어진다는 사실보다 그녀를 난폭한 남편에게 시달리도록 내버려둬야 한다는 사실 때문이었다. 그가 자기 아내가 부정한 여인이기를 바라지 않는 것은 분명히 올바른 판단이었다. 그녀는 정숙하고 천성이 착했지만 감수성이 예민하고 복수심이 강한 천생 이탈리아 여자였다. 그러므로 그가 자신도 두려워하는 불행을 자초할 만한 수단을 그녀에게 쓰는 것은 잘못된 일인 듯했다.

내 최초의 연애 사건의 결말은 이러했다. 마음속에 끊임없이 아쉬움으로 남아 있는 그녀를 꼭 다시 보려고 그 거리를 두세 차례 다시 들르려고 했다. 하지만 그녀 대신 그녀의 남편과 경계를 게을리하지 않는 점원만 보일 뿐이었다. 점원은 나를 알아보고는 가게에서 쓰는 자를 들고 사람을 부른다기보다는 무언가를 암시하는 몸짓을 했다. 나는 내가 엄중하게 감시받고 있다는 것을 알고 용기를 잃어 다시는 그곳을 지나가지 않았다. 어쨌든 나는 그녀가 알려준 후견인이나 만나려고 했지만 불행히도 그의 이름을 알지 못했다. 수도원 주위를 여러 차례 배회하며 그 사제를 만나려고 애썼지만 아무 소용이 없었다. 결국 다른 사건이 일어나 바질부인에 대한 매력적인 추억을 잊었다. 조금 지나서는 그녀를 완전히 잊게 되었다. 그리하여 전처럼 단순한 풋내기가 된 나는 예쁜 여자들한테 마음을 뺏기는 일조차 없어졌다.

그래도 그녀가 마음을 써준 덕에 내 소박한 옷가지들이 조금이나마 마련되었다. 그렇지만 그 옷들은 매우 검소한 것이며 치장보다는 깔끔한 옷차림을 고려했고 나를 빛나게 하려는 것이 아니라 내가 어려움을 겪지 않기를 바라는 사려 깊은 여인의 조심스러움이 배어 있었다. 내가 제네바에서 가져온 옷은 괜찮은 것이어서 아직 입을 만했다. 그녀는 그 옷들에 모자와 셔츠를 보태주었을 따름이다. 내게는 커프스셔츠가 전혀 없었다. 그것이 너무 갖고 싶었지만 그녀는 내게 그것을 줄 생각이 전혀 없었다. 그녀는 내가 청결함을 유지할 수 있게 해주는 데 만족했다. 나는 그녀 앞에 모습을 드러내는 한 그 정도의 깔끔함은 지켰으므로 그런 염려라면 당부하지 않아도 되었다.

큰일을 당하고 얼마 지나지 않아 앞서 말한 나를 좋아했던 숙소의 여주인이 나에게 일자리를 한 군데 마련해줄 수 있을 것 같다며 어떤 귀부인이 나를 만나고 싶어 한다는 말을 해주었다. 이 말에 나는 정말 그럴듯한 연애 사건을 경험하게 되었다고 생각했다. 나는 늘 그런 식으로 생각했다. 이번 일은 내가 상상했던 것만큼 멋지지는 않았다. 나는 내 이야기를 전했던 하인과 함께 그 부인의 저택으로 갔다. 그녀는 나에게 질문을 하고 나를 살펴보았다. 내가 그녀의 마음에 안 든 것은 아니었으므로 곧바로 그녀에게 고용되었다. 총애를 받는 사람으로서는 전혀 아니었고 하인으로 고용된 것이다. 나는 그녀의 하인들과 같은 색 옷을 입었다. 한 가지 구별되는 점이 있다면 그들은 어깨 끈 장식을 하고 있었고 내게는 그것을 주지 않았다는 것이다. 하인들의 제복에는 견장이 없었으므로 거의 일상복이나 마찬가지였다. 이것이 나의 모든 큰 꿈이 마침내 맞닥뜨린 예기치 못한 결말이었다.

내가 일하게 된 곳은 베르첼리스Vercellis 백작부인[46] 댁이었는데, 그녀는 혼자되어 아이가 없었다. 그녀의 남편은 피에몬테 사람이었다. 나는 그녀를 항상 사부아 여자라고 생각했는데 피에몬테 사람이 그렇게 프랑스어를 잘하고 억양도 그렇게 세련되리라고는 생각할 수 없었기 때문이다. 그녀는 중년에 상당히 고상한 외모로 세련된 감성을 지니고 있었고 프랑스 문학을 좋아하고 조예도 깊었다. 그녀는 글을 많이 썼는데 항상 프랑스어로만 썼다. 그녀의 편지글은 세비녜Sévigné 부인의 그것과 문체나 기품에서 거의 닮아 있었다. 몇몇 편지글들은 서로 혼동될 수 있을 정도였다. 나의 주된 업무는 나로서도 싫지 않았는데, 그녀가 불러주는 편지를 받아 적는 일이었다. 그녀는 유방암으로 몹시 고통스러웠으므로 더 이상 직접 글을 쓰지는 못했다.

　베르첼리스 부인은 재기가 넘칠 뿐만 아니라 고상하면서도 강인한 성품을 지니고 있었다. 나는 그녀가 병으로 죽어가는 모습을 지켜보았다. 또한 그녀가 한순간도 나약함을 드러내지 않고 참으려고 조금도 애쓰지도 않고 여성으로서의 자기 역할을 저버리지 않은 채 고통스러워하며 죽어가는 모습을 지켜보았다. 그런 태도에 철학이라는 것이 있으리라는 생각은 들지 않는다. 당시 철학이라는 말은 아직 일반화되지 않았고 그것이 오늘날 담고 있는 의미에서 그녀는 그 말을 알지도 못했다. 그런 강인한 성격은 간혹 무뚝뚝함으로 나타나기도 했다. 내가 보기에 그녀는 자기 자신에 대해서만큼이나 타인에 대해서도 둔감한 듯했다. 그녀가 불쌍한 사람들에게 좋은 일을 하는 것은 진정한 연민에서라기보다는 차라리 그 자체가 선한 일이기 때문이라고 보아야 했다. 그녀 곁에서 보낸 석 달 동안 나는 그런 무덤덤함을 어느 정도 겪었다. 그녀가 어느 정도 장래성이 있는 젊은이를 좋아하고 눈앞에서 늘 지켜보고 있다면, 또 자신이 죽어가는 것을 느낀다면 사후에 그에게 도움과 후원이 필요하리라는 생각이 드는 것은 당연했다. 그렇지만 그녀가 나를 각별한 관심을 둘 만한 사람으로 생각하지 않은 것인지 아니면 그녀 곁을 한시도 떠나지 않는 사람들이 그녀에게 자기들만을 염두에 두게 만든 것인지 모르지만 그녀는 나에게 아무것도 해주지 않았다.

　그럼에도 그녀가 나를 알기 위해 일말의 호기심이나마 보였다는 사실은 아주 분명하게 기억한다. 그녀는 이따금 내게 질문을 했다. 그리고 내가 바랑 부인에게 쓴 편지를 보여주며 내 감정들을 말해주면 상당히 만족해했다. 하지만 그녀가 자기감정은 결코 드러내지 않은 채 내 감정에 대해서만 알려고 한 것은 확실히 잘못된 일이다. 나는 다른 사람과 통한다고 느끼기만 하면 마음을 털어놓고 싶었다. 나는 내 대답에 동의나 비난의 표시가 전혀 없는 딱딱하고 냉담한 질문은 결코 신뢰하지 않았다.

나는 나의 수다가 상대방의 마음에 드는지 안 드는지 전혀 알지 못하면 항상 두려움에 사로잡혀 내가 생각했던 것을 드러내기보다는 내게 해가 될 만한 것을 아예 말하지 않으려고 애썼다. 나는 사람들을 알려고 그들에게 무뚝뚝한 태도로 질문을 하는 것이 재기를 뽐내는 여자들에게서 흔히 통용되는 나쁜 버릇이라는 것을 이후에야 알아차렸다. 그 여자들은 자기감정을 전혀 내비치지 않음으로써 여러분의 감정을 더 잘 파악할 수 있게 된다고 생각한다. 하지만 그녀들은 정작 그것 때문에 자신들이 감정을 드러내려는 타인의 용기를 빼앗고 있음을 알지 못하고 질문을 당한 사람은 그 이유 때문에라도 방어 태세를 취하기 시작한다. 그 사람이 자신에게 진정으로 관심을 두지는 않으면서 단지 자신을 떠벌리게 만들려고만 한다는 것을 알게 되면, 그는 거짓말을 하거나 입을 다물거나 한층 더 자기를 조심하게 된다. 또한 그는 호기심에 속아 넘어가기보다는 차라리 바보로 통하는 것이 훨씬 낫다고 생각한다. 결국 자신의 마음은 감추고 싶어 하면서 다른 사람의 마음을 알아내려는 것은 항상 나쁜 방법이다.

베르첼리스 부인은 내게 애정이나 동정심이나 호의 따위를 느끼게 할 말은 결코 하지 않았다. 그녀는 내게 냉담하게 질문했고 나도 조심스럽게 대답했다. 내 대답이 하도 소심했던 터라 그녀는 분명 보잘것없는 것으로 생각했는지 지루해했다. 나중에 그녀는 내게 더 이상 질문을 하지 않았고 일을 시킬 때 말고는 말을 걸지 않았다. 그녀는 있는 그대로의 내가 아니라 자신이 만들어낸 나를 두고 평가를 했다. 그녀는 나를 하인으로만 본 나머지 나를 다른 모습으로 보려고 하지 않았다.

이때부터 나는 숨은 이해관계에서 비롯된 간교한 장난을 겪었다. 그런 장난은 평생 동안 내 성공에 걸림돌이 되었고 그 때문에 그것을 만들어내는 허울뿐인 질서에 아주 자연스러운 반감을 품게 되었다. 아이가 한 명도 없는 베르첼리스 부인은 자신의 조카인 라 로크la Roque 백작을 후

계자로 삼았다. 그는 그녀의 환심을 사려고 몹시 애를 썼다. 그 외에도 부인과 가까운 하녀들은 그녀가 죽어간다는 것을 알고서 자기 몫을 챙기기에 바빴으며, 그녀 주위에는 친절한 사람들이 하도 많아서 그녀가 나를 생각할 시간을 내기란 쉽지 않았다. 이 집 하인들 가운데 가장 지위가 높은 로렌치Lorenzi 씨라는 눈치 빠른 남자가 있었는데, 그보다 더 능수능란했던 그의 아내는 주인의 환심을 사서 그 집에서 돈을 받고 일하는 여자라기보다는 부인의 친구로서 지낼 정도였다. 그녀는 퐁탈Pontal 양이라는 자기 조카를 부인의 시녀로 붙여주었다. 그 조카아이는 닳고 닳아서 보기에는 시녀 역할을 하면서도 자기 아주머니가 주인 곁에 꼭 붙어 있을 수 있도록 도왔다. 그런 나머지 부인은 그들의 눈을 통해서만 보고 그들의 손을 통해서만 움직였다. 운이 없게도 나는 그들 세 사람의 마음에 들지 않았다. 나는 그들의 말을 따랐지만 그들을 모시지는 않았다. 나는 내가 우리 모두의 주인을 모시는 일 말고도 그녀의 하인들을 모시는 하인이 되어야 한다는 생각조차 하지 않았다. 더구나 나는 그들에게 일종의 눈엣가시였다. 그들은 내가 그런 일을 할 만한 사람이 아니라는 것을 알고 있었다. 그들은 부인이 그런 사실을 알게 될까 봐, 그녀가 내게 맞는 일을 주려고 무슨 일을 하게 되면 자신들의 몫이 줄어들까 봐 안달하고 있었다. 왜냐하면 너무나 탐욕스러워서 올바르기 어려운 이런 부류의 사람들은 다른 사람들 몫의 유산은 모두 그들 자신의 재산에서 떼어간 것으로 여기기 때문이다. 그래서 그들은 서로 합세하여 나를 부인에게서 떼어놓았다. 그녀는 편지 쓰기를 좋아했다. 그 일은 그런 처지에 있던 그녀에게는 기분전환이 되었다. 그들은 그녀가 편지 쓰는 일에 싫증을 내도록 만들었고, 그녀가 그 일 때문에 피곤해한다고 설득함으로써 의사를 통해 그 일을 단념하게 만들었다. 또 내가 일에 능숙하지 못하다는 핑계를 들어 나 대신 마차꾼 같은 우악스러운 시골뜨기 두 명을 그녀 옆에 두기도 했다. 결국 일이 잘되어 그녀가 유언장을 작성하게 되었을 때 나는 일주일 전부터 그녀의 방에는 얼씬도 하지 못했다. 정말이지 그런 일이 있은 다음에야 나는 예전처럼 그녀의 방에 들어갔고 다른 누구보다 더 열심히 시중을 들기도 했다. 나는 이 가엾은 여인이 받는 고통을 생각하면 몹시 마음이 아팠다. 그녀는 의연하게 고통을 견뎌냈는데 그로 인해 나는 그녀를 더없이 존경하고 사랑하게 되었다. 나는 그녀의 방에서 진심에서 우러나온 눈물을 흘렸다. 그녀는 물론이고 누구도 그 사실을 알아채지 못했다.

우리는 끝내 그녀를 잃었다. 나는 그녀가 숨을 거두는 모습을 보았다. 그녀의 삶이 재치 있고 분별 있는 여성의 삶이었다면 그녀의 죽음은 현인(賢人)의 죽음이었다. 나는 그녀가 평온한 영혼을 통해 가톨릭교를 내 마음에 들도록 만들었고, 그런 영혼을 지니고 가톨릭의 의무를 태만함이나 가식 없이 완수했다고 말할 수 있다. 그녀는 천성적으로 단정했다. 병이 막바지에 이르러서도 그녀는 가식이라고 하기에는 너무나 한결같은 일종의 쾌활함을 보였다. 그런 모습은 단지 이성 자체가 그녀의 서글픈 처지에 맞서 균형을 잡아준 것에 불과했다. 그녀가 병석에서 자리보전을 한 것은 죽기 전 이틀뿐이었고 그러면서도 모든 사람들과 평화롭게 계속 대화를 나누었다. 마침내 그녀는 더 이상 말을 하지 않고 단말마의 싸움에 들어가더니 방귀를 크게 뀌었다. 그녀는 돌아누우며 말했다. "그래! 방귀를 뀌는 여자는 아직 죽은 게 아니지." 이것이 그녀가 마지막으로 남긴 말이었다.

그녀는 하급 하인들에게는 그들의 1년치 급료를 남겨주었다. 하지만 그 집의 명부에 전혀 올라 있지 않았던 나는 아무것도 받지 못했다. 그렇지만 라 로크 백작은 나에게 30리브르를 주게 하고, 내가 입고 있던 새 옷도 그대로 주었다. 로렌치 씨는 이마저도 빼앗으려고 했다. 백작은 내 일자리를 찾으려 애써보마고 약속하며 자신을 만나러 와도 좋다고 허락했다. 나는 그를 두세 번 만나러 갔지만 그에게 말을 할 수 없었다. 쉽게 물러서는 성격이라 더 이상 그를 찾아가지 않았다. 내가 잘못했음은 곧 알게 될 것이다.

베르첼리스 부인의 저택에서 머문 시간에 대해 내가 해야 할 이야기가 이것이 다라면 얼마나 좋겠는가! 그런데 겉으로 드러난 내 처지는 다를 게 없지만 그 집에 들어갔을 때와 같은 처지로 나온 것은 아니었다. 나는 죄에 대한 오랜 기억과 감내할 수 없을 정도로 무거운 후회를 안고 그 집을 나왔다. 40년이 지났어도 여전히 양심의 가책을 받고 있으며 그 쓰라린 감정은 누그러지기는커녕 나이가 들어갈수록 심해지고 있다. 한 아이의 잘못이 그토록 잔인한 결과를 가져올 수 있었다는 것을 누가 믿겠는가? 나는 틀림없는 그 결과들로 인해 마음의 위로를 얻을 수 없을 것이다. 아마도 나는 사랑스럽고 정숙하며 존중받을 만하고, 틀림없이 나보다 훨씬 더 가치 있는 소녀를 수치와 불행 속에서 죽게 만들었을지도 모른다.

한 집안이 붕괴될 때 그 집에 다소간의 혼란이 일어나고 많은 것들이 분실되는 것은 상당히 있을 법한 일이다. 그렇지만 하인들의 충직함과 로렌치 내외의 감시 덕분에 재산목록에서 모자란 것은 전혀 없었다. 유일하게 퐁탈 양이 장밋빛과 은빛의 작은 리본 하나를 잃어버렸는데 그것은 이미 낡은 것이었다. 다른 더 좋은 것들도 손에 넣을 수 있었지만 유난히 그 리본이 마음에 들어 그것을 훔쳤다. 하지만 그것을 잘 숨겨두지 않은 탓에 그것을 가지고 있는 것이 곧 발각되었다. 사람들은 내가 그것을 어디에서 훔친 것인지 알고 싶어 했다. 나는 당황하여 말을 더듬다가 얼굴을 붉히면서 결국 마리옹Marion이 내게 그것을 주었다고 말했다. 마리옹은 베르첼리스 부인이 요리사로 채용한 모리엔 태생의 아가씨였다. 당시 부인은 음식 대접을 그만두면서 세련된 스튜 요리보다는 맛있는 수프가 더 필요해서 자기 요리사를 내보냈던 터였다. 마리옹은 예쁠 뿐 아니라 산속에서나 찾아볼 수 있는 생기 넘치는 낯빛을 하고 있었으며 특히 얌전하고 상냥한 태도를 지니고 있어 그녀를 보면 누구라도 사랑하지 않을 수 없었다. 더구나 이 착한 아가씨는 현명한데다 더없이 충직했다. 그래서 내가 그녀의 이름을 거명하자 모두들 깜짝 놀랐다. 하지만 나도 그녀 못지않게 신임을 받고 있던 터라 사람들은 둘 중에 누가 거짓말을 하고 있는지 가리는 것이 중요하다고 판단했다. 그녀가 불려 나왔다. 모인 사람들이 많았고 라 로크 백작도 그곳에 있었다. 그녀가 온다. 그녀에게 리본을 들이댄다. 나는 부끄러운 줄 모르고 그녀를 고발한다. 그녀는 당황하여 말문이 막힌 채 사탄이라도 굴복시킬 수 있을 눈초리로 나를 쏘아본다. 나의 야비한 마음은 그 눈초리를 견뎌낸다. 그녀는 마침내 단호하게 그러나 흥분하는 일 없이 부인한다. 그리고 내게 갑자기 말을 걸어 스스로 반성해보라고, 결코 나를 해코지한 일이 없는 죄 없는 아가씨를 능멸하지 말라고 타일렀다. 나는 지옥에나 떨어질 파렴치한 언행으로 나의 자백을 거듭 확인하고 그녀가 내게 리본을 주었다고 그녀의 면전에서 주장한다. 가엾은 처녀는 울기 시작하며 내게 이런 말을 할 뿐이다. "아! 루소, 나는 당신이 좋은 사람이라고 생각했어요. 당신은 정말 나를 불행하게 만드는군요. 하지만 나는 당신처럼 하고 싶지는 않아요." 더 이상의 말은 필요 없었다. 그녀는 거듭 솔직하고 단호하게 자신을 변호했지만 나에게 욕설 한마디도 하지 않았다. 나의 단호한 어조에 비해 그런 온건함은 그녀에게 실(失)이 되었다. 한편에는 그 정도로 악랄한 대담성이 있고 다른 한편에는 그 정도로 선한 온화함이 있다고 생각하기란 쉬운 일이 아닌 듯싶었다. 누구를 지지할지 완전히 정하지는 않은 것 같았지만 판결은 나에게 기울었다. 시끄러운 일이 생기는 통에 그 사건을 더 들여다볼 겨를이 없었다. 라 로크 백작은 두 사람을 모두 내보내며 "죄인의 양심이 무고한 자의 명예를 충분히 보상해줄 것"이라 일갈하는 것으로 그쳤다. 그의 예언은 헛되지 않았다. 그 예언은 단 하루도 이루어지지 않은 날이 없었다.

나는 내 중상모략의 희생자가 어떻게 되었는지 알지 못하지만 그녀가 그런 일이 있은 다음 쉽사리 좋은 일자리를 찾았을 성싶지는 않다. 어쨌든 간에 그녀는 자신의 명예에 치명적인 혐의를 받게 되었다. 훔친 물건은 하찮은 것에 불과했지만 결국 그런 짓은 도둑질이고 설상가상으로 청년을 유혹하는 데 사용된 것이다. 요컨대 거짓말을 하고 고집을 피웠을 뿐 아니라 수많은 악덕까지 더해지니 그녀에게는 아무런 희망이 없었다. 나는 그녀가 비참해지고 버림받게 된 것을 내가 그녀에게 처하게 한 가장 큰 위험으로 생각하지 않는다. 그녀가 자기 나이에 순수함을 잃었다는 낙담으로 어디까지 추락했을지 누가 알겠는가! 아! 그녀를 불행하게 만들었을 것이라는 양심의 가책도 견딜 수 없는데, 그녀를 나보다 더 나쁜 사람으로 만들었을지도 모른다는 양심의 가책이 과연 어떨지 미루어 짐작하기 바란다!

그 잔인한 기억은 종종 내 마음을 어지럽히고 뒤흔들어놓아 잠을 이루지 못할 때면 마치 그 잘못이 어제 저지른 일인 듯이 그 가엾은 처녀가 내 잘못을 꾸짖으러 눈앞에 나타나는 것이 보일 정도이다. 그나마 마음이 평온할 때는 그 기억으로 받는 고통이 덜하다. 하지만 파란 많은 삶의 한가운데서 시달릴 때는 그 기억 때문에 죄 없이 괴롭힘을 당하는 사람들만이 갖는 가장 달콤한 위안을 박탈당하고 만다. 내가 그 기억으로 절실히 느낀 점은, 어느 책에서도 말한 것으로 생각되는데, 일이 마음대로 잘되는 경우에는 양심의 가책이 둔화되지만 잘 안 될 경우에는 그런 가책이 심해진다는 것이다. 그렇지만 나는 친구의 가슴속에 그 고백으로 내 속마음을 털어놓는 책임을 떠맡을 수는 결코 없었다. 아무리 친한 사이라도 결코 그렇게 하지 못했는데, 바랑 부인에게도 마찬가지였다. 내가 할 수 있는 일이라고는 잔인한 행동을 스스로 나무라지 않으면 안 된다고 고백하는 일뿐이었다. 하지만 나는 그 행위가 어떤 것인지 결코 말하지 않았다. 그래서 그런 마음의 부담은 오늘까지 줄어들지 않은 채 내 양심에 남아 있고, 어떻게 보면 그런 부담에서 해방되고자 하는 바람이 내가 고백록을 쓰고자 한 결정에 큰 역할을 했다고 말할 수 있다.

　나는 이제 막 내린 결정대로 솔직하게 털어놓았고, 내가 이 자리에서 내 흉악한 중죄를 얼버무렸다는 말을 분명 듣지는 않을 것이다. 하지만 동시에 나의 내적인 성향을 드러내지 않고 또한 진실에 부합하는 것을 두고 스스로 방어하기를 두려워한다면, 나는 이 책의 목적을 이루지 못할 것이다. 내게는 그 잔인한 순간이야말로 악의와 가장 거리를 두고 있었을 때였다. 내가 그 불행한 처녀를 고발한 것은 터무니없어 보일지 모르겠지만 사실 그녀에 대한 나의 우정 때문이었다. 그녀가 항상 내 머릿속에 있었고 나는 처음으로 떠오른 상대를 두고 나를 변호한 것이다. 내가 하고 싶었던 것을 그녀가 했다고, 말하자면 내가 그녀에게 리본을 줄 의도가 있었으니 그녀가 내게 리본을 준 것이라고 그녀를 고발한 것이다. 곧바로 그녀가 나타난 것을 보자 마음이 찢어졌지만 사람들이 너무나 많아서 나의 후회는 그다지 힘을 쓰지 못했다. 처벌은 두렵지 않았다. 그저 수치심이 두려웠을 뿐이다. 그리고 나는 죽음보다도 죄악보다도 세상 무엇보다도 수치심이 두려웠다. 나는 땅속에라도 처박혀 죽고 싶었다. 어쩔 수 없는 수치심이 모든 것을 지배했고 오직 수치심 때문에 뻔뻔스러워졌다. 죄를 지으면 지을수록 그것을 인정해야 한다는 두려움이 생겨 더욱더 대담해졌다. 현장에서 공개적으로 도둑, 거짓말쟁이, 중상모략자로 지목되어 자백해야 하는 두려움밖에는 머리에 떠오르지 않았다. 엄청난 불안이 내게서 다른 모든 감정을 앗아갔다. 만일 내 잘못을 돌이켜볼 수 있었다면 나는 틀림없이 모든 것을 털어놓았을 것이다. 만일 라 로크 씨가 나를 따로 불러 "이 가엾은 아가씨를 타락시키지 말게. 죄가 있다면 내게 고백해보게"라고 말했다면, 나는 당장이라도 그의 발치에 몸을 던졌을 것이다. 정말 그랬을 것이다. 그런데 내게 용기를 불어넣어 주어야만 할 때 사람들은 엄포를 놓았을 뿐이다. 나이 또한 응당 유념해야 할 사항 중 하나이다. 나는 어린아이 시기를 갓 벗어났을 뿐이고 정확히 말하면 아직 어린아이였다. 어린 시절에 저지르는 진짜 흉악한 짓은 성년이 되어 그런 짓을 하는 것보다 훨씬 더 죄가 무겁다. 하지만 단지 유약해서 그런 행동을 했다면 죄는 훨씬 더 가볍다. 사실상 나의 잘못도 그리 다른 것이 아니었다. 그래서 내가 그 기억으로 몹시 마음이 아픈 것은 악행 그 자체보다 그것이 불러일으켰을 고통 때문이다. 그 기억은 남은 생애 동안 죄로 이어질 만한 모든 행동으로부터 나를 지켜줌으로써 좋은 결과를 낳기도 했다. 일찍이 내가 저지른 단 한 번의 죄 때문에 내게 줄곧 남아 있는 그 끔찍한 인상을 통해서 말이다. 또한 거짓말에 대한 나의 혐오감은 상당 부분 내가 그렇게 사악한 거짓말을 할 수 있었다는 것에 대한 후회에서 비롯되었다고 생각한다. 그 죄가 감히 내가 믿는 대로 속죄될 수 있는 것이라면, 그 죄는 내 말년을 짓누르는 불행들을 통해, 어려운 상황 속에서도 40년을 지켜온 정직과 명예를 통해 속죄되어야 한다. 또한 가엾은 마리옹에게는 그녀를 위해 복수해줄 사람이 이 세상에 얼마든지 많으므로 내가 그녀에게 준 모욕이 아무리 크다 하더라도 그 죄를 끝까지 감당하게 될 것이라고 그리 염려하지 않는다. 이상이 내가 이 문제에 대해 말해야만 했던 것이다. 이 일에 대해서는 두 번 다시 말하지 않아도 되었으면 한다.

——

제3권
1728~1730

나는 베르첼리스 부인의 집에 들어갈 때와 거의 같은 상태로 그곳에서 나와 예전에 머물던 숙소의 여주인에게로 다시 갔다. 그곳에서 5, 6주를 머무는 동안 몸은 건강하고 젊은데 정작 할 일이 없는 탓에 종종 내 관능적인 욕구를 감당하기 어려웠다. 나는 불안하고 산만했으며 꿈을 꾸는 듯했다. 눈물을 흘리고 한숨을 쉬고 잘은 모르겠으나 결여되어 있다는 것은 느끼는 행복을 욕망했다. 그런 상태는 묘사될 수 없거니와 그것을 상상할 수 있는 사람조차 별로 없다. 왜냐하면 대부분의 사람들은 괴로우면서도 동시에 매력적이고 욕망에 취해서 쾌락을 예감하게 만드는 이러한 삶의 충만함을 이미 충족했기 때문이다. 나의 뜨거운 피는 내 머릿속을 아가씨들과 부인들로 쉴 없이 가득 채웠다. 하지만 나는 그녀들의 진정한 용처를 지각하지 못한 까닭에 그녀들을 더 이상 어떻게 해야 할지 몰라 상상 속에 제멋대로 이상야릇하게 붙들어두었다. 그런 상상들은 나의 관능에 아주 거북스럽게 작용했는데, 다행히 그 거북한 상태에서 벗어나는 법은 전혀 가르쳐주지 않았다.[47] 나는 고통Goton 양 같은 아가씨를 잠시라도 다시 만날 수 있다면 목숨이라도 내놓았을 것이다. 하지만 치기어린 장난이 통할 나이는 더 이상 아니었다. 악을 의식하면서 생긴 수치심이 나이가 들어감에 따라 나타났다. 그런 수치심은 나의 타고난 소심함을 주체할 수 없을 정도로 커지게 했다. 나는 그 시절에도 그 이후에도 여자가 먼저 나서서 어떤 의미로는 내가 성적인 제안을 할 수밖에 없게 만드는 경우가 아니면 그런 제안을 하기가 영 힘들었다. 여자가 조심성이 없다는 것을 알고 내 말이 통할 것임을 거의 확신할 때조차도 말이다.

내 욕망을 만족시킬 수 없었으므로 그것을 더없이 엉뚱한 술책으로 들쑤실 정도로 내 흥분은 커져만 갔다. 나는 좁고 어두운 길이나 잘 드러나지 않는 외진 곳을 찾아다녔다. 나는 그곳에서 여자들에게, 내가 그녀들 옆에 있다면 하고 싶은 모습으로 멀리서 몸을 노출할 수 있었다. 그녀들이 본 것은 음란한 것이 아니었으며 나는 그렇게까지 할 생각도 없었다. 그것은 우스꽝스러운 부위였다. 내가 여자들이 보는 데서 그 부위를 자랑삼아 드러내며 느꼈던 터무니없는 쾌락은 말로 표현할 수 없다. 내가 기대하던 대접을 받으려면 거기서부터 단 한 걸음만 더 내딛으면 되었다. 또한 내가 만약 기다리고 있을 만큼 대담했다면 대범한 어떤 여자가 지나가다가 그런 즐거움을 내게 충족시켜주었을 것이라고 믿어 의심치 않는다. 그런 터무니없는 짓은 거의 희극과 다를 바 없었지만 내게는 훨씬 더 유쾌하지 못한 파국을 불러왔다.

어느 날 나는 뜰 안쪽에 자리를 잡고 있었는데, 그 뜰에는 우물이 있어서 한 집안의 아가씨들이 종종 물을 길러 왔다. 그 안쪽에는 작은 내리막 길이 있었는데 여러 통로를 통해 지하로 이어졌다. 나는 어둠 속에서 지하로 이어지는 이 작은 길들을 가늠해보았는데 그 길이 길고 캄캄한 것을 보고는 길이 끝없이 이어져서 내가 발각되어 기습을 당한다고 해도 그곳에서 확실한 도피처를 찾을 수 있을 것이라고 판단했다. 나는 이 같은 확신 속에서 우물가에 온 아가씨들에게 유혹적이라기보다는 우스꽝스러운 볼거리를 보여주었다. 아주 정숙한 아가씨들은 아무것도 못 본 체했다. 다른 아가씨들은 웃기 시작했다. 또 다른 아가씨들은 모욕을 당했다고 생각하여 떠들어댔다. 나는 은신처로 달아났다. 나는 쫓기고 있었다. 생각지도 않은 남자의 목소리를 듣고 겁이 났다. 나는 길을 잃을 위험을 감수하고 지하도로 들어갔다. 왁자지껄한 소음과 사람들의 목소리와 그자의 목소리가 계속해서 뒤에서 들려왔다. 그 안이 어두울 줄 알았는데 햇빛이 보였다. 나는 덜덜 떨며 더 깊은 곳으로 들어갔다. 벽이 가로막고 있어서 더 멀리 갈 수 없게 되자 그곳에서 내가 맞게 될 운명을 기다릴 수밖에 없었다. 순식간에 그 덩치 큰 남자에게 따라잡혀 붙들리고 말았다. 그는 긴 콧수염을 길렀고 큰 모자를 썼으며 큰 칼을 차고 있었다. 각기 빗자루로 무장한 네댓 명의 할머니들이 그의 뒤를 따랐다. 무리 중에는 나를 찾아내어 알려준 장난기 많은 아가씨도 있었는데 아무래도 내 얼굴을 보고자 했던 듯싶다.

칼을 찬 남자는 내 팔을 붙들고는 그곳에서 무슨 짓을 했느냐고 거칠게 물었다. 내 대답이 궁색했으리라는 것은 이해할 것이다. 하지만 정신을 차렸다. 그 위태로운 순간에 기상천외한 궁여지책을 머릿속에서 필사적으로 짜내어 성공을 거두었다. 나는 그에게 애원하는 투로 내 나이와 처지를 불쌍히 여겨달라고 사정했다. 나는 좋은 집안의 외국 청년인데 정신이 나가서 사람들이 나를 가두려 했기 때문에 아버지의 집에서 도망친 것이라고 말했다. 또 만약에 그가 내 얼굴을 알린다면 나는 끝장이지만 나를 놓아주기만 한다면 언젠가 꼭 은혜를 갚겠노라고 다짐했다. 전혀 예상 밖으로 내 말과 태도는 효과를 보았다. 그 무시무시한 자는 내 말에 감동했다. 그는 아주 짧게 훈계를 한 뒤 더 이상 추궁하지 않은 채 가도록 나를 슬며시 놓아주었다. 내가 떠나는 모습을 지켜보는 아가씨와 할머니들의 표정에서 내가 그렇게 두려워했던 사람이 도리어 큰 도움이 되었고 여자들하고만 있었다면 그리 수월하게 빠져나오지 못했을 것이라는 생각이 들었다. 여자들이 무언가 불평을 하는 소리가 들려왔지만 그런 것들에는 별로 개의치 않았다. 왜냐하면 그 칼 찬 사내가 개입하지만 않았어도 나는 날쌔고 힘이 넘쳐서 그 여자들과 몽둥이를 금세 피할 수 있다는 확신이 있었기 때문이다.

며칠 뒤 나는 이웃인 젊은 신부와 거리를 걷다가 그 칼 찬 남자를 딱 맞닥뜨렸다. 그는 나를 알아보고 조롱하는 말투로 나를 흉내 냈다. "저는 왕자예요. 저는 왕자라니까요. 그런데 저는 바보랍니다. 전하께서는 다시 그런 일을 하시면 아니 되옵니다." 더 이상은 덧붙여 말하지 않았다. 나는 고개를 숙인 채 슬쩍 지나쳤고 마음속으로 그의 과묵함에 감사했다. 고약한 노파들이 그의 고지식함을 두고 그를 비난했을 것이라는 생각이 들었다. 하여튼 그는 피에몬테 사람이었음에도 선한 사람이었다. 그래서 그를 생각하기만 하면 항상 감사한 마음이 치솟는다. 그도 그럴 것이 내가 꾸며낸 이야기가 하도 엉뚱해서 그가 아닌 다른 사람이었다면 조롱할 마음만 먹었어도 나에게 크나큰 수치심을 안겨주었을 것이다. 그 사건으로 내가 걱정할 만한 결과가 생기지는 않았지만 오랫동안 나는 얌전히 지낼 수밖에 없었다.

베르첼리스 부인 댁에 묵고 있는 동안 나는 몇몇 사람들을 알게 되었는데, 그들이 나에게 도움이 될 수도 있겠다는 기대로 좋은 관계를 유지하고 있었다. 나는 그들 중에서도 갬Gaime 씨[48]라는 사부아 지방의 신부를 종종 만나러 갔다. 그는 멜라레드Mellarède 백작 댁의 가정교사였다. 그는 아직 젊고 별로 알려진 사람은 아니지만 양식이 풍부하고 정직하며 지식도 상당해서 내가 아는 가장 교양 있는 사람들 중의 한 명이었다. 내가 그의 집에 가게 된 목적에 비추어보면 그는 내가 의지할 만한 사람이 전혀 아니었다. 그는 나에게 일자리를 구해줄 만한 충분한 영향력이 없었으니 말이다. 하지만 나는 그와 가까이 지내면서 평생에 득이 되었던 한층 소중한 이점과 건전한 도덕적 교훈과 올바른 이성에서 얻은 규범을 발견했다. 내 취향과 사상이 이어지는 순서로 보면 나는 너무 높은 수준에 있거나 너무 낮은 수준에 있었다. 아킬레우스 혹은 테르시테스[49]였는데, 말하자면 때로는 영웅이었고 때로는 건달이었다. 갬 씨는 내가 자기 자리를 찾도록 나 자신을 스스로 보게 하려고 배려했다. 그렇다고 나를 너그럽게 봐준다거나 의욕을 꺾지도 않았다. 그는 나의 성격과 재능을 높이 사면서도 그런 장점들을 이용하지 못하게 만드는 장애물이 그것들 때문에 나타나는 것이 눈에 보인다는 말도 잊지 않았다. 그래서 그런 장점들은 출세를 향해 오르는 계단이라기보다는 출세하지 않고도 살아갈 수 있는 능력으로 쓰이게 될 것이라고 보았다. 그는 내가 나쁜 기억만을 갖고 있던 인생의 참다운 모습을 보여주었다. 그는 내게, 지혜로운 사람은 역경 속에서도 어떻게 항상 행복을 추구할 수 있으며 그것에 도달하기 위해 어떻게 바람을 거슬러 달리는지, 왜 지혜 없이는 진정한 행복에 결코 이를 수 없는지, 왜 지혜가 모든 상황에서 통용될 수 있는지 일러주었다. 그는 다른 사람들을 지배하는 사람들이 지배받는 사람들보다 더 분별력이 있지도 더 행복하지도 않다는 것을 내게 입증함으로써 위대함에 대한 나의 예찬을 상당히 누그러뜨렸다. 그의 말 중에 지금도 종종 생각나는 것은 저마다 다른 사람들의 마음을 읽을 수 있다면 높은 곳에 오르려는 사람들보다 아래로 내려가려는 사람이 더 많을 것이라는 말이다. 이러한 성찰은 그 진실이 깊은 인상을 주었으며 조금도 과장되지 않아 내가 살아가는 동안 조용히 나의 본분을 다하는 데 큰 도움이 되었다. 그는 내게 정직에 관한 참다운 개념을 처음으로 알려주었는데, 나는 내 과장된 천성 탓에 그것을 극단적으로만 이해하고 있었다. 그가 내게 깨우쳐준 것은 숭고한 미덕에 대한 환호는 사회에 별 도움이 되지 않는다는 것과 지나치게 높이 오르다 보면 추락하기 쉽다는 것, 작은 의무들을 지속적으로 잘 이행하는 데에는 영웅적인 행동 못지않게 힘이 필요하다는 것, 명예와 행복을 위해서도 그런 것들을 최대로 활용해야 한다는 것, 이따금 사람들의 감탄의 대상이 되기보다는 늘 사람들의 존경을 받는 편이 훨씬 더 가치 있다는 것 등이었다.

인간의 의무를 정하기 위해서는 필히 그 원리로 거슬러 올라가야 했다. 한편으로 내 현 상황을 만들어낸 지난 발자취를 돌이켜보니 우리는 자연스레 종교에 대해 이야기하게 되었다. 정직한 갬 씨가 적어도 상당 부분에서 사부아 보좌신부의 실제 인물이라는 것은 이미 생각해냈을 것이다. 단지 그는 신중해서 더욱 조심스럽게 말할 수밖에 없었고 몇 가지 점에서는 더 솔직하게 자기 생각을 밝히지 않았을 따름이다. 하지만 그 외의 부분에서는 그의 원칙과 감정과 의견이 등장인물의 생각과 같으며 조국으로 돌아가라는 충고까지 모든 것이 이후에 내가 독자들에게 표현한 바 그대로다. 따라서 저마다 그 논지를 알 수 있는 대화에 대해서는 자세한 이야기를 하지 않은 채 내가 말하려는 것은 그의 사려 깊은 교훈이 당장에는 효과가 없었지만 내 마음속에 미덕과 종교의 씨앗으로 남아 결코 죽지 않고 열매를 맺기 위해 더욱 사랑스러운 손길의 보살핌만을 기다리고 있었다는 사실이다.

당시 내 개종은 그다지 확고한 것이 못 되었지만 그래도 감동을 받지 않을 수 없었다. 나는 그와의 대화가 지루하기는커녕 그것의 명료함과 간결함 그리고 특히 그 대화에 충만하다고 느껴지는 마음에서 우러나오는 공감 때문에 그 대화가 좋아졌다. 나는 사랑이 넘치는 마음을 지녔고 사람들이 내게 베푼 선행보다 그들이 내게 베풀려고 했던 선행에 비례하여 항상 그 사람들에게 마음을 쏟았다. 그리고 이 점에서 나의 직감은 거의 틀리지 않았다. 그래서 나는 그에게 진심으로 애정을 느꼈다. 이를테면 나는 그의 두 번째 제자였다. 덕분에 나는 당시 한가로운 나머지 빠져든 사악한 성향에서 벗어나는 데 크나큰 도움을 받았다.

어느 날은 내가 전혀 생각지도 않았는데 라 로크 백작이 사람을 시켜

나를 찾았다. 나는 그를 찾아가도 그에게 말을 할 수 없어 지쳐 있던 터라 더 이상은 그에게 가지 않았다. 내 생각에 그는 나를 잊었거나 나에 대해 나쁜 인상이 남아 있었다. 하지만 내 착각이었다. 그는 내가 자신의 숙모 옆에서 기꺼이 본분을 다하는 모습을 여러 차례 목격했던 것이다. 그는 숙모에게 그런 말을 전하기까지 했고 나 자신도 더는 그 일을 생각하지 않을 때 다시 나에게 말을 꺼낸 것이다. 그는 나를 반갑게 맞이하며 이렇게 말했다. 막연한 약속으로 헛되이 시간을 보내며 나를 달래지는 않았지만 내 일자리를 구해주려 애를 쓴 끝에 드디어 성공했으며, 이제 출세의 길을 열어주었으니 나머지는 내가 하기에 달렸다, 또한 들어가게 해준 집은 세력이 있고 존경받고 있으니 출세하려고 다른 후원자를 찾을 필요가 없으며, 우선은 내가 이전에 그랬던 것처럼 보잘것없는 하인 취급을 받겠지만 사람들이 나의 분별력이나 품행을 보고 내가 그런 처지보다 더 높은 위치에 있을 인물이라고 판단하게 되면 나를 그렇게 내버려두지는 않을 의향이 있다고 스스로 확신할 수 있을 것이다. 이 마지막 말로 애초에 내가 품은 찬란한 희망은 잔인하게 사라지고 말았다. 뭐라고! 또 하인 노릇이라고! 나는 씁쓸한 분노를 삼키며 속으로 생각했지만 곧 확신이 들어 그런 기분은 수그러들었다. 나는 그런 자리가 내게 너무도 가당찮게 느껴졌던 터라 그 자리에 머물게 되리라는 걱정은 하지 않았던 것이다.

그는 왕비의 시종장이자 유명한 솔라르Solar 집안의 웃어른인 구봉Gouvon 백작의 저택에 나를 데리고 갔다. 나는 그 존경스러운 어른의 위엄 있는 태도로 인해 그의 친절한 응대에 더욱 감동을 받았다. 그는 관심을 가지고 내게 질문했고 나는 성의껏 대답했다. 그는 라 로크 백작에게 내가 호감이 가는 용모를 지니고 있어 기지가 있을 것 같다고 말했다. 또한 자신이 보기에도 실제로 기지가 부족한 듯싶지는 않지만 그것이 전부가 아니라 다른 점도 보아야 한다고 덧붙였다. 그는 나를 돌아보더니 말했다. "이보게, 대부분의 일은 시작이 힘이 들지. 그렇지만 자네 일은 그다지 힘이 들지 않을 것일세. 현명하게 처신하고 이곳에 있는 모든 사람들의 마음에 들도록 애써보게. 그렇게 하는 것이 지금으로서는 자네의 유일한 일이네. 나머지 일은 걱정하지 말게. 모두들 자네에게 마음을 써주려 한다네." 곧바로 그는 자신의 며느리인 브레유Breil 후작부인에게 가서 나를 소개하고 아들인 구봉 신부에게도 인사를 시켰다. 시작부터 조짐이 좋아 보였다. 나는 하인 한 사람 맞아들이는 데 그렇게 많은 격식을 갖추지는 않는다는 것을 판단할 정도의 사리분별은 할 수 있었다. 사실 나는 그런 대접을 받지 않았다. 내 식탁은 주방의 준비실에 있었다. 내게는 하인의 제복도 지급되지 않았다. 경솔한 젊은이인 파브리아Favria 백작이 나를 자기 마차 뒤에 태우려 하자 그의 조부인 구봉 백작은 내가 어떤 마차든 뒤에 타거나 집 밖에서는 누구도 수행하지 못하게 했다. 그렇지만 나는 식사 시중을 들었고 집 안에서는 거의 하인의 일을 했다. 하지만 어떻게 보면 자유롭게 그 일을 한 것이지 특별히 누구에게 매어 있었던 것은 아니다. 나는 불러주는 대로 편지 몇 장을 쓰거나 파브리아 백작이 시키는 대로 그림들을 오리는 일 외에는 온종일 내 시간을 거의 마음대로 사용했다. 내가 깨닫지 못한 이 같은 시험은 확실히 아주 위험스러웠고 그리 인간적인 것도 못 되었다. 그렇게 하는 일 없이 한가롭게 지내다가는 바쁘면 생기지 않았을 나쁜 버릇들에 빠졌을 수도 있기 때문이다.

다행히도 그런 일은 전혀 일어나지 않았다. 갬 씨의 교훈은 내 마음에 깊은 감명을 주었다. 나는 그 교훈이 무척 좋아져서 그것을 더 들으러 가려고 이따금 저택을 조용히 빠져나오곤 했다. 내가 그렇게 슬그머니 나가는 것을 목격한 사람들도 내가 어디로 가는지 거의 짐작하지 못했을 것이다. 그가 나의 행동에 대해 충고해준 말보다 더 이치에 맞는 것은 있을 수 없다. 나의 시작은 창대했다. 나는 근면하고 주의력이 있고 열의가 있어서 모든 사람들을 기쁘게 했다. 갬 신부는 내게 처음의 열의를 절제하라고 주의를 주었다. 그 열의가 식지나 않을지, 그런 사실이 이목을 끌지나 않을지 걱정했기 때문이다. 그가 내게 말했다. "자네의 시작이 사람들이 자네에게 요구하게 될 일의 기준이 된다네. 나중에 더 많은 일을 하도록 유념하되 결코 일에 소홀하지 않도록 주의하게."

나의 보잘것없는 재능에 대해 거의 조사를 받지 않았고, 내게는 타고난 재능밖에 없다고 여겨졌으므로, 구봉 백작이 나에 대해 할 수 있었던 말에도 불구하고 나를 활용할 생각은 하지 않는 듯싶었다. 오히려 뜻밖의 사건들이 일어나는 바람에 나의 존재는 거의 잊혀갔다. 구봉 백작의 아들인 브레유 후작은 당시 비엔나 대사로 있었다. 궁정에 동요가 일어나 그 영향이 집안에서도 느껴져서 사람들은 몇 주 동안 술렁거렸다. 그 때문에 나에 대해 생각할 겨를 같은 건 없었다. 그래도 나는 그때까지 긴장의 끈을 놓지 않고 있었다. 내게 좋기도 하고 나쁘기도 한 일이 한 가지 생겼는데, 외부의 일에 일체 정신을 팔지 않게 되었지만 내 의무에는 좀 더 태만해진 것이다.

브레유 양은 거의 내 나이 또래의 아가씨로 몸매가 좋고 상당히 아름다웠으며 하얀 피부와 무척 까만 머리카락을 갖고 있었다. 갈색이 섞인 머리에도 얼굴은 금발 여성 특유의 부드러운 표정을 짓고 있었는데, 내 마음은 그 표정을 결코 뿌리치지 못했다. 젊은 여성들에게 걸맞은 궁정 의복은 그녀의 어여쁜 몸매를 눈에 띄게 만들었고 가슴과 어깨를 돋보이게 했으며 그녀의 얼굴빛은 당시 사람들이 입고 있던 상복[50]으로 인해 더욱더 눈이 부셨다. 그런 것들에 마음을 쓰는 것은 하인의 본분이 아니라고들 말할 것이다. 분명 내 잘못이다. 내가 그런 것에 마음을 쓰기는 했지만 그렇다고 나만 그런 것도 아니었다. 급사장과 하인들도 종종 식사 도중에 무례하게 그런 이야기를 꺼내곤 했는데 나는 그 때문에 몹시 괴로웠다. 그렇지만 진짜로 사랑에 빠질 정도로 정신이 나간 것은 아니었다. 나는 자제심을 조금도 잃지 않았다. 내 본분을 다했고 내 욕망도 고삐가 풀린 것은 아니었다. 그저 브레유 양을 바라보는 것이 좋았고 재치와 분별, 교양이 있는 그녀의 몇 마디 말을 듣는 것이 좋았다. 나의 야심은 시중을 드는 즐거움에 머물렀을 뿐 나의 권리를 조금도 넘어서지 않았다. 식탁에서 나는 내 권리를 행사할 기회를 잡으려고 신경을 곤두세웠다. 그녀의 하인이 잠시 자리를 떠나면 곧장 내가 그 자리를 차지하는 모습이 목격되곤 했다. 그럴 때를 제외하고 나는 그녀와 마주 보고 있었다. 그녀의 눈을 보며 그녀가 시키려는 것이 무엇인지 살피려 애썼고 그녀가 접시를 바꾸려는 순간을 애타게 기다렸다. 그녀가 내게 무언가 지시를 내리고 나를 보며 한마디만 해준다면 무슨 일인들 못하겠는가! 하지만 조금도 그런 일은 일어나지 않았다. 나는 그녀에게 아무 존재도 아니라는 사실에 굴욕감이 들었다. 그녀는 내가 거기에 있는지조차 깨닫지 못했다. 그렇지만 그녀의 오빠는 식사 중에 이따금 내게 말을 건넸는데, 그가 내게 별로 호의적이지 않은 어떤 말을 했을 때 내가 아주 세련되고 잘 준비된 답변을 하자 그녀가 거기에 관심을 갖고 내게 눈길을 돌렸다. 그녀는 힐끗 쳐다보았을 뿐이지만 나는 흥분하지 않을 수 없었다. 이튿날 두 번째 기회가 왔고 나는 그 기회를 잘 살렸다. 그날 성대한 오찬이 있었는데, 급사장이 옆구리에 칼을 차고 모자를 쓴 채 식사를 준비하는 모습을 처음으로 보고 깜짝 놀랐다. 우연히 솔라르 집안의 가훈에 대해 이야기하게 되었는데, 그것은 문장(紋章)이 있는 벽걸이 장식융단에 쓰인 'Tel fiert qui ne tue pas'라는 구절이었다. 피에몬테 사람들은 보통 프랑스어에 완전하지 않기 때문에 어떤 사람이 이 가훈에서 철자법 상의 오류를 발견하고 'fiert'라는 단어에서 't'는 전혀 필요 없다고 말한다.

나이가 많은 구봉 백작이 답변을 하려고 했다. 하지만 그는 내게 시선을 돌렸고, 내가 감히 아무 말도 하지 못한 채 미소 짓는 것을 보더니 내게 말해보라고 지시했다. 그래서 나는 't'가 쓸데없는 것이라고 생각하지 않으며 'fiert'는 프랑스 고어인데 'fier(잔인한)'이나 '위협적인'이라는 의미의 명사 'ferus'가 아니라 '때리다', '상처를 입히다'라는 의미의 동사 'ferit'에서 유래한 것으로 본다고 말했다. 그래서 내가 보기에 가훈은 '위협적인 사람tel menace'이라는 의미가 아니라 '죽이지 않는 자는 때린다 tel frappe qui ne tue pas'라는 뜻이라고 설명했다.

모든 사람들이 나를 쳐다보며 아무 말도 하지 못하고 서로를 바라보았다. 이 같은 동요는 생전 처음 보는 것이었다. 하지만 내가 더욱 우쭐해진 것은 브레유 양의 얼굴에서 만족한 표정을 분명히 보았기 때문이다. 그렇게 거만한 여인이 황송하게도 첫 번째 시선에 비길 만한 두 번째 시선을 내게 던진 것이다. 그리고 할아버지에게 눈길을 돌리더니 의당 내가 받아야 할 칭찬을 일종의 초조함을 갖고 기다리는 듯 보였다. 정말이지 백작은 내게 만족했다는 듯이 극찬을 아끼지 않았고 식사를 하던 모든 사람들도 맞장구를 치기에 바빴다. 그 순간은 짧았지만 모든 점에서 유쾌했다. 그것은 상황을 자연의 질서로 다시 돌아가게 만들고 운명의 모독으로 훼손된 재능의 진가를 되찾게 해준 너무나 드문 순간들 중 하나였다. 잠시 후에 브레유 양은 나를 다시 올려보더니 상냥하고 수줍은 목소리로 내게 마실 것을 달라고 부탁했다. 내가 그녀를 기다리게 하지 않았으리라는 것은 가히 짐작이 갈 일이다. 하지만 그녀에게 다가서면서 극도의 긴장감에 사로잡혔고 잔에 물을 너무 가득 따른 나머지 일부가 접시 위로 심지어 그녀에게까지 쏟아졌다. 그녀의 오빠는 경솔하게 왜 그리 심하게 떠느냐고 물었다. 이 질문은 나를 진정시키는 데 도움이 되지 않았고 브레유 양은 얼굴이 새빨개졌다.

여기서 소설은 끝이 났다. 이 이야기에서 알아차리게 되겠지만 바질 부인과 그랬던 것처럼 그 후의 인생에서도 내 연애 사건의 결말은 행복하지 않았다. 나는 브레유 부인의 부속실에 애착을 쏟았지만 별 소용이 없었다. 부인의 영애에게서 단 한 번의 관심 표시도 받지 못했으니 말이다. 그녀는 나를 거들떠보지도 않은 채 방을 드나들었으며, 나도 감히 그녀에게 시선조차 던지지 못했다. 나는 너무나 어리석고 서툴렀던 나머지 하루는 그녀가 지나가다 장갑 한 짝을 떨어뜨렸는데 키스를 퍼붓고 싶은 그 장갑에 달려들기는커녕 감히 자리에서 일어나지도 못했다. 결국 아주 버릇없는 하인 놈 하나가 장갑을 줍도록 내버려두었는데, 사정만 허락되었다면 기꺼이 그놈을 박살내었을 것이다. 엎친 데 덮친 격으로 브레유 부인의 마음에 들 행운을 얻지 못했다는 것을 알아차리고 나니 더욱 주눅이 들었다. 그녀는 나에게 아무것도 시키지 않았을 뿐 아니라 나의 시중조차 받아주지 않았다. 그녀는 부속실에 있는 내게 할 일이 없느냐고 아주 무뚝뚝한 어조로 두 번이나 물었다. 결국 그 소중한 부속실을 단념해야만 했다. 처음에는 그곳에 미련이 남았지만 이런저런 일들이 생기는 바람에 관심을 돌리게 되자 곧 그 일은 머릿속에서 사라졌다.

브레유 부인의 멸시를 받긴 했지만 그 시아버지의 호의 덕택에 충분히 마음을 달랠 수 있었다. 마침내 내가 그곳에 있다는 사실을 그가 알아차린 것이다. 앞서 언급한 식사 자리가 있었던 저녁, 백작은 나와 30분 정도 대화를 나누었다. 그는 대화에 만족한 듯싶었고 나도 매우 기뻤다. 그 좋은 어른은 재기가 넘쳤지만 베르첼리스 부인보다는 못했다. 하지만 인정이 더 많았다. 그래서 나는 그의 곁에 있으면서 일을 더 잘해냈다. 그는 나를 총애하는 아들인 구봉 신부와 가깝게 지내라고 내게 일러주었다. 또한 내가 그런 기회를 이용하면 그 애정으로 도움을 받을 수 있을 것이며, 내게 부족하다고 여겨지는 것을 얻을 수 있을 것이라고 덧붙였다. 이튿날 아침부터 나는 신부의 저택으로 갔다. 그는 나를 전혀 하인으로 맞아들이지 않았다. 나를 불 옆에 앉히더니 더없이 온화한 어조로 내게 질문을 했다. 그는 내가 받은 교육이 이것저것 시작만 많이 하고는 어느 것 하나 제대로 끝맺지 못했다는 사실을 곧 알게 되었다. 특히 내 라틴어 실력이 형편없다는 것을 알고서 라틴어를 더 가르치려고 시도했다. 우리는 내가 매일 아침 그의 집으로 가는 데 뜻을 같이했고 나는 그다음 날부터 시작했다. 그리하여 내 인생에서 종종 일어나게 될 기이한 일들 중 하나가 일어났는데, 내 신분보다 위인 동시에 아래에 놓이게 된, 말하자면 같은 집안에서 제자이면서 동시에 하인이 된 셈이다. 나는 하인의 처지이면서도 왕의 자제들에게나 가능한 명문가 출신의 스승을 두었던 것이다.

구봉 신부님은 차남으로 장차 이 집안에서 주교가 될 인물이었다. 그런 이유로 그는 귀족 자제들이 보통 하는 것보다 더 깊이 학문에 매진했다. 그는 시에나 대학에서 여러 해를 머물면서 공부를 했는데, 순수주의 이탈리아어에 관해 상당히 많이 배우고 돌아와 토리노에서의 그의 위상은 과거 당조Dangeau 신부[51]의 파리에서의 위상과 거의 비슷했다. 그는 신학에 대한 반발로 문학에 관심을 두었는데, 그런 일은 이탈리아에서 고위 성직자의 길을 걷는 사람들에게는 아주 흔했다. 그는 시를 상당히 많이 읽었고 라틴어와 이탈리아어 시를 꽤 잘 썼다. 간단히 말해 그는 나의 취향을 계발하고 내 머릿속에 잔뜩 들어 있는 잡동사니 지식을 웬만큼 선별해주는 데 필요한 안목을 지니고 있었다. 하지만 이것저것 떠벌였기 때문에 그가 내 지식에 대해 무언가 잘못 판단해서인지 아니면 기초 라틴어의 지루함을 견딜 수 없어서였는지, 그는 처음부터 내 수준을 지나치게 높게 잡았다. 그는 파에드루스[52]의 우화 몇 편을 내게 번역시키더니 곧바로 베르길리우스로 뛰어들게 했는데, 나는 그 작품들을 거의 이해하지 못했다. 곧 알게 되겠지만 나는 라틴어를 줄곧 다시 배웠는데도 영 깨치지 못할 운명이었다. 그래도 나는 아주 열심히 공부했고 신부님도 친절하게 수고를 아끼지 않았는데 그 생각을 하면 아직도 감동이 된다. 나는 그의 시중을 들기도 하고 지도를 받기도 하면서 아침나절 대부분을 그와 함께 보냈다. 그렇다고 그의 개인적인 용무로 시중을 든 것은 아닌데, 그는 내가 그런 식으로 시중드는 것을 전혀 허용하지 않았기 때문이다. 하지만 그가 불러주는 것을 받아 적고 필사하는 것은 허용되었고 내게는 학생으로서의 역할보다 비서로서의 역할이 더 유익했다. 나는 그런 방식으로 정확한 이탈리아어를 배웠을 뿐 아니라 문학에 대한 취미도 생겼다. 라 트리뷔 책 대여점에서는 얻지 못한 양서를 구별하는 안목도 갖추었는데 그런 능력은 훗날 독학을 할 때 많은 도움이 되었다.

이 시기는 내가 살아오면서 비현실적인 계획을 세우지 않고 가장 이성적으로 출세할 희망에 전념할 수 있었던 때였다. 신부님은 나를 매우 흡족해했고 모든 사람들에게 그런 생각을 전했다. 그의 아버지도 나를 각별히 좋아했는데 파브리아 백작이 내게 일러준 바에 따르면 왕에게 내 이야기를 고했을 정도였다. 브레유 부인도 나를 경멸하던 태도를 거두었다. 마침내 나는 그 집안의 일종의 총아가 되었다. 그리하여 다른 하인들의 엄청난 질투를 사게 되었는데, 그들은 내가 영광스럽게도 주인 아들의 가르침을 받고 있다는 사실을 알고서 자기네와 동등한 신분으로 오래 있지 않으리라는 것을 충분히 직감했다.

나는 주위에서 대뜸 아무렇게나 던진 말을 통해 나에 대한 생각을 가늠해볼 수 있었는데, 그런 말은 나중에야 곰곰이 생각해본 것이지만, 솔라르 집안은 대사의 길로 나가려 했고 짐작건대 대신의 자리를 염두에 두었기 때문에 어쩌면 다재다능한 충복 한 명을 미리 키워놓는 것에 매우 흡족해했던 듯싶었다. 그런 충복이라면 오직 이 집에만 소속이 되어 장차 집안의 신임을 얻어서 유익한 봉사를 할 수 있었을 터이다. 구봉 백작의 이러한 계획은 고상하고 현명하며 관대한 것이었으며 자비롭고 용의주도한 대귀족에게 그야말로 걸맞은 것이었다. 그러나 당시의 나는 계획의 전모를 알지 못했을 뿐 아니라 내 사고에 비해 그 계획은 너무나 합리적이었고 너무나 오랜 예속을 요구했다. 나의 무모한 야심은 연애 사건을 통한 출세만을 추구하고 있었다. 그래서 그 모든 일에 여자가 전혀 없는 것을 알고 그런 출세 방식은 느리고 고되며 음울한 것처럼 느껴졌다. 여자가 그 계획에 끼어 있지 않은 만큼 그 방식이 더 명예롭고 더 확실하다고 생각했어야 하는데도 말이다. 반면에 여자들이 밀어주는 종류의 재능은 원래 내게 있다고 여겨진 재능보다 확실히 가치가 떨어졌기 때문이다.

놀라울 정도로 모든 일이 잘되었다. 나는 모든 사람들로부터 좋은 평판을 얻었다. 아니 거의 평판을 끌어내다시피 했다. 고난은 끝이 났다. 나는 집안에서 가장 촉망받는 젊은이로, 내게 걸맞은 자리에 있지 않지만 머지않아 그런 자리에 오를 것으로 기대되는 젊은이로 간주되었다. 하지만 나의 자리는 다른 사람들이 정해준 자리가 아니었다. 그리고 전혀 다른 길을 통해서 그 자리에 도달해야만 했다. 이제 나의 고유한 성격적 특징들 가운데 하나를 다루려고 하는데, 독자들에게 그 특징을 소개하는 것으로 충분하므로 그에 대한 견해를 덧붙이지는 않겠다.

토리노에는 나 같은 부류의 새로운 개종자들이 많았지만 나는 그들을 좋아하지 않았고 결코 누구와도 만나고 싶지 않았다. 그래도 개종하지 않은 제네바 사람을 몇 명 만났는데, 그중에는 '비뚤어진 입'이라는 별명을 지닌 뮈사르Mussard 씨라는 사람이 있었다. 그는 세밀화를 그리는 화가로 나의 먼 친척뻘이 되었다. 이 뮈사르라는 작자는 내가 구봉 백작 댁에 있는 것을 알아내고는 바클Bâcle이라는 또 다른 제네바 사람과 함께 나를 만나러 왔다. 그는 내가 도제로 있던 시절의 동료였다. 이 바클이라는 녀석은 아주 유쾌하고 명랑했으며 익살스러운 재담을 잘했는데, 그의 나이 때문에 그 재담이 더욱 유쾌했다. 나는 급속도로 바클에게 빠져들어 그와 헤어질 수 없을 정도가 되었다. 그는 이제 막 제네바로 돌아가려고 이곳을 떠나려던 참이었다. 내 상실감이 얼마나 컸을 것인가! 나는 엄청난 상실감을 고스란히 절감했다. 적어도 나는 내게 주어진 시간을 잘 사용하기 위해 더 이상 그와 헤어지지 않았다. 좀 더 정확히 말하자면 그가 나를 떠나지 않았다. 그와 하루를 보내려고 허락 없이 집을 나올 만큼 처음부터 정신이 나간 것은 아니었다. 하지만 곧 그가 한시도 내 곁을 떠나지 않는다는 것이 알려지자 그는 집안 출입을 금지당했다. 그 바람에 나는 몹시 안달이 나서 내 친구 바클 외에는 모든 것을 잊고 사제 나리의 집에도 백작 나리의 집에도 가지 않았고, 그래서 집안 누구도 더 이상 내 모습을 보지 못했다. 나는 질책을 당해도 듣지 않았다. 내쫓겠다는 위협도 받았다. 그런 위협이 내게 파멸을 몰고 왔다. 바클이 혼자 가지 않을 수도 있겠다는 생각이 언뜻 들었기 때문이다. 그때부터 나는 다른 즐거움도 다른 운명도 다른 행복도 더 이상 떠오르지 않았고 오직 그런 여행 생각밖에 없었다. 그리고 거기서 말로 표현할 수 없는 여행의 기쁨만을 보았고 비록 너무나 멀리 떨어져 있기는 하지만 여행의 끝자락에는 바랑 부인을 어렴풋이 보기까지 했다. 왜냐하면 제네바로 돌아간다는 것은 결코 생각해본 적이 없었기 때문이다. 산과 초원과 숲과 시냇물과 마을 들이 새삼스러운 매력으로 다가와 끝도 없이 이어졌다. 이 축복받은 여정이 내 한평생을 온통 빼앗아버릴 것만 같았다. 이곳에 오면서도 그와 같은 여행을 했는데 그것이 내게 얼마나 매력적으로 보였는지 감미롭게 머리에 떠올랐다. 자유에서 비롯된 온갖 매력에 같은 나이와 같은 취미 그리고 좋은 성격을 지닌 동료와 함께 의무도 구속도 책임도 없이 마음 내키는 대로 가다 쉬다 하며 동행하는 매력이 보태질 때 그 여행이 어떠했겠는가. 이와 같은 행운을 그처럼 실행이 더디고 어려우며 불확실하고 야심에 찬 계획을 위해 희생하다니 참으로 어리석은 일임이 틀림없었다. 그 계획이 어느 날 실현된다고 하더라도 그 절정에 있더라도 젊은 시절에 맛보는 한순간의 참된 즐거움과 자유만큼의 가치는 없었다.

이런 현명한 몽상에 빠져 있던 나는 너무나 처신을 잘한 나머지 끝내 쫓겨나고야 말았는데 사실 나름대로 어려움도 있었다. 어느 날 저녁에 내가 집으로 들어오자 집사장이 나를 해고하겠다는 백작의 뜻을 통고했다. 이것이야말로 내가 원하던 바였다. 실제로 나는 나도 모르게 내 행동이 얼토당토않다는 것을 느끼면서도 그것도 모자라 자기변명을 하느라 배은망덕한 행위까지 저질렀다. 그런 식으로 다른 사람들에게 잘못을 전

가한 나는 부득이하게 그런 결심을 해야 했으므로 내가 정당하다고 생각
했던 것이다. 다음 날 아침 나는 파브리아 백작으로부터 출발 전에 이야
기를 하러 오라는 말을 전달받았다. 급사장은 내가 제정신이 아닌 까닭
에 그렇게 하지 않을 것이라고 생각하고는 나에게 주기로 한 얼마간의
돈에 대한 지급을 방문 이후로 미루어두었다. 그 돈은 분명히 내가 받을
만한 돈이 아니었다. 사람들이 나를 하인 신분으로 남겨두려고 하지 않
아서, 나에게 줄 급료가 정해져 있지 않은 터였다.

  파브리아 백작은 아주 젊고 경솔했지만 이번 경우만큼은 가장 사려 깊
고, 감히 이렇게까지 말할 수 있을지 모르겠지만, 가장 다정한 이야기를
나에게 많이 해주었다. 그만큼 그는 자기 삼촌의 배려와 조부의 생각을
기분 좋고 감동적인 방식으로 내게 전해주었다. 마침내 그는 내가 스스
로의 파멸을 향해 달려가려고 희생했던 모든 것을 눈앞에 생생하게 드러
낸 뒤 나와 화해하기를 제의하며 나를 꾀어낸 그 불길한 놈을 더 이상 만
나지 않을 것을 유일한 조건으로 요구했다.

  그가 이 모든 말을 자기 생각대로 한 것이 아님은 너무나 분명해서 나
는 내 어리석은 무분별함에도 불구하고 주인어른의 호의가 고스란히 와
닿아 감동을 받았다. 하지만 그 소중한 여행이 내 상상 속에 너무나 깊이
자리한 나머지 그 어느 것도 여행의 매력을 대신할 수 없었다. 나는 완전
히 분별력을 잃었다. 나는 다시금 결심을 굳히고 냉혹해지고 오만을 떨
었다. 건방지게도 나는 해고를 당해서 그만두는 것이고 이제 그것을 번
복할 일은 아니며 내 인생에서 무슨 일이 있더라도 한 집에서 결코 두 번
쫓겨나지 않겠다는 결심을 굳혔다고 대답했다. 그러자 그 젊은 사람은
이내 화를 내더니 받아 마땅한 험한 말을 내게 한 뒤 내 어깨를 붙잡아 방
에서 밀어내고는 내 앞에서 문을 쾅 닫아버렸다. 나는 마치 가장 큰 승리
를 쟁취한 듯이 의기양양하게 그 집을 나왔다. 그러면서 다시 싸움을 계
속하게 될까 봐 겁이 나서 구봉 신부에게 감사 인사를 드리지도 않은 채

떠나는 결례를 범하고 말았다.

　그때의 내 흥분 상태가 어디까지 이르렀는지 이해하기 위해서는 내 마음이 사소한 일에도 얼마나 쉽게 흥분했는지, 또 마음이 끌리는 대상을 떠올리며 그 대상이 종종 부질없는 것이라도 그것에 얼마나 강렬하게 몰입했는지 알아야만 할 것이다. 나는 아무리 괴상하고 유치하고 어리석은 계획이라도 기분 좋은 생각을 품어 그것에 빠져든 나머지 그럴듯한 것으로 보게 된다. 열아홉 살이 다 되도록 여생의 생계를 빈 유리병에 의지할 수 있다고 생각하는 사람이 어디 있겠는가? 어쨌든 내 말을 들어보기 바란다.

　구봉 신부가 몇 주 전에 나에게 아주 작고 멋진 헤론[53]의 분수를 선물했다. 나는 이 물건에 열광했다. 현명한 바클과 나는 이 분수를 작동시키면서 우리 여행에 관한 이야기를 나누다 보니 이 분수가 여행에 많은 도움이 되어 여정을 계속할 수 있게 해줄 것이라고 생각했다. 세상에 헤론의 분수만큼 신기한 것이 어디 있겠는가? 우리는 그 같은 생각을 전제로 미래의 성공을 꿈꾸었다. 가는 마을마다 분수 주변에 농부들이 모여들 것이고, 그러면 식사와 맛있는 음식이 더욱 푸짐하게 넘쳐날 것이다. 우리는 둘 다 식량은 그것을 수확하는 사람들에게는 아무런 비용이 들지 않는 것이고 그들이 나그네를 배불리 먹이지 않는 것은 순전히 그들이 무성의해서라고 확신했던 것이다. 어디에서나 잔치와 결혼식만을 상상했고, 허파에 든 바람과 분수에 쓸 물 말고는 별로 돈 들일 일도 없어 분수만 있으면 피에몬테, 사부아, 프랑스, 세계 어디서나 공짜로 먹고살 수 있다고 생각했다. 우리는 끝도 없는 여행 계획을 세웠다. 우선 북쪽으로 방향을 잡은 것은 결국 어딘가에서는 멈출 수밖에 없을 것이라는 예상 때문이 아니라 알프스를 넘는다는 즐거움 때문이었다.

　이렇게 나는 계획에 몰두하여 보호자도 선생도 공부도 장래도 거의 확실한 출세에 대한 기대도 미련 없이 포기한 채 진정한 방랑자의 길에 접어든 것이다. 대도시여 안녕. 궁정이여, 야망이여, 허영심이여, 사랑이여, 미인들이여, 지난해 희망을 품고 지금까지 겪어온 모든 멋진 모험들이여 모두 안녕. 나는 분수를 들고 내 친구 바클과 함께 출발한다. 돈주머니는 가벼웠지만 마음은 기쁨으로 충만하여 내 빛나는 내일의 계획을 느닷없이 가로막은 이 방랑의 행복을 즐길 일만을 꿈꾸었다.

이 기상천외한 여행은 기대한 만큼 유쾌하기는 했지만 그렇다고 기대에 꼭 들어맞은 것은 아니었다. 우리의 분수는 선술집에서 여주인들과 하녀들을 잠시 재미있게는 해주었지만 나오면서 우리가 돈을 내지 않게 해준 것은 아니었으니 말이다. 하지만 그런 일 때문에 당황한 적은 거의 없었고 돈이 부족하게 될 때 말고는 정말 그런 방편을 이용하려고 생각하지 않았다. 그러다 어떤 사고가 일어나는 바람에 우리는 그런 수고로움을 모면할 수 있었다. 분수가 브라망 마을 근처에서 부서진 것이다. 마침 잘되었다. 왜냐하면 우리는 서로 감히 먼저 말을 꺼내지는 못했지만 분수가 점차 성가시다고 느꼈기 때문이다. 이 불운 덕분에 우리는 이전보다 더욱 쾌활해졌고, 옷과 구두가 떨어질 것도 잊고 분수가 재주를 피우기만 하면 새것을 살 수 있을 거라고 생각했던 경솔함을 두고 엄청 웃어댔다. 우리는 여행을 시작할 때와 마찬가지로 가볍게 여행을 계속했지만 돈주머니가 말라가자 최종 목적지에 도착할 수밖에 없게 되어 좀 더 곧장 그곳을 향해 나아갔다.

샹베리에서 나는 생각에 잠기게 되었는데, 내가 저지른 어리석은 짓이 떠올라서는 아니었다. 누구도 결코 과거의 일을 그렇게 빨리 깨끗이 단념하지는 않는다. 다만 바랑 부인 댁에서 나를 어떻게 맞아줄 것인가를 생각한 것이다. 왜냐하면 나는 줄곧 부인의 집을 부모님 집처럼 생각하고 있었기 때문이다. 그래서 그녀에게 내가 구봉 백작 댁에 들어간 일을 편지로 썼다. 그녀는 내가 그곳에서 어떤 처지에 있는지를 알고 나를 칭찬하며 나에 대한 그들의 호의에 보답할 방법에 대해 아주 현명한 조언을 해주었다. 그녀는 내가 잘못을 저질러 행운을 무산시키지만 않으면 그 행운은 확실한 것이라고 생각했다. 부인은 내가 온 것을 보고 무어라 말할까? 부인이 나를 쫓아내리라고는 생각조차 하지 않았다. 하지만 그녀에게 심려를 끼치지 않을까 염려되었다. 궁핍함보다도 나에 대한 그녀의 엄한 질책이 더 두려웠다. 나는 모든 것을 묵묵히 참아내고 부인의 마음을 진정시키기 위해서라면 무슨 일이든 다 하겠다고 결심했다. 이제 내게는 이 세상에서 그녀밖에 보이지 않았다. 부인의 사랑을 잃고 산다는 것은 있을 수 없는 일이었다.

가장 걱정되는 사람은 내 길동무였다. 그녀에게 친구까지 추가로 떠맡기고 싶지 않아서 그를 쉽게 떼어놓지 못할 일이 염려스러웠다. 마지막 날에는 그와 상당히 냉담하게 지내면서 결별을 준비했다. 그 별난 친구는 나를 이해해주었다. 그는 경박하기는 했지만 어리석지는 않았다. 내가 의리를 저버려서 그가 상처를 받을 것이라 생각했는데, 잘못 생각한 것이었다. 내 친구 바클은 그 무엇에도 상처를 입지 않았다. 우리가 안시에 들어와 시내에 발을 들이자마자 그는 내게 "넌 집에 다 왔구나" 하고 말하더니 나를 껴안고 작별을 고한 다음 금세 돌아서서 가버렸다. 이후 그에 대한 소식은 결코 듣지 못했다. 우리가 알고 지낸 것과 우정은 기껏해야 6주밖에 지속되지 않았지만 그 영향은 내가 살아 있는 한 계속될 것이다.

바랑 부인의 집이 가까워지면서 내 가슴이 얼마나 두근거렸는지 모른다! 두 다리가 휘청거리고 두 눈은 베일로 가려져 아무것도 안 보이고 아무것도 안 들렸으며 누구도 알아보지 못할 것만 같았다. 숨을 고르고 정신을 가다듬으려고 몇 차례나 멈춰 섰는지 모른다. 이렇게까지 내 마음이 요동치는 것은 필요한 도움을 받지 못할까 봐 걱정되어서인가? 지금이 나이에 굶어 죽을까 봐 두려워 불안에 사로잡힌 것인가? 아니다, 아니고말고. 진심으로 자랑스럽게 말하건대 나는 살아오면서 결코 한 번도 이해관계로 얼굴색이 달라지거나 빈곤으로 마음 졸인 적은 없었다. 부침

이 많아 평탄치 못하고 잊지 못할 인생길에서 종종 안식처도 빵도 없이 살았지만 호사와 빈곤을 항상 같은 눈으로 보았다. 필요하다면 다른 사람처럼 구걸을 하거나 도둑질을 할 수도 있었을 것이다. 하지만 그럴 수밖에 없었다고 해도 마음이 동요되지는 않았을 것이다. 살아오면서 나만큼 한탄하고 눈물을 쏟은 사람도 별로 없을 것이다. 하지만 빈곤 때문에 혹은 빈곤에 빠질지도 모른다는 두려움 때문에 한숨을 내쉬거나 눈물을 흘린 일은 결코 없었다. 돈에 구애받지 않는 내 영혼은 돈에 의존하지 않는 행복과 불행만을 진정으로 인정했다. 내가 가장 불행한 인간이라고 느낀 것은 정작 하나도 부족함이 없을 때였다.

바랑 부인 앞에 모습을 드러낸 순간 나는 그녀의 태도를 보고 이내 안심했다. 그녀의 첫 목소리를 듣고 나니 몸이 다 떨렸다. 나는 그녀의 발밑으로 달려가 더없이 강렬한 기쁨에 휩싸인 채 그녀의 손에 입을 맞춘다. 그녀가 내 소식을 알고 있었는지의 여부는 모른다. 다만 그녀의 얼굴에 놀란 기색이 별로 없고 어떤 상심의 빛도 보이지 않았다. 그녀가 내게 다정한 어조로 말했다. "가엾은 것 같으니. 그래, 다시 온 거니? 여행을 하기에는 네가 너무 어리다는 것을 잘 알고 있었어. 그래도 걱정한 만큼 여행이 나쁘지는 않았다니 정말 다행이야." 그리고 그녀는 내가 지내온 이야기를 들려달라고 말했다. 이야기는 길지 않았지만 나는 아주 충실하게 들려주었다. 몇몇 대목을 빠뜨리기는 했지만 나머지는 내게 관대하게 말하지도 변명을 하지도 않았다.

내 거처가 문제였다. 부인은 이 일을 하녀와 상의했다. 두 사람이 의논하는 동안 나는 숨도 제대로 쉬지 못했다. 하지만 이 집에서 잘 수 있다는 말을 듣자 감정을 억누르기가 어려웠다. 내 작은 보따리가 내가 쓸 방으로 옮겨지는 것을 보니, 마치 생프뢰Saint-Preux가 볼마르Wolmar 부인의 집에 자기 마차를 들여놓는 것을 보는 듯했다.[54] 게다가 기쁘게도 이러한 호의가 일시적인 것이 아님을 알게 되었다. 내가 전혀 다른 일에 정신이 팔려 있다고 본 그녀가 이렇게 말하는 것을 들었다. "무슨 말을 들어도 좋아. 어쨌든 신의 뜻으로 이 아이가 내게 돌아온 이상 나는 그를 버리지 않을 작정이야."

마침내 나는 그녀의 집에 머물게 되었다. 그렇지만 이 집에 머물게 된 때부터 내 인생의 행복한 날들이 시작된 것은 아직 아니었다. 하지만 그런 날을 준비하는 데는 도움이 되었다. 우리 자신을 진정으로 즐기게 하는 마음의 그 감수성은 자연의 소산이자 어쩌면 체질의 산물이겠지만 그것을 발전시키는 외적 상황을 필요로 한다. 그런 기회 원인들이 없다면 아무리 풍부한 감수성을 타고난 사람이라도 아무것도 느끼지 못하고 자기 존재를 알지도 못한 채 죽어갈 것이다. 그때까지의 내 처지가 거의 그러했다. 만일 내가 바랑 부인을 전혀 알지 못했다면, 설령 그녀를 알았다 해도 그녀가 내게 불러일으킨 다정한 감정의 즐거운 습관을 들일 정도로 그녀 곁에 충분히 오래 있지 못했더라면, 나는 여전히 그러했을 것이다. 감히 말하건대 사랑만을 느끼는 사람은 인생에 더 감미로운 것이 있음을 알지 못한다. 나는 또 다른 감정을 알고 있다. 어쩌면 그 감정은 덜 격렬할지 모르지만 천배는 더 감미로우며, 때로 사랑과 만나기도 하고 결별하기도 한다. 그 감정은 단지 우정만은 아니다. 그보다는 더욱 관능적이며 더욱 다정하다. 나는 그 감정이 동성(同性)의 누군가에게 영향을 미칠 수 있다고는 생각하지 않는다. 만약 친구라고 한다면 적어도 나는 누구 못지않은 진정한 친구였다. 그런데 내 친구들 중 누구에게도 그런 감정을 느껴보지 못했다. 이러한 구분은 아직 명확하지 않지만 뒤로 가면 곧 명확해질 것이다. 감정은 그 결과를 통해서만 제대로 설명되는 법이다.

부인은 오래된 집에 살았지만 아름다운 방 하나가 따로 있을 정도로 상당히 넓었다. 그녀는 그 방을 손님을 맞는 응접실로 꾸몄는데 내가 그 방에 묵게 되었다. 그 방은 내가 앞서 말했듯이 우리가 첫 대화를 나누던 작은 길 쪽을 향해 있었고 시냇물과 정원 저편으로 들판이 멀리서 보였다. 이러한 광경이 새 입주자에게 별것 아닐 리가 없었다. 나는 보세 시절 이후 처음으로 창밖에서 녹음(綠陰)을 보았다. 항상 벽에 가려 눈 아래로 보이는 거라곤 지붕과 회색의 거리뿐이었다. 이 새로움이 얼마나 내 감수성을 자극하고 감미로웠던가! 쉽게 감동받기를 잘하는 내 성향은 그 때문에 더욱 고조되었다. 나는 이 매력적인 풍경까지도 내 사랑스러운 여주인이 베푼 호의의 하나라고 생각했다. 심지어 그녀가 나를 위해 그 풍경을 의도적으로 그곳에 만들어놓은 듯싶었다. 그 풍경 속에서 나는 그녀 곁에 평온하게 자리를 잡았다. 꽃들과 풀잎들 사이 어디서나 그녀가 보였다. 내가 보기에 그녀의 매력과 봄의 매력은 한데 뒤섞여 있었다. 그때까지 억눌려 있던 내 마음은 이 공간 속에서 더욱 넉넉해졌고 내 한숨은 이 과수원들 사이에서 더욱 자유롭게 새어나왔다.

바랑 부인의 집에는 내가 토리노에서 보았던 화려함은 없었다. 하지만 그곳에는 청결함과 단정함 그리고 결코 사치와 어울리지 않는 소박한 풍성함이 있었다. 부인에게는 은 식기도 많지 않았거니와 도자기도 하나 없었으며 부엌에는 사냥한 고기도 지하 저장고에는 외국산 포도주도 전혀 없었다. 하지만 모든 사람들을 대접할 수 있을 만큼 모든 것이 잘 갖추어져 있었다. 그녀는 도기 찻잔에 질 좋은 커피를 내왔다. 그녀를 만나러 오는 사람은 누구든지 그녀와 함께 혹은 그녀의 집에서 식사할 기회가 있었다. 일꾼이든 심부름꾼이든 지나가는 나그네이든 반드시 먹거나 마신 후에야 그 집을 나왔다. 그녀는 프리부르 지방 출신의 메르스레 Merceret라는 꽤 예쁘장한 침실 담당 하녀와 나중에 이야기하겠지만 클로드 아네Claude Anet[55]라는 그녀와 동향 출신의 하인, 식모 한 사람 그리고 흔한 일은 아니지만 그녀가 모임에 갈 때 임시로 쓰는 짐꾼 두 사람을 두고 있었다. 2,000리브르의 연금으로는 감당할 일이 너무 많았다. 그렇지만 땅이 아주 비옥하고 돈 들어갈 일이 별로 없는 고장이었으므로 그 적은 수입으로도 잘만 절약하면 이 모든 지출을 충당할 수 있었을 것이다. 불행히도 절약은 결코 그녀가 좋아하는 미덕이 아니었다. 그녀는 빚을 지고 돈을 썼으며 돈이 들락날락했다. 모든 것이 이렇게 흘러갔다.

그녀가 집안을 꾸려나가는 방식은 내가 택했을 방식과 정확히 같았다. 그러므로 내가 그 방식을 기꺼이 이용했으리라고 쉽게 짐작할 수 있을 것이다. 별로 마음에 들지 않았던 것은 식탁에 아주 오래 꼼짝없이 앉아 있어야 하는 일이었다. 그녀는 수프나 접시에 담은 요리의 첫 냄새를 잘 참지 못했다. 그녀는 그 냄새 때문에 거의 실신할 지경이었고 그 불쾌감도 오래갔다. 조금씩 회복이 되어 이야기를 나눌 수는 있지만 여전히 전혀 먹지 못했다. 그녀는 30분이 지나서야 첫술을 뜨기 시작했다. 나라면 그 사이에 세 번은 식사를 했을 것이다. 나는 그녀가 식사를 시작하기 한참 전에 식사를 끝냈다. 하지만 그녀와 함께 식사를 다시 했다. 그렇게 두 사람 몫을 먹은 셈인데 그 때문에 탈이 나거나 하지는 않았다. 말하자면 나는 그녀 곁에서 느낀 행복의 달콤한 감정에 빠져들었는데, 그 감정이 더욱 달콤했던 것은 내가 즐긴 그 행복에는 그것을 유지해나가는 방법에 대한 어떠한 근심도 뒤섞여 있지 않았기 때문이다. 그녀의 돈거래에 관한 상세한 비밀을 아직 알지 못했던 나는 그녀의 사업이 늘 일정하게 굴러가고 있다고 짐작했다. 나중에도 그녀의 집에서 전처럼 한결같은 즐거움을 다시 느꼈다. 하지만 실상을 더 잘 보게 되고 그런 즐거움을 위해 연금 수입을 초과하는 비용이 들어간다는 사실을 파악하게 되자 더 이상은 태연하게 즐길 수가 없었다. 앞날만 생각하면 항상 즐거움을 망치고 말았다. 그런데 앞날을 생각해보았자 헛일이었다. 내가 피할 수 있는 일이 결코 아니었으니 말이다.

첫날부터 우리 사이에는 더없이 다정한 친교가 이루어졌고 그녀의 남은 생애 동안 그대로 지속되었다. '프티(아가)'가 내 이름이었고 '마망(엄마)'이 그녀의 이름이었다. 우리는 언제까지나 프티와 마망으로 남아 있었고, 여러 해가 지나 우리 사이에 나이 차이가 거의 나타나지 않을 때도 그러했다. 나는 이 두 호칭이 우리의 말투와 자연스러운 우리의 태도, 특히 우리 마음속의 관계를 놀랍도록 잘 드러낸다고 생각한다. 그녀는 내게 세상에서 가장 다정다감한 어머니였으며 결코 자신의 즐거움이 아닌 나의 행복을 항상 좇았다. 또한 그녀를 향한 나의 애정에 관능이 섞여 있었다 하더라도 그 때문에 애정의 본질이 변하지는 않았으며 다만 그것을 더욱 감미롭게 만들어 나는 애무하는 즐거움을 알게 해준 젊고 귀여운 엄마를 두었다는 매혹에 도취되었다. 나는 말 그대로 애무한다는 말을 쓴다. 왜냐하면 그녀는 분명 나에게 입맞춤이나 어머니로서의 더없이 다정다감한 애무를 아끼지 않을 생각이었고, 나도 마음속에서 그것을 남용할 생각을 결코 하지 않았기 때문이다. 그렇지만 결국에는 우리가 또 다른 종류의 관계를 맺었다고 생각할 수도 있을 것이다. 그 말에 동의한다. 하지만 기다려야만 할 것이다. 내가 모든 것을 한꺼번에 말할 수는 없으니 말이다.

우리의 첫 만남에서 눈이 마주친 때야말로 그녀가 나에게 일찍이 깨닫게 해준 참으로 정열적인 단 한 순간이었다. 그렇지만 그 순간은 뜻밖의 결과로 나타났다. 나의 조심성 없는 시선이 그녀가 걸치고 있는 숄 아래를 더듬는 일까지는 결코 일어나지 않았다. 비록 그 위치에서 제대로 감춰져 있지 않은 살집이 내 눈길을 끌어당길 수도 있었지만 말이다. 그녀 곁에 있으면 흥분도 욕망도 느끼지 않았다. 그저 황홀한 고요 속에서 알지 못하는 어떤 것을 즐길 뿐이었다. 이처럼 내 삶을 나아가 영원한 시간까지도 단 한 순간도 지루하지 않은 채 보냈을 것이다. 나는 대화가 무미건조해지면 대화를 유지해야 하는 의무 때문에 괴로움을 겪곤 했는데 그녀는 내가 대화를 하면서 그러한 무미건조함을 결코 느끼지 않은 유일한 사람이었다. 단둘이서 나누는 대화는 대화라기보다는 그칠 줄 모르는 수다였고, 그것을 끝내려면 일단 말을 가로막아야 했다. 내게는 말을 하는 규칙이란 당치도 않고 차라리 말을 하지 않는 규칙을 부여해야만 했다.

그녀는 자신의 계획을 심사숙고하다가 종종 몽상에 빠지곤 했다. 좋아! 나는 그녀가 꿈을 꾸도록 내버려두고 입을 다문 채 그녀를 응시했으며 가장 행복한 사람이 되었다. 게다가 나는 상당히 독특한 버릇이 있었다. 둘만의 대화를 나누는 호의까지는 바라지 않았지만 줄곧 그럴 기회만을 찾았고 그것을 열광적으로 즐겼는데 훼방꾼들이 와서 방해하면 그 열광은 곧 분노로 바뀌었다. 남자든 여자든 누구든지 오게 되면 그녀 곁에 제삼자로 있는 것을 참을 수 없어서 투덜거리며 나가버렸다. 나는 부속실에서 시간을 잴 태세를 하며 언제 자리를 뜰지 모르는 그 손님들을 한없이 저주했다. 그들에게 무슨 할 말이 그렇게나 많은지 도무지 납득할 수 없었다. 내가 할 말이 훨씬 더 많았으니 말이다.

그녀가 보이지 않을 때 비로소 그녀에 대한 나의 애정이 그토록 강하다는 것을 느꼈다. 그녀를 보게 되면 그것만으로도 그저 만족스러울 따름이었다. 하지만 그녀가 없으면 나의 근심은 고통스러울 정도에 이르렀다. 그녀와 함께 살고 싶다는 욕구 때문에 마음속에 격한 감정의 충동이 일어났고 그런 감정은 종종 눈물로까지 이어졌다. 내가 항상 기억하게 될 일이 있는데, 그것은 대축제가 있던 어느 날 그녀가 저녁 예배를 드리는 동안 내가 교외로 산책을 나갔을 때 내 마음이 온통 그녀의 모습과 그녀 옆에서 평생을 함께하고 싶다는 강렬한 욕망으로 충만해 있던 순간이었다. 하지만 지금으로서는 그것이 가능하지 않고 내가 온전하게 맛보고 있는 이 행복이 길게 가지 못하리라는 사실을 알 정도의 지각은 있었다. 그런 생각을 하니 나의 몽상은 서글픔으로 바뀌었다. 그렇지만 그 서글픔에는 어두운 구석이 전혀 없었고 어떤 기분 좋은 희망이 그런 심정을 달래주었다. 항상 나에게 야릇한 감정을 불러일으키곤 하는 종소리, 새들의 지저귐, 화창한 햇살, 온화한 풍경, 상상 속에서 우리가 함께 살리라 꿈꾸었던 이곳저곳에 흩어져 있는 전원풍의 집들, 이 모든 것들이 너무나 생생하고 다정하고 슬프고 감동적인 인상으로 감명을 준 나머지 나는 마치 황홀경에 빠진 사람처럼 그 행복한 시간과 그 행복한 거주지 안에 있다고 생각했다. 그곳에서 내 마음은 만족할 수 있는 일체의 행복을 소유하고 말로 표현할 수 없는 황홀경 속에서 관능적인 쾌락은 꿈꾸지 않았는데도 한껏 행복을 음미했다. 내 기억에 일찍이 그때만큼 꿈을 지닌 채 힘껏 미래를 향해 달려들었던 적이 없다. 그 몽상이 실현되었을 때 그 기억에서 가장 인상 깊었던 것은 내가 그때 마음속에 그렸던 것과 너무나 똑같은 것들을 다시 보았다는 사실이다. 한 사람의 백일몽이 예언적 환상처럼 보인 적이 있다면 확실히 그때 그런 일이 일어났다. 다만 상상이 지속된 기간에 대해서는 실망을 하고 말았다. 왜냐하면 매일, 한 해 한 해와 삶 전체가 몽상 속에서는 한결같은 고요 속에서 지나갔기 때문이다. 반면에 현실에서는 이 모든 것들이 단 한 순간 지속되었을 따름이니 말이다. 아아! 나의 가장 영원한 행복은 꿈속에 있었다. 그런데 그 행복이 거의 실현되려는 순간 꿈에서 깨어난 것이다.

그 사랑스러운 엄마가 앞에 없을 때 내가 그녀를 떠올리며 벌인 어처구니없는 짓들을 꼬치꼬치 이야기한다면 한정이 없을 것이다. 나는 그녀가 내 침대에 누워 있었던 일을 생각하며 그 침대에 얼마나 입을 맞추었는지 모른다. 내 커튼과 내 방의 모든 가구들이 그녀의 것임을 생각하면서, 그녀의 아름다운 손이 그것들에 닿았으리라 생각하면서 그렇게 했다. 내가 엎드려 있는 마룻바닥에도 그녀가 그곳에서 걸었다는 것을 생각하면서 입을 맞추었던 것이다! 이따금 그녀와 함께 있을 때에도 나는 가장 격렬한 사랑만이 불러일으킬 수 있을 듯한 터무니없는 행동들을 무심코 저지르곤 했다. 어느 날 식사 중에 그녀가 음식을 삼키려는 순간 나는 머리카락이 있다고 소리를 친다. 그녀가 먹던 것을 접시에 뱉어낸다. 나는 그것을 탐욕스럽게 낚아채다가 꿀꺽 삼킨다. 간단히 말해 나와 가장 격정적인 연인 사이에는 단 하나의 차이밖에 없었다. 하지만 그 차이는 본질적인 것으로 바로 그 때문에 나의 상태를 이성적으로는 좀처럼 받아들이기가 힘들다.

내가 이탈리아에서 돌아왔을 때는 그곳에 갔을 때와 완전히 똑같지는 않았지만 누구라도 나 같은 나이에 결코 그런 상태로 돌아오지는 못했을 것이다. 나는 그곳에서 정신적 순결은 아니지만 동정은 지키고 돌아왔다. 나이가 들어가면서 성숙해지는 것을 느꼈다. 조마조마하던 나의 관능적 욕구가 마침내 일어났고 전혀 뜻하지 않은 최초의 성적 분출 때문에 나는 건강을 걱정하게 되었다. 그런 걱정은 내가 그때까지 순진하게 살았다는 것을 다른 어떤 것보다도 더욱더 잘 보여준다. 이윽고 안심을 한 나는 위험스러운 대안을 배웠다. 그 대안은 자연을 거스르는 것이기는 하지만 나 같은 기질의 젊은이들을 건강과 활력 때로는 생명을 대가로 수많은 타락에서 구해낸다. 부끄러움과 수줍음이 많은 사람이 아주 편리하다고 생각하는 이 나쁜 짓은 풍부한 상상력을 지닌 사람에게는 더 큰 매력으로 나타난다. 말하자면 그 짓은 모든 여성을 마음먹은 대로 할 수 있고, 자신을 유혹하는 미녀를 그녀의 허락을 받을 필요도 없이 자신의 성적 즐거움을 돕도록 만드는 것이다. 불행을 초래하는 이 같은 이점에 빠져든 나는 자연이 내 안에 회복시켜놓고 내가 잘 만들어질 시간을 주었던 튼튼한 몸을 기어이 망쳐놓고야 말았다. 이 같은 성향 말고도 현재 내가 처해 있는 상황이 어느 장소에서 일어나는지 보았으면 한다. 아름다운 여인의 집에 살면서 마음속으로는 그녀의 모습을 쓰다듬으며 낮 동안에는 줄곧 그녀를 보고 있다. 밤에는 그녀를 떠올리게 하는 물건들에 둘러싸여 그녀가 누웠다는 것을 아는 침대에서 잠을 잔다. 얼마나 흥분되는 상황들인가! 그런 상황들을 마음속에 그려보는 독자들은 이미 내가 죽을 지경이라고 생각할 것이다. 정반대로 나를 타락시키게 될 것이 적어도 일시적으로는 바로 나를 구해주는 것이 되었다. 그녀 곁에 사는 일이 주는 매혹과 그녀가 있든 없든 그 곁에서 나날들을 보내고 싶은 강렬한 욕망에 도취된 채 나는 그녀를 항상 다정다감한 어머니로, 사랑스러운 누이로, 매력적인 여자 친구로 생각했지만 그 이상은 아니었다. 그녀는 내게 항상 그렇게, 늘 한결같은 모습으로 보였고 그녀밖에는 결코 보이지 않았다. 내 마음을 항시 떠나지 않는 그녀의 모습 때문에 다른 것이 끼어들 자리는 없었다. 그녀는 내게 이 세상에서 존재하는 유일한 여인이었다. 그녀가 내게 불러일으킨 온화한 감정은 나의 관능이 다른 여성들에게 눈뜰 틈을 주지 않았기 때문에 그녀와 다른 모든 여성들로부터 나를 지켜주었다. 한마디로 나는 그녀를 사랑했기 때문에 얌전히 지냈던 것이다. 내가 잘 설명하지 못하는 그런 결과를 놓고 그녀에 대한 나의 애정이 어떤 종류였는지 누구든지 평가해보기 바란다. 내가 그것에 대해 말할 게 있다면, 그런 감정이 벌써부터 상당히 이상하게 보인다면 나중에는 훨씬 더할 것이라는 사실이 전부다.

　나는 가장 마음에 들지 않는 일을 맡고도 세상에서 가장 즐겁게 시간을 보냈다. 그것은 계획안을 작성하고 계산서를 정서하고 처방을 옮겨 적는 일이었다. 또한 약초를 분류하고 약을 빻고 증류기를 조절했다. 이런 일들을 하는 중에도 행인들이며 걸인들이며 온갖 부류의 손님들이 떼를 지어 찾아오곤 했다. 군인, 약사, 주교좌성당의 참사원, 귀부인, 평수사(平修士)를 한꺼번에 상대해야만 했다. 나는 성질을 내고 투덜거리고 모욕적인 말을 내뱉으며 그 혐오스러운 무리들을 죄다 쫓아냈다. 모든 것이 즐겁기만 한 그녀는 내가 분노하는 모습을 보고 눈물이 날 만큼 웃었다. 그녀는 나 자신도 터져 나오는 웃음을 가누지 못해 더 화를 내는 광경을 보면 더더욱 웃지 않을 수 없었다. 나는 즐겁게 불평을 하는 그 짧은 동안이 정말 유쾌했다. 다툼이 일어나는 동안 또 다른 성가신 사람이 느닷없이 나타나면 그녀는 그 틈을 더 재미 삼아 이용할 줄 알아서 짓궂게 방문 시간을 질질 끌고 내게 곁눈질을 했는데, 나는 그 곁눈질 때문에 그녀를 기꺼이 때려눕힐 수도 있었을 것이다. 그녀는 미친놈처럼 자기를 쳐다보는 나를 보고 예의상 억지로 자제하면서 터져 나오는 웃음을 참는

데 애를 먹었다. 그러는 동안 마음속으로는 본의 아니게 이 모든 것이 너무나 우스꽝스럽다고 생각했다.

이 모든 것이 그 자체로는 마음에 들지 않았지만 내가 매력적이라고 여긴 삶의 방식에 속해 있던 까닭에 즐거웠다. 내 주위에서 일어난 일과 내가 하게 된 모든 일 가운데 어느 것도 내 취향과 맞지 않았지만 마음에는 들었다. 내가 의학을 싫어하는 바람에 끊임없이 우리를 배꼽 잡게 만든 익살스러운 장면이 일어나지 않았다면 의학을 좋아하게 되었을지도 모른다. 의학이라는 기술이 그런 효과를 낸 것은 그때가 처음일 것이다. 나는 의학서인지 아닌지 냄새만 맡으면 안다고 주장했는데, 재미있는 것은 내가 거의 틀린 일이 없다는 사실이다. 그녀는 내게 가장 고약한 약들을 맛보게 했다. 피하거나 뿌리쳐도 소용이 없었다. 아무리 버티고 우겨 지상을 하다가도 약을 찍은 그 귀여운 손가락이 내 입 가까이에 이르면 기어코 입을 벌려 빨아먹지 않을 수 없었다. 그녀의 많지 않은 식구 전체가 한 방에 모여 한참 웃음을 터뜨리며 뛰어다니고 소란 피우는 것을 들으면 익살스러운 희극을 상연한다고 생각하지 그곳에서 아편제나 묘약을 만들고 있다고 짐작하지는 않을 것이다.

하지만 내가 그런 장난만 치면서 시간을 전부 보낸 것은 아니다. 내가 묵던 방에서 책 몇 권을 발견했다. 그 책들은 《구경꾼Le Spectateur》,[56] 푸펜도르프Puffendorf,[57] 생테브르몽Saint-Évremond,[58] 《라 앙리아드La Henriade》[59] 등이었다. 독서열이 더 이상 예전 같지는 않았지만 시간을 보내기 위해 이 모든 책을 조금씩 읽어나갔다. 특히 《구경꾼》이 내 마음에 무척 들었고 도움이 되었다. 구봉 신부님은 내게 책을 서두르지 말고 더 깊이 생각하면서 읽으라고 알려주었다. 그 덕분에 독서를 통해 더 많은 것을 얻었다. 나는 표현법과 우아한 구문을 깊이 생각해보는 데 곧 익숙해졌고 순수 프랑스어와 나의 지방 방언을 구분하는 연습을 했다. 예를 들어 나를 포함한 모든 제네바 사람들이 잘못 쓰던 철자법을 《라 앙리아드》의 두 구절을 통해 바로잡았다.

Soit qu'un ancien respect pour le sang de leurs maîtres
Parlât encor pour lui dans le coeur de ces traîtres.
(지배자들의 혈통에 대한 오래전의 존경심이
그 배신자들의 마음속에서 그를 또다시 변호하든지.)

이 'parlât'라는 단어에 깜짝 놀란 나는 접속법 3인칭에는 't'가 있어야
만 한다는 것을 알았다. 이전에는 직설법 단순과거처럼 'parla'로 쓰고 발
음해왔다.

이따금 나는 내 독서에 대해 엄마와 이야기를 나누었다. 종종 그녀 곁
에서 책을 읽기도 했다. 나는 책을 읽는 일에서 큰 기쁨을 느꼈다. 나는
잘 읽는 능력을 길렀는데, 그것 또한 내게 유익했다. 나는 그녀가 풍요
로운 정신을 지니고 있다는 것을 말한 바 있다. 그 무렵에 그 정신이 활
짝 피어났다. 여러 문인들이 그녀의 비위를 맞추려 애썼고 그녀에게 가
치 있는 작품들을 평가하는 법을 가르쳐주었다. 내가 이렇게 말할 수 있
다면 그녀는 다소 신교도적인 취향이 있었다. 그녀는 벨Bayle[60]에 대한
말만 했고 프랑스에서는 예전에 잊힌 생테브르몽을 매우 높게 평가했다.
하지만 그런 취향을 지니고 있어도 그녀는 훌륭한 문학을 알고 있었고
이에 관한 생각을 상당히 잘 이야기했다. 그녀는 상류사회에서 자랐다.
또한 그녀가 사부아 지방에 왔을 때는 아직 젊어서 그 지방 귀족들과 유
쾌한 교제를 하면서 보 지방의 꾸민 듯한 말투를 잊어버렸다. 보 지방 여
자들은 재기 넘치는 것을 사교계의 재치로 알고 있었던 까닭에 간결하고
날카로운 경구로밖에 말할 줄 모른다.

그녀는 단지 스쳐 지나가면서 보았을 뿐이지만 재빨리 힐끗 보는 것
만으로도 충분히 궁정을 파악했다. 그녀는 궁정에 항상 친구들을 두고

있었으며, 은밀한 질투와 자신의 처신과 채무 때문에 생긴 불평이 있었음에도 불구하고 연금을 결코 잃지 않았다. 그녀는 세상에 대한 경험과 이 경험을 이용할 줄 아는 사려 깊은 분별력을 가지고 있었다. 이것이 그녀가 하는 대화의 주된 화제였으며, 나의 비현실적인 사고를 고려한다면 바로 그것이 내가 가장 필요로 하는 종류의 가르침이었다. 우리는 라 브뤼예르La Bruyère[61]를 함께 읽었다. 그녀는 라 로슈푸코La Rochefoucauld[62]보다 라 브뤼예르를 더 마음에 들어 했다. 라 로슈푸코의 책은 우울하고 한스러운 데가 있는데, 인간을 있는 그대로 보고 싶어 하지 않는 젊은 시절에는 특히 그렇게 느껴진다. 그녀는 도덕론을 펴다가 종종 몽상에 빠졌다. 하지만 나는 이따금 그녀의 입이나 손에 입을 맞추었으므로 인내심을 갖고 그녀의 장황한 이야기를 지루하지 않게 들었다.

이 생활은 너무나 달콤한 나머지 지속되기 힘들었다. 나는 그것을 느꼈고 이 생활이 끝날 것만 같은 불안이 즐거움을 망치는 유일한 것이었다. 엄마는 장난을 치면서도 나를 주의 깊게 살피고 관찰하며 질문을 했고 나의 장래를 위해 많은 계획을 세웠다. 그 계획은 내게 정말 필요하지 않은 것이었다. 다행히 나의 성향과 취향과 별것 아닌 재능을 아는 것이다가 아니었다. 그것들을 이용할 기회를 찾거나 만들어야만 했는데, 그 모든 것은 하루아침에 해결될 일이 아니었기 때문이다. 그 가엾은 여인은 내 재능에 대해 호의적인 선입관까지 품고 있었던 까닭에 방법을 정하는 데 더욱 까다로워져서 그 재능을 활용할 시기가 뒤로 밀렸다. 결국 그녀가 나에 대해 좋게 평가한 덕분에 모든 것이 내 바람대로 되었다. 하지만 그런 생각을 바꾸어야만 했고 그때부터 평온함도 포기해야 했다.

엄마의 친척들 가운데 도본d'Aubonne 씨라는 사람이 그녀를 만나러 왔다. 그 사람은 재치가 넘치며 음모에 능하고 그녀처럼 계획을 세우는 데는 천재이지만 파산하지는 않는 일종의 협잡꾼이었다. 그는 최근에 플뢰리 추기경에게 상당히 공들여 만든 복권 계획을 제안했는데 별다른 평가를 받지 못했다. 그는 그 계획을 다시 토리노의 궁정에 제안하러 갔는데, 그곳에서 계획이 채택되어 실행되었다. 그는 얼마 동안 안시에서 머물렀고 그곳에서 지방장관의 부인과 사랑에 빠졌다. 그 부인은 무척 사랑스러운 여인으로 상당히 내 마음에 들었으며, 내가 엄마 집에서 기꺼이 만났던 유일한 사람이었다. 도본 씨는 나를 본 적이 있었다. 그의 친척인 엄마가 나에 대해 이야기를 해주었다. 그는 자신이 나서서 나를 시험해보고 내가 어디에 적합한지 본 뒤 재능이 있다고 생각하면 내 취직을 위해 애써보겠다고 말했다.

바랑 부인은 어떤 심부름이라는 구실을 달았지만 나에게는 아무것도 알려주지 않은 채 2, 3일간 계속해서 아침마다 나를 그의 집에 보냈다. 그는 능란하게 처신하여 내가 떠벌이며 이야기하도록 만들고 나를 친근하게 대했으며 되도록이면 나를 편안하게 해주고 별것 아닌 일과 이런저런 모든 문제에 대해 내게 이야기해주었다. 이 모든 행동에서 그는 나를 관찰하거나 사소한 가식을 보이는 듯싶지 않고 마치 내가 마음에 들어 거리낌 없이 이야기를 나누고 싶어 하는 것 같았다. 나는 그에게 빠지고 말았다. 그가 관찰한 결과에 따르면, 나의 외모와 활달한 얼굴 생김을 보면 장래성이 있어 보이지만 그럼에도 내가 완전히 바보는 아니더라도 최소한 별로 재기도 소신도 없으며 거의 지식도 없는, 한마디로 모든 점에서 머리가 둔한 아이이다. 또한 언젠가 시골 사제가 되는 영광을 누리는 것이 내가 동경해야 하는 최고의 출세이다. 이것이 그가 나에 대해 바랑 부인에게 했던 보고였다. 내가 그런 평가를 받은 것이 두세 번은 되었다. 이번이 마지막도 아니었다. 마스롱 씨의 판단이 종종 확인된 셈이었다.

그와 같은 판단의 이유는 내 성격과 상당히 관련이 있으므로 여기서 설명을 해야겠다. 솔직히 말해서 모두 잘 느끼고 있다시피, 나는 진심으로 그런 판단에 동의할 수 없으며, 마스롱 씨나 도본 씨 그리고 다른 많은 사람들이 무슨 말을 하더라도 가능한 한 공명정대하게 그들의 말을 곧이

곧대로 받아들일 수 없다.

내 마음속에는 서로 거의 양립하기 어려운 두 가지 것이 결합되어 있다. 나도 그 방식에 대해서는 이해할 수 없지만 말이다. 대단히 열정적인 기질, 활력이 넘치는 열렬한 정열이 있는가 하면 천천히 나타나고 분명치 않으며 나중에야 드러나는 생각들이 있다. 나의 마음과 정신이 동일한 사람에게 속해 있지 않은 것 같기도 하다. 번개보다 민첩한 나의 감정이 나의 마음을 가득 차게 했다. 하지만 그 감정은 나를 밝혀주는 대신에 나를 흥분시키고 눈이 멀게 만든다. 나는 모든 것을 느끼지만 아무것도 보지 못한다. 나는 화를 잘 내지만 어리석다. 나는 냉정해져야만 생각할 수 있다. 놀라운 것이 있다면 나는 기다려주기만 하면 상당히 확실한 직감과 혜안, 명석함까지 보인다는 것이다. 나는 한가로울 때는 뛰어난 즉흥시를 쓰지만 즉석에서는 가치 있는 어떤 것도 결코 쓰거나 말하지 못한다. 우편을 통해서라면 나도 상당히 멋진 대화를 했을 것이다. 스페인 사람들이 그런 식으로 체스를 둔다고들 하듯이 말이다. 사부아 지방의 어떤 공작이 길을 가다가 돌아서서는 "이 죽일 놈의 파리 장사꾼 녀석"이라고 소리쳤다는 일화를 읽고 나서 나는 "내 말이네"라고 말했다.[63]

나는 느끼는 것은 빠른데 그에 따른 생각은 대화할 때는 물론 혼자 있을 때나 일을 할 때도 느렸다. 내 생각이 머릿속에서 정리되기란 믿을 수 없을 만큼 어려웠다. 그 생각은 머릿속을 은밀하게 돌아다니다가 나를 동요시키고 자극하며 가슴을 두근거리게 할 정도로 들끓는다. 그러다가 온전히 그런 흥분 속에서 어느 것도 분명하게 보지 못하고 단 한 글자도 쓸 수 없을 것 같아 그저 기다리고 있어야 한다. 모르는 사이에 이 엄청난 동요가 가라앉고 혼돈이 풀리며 각각의 것이 제자리를 찾지만 그것은 더디게 그리고 길고 혼란스러운 소요가 지난 이후에야 가능하다. 여러분은 이탈리아에서 이따금 오페라를 본 적이 없었는지? 장면이 바뀔 때면 그 큰 무대 위에 불쾌감을 주는 혼란이 일어나 상당히 오래 계속된다. 모든 무대장치는 뒤섞여 있다. 사방에서 딱할 정도로 이리저리 당겨대는 것이 보이며, 모든 것이 곧 전복될 것 같다. 그렇지만 모든 것이 조금씩 풀려나가고 전혀 부족한 것이 없으며 오랜 소란 끝에 매혹적인 장면이 이어지는 것을 보고 모두들 무척 놀라게 된다. 이런 책략은 내가 글을 쓰고자 할 때 나의 뇌에서 이루어지는 것과 다를 바 없다. 만일 내가 우선 기다릴 수 있어서 머릿속에 아름답게 드러나 있는 사물을 그대로 재현할 수 있다면 나보다 뛰어난 작가는 별로 없을 것이다.

내가 글을 쓰면서 겪는 극도의 어려움은 그로 말미암은 것이다. 삭제했다가 마구 갈겨쓰고 뒤섞여서 알아보기 어려운 내 원고들은 내가 그것들을 쓰면서 얼마나 고생하는지를 확인시켜준다. 나는 원고를 출판에 맡기기 전에 네댓 번은 옮겨 적지 않으면 안 된다. 손에 펜을 쥐고 책상과 종이를 마주하고도 아무것도 쓸 수 없다. 바위 사이와 숲 사이를 산책할 때, 밤에 잠자리에 들지 못할 때 나는 머릿속으로 글을 썼다. 특히 언어 기억력이 아예 없어서 평생 6행시도 못 외우던 사람에게 그런 과정이 얼마나 지지부진했는지 판단할 수 있을 것이다. 내 문장들 중 어떤 것은 대여섯 밤 동안 머릿속에서 가다듬고 또 가다듬은 끝에 종이에 옮겨 적을 수 있었다. 바로 그런 이유에서 나는 편지처럼 어느 정도 가볍게 써도 되는 글보다는 노력을 요구하는 작업을 더 잘해냈다. 나는 서간이라는 장르에 결코 익숙해질 수 없었고 그 일 때문에 괴로움을 겪었다. 정말 별것 아닌 내용의 편지를 쓰더라도 몇 시간의 고역을 치러야 하고, 특히 내게 떠오르는 것을 이어서 쓰고자 하면 어떻게 시작해서 끝을 내야 할지 알지 못한다. 내가 쓴 편지는 길고 불분명한 횡설수설로 되어 있다. 그 편지를 읽어봐도 나를 거의 이해할 수 없다.

나는 생각을 표현하는 것이 힘들 뿐 아니라 그 생각을 이해하는 것도 어렵다. 인간들을 오래 연구해서 그런지 나 자신을 썩 괜찮은 관찰자라고 생각한다. 그렇지만 바로 눈앞에 보고 있는 것은 아무것도 알 수 없다.

나는 내가 회상하는 것만을 잘 알고, 내 회상 속에서만 기지를 발휘한다. 내 앞에서 사람들이 말하고 행하는 모든 것에 대해, 지금 일어나는 모든 일에 대해 나는 아무것도 느끼지 못하고 아무것도 이해하지 못한다. 나를 사로잡는 것은 겉으로 드러난 표시뿐이다. 하지만 얼마 뒤에는 모든 것이 떠오른다. 나는 장소, 시간, 어조, 시선, 몸짓, 상황을 회상한다. 나는 모든 것을 기억한다. 그래서 사람들이 했던 행동이나 말로써 그들이 생각했던 바를 알아보는데, 내가 잘못 생각한 경우는 드물었다.

　나는 혼자 있을 때도 나의 생각을 마음대로 하지 못하는데 대화에 끼어야 할 때는 어떨지 생각해보기 바란다. 대화 중에 적절한 말을 하려면 동시에 즉석에서 여러 가지 것을 생각해야만 한다. 적어도 내가 수많은 예법들 중 하나는 잊어버릴 것이 분명하니, 그 많은 예법들을 생각만 해도 충분히 위축되고 만다. 사람들이 모임에서 어떻게 감히 말을 하는지 이해하기조차 어렵다. 왜냐하면 말을 할 때마다 그 자리에 있는 모든 사람들을 하나하나 둘러보아야만 하기 때문이다. 그들의 모든 성격과 그들이 살아온 내력을 알아야만 누군가의 감정을 상하게 할 수 있는 말을 전혀 하지 않았다고 확신할 수 있게 된다. 그런 점에서는 사교계에 있는 사람들에게 큰 이점이 있다. 그들은 어떤 말을 하지 말아야 하는지 잘 알고 있는 까닭에 자신들이 말하고 있는 것을 더 확신한다. 그래도 그들은 자기도 모르는 사이에 종종 엉뚱한 말을 내뱉곤 한다. 그런 자리에서 어리둥절해 있는 사람의 경우도 생각해보기 바란다. 그런 사람은 잠시라도 별문제 없이 말하는 것이 거의 불가능하기 때문이다. 둘만의 대화에서 내가 가장 괴롭게 생각하는 또 다른 난처한 일은 항상 말을 해야만 한다는 것이다. 누군가 여러분에게 말을 걸면 대답을 해야 하고, 말을 걸지 않으면 대화의 분위기를 띄워야 한다. 이 같은 참기 어려운 거북함만으로도 나는 사교계에 혐오감이 들었을 것이다. 당장 말을 해야 한다는 책임감보다 더 끔찍하게 난처한 일은 전혀 없다고 생각한다. 그런 성향이 일체의 예속 상태를 죽을 정도로 혐오하는 것에서 비롯되었는지는 모르겠다. 하지만 나는 반드시 말을 해야 할 경우가 생기면 어김없이 어리석은 말을 하고 만다.

더 치명적인 것은 할 말이 전혀 없을 때 입을 다물 줄 알기는커녕 오히려 진 빚을 조금이라도 일찍 갚으려고 말하고 싶어 안달이 난다는 것이다. 그리하여 서둘러 생각 없는 말을 늘어놓는데, 그 말들이 아무것도 의미하지 않는다면 그나마 다행이다. 나는 나의 어리석은 말을 무마하거나 감추려고 하지만 기어코 그것을 드러내고야 만다. 수없이 많은 사례를 들 수 있겠지만 그중 한 가지만 이야기해보겠다. 그 일은 내가 젊어서가 아니라 사교계에서 여러 해를 보내서 그것이 가능했더라면 사교계에 대해 여유와 기품을 지녔을 수도 있었을 때 일어났다. 어느 날 저녁 나는 귀부인 두 명[64]과 이름을 대면 알 만한 한 남자와 함께 있었다. 그 사람은 공토Gontaut 공작이었다. 방에 다른 사람은 없었다. 어떤 끔찍한 말일지 아무도 모르겠지만! 나는 우리 네 사람 사이의 대화에 몇 마디 덧붙이려고 애를 썼다. 세 사람은 내가 말을 거드는 것이 확실히 필요치 않았는데 말이다. 이 집 여주인은 자신이 매일 두 번 위장약으로 먹는 아편제를 가져오게 했다. 또 다른 부인이 그녀가 인상을 쓰는 것을 보더니 웃으면서, "트롱솅Tronchin 씨[65]의 아편제인가요?" 하고 말했다. "아닌 것 같은데요." 여주인이 같은 어조로 대답했다. "제가 생각하기에 그 약이 더 나을 것도 없는 것 같은데요." 재기 넘치는 루소가 점잖게 한마디 거든다. 모두들 어안이 벙벙해진다. 한마디 말도 나오지 않았고 미소도 없이 다음 순간 화제가 바뀌었다. 다른 여자와 대면하고 있었다면 이 어리석은 말은 우스꽝스러운 것으로 끝났을 수도 있었을 것이다. 하지만 너무나 사랑스러워서 그녀에 대해 조금이라도 말하지 않을 수 없게 만든 여인, 분명히 기분을 상하게 만들 의도가 없었던 여인에게 내가 건넨 그 어리석은 말은 곤혹스러운 것이었다. 내 생각에 두 사람의 목격자인 남자와 여자가 화를 참느라고 무척 애를 썼던 것 같다. 바로 이것이 말을 하고 싶어서 나도 모르게 튀어나오는 기지 넘치는 언행이다. 할 말이 아무것도 없으면서 말이다. 그 언행은 두고두고 잊기 어려울 것이다. 왜냐하면 그 말이 그 자체로 대단히 기억할 만한 것일뿐더러, 그 말을 너무나 자주 생각나게 하는 여러 가지 결과를 가져올 것이라고 확신하기 때문이다. 바보가 아닌데도 잘 판단할 수 있는 사람들에게서조차 왜 내가 종종 바보 취급을 당하는지는 바로 그것을 통해 충분히 이해가 되리라고 생각한다. 내용모와 눈이 더욱더 장래성을 드러낼수록 그리고 그 기대가 어긋나서 나의 어리석은 짓이 다른 사람들의 눈에 거슬릴수록 나는 더 불행해질 것이다. 이런 상세한 이야기는 어떤 특별한 상황에서 일어난 것이지만 다음에 일어날 일을 아는 데 불필요한 것만은 아니다. 나로서는 전혀 동의할 수 없지만, 사람들은 내가 그런 짓을 저지르는 것을 보고 그것을 나의 비사교적인 기질 탓으로 돌렸다. 그것에 나의 수많은 엉뚱한 짓들을 설명하는 열쇠가 있다. 만일 내가 사교계에서 불리하게 비칠 뿐 아니라 나의 실제 모습과 아주 다른 사람으로 내비친다고 확신하지 않는다면, 나도 남들처럼 사교계를 좋아했을 것이다. 내가 글을 쓰면서 은신할 결심을 한 것은 분명 내게 적절한 선택이었다. 내가 밖으로 드러나 있었다면 사람들은 나의 가치를 결코 알 수 없으며 짐작조차 하지 못했을 것이다. 뒤팽Dupin 부인은 재주가 뛰어난 여성이고 내가 그 집에서 여러 해를 살았지만 그녀도 마찬가지로 그러했다. 그녀 자신도 그 당시부터 그런 사실을 나에게 여러 차례 말했다. 그런데 이 모든 것에는 예외가 있는 법이고 그에 대해서는 다음에 다룰 것이다.

이렇게 내 재능의 정도가 결정되고 이렇게 내게 합당한 지위가 정해졌으므로, 다음에는 내 자질에 맞는 일을 완수하는 문제만이 남았다. 곤란한 점은 내가 교육을 받지 않았다는 것과 신부가 될 만큼 라틴어를 충분히 알고 있지 못하다는 것이었다. 바랑 부인은 나를 얼마 동안 신학교에 보내어 배우게 할 생각이었다. 그녀는 신학교 교장과 그 문제를 놓고 상의했다. 이름이 그로Gros 씨[66]인 그 사람은 성 나자로회의 수도사로 키가 작고 반쯤 애꾸인데다 말랐으며 머리가 희끗희끗한 호인이었다. 그는 내가 아는 한 성 나자로회 수도사들 중 가장 재치 있고 가장 현학적이지 않은 사람이었다. 사실 이 말은 과장이 아니다.

그는 종종 엄마 집에 오곤 했다. 엄마는 그를 대접하고 그의 비위를 맞추어주었으며 그를 성가시게까지 했다. 또한 그녀는 이따금 그에게 자신의 코르셋 끈을 묶게 했는데 그는 그 일을 기꺼이 떠맡았다. 그가 그 일을 하는 동안 그녀는 방을 이리저리 돌아다니며 이런저런 일을 했다. 수도원장은 끈에 끌려다니면서도 뒤를 따라다녔고 투덜대며 매번 이렇게 말했다. "아니, 부인, 움직이지 마시라니까요." 그 장면은 그림이 될 만한 주제였다. 그로 씨는 엄마의 계획에 기꺼이 동의했다. 그는 아주 저렴한 기숙사비에 만족하고 나의 교육을 맡았다. 주교가 승낙해주는 일만 남았는데, 주교는 그 계획을 허락해주었을 뿐 아니라 기숙사비도 내주려 했다. 그는 내가 시험을 통해 기대할 만한 평가를 받을 수 있을 때까지 평상복 차림으로 있도록 허락해주었다.

이런 변화가 생기다니! 나는 그 계획에 따를 수밖에 없었다. 벌이라도 받는 것처럼 신학교에 갔다. 신학교는 얼마나 우울한 시설인가. 더구나 사랑스러운 여인의 집에서 나온 사람에게는 말이다! 나는 신학교에 엄마에게 부탁해서 빌린 책 한 권만 가져갔는데, 그 책은 내게 큰 의지가 되었다. 어떤 종류의 책인지 짐작하기 어려울 것이다. 그것은 음악 책이었다. 그녀는 계발한 재능들 가운데서 음악은 잊지 않고 있었다. 그녀는 노래 부르기에 좋은 목소리를 지니고 있었으며 그럭저럭 노래도 했고 클라브생[67]도 조금 연주했다. 그녀는 친절하게도 나에게 노래 레슨을 조금 해주었는데, 나는 찬송가조차도 간신히 아는 정도였기 때문에 기초부터 시작해야만 했다. 나는 부인에게서 여덟 번 내지 열 번 레슨을 받았고 그것도 자주 중단된 까닭에 계명으로 노래할 수 있기는커녕 음악 기호의 4분의 1도 배우지 못했다. 그렇지만 나는 이 예술에 너무나 열정을 지니고 있어서 혼자서라도 연습해보려고 애썼다. 내가 가져간 책은 가장 쉬운 단계도 아니었다. 그 책은 클레랑보Clérambault[68]의 칸타타였다. 조옮김과 장단도 모르던 내가 〈알페와 아레튀즈Alphée et Aréthuse〉 칸타타의 제1서창부와 제1아리아를 파악하여 실수 없이 부르는 데 성공했다고 말한다면 내 열의와 끈기가 어떠했을지 미루어 짐작할 수 있을 것이다. 사실 이 곡은 박자가 너무나 정확해서 가사의 시구를 운율에 맞추어 낭송하는 것만으로도 시구에 곡의 박자를 넣을 수 있었다.

신학교에는 성 나자로회 소속의 고약한 수도사가 있었는데 그가 나를 맡고 있어서 나는 그가 가르치려 했던 라틴어까지도 싫어하게 되었다. 그는 빳빳하고 기름진 검은 머리카락에 호밀 빵처럼 거무스름한 얼굴, 물소 같은 목소리, 맹금류 같은 눈초리, 턱수염이라기보다는 멧돼지 털 같은 수염을 하고 있었다. 미소를 지으면 빈정대는 것 같았다. 그의 사지는 인형의 관절처럼 기계적으로 움직였다. 그의 가증스러운 이름은 잊어버렸다. 하지만 소름 끼치고 짐짓 상냥한 체하는 모습은 내 기억에 분명하게 남아 있다. 그 모습을 떠올리는 것만으로도 정말이지 온몸이 떨린다. 그를 복도에서 만났을 때 더러운 사각모를 상냥하게 내밀면서 내게는 지하 독방보다 더 끔찍한 자기 방으로 들어가라는 몸짓을 했던 일이 아직도 생각난다. 궁정 사제의 제자에게 이런 선생이라니 얼마나 대조를 이루는지 판단해보기 바란다!

만일 내가 그 괴물의 자비 속에서 두 달을 있었다면 머리가 돌아버렸을 것이라고 확신한다. 하지만 사람 좋은 그로 씨가 내가 우울하고 먹지 않으며 수척해져간다는 것을 알아차리고, 내가 우울한 이유를 짐작했다. 그리 어려운 일도 아니었다. 그는 나를 야수의 발톱에서 벗어나게 해주었고 훨씬 더 두드러지게 대비가 되도록 나를 가장 온순한 사람에게 맡겠다. 그는 포시니 지방 출신의 젊은 신부로 이름은 가티에Gâtier[69]이고 신학을 공부했다. 그는 그로 씨에 대한 호의로, 내 생각에는 인정에 이끌려 자기 공부 시간을 할애하면서까지 나를 가르치고 싶어 했다. 이제까지 가티에 씨의 생김새만큼 더 마음을 뭉클하게 하는 얼굴을 본 적이 없다. 그는 금발 머리에 턱수염은 적갈색에 가까웠다. 그는 자기 고장 사람들에게서 흔히 볼 수 있는 태도를 지니고 있었다. 둔감한 모습 속에 한결같은 엄청난 재치를 감추고 있는 사람들의 태도 말이다. 하지만 그의 마음속에 진정으로 두드러지게 나타나는 것은 정감 어리고 다정다감하며 애정이 깊은 영혼이었다. 그의 크고 푸른 눈에는 온화함, 다정함, 슬픔이 뒤섞여 있어서 일단 그를 보면 관심을 갖지 않을 수 없었다. 이 가엾은 젊은이의 시선과 말투를 보니, 그는 자신의 운명을 예견하고 자신은 불행해질 운명을 타고났다고 느끼는 듯했다.

그의 성격은 그의 용모를 완전히 빼닮아 있었다. 인내심과 호의로 충만한 그는 나를 가르치기보다는 오히려 나와 더불어 공부를 하려는 것 같았다. 그 정도까지 하지 않더라도 나는 그를 좋아했을 것이다. 그의 선임자 때문에라도 그를 쉽게 좋아했을 터이니 말이다. 그렇지만 그가 나에게 온 시간을 할애하고 서로 최선을 다했으며 그가 매우 잘 가르쳤음에도 불구하고 나는 많이 공부했으면서도 좀처럼 진전을 보지 못했다. 이상하게도 나는 이해력은 충분했는데 아버지와 랑베르시에 씨 말고 다른 선생들에게서는 결코 아무것도 배울 수 없었다. 차후에 알게 되겠지만 내가 그 이상으로 알고 있는 약간의 것은 혼자서 배운 것이다. 어떤 종류의 구속도 참지 못하는 내 정신은 현재의 지시에 복종할 수 없었다. 배우지 못할지도 모른다는 걱정조차 내가 주의를 기울이는 데 방해가 되었다. 가르쳐주는 사람을 화나게 할까 걱정되어 이해하는 척했고, 그는 계속 가르쳤지만 나는 아무것도 이해하지 못했다. 내 정신은 내 기분에 따라 움직이려 하고 다른 사람의 기분에는 복종할 수 없었다.

서품식의 시기가 왔고, 가티에 씨는 부사제가 되어 고향으로 돌아갔다. 그는 나의 섭섭함과 애정과 감사의 마음을 간직한 채 갔다. 나는 그의 앞날을 위해 기원했는데, 그 기원은 내가 나 자신을 위해 한 기원만큼이나 이루어지지 않았다. 몇 해 뒤에 나는 그가 어떤 본당의 보좌신부로 있으면서 한 처녀를 임신시켰다는 소식을 듣게 되었다. 그녀는 일찍이 그가 무척이나 다정한 마음으로 사랑했을 유일한 여자였다. 그 일은 매우 엄격하게 관리되는 교구에서는 굉장한 추문이었다. 관례에 따르면 사제는 결혼한 여자에게만 아이를 낳게 해야 한다. 그는 이 예법을 지키지 않았으므로 투옥되고 명예를 잃고 추방당했다. 그가 나중에 자기 사건을 원상회복시킬 수 있었는지는 잘 모르겠다. 하지만 그의 불운에 대한 감정은 내 마음속에 깊이 새겨져 내가 《에밀》을 쓸 때 다시 떠올랐고 가티에 씨와 갬 씨를 뒤섞어 존경할 만한 이 두 분의 신부를 사부아 보좌신부의 원형으로 삼았다. 나는 모방 인물이 내 모델들의 명예를 훼손하지 않았다고 자신한다.

내가 신학교에 있는 동안 도본 씨는 안시를 떠날 수밖에 없었다. 지방장관이 도본 씨와 자기 아내와의 사랑을 나쁘게 생각하게 된 것이다. 그런 일은 정원사의 개와 다를 바 없는 짓이었다.[70] 아무리 코르브지Corvezi 부인이 사랑스럽다고 해도 그는 그녀와의 사이가 그리 좋지 않았으니 말이다. 그는 동성애 취향이 있어서 아내를 필요로 하지 않았고 그녀를 너무나 난폭하게 대한 나머지 이혼 이야기까지 나올 지경이었다. 코르브지 씨는 비열한 사람이고 두더지처럼 까맣고 올빼미처럼 교활했다. 또한 그는 아내를 학대한 나머지 끝내는 자기가 쫓겨나고 말았다. 프로방스 사람들은 적에게 노래로 복수한다는 말이 있다. 반면에 도본 씨는 희극으로 적에게 복수했다. 그가 바랑 부인에게 작품을 보냈는데, 부인이 나에게도 보여주었다. 나는 작품이 마음에 들었고, 내가 실제 그 저자가 말한 대로 정말 바보가 맞는지 시험해보려고 희극을 써볼 생각을 하기도 했다. 하지만 샹베리 지방에 가서야 비로소 〈자기 자신을 사랑한 사람L'Amant de lui-même〉[71]을 씀으로써 그 계획을 실행할 수 있었다. 따라서 이 작품의 서문에서 내가 작품을 열여덟 살에 썼다고 한 것은 몇 살 가량 나이를 속인 셈이다.

어림잡아 그 무렵에 어떤 사건 하나가 일어났는데 그 자체로는 그리 중요하지 않았지만 그 사건은 내게 영향을 주었고 내가 그 일을 잊고 있을 때 세상을 시끄럽게 만들었다. 나는 매주 한 번 외출 허락을 받았다. 내가 그 기회를 어떻게 사용했는지는 말할 필요도 없다. 어느 일요일 엄마 집에 있는데, 그녀가 있던 집과 인접한 성 프란체스코 수도회의 건물에서 불길이 피어올랐다. 화덕이 있던 이 건물에는 마른 장작이 지붕까지 가득 채워져 있었다. 순식간에 모든 것이 불길에 휩싸였다. 건물은 대단히 위태로웠고 바람이 일으킨 불길에 고스란히 노출되었다. 가구들을 서둘러 들어내고 내가 전에 머물던 방의 창가 맞은편, 전에 말한 개울 너머의 정원으로 옮겨야 했다. 나는 너무나 당황한 나머지 손에 잡히는 것은 모두 창밖으로 마구 던져버렸다. 다른 때 같으면 들어 올리기도 힘들었을 돌로 만든 절구까지도 집어던졌다. 누군가가 나를 붙들지 않았다면 큰 거울까지도 마찬가지로 던질 태세였다. 그날 엄마를 만나러 온 사람 좋은 주교도 잠자코 있지만은 않았다. 그는 그녀를 정원으로 데리고 갔고, 그곳에서 주위에 있던 모든 사람들과 더불어 기도를 드리기 시작했다. 그래서 얼마 뒤에 도착한 나는 모든 사람들이 무릎을 꿇고 있는 것을 보고 나도 그들처럼 했다. 그 경건한 사람이 기도하는 동안 바람이 다른 쪽으로 불기 시작했다. 그런데 너무나 갑작스럽고 너무나 알맞게 바람의 방향이 바뀌어서 이미 집을 휩싸고 있고 창문을 넘나들던 불길은 뜰의 다른 쪽으로 타고 가서 집은 어떤 해도 입지 않았다. 2년 뒤[72] 베르네 주교가 죽자 옛 동료이던 성 안토니우스 수도회의 수도사들은 그의 시복(諡福)에 사용될 만한 자료를 수집하기 시작했다. 나는 부데Boudet 신부의 요청으로 그 자료들에 내가 좀 전에 이야기한 사실에 관한 증언을 덧붙였다. 그것은 내가 잘한 일이지만 그 사실을 기적으로 간주한 것은 잘못한 일이다. 나는 기도 중인 주교를 보았고 그가 기도하는 동안 바람의 방향이 바뀌는 것을 보았다. 그것도 아주 때맞춰서 말이다. 이것이 바로 내가 말할 수 있고 증명할 수 있었던 일이다. 하지만 이 두 가지 일 중 하나가 다른 일의 원인이 되었다는 것은 알 수 없었기 때문에 내가 입증했어야 하는 일이 아니다. 당시 나는 성실한 가톨릭 신자로서 그 기억을 떠올릴 수 있는 한 내가 믿는 대로 말한 것이다. 경이로운 일을 좋아하는 것은 인간의 마음에 너무나 자연스러운 일이고, 내가 덕이 많은 그 고위 성직자를 존경하기도 했으며, 나 자신도 그 기적에 공헌했을지 모른다는 은밀한 자부심이 있었던 까닭에 유혹에 빠져들고 말았다. 분명한 것은 만일 이 기적이 더없이 열렬한 기도의 결과라면 내가 정말 그것에 기여했을 수도 있었으리라는 점이다.

30년 이상이 지나서 내가 《산에서 쓴 편지Lettres de la Montagne》[73]를 출간했을 때 어떻게 가능했는지는 모르지만 프레롱Fréron 씨가 그 증명을 찾아내어 자신의 잡지에 인용했다. 발견은 우연히 이루어진 것이고 나도 그 시기적절함에 매우 흡족해했음을 고백하는 바이다.

나는 어떤 처지에 있든 매번 거절을 당하고야 말 운명이었다. 가티에 씨는 내가 향상되었다는 점을 자신이 할 수 있는 한 가장 호의적으로 보고했지만 내가 노력한 만큼 향상되지 못했다는 평가를 받았다. 그런 평가는 내가 공부를 계속해나가는 데 도움이 되지 않았다. 그래서 주교와 수도원장도 두 손 들고 말았고 나는 사제가 되기에 적절하지 않은 인물로 바랑 부인에게 돌아오고 말았다. 그렇지만 나에 대해서는 상당히 착하고 행실이 결코 나쁘지 않은 아이라고 평가했다. 그래서인지 그녀는 나에 대한 불쾌한 선입관에도 불구하고 나를 내치지 않았다.

나는 아주 유용하게 본 음악 책을 그녀의 집에 당당하게 들고 왔다. 내가 부르는 〈알페와 아레튀즈〉의 아리아가 신학교에서 배운 거의 모든 것이었다. 그녀는 나의 음악에 대한 남다른 취미를 알고 나를 음악가로 만들 생각을 했다. 기회가 좋았던 것이 적어도 일주일에 한 번은 그녀의 집에서 음악이 연주되었고 또한 이 작은 음악회를 지휘한 성당의 악장이 그녀를 매우 자주 보러 왔기 때문이다. 그는 르 메트르Le Maître라는 이름의 파리 사람인데, 뛰어난 작곡가이며 매우 활력이 넘치고 상당히 쾌활한데다 아직 젊고 체격도 꽤 좋았지만 재기는 부족했다. 하지만 결국 아주 좋은 사람이었다는 말이다. 엄마는 나에게 그를 소개해주었다. 나는 그에게 마음이 있었고 그도 나를 싫어하지는 않았다. 기숙사 비용에 대해 이야기했고 합의가 이루어졌다. 요컨대 나는 그의 집으로 들어갔고 그곳에서 겨울을 더욱 즐겁게 보냈다. 성가대 학교가 엄마 집에서 불과 스무 걸음 떨어져 있어서 우리는 그녀 집으로 냅다 달려가 자주 식사를 함께했으니 말이다.

음악가들이나 성가대 아이들과 함께 지내며 항상 노래하던 즐거운 성가대 생활이 성 나자로회 신부들과 지내던 신학교 생활보다 더 마음에 들었으리라는 것은 쉽게 짐작이 갈 것이다. 그렇지만 이러한 생활이 더 자유로웠다고 해서 규칙과 규제까지 약했던 것은 아니다. 타고나기를 독립적인 것을 좋아하지만 결코 그것을 남용할 내가 아니었다. 나는 6개월 내내 엄마 집과 교회에 가는 것 말고는 외출을 단 한 번밖에 하지 않았다. 그런 마음이 들지도 않았다. 이 시기야말로 내가 가장 조용하게 살고 가장 즐겁게 떠올리는 나날들 중 하나이다. 내가 처해 있던 여러 상황들 가운데 몇몇 장면들은 행복감으로 너무나 깊이 각인되어 있어서, 그것을 회상하면 마치 내가 아직 그곳에 있는 듯싶은 감정에 휩싸인다. 시간과 장소와 사람들뿐 아니라 주위의 모든 물건들과 기온과 그것의 냄새와 색채, 그곳이 아니고는 느낄 수 없는 어떤 특유한 인상이 떠오르며 생생한 기억을 통해 다시금 그곳으로 가게 된다. 예를 들자면, 성가대 학교에서 이루어진 모든 연습, 성가대에서 부른 모든 노래, 그곳에서 일어난 모든 일, 참사회원들의 아름답고 위엄 있는 의복, 사제들의 제의(祭衣), 성가대원들의 뾰족하고 긴 삼각모, 음악가들의 모습, 콘트라베이스를 연주하던 다리 저는 늙은 목수, 바이올린을 켜는 키 작은 금발의 신부, 르 메트르 씨가 칼을 내려놓은 다음 평상복 위에 입은 남루한 수단, 그가 성가대로 가려고 그 누더기 옷을 가렸던 아름답고 질 좋은 중백의 등이 떠오른다. 또한 르 메트르 씨가 나를 위해 손수 만들어준 짧은 독주곡을 연주하려고 작은 리코더를 들고 오케스트라의 단상에 자랑스럽게 오르던 일, 곧이어 우리가 하게 될 맛있는 식사, 식사 자리에서의 왕성한 식욕, 이런 것들이 한데 어울려 생생하게 떠오름으로써 현실에서와 마찬가지로 혹은 그 이상으로 내 기억 속에서 수없이 나를 매혹시켰다. 나는 장단격(長短格)[74]의 시구로 연주되는 〈별을 지으신 창조주여Conditor alme siderum〉의 어떤 아리아에 항상 다정한 애정을 품고 있었다. 왜냐하면 대림절의 어느 주일에 교회의 의례에 따라 해 뜨기 전 성당 층계에서 부르던 그 성가를 침대에서 들었기 때문이다. 엄마의 하녀인 메르스레 양은 음악을 조금 알았다. 나는 르 메트르 씨가 그녀와 함께 부르게 한 짧은 성악곡인 〈아페르트Afferte〉를 결코 잊지 못할 것이다. 그녀의 주인도 그 성가를 상당히 즐겁게 들었다. 결국 이 모든 것과 심지어 성가대 아이들이 몹시도 괴롭히던 마음씨 고운 페린Perrine이라는 하녀까지도 행복하고 순수했던 시절의 기억 속에 종종 떠올라 나를 황홀하게도 슬프게도 만든다.

나는 안시에서 1년 가까이 살면서 사소한 비난도 듣지 않았다. 모든 사람들이 나에 대해 만족했다. 토리노를 떠난 이후 나는 어리석은 일을 한 적이 단 한 번도 없으며 엄마가 보는 한 그런 행동을 전혀 하지 않았다. 그녀는 나를 이끌어주었고 언제나 잘 이끌어주었다. 그녀에 대한 내 애정이 내 유일한 열정이 되었다. 그것이 무모한 열정이 아니었다는 사실은 내 마음이 이성을 지녔던 것을 보면 안다. 단 하나의 감정이 말하자면 나의 모든 능력을 탕진해버려 온갖 노력을 다 기울였음에도 불구하고 아무것도, 심지어 음악조차 배우지 못하게 만들었다. 하지만 내 잘못은 전혀 없었다. 열의는 부족함이 없었고 성실성도 갖추었다. 다만 정신이 팔려 있었고 꿈꾸고 있었으며 한숨짓고 있었다. 내가 그런 상황에서 무엇을 할 수 있었겠는가? 나의 성취를 드러내려고 내가 할 수 있는 일은 모두 다했다. 하지만 내가 새로운 어리석은 짓을 저지르기 위해서는 그런 짓을 떠올리게 만들 어떤 인물만 있으면 되었다. 그 인물이 나타났다. 상황은 우연히 일어났고 곧이어 알게 되겠지만 내 괴팍한 성격이 그 상황과 맞물려 드러났다.

상당히 추웠던 2월의 어느 날 밤, 우리가 불가에 있는데 길가로 난 문을 두드리는 소리가 들려왔다. 페린이 등불을 들고 아래로 내려가 문을 연다. 한 젊은이가 그녀와 함께 들어와 올라오더니 태연하게 서 있다. 그는 르 메트르 씨에게 짤막하면서도 세련된 인사를 하더니 자신을 프랑스 음악가라고 소개했다. 금전적 형편이 좋지 않아 이 길을 계속 가려면 마을마다 돌아다니며 일을 하는 교회 음악가로 지낼 수밖에 없다고 말했다. 프랑스 음악가라는 말에 사람 좋은 르 메트르 씨는 가슴이 두근거렸다. 그는 자신의 조국과 예술을 열정적으로 사랑했기 때문이다. 그는 젊은 여행자를 거두어주고 그에게 숙소도 제공해주었다. 그도 숙소가 절실히 필요했는지 그다지 사양하지 않고 받아들였다. 그가 불을 쬐고 저녁 식사를 기다리며 떠벌리는 동안 나는 그를 유심히 바라보았다. 그는 키는 작지만 어깨가 넓었다. 특별히 비정상적인 데는 없지만 뭐라 말하기 어려운 기형적인 체격을 지니고 있었다. 말하자면 어깨가 평평한 꼽추였다. 내 생각에는 다리도 조금 절었던 것 같다. 그는 오래되었다기보다는 닳아 떨어져 누더기가 된 검은 옷에, 아주 고급스럽지만 무척 더러운 셔츠에, 술 장식이 달린 아름다운 소매 커버와 다리 두 개는 들어갈 듯싶은 각반을 하고 있었고 눈을 막아줄 작은 모자를 겨드랑이에 끼고 있었다.

그는 이런 우스꽝스러운 행색을 하고 있으면서도 자신의 태도와 다르지 않은 어떤 고상함을 지니고 있었다. 그의 외모는 섬세하고 매력적이었다. 또한 말을 쉽게 잘했지만 그다지 신중하지는 못했다. 모든 점에서 볼 때 그는 비렁뱅이는 아니지만 어릿광대처럼 구걸하며 돌아다니는 교육받은 방탕한 젊은이였다. 그는 우리에게 이름은 방튀르 드 빌뇌브Venture de Villeneuve이고 파리에서 왔는데 도중에 길을 잘못 들었다고 말했다. 또 그는 음악가의 역할을 잠시 내려놓고 고등법원에서 일하는 친척을 만나러 그르노블에 가는 길이라고도 덧붙였다.

저녁식사를 하는 동안 음악 이야기를 했는데 그는 그런 이야기를 너무나 잘 알고 있었다. 대가들과 유명한 작품들, 남녀 배우들, 예쁜 여자들, 상류층 인사 들을 속속들이 알고 있었고 언급된 이야기를 죄다 잘 알고 있는 듯싶었다. 하지만 그는 어떤 화제가 오르기만 하면 곧바로 이런저런 농담을 하여 대화를 정신없게 만들곤 했다. 농담 때문에 사람들은 웃느라 바빴고 무슨 말을 했는지 잊어버렸다. 그날은 토요일이었다. 다음 날은 성당에서 음악회가 있었다. 르 메트르 씨는 그에게 성당에서 노래를 불러줄 수 있느냐고 제안했다. "기꺼이요." 그에게 어떤 성부(聲部)냐고 물었다. "카운터 테너요." 그러더니 그는 말을 다른 데로 돌렸다. 교회에 가기 전에 미리 보아두라고 그가 맡은 파트를 주었더니 그는 그것에 눈길조차 주지 않았다. 르 메트르 씨는 그 같은 허세에 놀랐다. "두고 보게, 그는 음표조차 모를 테니 말일세." 그가 나에게 귀엣말을 했다. "심히 염려되는데요." 내가 그에게 대답했다. 나는 상당히 조마조마하며 그들을 따라갔다. 노래가 시작되자 내 심장이 심하게 두근거리는 것을 느꼈다. 왜냐하면 그에게 무척 관심이 있었기 때문이다.

그러나 곧 안심이 되었다. 그는 자신의 독창곡 두 곡을 생각 이상으로 더없이 정확하고 멋지게 불렀다. 그것도 대단히 아름다운 목소리로 불렀다. 나는 예기치 못한 뜻밖의 기쁨에 휩싸였다. 미사가 끝난 뒤 참사회원들과 음악가들은 방튀르 씨에게 아낌없는 찬사를 보냈다. 그는 농담을 하며 응대했지만 항상 우아함이 넘쳤다. 르 메트르 씨는 기꺼이 그와 포옹을 나누었다. 나도 똑같이 했다. 내가 무척 만족해하는 것을 보고 그도 즐거워하는 듯싶었다.

내가 모든 면에서 촌놈에 불과한 바클 씨에게 열중한 이후 제법 교육을 받은데다 재능과 재기가 있으며 사교계의 예법도 알아 귀여운 탕아로 통할 수 있는 방튀르 씨에게 열중할 만했다는 것은 수긍이 가리라고 믿는다. 이런 경우는 내게 일어난 일이며 내 생각에 나와 같은 입장에 있는 다른 모든 젊은이에게도 일어날 법한 일이었다. 그 사람에게 재능을 느낄 만한 더 나은 직감과 그것에 애착을 갖기 위한 더 훌륭한 취향이 있었더라면 더욱 쉽게 그랬을 것이다. 그도 그럴 것이 방튀르는 두말할 필요 없이 재능이 있었고, 특히 그 나이에는 아주 드문 장점, 즉 자신의 지식을 드러내려고 조금도 서둘지 않는다는 장점을 지니고 있었다. 그가 전혀 알지 못하는 많은 것들에 대해서 아는 척하며 자랑했던 것이 사실이다. 하지만 그는 자신이 알고 있는 상당히 많은 것들에 대해서는 아무 말도 하지 않았다. 그는 그것을 과시할 기회를 기다렸다. 그리고 그때 그 기회를 느긋하게 이용했고 최고의 성과를 거두었다. 그는 매번 말을 끝내지 않은 채 멈추었던 까닭에 그가 언제 모든 것을 다 보여줄지 더 이상 알 길이 없었다. 그는 농담을 잘했고 장난치기를 좋아했으며 이야깃거리가 끊이지 않고 매력이 있는데다 항상 미소만 지을 뿐 결코 웃지 않았으며 아무리 상스러운 것도 어찌나 우아한 어조로 말하는지 듣는 이로 하여금 그것을 저항 없이 받아들이게 만들었다. 더없이 정숙한 여자들조차도 그의 말에 수긍하는 자신들을 보고 깜짝 놀랐다. 그녀들은 화를 내야 한다고 느꼈으나 소용이 없었고 그렇게 할 힘도 없었다. 그에게는 몸을 파는 여자들만이 필요했다. 그는 원래 여복이 있는 사람이 아니라 여복 있는 사람들의 모임을 한없이 즐겁게 해줄 능력이 있는 사람이었다는 생각이

든다. 그토록 멋진 재능을 지닌 그가 그 재능을 알아주고 사랑하는 나라에서 오랫동안 음악가들의 영역에만 머물러 있기는 어려운 일이었다.

방튀르 씨에 대한 나의 애정은 비록 그 감정이 내가 바클 씨에게 품었던 애정보다 더욱 강렬하고 지속적이기는 했지만 그 이유가 좀 더 합리적인지라 결과 역시 그다지 얼토당토않은 것은 아니었다. 나는 그를 만나고 그의 이야기를 듣는 것을 좋아했다. 그가 하는 일은 무엇이든지 매력적으로 여겨졌고 그가 하는 모든 말은 신탁처럼 느껴졌다. 그렇다고 해서 그에 대한 나의 열광이 그와 헤어질 수 없을 정도로까지 이어진 것은 아니었다. 내 가까운 곳에는 이와 같은 과도함을 미연에 방지할 방책이 있었다. 더구나 그의 원칙이 그 자신에게는 아주 훌륭할지 모르지만 내게 적용할 수는 없다고 느꼈다. 나는 다른 종류의 쾌락이 필요했다. 그는 그런 쾌락을 생각해내지 못했고, 그의 놀림거리가 되리라는 것이 너무나 확실하므로 나도 감히 그에게 그런 말을 꺼내지 못했다. 그렇지만 나는 그에 대한 애착과 나를 지배하는 애착을 결합시키려 했던 것 같다. 나는 엄마에게 그에 대해 흥분하여 말했다. 르 메트르도 그에 대해 하는 말은 칭찬일색이었다. 엄마는 그를 데려오는 것을 승낙했다. 하지만 그 대화는 전혀 성공을 거두지 못했다. 그는 그녀를 잘난 척하는 사람으로 생각했고 그녀도 그를 방탕한 자로 생각했다. 또한 그녀는 내가 나쁜 사람과 사귄다고 걱정하면서 그를 다시는 데려오지 못하게 했을 뿐 아니라 내가 그 젊은이와 함께 휩쓸리게 될 위험을 너무나 강하게 일러둔 나머지 나도 그런 위험에 빠지지 않으려고 좀 더 조심하게 되었다. 나의 품행과 기질을 위해서는 무척 다행으로 우리는 곧 헤어지고 말았다.

르 메트르 씨는 자신의 예술에 따른 취향을 지니고 있었다. 그는 포도주를 좋아했다. 그래도 그는 식사 자리에서는 술을 하지 않았다. 하지만 작업실에서 일할 때는 술을 마셔야만 했다. 그의 하녀는 그 사실을 너무나 잘 알고 있어서, 그가 작곡을 하려고 종이를 준비하고 첼로를 잡으면 곧바로 술병과 술잔이 나왔고 술병은 때때로 새것으로 바뀌었다. 그가 만취해 있는 경우는 결코 없었지만 거의 항상 술에 취해 있었다. 안타까운 일이었다. 왜냐하면 그는 근본적으로 선량한 젊은이였고 엄마가 항상 '귀여운 아가'라고 부를 만큼 너무나 쾌활한 사내였기 때문이다. 불행하게도 그는 자신의 재능을 사랑하고 열심히 일했지만 그만큼 술을 마셨다. 그 때문에 그는 건강을 잃고 성질까지 버리고 말았다. 그는 걸핏하면 화를 냈으며 쉽게 감정을 드러냈다. 원래 무례한 행동이라고는 모르고 누구에게도 결례를 범하는 일이 없던 터라, 결코 나쁜 말을 한 적이 없고 성가대 아이 누구에게도 그렇게 하지 않았다. 더구나 자기 자신에게도 실수를 해서는 안 되었는데, 그것은 당연한 일이었다. 곤란하게도 그는 분별력이 부족한 탓에 말투와 성격을 구분하지 못해 종종 아무것도 아닌 일에도 화를 냈다.

과거 수많은 제후들과 주교들의 입회를 명예롭게 여기던 제네바의 수도참사회는 망명을 하면서 과거의 찬란한 영광을 잃었지만 그 자부심만큼은 여전해서 모임에 입회하기 위해서는 예외 없이 귀족이거나 소르본의 박사여야만 한다. 그곳에서 허용될 만한 자부심이 있다면 개인의 재능에서 비롯된 자부심이고 다음으로는 집안에서 비롯된 자부심이다. 더구나 모든 사제들은 대개 자신이 고용한 평신도들을 상당히 거만하게 대했다. 바로 그런 식으로 참사회원들은 불쌍한 르 메트르를 종종 대우했다. 특히 성가대원이던 비돈Vidonne 신부님은 한편으로는 상당히 신사이면서도 자신이 귀족이라는 생각이 너무 지나쳐서 르 메트르가 지닌 재능에 걸맞게 항상 그를 대했던 것은 아니다. 그로서도 그런 거만함을 기꺼이 참고 있지만은 않았다. 그해 성주간(聖週間) 동안 그들은 주교가 참사회원들에게 베풀고 르 메트르도 항상 초대받던 전통적인 만찬 자리에서 평소보다 더 심하게 다투었다. 성가대원이 그에게 어떤 부당한 처사를 했고 그가 참을 수 없을 정도의 험한 말을 쏟아냈다. 그는 당장 다음 날 밤에 달아날 결심을 했다. 바랑 부인이 작별인사를 하러 온 그를 달래려고 온갖 노력을 다했지만 무엇으로도 그를 단념시킬 수 없었다. 그는 자신이 가장 필요할 시기인 부활절 축제 때 압제자들을 곤란하게 만들어 그들에게 복수하는 즐거움을 포기할 수 없었다. 하지만 정작 그를 난처하게 만든 것은 그가 가져가려고 한 악보였다. 쉬운 일이 아니었다. 악보는 상당히 크고 엄청 무거운 상자로 하나 가득이어서 손으로 들고 갈 정도가 아니었다.

엄마는 내가 그녀의 입장이라면 당연히 했을 것이고 지금이라도 할 일을 했다. 그를 붙들려는 온갖 노력이 소용없자 그녀는 어떻게 해도 그가 떠나리라는 것을 알고서 자신이 할 수 있는 모든 방편으로 그를 도와주기로 작정했다. 감히 말하지만 그녀는 그렇게 해야 했다. 르 메트르는 말하자면 그녀를 돕는 데 헌신했다. 그는 예술과 관련된 일에서나 보살핌과 관련된 일에서 전적으로 그녀의 지시를 따랐으며 더구나 성의껏 따랐기 때문에 그의 배려는 새로운 보상을 받았다. 그래서 그녀가 해줄 수 있는 것은 서너 해 전부터 자신을 꼼꼼하게 챙겨준 한 친구에게 요긴한 때에 빚을 갚는 일이었다. 그런데 그녀는 그처럼 도리를 다하면서도 그것이 자신의 도리라고 생각할 필요가 없을 정도의 심성을 지니고 있었다. 그녀는 나에게 적어도 리옹까지는 르 메트르 씨와 동행하고 그가 나를 필요로 하는 한 그와 함께 있으라고 지시했다. 나중에 그녀가 내게 털어놓았지만, 나를 방튀르에게서 떨어지게 하려는 바람에서 그런 조치를 취했다는 것이었다. 그녀는 자신의 충직한 하인 클로드 아네와 상자 옮기는 일을 논의했다. 그의 생각은 안시에서 짐을 나를 가축을 구하게 되면 우리가 틀림없이 발각될 테니 밤이 되면 상자를 들고 상당히 떨어진 곳까지 간 다음, 어떤 마을에서 당나귀를 세내어 세셀까지 그것을 옮겨야 한다는 것이었다. 그 지역은 프랑스 영토이니 더 이상 아무런 위험도 없을 것이라고 덧붙였다. 그 의견대로 하기로 했다. 우리는 그날 저녁 일곱

시에 출발했다. 엄마는 내 경비를 지불한다는 구실로 불쌍한 '귀여운 아가'의 얇은 지갑을 그에게 적잖은 도움이 될 여윳돈으로 채워주었다. 클로드 아네, 정원사 그리고 나는 상자를 첫 번째 마을까지 옮길 수 있었고, 그곳에서 우리는 당나귀와 교대하여 같은 날 밤 세셸로 갔다.

　이미 지적한 것으로 생각하는데, 나는 나 자신과 전혀 비슷하지 않아서 아주 반대되는 성격을 지닌 딴사람으로 간주될 때가 간혹 있다. 그 예를 들어보겠다. 세셸의 주임신부인 레들레Reydelet 씨는 성 베드로 대성당의 참사회원인 까닭에 르 메트르 씨를 알고 있었다. 그는 르 메트르가 가장 피해야 할 사람들 중의 한 명이었다. 그런데 내 의견은 반대로 그에게 우리를 소개하러 가서 어떤 구실을 대고 그에게 숙소를 부탁하자는 것이었다. 마치 우리가 교회 참사회의 동의하에 온 것처럼 말이다. 르 메트르는 자신의 복수가 조롱과 재미로 바뀌었다 싶었는지 그 제안을 아주 마음에 들어 했다. 그래서 우리는 염치없이 레들레 씨 집으로 갔고 그는 우리를 매우 환대해주었다. 르 메트르는 그에게 자신은 주교의 요청으로 벨레에 가서 부활절 축제 때 자신의 작품을 지휘할 예정이며 그런 다음 조만간 여기에 다시 들를 작정이라고 말했다. 나도 그 거짓말을 뒷받침하려고 별의별 이야기를 아주 천연스럽게 늘어놓았더니 레들레 씨는 나를 귀여운 녀석이라고 생각하며 나를 좋아하고 내게 온갖 호의를 다 보였다. 우리는 좋은 대접을 받고 좋은 데서 묵었다. 레들레 씨는 우리를 극진히 대접하느라 어찌할 바를 몰랐다. 그리고 돌아오는 길에는 더 오래 머물겠노라고 약속하며 우리는 세상에서 둘도 없는 친구처럼 헤어졌다. 웃음을 터뜨리려고 우리끼리만 남게 될 때까지 기다릴 수 없을 지경이었다. 고백하건대 그 생각만 하면 나도 모르게 웃음이 터져 나왔다. 이보다 더 지속적이고 더 적절한 장난을 생각해내기란 어려울 것이기 때문이다. 끊임없이 술을 마셔대고 허튼소리를 늘어놓던 르 메트르 씨가 두세 번 발작을 일으키지 않았다면 우리는 그 장난 때문에 길을 가는 동안 내내 즐거웠을 것이다. 그는 종종 발작을 일으켰고 그 발작은 간질 증세와 상당히 흡사했다. 그 때문에 당황한 나는 등골이 오싹해졌고, 가능한 한 빨리 그 일에서 벗어날 궁리를 했다.

우리는 레들레 씨에게 말한 대로 부활절 축제를 보내러 벨레로 갔다. 악장을 비롯한 모든 사람들이 우리를 환대했고 기꺼이 맞아주었다. 르 메트르 씨는 자신의 예술 영역에서 인정을 받았고 그럴 만한 사람이었다. 벨레의 악장은 자신의 최고 작품들에 대한 자부심이 대단했고 아주 훌륭한 심판관의 칭찬을 받으려고 애썼다. 왜냐하면 르 메트르는 전문가일 뿐 아니라 공정하고 질투나 아첨을 전혀 하지 않는 사람이었기 때문이다. 그는 지역의 어떤 악장들보다 능력이 뛰어났고 그들도 분명히 그런 사실을 알고 있어서 그를 자기 동료라기보다는 단장쯤으로 여겼다.

우리는 벨레에서 4, 5일을 무척 유쾌하게 보낸 다음 그곳을 다시 출발했고, 내가 좀 전에 말했던 일 말고는 별다른 사건 없이 여정을 계속했다. 그리고 리옹에 도착하여 노트르담 드 피티에 성당에서 묵었다. 우리는 또 다른 거짓말로 사람 좋은 후원자 레들레 씨의 배려를 얻어 상자를 론 강의 배편으로 보낸 터라, 상자를 기다리는 동안 르 메트르 씨는 아는 사람들을 만나러 다녔다. 그중에는 곧이어 말하게 될 성 프란체스코 수도회의 수도사 카통Caton과 리옹의 백작 도르탕Dortan 신부가 있었다. 두 사람은 그를 반갑게 맞아주었다. 하지만 곧 알게 되듯이 그들은 그를 배신했다. 그의 행운은 레들레 씨 집에서 다 소진되었다.

우리가 리옹에 도착하고 이틀이 지나 숙소에서 멀지 않은 작은 거리를 지나고 있는데, 르 메트르가 갑자기 발작을 일으켰다. 발작은 너무나 격렬해서 나는 두려움에 사로잡혔다. 나는 소리를 질러 구원을 청했고 숙소 이름을 대며 그를 그곳에 데려다 달라고 애원했다. 잠시 후 사람들이 거리 한복판에서 의식 없이 거품을 흘리며 쓰러진 한 남자 주위에 모이고 달려들었다. 그동안 그는 자신이 믿고 있었을 유일한 친구에게 버림을 받았다. 나는 아무도 나에게 신경 쓰지 않는 틈을 타 길모퉁이를 돌아 사라졌다. 하느님의 은혜로 나는 이 고통스러운 세 번째 고백을 마쳤다. 만일 내게 이와 같이 고백해야 할 일들이 아직 많이 남았다면, 나는 시작한 이 작업을 포기하고 말 것이다.

지금까지 말한 모든 것과 관련해서 내가 살아온 장소에는 어떤 흔적들이 남아 있다. 하지만 내가 다음 권에서 말할 것들은 좀처럼 알려져 있지 않다. 그것은 내 삶에서 가장 어처구니가 없었던 일들이다. 그 일들이 더 나쁘게 끝나지 않은 것이 그나마 다행이다. 그런데 내 머리는 생경한 다른 악기의 음조에 조율되어 본래의 자기 음역에서 벗어나 있었다. 그러다가 스스로 원래 자리로 돌아와 어리석은 짓을 그만두었다. 그게 아니라면 적어도 내 기질에 더 잘 맞는 어리석은 짓을 했다. 내 젊은 시절 가운데 이때가 가장 기억이 혼란스러운 시기이다. 내가 기억을 생생하게 해낼 만큼 내 마음을 충분히 끌었던 일이라고는 거의 일어나지 않았다. 또한 수없이 오가고 수없이 이어지는 이동 속에서 내가 시간이나 장소를 이따금 바꾸지 않기란 매우 어려운 법이다. 나는 기억을 떠올릴 만한 기록도 자료도 없이 온전히 기억에 의지해서 글을 쓸 따름이다. 내 삶에서 일어났던 사건들은 방금 전에 일어난 일처럼 생생할 때도 있다. 하지만 누락되고 비어 있는 사건들도 있어서, 그것들을 내게 남아 있는 기억만큼이나 불확실한 이야기들의 도움을 받아 메울 수밖에 없다. 따라서 이따금 과오를 범할 수 있다. 또한 사소한 사건에 대해서는 잘못 쓸 수도 있을 것이다. 나에 관한 더욱 확실한 자료를 갖게 될 때까지는 말이다. 하지만 주제와 관련하여 정말 중요한 일만큼은 정확하고 충실하다는 것을 보장한다. 내가 항상 모든 면에서 그렇게 하려고 애쓰듯이 말이다. 그 점에 대해서는 믿어도 된다.

르 메트르 씨와 헤어지자마자 곧 결심이 서서 다시 안시로 발길을 돌렸다. 우리가 떠난 이유와 그 의혹 때문에 내게는 우리의 안전한 도피가 대단한 관심사였다. 이러한 관심에 완전히 사로잡힌 나머지 나는 뒤늦게 떠오른 생각 같은 건 죄다 며칠 동안 잊고 있었다. 하지만 안심이 되어 좀더 안정을 찾자마자 그 지배적인 감정이 다시 자리를 잡았다. 어느 것도 즐겁지 않고 어느 것에도 마음이 끌리지 않았다. 오로지 엄마 곁으로 돌아가겠다는 욕구밖에 없었다. 그녀에 대한 나의 다정하고 진실한 애정은 내 마음에서 일체의 상상적 계획들과 어리석은 야심을 근절시켰다. 나는 그녀 곁에서 살아가는 행복 말고 그 어떤 다른 행복은 알지 못했다. 한 발짝만 더 나아가면 내가 그 행복에서 멀어졌다고 느꼈다. 따라서 할 수 있는 한 서둘러 그곳으로 돌아왔다. 다른 여행들은 매우 즐겁게 기억하지만, 이번 여행만큼은 귀로를 너무나 서둘렀고 정신이 하도 산란하여 사소한 기억조차 떠오르지 않는다. 리옹을 떠나 안시에 도착한 것 말고는 아무것도 떠오르지 않는다. 특히 그 마지막 때를 어찌 내 기억에서 지울 수 있겠는가! 내가 도착했을 때는 더 이상 바랑 부인이 보이지 않았다. 그녀가 파리로 떠난 것이다.

나는 그 여행의 비밀을 결코 잘 알지 못했다. 정말 자신하는 바이지만, 내가 굳이 그것을 캐물었다면 그녀는 나에게 사실을 말해주었을 것이다. 하지만 나만큼 친구들의 비밀에 관심이 없는 사람도 드물 것이다. 내 마음은 오직 현재에만 몰두해 있어서 일체의 역량과 공간이 현재로 가득 차 있다. 이제부터는 나의 유일한 즐거움을 만들어내는 과거의 기쁨 말고는 더 이상 존재하지 않는 것을 위한 빈 공간은 내 마음속에 없다. 그녀가 내게 말해준 약간의 이야기를 통해 내가 어렴풋이나마 짐작한 사실은, 사르데냐 왕의 왕권 포기가 원인이 되어 토리노에서 일어난 엄청난 소요 중에 그녀는 자기 존재가 잊힐까 봐 걱정을 했고 도본 씨의 음모를 틈타 프랑스 궁정에서 전과 같은 특권을 얻고자 했다는 것이다. 그녀는 프랑스 궁정에서 특혜를 받는 것이 더 낫다고 종종 말하곤 했다. 왜냐하면 그곳에서는 큰 사건들이 많이 일어나기 때문에 그렇게 달갑잖게 감시받지 않아도 된다는 것이다. 사실이 그렇다면 그녀가 다시 돌아와서도 냉대를 받지 않은 점이나 조금의 중단도 없이 연금 혜택을 받은 점은 상당히 놀라운 일이다. 많은 사람들은 그녀가 어떤 비밀스러운 용무를 맡았다고 생각했다. 당시 프랑스 궁정에 일이 있어 직접 가야 했던 주교를 대신한 것이든, 그녀에게 만족할 만한 보수를 줄 수 있는 훨씬 더 유력한 누군가를 대신한 것이든 말이다. 만약 그렇다면 사절을 제대로 뽑았고, 아직 젊고 아름다운 그녀가 협상을 잘 해내는 데 필요한 모든 재능을 갖추고 있었던 것이 분명하다.

───

제4권
1730~1731

내가 도착했을 때 그녀는 더 이상 보이지 않았다. 내가 얼마나 놀랐을지, 내가 얼마나 괴로웠을지 짐작해보기 바란다! 그때서야 비로소 르 메트르 씨를 비겁하게 버렸다는 후회가 밀려왔다. 그 후회는 내가 그에게 일어난 불행을 알게 되면서 더욱 강렬해졌다. 도르탕 백작이 손을 쓰는 바람에 그의 전 재산이 든 악보 상자를, 많은 어려움을 겪고 지켜낸 그 소중한 상자를 리옹에 도착하면서 빼앗기고 말았다. 참사회가 전갈을 보내 상자가 은밀하게 반출된 사실을 그에게 알렸던 것이다. 르 메트르는 그것이 자기 재산이고 생계 수단이며 평생의 성과라고 항의했지만 소용이 없었다. 그 상자의 소유권을 증명하려면 최소한 소송을 해야 했다. 소송은 전혀 없었다. 사건은 강자의 법칙에 따라 곧바로 결말이 났고, 가엾은 르 메트르는 자기 재능의 성과를, 청춘을 바친 작품을, 노후 수단을 그렇게 잃어버렸다.

모든 여건이 내가 받은 충격을 견디기 어렵게 만들 만했다. 하지만 나는 큰 슬픔도 아랑곳하지 않을 그런 나이였던지라 곧 위안거리를 만들어냈다. 그녀의 주소도 알지 못하고 그녀도 내가 돌아온 사실을 몰랐지만 머지않아 바랑 부인의 소식이 들려올 것이라고 생각했다. 내가 달아난 소행에 대해 말하자면 결과적으로 나는 그런 행동이 그리 비난받아 마땅하다고 생각하지 않았다. 나는 르 메트르 씨가 빠져나가는 동안 도움을 주었고 그것이 내가 할 수 있는 유일한 협력이었다. 만일 그와 함께 프랑스에 남아 있었더라도 나는 그의 병을 낫게 해줄 수 없고 그의 상자도 지키지 못했을 것이며 그에게 아무런 도움도 주지 못한 채 그저 그의 지출을 두 배로 늘렸을 것이다. 이것이 당시의 내 생각이었다. 지금은 다르게 생각하고 있지만 말이다. 우리가 비열한 행동 때문에 괴로워하는 것은 그런 행동을 막 저질렀을 때가 아니라 한참 뒤에 그것을 떠올렸을 때이다. 그 기억은 절대 사라지지 않기 때문이다.

엄마의 소식을 알려고 내가 취할 수 있었던 유일한 조치는 무작정 기다리는 것이었다. 실제로 파리의 어디로 가서 그녀를 찾을 것이며, 무슨 돈으로 여행을 할 것인가? 그녀가 어디에 있는지 조만간 알아내는 데는 안시만큼 확실한 장소도 없었다. 그래서 나는 그곳에 머물렀다. 하지만 제대로 처신하지는 못했다. 그때까지 나를 보호해주었고 앞으로도 계속 보호해줄 수 있는 주교를 만나러 가지 않았던 것이다. 그의 곁에 더 이상 나의 후견인이 없으니 나는 우리가 도망간 일에 대해 질책을 당할까 봐 두려웠다. 신학교에는 더더욱 가지 않았다. 그로 씨가 그곳에 없었기 때문이다. 내가 아는 사람은 아무도 보이지 않았다. 지방장관의 부인을 만나러 가고픈 마음이 간절했지만 감히 그러지는 못했다. 이 모든 일보다 더 큰 잘못을 저질렀으니, 바로 방튀르 씨를 다시 찾은 일이다. 나는 그에게 열의를 품고 있었음에도 안시를 떠난 이후 그를 생각조차 하지 않았다. 내가 다시 그를 보았을 때 그는 안시 전역에서 주목받으며 열렬한 환대를 받고 있었다. 부인들은 그를 서로 끌어가려고 난리도 아니었다. 나는 그 성공에 그만 정신을 잃고 말았다. 방튀르 씨 말고는 더 이상 아무 것도 보이지 않았고 그 때문에 바랑 부인은 거의 잊어버렸다. 나는 마음 편히 그에게 교습을 받으려고 그의 숙소에서 함께 지내자는 제안을 했다. 그는 승낙했다. 그는 구두 수선공의 집에 묵고 있었다. 그자는 우스꽝스럽고 익살스러운 사람으로 자기 지방 방언으로 자기 마누라를 항상 '화냥년'이라고 불렀다. 그녀에게 딱 어울리는 이름이었다. 그는 마누라와 자주 말다툼을 벌이곤 했는데, 방튀르는 말리는 것처럼 보였지만 실은 일부러 싸움을 부추겼다. 그는 그들에게 냉정한 말투와 프로방스 지방 억양을 섞어 최대의 효과를 내는 말을 썼다. 그것은 박장대소할 만한 장면이었다. 아침나절은 별일 없이 이렇게 지나갔다. 두세 시가 되어 우리는 식사를 조금 했다. 방튀르는 자신이 드나들던 모임에서 저녁식사를 했다. 나는 혼자 산책을 했고 그의 엄청난 재능을 깊이 생각해보았으며 그의 보기 드문 재주에 대해 감탄하고 부러워했다. 그러면서 나를 그런 행복한 삶으로 불러주지 않은 나의 암울한 운명을 저주했다. 아! 그런 삶을 얼마나 잘 모르고 있었던가! 내가 조금만 덜 어리석고 삶을 조금만 더 즐길 줄 알았다면 나의 삶이 백배는 더 매력적이었을 것이다.

바랑 부인은 아네만 데리고 갔다. 내가 전에 이야기한 침실 담당 하녀인 메르스레는 두고 갔다. 알고 보니 그녀는 여전히 자기 주인집에 살고 있었다. 메르스레 양은 나보다 약간 나이가 많은 아가씨로 그다지 예쁘지는 않지만 상당히 호감이 갔다. 악의 없고 선량한 프리부르 출신의 이 아가씨에게서 이따금 주인의 말을 잘 듣지 않는 것 말고는 다른 단점을 보지 못했다. 나는 상당히 자주 그녀를 만나러 갔다. 그녀는 오래전부터 알고 있던 사람이었고, 나는 그녀를 보면 더 사랑하는 어떤 사람이 떠올라서 그녀를 좋아하게 되었다. 그녀는 여자 친구들이 많았는데, 그중에 제네바 출신의 지로Giraud 양이 있었다. 그녀는 불행하게도 내게 관심이 있었다. 그녀는 나를 자기 집에 데려오라고 줄곧 메르스레를 괴롭혔다.

내가 그곳에 이끌려간 것은 메르스레를 상당히 좋아했고 그곳에는 내가 기꺼이 만나는 다른 아가씨들이 있었기 때문이다. 지로 양은 내게 온갖 교태를 다 부렸지만 그녀에 대한 내 혐오감은 이루 말할 수 없을 정도였다. 그녀가 내 얼굴에 스페인 담배처럼 얼룩덜룩한 거칠고 시커먼 낯짝을 들이대면 나는 거기에 침을 뱉지 않으려고 무던히도 애썼다. 하지만 간신히 참을 수 있었다. 그런 일 말고는 그 아가씨들 모두에게 둘러싸여 있는 상황이 무척 좋았다. 지로 양의 마음에 들려고 그랬는지 아니면 나를 위해서인지 아가씨들 모두가 앞다투어 나를 열렬히 맞아주었다. 나는 이 모든 것이 단지 우정에서 비롯되었다고 생각했다. 나중에 생각해 보니 마음만 먹으면 우정 이상의 것을 넘볼 수도 있었다. 하지만 내 생각이 거기까지는 미치지 못했고 그럴 생각도 없었다.

더구나 양장점의 여직공이나 하녀나 장사하는 여자아이에게는 거의 마음이 끌리지 않았다. 나는 지체 높은 아가씨들을 원했다. 저마다 자신이 선망하는 대상이 있다. 나는 항상 그런 여성들을 선망했으며 그 점에 관해서는 호라티우스와 생각이 같지 않다. 그렇다고 해서 신분과 지위에 따른 허영심 따위에 끌리는 것은 아니다. 내가 끌리는 것은 더 잘 관리한 얼굴빛, 더 아름다운 손, 더 우아한 몸치장, 온몸에 드러난 세련되고 깔끔한 자태, 옷차림과 말투에서 묻어나는 더 뛰어난 세련미, 더 고급스럽고 더 잘 만들어진 드레스, 더 귀여운 구두와 리본과 레이스, 더 잘 가꾼 머리이다. 그것들을 갖춘다면 좀 덜 예쁘더라도 그 여자를 항상 더 좋아할 것이다. 나 자신도 이런 취향이 아주 우스꽝스럽다고 생각한다. 하지만 내 마음은 어쩔 수 없이 그런 것들을 더 좋아한다.

좋다! 유리한 조건이 다시 나타났고, 그 기회를 잡느냐 마느냐는 오직 내게 달렸다. 종종 청춘의 유쾌한 시절을 떠올리면 얼마나 좋은지! 그 시절은 내게 무척 달콤했지만 무척 짧고 드물었다. 그런데도 나는 그 시기를 너무 쉽게 맛보았다! 아! 그 시절을 기억하는 것만으로도 내 마음에는 다시금 순수한 즐거움이 되살아온다. 내가 용기를 되찾고 남은 삶의 근심을 견뎌내기 위해서는 이런 즐거움이 필요하다.

　어느 날 아침 새벽빛이 너무나 아름다운 듯싶어서 해 뜨는 장면을 보려고 황급히 옷을 입고 서둘러 들판으로 나갔다. 나는 이 모든 매력 속에서 그런 즐거움을 맛보았다. 성 요한 축일의 다음 주였다. 절정의 빛을 발하던 대지는 풀과 꽃들로 덮여 있었다. 나이팅게일은 노래가 끝나갈 무렵 더욱 소리를 높여 지저귀는 듯했다. 모든 새들은 봄과 작별하는 합창을 하며 아름다운 여름의 하루가, 지금 내 나이에는 볼 수 없고 지금 살고 있는 이 음산한 땅[75]에서는 결코 보지 못할 그 아름다운 날들 중 하루가 시작되는 것을 노래했다.

　어느새 시내에서 멀리 나와 있었다. 더위가 점점 더 심해지고 나는 계곡 그늘 아래서 시냇물을 따라 산책을 했다. 뒤쪽에서 말발굽 소리와 아가씨들의 목소리가 들렸다. 그녀들은 난처해하는 듯했지만 여전히 유쾌하게 웃고 있었다. 내가 뒤를 돌아보자 누군가가 내 이름을 부른다. 가까이 다가가 보니 아는 아가씨 둘이 보인다. 그라펜리드Graffenried 양과 갈레Galley 양[76]이었는데 두 사람은 말을 그다지 잘 타지 못해서 어떻게 말을 몰아 시냇물을 건널지 알지 못했다. 그라펜리드 양은 무척 사랑스러운 베른 출신의 아가씨로 그 나이에 저지를 법한 어리석은 짓 때문에 고향에서 쫓겨나 바랑 부인과 같은 처지가 되었다. 나는 그녀를 바랑 부인의 집에서 이따금 본 적이 있었다. 그런데 그녀는 바랑 부인과 달리 연금을 받지 못해 갈레 양에게 붙어 있는 것을 참으로 다행스러워했다. 갈레 양은 그녀에게 우정을 느꼈고 어떻게 해서든 그녀가 자리를 잡을 때까지 친구로 지내달라고 부탁했다. 갈레 양은 친구보다 한 살이 적었고 훨씬 더 예뻤다. 그녀는 어딘지 모르게 더 우아하고 세련되었다. 게다가 무척 귀여우면서도 성숙했다. 아가씨로서 가장 아름다운 시기였다. 두 사람 모두 서로를 다정하게 좋아했고 서로의 좋은 성격 덕분에 그 결합은 오래도록 유지될 수밖에 없었다. 어떤 애인이 와서 그 결합을 방해하지만 않는다면 말이다. 그녀들은 갈레 양 어머니 소유의 옛 성이 있는 툰Toune[77]에 가는 길이라고 말했다. 그녀들은 자신들 힘만으로는 말들이 물을 건너게 할 수 없으므로 내게 도와달라고 간청했다. 내가 말들에게 채찍질을 하려 하자 그녀들은 내가 말의 뒷발질에 차일까 봐, 자기들로서는 말이 놀라서 뛸까 봐 걱정했다. 나는 또 다른 수단을 동원했다. 갈레 양의 말고삐를 쥐고 끌면서 물이 무릎까지 차는 시냇물을 건넜다. 다른 말도 별 어려움 없이 따라왔다. 일이 끝나자 나는 아가씨들에게 인사를 하고 얼간이처럼 가버리려고 했다. 그녀들은 낮은 소리로 몇 마디 주고받더니 그라펜리드 양이 내게 말을 건넸다. "안 돼요. 안 된다니까요. 그렇게 우리를 피하면 안 돼요. 당신은 우리를 도와주다가 옷이 다 젖었잖아요. 우리가 양심껏 옷을 말려드려야지요. 부디 우리와 함께 가요. 우리가 당신을 포로로 붙잡은 거예요." 심장이 뛰었다. 갈레 양을 쳐다보았다. "그래요, 그렇다니까요, 전쟁 포로님, 제 친구 뒤 안장에 타세요. 우리가 당신을 잘 돌보아드리지요." 그녀가 나의 놀란 표정을 보고 놀리며 이어서 말했다. "하지만 아가씨, 저는 당신 어머니를 전혀 알지 못합니다. 어머니께서 제가 온 것을 보고 뭐라 하실까요?" "제 친구 어머니는 툰에 있지 않아요. 우리만 있어요. 그리고 우리는 오늘 밤에 돌아오니 당신도 우리와 함께 돌아오면 돼요." 그라펜리드 양이 다시 말했다.

전기의 효과도 그 몇 마디가 내게 발휘한 효과보다 신속하지 못했다. 그라펜리드 양의 말에 올라타면서 기쁨으로 몸이 떨렸다. 떨어지지 않으려고 그녀를 껴안을 수밖에 없게 되자 심장이 어찌나 두근거리는지 그녀가 다 알아차릴 정도였다. 그녀는 내게 말에서 떨어질까 봐 무서워 자기도 심장이 두근거린다고 말했다. 그것은 내 자세로 보아 사실을 확인해보라고 부추기는 것이나 다를 바 없었지만, 나는 감히 그러지 못했다. 여정 내내 나의 두 팔은 실상 그녀를 꽉 조이고 잠시도 움직이지 않는 허리

띠 구실을 한 셈이다. 이 구절을 읽게 될 여성들 가운데 기꺼이 내 뺨을 후려칠 분도 있겠지만 그녀의 잘못이라 할 수는 없을 것이다.

나는 유쾌한 여행과 아가씨들의 수다에 너무나 들뜬 나머지 밤이 될 때까지 우리가 함께 있는 내내 이야기를 그치지 않았다. 그녀들이 나를 무척 편하게 대해주어 내 혀는 내 눈만큼이나 많은 말을 했다. 비록 혀와 눈이 같은 것을 말하지는 않았지만 말이다. 나는 아가씨들 중 한 사람과 단둘이 있게 되면 불과 잠깐 사이에 대화가 다소 막히곤 했지만 자리를 비운 쪽이 곧장 돌아오는 바람에 우리에게는 그런 난처함을 풀 시간조차 주어지지 않았다.

툰에 도착하여 나는 몸을 잘 말렸고 우리는 아침식사를 했다. 곧이어 점심식사를 준비하는 중요한 일에 착수해야 했다. 두 아가씨는 요리를 하면서도 소작인 여자의 아이들에게 종종 입을 맞춰주었다. 요리사의 가엾은 조수는 이를 악물고 참으며 그 모습을 바라보았다. 식재료는 시내에서 미리 보내온 것이 있어서 아주 훌륭한 점심식사를 만들 준비가 되어 있었다. 특히 프리앙디즈[78]도 있었다. 그러나 아쉽게도 포도주는 잊고 있었다. 술을 거의 마시지 않는 아가씨들을 생각하면 포도주를 잊었다고 해서 그리 놀랄 일은 아니다. 하지만 나는 그 때문에 기분이 상했다. 왜냐하면 술의 힘을 빌려 용기를 내려고 어느 정도 생각하고 있었기 때문이다. 그녀들 역시 술이 없어 실망했는데 어쩌면 같은 이유에서였을 것이다. 하지만 내가 그렇게 생각하는 것은 전혀 아니다. 그녀들의 생기 넘치고 매력적인 쾌활함은 순진무구함 그 자체였다. 더구나 내가 그 둘 사이에 있는데 무엇을 기대할 수 있겠는가? 그녀들은 포도주를 구하러 근처 이곳저곳에 사람을 보냈다. 그러나 포도주는 없었다. 이 지역의 많은 농부들은 술을 절제했고 가난하기도 했다. 그녀들이 내게 안타까운 마음을 드러내자 나는 그렇게 심각하게 걱정하지 않아도 되며 나를 취하게 만드는 데 그녀들에게 필요한 것은 포도주가 아니라고 말해주었다. 그 말은 내가 하루 동안 감히 그녀들에게 한 유일한 아첨이었다. 하지만 그 짓궂은 아가씨들이 환심을 사려는 이 말이 진실이었음을 알고도 남았으리라고 생각한다.

우리는 소작인 여자의 주방에서 점심을 먹었다. 두 여자 친구는 긴 식탁 양쪽의 긴 의자에 앉았고 손님인 나는 그녀들 사이에서 등받이가 없는 다리 세 개 달린 의자에 앉았다. 이런 식사가 과연 어디에 있겠는가! 이 얼마나 매력 넘치는 기억인가! 그렇게 적은 비용으로 그토록 순수하고 그토록 진정한 즐거움을 맛볼 수 있는데 어떻게 또 다른 즐거움을 찾으려 하겠는가? 파리의 아무리 유명한 고급 식당에서 즐기는 만찬이라도 이 식사에 비할 바는 못 된다. 단지 유쾌함이라든가 감미로운 즐거움만을 두고 하는 말이 아니라 감각적인 기쁨을 두고도 하는 말이다.

점심을 먹고 나서는 먹을 것을 아껴두었다. 아침식사 때 남은 커피를 마시지 않고 남겨두었다가 그녀들이 가져온 크림을 곁들인 과자와 함께 간식으로 먹을 참이었다. 우리는 식욕을 돋우려고 과수원에 가서 버찌로 후식을 들었다. 나는 나무 위에 올라가 그녀들에게 버찌 다발을 던져주었고 그녀들은 그 씨를 나뭇가지 사이로 다시 던졌다. 한번은 갈레 양이 앞치마를 내밀고 고개를 젖힌 채 제대로 서 있었다. 나는 아주 정확하게 겨냥하여 그녀의 가슴 속으로 한 송이를 떨어뜨렸다. 웃음이 나왔다. 나는 속으로 생각했다. '내 입술이 버찌였다면! 내 입술을 기꺼이 그녀들에게 던져줄 텐데.'

가장 자유로우면서도 항상 더없이 조심스럽게 농담을 주고받으며 이렇게 하루가 지나갔다. 수상쩍은 말이나 경솔한 농담이라고는 한마디도 없었다. 그런 예의는 우리 스스로 강요한 것이 전혀 아니고 저절로 그렇게 된 것이다. 우리는 자기 마음이 시키는 대로 행동한 것이다. 요컨대 다른 사람들은 내가 어리석은 짓을 했다고 말하겠지만 나는 어찌나 얌전했던지 나도 모르게 나온 가장 친근한 행동이라고 해봐야 딱 한 번 갈레 양의 손에 입을 맞춘 것이 전부였다. 상황 때문에 그 가벼운 호의가 가치 있었던 것은 사실이다. 우리는 단둘이 있었는데 나는 숨쉬기가 어려웠고 그녀도 눈을 아래로 깔고 있었다. 내 입은 무언가 말을 찾는 대신 그녀의 손에 입을 맞출 생각을 했다. 그녀는 입맞춤을 받고 나를 쳐다보면서 슬며시 손을 끌어당겼다. 화를 내는 기색은 전혀 아니었다. 그때 내가 그녀에게 무슨 말을 할 수 있었을지 지금도 모르겠다. 그녀의 친구가 들어왔고 그 순간 그녀가 그렇게 미워 보일 수가 없었다. 마침내 그녀들은 시내로 돌아가려면 밤까지 있어서는 안 된다는 생각을 했다. 낮 동안에 도착하려면 남은 시간이 별로 없었다. 우리는 왔을 때와 마찬가지로 말을 나누어 타고 서둘러서 떠났다. 내가 용기를 낼 수 있었다면 다른 순서로 말을 바꾸어 탔을 것이다. 갈레 양의 눈길에 내 마음이 몹시 흔들렸기 때문이다. 하지만 나는 감히 아무 말도 못했다. 그렇다고 그녀 쪽에서 그것을 제안할 수도 없었다. 우리는 걸으면서 하루가 끝나는 것은 나쁜 일이라고 말했다. 하지만 우리는 하루가 짧다고 한탄하기는커녕 온갖 재미있는 일들로 하루를 길게 만들 비법을 가지고 있다고 생각했다. 하루를 충만하게 만들 수 있었던 놀이들로 말이다.

나는 그녀들이 나를 붙든 거의 같은 장소에서 그녀들과 헤어졌다. 우리는 얼마나 아쉬워하며 헤어졌던가! 또 얼마나 기쁘게 다시 만날 것을 약속했던가! 우리가 함께 보낸 열두 시간은 수세기 동안 맺은 친교와 다를 바 없었다. 그날의 즐거웠던 기억은 그 사랑스러운 아가씨들에게 아무런 어려움도 주지 않았다. 우리 세 사람 사이를 지배하던 다정한 결합은 더욱 강렬한 쾌락과 다르지 않았으며 그러한 쾌락과는 함께 존속할 수 없었다. 우리는 비밀 없이 부끄럼 없이 서로 사랑했다. 우리는 항상 그렇게 사랑하고 싶었다. 순수한 품행에는 또 다른 쾌락에 비길 만한 고유의 쾌락이 있다. 왜냐하면 그것은 조금의 중단도 없이 지속적으로 영향을 미치기 때문이다. 나로서는 그토록 아름다운 날의 기억이 내가 살아오면서 맛보았던 어떤 즐거움에 관한 기억보다도 감동적이고 더 매혹적이며 더 마음에 되살아난다는 사실을 알고 있다. 내가 그 매력적인 두 아가씨에게 무엇을 원했는지 사실은 잘 모른다. 하지만 그녀들은 둘 다 몹시 내 마음을 끌었다. 그렇다고 내 뜻대로 조정할 수만 있다면 내 마음이 둘로 나뉘었으리라고 말하려는 것은 아니다. 나는 어느 한쪽으로 마음이 가는 것을 느꼈다. 그라펜리드 양을 애인으로 둔다면 행복해졌을 것이다. 하지만 의향대로라면 그녀를 속마음을 털어놓을 수 있는 상대로 여기는 편이 더 좋았을 것이다. 어쨌든 그녀들과 헤어지면서 둘 중 어느 한 사람이라도 없으면 더 이상 살 수 없을 듯싶었다. 내가 살아가는 동안 그녀들을 다시 만나지 못하여 우리의 덧없는 사랑이 여기서 끝날 것이라고 어느 누가 말했던가?

이 글을 읽는 사람들은 틀림없이 나의 연애 사건을 비웃을 것이다. 서론을 길게 늘어놓은 연후에 기껏해야 진도가 손에 입을 맞춘 것으로 끝난다는 것을 알아차리고서 말이다. 오, 독자들이여! 오해하지 말기 바란다. 어쩌면 나는 여러분이 적어도 손에 입맞춤하는 것으로 시작하는 연애에서 얻게 될 즐거움 그 이상으로 손에 입을 맞추는 것으로 끝난 내 연애에서 더 많은 즐거움을 얻었을지도 모른다.

전날 상당히 늦게 잠이 들었던 방튀르는 내가 들어온 지 얼마 안 되어 들어왔다. 이번만큼은 그를 보고도 평소처럼 즐겁지가 않았다. 나는 그에게 내가 하루를 어떻게 지냈는지 말하지 않으려고 조심했다. 그 아가씨들은 나에게 그에 대해 별로 호의적으로 말하지 않았고, 내가 상당히 변변치 않은 사람의 손에 맡겨져 있다는 사실을 알고서 불만스러워하는 눈치였다. 그래서 나도 그에 대해 좋지 않게 생각했다. 더구나 내 주의를 그녀들에게서 딴 데로 돌리게 만드는 모든 것이 언짢을 수밖에 없었다. 그럼에도 그는 내 처지에 대해 말하면서 내 주의를 곧장 자신과 내게로 돌려놓았다. 내 처지는 너무나 위태로워서 그대로 지속되기가 어려웠다. 거의 돈을 쓰지 않았음에도 불구하고 보잘것없는 내 저금은 고갈되고야 말았다. 속수무책이었다. 엄마에게서는 전혀 소식이 없었다. 나는 어찌할 바를 몰랐다. 갈레 양의 친구인 내가 구걸하는 처지가 된다고 생각하니 고통스러울 정도로 비통한 심정이 되었다.

방튀르는 지방 재판장에게 내 이야기를 해두었다면서 내일 나를 식사 자리에 데려가고 싶다고 말했다. 그는 자기 친구들을 통해 나를 도와줄 수 있고 더군다나 알아두면 좋은 사람이며 재치가 있는데다 문학에 조예가 있고 상당히 유쾌한 사교성을 지녔으면서 재능이 있고 또 그것을 사랑하는 사람이라고도 말했다. 그러더니 그는 평소 습관대로 가장 진지한 것들을 가장 하찮은 것과 뒤섞으며 나에게 멋진 노래의 1절 가사를 보여주었다. 그 노래는 파리에서 온 것으로 당시에 공연되던 무레Mouret의 오페라 곡 중 하나였다. 시몽Simon(지방 재판장의 이름이다) 씨는 이 노래가 상당히 마음에 들었는지 같은 곡조에 대한 회답으로 또 다른 노래 가사를 만들고 싶어 했다. 그는 방튀르에게도 노래를 하나 만들어보라고 한 적이 있었다. 방튀르는 내게 세 번째 곡을 만들게 할 엉뚱한 생각을 했다. 그는 《우스꽝스러운 이야기Roman comique》에 등장하는 '들것'[79]처럼 다음 날 노래들이 등장하는 것을 보여주기 위해서라고 말했다.

나는 밤에 잠을 이룰 수 없어서 내 몫의 노래를 만들었다. 처음으로 쓴 시구치고는 꽤 괜찮았으며 뛰어나다고까지 할 만했다. 적어도 그 전날이었다면 그처럼 세련되게 만들지는 못했을 것이다. 주제는 상당히 다정다감한 상황에서 전개되었고 내 마음은 이미 전적으로 그 상황을 생각하고 있었다. 나는 아침에 만든 노래를 방튀르에게 보여주었고, 그는 그 곡이 멋지다고 치켜세우더니 자기 것을 만들었는지는 말하지 않은 채 그것을 호주머니에 넣었다. 우리는 시몽 씨 집에 점심식사를 하러 갔다. 그는 우리를 환대해주었다. 대화는 즐거웠다. 재치가 있고 독서를 활용한 두 사람 사이에서 대화가 즐겁지 않을 수는 없었다. 나는 내 주제를 알고 이야기를 들으며 잠자코 있었다. 그들은 둘 다 노래 이야기는 하지 않았다. 나도 그에 대해서는 전혀 이야기하지 않았다. 내가 아는 한 내가 만든 노래는 결코 화제에 오르지 않았다.

시몽 씨는 나의 몸가짐에 만족한 듯싶었다. 이 면담에서 그가 나에 대해 안 것은 이것이 거의 전부였다. 그는 바랑 부인의 집에서 나를 이미 여러 차례 보았지만 나에게 큰 관심을 두지 않았었다. 따라서 내가 그를 알았다고 할 수 있는 것은 그 점심식사 때부터였다. 그를 알게 된 것이 그를 사귀려고 했던 목적에 비추어보면 아무런 도움도 못 되었지만 나중에 다른 도움을 받게 되어 그를 기억하면 즐거운 생각이 든다.

내가 그의 용모에 대해 말하지 않는다면 잘못일 것이다. 사법관이라는 그의 지위나 그가 자부하는 재기를 고려할 때, 내가 그의 용모에 대해 아무 말도 하지 않는다면 짐작조차 하지 못할 것이다. 지방 재판장 시몽 씨의 신장은 확실히 1미터가 못 되었다. 그는 곧고 가늘며 상당 긴 다리를 가지고 있어서 수직으로 서 있었다면 크게 보일 수도 있으련만 다리가 쩍 벌어진 컴퍼스처럼 비스듬히 놓여 있었다. 몸통은 짧은데다 가느다랗고 상하좌우로 상상할 수 없을 만큼 빈약했다. 벌거벗고 있다면 틀림없이 메뚜기처럼 보일 듯싶었다. 머리는 보통 크기로 잘생긴 얼굴과 위엄 있는 태도와 상당히 아름다운 눈을 지니고 있어서 흡사 몸통에 머리를 어색하게 얹어놓은 것 같았다. 그는 몸치장에 많은 노력을 들이지 않아도 되었다. 그의 커다란 가발만으로도 머리에서 발끝까지 완전히 뒤덮을 수 있었으니 말이다.

그는 전혀 다른 두 가지 목소리를 지녔는데 대화 중에 줄곧 대조를 이루며 뒤섞여 나왔다. 처음에는 무척 기분이 좋았다가도 곧 대단히 불쾌해지는 대조로써 나타났다. 한 목소리는 무게 있고 잘 울려서 내가 감히 이렇게 말해도 된다면 머리에서 나오는 소리였다. 또 한 목소리는 낭랑하고 날카로운 몸에서 나오는 고음이었다. 그는 진중하게 말할 때나 아주 침착하게 말할 때, 호흡을 고를 때면 항상 굵은 목소리로 말했다. 하지만 약간이라도 격양되거나 더 흥분한 억양이라도 나타나면 그 억양은 관악기 키의 날카로운 소리처럼 바뀌어 원래의 저음을 되찾기란 거의 불가능했다.

시몽 씨는 내가 좀 전에 조금도 과장됨 없이 묘사한 외양을 하고 있었지만 여자들에게 친절하고 그녀들이 좋아할 만한 말을 무척 잘 속삭였으며 옷 입는 정성이 겉멋을 부리는 정도였다. 그는 자신한테 유리하도록 궁리하느라 아침에 면담하러 오는 사람들을 대개 침대에서 맞았다. 베개를 베고 있는 그의 잘생긴 얼굴을 보면 누구도 그 모습이 전부일 거라고 생각하지 않을 것이기 때문이다. 그 때문에 종종 볼썽사나운 장면들이 연출되곤 했는데, 나는 그 일을 안시 전역에서 아직도 기억하리라고 믿는다. 어느 날 아침 그가 침대 속에서, 더 정확히 말하면 침대 위에서 소송인들을 기다리고 있었다. 두 개의 커다란 장밋빛 리본으로 장식된 아주 세련되고 아름다운 하얀 수면 모자를 쓰고서 말이다. 농부 한 사람이 와서 문을 두드린다. 하녀는 나가고 없다. 지방 재판장은 문을 계속 두드리는 것을 듣고 소리쳤다. "들어오시오." 다소 강하게 말하는 바람에 이 말은 날카로운 목소리를 타고 나왔다. 남자가 들어온다. 그는 어디서 그런 여자 목소리가 들리는지 찾다가 침대에서 여성용 모자와 리본 장식을 보고는 부인에게 정중하게 사과하고 나오려 한다. 시몽 씨가 화를 내자 더 새된 소리가 나올 뿐이다. 자기 생각이 틀림없다고 확신한 농부는 모욕당했다 생각하고 그에게 욕설을 퍼붓는다. 그러면서 그에게 이렇게 말한다. "너는 몸을 파는 여자가 확실해. 재판장이란 작자가 집에서는 별로 모범적이지 않군." 화가 난 재판장은 손에 잡히는 것이라고는 요강밖에 없어서 그것을 그 불쌍한 남자의 머리에 던지려는 찰나 가정부가 들어온다.

이 볼품없는 난쟁이는 육체적으로는 자연의 혜택을 받지 못했지만 정신적으로는 그에 대한 보상을 톡톡히 받았다. 그는 천성적으로 호감이 가는 기질을 타고났고 그것을 더 매력적으로 만들려고 애썼다. 그를 두고 상당히 훌륭한 법률가라고 평했지만 실상 그는 자기 직업을 좋아하지 않았다. 그는 겉멋을 부리는 문학에 뛰어들어 성공을 거두었다. 거기서 그는 특히 교제에서, 심지어 부인들과의 교제에서 즐거움을 자아내는 화려한 겉모습과 미사여구를 취했다. 그는 격언집에 있는 짤막한 경구들과 그와 유사한 표현들을 모두 외워두고 있었다. 그리고 60년 전에 일어났던 일을 마치 전날 일어난 일화처럼 흥미진진하고 신비롭게 이야기함으로써 그것들을 돋보이게 하는 능력이 있었다. 그는 음악을 알았고 자신의 남자 목소리로 즐겁게 노래도 불렀다. 말하자면 그는 법관을 하기에는 멋진 재주가 너무 많았다. 그는 안시 지역 부인들의 비위를 잘 맞추어 그녀들 사이에서 인기가 있었다. 그녀들은 그를 새끼 거미원숭이처럼 뒤에 데리고 다녔다. 그는 심지어 여복이 따르기를 바라기도 했는데 그 때문에 부인들은 무척 즐거워했다. 데파니d'Epagny 부인 같은 여자는 여자 무릎에 입을 맞추는 것이 그에게는 최고의 애정 표시라고 말하곤 했다.

그는 좋은 책들을 알았고 책 이야기를 즐겨 했으므로 그와의 대화는 즐거웠을 뿐 아니라 배울 것이 많았다. 그 후에 내가 공부에 취미를 들였을 때 나는 그와 가깝게 지냈고 그의 덕을 많이 보았다. 나는 당시 머물고 있던 샹베리에서 이따금 그를 만나러 갔다. 그는 칭찬도 하고 경쟁심을 불러일으키기도 하며 내 독서에 대해 좋은 의견을 주곤 했는데, 나는 그의 의견에서 종종 많은 것을 얻었다. 불행하게도 그렇게 가냘픈 몸속에 그토록 민감한 영혼이 머물고 있었다. 몇 년 뒤 무슨 일인지는 잘 모르겠으나 좋지 않은 일이 일어났고 그는 괴로워하다가 끝내 죽고 말았다. 안타까운 일이었다. 그는 분명 선량한 난쟁이로 처음에는 비웃음을 샀지만 결국에는 사랑을 받았다. 그의 삶은 나의 삶과 별로 관련이 없지만 그에게서 유용한 가르침을 받았기 때문에 나는 감사하는 마음으로 그에게 대수롭지 않은 이 추억이나마 바칠 수 있다고 믿는다.

나는 시간이 나자마자 갈레 양이 사는 거리로 달려갔다. 누군가가 드나들거나 적어도 창문이 열리는 것을 볼 수 있으리라 은근히 기대하면서 말이다. 아무 일도 일어나지 않았다. 고양이 한 마리 얼씬대지 않았고 내가 그곳에 있는 동안 그 집은 아무도 살지 않는 것처럼 내내 문이 닫혀 있었다. 그 거리는 워낙 좁고 적막해서 사람이 있으면 당장 눈에 띄었다. 이따금 가까운 곳에서 누군가가 지나갔고 들어오거나 나가곤 했다. 나는 내 모습에 상당히 신경이 쓰였다. 내가 왜 그곳에 있는지 다들 알 것만 같았고 그런 생각을 하니 몹시 괴로웠다. 나는 항상 내 즐거움보다는 내게 소중한 여인들의 명예와 평안이 더 중요했기 때문이다.

마침내 스페인 연인 행세를 하기에도 지치고 기타도 갖고 있지 않았던 까닭에 그라펜리드 양에게 편지를 쓰기로 마음을 먹었다. 원래는 그녀의 친구 갈레 양에게 편지를 쓰고 싶었다. 하지만 감히 그렇게 하지 못했다. 내가 그녀의 친구를 알게 된 것도 그녀 덕택이고 그녀와 더 가까우니 그렇게 시작하는 것이 경우에 맞았다. 편지 쓰기를 마친 나는 편지를 지로 양에게 가지고 갔다. 그 아가씨들과 헤어지면서 약속한 대로 말이다. 바로 그녀들이 내게 편지를 전할 수단을 일러주었다. 지로 양은 가구 수선을 하는 여자로 이따금 갈레 부인 집에서도 일을 하느라 그녀의 집에 드나들었다. 그렇지만 내가 심부름꾼을 그리 잘 선택한 듯싶지는 않았다. 그럼에도 그녀와 사이가 안 좋아지면 또 다른 심부름꾼을 구하지 못할까 봐 걱정이 되었다. 더구나 그녀는 자기 꿍꿍이가 있어서 심부름을 해주려 한다는 말을 감히 꺼낼 수 없었다. 나는 그녀가 나를 두고서 자신도 그 아가씨들과 같은 여자라고 감히 생각한다는 사실에 굴욕을 느꼈다. 어쨌든 그런 중계자라도 전혀 없는 것보다는 나으므로 온갖 위험을 무릅쓰고 그녀에게 매달렸다.

지로는 첫마디에 내 뜻을 짐작했다. 그것은 그리 어려운 일이 아니었다. 아가씨들에게 전하는 편지만으로도 두말할 필요가 없지만 나의 어리석고 당황한 기색에 내 마음이 고스란히 드러났던 것이다. 그런 심부름이 그녀에게 그다지 달갑지 않은 일이란 것은 충분히 짐작하고도 남는다. 그렇지만 그녀는 그 일을 맡았고 충실하게 수행해주었다. 다음 날 아침에 나는 그녀의 집으로 달려갔다. 답장이 있었다. 마음 편히 답장을 읽고 편지에 입을 맞추려고 얼마나 허겁지겁 뛰어 나왔던지! 무슨 말이 필요하겠는가. 하지만 지로 양이 내린 결심에 대해서는 꼭 언급할 필요가 있다. 그 결심에는 내가 기대한 것 이상의 신중함과 절도가 있었다. 서른일곱이란 나이에 토끼 눈을 하고 못생긴 코와 날카로운 목소리에 피부가 검은 그녀는 매력 넘치고 미모가 한창때인 그 두 아가씨와는 견줄 바가 못 된다는 것쯤은 알 정도의 양식이 있었으므로 그녀들을 배신하려고도 도와주려고도 하지 않았다. 그녀로서는 그 아가씨들을 위해 나를 배려하기보다는 차라리 나를 잃는 편이 나았다.

주인에게서 전혀 소식이 없자 메르스레는 이미 얼마 전부터 프리부르로 돌아갈 생각을 하고 있었다. 지로는 그녀에게 그렇게 하도록 단단히 결심시켰다. 더 나아가 누군가가 그녀를 아버지의 집까지 데려다주는 것이 좋겠다고 말하고 나를 추천했다. 귀여운 메르스레도 내가 마음에 들지 않은 것은 아니어서 그런 구상이 이루어지면 아주 좋겠다고 생각했다. 그녀들은 바로 그날부터 이미 끝난 일처럼 내게 그 이야기를 했다. 나는 내 일을 제멋대로 결정하려는 그 방식이 그다지 싫지 않고 이 여행이 기껏해야 일주일이면 충분하리라 생각했으므로 제안에 동의했다. 나와 생각이 달랐던 지로는 만반의 준비를 했다. 나는 내 주머니 사정을 고백해야만 했다. 모두들 그 문제를 고려하고 있었다. 메르스레가 내게 들어가는 비용을 떠맡기로 했다. 우리는 한쪽에 들어가는 비용을 다른 쪽에서 절약하려고 나의 부탁대로 그녀의 작은 짐을 먼저 보내고 서로 느긋하게 걸어가기로 결정했다. 일은 그렇게 진행되었다.

그토록 많은 아가씨들이 나를 좋아하다니 유감스럽다. 하지만 그 모든 사랑들에서 얻은 이익을 두고 그리 자만할 것이 없으므로 나는 거리낌없이 진실을 말할 수 있다고 생각한다. 지로보다 더 젊고 덜 영악한 메르스레는 결코 내게 그녀만큼 열렬한 교태를 부리지는 않았다. 하지만 그녀는 내 말투와 억양을 흉내 냈고 내 말을 되풀이해서 말했으며 내가 그녀에게 써주어야 할 마음을 나에게 써주었다. 또한 그녀는 무척 겁이 많았으므로 우리가 한 방에서 자는 일에 크게 신경을 썼다. 스무 살 청년과 스물다섯 살 아가씨가 여행을 하면서 한 방을 쓰는 일이 그것으로만 끝나는 경우는 드문 법이다.

그렇지만 이번 경우에는 그것으로 끝났다. 나는 순진해 빠져서 메르스레에게 호감이 없지는 않았지만 여행 내내 음흉한 마음을 품은 적이 없으며 아예 그런 생각이 들지 않은 것은 물론이고 그와 관련된 사소한 생각조차 하지 않았다. 설사 그런 생각이 떠올랐어도 너무나 어리석은 나머지 그것을 이용할 줄도 몰랐다. 처녀 총각이 어떻게 함께 잘 수 있는지 상상조차 할 수 없었다. 그런 끔찍한 준비를 하려면 수백 년은 필요할 것 같았다. 만일 그 가엾은 메르스레가 내게 드는 비용을 지불하면서 그에 상응하는 어떤 것을 기대했다면 그녀가 착각한 것이다. 우리는 안시를 출발했을 때와 똑같은 상태로 프리부르에 도착했다.

제네바를 지나며 나는 아무도 만나고 싶지 않았지만 막상 다리 위에 서자 기분이 영 나빠지기 시작했다. 이 행복한 도시의 벽을 보고 그곳으로 들어서면 늘 연민이 넘쳐 항상 심장이 멎는 것 같았다. 고결한 자유의 이미지가 나의 영혼을 고양시키고 동시에 평등, 협력, 온화한 풍속이 눈물 날 만큼 나를 감동시켰으며 일체의 행복을 잃어버렸다는 통렬한 후회를 나에게 불러일으켰다. 내가 얼마나 잘못 생각하고 있었던가! 하지만 그 잘못된 생각은 얼마나 당연한 것이던가! 나는 이 모든 것들을 마음속에 간직하고 있었으므로 내 조국에서 보았다고 믿었다.

니옹을 지나가야만 했다. 내 좋은 아버지를 만나지 않은 채 과연 지나갈 수 있었을까! 만약 내게 그런 매정함이 있었다면 나는 그 일 때문에 죽을 만큼 후회했을 것이다. 나는 메르스레를 숙소에 남겨둔 채 온갖 위험을 무릅쓰고 아버지를 만나러 갔다. 아, 내가 아버지를 겁낸 것은 잘못이었다! 아버지의 영혼은 나를 만나자 온통 충만해 있던 부성애에 눈을 떴다. 우리는 서로를 얼싸안고 얼마나 많은 눈물을 흘렸던가! 아버지는 처음에 내가 당신에게 돌아온 것으로 생각했다. 나는 그에게 내가 지내온 이야기와 내 결심을 말씀드렸다. 그는 그 결심을 강하게 만류하지는 않았다. 다만 내가 처해 있는 위험들을 알려주고 어리석은 짓은 되도록 빨리 그만두는 것이 상책이라고 말했다. 그러나 아버지는 나를 억지로 붙들어놓으려는 생각까지는 하지 않았다. 그 점에서는 아버지가 옳았다고 생각한다. 하지만 그가 나를 다시 데려오려고 최선을 다하지 않은 것은 분명하다. 이미 발걸음을 내딛은 후이니 내가 돌아오지 않을 것이라고 당신이 판단해서인지, 내 나이에 이른 사람을 어떻게 다룰지 몰라 난처해져서인지 모르겠지만 말이다. 나중에서야 나는 아버지가 나의 동행이던 메르스레에 대해 사실과 동떨어진 부당한 오해를 아주 당연하게 했다는 것을 알았다. 새어머니는 착한 여자로 짐짓 상냥했으며 나를 붙들어 저녁식사를 대접하고 싶어 하는 체했다. 나는 잠시도 머물지 않았다. 하지만 두 사람에게 돌아올 때는 더 오랫동안 함께 있을 작정이라고 말했다. 나는 두 사람에게 작은 짐을 맡겨두었다. 그 짐은 내가 선편으로 보냈던 것인데 거추장스러웠다. 이튿날 나는 이른 아침에 떠났다. 나는 아버지를 만났고 용기를 내어 내 의무를 다한 것이 여간 만족스럽지 않았다.

우리는 무사히 프리부르에 도착했다. 여행을 마칠 즈음에는 메르스레 양의 호의도 예전만 못했다. 우리가 도착하고 나서 그녀는 나를 냉담하게만 대했고 생활이 넉넉하지 않았던 그녀의 아버지도 나를 그다지 환영하는 기색은 아니었다. 나는 선술집에 가서 묵었다. 메르스레 부녀를 다음 날 만나러 갔다. 그들은 나에게 점심식사를 대접했고 나는 식사를 하기로 했다. 우리는 헤어지면서 눈물을 흘리지 않았다. 저녁에는 싸구려 식당으로 돌아왔고 도착한 다음 날 어디로 가야 할지 모른 채 다시 길을 나섰다.

그런데 이것은 신이 내가 행복한 나날을 보내기 위해 필요했던 바로 그것을 마련해준 내 삶에서의 또 한 번의 기회였다. 메르스레는 별로 영리하지도 아름답지도 않았지만 그렇다고 결코 못생기지도 않은 아주 착한 아가씨였다. 그녀는 조금 신경질을 내는 것 말고는 그리 예민하지 않았고 제법 분별이 있었다. 신경질을 부릴 때도 울기는 했지만 결코 계속해서 소란을 피우지는 않았다. 그녀는 정말 나를 좋아했다. 나는 어려움 없이 그녀와 결혼해서 그 부친의 직업을 이어갈 수도 있었을 것이다. 나는 음악에 대한 취미가 있었으므로 그 직업을 좋아하게 되었을 것이다. 그다지 아름답지 않은 소도시이지만 나는 대단히 선량한 사람들이 사는 프리부르에 자리 잡았을 것이다. 어쩌면 큰 즐거움은 잃어버렸을지 모르지만 죽는 날까지 평화롭게 살았을 것이다. 그러므로 그 거래에서 저울질할 필요가 없었다는 사실을 어느 누구보다도 내가 잘 알 것이다.

나는 니옹으로 다시 가지 않고 로잔으로 갔다. 그곳에서 가장 넓게 전망할 수 있는 그 아름다운 호수를 실컷 즐기고 싶었다. 결정을 짓는 데 있어 내 숨겨진 동기의 대부분은 그리 확고하지 않았다. 내가 행동할 때 장기적인 안목이 충분히 힘을 발휘한 적은 드물었다. 나는 불확실한 미래 때문에 오랜 실천이 따르는 계획을 항상 기만적인 속임수로 간주했다. 희망을 품는 데 아무런 대가도 치르지 않는다면 나도 타인들처럼 희망에 빠져든다. 하지만 오랫동안 수고를 해야만 한다면 나는 그렇게 하고 싶지 않다. 내게 주어진 아무리 보잘것없는 즐거움이라도 낙원의 관능보다 더 나를 유혹한다. 그렇지만 고통이 따르는 즐거움은 사양한다. 그런 즐거움은 나를 유혹하지 못한다. 나는 오직 순수한 기쁨만을 좋아하기 때문이고, 사람들은 후회를 자초한다는 것을 알게 되면 결코 순수한 기쁨을 누리지 못하기 때문이다.

　나는 어디가 되었든 한시라도 빨리 도착할 수 있는 곳이 몹시 필요했다. 그곳이 가까울수록 더 좋았다. 왜냐하면 도중에 길을 잃는 바람에 밤이 되어서야 무동Moudon에 도착했고, 나는 그곳에서 얼마 남지 않은 돈마저 다 써버렸기 때문이다. 나머지 10크로이처는 다음 날 여행 중에 밥값으로 나갔다. 저녁이 되어 로잔 근방의 작은 마을에 도착했다. 선술집에 들어갔고 숙박비를 치를 돈이 한 푼도 없었지만 어떻게 될지 생각하지 않았다. 나는 몹시 허기졌고 지불할 돈이 충분히 있는 것처럼 태연스럽게 저녁식사를 주문했다. 그리고 아무것도 생각하지 않은 채 잠자리에 들었다. 나는 평온하게 잠을 잤다. 아침에 식사를 하고 주인에게 계산을 부탁한 다음 내가 쓴 7바츠의 숙박비 대신 웃옷을 그에게 맡기려 했다. 그 선량한 사람은 옷을 받지 않았다. 다행스럽게도 그는 내게 자신은 결코 누구의 옷도 벗긴 일이 없으며 7바츠 때문에 그런 일을 시작하고 싶지는 않다고 말했다. 또한 그는 내게 다시 옷을 입고 돈은 낼 수 있을 때 내라고 말했다. 나는 그의 호의에 감동을 받았다. 하지만 그때는 응당 받았어야 할 감동을 제대로 받지 못했다. 나중에 그 일을 떠올렸을 때 오히려 더 감동을 받았다. 나는 믿을 만한 사람을 통해 곧바로 그에게 돈과 감사의 말을 전했다. 15년 뒤 이탈리아에서 돌아오는 길에 로잔을 다시 지나게 되었을 때 그 선술집과 주인의 이름을 잊어버려서 나는 못내 아쉬웠다. 그를 다시 보고 싶었던 것이다. 나는 그에게 기꺼이 그의 선행을 상기시키고 그 선행이 헛되지 않았다는 뜻을 전했을 것이다. 어쩌면 이보다 더 긴요한 도움이라 하더라도 그것이 보여주기 위한 도움이라면 내게는 이 교양 있는 사람의 소박하고 드러나지 않는 인정만큼 감사할 만한 가치가 있는 듯싶지는 않다.

　로잔이 가까워오자 나는 새어머니에게 내 궁핍함과 비참함을 보이러 가지 않고 난관에서 벗어날 방도를 곰곰이 생각해보았다. 또한 도보순례를 하는 나 자신과 안시에 왔을 때의 방튀르를 비교해보았다. 그런 생각을 하니 나는 몹시 화가 나서 내게는 그가 지닌 다정다감함도, 재능도 없다는 사실은 생각지도 않은 채 로잔에서 작은 방튀르인 척하며 알지도 못하는 음악을 가르치고, 가본 적도 없으면서 파리 출신인 양 행세를 하기로 결심했다. 그곳에는 내가 임시직 교회악사로 일할 수 있는 성가대원 양성소도 없을뿐더러 음악 하는 사람들과 섞이지 않도록 조심해야 했기 때문에, 이 같은 훌륭한 계획에 따라 저렴한 가격에 잘 지낼 수 있는 작은 숙소를 알아보는 일부터 시작했다. 누군가에게 페로테Perrotet라는 사람을 소개받았는데 그가 하숙집을 운영한다고 전해 들었다. 페로테는 더없이 좋은 사람으로 나를 무척 환대해주었다. 나는 그에게 미리 준비해놓은 사소한 거짓말을 했다. 그는 주변에 내 이야기를 하여 학생들을 구해주도록 애써보겠다고 약속을 했다. 그리고 내게 벌이가 생기면 그때 하숙비를 청구하겠다고 말했다. 그가 요구하는 하숙비는 은화 5에퀴였는데, 그 돈은 그 자체로는 별것 아니지만 당시 나에게는 상당한 액수였다. 그는 나에게 우선은 한 끼만 먹는 하숙을 해보라고 권했다. 반(半)하숙을 하면 점심으로 맛있는 수프 말고는 아무것도 나오지 않지만 저녁은 아주 잘 먹을 수 있다고 일러주었다. 나는 그의 제안에 동의했다. 이 가엾은 페로테는 더없이 친절하게 나에게 이런 온갖 제안을 했고 내게 도움이 된다면 어떤 일도 서슴지 않았다. 젊어서는 착한 사람들이 그렇게 많이 있었는데, 나이가 드니 왜 그런 사람들이 별로 보이지 않는가? 그런 종류의 사람들이 다 없어졌단 말인가? 아니다. 다만 지금 내가 그런 사람들을 찾아야 하는 계급이 당시에 내가 그런 사람들을 발견한 계급과 더 이상 같지 않을 뿐이다. 민중에게서는 위대한 정열이 이따금 나타날 뿐이지만 자연스러운 감정은 더욱 자주 느껴진다. 상류계급에서는 자연스러운 감정이 완전히 억압되어 있고 감정의 가면 속에서 나타나는 것은 오로지 이기심 아니면 허영심밖에 없다.

로잔에서 아버지에게 편지를 썼다. 아버지는 내 짐을 보내왔고 나에게 아주 좋은 말씀을 해주었는데, 나는 그 말씀을 잘 들었어야 했다. 나는 나 자신도 받아들일 수 없는 망상의 순간에 빠질 때가 있다고 이미 언급한 바 있다. 바로 지금도 그런 가장 분명한 순간들 중 하나이다. 당시 내가 어느 정도로 정신이 나갔는지, 말하자면 어느 정도로 방튀르가 되었는지 이해하려면 내가 한꺼번에 얼마나 많이 말도 안 되는 행동들을 되풀이했는지 알면 된다. 나는 악보를 읽을 줄도 모르면서 음악 선생 노릇을 했다. 내가 르 메트르와 보낸 여섯 달이 도움이 되었겠지만 결코 그것으로 충분할 수는 없었다. 그것 말고도 어떤 선생에게 배운 일이 있는데 그것도 완전히 잘못 배웠다. 제네바 출신의 파리 사람이자 개신교 국가의 가톨릭교도 행세를 했던 나는 종교나 조국과 마찬가지로 이름도 바꾸어야만 한다고 생각했다. 나는 항상 가능한 한 나의 위대한 모델과 비슷해지려고 했다. 그의 이름은 방튀르 드 빌뇌브였다. 나는 '루소Rousseau'라는 이름에서 철자를 바꾸어 '보소르Vaussore'라는 이름을 만들었고, 내 이름은 보소르 드 빌뇌브가 되었다. 방튀르는 작곡을 할 줄 알았다. 비록 그가 그런 말은 전혀 하지 않았지만 말이다. 나는 작곡할 줄도 모르는 주제에 모든 사람에게 그것을 할 수 있다고 자랑했다. 또한 가장 하찮은 속요(俗謠)도 악보에 적을 수 없으면서 작곡가 행세를 했다. 그뿐만이 아니었다. 나는 법학 교수인 트레토랑Treytorens 씨에게 소개가 되었는데 그는 음악을 좋아했고 자기 집에서 음악회를 열기도 해서, 그에게 내 재능의 일면을 보여주고 싶었다. 그래서 나는 작곡을 어떻게 하는지 알고 있는 것처럼 천연덕스럽게 음악회에 사용할 곡을 작곡하기 시작했다. 나는 그 대단한 작품에 보름 동안 끈기 있게 매달려 악보를 정서하고 그것에서 각 악곡의 일부를 끄집어내어 작품이 화음의 걸작인 양 확신하며 각 악장을 분류했다. 끝으로 믿기 어렵겠지만 분명한 사실인데, 나는 이 탁월한 작품을 훌륭하게 마무리 지으려고 마지막에 매력적인 미뉴에트를 덧붙였다. 널리 퍼져 있는 이 곡은 모든 사람들이 아직도 기억하고 있을 터인데, 예전에 많이 알려진 다음과 같은 가사로 되어 있다.

무슨 변덕인가!
무슨 부정함인가!
뭐라고! 너의 클라리스가
너의 열렬한 사랑을 배신하다니!

방튀르가 이 곡을 다른 저속한 가사를 붙여 저음부로 가르쳐주었는데, 나는 그 가사 때문에 이 곡을 기억하고 있었다. 그래서 내 작품의 마지막에 이 미뉴에트와 저음부를 덧붙였고 가사는 없애버렸다. 나는 이 작품을 마치 달나라 사람들에게 말하듯이 과감하게 내 것이라며 내놓았다.

내 곡을 연주하려고 사람들이 모인다. 나는 저마다에게 연주 속도의 양식과 연주 스타일, 각 악장의 반복기호를 설명한다. 나는 몹시 분주했다. 화음을 맞추는 5, 6분 동안의 시간이 내게는 5, 6백 년과도 같았다. 마침내 모든 준비가 끝나자 나는 고급 두루마리로 지휘자의 보면대를 대여섯 번 쳐서 준비를 알린다. 모두 조용하다. 나는 장중하게 박자를 맞추기 시작한다. 시작된다……. 아닌 게 아니라 프랑스 오페라가 생겨난 이래 이 같은 소란은 결코 들어본 적이 없다. 내가 주장한 재능에 대해 어떻게 생각했든 간에 그 결과는 기대한 듯싶은 모든 것보다 훨씬 더 나빴다. 음악가들은 숨이 넘어갈 정도로 웃어댔다. 청중들은 눈이 휘둥그레져서 정말로 귀를 막고 싶을 지경이었지만 차마 그럴 수 없었다. 나를 괴롭히려는 연주자들은 조롱하고 싶어서 장님의 고막이라도 뚫을 듯이 악기의 줄을 긁어댔다. 나는 여전히 같은 보조로 끈기 있게 계속해나갔지만 구슬 같은 땀을 삘삘 흘렸다. 하지만 수치심에 사로잡혀 감히 모든 것을 던져버리고 달아나지는 못했다. 애석하게도 내 주위에서 청중들이 귓속말로 수군대는 소리가 들려왔다. 아니, 나에게 대놓고 말하는 것 같았다. 어떤 사람은 "도저히 참을 수가 없네!"라고 중얼거렸고 또 어떤 사람은 "이런 형편없는 음악이 다 있어!"라고 불평했으며 또 다른 사람은 "정말 난장판이 따로 없군!"이라고 투덜댔다. 불쌍한 장 자크, 너는 이런 잔인한 순간 속에서 네 음악이 언젠가 프랑스 국왕과 모든 대신들 앞에서 감탄과 칭찬의 웅성거림을 불러일으키고, 네 주위의 모든 칸막이 좌석에서 가장 사랑스러운 여인들이 작은 소리로 "정말 매력적인 음이로군요! 얼마나 황홀한 음악인가요! 노래 전부가 감동이에요!" 하고 서로 수군대리라고는 거의 기대조차 못했다.

하지만 미뉴에트는 모든 이들의 기분을 좋게 만들었다. 몇몇 소절이 연주되자마자 사방에서 터져 나오는 폭소 소리가 들려왔다. 저마다 나의 멋진 음악적 안목을 칭찬해주었다. 모두들 그 미뉴에트 때문에 내 이야기가 오고갈 것이며, 어디서든지 칭찬받을 만하다고 나를 확신시켜주었다. 굳이 내가 얼마나 불안했는지 이야기할 필요도, 내가 정말로 그럴 만했다고 고백할 필요도 없을 것이다.

다음 날 연주자들 중에 있던 뤼톨Lutold이라는 사람이 나를 만나러 왔는데, 그는 꽤나 좋은 사람이어서 내가 성공했다며 축하해주는 일은 없었다. 나는 내 어리석은 행동으로 인한 마음속의 감정과 수치심과 후회, 내가 처한 처지에 대한 절망, 크나큰 고통 속에 나를 가두어둘 수 없다고 생각해서 그에게 내 마음을 털어놓고야 말았다. 나는 마음껏 울었다. 나는 그에게 나의 무지를 고백하는 것에 그치지 않고 비밀을 지켜줄 것을 부탁하면서 그에게 모든 것을 말해버렸다. 그는 나에게 비밀을 지키겠다고 약속했지만 사람들이 짐작할 수 있을 정도로만 지켜주었다. 그날 저녁부터 로잔 사람들은 내가 누구인지 다 알았다. 놀라운 일은 어느 누구도 내게 그 일을 아는 체하지 않았다는 것이다. 사람 좋은 페로테도 마찬가지였는데, 그는 이 모든 일에도 불구하고 기꺼이 나를 먹여주고 재워주었다.

　나는 살고는 있지만 아주 서글프게 살았다. 그와 같은 데뷔 결과 때문에 나의 로잔 체류는 썩 유쾌하지 못했다. 학생들이 몰려오는 일은 없었다. 단 한 명의 여학생도 없었고 시내에서 오는 사람도 없었다. 내가 맡은 학생이라곤 덩치 큰 독일계 스위스 사람 두세 명이 전부였는데, 그들은 내가 무지한 만큼이나 바보 같았다. 나는 그들 때문에 죽을 만치 일이 싫증이 났고 그들도 내게 맡겨져 한낱 보잘것없는 음악가조차도 되지 못했다. 오직 한 집에서 나를 불러주었다. 그 집에 사는 교활한 여자아이는 내가 음표조차 읽을 수 없는 수많은 악보들을 보여주며 그 곡이 어떻게 불리는지 보여주려고 선생 앞에서 짓궂게 노래 부르는 짓을 즐거움으로 여겼다. 나는 곡을 언뜻 보고 읽을 능력이 거의 없으므로 앞서 말한 화려한 음악회에서 눈 아래 놓인 직접 작곡한 내 곡이 제대로 연주되는지 알려고 한순간이라도 연주를 좇아가는 것이 불가능했다.

　이런 엄청난 굴욕 속에서도 나는 매력적인 두 여자 친구로부터 이따금씩 받는 소식에서 아주 달콤한 위안을 얻었다. 나는 늘 여인에게서 큰 위안의 힘을 발견했다. 나의 불행에서 비롯된 비탄을 달래주는 데 사랑스러운 여인이 관심을 가져준다고 느끼는 것보다 더 큰 위안은 없었다. 그렇지만 그 편지 교환은 곧 중단되어 다시는 이어지지 않았다. 그것은 내 잘못이었다. 사는 곳을 옮기면서 그녀들에게 주소 알리는 일을 소홀히 했고 부득이하게 나 자신만을 생각할 수밖에 없었던 나머지 곧 그녀들을 완전히 잊어버렸다.

　내가 가엾은 엄마 이야기를 하지 않은 지 오래되었다. 하지만 그녀 또한 잊었다고 생각한다면 큰 잘못이다. 나는 끊임없이 그녀를 생각했고 그녀와 재회하기를 갈망했다. 나의 생계를 위해서도 필요했지만 내 마음에서 생긴 필요성 때문에 더욱더 그러했다. 그녀에 대한 나의 애정이 아무리 강렬하고 다정하다 해도 다른 여인들을 사랑하는 데는 방해가 되지 않았다. 하지만 같은 방식으로 사랑한 것은 아니었다. 모든 여자들은 한결같이 저마다의 매력으로 나의 애정을 얻었다. 하지만 나의 애정은 오직 그녀들의 매력에서 비롯된지라 그 매력이 사라지면 이내 잦아들 것이었다. 반면에 엄마는 늙고 추해질 수 있겠지만 그녀에 대한 나의 사랑이 전보다 수그러드는 일은 없을 것이다. 내 마음은 처음 그녀의 아름다움에 표했던 경의를 그녀의 사람 됨됨이로 완전히 옮겨놓았다. 그녀가 어떤 변화를 겪는다 하더라도 항상 그녀이기만 하다면 내 감정은 변할 수 없었다. 나는 그녀에게 감사해야 한다는 것을 잘 알고 있다. 하지만 실상 그런 생각을 한 적은 없다. 그녀가 나에게 무엇을 했든 혹은 무엇을 하지 않았든 항상 마찬가지였을 것이다. 나는 그녀를 의무나 이해관계나 어떤 사정 때문에 사랑한 것이 아니었다. 내가 그녀를 사랑한 것은 내가 그녀를 사랑하도록 태어났기 때문이다. 내가 어떤 다른 여자를 사랑하게 되었을 때, 고백하자면 그 때문에 마음이 들떠 그녀를 전처럼 자주 생각하지 않은 것도 사실이다. 하지만 그녀를 생각할 때면 한결같은 기쁜 마음이 들었다. 그리고 사랑을 하게 되었든 아니든 간절히 그녀 생각이 날 때면 늘 그녀와 떨어져 있는 한 살아가면서 내게 진정한 행복은 있을 수 없다고 느꼈다.

오래전부터 그녀의 소식을 전혀 듣지 못했지만 내가 그녀와 완전히 헤어졌다거나 그녀가 나를 잊을 수 있으리라고는 결코 생각하지 않았다. 나는 혼자서 생각했다. 그녀는 내가 방랑하고 있음을 조만간 알게 될 것이고 내게 기별을 줄 것이며 그러면 분명히 그녀와 다시 만날 것이라고. 그녀의 고향에 살면서 그녀가 지나다니던 거리와 그녀가 살던 집 앞을 거닌다는 것은 내게는 크나큰 즐거움이었다. 그러나 이 모든 것은 억측이다. 그도 그럴 것이 나의 어리석고 별난 성격들 가운데 하나는 절실할 때가 아니면 감히 그녀에 대해 알아보거나 그녀의 이름을 꺼내지도 못하는 것이었기 때문이다. 그녀의 이름을 말하게 되면 그녀가 내게 불어넣은 모든 것을 말해버리고 내 입이 마음속 비밀을 폭로해버리며 어떻게 보면 그녀를 나쁜 일에 끌어넣기라도 할 것만 같았다. 그런 심정에는 그녀에 대한 험담을 들을 것만 같은 어떤 두려움이 뒤섞여 있었다는 생각도 든다. 그녀의 교섭 방식을 두고도 말이 많았고 그녀의 행실에 대해서도 어느 정도 이야기가 오갔다. 내가 듣고 싶은 말을 듣지 못할까 봐 두려웠으므로 차라리 그녀에 대한 말을 전혀 듣지 않는 편이 나았다.

학생들과 보내는 시간이 그다지 많지 않았고 그녀의 고향이 로잔에서 불과 16킬로미터 떨어져 있었으므로 그곳에서 2, 3일가량 여행을 했는데 그동안 더없이 잔잔한 감동이 나를 떠나지 않았다. 제네바 호수와 감탄할 만한 호반의 조망은 내 눈에 뭐라 설명할 수 없는 각별한 매력을 지니고 있었다. 그 매력은 단지 풍경의 아름다움에서 비롯되었다기보다는 내게 슬픔과 감동을 주며 더욱더 마음을 끄는 알 수 없는 어떤 것에서 비롯되었다. 보 지방에 가까워질 때마다 매번 어떤 감상에 젖곤 한다. 그 감상은 그곳에서 태어난 바랑 부인과 그곳에 살았던 아버지, 그곳에서 내가 처음으로 마음을 준 뷜송 양, 그곳에서 내가 어린 시절에 했던 여러 차례의 즐거운 여행들에 대한 기억은 물론이고 내가 보기에 이 모든 것보다 더 비밀스럽고 강력한 어떤 다른 이유로 이루어져 있었다. 내게서 달아나지만 내가 태어나면서부터 바랐던 그 행복한 삶에 대한 갈망이 내 상상력을 불붙게 할 때 그 상상력이 자리 잡는 곳은 호수 가까운 곳에 있는 매력적인 전원인 바로 보 지방이다. 내게 절대적으로 필요한 것은 그 호숫가의 과수원이지 다른 곳이 아니다. 내게는 믿을 만한 친구 한 사람과 사랑스러운 여인, 암소 한 마리, 작은 배 한 척이 필요하다. 내가 이 모든 것을 갖게 될 때에야 비로소 지상에서의 완전한 행복을 누릴 수 있을 것이다. 오직 상상 속의 행복만을 생각하고 그 고장에 여러 차례 갔던 순박함을 떠올리니 어쩐지 우스워진다. 나는 그곳의 주민들이, 특히 여자들이 내가 그곳에서 찾던 성격과는 완전히 딴판인 것을 알고 늘 놀랐다. 얼마나 안 어울려 보였는지 모른다! 그 고장과 그곳 사람들은 좀처럼 어울리지 않는 듯싶었다.

나는 브베를 여행하던 중에 그 아름다운 호숫가를 따라가며 더없이 감미로운 우수에 젖었다. 내 마음은 수많은 순수한 행복을 향해 열렬히 내달았다. 나는 감동하고 한숨지으며 어린아이처럼 울었다. 마음껏 울려고 멈추어 서서 큰 바위에 앉아 눈물이 물에 떨어지는 모습을 얼마나 자주 즐겨 보았던가!

브베에서는 라 클레에서 묵었다. 그곳에 있는 이틀 동안 아무도 만나지 않았다. 나는 이 도시에 애착이 생겼는데, 그 애착은 여행 내내 계속되어 결국 이곳은 내 소설의 주인공들이 등장하는 무대가 되었다. 나는 감각과 감수성을 지닌 사람들에게 기꺼이 말할 것이다. "브베로 가서 그 고장을 둘러보고 경치를 만끽해보시오. 호수에서 뱃놀이도 해보시오. 그런 다음 자연이 쥘리Julie, 클레르Claire, 생프뢰[80]를 위해 이 아름다운 고장을 만든 것은 아닌지 말해주시오. 하지만 그들을 그곳에서 찾지는 마시오." 내 이야기로 다시 돌아가겠다.

나는 가톨릭교도였고 그렇게 자처하고 있었으므로 숨기거나 거리낌없이 내가 신봉했던 미사를 드렸다. 주일마다 날씨가 좋으면 로잔에서 8킬로미터 떨어진 아센스에 미사를 드리러 갔다. 보통은 다른 가톨릭교도들과 함께 갔는데, 이름은 기억나지 않지만 특히 파리 태생의 수놓는 사람과 함께 다녔다. 그는 나와 같은 파리 사람이 아니라 파리 출신의 진짜 파리 사람이었다. 샹파뉴 사람처럼 선량한, 제대로 된 파리 태생의 파리 사람 말이다. 그는 자기 고향을 너무나 열렬히 사랑한 나머지, 파리에 대해 말할 기회를 놓칠까 봐 걱정하여, 내가 파리 사람인 것을 결코 의심조차 하기 싫어했다. 국왕 직속 법관의 보좌관인 크루자Crouzas 씨도 별로 호의적이지 않은 파리 출신인 정원사를 두고 있었다. 그래서 그는 파리 출신이라는 영예를 갖지 않은 사람이 감히 파리 사람 행세를 한다면 자기 고향에 대한 긍지가 손상되는 것이라고 생각했다. 그는 확실히 현행범을 잡겠다는 사람의 태도로 내게 질문을 하고 심술궂게 비웃었다. 한번은 그가 내게 '마르셰 뇌프'에서 무엇이 유명한지를 물었다. 나는 짐작대로 말도 안 되는 소리를 했다. 파리에서 20년을 살았으니 이제는 이 도시를 아는 것이 분명하다. 그렇지만 지금 내가 그와 같은 질문을 받는다 해도 그때 못지않게 대답하는 데 어려움을 겪을 것이다. 사람들은 그렇게 당황하는 모습을 보고 내가 결코 파리에 산 적이 없다는 결론을 내릴수도 있을 것이다. 그만큼 진실을 보고도 기만적인 원칙에 근거를 두기는 쉬운 법이다.

내가 로잔에 얼마나 머물렀는지는 정확히 말할 수 없을 것 같다. 이 도시에서는 기억에 남는 추억을 별로 가지고 오지 못했다. 그저 먹고살 길이 없어 그곳에서 뇌샤텔로 가서 겨울을 지냈다는 기억만 있을 뿐이다. 이 마지막 도시에서는 일이 조금 더 잘 풀렸다. 나는 그곳에서 여학생들을 두었고 좋은 친구인 페로테에게 빚을 갚을 정도의 돈도 벌었다. 그는 내게 받아야 할 돈이 제법 남아 있었음에도 내 작은 짐을 충실하게 보내주었다.

나는 음악을 가르치며 조금씩 음악을 배웠다. 내 삶은 꽤나 안락했다. 현명한 사람이라면 그런 삶에 만족했을 것이다. 하지만 조바심 많은 내마음은 나에게 다른 것을 요구했다. 일요일이나 자유로운 날이면 근방의 들판이나 숲을 이리저리 쏘다녔고, 늘 방랑하며 몽상에 잠기고 한숨을 쉬었다. 일단 시내를 벗어나면 밤이 돼서야 돌아왔다. 어느 날 부드리에서 점심을 먹으러 선술집에 들어갔다. 나는 그곳에서 턱수염이 무성한 한 남자를 만났다. 그는 그리스풍의 보라색 옷에 모피로 안을 댄 챙 없는모자를 쓰고 있었으며 옷차림이나 태도가 상당히 고상해 보였다. 그가쓰는 말은 거의 알아듣기 어려운 방언뿐이어서 이해하는 데 종종 어려움이 있기는 했지만 다른 어떤 말보다 이탈리아어에 더 가까웠다. 나는 그의 말을 거의 다 알아들었는데, 그의 말을 이해하는 사람은 나뿐이었다. 그는 주인과 마을 사람들에게 단지 몸짓으로만 의사 표현을 할 수 있었다. 내가 그에게 이탈리아 말로 몇 마디 하자 그는 완전히 내 말을 알아들었다. 그는 일어서서 다가오더니 나를 열정적으로 부둥켜안았다. 곧 관계가 맺어져서 나는 곧바로 그의 통역을 맡았다. 그의 식사는 훌륭했지만 내 것은 보통도 못 되었다. 그는 나에게 함께 먹자고 권했다. 나는 주저하지 않았다. 우리는 함께 술을 마시고 알아들을 수 없는 말을 나누면서 마침내 가까워졌고 식사가 끝날 즈음에는 서로 떨어질 수 없는 사이가 되었다. 그는 자신을 그리스정교의 고위 성직자이자 예루살렘의 수도원장이라고 소개했다. 또한 자신은 예루살렘에 있는 예수의 무덤을 복원하기 위해 유럽에서 헌금 모으는 일을 맡고 있다고 말했다. 그는 나에게 러시아 황후와 황제의 멋진 신임장을 보여주었고 또 다른 군주들이 준 것도 많이 가지고 있었다. 그는 그때까지 모은 액수에 상당히 만족하고 있었다. 하지만 그는 독일에서 말로 다 할 수 없는 고생을 했고 독일어, 라틴어, 프랑스어는 한 마디도 이해하지 못하기 때문에 의지할 것이라고는 모국어인 그리스어와 터키어, 프랑크어가 전부였다. 그는 급히 발을 들여놓은 이 지방에서는 많은 성과를 거두지 못했다. 그는 나에게 비서와 통역 일을 도와주며 자신과 함께 다니자는 제안을 했다. 새로 산 나의 귀여운 보라색 옷이 내가 맡은 새로운 지위와 그럭저럭 어울렸음에도 불구하고 내가 별로 건장하지 못한 체격이어서 그랬는지 그는 나를 다루는 것이 어렵지 않다고 생각했다. 그가 잘못 생각한 것은 결코 아니었다. 우리는 곧 의견 일치를 보았다. 내가 아무것도 요구하지 않았는데도 그는 나에게 많은 것을 약속했다. 나는 보증도 확신도 없이, 알지도 못한 채 그가 이끄는 대로 몸을 맡기고 이튿날부터 예루살렘을 향해 길을 떠났다.

우리는 프리부르 주부터 순회를 시작했는데, 그곳에서는 별다른 일을 하지 않았다. 주교 체면에 적선을 받을 수도, 사람들에게 기부금을 거둘 수도 없었다. 다만 상원에 위임장을 제출하고 적은 금액의 돈이나마 받을 수 있었다. 그곳에서 우리는 베른으로 갔다. 거기서는 형식도 까다롭고 자격 심사도 잠깐이면 끝나는 일이 아니었다. 우리는 당시에는 좋은 숙소였던 포콩에서 묵었다. 그곳에는 존경받는 계층의 사람들이 있었다. 식사를 하는 사람들이 많았고 식사도 잘 나왔다. 나는 오랫동안 질 낮은 음식을 먹어왔던 터라 원기 회복이 절실했다. 그럴 기회가 찾아왔고 나는 그 기회를 이용했다. 수도원장님도 존경받는 계층의 사람으로서, 음식 대접하기를 상당히 좋아하고 쾌활했으며 자기 말을 알아듣는 사람들에게는 말도 곧잘 했다. 또한 상당히 박식했으며 그리스에 대한 해박한 지식을 꽤 재미있게 끼워 넣을 줄도 알았다. 한번은 그가 후식 자리에서 호두를 깨다가 손가락을 꽤 깊게 베였다. 피가 흥건하게 배어 나오자 그는 손가락을 주위 사람들에게 보이더니 웃으면서 그리스어로 말했다. "여러분, 보십시오. 이것이 펠라스고[81]의 피입니다."

베른에서의 내 역할은 그에게 무익하지만은 않았고 나도 걱정했던 것만큼 일을 못하지는 않았다. 나 자신을 위해서는 그렇게 못했을 만큼 더 과감했고 말도 더 잘했다. 상황은 프리부르에서만큼 간단히 풀리지 않았다. 국가 고위층과의 길고 빈번한 협의가 필요했고 자격 심사도 단번에 끝나지 않았다. 마침내 모든 것에 하자가 없자 상원 접견을 허락받았다. 나는 그와 함께 통역으로 들어갔는데, 내가 말을 해야 했다. 나는 전혀 예상하지 못했다. 구성원들과 오랫동안 협의한 후임에도 마치 아무것도 이야기되지 않은 것처럼 기관에서 다시 말하게 될 줄은 꿈에도 생각지 못한 것이다. 내가 얼마나 당황했을지 상상해보기 바란다! 나처럼 수줍음 많은 사람이 여러 사람 앞에서, 더구나 베른의 상원 앞에서 말한다는 것은, 준비 시간을 단 1분도 갖지 못한 채 즉흥적으로 말한다는 것은 그야말로 죽을 맛이었다. 하지만 겁을 먹지는 않았다. 나는 수도원장이 위임받은 일을 간단히 설명했다. 그리고 그가 해왔던 모금에 기여한 제후들의 신앙심을 찬양했다. 모금을 하는 데 의원들의 경쟁심에 불을 붙이려고 평소 그들의 너그러움에 기대하는 바가 적지 않다고 말했다. 그런 다음 나는 이런 자선사업이 종파의 구분 없이 모든 기독교도들에게 동등한 것임을 입증하려 애쓰면서 이 일에 참여하기를 바라는 사람들에게 하느님의 가호가 있을 것이라는 다짐으로 말을 끝냈다. 내 연설이 효과가 있었다고 말하지는 않겠다. 하지만 연설은 좋은 평가를 받았고, 접견이 끝나자 수도원장은 상당한 선물을 받았을 뿐 아니라 자기 비서의 재치에 대해서도 칭찬을 받은 것이 분명하다. 나는 그런 칭찬까지 통역하는 일이 마음에 들었지만 그에게 그 말을 문자 그대로 표현할 용기는 없었다. 내가 여러 사람을 두고 더구나 권력 있는 사람들 앞에서 말을 한 것은 내 생애에서 그때 단 한 번 있었다. 또한 내가 대범하고 능숙하게 말한 것은 아마도 그때가 유일할 것이다. 같은 사람의 태도가 그렇게 다르다니! 3년 전에 나는 이베르됭[82]에 옛 친구인 로갱Roguin 씨를 만나러 갔다가 사절단을 맞은 일이 있었다. 그들은 내가 그 도시의 도서관에 책 몇 권을 기증한 일에 감사하러 온 터였다. 스위스인들은 대단히 말이 많다. 그분들도 나에게 한없이 말을 늘어놓았다. 나는 대답을 해야 한다고 생각했다. 그러나 대답을 하다가 어찌나 당황했는지 머리가 혼란스러워 말문이 막혔고 웃음거리가 되고야 말았다. 나는 천성적으로 수줍음이 많지만 젊을 때는 간혹 대범하기도 했다. 하지만 나이가 들어서는 결코 그렇게 하지 못했다. 나는 세상을 알게 될수록 세상사에 익숙해지기가 더 힘들었다.

우리는 베른을 떠나 솔뢰르로 갔다. 왜냐하면 수도원장의 계획은 독일로 다시 접어들어 헝가리나 폴란드를 거쳐 돌아가는 것이었기 때문이다. 실로 엄청난 여정이었다. 그러나 길을 가는 도중에 그의 주머니는 비어가기는커녕 오히려 가득 찼으므로 그는 우회하는 것을 별로 걱정하지 않았다. 나로서는 걷는 것이나 말 타는 것이나 대개는 마음에 들었으므로 이렇게 평생 동안 여행만 하게 된다면 더 바랄 나위가 없었을 것이다. 하지만 나는 더 멀리 가지 못할 운명이었다.

우리가 솔뢰르에 도착하여 처음으로 한 일은 프랑스 대사에게 인사를 하러 간 것이었다. 주교에게는 공교롭게도 대사가 보나크Bonac 후작이었다. 그는 터키 제국에서 대사를 했으므로 예수의 성묘 복원과 관련된 일을 속속들이 알고 있었을 것이다. 수도원장은 15분 동안 접견을 했고 나는 그 자리에 참석할 수 없었다. 왜냐하면 대사가 프랑크어를 이해했고 이탈리아어를 적어도 나만큼은 했기 때문이다. 나와 동행인 그리스 사람이 나오자 나는 그를 따라가려고 했다. 그런데 제지당하고 말았다. 이번에는 내가 들어갈 차례였기 때문이다. 나는 파리 사람 행세를 했기 때문에 그런 신분으로서 대사의 권한 아래 있었다. 대사는 내가 어떤 사람인지 묻더니 자기에게 사실을 말하라고 설득했다. 나는 그러겠다고 약속하면서 그에게 개별 접견을 요구했다. 개별 접견은 받아들여졌다. 대사는 나를 집무실로 데려가더니 문을 닫았다. 나는 그곳에서 그의 발아래 엎드려 약속을 지켰다. 설사 아무런 약속을 하지 않았더라도 나는 다 털어놓았을 것이다. 왜냐하면 마음을 털어놓고 싶은 끊임없는 욕구 때문에 항상 숨김없이 말하기 때문이다. 음악가 뤼톨에게 기탄없이 마음을 열어 보인 마당에 새삼스레 보나크 후작에게 비밀을 지키려고 조심할 필요는 없었다. 나는 그에게 내 신상에 관한 이야기를 하면서 흉금을 털어놓았다. 그는 그것에 아주 만족했는지 내 손을 잡더니 나를 대사 부인의 방으로 데려갔다. 그는 내 이야기를 간략하게 하면서 나를 그녀에게 소개해주었다. 보나크 부인은 친절하게 맞아주었고 나를 그런 그리스 수도사와 함께 다니도록 두어서는 안 된다고 말했다. 나는 나에게 어떤 일이 주어질지를 기다리면서 대사관에 머물게 되었다. 불쌍한 수도원장과 작별인사를 하고 싶었다. 그에게 애정을 품고 있었던 것이다. 하지만 작별인사는 허용되지 않았다. 그에게 사람을 보내어 내가 구금되어 있다고 기별했고 15분이 지나자 내 작은 가방이 도착했다. 대사관 서기관인 라 마르티니에르la Martinière 씨가 어떻게 보면 나를 떠맡았다. 그는 내가 쓰게 될 방으로 나를 안내하더니 말했다. "이곳은 뒤 뤼크du Luc 백작이 대사로 있을 때 당신과 같은 성을 지닌 유명인사[83]가 쓰던 방이오. 어쨌든 그를 계승하여 당신이 루소 1세, 루소 2세라는 말을 듣게 될 날이 오는 건 오직 당신 하기 나름이오." 당시에 나는 그런 유사성을 바랄 일이 거의 없었는데, 만약 내가 그와 견줄 만한 사람이 되는 데 훗날 얼마만큼의 대가를 치러야 할지 예상할 수 있었더라면 그런 유사성 때문에 내 욕망이 한층 더 부풀어 오르는 일은 없었을 것이다.

나는 라 마르티니에르 씨의 말을 듣고 호기심이 생겼고 앞서 이 방에 들었던 사람의 작품들을 읽었다. 그리고 사람들이 보내주는 의례적인 칭찬을 듣고는 나 스스로 시에 대해 안목이 있다고 믿어 보나크 부인을 찬양하는 칸타타를 당장 습작으로 만들어보았다. 그 취미는 얼마 지속되지 않았다. 나는 이따금 운문도 썼다. 운문을 쓰는 것은 세련된 도치법에 익숙해지고 산문을 더 잘 쓰는 법을 배우는 데 상당히 훌륭한 연습이 된다. 하지만 프랑스어 시에서 그것에 몰두할 정도로 충분한 매력을 느낀 적은 결코 없다.

라 마르티니에르 씨는 나의 문체를 보고 싶었는지 내가 대사에게 했던 상세한 이야기를 글로 써보라고 제안했다. 나는 그에게 긴 편지를 썼는데, 그 편지는 마리안Marianne 씨가 보관하고 있는 것으로 안다. 그는 오래전부터 보나크 후작에게 소속되어 있다가 그 후 쿠르테유Courteilles 씨가 대사로 있을 때 라 마르티니에르 씨의 자리를 이어받았다. 나는 말제르브Malesherbes 씨[84]에게 부탁하여 그 편지의 사본을 구하려고 애썼다. 내가 그를 통해 혹은 다른 사람을 통해 편지를 구하면 그 편지는 내 고백록에 수록될 자료 모음집에서 보게 될 것이다.

나는 경험이 쌓이기 시작하자 비현실적인 계획을 조금씩 절제하게 되었다. 예를 들어 보나크 부인을 조금도 연모하지 않았을 뿐 아니라 그녀의 남편 집에 있으면 크게 될 수 없다고 처음부터 느꼈다. 라 마르티니에르 씨가 요직에 있고 이를테면 마리안 씨가 그 자리를 이으려 하고 있으니 내가 바랄 수 있는 자리는 기껏해야 달갑지 않은 비서관보 자리가 전부였다. 그래서 하고 싶은 일이 무엇이냐고 의견을 물어왔을 때 나는 몹시 파리에 가고 싶다는 의사 표명을 했다. 대사는 그 생각을 높이 평가했는데, 어쨌든 그는 성가신 나를 떼어버리려는 것 같았다. 대사관의 통역 비서인 메르베유Merveilleux 씨는 자기 친구이자 프랑스 군대에 복무하는 스위스인인 고다르Godard 대령이 자기 조카 곁에 있어줄 누군가를 찾는다고 말했다. 조카는 상당히 어린 나이에 입대하여 내가 그와 잘 맞을 것이라고도 했다. 상당히 가볍게 떠올린 생각에 따라 나의 출발이 결정되었다. 나는 여행을 하게 되고 목적지가 파리라는 것을 생각하니 마음이 더없이 즐거웠다. 나는 소개장 몇 통과 100프랑을 여비로 받았다. 좋은 충고도 빠지지 않았다. 그리고 나는 출발했다.

보름 동안 여행을 했는데, 이 여행이야말로 내 인생에서 가장 행복한 날들로 간주할 수 있다. 나는 젊고 상당히 건강했으며 돈도 어느 정도 있는데다 희망이 넘쳤다. 나는 여행을 하고 있었고, 그것도 도보로 혼자서 하는 여행이었다. 아직 내 기질에 익숙해지지 않았다면 내가 그런 이점까지 고려하는 것을 보고 놀랄지 모르겠다. 달콤한 공상은 나의 고독을 달래주었고 나의 열정적인 상상력이 이보다 더 굉장한 공상을 만들어낸 적은 결코 없었다. 누군가가 나에게 마차의 빈자리를 권하거나 길을 가는 도중에 말을 걸려고 다가서기라도 하면, 내가 걸으면서 세워놓은 성공이라는 건축물을 무너뜨리기라도 하는 듯 싫은 기색을 내비쳤다. 이번에는 군인에 관한 상상을 했다. 나는 군인과 함께 지내면서 군인이 되어보려 했다. 사람들은 내가 사관후보생부터 시작하도록 주선해놓았다. 나는 희고 아름다운 깃털 장식 모자에 장교복을 입은 내 모습을 벌써부터 상상하고 있었다. 기하학과 축성에 관해서는 피상적인 지식이 다소 있었다. 기술자인 외삼촌도 있었다. 어떻게 보면 내 집안일을 물려받는 셈이었다. 근시인 눈이 다소 장애가 되었지만 앞길을 막을 정도는 아니었다. 나는 침착함과 용감함으로 그런 결점을 잘 보완하리라고 생각했다. 숑베르Schomberg 원수도 심한 근시였다는 사실을 책에서 본 적이 있다. 어째서 루소 원수라고 근시여서는 안 되는가? 이런 터무니없는 생각을 하면서 너무나 흥분한 나머지 군대, 성벽, 보루, 포대 말고는 아무것도 보이지 않았고, 포화와 연기가 피어나는 한복판에서 쌍안경을 손에 든 채 침착하게 명령을 내리는 나를 보기도 했다. 그러면서도 마음을 사로잡는 들판을 지나고 작은 숲과 시냇물이 보이자 그 감동적인 광경에 회한의 탄식을 하고야 말았다. 영광의 절정에서도 내 마음은 그런 시끌벅적한 일에 어울리지 않는다고 생각하며, 곧 왠지 모르지만 사랑스러운 양떼 한가운데로 다시 돌아가 전쟁터를 영원히 단념하고 만다. 파리가 가까워오니 내가 품었던 생각이 얼마나 헛되게 느껴졌는지 모른다! 토리노에서 옥외 장식, 아름다운 거리, 조화를 이루며 늘어서 있는 집들을 이미 보았던 터라 파리에서는 그 이상의 다른 것을 찾았다. 나는 웅장하고 아름다울 뿐만 아니라 위엄 있는 외관을 지닌 한 도시를 상상했다. 그 도시에는 화려한 거리, 대리석과 황금으로 만든 궁전들만 있다고 생각했다. 변두리인 생마르소에 들어서자 더럽고 악취가 나는 좁은 거리, 볼썽사납고 어두컴컴한 집들, 더럽고 궁핍한 분위기, 거지들, 짐수레꾼들, 헌옷 수선하는 여자들, 길거리에서 탕약과 헌 모자를 파는 여편네들밖에는 보이지 않았다. 처음부터 이 모든 것들에 너무 큰 충격을 받은 나머지 이후 파리에서 본 실로 화려한 어떤 것으로도 그 첫인상을 지울 수 없었으며, 이 수도에 살고 있다는 은밀한 혐오감이 항상 남게 되었다. 그 후 내가 보낸 모든 시간은 오직 이곳에서 멀리 떨어져 살 수 있는 방도를 찾는 데 사용되었다고 말할 수 있다. 지나치게 생기 넘치는 상상력의 결과는 이러했다. 그런 상상력을 지니고 있으면 사람들이 과장하는 것 이상으로 과장하게 되고 늘 듣는 것 이상으로 보게 되는 법이다. 파리에 대한 찬양을 어찌나 많이 들었는지 파리를 고대 바빌로니아처럼 상상했던 것이다. 고대 바빌로니아도 만약 내가 실제로 보았다면 상상했던 모습보다 못하다고 생각했을 것이다. 도착한 다음 날 서둘러 갔던 오페라 극장에서도 같은 일이 일어났다. 그 후 베르사유에서도 같은 상황이 벌어졌다. 그다음에 바다를 보고도 마찬가지였다. 주위에서 지나치게 떠들어대는 광경을 본다면 내게는 항상 이런 일이 일어날 것이다. 왜냐하면 나의 풍요로운 상상력을 넘어선다는 것은 사람들에게 불가능하며 자연 그 자체로도 어렵기 때문이다.

내 소개장을 본 모든 사람들이 나를 맞아준 태도로 보아 나는 성공한 것과 다를 바 없다고 생각했다. 나에 대한 추천을 가장 제대로 받고도 나를 가장 섭섭하게 대한 사람은 쉬르베크Surbeck[85]였다. 그는 전역하고 바뉘외에서 철학자처럼 살고 있었다. 그곳에서 나는 그를 여러 번 만났지만 그는 나에게 물 한 잔 주지 않았다. 나는 통역관의 형수인 메르베유 부인과 그의 조카인 근위장교에게 더 환대를 받았다. 어머니와 아들은 나를 환대했을 뿐 아니라 나에게 음식 대접도 해주어 나는 파리에 머무는 동안 종종 그들과 함께 식사를 했다. 메르베유 부인은 미인이었던 듯하다. 그녀의 머리칼은 아름다운 검은색이었고 옛날 유행대로 둥글게 말려 관자놀이에 붙어 있었다. 그녀에게는 아름다움과 더불어 조금도 사라지지 않은 것이 있었는데, 그것은 무척 쾌활한 재치였다. 그녀는 나의 재치를 높이 평가하는 듯싶었고 나에게 도움을 주기 위해 최선을 다했다. 그러나 어느 누구도 그녀를 거들어주지 않았다. 나는 주변에서 내게 보이는 듯싶던 그 모든 대단한 관심에 이내 실망하고 말았다. 그렇지만 프랑스 사람들에 대해서는 공정하게 평가해야 한다. 그들은 흔히 말하듯이 자기가 한 말을 지키는 데 최선을 다하지는 않지만 그들이 내뱉는 확언만큼은 거의 언제나 진심에서 우러나온 것이다. 하지만 그들은 여러분에게 관심을 갖는 척하는 태도를 보이는데, 말보다는 그 태도 때문에 더 속게 된다. 스위스 사람들의 거칠고 의례적인 말에는 바보가 아니고서야 속아 넘어갈 수 없다. 프랑스 사람들의 태도는 더욱 솔직하며 바로 그 점에서 더욱 그럴듯하게 보인다. 그들은 여러분을 더욱 재미있게 놀래주려고 하고 싶은 것을 죄다 말하지는 않는다고 생각할 것이다. 몇 마디 더 하자면, 그들은 감정을 표현하는 데 조금도 거짓이 없다. 그들은 천성적으로 친절하고 인간적이며 자비심이 있을 뿐 아니라 심지어 누가 뭐라 해도 다른 어떤 민족보다 진실하다. 하지만 그들은 가볍고 변덕스럽다. 그들은 자신들이 여러분에게 드러내는 감정을 실제로 지니고 있지만 그 감정은 생겨난 것처럼 이내 사라지고 만다. 그들은 여러분과 말할 때는 여러분만을 생각한다. 그러나 여러분이 더 이상 보이지 않게 되면 여러분을 잊고 만다. 그들의 마음속에 계속 남아 있는 것은 아무것도 없다. 그들에게는 모든 것이 현재 일어나는 일이다.

그래서 나는 헛된 기대만 많이 가졌지 별로 도움을 받지는 못했다. 결국 고다르 대령의 조카에게 붙어 있게 되었는데, 그 대령이란 자는 고약하고 인색하기 짝이 없는 노인네로 드러났다. 그는 거부이면서도 내 궁핍한 처지를 알고 나를 거저 부려먹으려고 했다. 나를 정식 가정교사보다는 돈을 받지 않고 일하는 일종의 하인으로 자기 조카 옆에 잡아둘 작정이었다. 그의 조카 옆에 계속 붙들려 있으면 그 때문에 군복무는 면제될 터이지만 나는 사관후보생의 급여, 말하자면 사병의 급여를 받고 생활해야만 했다. 그는 나에게 제복을 주는 것에도 마지못해 동의했다. 그는 내가 연대에서 지급하는 군복에 만족하기를 바라는 듯싶었다. 그의 제안에 분개한 메르베유 부인도 직접 나서서 그 제안을 거부하라고 나를 부추겼다. 그녀의 아들도 같은 생각이었다. 다른 일자리를 찾아주려 했지만 자리가 전혀 없었다. 어쨌든 나는 마음이 급해지기 시작했다. 여행 경비로 받은 100프랑으로는 그리 오래 생활할 수 없었다. 다행히 대사에게서 적은 돈이나마 다시 받게 되어 상당한 도움이 되었다. 내가 더 인내심이 있었더라면 대사는 나를 버리지 않았을 것이다. 그러나 애타게 기다리며 애를 태우고 간청하는 일은 나로서는 도저히 할 수 없는 일이었다. 내가 진저리를 내고 더 이상 나타나지 않자 모든 것이 끝나버렸다. 나는 내 가엾은 엄마를 잊지 않았다. 하지만 어떻게 엄마를 찾을 것인가? 도대체 어디서 엄마를 찾을 것인가? 내 사정을 잘 아는 메르베유 부인이 엄마 찾는 일을 도와주었지만 오랫동안 별 보람이 없었다. 마침내 그녀는 바랑 부인이 두 달 전에 다시 떠났지만 사부아에 갔는지 토리노에 갔는지 알지 못하며 몇몇 사람들은 부인이 스위스에 돌아와 있다고 말하더라며 내게 일러주었다. 내가 그녀를 따라갈 결심을 굳히는 데는 더 이상 아무것도 필요 없었다. 그녀가 어디에 있든 파리에서보다는 지방에서 그녀를 찾는 것이 더 수월하리라는 확신이 있었으니 말이다.

떠나기 전에 고다르 대령에게 보내는 서간시로 나의 새로운 시적 재능을 시험해보았다. 나는 그 시에서 그를 있는 힘껏 조롱했다. 나는 그 서툰 글을 메르베유 부인에게 보여주었다. 나를 비난했어야 할 부인이 그렇게 하기는커녕 내가 한 풍자를 두고 자기 아들과 마찬가지로 크게 웃었다. 내 생각에 그녀의 아들도 고다르 씨를 좋아하지 않는 것 같았다. 솔직히 말해 고다르 씨는 호감을 줄 만한 사람이 아니었다. 나는 내가 쓴 시를 그에게 보내려 했고 두 사람도 그렇게 하라고 부추겼다. 그래서 그의 주소로 보낼 우편물을 준비했다. 당시 파리에는 우체국이 없었으므로 나는 편지를 주머니에 넣고 있다가 지나가는 길에 오세르 지역에서 부쳤다. 자신이 사실대로 묘사된 엄청난 찬사를 읽으면서 그가 얼마나 우거지상이 되었을까를 생각하면 아직도 종종 웃음이 나온다. 그 시는 이렇게 시작된다.

이 노인네야, 네 조카를 가르치려는 정신 나간 광기 때문에 내게 그런 욕구가 생겼다고 믿었구나.

　이 소품은 사실 신통치는 않지만 재치가 있고 풍자의 재능도 나타나는데, 어찌 되었든 내 펜 끝에서 나온 유일한 풍자적인 작품이다. 나는 그런 재능을 이용해 자신을 과시하기에는 증오심이 너무 부족하다. 하지만 나를 방어하기 위해 이따금 쓴 논쟁적인 글을 보니, 내게 논쟁을 좋아하는 기질이 있었더라면 내게 싸움을 건 사람들이 좀처럼 나를 웃음거리로 만들지는 못했으리라는 판단쯤은 할 수 있다.
　가장 후회하는 일은 여행기를 쓰지 않은 것이다. 삶의 세세한 부분들을 기억에서 놓치고 있으니 말이다. 감히 이렇게 말할 수 있다면 혼자서 도보 여행을 했을 때만큼 많은 생각을 하고 그토록 충만한 존재감을 느끼며 그토록 온전히 살고 그토록 완벽하게 나 자신이었던 적이 없다. 걷는 것은 내 생각에 활력을 불어넣고 열정을 자극하는 무언가를 지니고 있다. 나는 잠자코 있으면 거의 생각할 수 없다. 내 정신을 움직이려면 내 육체가 움직여야만 한다. 걸으면서 얻게 되는 시골 풍경들과 끊임없이 이어지는 매력적인 광경들, 신선한 공기와 왕성한 식욕과 넘치는 건강, 선술집에서 만끽하는 자유로움, 내가 구속받는다고 느끼게 하고 내 처지를 떠올리게 하는 모든 것으로부터 벗어나기, 이 모든 것들은 내 영혼을 자유롭게 하고 내가 대담무쌍하게 생각할 수 있도록 해주며 말하자면 나를 무한한 존재들 속에 던져 넣음으로써 거리낌이나 두려움 없이 그것들을 결합시키고 선택하며 마음대로 소유할 수 있게 한다. 나는 온 자연을 주인처럼 마음대로 향유하는 것이다. 내 마음은 이곳저곳을 유랑하며 마음을 즐겁게 하는 대상들과 결합하고 일체가 되며, 매력적인 이미지들에 둘러싸여 감미로운 감정으로 도취된다. 그것들을 붙들어두기 위해 내 마음속에 그것들을 즐겁게 묘사한다면, 나는 그것들에 얼마나 활기 넘치는 필치와 생기 넘치는 색채와 힘이 넘치는 표현을 부여하겠는가! 내 작품들은 노년에 쓴 것임에도 불구하고 그 안에 이 모든 것들이 나타나 있다고들 말한다. 오! 만일 내 소년기의 작품들과 내가 여행 중에 쓴 작품들을, 구상만 하고 끝내 쓰지 못한 작품들을 보았다면……. 여러분은 왜 그것들을 쓰지 않느냐고 물을 것이다. 왜 그것들을 써야 하는가? 나는 여러분에게 이렇게 대답할 것이다. 내가 즐거움을 누렸다는 사실을 타인에게 말하기 위해서 현재 맛보고 있는 즐거움의 매력을 왜 놓아버려야 하는가? 내가 하늘을 날고 있는데 독자와 대중과 온 세상이 왜 내게 중요하단 말인가? 더구나 내가 종이와 펜을 지니기라도 했단 말인가? 내가 이 모든 것을 생각했더라면 아무것도 떠오르지 않았을 것이다. 나는 내가 그런 생각들을 하게 될지 예상하지 못했고 그런 생각들은 자기들 내킬 때 떠오르지 내가 좋을 때 떠오르지 않는다. 그런 생각들은 아예 떠오르지 않거나 한꺼번에 밀려들며 그 수와 힘으로 나를 압도한다. 날마다 열 권씩 쓴다 한들 안 부족할 것인가? 도대체 그것들을 쓸 시간이 어디에 있단 말인가? 나는 도착하면 오직 잘 먹는 일만을 생각했고 출발하면 오직 잘 걸을 일만을 생각했다. 새로운 낙원이 밖에서 나를 기다리고 있는 것 같았다. 나는 오직 그 낙원을 찾아 나설 생각만 했다.

이번 귀로에서만큼 이 모든 것들을 절실히 느낀 적이 일찍이 없었다. 파리로 올 때는 내가 그곳에서 하게 될 일과 관련된 생각을 하는 것으로 만족했다. 나는 앞으로 내가 하게 될 일에 달려들어 상당한 자부심을 갖고 그 일을 두루 섭렵했다. 하지만 그 직업은 내 마음에 들지 않았고 현실의 존재들이 상상의 존재들에게 해를 끼쳤다. 고다르 대령과 그의 조카는 나와 같은 주인공하고는 잘 맞지 않았다. 천만다행으로 이제 그 모든 장애물들로부터 해방되었다. 나는 마음껏 공상의 세계에 빠져들 수 있었다. 내 앞에는 그것 말고는 아무것도 남아 있지 않았기 때문이다. 그리하여 그 세계를 너무나 많이 헤매고 다닌 나머지 실제로 여러 번 길을 잃기도 했다. 그런데 길을 잃지 않고 더 곧장 갔다면 상당히 섭섭했을 것이다.

왜냐하면 내가 리옹에 도착하면서 현실로 되돌아온다고 느꼈다면 그곳에 도착하기를 결코 바라지 않았을 것이기 때문이다.

어느 날은 유달리 감탄이 절로 나오는 장소를 가까이에서 보려고 일부러 길을 돌아서 갔는데, 그곳에 넋을 잃고 너무 오래 돌아다니는 바람에 끝내는 길을 잃고 말았다. 몇 시간 동안 쓸데없이 돌아다니다 심신이 지치고 갈증과 허기에 죽을 지경이 되어 어느 농가에 들어갔다. 그 농가는 외관은 볼품없었지만 근방에서 보이는 유일한 집이었다. 나는 제네바나 스위스에서처럼 여유 있는 주민들은 손님에게 숙식을 제공해줄 수 있다고 생각했다. 나는 그 집 주인에게 돈을 지불할 것이니 식사를 달라고 부탁했다. 그는 나에게 탈지유와 커다란 보리 빵을 내주면서, 그것이 자기가 가진 전부라고 말했다. 나는 우유를 맛있게 마시고 빵도 남김없이 먹었다. 하지만 그 정도로는 피로에 찌든 사람의 원기를 충분히 회복시킬 수 없었다. 나를 살펴보던 농부는 내 식욕이 진짜이니 내 이야기도 진실일 것이라고 판단했다. 그는 곧장 내가 착하고 정직한 청년이며 자신을 고발하러 온 사람이 아님을 잘 알겠다고 말하고는,* 부엌 옆 마룻바닥으로 이어지는 작은 문을 열고 내려가더니 얼마 후 순수 밀로 만든 갈색 빵과 잘라 먹긴 했지만 아주 먹음직스러운 햄과 포도주 한 병을 들고 다시 나왔다. 나는 다른 무엇보다 포도주 병을 보니 마음이 한결 즐거워졌다. 게다가 상당히 두툼한 오믈렛도 추가로 나와서 나는 도보 여행자가 아니고는 누구도 경험하지 못할 식사를 했다. 값을 치르려 하자 다시 그는 불안과 걱정에 사로잡히는 것이었다. 그는 절대 돈을 받으려 하지 않았고 극도의 동요를 일으키며 돈 받기를 사양했다. 그런데 어이없는 것은 그가 무엇을 두려워하는지 내가 상상할 수 없었다는 점이다. 마침내 그는 벌벌 떨면서 징세관이니 주세 징수관이니 하는 무시무시한 말들을 쏟아

---

* 분명히 나는 내 초상화에서 보게 되는 모습을 그때까지는 하고 있지 않았다.

냈다. 그가 내게 들려준 말에 따르면 자신은 왕실 상납용 주세 때문에 포도주를 숨겼고 인두세 때문에 빵을 감추었으며 굶어 죽지 않는다는 것을 남들이 눈치채기라도 하면 자신은 살아남지 못할 것이라고 했다. 그런 문제를 두고 그가 내게 말한 모든 것은 나로서는 전혀 모르던 일이었고 결코 지워지지 않을 인상으로 내게 남았다. 이것이 바로 불행한 민중이 겪는 억압에 맞서고 압제자들에게 맞서는 꺼지지 않는 증오의 근원인데, 이후 내 마음속에서 점점 더 커져만 갔다. 그 농부는 넉넉한 형편이면서도 자신이 땀 흘려 얻은 빵조차 감히 먹지 못했고, 자기 주변에 만연한 빈곤을 똑같이 가장함으로써만 파멸을 피할 수 있었다. 나는 측은함과 분노를 품고 이 아름다운 지방의 운명을 한탄하며 그의 집을 나왔다. 자연은 이 고장에 아낌없이 선물을 나눠 주지만 비인간적인 징세 청부인의 먹이가 될 따름이었다.

이것이 이 여행을 하면서 내가 겪은 일들 가운데 아주 뚜렷하게 남아 있는 유일한 기억이다. 또 리옹이 가까워지면서 르 리뇽 강가를 보러 가려고 여정을 더 늦추려 했던 기억이 있을 뿐이다. 왜냐하면 내가 아버지와 함께 읽은 소설들 중에 《아스트레L'Astrée》는 잊히지 않았고 내 마음속에 가장 자주 떠오르던 작품이었기 때문이다. 나는 르 포레로 가는 길을 물어보았다. 집주인 여자와 함께 이야기를 했는데 그녀는 이 고장에 자원이 풍부해서 노동자들이 일할 만한 대장간이 많으며, 철제 관련 일거리가 꽤 많다고 내게 알려주었다. 그런 찬사는 나의 소설적 호기심을 갑자기 식게 만들어서 나는 대장장이들이 많이 사는 지역으로 디안과 실방드르[86]를 찾으러 가는 것은 적절치 않다고 판단했다. 그런 방식으로 나를 격려한 그 착한 여자는 나를 철물공 청년으로 생각한 것이 틀림없다.

내가 아무 목적 없이 리옹에 간 것은 아니었다. 리옹에 도착한 나는 바랑 부인의 친구인 샤틀레Châtelet 양을 만나러 레 샤조트 수도원에 갔다. 내가 르 메트르 씨와 함께 그곳에 왔을 때 바랑 부인이 그녀에게 쓴 편지를 준 일이 있어서 그녀와는 이미 아는 사이였다. 샤틀레 양이 내게 알려준 바에 따르면, 사실 자기 친구가 리옹을 지나기는 했지만 그녀가 여정을 피에몬테까지 밀고 나갔는지는 알지 못하며 그녀 자신도 떠나면서 사부아에서 멈출지 말지 정하지 못했다는 것이다. 또한 샤틀레 양은 내가 원한다면 부인의 소식을 알아보기 위해 편지를 쓰려 하는데, 내가 취할 최선의 방편은 리옹에서 소식을 기다리는 것이라고 말했다. 나는 제안을 받아들였다. 하지만 샤틀레 양에게 답장을 서둘러 받아야 하고 내 얇은 지갑이 거의 비어가므로 소식을 오래 기다릴 수 없다는 말은 감히 하지 못했다. 내가 말을 참은 이유는 그녀가 나를 잘 못 대해주어서가 아니었다. 오히려 그녀는 내게 많은 호의를 보였고 대등한 관계로 대해주어서, 그녀에게 차마 내 처지를 알릴 용기도, 점잖은 신사 역할에서 보잘것없는 거지 역할로 떨어질 용기도 없었던 것이다.

내가 여기 4권에서 언급한 것들은 모두 그 맥락이 꽤나 분명하게 연결되는 듯싶다. 그런데 바로 그사이에 리옹을 또 한 번 여행한 기억이 나는 것 같다. 장소를 지목하기는 어렵지만 나는 그곳에서 벌써 상당히 옹색한 처지에 있었다. 말하기가 몹시 곤란한 어떤 작은 일화가 있어 나는 그 여행을 결코 잊지 못할 것이다. 어느 날 나는 보잘것없는 저녁식사를 마치고 리옹의 벨쿠르 광장에 앉아서 이 난처한 상황에서 벗어날 방법을 궁리하고 있었다. 그때 챙 없는 모자를 쓴 어떤 사람이 내 옆에 와서 앉았다. 그 사람은 리옹에서 일하는 태피터[87] 직공들 중 한 명으로 보였다. 그가 내게 말을 걸어서 대답을 했다. 그렇게 대화가 이어졌다. 막 15분쯤 이야기를 했을까, 그가 내게 여전히 태연하고 천연덕스러운 어조로 서로 즐기자는 제안을 했다. 나는 즐기는 것이 무엇인지 그가 설명해주기를 기다렸다. 하지만 그는 아무것도 설명하지 않은 채 어떻게 하는 것인지 보여주려 했다. 우리는 거의 몸이 닿을 정도로 가까이 앉아 있었다. 그가 어떤 일을 해 보이려는지 보이지 않을 정도로 그렇게 어두운 밤은 아니었다. 그가 내 몸에 눈독을 들인 것은 전혀 아니었다. 적어도 어떤 행동으로도 그런 의도를 드러내지는 않았고 전혀 그럴 만한 장소도 아니었다. 그는 내게 말한 것과 마찬가지로 자신도 즐길 테니 나도 나름대로 즐겨보라고만 했다. 그런 짓이 그에게는 별것 아닌 듯해서 내가 자신처럼 그짓을 대수롭지 않게 여기지 못한다는 사실을 짐작조차 못했다. 나는 그런 뻔뻔스러운 행동에 너무나 겁을 먹은 나머지 대꾸도 하지 않은 채 그 파렴치한 놈에게 쫓기고 있다고 생각하며 부리나케 일어나 뒤도 안 돌아보고 달아났다. 나는 너무나 불안해서 생도미니크 거리를 지나 숙소로 가는 대신에 강가로 달려갔고 나무다리를 지나서야 겨우 멈추어 섰다. 무슨 범죄라도 저지른 것처럼 온몸이 떨렸다. 나 역시 성적으로 나쁜 버릇이 있었지만 그 기억 때문에 오랫동안 버릇을 고칠 수 있었다.

이 여행을 하면서 이와 거의 비슷한 사건을 다시 겪기도 했지만 이번 일이 내게는 훨씬 더 위험했다. 돈이 거의 바닥나는 실정이었으므로 얼마 남지 않은 돈이나마 아끼려고 애를 썼다. 여인숙에서 밥 먹는 횟수를 점점 줄이다가 곧 아예 끊어버렸다. 작은 카페에서 5, 6수 정도면 숙소에서 25수로 먹는 만큼 실컷 먹을 수 있었으니 말이다. 이제 여인숙에서 밥을 먹지 않는 이상 그곳에 잠만 자러 갈 수는 없었다. 내가 대단한 빚을 진 것은 아니지만 주인 여자에게 돈벌이도 시켜주지 못하면서 방 하나를 떡하니 차지하고 있는 것이 못내 염치가 없었다. 좋은 계절이었다. 상당히 무덥던 어느 날 저녁 나는 광장에서 밤을 보내기로 결심하고 일찌감치 벤치에 자리를 잡았다. 그때 지나가던 한 신부가 내가 그렇게 누워있는 것을 보고 다가오더니 내게 잘 곳이 없느냐고 물었다. 그에게 내 처지를 솔직히 고백하자 그는 나를 딱하게 여기는 듯했다. 그가 내 옆에 앉았고 우리는 이야기를 나누었다. 그는 재미있게 말을 했다. 그의 말을 모두 듣고 나니 그가 더없이 좋은 사람이라는 생각이 들었다. 그는 내가 기분이 좋은 것을 보고, 자신도 그리 넓지 않은 곳에 묵고 방도 하나뿐이지만 절대로 광장에서 이렇게 자도록 나를 내버려두지는 않을 것이라고 말했다. 그러면서 숙소를 구해주기에는 시간이 늦었으니 오늘 밤에는 자기 침대 절반을 내게 내주겠다고 제안했다. 나는 도움이 될지도 모르는 친구를 사귄다는 기대를 미리부터 하며 제안을 받아들였다. 우리는 숙소로 갔다. 그는 부싯돌로 불을 댕겼다. 그의 방은 좁지만 깨끗해 보였다. 그는 상당히 예의 바르게 나를 환대해주었다. 그는 찬장에서 유리 단지를 꺼냈는데, 그 안에는 브랜디에 담근 버찌가 들어 있었다. 우리는 각자 두 개씩 먹고 잠자리에 누웠다.

이자는 수도원 자선 보호시설에서 만난 유대인과 같은 취향을 지니고 있었다. 하지만 그는 이 취향을 아주 노골적으로 드러내지는 않았다. 그는 내가 자기와 같은 생각을 할 수도 있지만 자칫 잘못하면 내가 저항하게 될까 봐 그랬는지, 아니면 실제 계획에 별 자신이 없어서 그랬는지 감히 대놓고 그 짓을 하자는 제안을 하지 못했다. 그는 나를 불안하게 만들지 않으면서 내 마음을 흔들어놓으려고 애썼다. 나는 처음 당했을 때보다는 경험이 있어서 곧 그의 의도를 깨달았고 온몸이 떨리기 시작했다. 내가 지금 어떤 집에 있고 누구의 손에 맡겨져 있는지 몰라 자칫 소란을 피웠다가는 목숨을 잃지나 않을지 두려웠다. 나는 그가 내게 무엇을 원하는지 모르는 체했다. 하지만 그의 애무가 너무 귀찮고 계속되는 그 짓을 참을 수 없다는 듯 아주 단호한 태도를 보이며 올바로 처신하니 그도 자제하지 않을 수 없었다. 그래서 내가 할 수 있는 가장 부드러우면서도 단호한 어조로 그에게 말했다. 나는 아무것도 의심하지 않는 척하며 예전에 내가 겪은 사건과 관련지어 그에게 보인 불안에 대한 핑계를 댔다. 또한 역겨움과 혐오감이 가득 찬 말로 그에게 그 사건을 이야기하는 바람에 그를 구역질 나게 만들었는지 그는 그 지저분한 계획을 완전히 포기했다. 우리는 이후 저녁 시간을 조용히 보냈다. 그는 나에게 상당히 긴요하고 분별 있는 많은 이야기들을 해주었는데, 아주 고약한 인간이긴 했지만 확실히 무능한 인간은 아니었다.

　아침이 되어 신부는 불만스러운 모습을 보이지 않으려고 아침식사 이야기를 꺼내더니 숙소 안주인의 딸들 중 예쁘장하게 생긴 아가씨에게 식사를 가져다 달라고 청했다. 그녀가 그에게 그럴 시간이 없다고 말했다. 그래서 다시 여동생에게 청하자 그녀는 그에게 대답조차 해주지 않았다. 우리는 계속 기다렸다. 아침식사는 끝내 나오지 않았다. 결국 우리는 아가씨들이 있는 방으로 건너갔다. 아가씨들은 신부를 상당히 냉담한 태도로 맞았다. 나에 대한 그녀들의 대접은 훨씬 더 만족스럽지 못했다. 언니는 돌아서더니 뾰족한 구두 굽으로 내 발끝을 밟았다. 그곳은 티눈 때문에 너무 아파서 어쩔 수 없이 구두를 잘라낸 부분이었다. 동생은 내가 막 앉으려 한 의자를 뒤에서 갑자기 빼버렸다. 그녀들의 어머니는 창밖으로 물을 버리면서 내 얼굴에 물을 끼었었다. 내가 어디에 앉기라도 하면 무언가를 찾는답시고 내 자리를 치워버렸다. 나는 살면서 이런 대접을 받은 적이 없었다. 나는 그녀들의 모욕적이고 조롱하는 듯한 시선에서 어떤 은밀한 분노를 보았지만 어리석게도 아무것도 눈치채지 못했다. 나는 깜짝 놀라고 어이가 없어 그녀들이 죄다 귀신이 들렸다는 생각이 들었고 진짜로 무서워지기 시작했다. 그때 신부는 보지도 듣지도 못한 척하다가 아침식사를 전혀 기대할 수 없다는 판단을 내리고 밖으로 나가기로 작정했다. 나는 그 사나운 세 여자를 피하게 된 것에 무척 안도하면서 서둘러 그를 따라나섰다. 그는 발걸음을 옮기며 카페에 가서 아침식사를 하자고 제안했다. 나는 몹시 배가 고팠지만 그 제안을 사양했고 그도 크게 고집을 부리지는 않았다. 우리는 서너 번째 길모퉁이에서 헤어졌다. 나는 그 저주스러운 집에 속한 모든 것이 시야에서 사라져 기뻤고, 신부 역시 내가 그 집을 쉽게 발견하지 못하도록 나를 꽤 멀리 데리고 온 것이 상당히 흡족한 눈치였다. 파리에서도 또 다른 어떤 도시에서도 앞서의 두 사건과 유사한 일은 결코 없었으므로 나는 리옹 사람들에게 별로 좋지 못한 인상을 갖게 되었다. 또한 늘 이 도시를 유럽에서 가장 소름 끼치는 퇴폐가 만연한 도시로 여기게 되었다.

이 도시에서 궁지에 몰렸던 일을 기억하면 이곳을 즐겁게 떠올리는 것 역시 쉽지 않다. 만일 내가 다른 누군가처럼 선술집에서 무엇을 얻어내고 빚을 내는 재주를 타고났더라면 이 어려운 처지에서 쉽게 벗어났을 것이다. 하지만 나는 그런 짓을 할 수 없을 뿐 아니라 마음이 내키지도 않았다. 그런 거부감이 어느 정도였는지 짐작하려면 다음과 같은 사실을 아는 것으로 충분하다. 일평생을 거의 가난하게 살며 종종 빵이 떨어질 지경까지 되어도, 빚쟁이가 독촉하면 당장 그에게 돈을 주지 않은 적이 단 한 번도 없었다. 나는 결코 소란이 일어날 만한 빚을 질 줄 몰랐고, 빚을 지기보다는 차라리 고생을 하는 편이 더 나았다.

길거리에서 밤을 지새우는 일은 확실히 고통스러웠는데, 이런 일은 리옹에서 여러 번 겪었다. 나로서는 남은 얼마 안 되는 돈을 숙박비보다는 빵 값으로 쓰는 편이 더 나았다. 어찌 되었든 굶어 죽는 것보다는 잠을 못 자서 죽을 위험이 덜했기 때문이다. 놀라운 점이 있다면 이런 고통스러운 처지에 있으면서도 나는 한 번도 걱정을 하거나 슬퍼한 적이 없다는 사실이다. 나는 앞날에 대해 조금도 걱정하지 않았다. 노숙을 하고 땅바닥이나 벤치에 드러누워서도 안락한 침대에서처럼 편안히 잠을 청하며 샤틀레 양에게서 오게 될 답장을 기다렸다. 론 강인지 손 강인지 분명하지는 않지만 강을 따라 나 있는 교외의 길가에서 기분 좋은 밤을 보낸 기억이 있다. 노대(露臺) 위에 세워진 정원은 맞은편의 길 가장자리를 따라 뻗어 있었다. 그날은 상당히 무더웠지만 밤에는 상쾌했다. 이슬이 시든 풀들을 적셨다. 바람 한 점 없는 조용한 밤이었다. 공기는 상쾌했지만 차갑지 않았다. 일몰 후 태양은 하늘에 붉은 기운을 남겨놓았고, 붉은 기운은 반사되어 물을 장밋빛으로 물들였다. 노대의 나무들에는 나이팅게일이 가득 깃들어 서로 어울려 지저귀고 있었다. 나는 일종의 황홀감 속에서 산책을 하며 이 모든 것을 즐기는 데 내 감각과 마음을 온전히 맡긴 채 다만 그것을 혼자 즐겨야 한다는 사실이 못내 한스러워 한숨을 내쉴 따름이었다. 달콤한 몽상에 빠져 지친 줄도 모른 채 한밤의 산책을 꽤 오래 계속했다. 마침내 피로가 몰려왔다. 나는 노대 벽에 움푹 들어간 일종의 알코브나 장식문 같기도 한 선반 위에 기분 좋게 누웠다. 내 침대의 둥근 천장은 나무들의 끝자락으로 이루어졌고, 나이팅게일 한 마리가 바로 내 머리 위에 있었다. 나는 새의 노랫소리를 들으며 잠이 들었다. 잠을 자는 것도 달콤했지만 잠에서 깨는 건 더 달콤했다. 날이 훤했다. 눈을 뜨니 물과 푸른빛과 놀라운 경치가 보였다. 자리에서 일어나 몸을 움직이니 시장기가 들었다. 나는 즐겁게 마을 쪽으로 향하면서 아직 남아 있는 6블랑짜리 동전 두 개로 맛있는 아침식사를 하기로 했다. 나는 상당히 마음이 흡족하여 줄곧 노래를 부르며 길을 갔다. 그때 내가 부른 노래가 바티스탱Batistin이 지은 〈토메리의 목욕탕Les bains de Thomery〉이라는 칸타타였다는 기억까지 난다. 나는 그 곡을 외우고 있었다. 훌륭한 바티스탱과 그의 칸타타에 축복이 있을지어다! 나는 이 곡 덕분에 생각보다 훌륭한 아침식사와 전혀 기대하지 않은 훌륭한 점심식사를 대접받게 되었다. 한창 신이 나서 노래를 부르며 걷고 있는데, 누군가가 내 뒤를 따라오는 소리가 들렸다. 뒤돌아보니 성 안토니우스 수도원의 신부가 보였다. 그는 나를 따라오면서 내가 부른 노래를 즐겁게 들은 듯했다. 그는 내게 가까이 오더니 인사를 하고 음악을 아느냐고 물었다. 나는 "조금이요"라고 대답했지만 실은 제법 할 줄 안다는 의미로 말하고 있었다. 그는 계속해서 질문을 했다. 나는 그에게 내 이야기의 일부를 들려주었다. 그는 나에게 악보를 필사해본 적이 있는지 물었다. "이따금요." 내가 그에게 말했다. 사실이었다. 내가 음악을 배우는 최고의 방법은 악보를 필사하는 것이었다. "그렇다면, 나와 함께 갑시다. 내가 당신에게 며칠간 일자리를 줄수 있을 것이오. 그동안 당신에게 부족하지 않게 해주겠소. 당신이 방에서 나오지 않겠다고만 하면 말이오." 그가 나에게 말했다.

성 안토니우스 수도원의 신부는 롤리숑Rolichon 씨라고 했다. 그는 음악을 좋아하고 조예가 깊었으며, 직접 친구들과 함께 조촐한 음악회를 열고 노래를 부르기도 했다. 거기까지는 죄가 아니고 그럴 수 있었다. 하지만 그 취미가 열정으로 변질된 것이 분명하여 그는 그 열정의 일부를 숨겨야만 했다. 그는 나를 작은 방으로 안내했는데, 내가 쓸 그 방에는 그가 필사한 많은 악보가 보였다. 그는 나에게 필사할 또 다른 악보를 주었고 특히 내가 부른 칸타타를 필사해달라고 부탁했는데, 며칠 후에 자신이 그 곡을 직접 부르려 했다. 나는 사나흘을 머물면서 밥 먹을 때 말고는 온종일 필사를 했다. 사실 내 평생 그렇게 굶주리고 그렇게 잘 먹은 적도 없었기 때문이다. 그는 내 식사를 직접 주방에서 가져다주었다. 그들이 평소에 내가 먹은 것 정도로 먹는다면 주방은 틀림없이 풍성했을 것이다. 나는 살면서 먹는 데 이토록 즐거움을 느낀 적이 없었다. 이 음식들이 아주 때마침 내게 제공되었다는 것도 털어놓아야겠다. 나는 장작개비처럼 말라 있었기 때문이다. 나는 먹는 만큼 성심껏 일을 했는데, 이는 결코 과장이 아니다. 사실 나는 부지런한 만큼 정확하지는 못했다. 며칠 후 롤리숑 씨를 거리에서 만났는데, 그는 내가 작업한 악장들이 온통 누락되고 중복되고 뒤바뀐 것투성이어서 곡을 제대로 연주할 수 없었다고 알려주었다. 내가 훗날 세상에서 내게 가장 안 맞는 직업을 선택했다는 것도 고백해야겠다. 음표를 잘 그리지 못하거나 그리 깨끗하게 필사하지 못해서가 아니라 오랜 작업이 지루한 탓에 주의력이 상당히 떨어진 나머지 음표를 적는 것보다 지우는 데 더 많은 시간을 보냈다. 또한 내가 그린 악장을 대조하는 데 심혈을 기울이지 않으면 항상 연주를 망쳐버리게 된다. 그러니 잘하려다가도 아주 망쳐버리고 일을 빨리 끝내려다가 아주 엇나가게 되는 것이다. 그런 일이 있었어도 롤리숑 씨는 나를 끝까지 잘 대해주었고, 내가 떠날 때는 받을 자격도 없는 은화 한 닢까지 선뜻 내

주었다. 나는 그 돈으로 완전히 다시 일어설 수 있었다. 왜냐하면 얼마 지나지 않아 샹베리에 있던 엄마에게서 소식을 들었고 그녀를 만나러 가는 데 필요한 여비도 받았기 때문이다. 나는 열정에 사로잡혀 그녀를 만나러 갔다. 그 이후 내 형편은 종종 궁핍할 때도 있었지만 밥을 굶을 정도는 결코 아니었다. 나는 이 시기를 신의 보살핌에 감사하며 기록으로 남긴다. 내 생애에서 빈곤함과 굶주림을 겪은 것은 이때가 마지막이었다.

　나는 엄마가 샤틀레 양에게 맡긴 용무가 끝나기를 기다리면서 리옹에서 7, 8일 더 머물렀다. 그 시간 동안 그녀를 이전보다 더 꾸준히 만났다. 또한 그녀와 함께 그녀의 친구인 엄마 이야기를 하는 즐거움을 누렸고, 그녀에게 숨길 수밖에 없는 내 처지를 고통스럽게 돌아보며 정신을 딴 데 파는 일도 더 이상 하지 않았다. 샤틀레 양은 젊지도 예쁘지도 않았지만 매력이 없지는 않았다. 그녀는 사교적이고 친근감을 주었으며 그녀의 재치는 그 사교성을 돋보이게 했다. 그녀는 관찰력이 뛰어난 모럴리스트로서의 취향을 지녀서 인간 연구에 심취해 있었다. 나도 애초에 그녀에게서 영향을 받아 같은 취향을 갖게 되었다. 그녀는 르 사주Le Sage[88]의 소설들, 특히 《질 블라스Gil Blas》를 좋아했다. 그녀는 내게 그 소설에 대해 이야기했고 책을 빌려주기도 했다. 나는 그 책을 재미있게 읽었지만 아직 그런 종류의 독서를 할 만큼 성숙하지는 못했다. 나는 과장된 감정이 드러난 소설들이 필요했다. 이렇게 샤틀레 양이 있는 수도원 면회실에서 유익하고 즐거운 시간을 보냈다. 확실히 재능 있는 아가씨와의 흥미롭고 사려 깊은 대화는 책에 나오는 모든 현학적인 철학보다 젊은이를 가르치는 데 더욱 적합하다. 나는 레 샤조트 수도원에서 또 다른 원생들과 그 여자 친구들을 사귀게 되었다. 그중에서도 세르Serre 양이라는 열네 살 된 아가씨를 알게 되었는데, 당시에는 그녀에게 큰 관심이 없었지만 8, 9년 후에는 그녀에게 열을 올리게 되었다. 당연한 것이 그녀는 매력적인 소녀였기 때문이다.

이제 곧 착한 엄마와 다시 만나리라는 기대에 정신이 팔린 나는 몽상을 거의 그만두었고 나를 기다리는 현실의 행복 덕분에 환상 속에서 행복을 찾을 필요가 없어졌다. 나는 그녀를 다시 만날 뿐 아니라 그녀 곁에서 그녀를 통해서 즐거운 상황으로 돌아간다. 왜냐하면 그녀는 내게 어울린다고 생각하는 자리를 구해두었는데, 그 일을 하게 되면 자신과 떨어지지 않아도 될 것이라고 썼기 때문이다. 나는 그 일거리가 무엇인지 궁금한 나머지 온갖 추측을 다 해보았다. 사실 제대로 알아맞히려면 점이라도 쳤어야 했다. 나는 편안하게 여행할 정도로 충분한 돈이 있었다. 샤틀레 양은 내가 말을 타고 가기를 바랐다. 나는 그녀의 말에 동의하지 않았는데 나름대로 이유가 있었다. 살면서 마지막으로 하는 도보 여행의 즐거움을 놓칠 수 없었던 것이다. 내가 모티에에 머물 동안 종종 근교로 소풍을 나갔던 일에 그런 이름을 붙일 수는 없기 때문이다.

참으로 이상한 일은 내 처지가 가장 암울할 때는 내 상상력이 더없이 즐겁게 고양되고, 반대로 내 주위의 모든 것이 흥겨울 때는 상상력이 그다지 유쾌하지 않다는 것이다. 나의 심술궂은 성격은 상황에 맞추려고 하지 않는다. 내 성격은 미화할 줄 모르고 창조하려고 한다. 실제 대상들은 기껏해야 머릿속에서 있는 그대로 그려질 따름이다. 내 생각은 그저 상상의 대상들만 장식할 줄 안다. 만일 봄을 그리려고 한다면 계절은 겨울이어야 한다. 만일 아름다운 풍경을 묘사하려고 한다면 나는 벽에 갇혀 있어야만 한다. 수없이 말한 바이지만 내가 바스티유 감옥에 있었다면 자유와 관련된 그림을 그렸을 것이다. 나는 리옹을 떠나면서 오직 즐거운 미래만을 생각했다. 내가 파리를 떠나면서 불만스러웠던 만큼 이번에는 만족스러웠는데 그렇게 느낀 것은 아주 당연했다. 그렇지만 이번 여행에서는 지난번 여행 동안 줄곧 나를 사로잡았던 달콤한 몽상에는 빠지지 못했다. 내 마음은 차분했고 다른 생각은 없었다. 나는 곧 만나게 될 멋진 여자 친구에게 감격스러운 마음으로 다가가고 있었다. 그녀 곁에서 살게 될 즐거움을 미리 맛보았지만 빠져들지는 않았다. 그 즐거움을 늘 기다리고 있었기 때문이다. 마치 내게 새로운 일이 아무것도 일어나지 않은 듯싶었다. 나는 앞으로 무슨 일을 하게 될지 마치 상당히 염려스러운 일인 것처럼 걱정했다. 내 생각은 평온하고 온화했지만 천상의 세계를 오가거나 황홀하지는 않았다. 나를 스쳐가는 모든 대상들은 내 시선을 강하게 사로잡았다. 나는 풍경들을 주의 깊게 보았다. 나무들과 집들과 시냇물을 눈여겨보았다. 갈림길에 서면 주저했다. 길을 잃을까 두려웠던 것이다. 그래서 전혀 길을 잃지 않았다. 한마디로 나는 더 이상 천상에 있지 않았다. 때로는 지금 있는 곳에, 때로는 가는 곳에 있었지만 결코 더 멀리 가지는 않았다.

나는 여행에 대한 이야기를 하면 마치 여행을 하고 있는 것처럼 느껴져서인지 도착할 줄도 모르는 듯싶다. 사랑하는 엄마에게 다가갈수록 기쁨으로 가슴이 두근거린다. 그렇다고 더 서두르지는 않았다. 나는 내 마음대로 걷고 원할 때 멈춰 서기를 좋아한다. 내게는 떠돌아다니는 생활이 필요하다. 좋은 날씨에 아름다운 고장에서 서두르지 않고 걷는 것, 여정이 끝날 때 기분 좋은 목적이 있는 것, 이것이야말로 모든 생활방식들 가운데 가장 내 취향에 가깝다. 그런데 내가 아름다운 고장이라고 말하는 것이 무엇을 뜻하는지 여러분은 이미 알고 있다. 평야지대는 아무리 아름다워도 내 눈에는 그렇지 않다. 내가 필요로 하는 것들은 급류와 바위들, 전나무들, 울창한 숲, 산들, 굴곡진 오르막길, 바로 옆에 있어 나를 아찔하게 만드는 절벽이다. 나는 그런 즐거움을 누렸고 샹베리에 다가가면서 그것이 지닌 일체의 매력을 맛보았다. 르 파 드 레셸로 불리는 깎아지른 듯한 산에서 멀지 않은 곳, 샤이유라는 장소에 바위를 깎아 만든 큰 길 아래에 작은 강이 흐르고 있다. 그 강은 무시무시한 깊은 구렁 속으로 부글부글 물거품을 일으키며 흘러가는데, 무수히 긴 세월 동안 그 구렁을 만들어놓은 것이다. 그 길 가장자리에는 사고 방지용 난간이 설치되어 있었다. 그래서 나는 깊은 곳을 바라볼 수 있었고 아찔함을 제대로 느낄 수 있었다. 내가 깎아지른 곳을 좋아하면서 즐거움을 느끼는 것은 그런 장소에 있으면 아찔한 기분이 들기 때문이다. 또한 안전만 확인된다면 그런 현기증을 무척 즐긴다. 나는 곧잘 난간에 기댄 채 얼굴을 내밀고 그 물거품과 시퍼런 물을 이따금 어렴풋이 바라보며 몇 시간을 그곳에서 머물곤 했다. 그 물이 사납게 소용돌이치는 소리가 까마귀들과 맹금류들이 우는 소리 사이로 들려왔다. 새들은 내 발 밑으로 200미터는 떨어져서 이 바위에서 저 바위로 이 가시덤불에서 저 가시덤불로 날아다녔다. 나는 조약돌을 굴려 보낼 만큼 경사도 충분히 고르고 가시덤불도 그리 무성하지 않은 곳에서, 내가 옮길 수 있는 가장 커다란 돌들을 멀리 가서 찾아와 난간 위에 쌓아서 모아놓았다. 나는 그 돌을 차례로 던지면서, 그것이 벼랑 끝에 닿기 전에 구르다가 뛰어오르며 산산조각이 되어 날아가는 것을 보고 몹시 즐거워했다.

샹베리와 더 가까운 데서는 다른 의미에서 유사한 광경을 만났다. 길은 내 평생 본 가장 아름다운 폭포[89] 아래로 이어졌다. 산이 너무나 깎아지른 듯해서 물이 뚝 떨어져 나와 상당히 멀리까지 활처럼 쏟아지는 까닭에 폭포와 바위 사이를 때로는 몸을 안 적시고 지나갈 수 있을 정도였다. 하지만 조심하지 않으면 내가 그랬듯이 제대로 당하고 만다. 왜냐하면 엄청난 높이 때문에 물이 갈라져 물보라로 떨어지는데, 이 물안개에 조금이라도 가까이 가면 처음에는 젖는지 모르다가 순식간에 흠뻑 젖게 되니 말이다.

마침내 도착해서 엄마를 다시 만났다. 그녀는 혼자 있지 않았다. 내가 그녀의 집에 들어갔을 때 경리국장이 와 있었다. 그녀는 말없이 내 손을 잡더니, 온 마음을 열어줄 듯 다정다감하게 나를 그에게 소개했다. "국장님, 이 사람이 제가 말씀드렸던 가엾은 젊은이입니다. 제대로 처신하는 동안만큼이라도 부디 그를 밀어주시길 부탁드립니다. 그러면 저로서는 젊은이가 살아가는 데 대해 더 이상 걱정이 없을 겁니다." 그러더니 내게 말을 건넸다. "자, 당신은 왕의 일에 몸담게 되었어요. 당신에게 일자리를 주신 경리국장님께 감사하세요." 그녀가 내게 말했다. 나는 어떻게 생각해야 할지 몰라 눈을 크게 뜬 채 아무 말도 못하고 있었다. 꿈틀거리는 야심에 도취되어 벌써부터 작은 재정국장이라도 된 것만 같았다. 내가 얻은 행운은 처음 생각보다는 덜 화려했다. 하지만 당시로서는 그 일로 생활하기에 충분했고 나에게는 그것만으로도 대단했다. 그 일과 관련된 상황을 설명하면 다음과 같다.

빅토르 아마데우스Victor-Amadeus 왕은 앞서 있었던 전쟁들의 결과와 조상들에게서 물려받은 옛 영지의 위치로 보아 언젠가는 그것을 잃게 되리라고 판단하고 오로지 거기서 뽑아낼 수 있는 것은 모조리 뽑아낼 궁리를 했다. 그는 몇 년 전부터 귀족들에게 세금을 부과할 작정을 하고, 과세를 현실에 맞게 함으로써 세금을 공정하게 부과하기 위해 온 나라의 토지측량을 명령했다. 그 작업은 아버지 대에서 시작되어 아들 대에서 끝이 났다. 기하학자라는 뜻도 지니고 있는 측량기사와 비서라고도 불리는 서기 등 이삼백 명이 그 작업에 동원되었다. 엄마는 서기들 명단에 내 이름을 올려놓았다. 그 자리로는 벌이가 많지는 않지만 이 지역에서는 넉넉하게 먹고살 정도는 되었다. 단지 그 자리가 임시직이라는 것이 문제였다. 하지만 그 자리에 있으면서 다른 일을 찾거나 기다릴 수 있었다. 그녀는 바로 그런 이유에서 앞날을 내다보고 이 일이 끝나면 내가 더욱 안정된 일을 할 수 있도록 경리국장에게 각별한 후원을 얻어내려고 노력했던 것이다.

도착하고 며칠 지나지 않아 일을 맡게 되었다. 이 일은 어려운 게 전혀 없었고 나는 곧 일에 익숙해졌다. 제네바를 떠난 뒤 4, 5년을 떠돌아다니며 어리석은 짓과 갖은 고생을 한 끝에 처음으로 떳떳하게 돈벌이를 하게 된 것이다.

내 소년기의 길고도 자세한 이야기는 유치해 보일 듯싶다. 나도 그 점이 불만스럽다. 어떤 측면에서 나는 날 때부터 성숙했지만 또 다른 많은 측면에서는 오랫동안 어린아이였고 지금도 여전히 그렇다. 나는 독자들에게 나를 위대한 인물로 소개하겠다고 약속하지는 않았다. 있는 그대로의 나를 보여주겠다고 약속했다. 다만 노년이 된 나를 알려면 젊은 시절의 나를 더 잘 알아야만 한다. 눈앞의 대상들은 대개 그 기억보다 더 강한 인상을 주지 못하고 또한 나의 생각들은 모두 이미지로 되어 있는 까닭에, 머릿속에 새겨진 첫 번째 윤곽들은 그곳에 남아 나중에 새겨진 윤곽들이 처음의 것들을 지워버리는 게 아니라 오히려 그것들과 결합된다. 어떤 연속적인 감정들과 생각들이 있어서 그것들이 그다음에 오는 것들을 변화시키므로 다음에 오는 것들을 잘 판단하려면 앞의 것들을 알아야만 한다. 나는 연속적으로 일어난 일련의 결과들을 잘 지각하도록 하기 위해 어디서든지 최초의 원인을 잘 설명하는 데 집중한다. 말하자면 독자들이 내 영혼을 투명하게 들여다보도록 만들고 싶다. 그렇게 하기 위해 내 영혼을 모든 관점에서 독자들에게 내보이고 모든 빛으로 밝히려고 노력하며, 독자들이 알아차리지 못하는 움직임이 내 영혼 속에서 일어나지 않도록 하려고 애쓰고 있다. 독자들이 결과를 빚어낸 원인에 대해 스스로 판단할 수 있도록 말이다.

만일 내가 결과만을 두고 "내 성격은 이렇다"고 독자들에게 말한다면 그들은 내가 자신들을 속인다고 생각하지는 않을지 몰라도 적어도 나 자신을 속이고 있다고 생각할 수는 있을 것이다. 하지만 내게 일어난 모든 일, 내가 한 모든 행동, 내가 떠올린 모든 생각, 내가 가졌던 모든 느낌을 독자들에게 솔직하고도 상세하게 설명한다면 내가 독자들을 속이려고 하지 않는 한 그들에게 그런 과오를 범할 수는 없다. 내가 그러기를 원한다 하더라도 그 방법으로는 성공할 수 없을 것이다. 이런 요인들을 조합하여 그것들로 구성되어 있는 존재를 규명하는 일은 독자들이 해야 할 몫이다. 그 결과는 독자들의 성과물이 되어야 하기 때문이다. 이때 독자들이 잘못 생각한다면 그 잘못은 전적으로 독자들의 탓이다. 이러한 목적을 이루기 위해 내 이야기가 믿을 수 있다는 것만으로는 충분하지 않다. 그 이야기는 정확하기도 해야 한다. 사실들의 중요성을 판단하는 사람은 내가 아니며, 나는 사실들을 모두 말하고 그것을 선택하는 수고는 독자들에게 맡겨두어야 한다. 나는 지금까지 진심을 다하여 그 원칙에 충실했으며, 이후에도 그것을 소홀히 하지 않을 것이다. 하지만 중년의 기억은 소년기의 기억보다 항상 덜 생생하다. 나는 소년기의 기억을 가능한 한 최대한 활용하는 것으로 시작했다. 만일 또 다른 기억들이 동일한 영향력을 지닌 채 내게 떠오른다면 참을성 없는 독자들은 지루해할지도 모르지만 나는 내 작업이 불만족스럽지는 않을 것이다. 내가 이런 기도를 하면서 걱정하는 단 한 가지는 과장하거나 거짓말하는 것이 아니라 모든 것을 말하지 않고 진실을 숨기는 것이다.

제5권
1732(?) ~ 1739

이미 말한 대로 샹베리에 도착하여 국왕의 사업을 위해 토지측량 일을 시작하게 된 것은 1732년[90]이었던 듯싶다. 나는 스무 살이 넘어 스물한 살에 가까운 나이였다. 내 정신은 나이에 비해 상당히 성숙했지만 분별력은 거의 그렇지 못했다. 그래서 처신하는 법을 배우기 위해 내 몸을 의탁할 사람의 손길이 몹시 필요했다. 왜냐하면 수년간의 경험으로도 비현실적인 환상에서 근본적으로 벗어날 수 없었고, 내가 겪은 온갖 불행에도 불구하고 가르침을 얻지 못한 것과 마찬가지로 세상도, 사람도 잘 알지 못했기 때문이다.

　나는 내 집에서, 말하자면 엄마의 집에서 묵고 있었다. 그러나 안시에서의 내 방 같은 거처를 다시 갖지는 못했다. 정원도, 시냇물도, 풍경도 없었다. 그녀가 살고 있던 집은 어둡고 음습했는데, 내 방은 집에서도 가장 어둡고 음습했다. 전망이라고는 벽이 전부였고 거리는 막다른 골목이었으며, 공기도 안 통하고 볕도 들지 않는 비좁은 공간에 귀뚜라미와 쥐들이 돌아다녔으며 마룻바닥은 썩어 있었다. 이런 것들만 보아도 그리 쾌적한 거주지는 아니었다. 하지만 나는 그녀의 집에, 그녀 곁에 있었다. 나는 늘 내 책상 아니면 그녀의 방에 있어서 내 방이 더럽다는 사실은 거의 깨닫지 못했다. 그것에 대해 깊이 생각할 여유도 없었다. 그녀가 이 흉물스러운 집에 살려고 일부러 샹베리에 자리 잡은 것이 이상해 보일 수도 있을 것이다. 이것이 바로 그녀의 능숙함에서 나온 행동인데, 나는 이에 대해 말하지 않을 수 없다. 그녀는 토리노에 가는 것을 마땅찮아 했다. 아주 최근에 왕국에서 일어난 큰 소요가 채 가라앉지 않은 상황에서 아직 모습을 나타낼 때가 아님을 그녀도 잘 알고 있었기 때문이다. 그럼에도 그녀는 사업 때문에 그곳에 가야만 했다. 그녀는 자신이 잊히거나 손해를 볼까 봐 두려웠다. 특히 그녀는 재정경리국장인 생로랑Saint-Laurent 백작이 자신에게 호의적이지 않다는 사실을 알고 있었다. 그는 샹베리에 낡은 집을 한 채 가지고 있었는데, 잘못 지은데다 위치도 나빠서 항상 비어 있었다. 그런데 그녀가 이 집을 임대하여 거주하게 된 것이다. 그녀로서는 이러한 처신이 토리노에 직접 다녀온 것보다 훨씬 더 성공적이었다. 그녀의 연금은 전혀 삭감되지 않았고 생로랑 백작은 그때부터 그녀의 변함없는 친구들 중 한 사람이 되었다.

　나는 그 집에도 살림살이가 거의 전과 같이 마련되어 있고 충직한 클로드 아네가 여전히 그녀와 함께 있는 것을 보았다. 이미 말한 듯도 싶은데 그는 무트뤼91의 농부로 어린 시절에는 쥐라 산맥에서 스위스 차의 재료인 약초를 채집했다. 그녀는 약제 제조를 생각하여 그를 고용했는데, 하인들 중에 약초 캐는 이가 있으면 편하겠다는 생각을 한 것이다. 그는 식물 연구에 무척이나 열중했고 그녀도 그의 취미에 도움을 주어서 그는 진짜 식물학자가 되었다. 그가 이른 나이에 죽지만 않았어도 성실한 사람으로 이름이 날 만했던 것처럼 그 학문 분야에서 명성을 얻었을 것이다. 그는 사려 깊고 의젓했으며 나보다 나이가 많아서 나에게는 일종의 가정교사가 되었는데, 덕분에 나는 수많은 어리석은 행동에서 벗어나게 되었다. 그가 내게 그렇게 하도록 강요했고 나도 그가 보는 데서는 감히 함부로 행동하지 못했던 것이다. 그는 자기 여주인에게도 마찬가지로 행동했다. 그녀는 그의 뛰어난 감각과 정직성, 자신에 대한 변치 않는 애착을 알고 있었고, 그래서 그의 애착에 충분히 보답했다. 클로드 아네는 이론의 여지 없이 보기 드문 사람이었는데, 나는 그와 같은 사람을 결코 본 적이 없다. 행동할 때는 굼뜨지만 침착하고 사려 깊으며 신중하되 태도는 냉철하며 말은 간결하고 거만한 데가 있었다. 또한 그는 격렬한 정열에 빠져 있었지만 결코 그것을 드러내지는 않았으며 그 때문에 마음속으로 몹시 괴로워했고, 일생 동안 단 한 번이지만 끔찍한 실수를 범하고 말았다. 독을 마시는 실수를 저지른 것이다. 이 비극적인 사건은 내가 도착한 직후에 일어났다. 나는 그 사건이 있고서야 그 하인과 여주인 사이의 내밀한 관계를 알게 되었다. 만일 그녀가 자기 입으로 나에게 그런 관계를 말해주지 않았다면 나는 그 사실을 전혀 짐작하지 못했을 것이다. 애착과 열의, 충직함이 그와 같은 보답을 당연히 받아야 한다면 확실히 그는 보답을 받아야만 했다. 또한 그가 그 보답을 결코 남용하지 않았다는 사실이 그것을 받아 마땅했다는 점을 증명한다. 두 사람이 말다툼을 하는 일은 거의 없었고 싸운다 해도 항상 좋게 끝났다. 그렇지만 안 좋게 끝난 적이 한 번 있었다. 여주인이 화가 난 나머지 그에게 참을 수 없이 모욕적인 말을 한 것이다. 그는 자신의 절망만을 생각하고 아편 추출물이 담긴 유리병이 옆에 있는 것을 발견하자 곧 그것을 마셔버렸다. 그런 다음 그는 결코 깨어나지 않을 요량으로 조용히 자리에 누웠다. 바랑 부인은 불안하고 심란하여 집 안을 돌아다니다가 다행히 비어 있는 유리병을 발견하고는 그 뒤에 일어난 일을 짐작했다. 그녀는 그를 구하려고 소리를 지르며 달려갔고 그 소리에 나도 따라가 보았다. 그녀는 나에게 모든 것을 고백하고 도와달라고 간청했으며 온갖 노력 끝에 그가 아편을 토해 내게 하는 데 성공했다. 나는 이 광경을 지켜보며 그녀가 나에게 털어놓은 두 사람의 관계에 대해 낌새조차 알아차리지 못한 나의 어리석음에 그저 놀랄 따름이었다. 하지만 클로드 아네는 매우 사려 깊어서 훨씬 통찰력 있는 사람들도 그 일에 대해 잘못 알 수도 있었을 것이다. 두 사람의 화해는 나까지 깊이 감동받을 만했다. 그 이후 나는 그에 대한 존경심이 더해져서 어떻게 보면 그의 제자가 되었는데 그렇다 해서 기분이 나쁠 것도 없었다.

그렇지만 누군가가 나보다 더 내밀하게 그녀와 지낼 수 있다는 것을 알고 고통스러울 수밖에 없었다. 나를 위한 그런 자리를 갈망할 꿈조차 꿔본 적이 없지만 다른 사람이 그 자리를 차지하고 있는 것을 보는 일은 견디기 어려웠다. 그것은 너무나 당연했다. 하지만 내게서 그 자리를 빼앗은 사람에게 반감을 품는 대신 그녀에 대한 나의 애정이 실제로 그에게 이어지는 것을 느꼈다. 나는 무엇보다도 그녀가 행복하기를 바랐다. 또한 그녀는 자신이 행복하기 위해 그가 필요했기 때문에, 나는 그 사람 역시 행복한 것에 만족했다. 그로서도 여주인과 완전히 생각을 같이해서 그녀가 자신을 위해 선택한 친구에게 진심으로 우정을 품었다. 그는 직분상 취할 수 있는 권한을 내게 내세우지 않고, 자신의 판단력에서 비롯된 권한으로 자연스럽게 내 판단력을 쥐락펴락했다. 나는 그가 탐탁지 않아 할 일은 감히 하지 못했고, 그도 나쁜 일 말고는 내게 반대하지 않았다. 우리는 이렇게 모두를 행복하게 만드는 결합 속에서 생활을 했다. 죽음만이 그 결합을 파괴할 수 있었다. 이 사랑스러운 여인의 훌륭한 인격을 증명하는 것들 중 하나는 그녀를 사랑하는 모든 사람들이 자기들끼리도 서로 사랑했다는 사실이다. 질투와 대립조차도 그녀가 불러일으킨 지배적인 감정에 굴복했다. 나는 그녀를 둘러싸고 있던 사람들 중 누구도 서로가 잘못되기를 바라는 것을 결코 본 적이 없다. 내 이야기를 읽는 사람들은 이 칭찬이 나오는 대목에서 잠시 책 읽기를 멈춰주기 바란다. 만일 이 칭찬을 생각하면서 그 정도로 칭찬할 수 있는 여자를 발견한다면 그 신분이 아무리 비천할지라도 독자 여러분은 삶의 안식을 위해 그 여자에게 애정을 갖기 바란다.

내가 샹베리에 도착한 이후 1741년에 파리로 떠날 때까지 8, 9년간의 시기가 이곳에서 시작된다. 이 시기 동안 내 삶은 단순하면서도 즐거웠으므로 이야기할 만한 사건이 별로 없다. 바로 이런 단조로움이야말로 내가 내 성격을 완성하기 위해 가장 필요로 한 것이다. 계속된 동요는 내 성격이 결정되는 데 방해가 되었다. 바로 이 소중한 기간 동안 뒤얽혀서 일관성 없던 내 교육이 견고해졌고, 그런 교육 덕분에 나는 나를 기다리고 있던 폭풍우를 이겨내고 더 이상 변하지 않는 존재가 된 것이다. 이런 발전은 지각하기 어렵고 더디며 기억할 만한 사건도 별로 없다. 그럼에도 이야기를 따라가면서 상세히 설명할 만한 가치가 있다.

처음에 나는 내 일 말고는 거의 아무것에도 관심을 두지 않았다. 업무의 어려움 때문에 다른 것은 생각할 틈이 없었다. 그나마 얼마 되지 않는 자유 시간은 좋은 엄마 곁에서 보냈다. 나는 책 읽을 시간조차 없어서 아예 그럴 생각도 하지 않았다. 하지만 작업이 일종의 판에 박힌 일이 되어버리자 점차 머리를 덜 쓰게 되고 다시 불안에 사로잡혔다. 책 읽기가 다시 필요해졌다. 그 취미가 그것에 몰두하기 어려울 때 항상 고조되었던 것처럼, 예전 장인의 집에서와 마찬가지로 다시금 열정이 되었을지도 모를 일이다. 만일 방해가 되는 다른 취미들이 독서 취미를 잠시 잊도록 해주지 않았다면 말이다.

우리가 하는 계산에서는 아주 어려운 계산법이 필요하지 않았지만 종종 나를 난처하게 만들 정도의 계산법이 요구되곤 했다. 나는 그런 어려움을 극복하기 위해 산술책 몇 권을 사서 계산법을 제대로 배웠다. 그것을 혼자서 익힌 것이다. 실용적인 계산법도 엄격한 정확성을 담보하려면 생각보다 범위가 더 확대된다. 엄청나게 긴 계산도 있어서 나는 뛰어난 측량기사들도 계산 중에 갈피를 못 잡는 것을 종종 보았다. 관례를 바탕으로 깊이 생각하면 명확한 개념을 얻게 되며, 이때 단축된 방법을 찾게된다. 그 방법을 찾아내면 자존심을 만족시킬 수 있고 정확한 방법은 정신을 충족시켜주며 그 자체로는 힘만 드는 작업도 즐겁게 하게 만든다. 나는 그 방법에 몰두하여 숫자로 쉽게 풀리는 문제로 난처해진 적은 없었다. 내가 알았던 모든 것이 매일 기억에서 희미해지는 지금, 이때의 지식은 사용한 지 30년이 되었어도 아직 부분적으로 기억에 남아 있다. 며칠 전에 나는 대번포트를 여행한 일이 있다. 나는 주인집[92]에서 아이들의 산수 공부를 도와주었는데, 더없이 복잡한 계산들 중 하나를 실수 없이 풀어서 믿을 수 없을 만큼 즐거웠다. 숫자를 적고 있으니 내가 아직도 행복한 나날 속에서 샹베리에 있는 것만 같다. 나의 오랜 과거로 다시 돌아간 것이다.

측량기사들의 지적도에 색 입히는 일을 하다 보니 그림에 대한 취미가 생겼다. 나는 물감을 구입하여 꽃과 풍경을 그리기 시작했다. 안타깝게도 내가 미술에 별로 재능이 없다는 것이 밝혀졌다. 그 일에 온통 마음을 썼음에도 말이다. 연필과 붓만 있으면 여러 달을 외출하지 않고도 보낼 수 있었을 것이다. 내가 그 일에 너무나 심취한 나머지 사람들은 나를 그 일에서 끌어내야만 했다. 내가 몰두하기 시작한 모든 취미에서도 마찬가지다. 취미는 점차 발전하여 열정이 되고 이내 몰두한 즐거움 말고는 세상에서 아무것도 보이지 않게 된다. 나이가 들어도 이런 결점은 내게서 고쳐지지 않고 줄어들지도 않았으며, 이 글을 쓰고 있는 지금도 늘 같은 말만 하는 노인네처럼 전혀 이해하지 못하는 또 다른 쓸데없는 공부에 빠져 있다. 젊어서 그런 데 빠져 있던 사람들조차 나이가 들면 어쩔 수 없이 포기하고 마는데, 나는 이 나이에 그런 공부를 시작하고 싶은 것이다.

바로 그때가 공부를 하기에 제격이었을 것이다. 기회가 좋았고 그 기회를 이용하고 싶은 욕심도 어느 정도 있었다. 새로 채집한 식물을 지고 오는 아내의 눈에서 만족한 빛을 보고는 그와 함께 두세 번 식물채집을 가려고도 했다. 만일 단 한 번이라도 식물채집을 하러 갔다면 그것에 마음이 사로잡혀 오늘날 위대한 식물학자가 되었을지도 모른다고 나는 거의 확신한다. 왜냐하면 식물 연구보다 나의 타고난 취향과 더 잘 어울리는 연구를 전혀 알지 못하기 때문이다. 또한 내가 10년 전부터 해왔던 시골 생활도 사실 목적과 발전이 없기는 하지만 지속적인 식물채집과 거의 다를 바 없다. 그런데 그때는 식물학에 관한 어떤 개념도 없었던 까닭에 그것에 대해 경멸감과 거부감까지 품고 있었다. 나는 식물학을 단지 약제사가 하는 연구로만 여겼다. 식물학을 좋아했던 엄마 자신도 그것을 다른 식으로 이용하지는 않았다. 그녀는 자기 약에 쓰려고 그저 식용식물만을 찾았다. 이와 같이 식물학, 화학, 해부학은 내 머릿속에서 의학이라는 이름으로 뒤죽박죽이 되어, 나에게 온종일 즐겁게 빈정거릴 거리나 이따금 욕을 먹을 구실을 만들어주는 데만 소용되었다. 더구나 이것과 너무나 상반되는 취미가 서서히 발전하여 오래지 않아 다른 취미들을 전부 흡수해버렸다. 음악이 바로 그것이다. 확실히 나는 이 예술을 위해 태어난 게 아닌가 싶다. 왜냐하면 어려서부터 음악을 좋아하기 시작했고 오직 음악만큼은 늘 좋아했기 때문이다. 놀라운 점은 내가 이 예술을 위해 태어났지만 그것을 배우는 데 너무나 많은 어려움을 겪었고, 좋은 결과를 얻는 데도 오랜 시간이 걸렸으며, 평생 연습을 하고도 처음 보는 악보로는 노래를 정확히 부르지 못한다는 것이다. 특히 당시에 내가 음악 공부를 재미있어한 것은 엄마와 함께 음악을 할 수 있어서였다. 더구나 우리는 상당히 다른 취미를 지니고 있었으므로 음악은 우리에게 서로 만날 수 있는 지점이 되었고 나는 그것을 즐겨 이용했다. 그녀도 이것을 거부하지 않았다. 나는 당시 거의 엄마의 수준만큼 발전했다. 우리는 두세 번 만에 곡을 노래했다. 이따금 나는 화덕 주위에서 바쁜 엄마를 보고 그녀에게 말했다. "엄마, 여기 매력적인 이중창곡이 있어요. 이 노래를 부르다가는 약 타는 냄새를 맡게 될 것 같은데요." 그러자 그녀가 말했다. "정말이지 너 때문에 내 약이 타버리기라도 한다면 네게 그 약을 먹여버릴 거다." 나는 실랑이를 벌이다가도 그녀를 클라브생 옆에 앉히고야 말았다. 우리는 음악에 몰두했다. 노간주나무 열매나 압생트[93] 추출물이 검게 타버렸다. 그녀는 그것으로 내 얼굴을 문질렀고 그런 모든 일이 즐거움이었다.

이렇게 내게는 여유 시간이 별로 없었어도 그 시간을 이용할 일거리들은 많이 있었던 모양이다. 그렇지만 다른 모든 즐거움을 잘 활용하게 해주는 또 다른 놀이가 내게 생겼다.

우리가 거처하던 방은 지하 독방과 흡사해서 어찌나 숨이 막히는지 이따금 지상으로 신선한 공기를 마시러 나갈 필요가 있었다. 아네는 엄마에게 근교에 식물을 키울 정원을 빌리도록 권했다. 그 정원에는 상당히 예쁜 별장이 하나 딸려 있었는데, 그곳에는 단출한 가구가 구비되어 있고 침대도 있었다. 우리는 그곳에 종종 점심을 먹으러 갔고 나는 가끔 잠을 자기도 했다. 어느새 나도 모르게 그 작은 은신처에 빠져들었다. 나는 그곳에 책 몇 권과 판화 여러 점을 가져다 두었다. 나는 내 시간의 일부를 할애하여 그곳을 꾸미고 엄마가 산책하러 올 때 그녀가 즐겁게 놀랄 거리를 준비했다. 내가 그녀를 떠난 것은 그녀에게 돌아와 그녀에게 전념하고 그녀를 더 즐겁게 생각하기 위함이었다. 나는 또 다른 변덕을 변명하고 이해시키려는 게 아니라 사실이 그랬음을 고백하는 것이다. 예전에 뤽상부르Luxembourg 부인[94]이 어떤 사람을 놀려대며 내게 해준 이야기가 기억나는데, 그가 자기 애인에게 편지를 쓰려고 그녀를 떠났다는 것이다. 나는 그녀에게 나도 그 사람과 비슷할지 모르겠다는 말을 했다. 덧붙여 종종 같은 행동을 했다는 것도 말했을 것이다. 그렇지만 엄마 곁에 있으면서 그녀를 더욱더 사랑하려고 그녀를 떠날 필요성은 결코 느끼지 못했다. 그녀와 단둘이 있으면 혼자 있을 때만큼이나 더없이 편안했으니 말이다. 그런 기분은 남자든 여자든 내가 아무리 애착을 가졌던 사람이어도 다른 사람과 같이 있을 때는 결코 느껴보지 못했다. 하지만 그녀는 나와 좀처럼 마음이 맞지 않는 사람들에게 너무나 자주 둘러싸여 있어서 나는 화가 나고 따분하여 내 안식처로 내몰리듯 오고 말았다. 귀찮은 사람들이 여기까지 우리를 따라올 걱정이 없었으므로 나는 그녀를 내가 원하는 대로 소유할 수 있었다.

이렇게 나는 일과 오락과 교육에 시간을 보내며 더없이 달콤한 안식 속에서 살았는데, 유럽은 나만큼 평온하지는 못했다. 그즈음 프랑스와 신성로마제국의 황제가 서로에게 선전포고를 한 것이다.[95] 사르데냐 왕도 전쟁에 뛰어들었다. 프랑스 군대는 밀라노공국에 입성하기 위해 피에몬테로 진군했다. 그중 한 부대가 샹베리로 들어왔는데, 특히 샹파뉴 연대가 있었다. 라 트리무이유la Trimouille 공작이 연대장이었는데 사람들이 그에게 나를 소개했다. 그는 나에게 많은 것들을 약속했지만 나를 결코 다시 생각해준 적이 없음이 분명하다. 우리의 작은 정원은 군대가 입성하는 교외의 높은 곳에 있어서 나는 군대가 지나가는 것을 마음껏 보러 갔다. 또한 이 전쟁의 결과가 마치 나와 상당한 이해관계가 있는 것처럼 열광했다. 그때까지 나는 공적인 문제를 생각해보려고 한 적이 없었고 신문도 처음으로 읽기 시작했다. 그러나 프랑스를 편애한 나머지 프랑스가 조금이라도 우세하면 기쁨으로 가슴이 두근거렸고 패배하면 마치 내가 패배한 것처럼 몹시 상심했다. 그런 열정이 단지 일시적인 것이었다면 그런 말을 하지도 않았을 것이다. 하지만 그 열정은 까닭도 없이 내 마음속에 너무나 깊게 뿌리박혀 훗날 내가 파리에서 반전제주의자로 또 자존심 강한 공화주의자로 행동할 때에도 비굴하다고 생각한 바로 그 국민에게, 조롱하기를 즐겼던 그 정부에 본의 아니게 은밀한 편애를 느꼈다. 재미있는 것은 내가 내 원칙과 아주 상반되는 성향에 부끄러움을 느껴 감히 누구에게도 그것을 고백하지 못했고, 프랑스인들의 패배를 조롱하면서도 그 때문에 내 마음은 그들보다 더 고통스러웠다는 사실이다. 자신에게 잘해주는 나라에 살고 자신도 그 국민을 매우 좋아하면서도 그들을 짐짓 경멸하는 체하는 사람은 분명 나 하나뿐이다. 말하자면 그런 성향은 나와는 아주 무관하면서도 매우 강하고 지속적이며 어쩔 수 없는 것이어서 이 왕국을 떠난 이후에도, 정부와 관리들과 작가들이 서로 다투어 내게 분노를 터뜨린 뒤에도 나를 불의와 모욕으로 괴롭히는 것이 당당한 일이 된 다음에도, 나는 이러한 열정에서 벗어날 수 없었다. 그들은 나를 냉대하지만 나는 아랑곳하지 않고 그들을 좋아한다. 영국의 승리가 절정에 달했을 때 내가 예측했던 그 나라의 쇠퇴가 이미 시작되었음을 보면서, 나는 프랑스 국민들이 이번에는 승리하여 언젠가 나를 서러운 속박에서 해방시켜줄 것이라는 헛된 희망을 마냥 품고 있다.

나는 오랫동안 이 편파성의 이유를 찾았는데, 그것은 오직 그 성향이 생겨난 정황에서만 찾을 수 있었다. 문학에 대한 내 취미가 점점 커지다 보니 프랑스 서적과 그 책의 저자들, 그 저자들의 나라에 애착이 가기 시작했다. 프랑스 군대가 내 눈앞에서 행진하고 있던 바로 그 순간에 나는 브랑톰Brantôme[96]의 《위대한 장군들의 생애*Les grands capitaines*》를 읽고 있었다. 내 머릿속은 클리송Clisson, 바야르Bayard, 로트렉Lautrec, 콜리니Coligny, 몽모랑시Montmorency, 라 트리무이유La Trimouille[97] 같은 장군들로 가득 차 있었다. 나는 그들의 공적과 용기의 계승자들에게 그런 것처럼 그들의 후손에게도 애정을 느꼈다. 각 연대가 지나갈 때마다 오래전 피에몬테에서 수많은 공적을 세운 유명한 검은 깃발 부대를 다시 보는 듯싶었다. 말하자면 나는 책에서 얻은 생각을 내가 본 것에 적용했다. 항상 같은 국민에게서 나온 책을 계속 읽다 보니 그 국민에 대한 나의 애정은 커졌고, 그런 책 읽기 때문에 마침내 어느 것도 넘어설 수 없는 맹목적인 열정을 품게 되었다. 훗날 여행을 하면서 그 기회에 깨달은 바는 그런 인상이 내게만 주어지는 것이 아니며, 모든 나라에서 책 읽기를 좋아하고 문학에 관심을 쏟는 일부 국민들에게 영향을 미침으로써 프랑스인들의 거만한 태도가 불러일으키는 대다수의 증오를 보상해준다는 사실이다. 각국의 여자들은 남자들보다는 소설 때문에 프랑스에 애정을 품게 되고 젊은이들은 프랑스의 걸작 희곡 때문에 그들의 극장에 애정을 느낀다. 파리 극장의 유명세는 그곳에 수많은 외국인들을 끌어모으고 그들은 열광하며 돌아간다. 결국 프랑스 문학이 지닌 훌륭한 취향 때문에 그런 취향을 가진 모든 사람들은 그 나라 사람들에게 굴복하고 만다. 또한 나는 프랑스인들이 벗어난 너무나 불행한 그 전쟁에서 군인들이 더럽힌 프랑스라는 영광스러운 이름을 작가들과 철학자들이 지지해주고 있음을 보았다.

따라서 나는 열렬한 프랑스인이었다. 또한 그런 이유 때문에 새로운 소식에 열광하는 신문 광(狂)이 되기도 했다. 나는 남의 말을 쉽게 곧이듣는 군중들과 함께 광장에 가서 집배원이 도착하기를 기다렸다. 그리고 우화에 등장하는 당나귀[98]보다 어리석게도 어떤 주인의 짐을 질 영광을 누릴지 알려고 몹시 마음을 썼다. 당시에는 우리가 프랑스에 속하게 되고 사부아를 밀라노공국과 주고받는다는 말이 있었기 때문이다. 그렇지만 나는 걱정해야 할 몇 가지 이유가 있었음을 인정하지 않을 수 없다. 그도 그럴 것이 이 전쟁이 동맹국들에게 불리하게 돌아간다면 엄마의 연금이 상당히 위태로워질 수 있었다. 하지만 나는 우리의 훌륭한 친구들을 무한히 신뢰했고, 지금으로서는 드 브로이유de Broglie[99] 씨가 기습을 당했음에도 불구하고 이러한 신뢰는 생각지도 못했던 사르데냐 왕 덕분에 잘못되지 않았다.

이탈리아에서 싸움이 벌어지는 동안 프랑스에서는 노래를 부르고 있었다. 라모Rameau[100]의 오페라가 커다란 반향을 일으키기 시작했고, 난해해서 소수의 사람들만이 이해하던 그의 이론적 작품들도 전면에 부각되었다. 우연히 나는 그의 《화성론Traité de l'harmonie》에 관한 사람들의 이야기를 듣고 그 책을 얻을 때까지는 조바심이 나서 한시도 가만있을 수 없었다. 우연이 겹쳐 병까지 들었다. 염증성 질환이었다. 그 증상은 심하지만 오래가지 않는 급성이었음에도 회복은 더디었다. 한 달 동안 바깥출입을 할 수 없었다. 그동안 나는 《화성론》을 대략 파악한 뒤 탐독했다. 하지만 그 책은 상당히 길고 장황했으며 잘 정리되지 않아서 내가 보기에 연구하고 정리하자면 상당한 시간이 소요될 듯싶었다. 나는 전념하던 일을 멈추고 음악으로 눈을 쉬게 해주었다. 내가 연습하던 베르니에Bernier의 칸타타들은 내 머리를 떠나지 않았다. 나는 그중 네다섯 곡을 외우고 있었는데, 특히 〈잠자는 작은 요정들L'Amours dormants〉은 그때 이후 다시 손을 댄 적은 없지만 아직도 거의 다 외우고 있다. 내가 거의 같은 시기에 배웠던 클레랑보Clérambault의 아주 멋진 칸타타 〈벌에 쏘인 작은 요정L'Amour piqué par une abeille〉과 마찬가지로 말이다.

내 음악 공부를 도와주려고 발레다오스타 주에서 팔레Palais 신부라는 젊은 오르간 연주자가 왔는데, 그는 훌륭한 음악가이면서 좋은 사람이었고 클라브생으로 반주도 무척 잘했다. 나는 그와 사귀게 되었고 우리는 서로 헤어질 수 없는 사이가 되었다. 그는 오르간의 대가인 어떤 이탈리아 수도사의 제자였다. 그는 나에게 자신이 알고 있는 원리를 말해주었다. 나는 그 원리를 라모의 그것과 비교하여 머릿속을 반주와 화음과 화성으로 가득 채웠다. 이 모든 것들에 귀가 익숙해질 필요가 있었다. 나는 엄마에게 매달 작은 음악회를 열자고 제안했다. 그녀도 승낙했다. 나는 이 음악회에만 열중한 나머지 낮이고 밤이고 다른 일에는 마음을 쓰지 않았다. 실제로 그 일에 몰두하여 악보와 연주자들과 악기를 모으고 악장을 적는 데 많은 시간을 들였다. 엄마는 노래를 불렀다. 내가 이미 말했고 뒤에도 계속 언급하게 될 카통Caton 신부도 노래를 불렀다. 로슈Roche라는 무용 선생과 그의 아들이 바이올린을 연주했다. 피에몬테 출신의 음악가 카나바스Canavas는 지적과에서 일하다가 나중에 파리에서 결혼한 사람인데 첼로를 연주했다. 팔레 신부는 클라브생으로 반주를 했다. 나는 영광스럽게도 지휘를 했다. 나무꾼의 지휘봉[101]을 머릿속으로 생각하면서 말이다. 모든 것이 얼마나 훌륭했는지 짐작할 수 있을 것이다! 트레토랑 씨 댁에서 있었던 음악회와 완전히 같지는 않지만 거의 부족함이 없었다.

　바랑 부인의 작은 음악회는 그녀가 새로 개종한데다 왕의 자비로 살고 있다는 말을 듣던 터라 신앙심 깊은 무리들을 투덜거리게 만들었지만 여러 교양인들에게는 즐거운 여흥이었다. 그때 내가 그들의 지도자로 누구를 세웠는지 짐작하기 어려울 것이다. 수도사, 그것도 재능 있고 다정다감하기까지 한 수도사였다. 나는 훗날 그가 겪은 불행 때문에 마음이 아팠고 그에 대한 기억은 내 행복한 나날과 관련되어 있어 아직도 내게 소중하게 남아 있다. 그 사람은 성 프란체스코 수도회의 수도사 카통 신부로, 도르탕 백작과 함께 리옹에서 가엾은 '귀여운 아가'[102]의 악보를 압류했다. 그 일은 그의 삶에서 그리 훌륭하지 못한 행위였다. 그는 소르본 대학에서 학위를 받았다. 또한 파리의 최상류사회에서 오랫동안 살았고, 당시 사르데냐 대사였던 당트르몽 d'Entremont 후작과 깊은 친분을 맺고 있었다. 그는 키가 크고 체격이 좋았으며 동그란 얼굴에 툭 튀어나온 눈, 이마 양옆으로 갈고리처럼 자연스럽게 말려 올라간 검은 머리를 하고 있었다. 귀족적이면서도 솔직하고 겸손한 태도가 꾸밈없고 좋아 보였다. 또한 그는 독실한 신자인 체하거나 수도사들의 뻔뻔스러운 태도를 내보이지 않았으며, 사교계의 인기인이었음에도 그런 사람들이 흔히 그렇듯 무례한 태도를 드러내지 않았다. 그는 교양인으로서의 자신감이 넘쳤고 성직자의 법의를 부끄럽게 여기지 않고 자신을 자랑스럽게 여겼으며 신사들 사이에서 항상 자신의 본분을 알고 있었다. 카통 신부는 박사로서는 그리 학식이 풍부하지 않았지만 사교계 인사로서는 아는 것이 무척 많았다. 그는 자신의 학식을 조급하게 드러내지 않고 아주 적절한 때에 그것을 내놓았기 때문에 더 박식하게 보였다. 그는 사교계에서 오래 지내서 그런지 딱딱한 지식보다는 유쾌한 재능에 더 애착을 보였다. 그는 재치가 있고 시를 썼으며 말을 잘하는데다 노래 실력은 더 좋았고, 좋은 목소리를 지녔으며 파이프오르간과 클라브생도 연주했다. 물론 그 정도가 아니더라도 인기를 끌 수 있었다. 그랬으니 그의 인기는 대단했다. 그는 그런 상황에서도 자신의 지위에 따른 책임에 소홀하지 않아서 무척 질투심 많은 경쟁자들이 있었음에도 자신의 관구에서 수도회의 운영과 규율상의 문제를 다루는 총회 의원으로, 이른바 수도회 고위급 성직자의 일원으로 뽑혔다.

카통 신부는 당트르몽 후작의 집에서 엄마를 알게 되었다. 그는 우리의 음악회에 대해 듣고서 자신도 함께하고 싶어 했다. 그가 참석해서 음악회는 활력이 생겼다. 우리는 음악에 대한 공통된 취미로 곧 친해졌고, 음악은 두 사람 모두에게 아주 강렬한 열정이 되었다. 그는 진정한 음악가이고 나는 단지 얼치기 음악가라는 차이가 있었지만 말이다. 우리는 카나바스, 팔레 신부와 함께 그의 방에서 음악 연주를 했고 이따금 축제 때에는 그의 파이프오르간으로 연주를 했다. 우리는 종종 그가 베푸는 조촐한 오찬을 같이하곤 했다. 그는 수도사이기에 더 놀랍게도 인심이 후했고 너그러웠으며 상스러움 없이 감각적이었다. 우리의 음악회가 열리는 날이면 그는 엄마 집에서 저녁식사를 함께했다. 그 저녁식사는 상당히 즐겁고 유쾌했다. 우리는 격의 없는 농담도 나누고 이중창곡도 불렀다. 나는 만족스러웠고 번뜩이는 재치와 기지도 드러냈다. 카통 신부는 매력적이었다. 엄마는 사랑스러웠다. 팔레 신부는 황소 같은 목소리 때문에 놀림감이 되었다. 쾌활한 청춘기의 너무나 즐거웠던 순간들이여, 그 순간들이 사라진 지 벌써 얼마나 되었던가!

가엾은 카통 신부에 대해 말할 기회가 더 이상 없을 것 같으니 여기서 그의 비극적인 이야기를 간략하게 끝마치도록 하겠다. 다른 수도사들은 그가 재능이 있고 수도사답지 않게 방탕함이 전혀 없는 우아한 품행을 갖춘 것을 보고 그를 질투하거나 미워하고 증오했다. 그가 자신들처럼 혐오스러운 데가 없었기 때문이다. 그 우두머리들은 그와 맞서려고 합심하여 그의 자리를 시기하면서도 그전에는 감히 그를 쳐다보지도 못하던 어린 수도사들을 선동했다. 그는 수없이 모욕을 당하고 자기 자리를 잃었으며 방까지 빼앗겼다. 그가 소박하지만 세련되게 장식했던 방이었다. 그는 내가 어딘지 모르는 곳으로 쫓겨났다. 말하자면 그 비열한 자들은 그에게 온갖 모욕을 가했고 정직하고 고결하며 자존심 강한 그의 영혼은 그 수모를 참아내지 못한 것이다. 마침내 그는 가장 다정다감한 사교계의 총애를 받다가 독방 아니면 지하 감옥의 구석에 있는 초라한 싸구려 침대에서 고통스럽게 눈을 감았다. 그를 아는 신사들은 하나같이 눈물을 흘렸고 그에게 잘못이 있다면 수도사였다는 잘못밖에는 없다고 여겼다.

그리 오래지 않아 나는 이와 같은 소박한 생활방식에 아주 익숙해졌고 그 결과 음악에 완전히 빠져버려 다른 것은 생각할 수 없게 되었다. 이제는 사무실에도 마지못해 나갔다. 일 때문에 구속을 당하고 일정하게 출근해야 하는 일이 내게는 참을 수 없는 고통으로 여겨졌다. 마침내 나는 일을 그만두고 완전히 음악에 몰두하고 싶어졌다. 그런 어리석은 생각이 반대 없이 용인되지 않았으리라는 점은 짐작할 수 있을 것이다. 고정 수입이 있는 웬만한 자리를 그만두고 정해지지도 않은 학생들을 찾아다닌다는 것은 너무나 생각이 없는 결심이어서 엄마의 마음에 들 리 없었다. 내가 상상한 것처럼 앞으로 큰 발전을 이룬다고 가정하더라도 내가 평생을 음악가의 신분으로 산다는 것은 나의 야심을 아주 대수롭지 않게 억누르는 것이었다. 엄마는 멋진 계획만을 세웠고 더 이상 전적으로 도본 씨의 말대로 판단하지 않았지만 아주 보잘것없는 재능에 진지하게 몰두하는 나를 보고는 파리에서는 별로 적절하지 않은 이 지방의 격언을 나에게 종종 되풀이해서 말했다. "노래 잘하고 춤 잘 추는 사람은 잘나가는 직업을 갖지 못한다." 그녀는 다른 한편으로는 내가 어쩔 수 없는 취미에 마음이 빠져 있다는 것을 알고 있었다. 음악에 대한 나의 열정은 일종의 광기가 되어 내가 일에 태만한 것이 알려져 해고당하지나 않을까 염려할 정도였다. 나로서는 해고당하기보다는 스스로 그만두는 편이 훨씬 더 나았다. 그래서 엄마에게 지속적으로 지적하기를, 그 일은 계속해서 오랫동안 할 수 없고 먹고살려면 재능이 필요한데, 후원자들의 자비에 매달리거나 성공하기 어려울 수도 있는 새로운 시도를 하느라 배울 나이를 놓치고 밥벌이할 아무런 수단도 없는 처지에 놓이기보다는 내 취미에도 맞고 나를 위해 기왕에 엄마가 선택해준 재능을 잘 살려 끝내 내 것으로 만드는 편이 더 확실하다고 했다. 결국 나는 엄마가 만족할 만한 이유를 통하기보다는 성가시게 하고 비위도 맞춰가면서 그녀의 동의를 억지로 얻어냈다. 곧장 나는 지적과의 책임자인 코첼리Coccelli 씨에게 마치 내가 가장 영웅적인 행동이라도 한 양 감사인사를 하러 당당하게 달려갔다. 나는 이유도 까닭도 구실도 없이 그 일을 자발적으로 그만두었다. 그러면서 그 일을 시작한 지 2년도 지나지 않아 처음 시작했을 때만큼이나 아니 그 이상으로 기뻐했다.[103]

그런 행동방식은 대단히 어리석기는 했지만 나는 그 덕분에 그 지역에서 일종의 존경을 받게 되었고 그것은 내게 도움이 되었다. 어떤 사람들은 내가 갖고 있지 않던 능력이 내게 있을 것이라고 짐작했다. 또 다른 사람들은 내가 완전히 음악에 빠져 있다는 사실을 알고서 거기에 들인 내 희생을 통해 내 재능을 판단한 다음, 내가 음악에 그만큼 열정이 있으니 그것에 매우 정통하리라고 믿어버렸다. 장님들이 사는 왕국에서는 애꾸눈이 왕 노릇을 하는 법이다. 나는 신통치 않은 선생들밖에 없는 이곳에서 훌륭한 선생으로 통했다. 게다가 나는 노래에 관한 상당한 안목이 있었고 나이와 용모 덕분에 얼마 지나지 않아 서기의 급료를 대신하는 데 필요한 정도 이상으로 여학생들을 모았다.

확실히 인생의 낙을 두고 보면 극에서 극을 이보다 더 빨리 체험할 수는 없을 것이다. 지적과에서는 매일 여덟 시간을 따분한 일에 매인 채 그보다 훨씬 더 따분한 사람들과 함께 있으면서 대부분 머리에 빗질조차 하지 않고 상당히 더러웠던 그 촌놈들 모두에게서 풍기는 입 냄새와 땀 냄새로 악취가 진동하는 우중충한 사무실에 갇혀 지냈다. 그런 환경 속에서 나는 긴장과 냄새, 구속과 갑갑함 때문에 종종 어지러울 정도로 가슴이 억눌리는 기분을 느꼈다. 이와는 달리 별안간 사교계에 뛰어든 내가 대단한 집안들의 인정과 총애를 받게 된 것이다. 어디서나 친절하고 상냥한 대접을 받았으며 와자지껄한 축제의 분위기였다. 잘 차려입은 사랑스러운 아가씨들이 나를 기다렸다가 친절하게 맞아주었다. 눈에 보이는 것은 매력적인 대상들이었고 코에 닿는 것은 장미와 오렌지 꽃향기뿐이었다. 우리는 노래를 하고 이야기를 했으며 함께 웃고 즐겼다. 그곳을 나와 다른 곳을 가도 마찬가지였다. 이득이 같다면 선택할 때 저울질할 필요가 없다는 점은 누구나 인정할 것이다. 그래서 나의 선택이 마음에 들었고 결코 후회하는 일이 없었다. 지금 이 순간에도 후회하지 않는다. 살아오면서 한 행동을 이성의 무게로 숙고해보고 나를 부추겼던 분별없는 동기에서 벗어난 지금에도 말이다.

오직 내 성향만을 따르면서 내 기대가 헛되지 않았음을 안 것은 이번이 거의 유일했다. 나는 지역 주민들의 소탈한 대접과 사교적인 기질, 너그러운 성격 덕분에 사람들과 다정한 교제를 할 수 있었다. 당시 내가 교제를 좋아했다는 사실은 지금 내가 사람들과 어울려 살고 싶어 하지 않는 것이 내 잘못이라기보다는 그들의 잘못임을 여실히 증명한다.

사부아 사람들이 잘살지 못하는 것은 애석한 일이지만 그들이 잘살았다면 오히려 애석했을지 모른다. 왜냐하면 당시 그대로의 그들이 내가 알고 있는 한 가장 선량하고 가장 우호적인 사람들이었기 때문이다. 기분 좋고 신뢰할 수 있는 교제를 나누며 삶의 즐거움을 맛볼 수 있는 작은 도시가 세상에 있다면 그곳은 샹베리이다. 이곳에 사는 지방 귀족들은 먹고살 만한 재산만 있을 뿐 출세에 필요한 재산은 충분치 않았다. 그들은 야심에 몸을 맡길 수 없어서 부득이하게 시네아스[104]의 조언을 따르고 있었다. 그들은 젊음을 군인 신분으로 바치고 집으로 돌아와 평화롭게 노년을 보낸다. 젊을 때는 명예가, 늙어서는 이성이 이들을 지배하는 것이다. 여자들은 아름답다. 아름답지 않아도 별 상관없다. 여자들은 아름다움을 돋보이게 할 수 있는 모든 것과 그것을 대신할 수 있는 것까지도 지니고 있다. 이상하게도 일 때문에 많은 아가씨들을 만났지만 샹베리에서 매력적이지 않은 여자는 단 한 명도 보지 못했다. 내가 그녀들을 그렇게 생각하고 싶어 한다고 말할지도 모르겠다. 맞는 말일 수도 있다. 하지만 나는 그런 생각을 하려고 노력할 필요가 없었다. 사실 내가 가르친 어린 여학생들을 회상하면 즐겁지 않을 수 없다. 어떻게 내가 여기서 가장 사랑스러운 여학생들의 이름을 부르며 그와 마찬가지로 그녀들과 나 자신을 우리의 행복했던 시절로 불러오지 않을 수 있겠는가! 그 시절 내가 그녀들과 함께 보냈던 순수하고도 즐거운 시간을 말이다. 맨 처음 알게 된 여학생은 멜라레드 양으로 이웃에 살고 있으면서 갬 씨가 가르치던 제자의 누이이기도 했다. 그녀는 무척 밝은 갈색 머리에 상냥하면서도 발랄했고 우아함이 넘쳤으며 경솔한 데가 없었다. 그녀는 그 또래의 아가씨들이 대부분 그렇듯이 조금 마른 편이었다. 하지만 반짝이는 눈에 가는 허리, 매력적인 외모를 지니고 있어서 살집이 붙지 않아도 사람들의 마음을 끌었다. 나는 아침마다 그녀의 집에 갔는데, 그녀는 그때까지 보통 실내복 차림이었고 다른 머리 장식 없이 되는대로 틀어 올린 머리를 꽃 몇 송이로 치장하고 있었다. 그 꽃들은 내가 도착하면 달았다가 내가 떠나면 머리를 만지기 위해 떼어버렸다. 내가 세상에서 실내복 차림의 예쁜 여자만큼 무서워하는 것은 결코 없다. 차라리 화려하게 꾸민 여자가 백배는 덜 두렵다. 망통Menthon 양의 집에는 오후에 가는 터라 그녀는 항상 옷을 잘 차려 입고 있었는데, 멜라레드 양과 마찬가지로 다정하면서도 다른 인상을 주었다. 그녀는 잿빛 금발에 아주 귀여우면서도 몹시 수줍고 피부가 무척 희었다. 또렷하고 정확하며 맑은 목소리를 지녔지만 감히 제대로 발휘하지는 못했다. 그녀는 가슴에 끓는 물에 덴 흉터가 있었는데, 목에 두르는 푸른색 장식용 머플러로도 상처를 완전히 가리지는 못했다. 나는 그 흉터가 있는 곳에 종종 관심이 갔지만 이내 관심을 두지 않게 되었다. 샬Challes 양은 또 다른 내 이웃으로 성숙한 아가씨였으며 키가 크고 좋은 체격에 살집도 약간 있었다. 그녀는 상당히 예뻤지만 이제는 더 이상 미인이라고 할 수 없었다. 그럼에도 친절하고 변덕스럽지 않으며 천성이 좋다는 점에선 내세울 만한 아가씨였다. 그녀의 언니인 샤를리Charley 부인은 샹베리에서 제일가는 미인으로 더 이상 음악을 배우지는 않지만 아직 상당히 어린 자기 딸에게는 음악 공부를 시켰다. 그 아이의 막 피어나기 시작한 아름다움은 엄마 못지않았을 것이다. 불행하게도 아이가 약간 적갈색 머리만 아니었다면 말이다. 나는 성모방문회 수도원에 있는 어린 프랑스 아가씨를 알고 있었는데, 그녀의 이름은 잊었지만 내가 좋아했던 학생으로 꼽을 만하다. 그녀는 수녀들의 느리고 길게 끄는 말투를 지녔는데 그런 느릿느릿한 말투로 자신의 태도와는 걸맞지 않은 무척 독특한 말을 했다. 더구나 그녀는 게을러서 자신의 재치를 애써 드러내는 것을 좋아하지 않았다. 그것은 그녀가 다른 누구에게도 허락하지 않는 특별한 배려였다. 그녀는 한두 달 소홀한 수업을 받은 다음에야 나를 더 성실하게 만들려고 그런 술책을 생각해냈다. 나는 스스로는 결코 열심히 하려 하지 않았기 때문이다. 가르칠 때는 수업에 만족했지만 그것을 꼭 해야 하거나 시간에 구속당하는 것은 좋아하지 않았다. 나는 모든 일에서 제약과 예속 상태를 참을 수 없다. 그런 것들은 나로 하여금 즐거움까지도 혐오하게 만든다. 이슬람 국가에서는 한 남자가 새벽에 거리를 다니며 남편들에게 자기 처에 대한 의무를 다하라고 명령한다는 말이 있는데, 나는 그 시간에는 나쁜 터키 남편일 수밖에 없다.

시민계급에 속한 여학생도 몇몇이 있었는데, 그들 중 한 여학생이 관계의 변화를 가져온 간접적인 원인이 되었다. 결국 모든 것을 다 이야기해야 하니 이 관계에 대해서도 말하지 않을 수 없다. 그녀는 식료품상의 딸로 라르Lard 양이라고 했는데, 마치 그리스 조각상의 진짜 모델과 다를 바 없었다. 그녀는 일찍이 내가 보았던 가장 아름다운 아가씨로 꼽을 만하다. 생명도, 영혼도 없는 어떤 참다운 아름다움이 있을 수 있다면 말이다. 그녀의 무정함과 냉담함과 무감각은 믿을 수 없을 정도였다. 그녀의 마음에 든다든지 그녀를 화나게 하는 것 모두가 불가능했다. 누군가가 그녀를 유혹했다면 그녀는 좋아서가 아니라 어리석어서 하자는 대로 내버려두었을 것이라고 확신한다. 그녀의 어머니는 이 같은 위험을 당하고 싶지 않아서 그녀 곁을 한시도 떠나지 않았다. 어머니는 딸에게 노래를 배우게 하고 젊은 선생을 붙여주면서 최선을 다해 딸의 기분을 풀어주려고 했다. 하지만 그런 노력은 전혀 성공을 거두지 못했다. 선생이 딸을 유혹하는 동안 어머니는 선생을 유혹했는데, 그런 노력도 그다지 성공을 거두지 못했다. 라르 부인은 타고난 활발함에 보태어 자기 딸에게 필요했을 활발함도 모두 지니고 있었다. 그녀는 귀엽고 발랄한 모습에, 얼굴은 썩 예쁘지는 않지만 호감이 가고 약간 얽은 데가 있었다. 그녀의 정열적인 작은 눈은 거의 항상 눈병에 걸려 충혈되어 있었다. 아침마다 도착하면 크림 커피가 준비되어 있었고, 어머니는 나를 맞으면서 결코 잊지 않고 내 입술에 꼭 맞춘 입맞춤을 했다. 나는 호기심에서 그 입맞춤을 딸에게 다시 해준다면 그녀가 어떻게 받아들일지 알고 싶었다. 더구나 이 모든 행동이 너무나 꾸밈없고 지극히 대수롭지 않게 이루어졌으므로 라르 씨가 있을 때도 교태와 입맞춤은 여전했다. 그 딸에 그 아버지가 아니랄까 봐 라르 씨는 호인이었고, 그의 아내도 그럴 필요가 없었으므로 남편을 속이지 않았다.

　나는 이런 모든 애정 표시를 평소처럼 서툴게 받아들이면서 그것을 그저 순수한 우정의 표시로만 생각했다. 그렇지만 그것이 종종 귀찮기도 했다. 왜냐하면 다혈질의 라르 부인은 까다로운 성격을 드러내지 않고는 못 배기는 사람이어서 내가 하루라도 가게에 들르지 않은 채 지나치기라도 하면 사달이 나고야 말았기 때문이다. 바쁠 때면 돌아서 다른 길로 가야 했다. 그녀의 가게에서 나오기가 들어갈 때만큼 쉽지 않다는 것을 잘 알고 있었으니 말이다.

　라르 부인이 내게 어찌나 관심을 두는지 나도 아예 모른 체할 수만은 없었다. 부인의 친절에 나도 무척 감동했다. 나는 감출 게 없는 일인 것처럼 엄마에게 그 일을 말했다. 설사 비밀이 있다 하더라도 그녀에게는 기꺼이 말했을 것이다. 그것이 무엇이 되었든 그녀에게 숨긴다는 건 내게 있을 수 없는 일이었다. 내 마음은 그녀 앞에서 신 앞에서인 것처럼 솔직해졌다. 이런 나와 달리 그녀는 그 일을 단순하게 해석하지 않았다. 그녀는 내가 우정만을 보았던 그 일에서 은근한 접근이 있다고 생각했다. 엄마는 나를 얼간이라고 생각했던 라르 부인이 나를 그렇게 내버려두지 않는 데 자기 명예를 걸었으며, 수단과 방법을 가리지 않고 자기 마음을 이해시키는 데 성공할 것이라 보았다. 뿐만 아니라 다른 여자가 자기 학생의 교육을 맡는다는 것은 온당하지 못하며, 내 나이나 처지에서 쉽게 빠져들 우려가 있는 함정에서 나를 보호하겠다는, 그녀로서는 더욱 그럴듯한 이유도 있었다. 바로 그 무렵 나를 겨냥한 더 위험한 종류의 덫이 놓여 있었는데, 나는 그것에서 벗어나긴 했지만 그 때문에 엄마는 끊임없이 나를 위협하는 위험들을 두고 볼 때 그것들을 대비한 모든 예방책이 불가피하다고 생각하게 되었다.

　내 여학생들 중 한 학생의 어머니인 망통 백작부인은 재치가 풍부하고 또 그에 못지않게 심술궂은 여자로 알려져 있었다. 들리는 소문에 의

하면 그녀는 여러 불미스러운 일들의 원인이 되었는데, 그중에는 당트르몽 집안에 치명적인 결과를 가져온 일도 있었다고 한다. 엄마는 그녀와 상당히 가까운 사이여서 그녀의 성격을 잘 알고 있었다. 망통 부인이 자기 사람이라고 주장하던 어떤 남자에게 엄마가 자기 의도와는 전혀 무관하게 애정을 불러일으키자, 부인은 그런 편애에서 비롯된 죄를 엄마에게 전가시킨 것이다. 그녀가 그 남자의 애정을 간청하지도 받아들이지도 않았는데 말이다. 그 이후 망통 부인은 자신의 연적에게 여러 차례 골탕을 먹이려 했지만 한 번도 성공하지 못했다. 단적인 예로 그중 가장 우스꽝스러운 사건을 하나 이야기하겠다. 두 사람이 이웃의 여러 신사들과 더불어 시골에 간 적이 있는데, 그중에는 문제의 애인도 있었다. 망통 부인은 어느 날 그 신사들 중 한 사람에게, 바랑 부인은 겉멋만 부리지 전혀 안목도 없고 옷도 제대로 입을 줄 모르는 평민 여자처럼 가슴도 감추고 다닌다고 말했다. 재미있는 사람이었던 그 남자가 그녀에게 말했다. "마지막에 하신 말씀에 대해 생각해보니 바랑 부인에게도 그럴 만한 이유가 있습니다. 저는 그녀의 가슴에 흉측한 큰 쥐 모양의 흔적이 있다고 들었는데, 어찌나 쥐와 비슷한지 쥐가 뛰어다니는 것 같다고들 합니다." 인간은 사랑만큼이나 증오로도 남의 말을 쉽게 믿게 된다. 망통 부인은 이러한 새로운 사실을 이용해보려고 단단히 별렀다. 어느 날 엄마가 부인의 총애를 받으면서도 은혜를 모르는 남자와 카드놀이를 하고 있는데, 부인이 기회를 보아 자신의 연적 뒤로 가서 그녀의 의자를 절반쯤 넘어뜨리더니 장식용 머플러를 솜씨 좋게 벗겨버렸다. 하지만 그 신사는 커다란 쥐 대신에 전혀 다른 것만을 보았을 따름인데, 그것을 보는 것보다 잊는 것이 훨씬 더 어려웠다. 당연히 부인의 계획에는 없던 일이었다.

나는 망통 부인의 마음에 들 만한 사람이 아니었다. 그녀는 자기 주변에 상당히 뛰어난 사람들만을 두고자 했던 것이다. 그래도 그녀는 나에게 어느 정도 관심을 보였다. 확실히 그녀가 전혀 신경을 쓰지 않았던 내 외모 때문이 아니라 내게 있으리라고 짐작되고 자신의 취미에도 도움이 될 수 있을 내 재능 때문이었다. 그녀는 풍자시에 상당히 열의가 있었다. 그녀는 마음에 들지 않는 사람들을 대상으로 한 노래와 시를 짓는 것을 좋아했다. 만약 그녀가 자기 시를 손질하는 데 도움이 될 만한 충분한 재능과 시를 써줄 만한 충분한 호의가 내게 있다는 점을 알아차렸더라면 우리는 곧 샹베리를 정신 못 차리게 만들었을 것이다. 그리하여 모든 사람들이 그 풍자문의 출처를 찾아내려고 혈안이 되었을 것이다. 망통 부인은 나를 희생시키고 곤란한 일에서 벗어났을 것이며, 나는 부인들과 어울리면서 멋진 시인 노릇 하는 법을 배우기 위해 여생을 틀어박혀 지냈을 것이다.

다행히 그런 일들은 전혀 일어나지 않았다. 망통 부인은 나를 붙들고 두세 번 식사를 하며 이야기를 시켜보더니 내가 바보에 불과하다는 것을 알아보았다. 나 자신도 그렇게 느끼고 그것을 한탄하며 내 친구 방튀르의 재능을 부러워했지만, 한편으로는 나를 위험에서 구해준 그 어리석음에 감사해야 마땅했을 것이다. 나는 망통 부인에게 딸의 음악 선생으로 머물렀고 더는 아무것도 아니었다. 하지만 샹베리에서 항상 평온하고도 좋은 대접을 받으며 살았다. 그렇게 지내는 것이 망통 부인에게 재주 많은 사람으로 인정받은 나머지 마을 사람들에게 뱀처럼 여겨지는 것보다 더 나았다.

어찌 되었든 엄마는 내가 청년기에 빠질 수 있는 위험에서 구해내려고 나를 남자로 대할 때가 되었다고 판단했다. 그녀는 자신의 생각을 실천했다. 그 방식은 일찍이 여성이 그런 상황에서 생각해낼 수 있는 가장 독특한 것이었다. 나는 그녀가 평소보다 더 무거운 태도를 보이고 더 도덕적인 말을 한다고 생각했다. 그녀의 평소 교양에 뒤섞여 있던 장난기 많은 쾌활함에 이어 늘 고상한 말투가 느닷없이 나타났는데, 그런 말투는 친숙하지도 엄하지도 않았지만 어떤 설명을 각오한 것 같았다. 나는 그

런 변화의 이유를 내 안에서 찾아보았지만 별 소용이 없어서 그녀에게
이유를 물었다. 그것이 바로 그녀가 기다리던 바였다. 그녀는 나에게 내
일 작은 정원에서 산책을 하자고 제안했다. 우리는 아침부터 그곳에 갔
다. 그녀가 준비를 해두었는지 우리는 온종일 둘만 있을 수 있었다. 그녀
는 나에게 베풀려는 호의를 내가 받아들일 준비를 하도록 그 시간을 이
용했던 것이다. 그녀는 다른 여자처럼 술수와 애교가 아닌 감성과 이성
이 넘치는 대화를 통해 그런 준비를 했는데, 그 대화는 나를 유혹하기보
다는 나를 가르치는 데 더 적합했고 나의 관능보다는 나의 마음에 더 호
소했다. 그렇지만 그녀가 했던 말이 아무리 훌륭하고 쓸모가 있어도, 그
말이 전혀 냉정하거나 우울하지 않았어도, 나는 그 말에 마땅히 쏟았어
야 할 모든 관심을 쏟지 않았으며 다른 때 같으면 그렇게 했을 터이지만
그것을 내 기억에 새겨두지 않았다. 나는 그녀가 처음 말을 꺼내고 준비
하는 태도가 몹시 마음에 걸렸다. 그녀가 말하는 동안 본의 아니게 생각
에 잠기고 정신이 딴 데 가 있던 나는 그녀의 말보다 그녀가 그 말을 통해
결국 무엇을 의도하는지 알아내는 데 마음을 빼앗겼다. 그 의도를 이해
하자마자 쉽지는 않지만 그녀 곁에 살면서 단 한 번도 머릿속에 떠오른
적이 없는 그 새로운 생각에 완전히 사로잡힌 채 그녀가 말한 것을 더 이
상 내 마음대로 생각할 틈이 없었다. 나는 오로지 그녀만을 생각했고 그
녀의 말에는 귀를 기울이지 않았다.

　젊은이들이 자신이 말하려는 바에 관심을 갖게 만들려고 그들의 관심
사를 맨 마지막에 보여주는 것은 선생들이 흔히 저지르기 쉬운 오류이
다. 나 자신도 그런 오류를 《에밀》에서 피하지 못했다. 자신에게 제시된
대상에 사로잡힌 젊은이는 오직 그것에만 마음을 쓰고 전제가 되는 여
러분의 말을 무시하며, 여러분이 너무 천천히 그를 이끈 곳으로 제멋대
로 가버린다. 그들이 주의를 기울이도록 만들려면 의도를 미리 알아채도
록 두어서는 안 된다. 엄마는 그 점이 서툴렀다. 그녀는 융통성 없는 성격

에서 비롯된 특이함 탓에 자신의 조건을 드러내는 데 신중했지만 제대로 통하지 않았다. 하지만 나는 그 가치를 깨닫자마자 조건은 따지지도 않고 모든 것에 부리나케 동의해버렸다. 이런 경우 감히 흥정을 할 만큼 대담하고 용기 있는 남자가 과연 세상에 있을지, 그런 행동을 용서할 수 있는 여자가 단 한 명이라도 있을지 대단히 의심스럽다. 그녀는 그 특이한 성격 때문에 이런 동의에 가장 엄숙한 형식을 부여하여 그것에 대해 생각해보라고 내게 일주일의 시간을 주었다. 나는 그 정도까지 필요하지 않다는 점을 분명히 했지만 실은 그렇지 않았다. 왜냐하면 나도 특이한 구석이 만만치 않아서 그 정도의 시간을 갖는 것이 매우 편했기 때문이다. 그만큼 나는 그런 새로운 발상에 놀랐고, 그만큼 내 생각도 혼란스러워서 생각을 정리하는 데 시간이 필요했던 것이다!

이 일주일이 내게 800년같이 길게 느껴졌으리라고 생각할 것이다. 천만의 말씀이다. 사실 나는 그 시간이 그만큼 오래갔으면 하고 바랐다. 당시 내가 처한 상황을 어떻게 묘사해야 할지 모르겠다. 조바심 섞인 어떤 극심한 두려움에 완전히 사로잡혀 있던 나는 갈망하던 것을 두려워하면서 행복해지는 것을 피하려고 종종 머릿속으로는 정말로 어떤 정직한 방법을 찾기까지 했다. 열정적이고 정욕이 넘치는 기질, 뜨거운 피, 사랑에 취한 마음, 혈기왕성함, 내 건강과 나이를 생각해보기 바란다. 또한 이런 상황에서 여인들에 대한 갈망으로 몹시 애타던 내가 아직 어떤 여인에게도 다가가지 못했다는 사실을 생각해보기 바란다. 상상력과 욕구, 허영심과 호기심 등이 한데 뭉쳐 남자이고 싶고 남자로 보이고 싶다는 강렬한 욕망으로 바뀌어 나를 몹시 괴롭혔다는 것을 생각해보기 바란다. 잊어서는 안 되는 일이므로 특히 덧붙여 말한다면, 그녀를 향한 나의 강렬하면서도 다정한 애정은 식어가기는커녕 나날이 커져만 갔다. 또한 나는 오직 그녀 곁에 있을 때에만 잘 지냈고, 그녀와 떨어져 있던 것도 단지 그녀를 생각하기 위해서였다. 내 마음은 그녀의 호의와 다정다감한 성격뿐 아니라 그녀가 여자라는 사실, 그녀의 모습, 그녀의 몸, 그녀 자신, 한마디로 내가 그녀를 소중하게 생각할 수 있었던 모든 것들로 충만해 있었다는 점도 보태어 말한다. 내가 그녀보다 열 살 내지 열두 살은 어리다고 해서 그녀가 나이 들었다거나 내가 그런 나이로 보였다고 상상하지 말기 바란다. 내가 그녀를 처음 만나서 그토록 다정다감한 열정을 느낀 지 5, 6년이 지났는데도 그녀는 실제로 거의 변하지 않았고 내가 보기에도 전혀 변한 것 같지 않았다. 그녀는 내게 항상 매력적이었고 모든 사람들에게도 여전히 매력적이었다. 다만 그녀의 체형이 좀 더 통통해졌을 따름이다. 더구나 눈, 안색, 가슴, 아름다운 금발, 쾌활함까지 여전히 변함이 없었고, 맑고 청순한 그 목소리는 나에게 항상 큰 영향을 주어 지금까지도 나는 소녀의 예쁜 목소리를 들으면 마음의 동요가 일곤 한다.

그토록 소중한 한 여자를 소유하기를 기다리면서 내가 당연히 두려워해야 했던 것은 성급하게 그녀를 소유하게 되지 않을지, 자제심을 발휘할 만큼 나의 욕망과 상상력을 충분히 제어할 수 없게 되지 않을지의 여부였다. 앞으로 알게 되겠지만 나는 나이가 들어서도 사랑하는 여자 옆에서 어떤 사소한 호의라도 기대하게 되면 이내 피가 끓어올라 그녀와 나 사이에 놓인 짧은 거리도 탈 없이 오갈 수 없을 정도가 되었다. 그런데 한창 젊은 나이에 처음으로 쾌락을 알고도 그다지 열의를 보이지 않았으니 얼마나 놀라운 일인가? 그런 시간이 다가오는 것을 알고도 즐겁기보다 고통스러웠던 것은 어찌 된 일인가? 내가 나 자신을 도취시켜야 했을 쾌락이 아닌 거의 혐오감과 두려움을 느꼈던 것은 또 어찌 된 일인가? 만일 내가 예의를 지키면서 이 행복으로부터 도망칠 수 있었다면 진심으로 그렇게 했으리라는 것은 조금도 의심할 바 없다. 나는 그녀에 대한 나의 애정을 이야기하면서 기이한 점을 이미 이야기한 적이 있다. 확실히 그것은 여러분이 기대하지 못한 일들 중 하나이다.

벌써 화가 난 독자는 이미 다른 남자의 소유가 되어 있으면서 자신의 사랑을 공유하려는 그녀가 내 눈에는 타락한 듯이 보이고 그녀가 내게 불러일으킨 애정이 경멸로 식어버렸다고 판단할 것이다. 그러나 이는 잘 못된 생각이다. 사실 나는 그녀에 대한 이러한 공유 때문에 쓰라린 고통을 받았다. 너무나 자연스러운 예민함 때문에도 그랬지만, 실제로 그녀와 나에게 그 공유라는 것이 별로 어울리지 않는다고 생각했기 때문에도 그러했다. 하지만 그녀에 대한 나의 애정은 그런 공유로 인해 조금도 변하지 않았으며, 그녀를 소유하기를 그다지 갈망하지 않을 때만큼 그녀를 다정하게 사랑한 적은 결코 없다고 맹세할 수 있다. 나는 그녀의 정숙한 마음과 차가운 기질을 너무나 잘 알고 있어서 그녀의 이 같은 자기희생에 관능적 쾌락이 조금이라도 끼어 있다고는 한순간도 믿지 않았다. 그녀가 다른 방법으로는 도무지 피할 수 없는 위험에서 나를 빠져나오게 하고, 나 자신과 의무에 나를 완전히 묶어두려는 책임감 하나로 자신의 의무까지 저버렸으리라고 전적으로 확신한다. 그런데 그녀는 그 의무를 다른 여자들과 같은 시선으로 보지 않았다. 다음에 이야기하게 될 것처럼 말이다. 나는 그녀를 동정했고 나 자신을 동정하기도 했다. 나는 그녀에게 "아니에요, 엄마, 그럴 필요 없어요. 내게 그렇게 하지 않아도 돼요"라고 말하고 싶었다. 하지만 나는 감히 그렇게 말하지 못했다. 우선 그것은 할 말이 아니었다. 그리고 내심 그것은 진실이 아니며, 실상 단 한 여자만이 다른 여자들로부터 나를 보호해줄 수 있고 나에게 유혹을 견디도록 해줄 수 있다고 느꼈기 때문이다. 나는 그녀를 소유하고 싶어 하지 않고도 그녀가 내게서 다른 여자들을 소유하려는 욕망을 사라지게 한 것에 대단히 만족했다. 그만큼 나는 나 자신을 그녀에게서 벗어나게 할 수 있는 모든 것을 불행으로 여겼다.

　순수하게 함께 살아온 오랜 습관은 그녀에 대한 나의 애정을 약화시키기는커녕 더 강하게 만들었을 뿐 아니라 동시에 그것에 또 다른 성향을 부여했는데, 그 성향은 애정을 더 다정다감하고 어쩌면 더 유혹에 빠지기 쉽지만 덜 관능적인 것으로 만들었다. 나는 그녀를 엄마로 부르고 아들처럼 허물없이 대한 나머지 나 자신을 그녀의 아들처럼 생각하는 데 익숙해졌다. 그녀가 내게 그토록 소중했음에도 불구하고 그녀를 소유하려고 그다지 열의를 보이지 않았던 진정한 이유가 바로 거기에 있다고 생각한다. 내가 처음에 품은 애정은 당시 더 강렬하지는 않았으나 더 관능적이었음을 나는 생생하게 기억한다. 안시에서는 도취 상태에 있었지만 샹베리에서는 더 이상 그렇지 않았다. 항상 그녀를 열정을 다해 사랑했지만 나보다는 그녀를 위해 사랑했다. 적어도 그녀에게서 나의 쾌락보다는 나의 행복을 더 찾았던 것이다. 그녀는 내게 누이이자 어머니였으며 여자 친구 이상이었고 심지어 애인 이상이었다. 바로 그런 이유에서 그녀는 애인은 아니었다. 말하자면 나는 그녀를 너무 사랑한 나머지 갈망하지 못했다. 내 생각들 중에서 가장 명확한 부분이 바로 이것이다.

마침내 기다리기보다는 두려워하던 그날이 왔다. 나는 모든 것을 약속했고 거짓말을 하지 않았다. 내 마음은 대가를 바라지 않은 채 내가 한 약속을 확인했다. 하지만 나는 대가를 얻고야 말았다. 나는 처음으로 한 여자의 품에 안기게 되었다. 그것도 내가 열렬히 사랑하는 여자의 품에 말이다. 과연 행복했던가? 아니, 쾌락을 맛보았을 뿐이다. 어떤 것인지 모르겠지만 물리칠 수 없는 슬픔이 쾌락의 매력에 독처럼 스며들었다. 마치 내가 근친상간을 저지른 것만 같았다. 나는 두세 번 격정적으로 그녀를 두 팔로 껴안아 몸을 밀착시켰고 그녀의 가슴을 눈물로 적셨다. 그녀는 슬퍼하지도 격한 감정을 보이지도 않았다. 그녀는 다정하고 침착했다. 그녀는 그다지 관능적이지 않았고 조금도 쾌락을 추구하지 않았으므로 거기서 비롯된 즐거움도 없었고 그에 대한 후회도 결코 하지 않았다.

거듭 말하건대 그녀가 저지른 일체의 잘못은 그녀의 잘못된 생각에서 비롯된 것이지 정욕에서 나온 것은 결코 아니었다. 그녀는 천성이 좋고 마음이 순수하며 올바른 것을 좋아했다. 그녀의 성향은 곧고 정숙하고 취향은 세심했다. 그녀는 우아한 품행을 지니고 태어났는데, 늘 그런 품행을 사랑했으면서도 결코 그것을 따르지는 못했다. 왜냐하면 그녀는 자신을 올바르게 이끄는 마음의 소리를 듣는 대신에 자신을 그릇되게 이끄는 이성의 소리를 따랐기 때문이다. 잘못된 원칙이 그녀를 바른길에서 벗어나게 하자 그녀의 진실한 감정은 그 원칙을 부정했다. 하지만 불행하게도 그녀는 철학을 안다고 자부했고 자신이 만든 도덕으로 마음이 스스로 규정한 도덕을 타락시키고 말았다.

　타벨 씨는 그녀의 첫 번째 애인이자 철학 선생이었는데, 그가 그녀에게 알려준 규범은 그녀를 유혹하는 데 필요한 것이었다. 그는 그녀가 자신의 남편에게 또 자신의 의무에 충실하고 항상 냉정하고 이성적이어서 관능으로는 도저히 공략할 수 없다는 것을 알고 철학적 궤변으로 치고 들어갔다. 그는 그녀가 그토록 애착을 갖는 의무는 오직 아이들을 적당히 속이기 위해 만들어진 떠들썩한 교리문답과 같고, 남녀의 성적 결합은 그 자체로 가장 별것 아닌 행위이며, 부부간의 정조는 모든 도덕관념이 여론을 고려한 데서 비롯된 불가피한 겉치레이고, 남편의 평안함이 아내들이 지켜야 할 의무의 유일한 규칙이라고 설파했다. 따라서 알려지지 않은 부정은 그 때문에 모욕을 당한 남편에게 아무것도 아닌 일이며 양심에 대해서도 마찬가지로 아무것도 아니라고 말했다. 결국 그는 그런 일 자체는 아무것도 아니며 오직 추문을 통해서만 문제가 되기 때문에 정숙한 체하는 여자들은 모두 그렇게 하는 것만으로도 실제로 정숙하다고 그녀를 설득하는 데 성공했다. 그런 식으로 이 나쁜 자는 그녀의 이성을 타락시켜 자신의 목적을 달성했다. 비록 그녀의 어린아이 같은 마음까지는 타락시킬 수 없었지만 말이다. 그는 더없이 고통스러운 질투심에 휩싸여 벌을 받았는데, 자기가 그녀에게 남편을 그렇게 다루라고 알려준 대로 그녀가 자신을 대한다고 확신했기 때문이다. 하지만 그가 그 점에 있어서 잘못 생각했는지는 알지 못한다. 페레Perret 목사가 그의 후임자로 알려져 있었다. 다만 내가 알기로는 그런 체계에서 자신을 지켜주었어야 했을 그 젊은 여성의 냉정한 기질이 나중에 그것을 버리려고 했을 때 그녀에게 걸림돌이 되었다는 것이다. 그녀는 자신에게는 별것 아닌 일을 사람들이 왜 그토록 중요하게 여기는지 납득하지 못했다. 그녀는 자신에게 아무렇지도 않은 금욕을 미덕이라는 이름으로 결코 찬양하지 않았다.

따라서 그녀는 이 잘못된 원칙을 자신을 위해서는 거의 남용하지 않았다. 하지만 타인을 위해서는 그 원칙을 남용했는데, 물론 거의 다를 바 없이 잘못된 일이지만 그녀의 착한 마음씨와 더 잘 어울리는 원칙에 따라 그렇게 했다. 그녀는 남자를 여자에게 묶어두는 데 육체적으로 소유하는 것 이상은 없다고 생각했다. 또한 자신의 남자 친구들을 단지 우정으로만 좋아했지만 우정이 너무나 다정다감했던 나머지 그들을 단단하게 붙들어두기 위해 자신이 할 수 있는 온갖 방법을 다 동원했다. 놀랍게도 그녀는 거의 항상 성공했다. 그녀는 정말 사랑스러웠으므로 그녀와 같이 지내면서 친밀한 관계가 깊어질수록 그녀를 사랑해야 할 새로운 이유를 더욱 많이 찾게 되었다. 주목할 만한 또 다른 사실은 그녀가 첫 번째 과오를 저지른 다음에는 오직 불쌍한 사람들에게만 특별대우를 했다는 것이다. 멋진 남자들은 하나같이 그녀 곁에서 헛수고만 했을 따름이다. 그러나 처음부터 그녀의 동정을 받기 시작한 남자가 결국 그녀의 사랑을 받지 못한다면 그 남자는 정말로 마음에 들지 않은 사람이었다. 그녀가 자신과 별로 어울리지 않는 사람을 선택했더라도 그것은 그녀의 고귀한 마음과 전혀 가깝지 않은 저속한 성향 때문이 아니라 단지 지나치게 관대하고 지나치게 인간적이며 지나치게 동정적이고 지나치게 다정다감한 마음 때문인데, 그녀는 충분한 분별력이 있으면서도 항상 그런 성향을 억제하지 못했다.

비록 몇 가지 잘못된 원칙 때문에 길을 잘못 들기도 했지만 그녀는 얼마나 많은 놀라운 원칙을 지니고 그것을 결코 포기하지 않았는지 모른다! 관능이 별로 끼어들지 않은 잘못을 과오라는 이름으로 부를 수 있다고 해도 그녀는 얼마나 많은 미덕으로 자신의 과오들을 속죄했는지 모른다! 한 가지 점에서 그녀를 속인 바로 그 사람은 수없이 많은 점에서 그녀를 훌륭하게 가르쳤다. 또한 그녀는 격렬하지 않은 자신의 열정 덕분에 항상 이성의 빛을 따를 수 있었고 철학적 궤변 때문에 혼란에 빠질 때 말고는 별문제 없이 지냈다. 그녀는 잘못을 저지를 때조차 그 동기는 칭찬할 만했다. 착오를 일으켜 잘못을 저지를 수는 있었지만 일부러 나쁜 일을 저지르지는 못했다. 그녀는 위선과 거짓말을 몹시 싫어했다. 그녀는 올바르고 공정한데다 인간적이고 사심이 없었으며, 자신의 말과 친구들에게, 자신이 의무로 받아들이는 것에 충실했다. 또한 그녀는 복수심과 증오심을 가지지 못했고, 용서하는 것이 아주 사소한 칭찬이라도 받을 만한 일이라고는 생각조차 하지 않았다. 마지막으로 그녀가 가장 용서받기 어려운 일을 재차 언급하자면 그녀는 자신이 베푼 배려가 어떤 가치가 있는지 평가하지 않았고 그것을 비천하게 판 적이 없었다. 그녀는 아낌없이 남을 배려했지만 그것을 팔지는 않았다. 비록 살아가면서 늘 돈이 궁했지만 말이다. 감히 말하건대 소크라테스가 아스파시아[105]를 높게 평가할 수 있었다면 바랑 부인도 존경했을 것이다.

　그녀가 성격은 다정다감한데 기질은 냉정하다고 하면 늘 그래왔듯이 모순에 빠졌다는 비난을 받을 것임을 나는 진작부터 알고 있으며, 충분히 그럴 만하다. 자연이 저지른 잘못일 수도 있고 그런 결합은 있어서는 안 되는지도 모른다. 나는 단지 그런 결합이 있었다는 것을 알고 있을 따름이다. 바랑 부인을 알고 있는 사람들 중 상당수가 아직 살아 있는데, 그들은 그녀가 그랬다는 사실을 알고 있었을 것이다. 감히 덧붙여 말하자면 그녀는 세상에서 단 하나의 진정한 즐거움을 알고 있었다. 바로 자신이 사랑하는 사람들을 즐겁게 해주는 것이다. 그렇지만 그 점에 대해 자기 마음대로 반론을 내세우고, 그것이 사실이 아니라고 현학적으로 증명하는 일은 저마다의 자유이다. 내 역할은 진실을 말하는 것이지 진실을 믿게 하는 것은 아니다.

내가 방금 말한 모든 것은 우리의 관계가 있은 다음에 나눈 대화를 통해서 조금씩 알게 되었는데, 그 대화만으로도 우리의 관계는 즐거워졌다. 그녀로서는 자신이 베푼 호의가 내게 도움이 되기를 바라는 것이 당연했고 나는 그 호의에서 내 교육에 필요한 많은 도움을 얻었다. 그때까지 그녀는 아이에게 하듯이 나에 대한 이야기만 했다. 그런 그녀가 나를 남자로 대하기 시작한 것이고 나에게 자신에 대한 이야기도 했다. 나는 그녀가 해준 모든 이야기가 너무나 흥미로웠으며 너무나 감동적이라고 느낀 나머지 나를 되돌아보았으며, 그녀에게서 받은 가르침보다 그녀의 속내 이야기에 나 자신을 위해 더욱 열중했다. 상대가 진심으로 말한다는 것이 실제로 느껴질 때 우리 마음도 그 고백을 받아들이려고 열리기 마련이다. 그러므로 현학자들의 도덕은 우리가 애착을 갖는 분별 있는 여자의 다정하고 애정 어린 수다만큼의 가치도 없다.

그녀와 함께 살며 친밀함이 깊어지다 보니 그녀는 나를 이전에 그랬던 것보다 더욱 좋게 평가하게 되었다. 그녀는 나의 어수룩한 태도에도 불구하고 내가 사교계로 진출하기 위한 교양을 쌓을 자격이 있으며, 그곳에서 언젠가 어떤 지위에 오르게 되면 출세할 수 있으리라고 판단했다. 그녀는 이런 생각을 바탕으로 나의 판단력뿐 아니라 나의 외모와 태도까지 길러내어 나를 존경과 사랑을 동시에 받을 수 있는 사람으로 만들려고 애썼다. 만일 세상에서 성공과 미덕을 결합시킬 수 있다는 것이 사실이라면, 나로서는 그렇게 생각하지 않지만, 적어도 그러기 위해서는 그녀가 선택하여 나에게 가르치고자 했던 그 길 말고 다른 길은 없다고 확신한다. 왜냐하면 바랑 부인은 사람에 대해 잘 알고 있어서 거짓말이나 무분별한 행동을 하지 않고 그 사람들을 속이거나 화나게 하는 일 없이 사람 다루는 기술을 탁월하게 구사했기 때문이다. 하지만 그런 기술은 그녀의 교훈보다는 성격에서 비롯된 것이다. 그녀는 그것을 가르치기보다는 실천으로 옮기는 법을 더 잘 알았다. 나는 그런 기술을 배우는 데 적합한 사람이 전혀 아니었다. 그래서 그녀가 그 문제를 두고 했던 일은 거의 헛수고가 되고 말았다. 그녀가 나를 배려하여 무용과 펜싱 선생을 붙여준 것도 마찬가지로 소용이 없었다. 나는 민첩하고 몸매도 좋았지만 미뉴에트 추는 법을 배울 수 없었다. 티눈 때문에 발뒤꿈치로 걷는 것이 아주 습관이 되어버려 로슈 선생도 나의 그런 습관을 고치지 못했다. 나는 상당히 민첩해 보였지만 시시한 도랑 하나 뛰어넘을 수 없었다. 펜싱장에서는 더 보잘것없었다. 석 달이나 수업을 받고도 공격할 실력이 못 되어 여전히 수비 자세만 연습했다. 손목도 그리 유연하지 못하고 팔도 튼튼하지 못해서 선생이 내 검을 떨어뜨리고자 했을 때 검 하나를 제대로 붙들지도 못했다. 덧붙여 말하자면 나는 연습과 나에게 그것을 가르치려 애쓰는 선생에게 지독한 반감을 품고 있었다. 사람 죽이는 기술을 그토록 자랑스럽게 여긴다는 사실을 도무지 이해할 수 없었다. 그는 자신의 대단한 지식을 내게 이해시키려고 잘 알지도 못하는 음악에서 끌어온 비유를 통해 설명을 했다. 그는 찌르기의 3자세, 4자세와 음악에서 같은 용어로 쓰이는 음정들 사이에서 놀라운 유사성을 발견했다. 그는 거짓 공격 동작을 하면서 나에게 반음 올림표에 주의하라고 말했다. 옛날에는 반올림표를 다른 식으로 불렀기 때문이다. 그는 내 검을 손에서 떨어뜨리면서 냉소를 지으며 이게 바로 온쉼표라고 말했다. 어쨌든 나는 깃털 장식을 달고 가슴보호구를 차고 있는 이 불쌍한 사내보다 더 끔찍한 현학자를 평생 본 적이 없다.

　펜싱 연습을 하면서도 별 진전이 없자 그저 싫증이 난 나는 곧 그만두고 말았다. 하지만 더 쓸모 있는 기술에서는 더욱 진전을 보았는데, 그것은 바로 나의 운명에 만족하고 더 화려한 운명을 바라지 않는 것이었다.

내가 더 화려한 운명을 위해 태어나지 않았음을 비로소 깨닫기 시작한 것이다. 나는 엄마에게 행복한 삶을 돌려주고 싶은 욕구에 완전히 골몰하고 있었으므로 그녀 곁에 있는 것이 점점 더 즐거웠다. 또한 시내를 이리저리 다니려고 그녀와 떨어져 있으면 음악에 대한 나의 열정에도 불구하고 수업이 갑갑해지기 시작했다.

클로드 아네가 우리의 내밀한 관계를 알아차렸는지는 알 수 없다. 내게는 그가 모를 리 없다고 생각할 만한 충분한 이유가 있다. 그는 상당히 통찰력이 있는 젊은이였지만 대단히 사려 깊어서 마음에 없는 말은 결코 하지 않았으며, 자기 생각도 늘 말하는 것은 아니었다. 그는 내게 알고 있다는 기색을 조금도 내비치지 않았지만 그의 행동으로 보아 알고 있는 듯싶었다. 또한 그 행동은 확실히 비열한 영혼에서 비롯된 것이 아니라 그가 자기 여주인의 행동 원칙에 공감한 까닭에 그녀가 자기 식대로 한 행동을 비난할 수 없었던 데서 나온 것이다. 그는 그녀만큼 젊지만 상당히 사려 깊고 무게가 있어서 우리 두 사람을 너그럽게 대해야 할 어린아이나 거의 진배없이 여겼다. 우리 두 사람은 모두 그를 존경할 만한 인물로 생각하고 그에게서 받는 존경에 대해 마음을 쓸 필요가 있었다. 나는 엄마가 그에게 불성실해진 다음에야 그에 대한 그녀의 모든 애착을 잘 알게 되었다. 그녀는 내가 오직 자신을 통해서만 생각하고 느끼며 숨을 쉰다는 것을 알고 있었으므로 자신이 그를 얼마나 사랑하는지 내게 보여줌으로써 나도 마찬가지로 그를 사랑하게 만들려고 했다. 또한 그녀는 그에 대한 우정보다는 존경을 더 중요시했는데, 내가 전적으로 공유할 수 있는 것이 바로 그런 감정이었기 때문이다. 그녀는 우리 두 사람 모두가 자기 삶의 행복을 위해 없어서는 안 된다고 말하면서 몇 번이나 우리 마음을 감동시키고 우리가 눈물을 흘리며 서로 포옹하게 만들었는지 모른다! 여성들은 이런 구절을 읽으며 악의적으로 비웃지 않기를 바란다. 그녀가 지닌 기질로 볼 때 그런 요구는 수상쩍은 것이 아니다. 그것은 오직 그녀의 진심에서 나온 요구였다.

　그렇게 우리 세 사람 사이에서는 아마도 이 세상에 유례가 없는 어떤 교제가 이루어졌다. 우리 모두의 소원과 관심과 마음은 서로 같았다. 그 중 어느 것도 이 작은 모임을 벗어나 존재하지 않았다. 함께 살면서 우리끼리만 사는 습관이 너무 커진 나머지 식사를 할 때 세 사람 중 한 명이 없다거나 다른 사람이 오게 되면 모든 것이 뒤죽박죽이 되었다. 우리는 각별한 관계이면서도 단둘이 있기보다 셋이 함께 있는 것이 서로에게 더 편했다. 서로 간에 더할 나위 없는 신뢰가 있어서 우리 사이에는 불편함이 없었고 모두 상당히 바빴기 때문에 심심할 틈이 없었다. 엄마는 항상 계획을 세우고 항상 활동적인 사람인지라 우리 두 사람을 한가롭게 내버려두는 법이 거의 없었고 우리도 각기 시간을 잘 보낼 만한 일거리가 있었다. 내 생각에 한가로운 것은 혼자 있을 때 못지않게 여럿이 있을 때도 해가 된다. 방 안에서 서로 얼굴을 마주 보고 계속 틀어박혀 있다 보면 할 일이라고는 끊임없이 수다를 떠는 것밖에는 없을 때가 있는데, 이때보다 더 정신을 옹졸하게 만들고 고자질, 악담, 이간질, 거짓말과 같은 쓸데없는 짓을 조장하는 경우는 없다. 누구든지 바쁠 때에는 무언가 할 말이 있어야만 말을 한다. 그러나 아무 할 일이 없을 때는 절대적으로 항상 말을 해야만 한다. 바로 이것이 모든 불편한 일들 중 가장 성가시고 고약하다. 나는 감히 한 걸음 더 나아가 어떤 모임을 정말로 즐겁게 만들려면 저마다 어떤 역할이 있어야 하고 뿐만 아니라 무언가 약간의 주의를 요하는 일이 필요하다고 주장한다. 매듭을 짓는 일은 아무것도 하지 않는 것과 다를 바 없다. 매듭을 짓는 여자의 관심을 사로잡기 위해서는 팔짱을 끼고 있는 여자에게 하는 정도의 신경만 쓰면 된다. 하지만 그 여자가 수를 놓고 있을 때는 상황이 다르다. 그녀는 말이 끊긴 시간을 메울 수 있을 만큼 충분히 몰두하고 있다. 불쾌하기도 하고 우스꽝스럽기도 한 것은 그 시간 동안 열두어 명 정도 되는 키다리들이 일어났다 앉았다 하다 이리저리 돌아다니고 발꿈치로 제자리에서 돌다가 벽난로 위의 도자기 인형을 수없이 돌려놓고 끝이 없는 수다를 계속하려고 머리를 짜내는 모습을 보게 되는 일이다. 얼마나 대단한 일거리인가! 이런 자들은 무얼 해도 다른 사람이나 자신에게 늘 부담만 된다. 내가 모티에 지방에 있을 때 이웃 여자들 집에 레이스를 뜨러 가곤 했다. 그때 나는 사교계에 돌아가게 된다면 주머니에 항상 빌보케[106]를 넣고 다니면서 전혀 할 말이 없을 때는 말할 필요가 없도록 온종일 그것을 가지고 놀겠다는 생각을 했다. 저마다 이렇게 한다면 사람들은 덜 적대적이게 될 것이다. 그들의 교제도 더 신뢰할 수 있게 되고 내 생각으로는 더 즐거워질 것이다. 어찌 되었든 웃고 싶은 사람은 원한다면 웃어도 좋다. 하지만 나는 금세기에 이해할 수 있는 유일한 도덕은 빌보케의 도덕이라고 주장한다.

그런데 우리 스스로가 지루함을 피하려고 애쓸 필요는 거의 없었다. 성가신 사람들이 몰려와서 어찌나 우리를 지루하게 만드는지 우리만 있을 때는 지루한 줄도 몰랐다. 내가 그들 때문에 예전에 느끼던 안절부절못함이 누그러든 것은 아니었다. 다만 차이가 있다면 내게 그런 기분이 들 만한 시간이 이전보다 줄었다는 것이다. 가엾은 엄마는 계획하거나 정리하는 과거의 습관을 조금도 버리지 않았다. 반대로 생활비의 압박이 커질수록 그녀는 그것을 마련하기 위해 자신만의 헛된 생각에 더욱더 빠져들었다. 현재의 생계 수단이 부족할수록 앞날을 예측하여 그것을 점점 꾸며냈다. 세월이 흐를수록 그런 강박관념은 그녀의 마음속에서 커져만 갔다. 그녀는 사교계와 젊은 시절의 즐거움에 싫증이 나면서 신비로운 비법과 계획에 대한 취미로 그것을 대신했다. 집 안은 사기꾼들, 제조업자들, 연금술사들, 온갖 종류의 장사꾼들로 북적댔으며 그들은 엄청난 돈을 헤프게 쓰면서도 결국 필요한 돈은 1에퀴였다. 어느 누구도 그녀의 집에서 빈손으로 나가지 않았다. 놀라운 일 중 하나는 그녀가 엄청난 낭비를 그렇게 오래 감당할 수 있었으면서도 돈을 바닥내지 않고 채권자들을 지치게 만들지 않았다는 사실이다.

내가 말하고 있는 시기에 그녀가 가장 몰두했던 계획은 그녀가 세운 계획 중 가장 사리에 어긋나지 않은 것으로, 샹베리에 유급 교수가 배치된 왕립 식물원을 세우는 일이었다. 그 자리가 누구를 위한 것인지는 진작부터 짐작했을 것이다. 이 도시는 알프스 산중에 위치하고 있어서 식물학 연구에 대단히 유리했다. 다른 계획을 통해 어떤 계획을 항상 잘 풀어나가던 엄마는 그곳에 약학 학교를 추가로 세우려 했는데, 그런 시설은 약제사가 거의 유일한 의사일 정도로 가난한 고장에서 정말로 아주 유용할 것 같았다. 그녀는 빅토르 왕이 죽은 뒤 주치의였던 그로시Grossi 씨가 샹베리에 은퇴해 산다는 사실이 그 구상에 유리하게 작용할 듯싶었고 어쩌면 그 사실로부터 그러한 구상을 떠올렸는지도 모른다. 어쨌든 그녀는 그로시의 비위를 맞추려 했지만, 그는 그리 쉽게 넘어갈 위인이 아니었다. 그는 내가 알던 사람들 중 가장 신랄하고 직설적인 양반이었기 때문이다. 내가 대표적인 예로 두세 가지 행동을 언급할 테니 그것을 보고 판단하기 바란다.

하루는 그가 다른 의사들과 협의를 하고 있었는데, 그중에는 일반 환자를 보는 의사로 안시에서 연락을 받고 온 사람이 있었다. 그 젊은이는 의사로서 아직 학식이 부족했음에도 불구하고 감히 왕의 주치의와 의견을 달리했다. 주치의는 그에 대한 답변으로 단지 그에게 언제 돌아가고, 어느 곳을 통해 갈 것이며, 어떤 마차를 탈 것인지만 물었다. 젊은이는 대답을 충분하게 한 다음 이번에는 자신이 도와드릴 일이 있는지 물었다. 그러자 그로시는 이렇게 말했다. "아니, 전혀 없네. 다만 자네가 지나가는 창가로 가서 말을 탄 당나귀가 지나가는 광경을 즐겁게 바라볼 작정이라네." 그는 부자인데다 몰인정한 것 못지않게 인색하기도 했다. 그의 친구 한 사람이 어느 날 확실한 담보를 잡히고 그에게 돈을 빌려달라고 부탁했다. "이보게 친구, 성 베드로가 하늘에서 내려와 나에게 10피스톨을 빌리면서 담보로 삼위일체를 잡힌다고 해도 나는 돈을 빌려주지 않을 걸세." 그는 친구의 팔을 붙들고 이를 갈면서 이렇게 말했다. 또 어느 날은 그가 사부아 지방의 지사이자 신앙심이 매우 깊은 피콩Picon 백작의 집에 초대를 받고 시간보다 일찍 도착한다. 그때 묵주신공을 드리고 있던 백작은 그에게 시간이 남으니 같이 기도하자고 권한다. 그는 어떻게 대답해야 할지 원체 몰라서 몹시 언짢아하는 표정을 지으며 무릎을 꿇는다. 하지만 그는 성모에게 드리는 기도를 두 번 읊조리기도 전에 더는 참을 수 없었는지 무례하게 일어서더니 지팡이를 잡고 말 한마디 없이 가버린다. 피콩 백작이 그를 쫓아가며 외친다. "그로시 씨! 그로시 씨! 잠시만 서시오. 당신을 위해 준비한 맛있는 붉은 자고새 꼬치구이가 저기 있소." 그러자 그가 뒤를 돌아보며 백작에게 대답한다. "백작님! 당신이 내게 천사 구이를 주신다고 해도 못 있겠소이다." 왕의 주치의 그로시 씨는 이런 사람이었다. 엄마는 그를 설득하여 자기편으로 끌어들이고야 말았다. 그는 상당히 바빴음에도 불구하고 그녀의 집에 으레 자주 들르게 되었다. 그는 아네를 좋아했고 그의 지식을 존중한다는 티를 내면서 그에 대해 말할 때는 존경심을 표했는데, 사실 그런 것은 그처럼 무뚝뚝한 사람에게서는 기대하기 어려운 일이었다. 또한 그는 아네를 정중하게 대하는 척함으로써 지난 시절의 인상을 지우려 했다. 왜냐하면 그때는 아네가 더 이상 하인의 위치에 있지 않았지만 그전에 하인이었다는 사실이 알려져 있어서 왕실 주치의로서의 본보기와 권위가 있어야만 그를 어떻게 대해야 할지 기준을 정할 수 있었고, 그렇지 않으면 누구도 그런 태도를 따르지 않았을 것이기 때문이다. 클로드 아네는 검은색 예복을 입고 잘 손질한 가발을 쓰고 있었으며 무게 있고 점잖은 태도에 사려 깊고 신중한 몸가짐과 더불어 의학과 식물학에 상당히 해박한 지식을 지녔다. 또한 의과대학장의 신임을 받고 있어서 계획된 시설만 갖추어진다면 왕립 식물원 소속 교수의 자리를 기대에 부응하며 수행해낼 수 있으리라고 마땅히 기대할 만했다. 사실 그로시 씨도 이 계획에 의욕이 있어서 받아들였고 그것을 궁정에 제출하기 위해 그 시기만을 기다리고 있었다. 그 시기란 평화를 되찾아서 유용한 일들을 생각할 수 있게 되고 이를 위해 얼마간의 돈을 사용할 수 있게 되는 때를 말한다.

이 계획이 이루어졌다면 나는 천직인 듯싶었던 식물학에 뛰어들 뻔했을지도 모른다. 하지만 가장 잘 준비된 구상마저 뒤엎는 예상치 못한 일로 실패하고 말았다. 서서히 나는 인간 불행의 한 본보기가 되어갈 운명이었다. 내게 이런 큰 시련을 불러일으킨 섭리가, 나로 하여금 그 시련을 가까이하지 못하도록 막는 모든 것을 손으로 쳐내버린 듯싶었다. 아네는 그로시 씨가 필요로 하던, 알프스에서만 자라는 희귀식물인 야생 쑥을 구하러 산 정상 곳곳을 돌아다녔다. 그러다가 그 가엾은 총각은 너무나 심하게 열이 올라 늑막염에 걸리고 말았다. 병에 특효가 있다던 야생 쑥으로도 그를 구할 수 없었다. 급기야 그는 확실히 아주 유능했던 그로시의 온갖 의술에도 불구하고, 착한 여주인과 내가 그에게 기울인 더없는 정성에도 불구하고, 닷새째 되던 날 극심한 임종의 고통을 겪다가 그만 우리 품에서 죽고 말았다. 임종 중에 종교적인 격려를 한 사람은 나 말고는 없었다. 나는 그에게 격앙된 고통과 열의로 온갖 종교적 격려를 다 했다. 그가 내 말을 알아들을 수 있었다면 그런 격정적인 격려가 그에게 어느 정도 위안은 되었을 것이다. 이렇게 해서 나는 살아오면서 가장 믿음직한 친구 한 사람을 잃었다. 그 친구는 존경할 만하고 보기 드문 사람이며 그에게서는 본성이 교육을 대신했고 하인이면서도 위대한 인물들의 온갖 미덕을 마음에 품고 있었다. 그가 살아서 좋은 지위에 있었더라면 아마도 그는 모든 사람들에게 그런 인물로 보이기에 부족함이 없었을 것이다.

다음 날 나는 더없이 격하고 진실한 비탄에 사로잡혀 엄마와 함께 그의 이야기를 하고 있었는데, 갑자기 내가 그의 옷, 특히 보기에도 눈이 부신 아름다운 검은색 의복을 물려받게 되리라는 비천하고 비열한 생각이 들었다. 나는 그 생각을 곧장 엄마에게 이야기했다. 왜냐하면 그녀와 함께 있을 때면 생각이 곧 말로 이어졌기 때문이다. 그 비열하고 밉살스러운 말만큼 그녀에게 상실감을 더 잘 느끼게 해준 것은 없었다. 사심 없는 마음과 고귀한 정신이 고인이 지녔던 뛰어난 품성이었으니 말이다. 가엾은 여인은 아무 대답도 하지 않은 채 다른 쪽으로 돌아서더니 흐느끼기 시작했다. 소중하고 값진 눈물이여! 눈물의 의미를 깨닫자 눈물이 내 온 가슴을 적셨다. 눈물은 마음속에 남아 있던 저속하고 상스러운 감정의 마지막 흔적까지 씻어냈고 그 시간 이후 그런 감정은 내 마음속에 결코 들어서지 않았다.

엄마는 아네의 죽음으로 고통뿐 아니라 손해도 입게 되었다. 그때부터 그녀의 사업은 쉼 없이 기울어갔다. 정확하고 단정한 총각이었던 아네는 여주인의 집안에서 질서를 유지했다. 주위에서는 그의 감시를 두려워하여 낭비를 줄였다. 그녀 자신도 그의 비난이 무서워 낭비를 더욱더 자제했다. 그녀는 그의 애정에 충분히 만족하지 못하고 그의 존경도 잃지 않으려 했다. 그는 그녀가 남의 재산을 자기 재산만큼 헤프게 쓴다며 종종 대담하게 비난하곤 했는데, 그녀는 그런 정당한 비난을 무서워했다. 나도 그와 같은 생각이어서 그런 말을 하기도 했다. 하지만 나는 그녀에게 그와 같은 정도의 영향력이 없었으므로 나의 말은 그의 말만큼 받아들여지지 않았다. 이제 그가 없으니 내가 그의 자리를 대신할 수밖에 없었는데 그런 일에는 취미도, 소질도 없어서 그리 잘 해내지 못했다. 나는 그리 꼼꼼하지 못했고 상당히 소심했다. 혼자서만 중얼거릴 뿐 모든 일을 그저 되는대로 내버려두었다. 더구나 아네와 같은 정도의 신뢰는 충분히 얻었지만 그 정도의 권위는 없었다. 나는 일이 뒤죽박죽인 것을 보고 끙끙대며 투덜거렸는데, 내게 신경을 쓰는 사람은 아무도 없었다. 나는 너무 어리고 너무 흥분을 잘하여 분별력을 갖출 만한 사람이 아니었다. 내가 참견꾼 역할이라도 할 태세면 엄마는 사랑스러운 듯이 내 뺨을 가볍게 툭 치며 나를 자신의 어린 멘토로 부르고 나로 하여금 내게 맞는 역할을 다시 맡도록 했다.

그녀가 무분별한 지출로 조만간 틀림없이 궁핍한 처지에 빠질 것임을 깊이 절감하고 있던 나는 특히 집안의 감독관이 된 이후에는 직접 수지의 불균형을 판단했기 때문에 그런 사정을 더욱더 심각하게 느끼게 되었다. 그 시절 이후 나 자신에게서 항상 느껴지는 인색한 기질은 그 무렵부터 시작된 게 아닌가 싶다. 나는 돌발적인 충동 때문이 아니고는 결코 미친 듯이 돈을 헤프게 쓴 적이 없다. 하지만 그때까지는 돈을 많이 가졌든 적게 가졌든 결코 큰 걱정을 한 적이 없었다. 어쨌든 나는 그런 일에 신경을 쓰고 내 주머니 사정에도 관심을 두기 시작했다. 나는 무척 고귀한 동기로 인색한 인간이 된 것이다. 사실 나는 예상되는 파산을 염려하여 엄마에게 어느 정도의 돈을 마련해주려는 생각밖에 없었기 때문이다. 채권자들이 그녀의 연금을 차압하고 연금이 완전히 정지될까 봐 두려웠다. 내 짧은 소견에 적게나마 내가 숨겨둔 돈이 그때 그녀에게 큰 도움이 될지도 모른다고 생각했다. 하지만 돈을 마련하려면, 특히 돈을 보관하려면 그녀에게 비밀로 해야만 했다. 왜냐하면 돈이 궁한데 내게 여윳돈이 있다는 것을 그녀가 알게 되면 바람직하지 않았을 것이기 때문이다. 그래서 이곳저곳 돈을 숨길 만한 작은 장소를 찾아서 금화 몇 닢이나마 보관하려 했다. 그녀의 발아래 내놓을 때까지 모아둔 돈을 계속 불려갈 작정이었다. 그러나 숨기는 장소를 하도 서투르게 정해서 늘 그녀가 그것을 찾아내곤 했다. 그 후에 그녀는 자신이 그곳을 찾았다는 사실을 내게 알려주려고 내가 넣어둔 금화를 없애고 다른 종류의 돈을 더 많이 넣어두곤 했다. 나는 너무나 창피해서 내 작은 보물을 함께 쓰는 돈주머니에 쏟아 넣고 말았다. 그러면 그녀는 틀림없이 돈을 써서 내게 은제 칼이나 시계 혹은 그와 유사한 물건 같은 장신구나 비품 등을 사주었다.

내가 돈을 모으는 일에 결코 성공하지 못할 것이고 그것이 그녀에게도 변변치 못한 수단이라는 것을 완전히 확신한 나는 마침내 이렇게 느끼게 되었다. 그녀가 나의 생계를 책임질 수 없고 자신의 생계마저 유지하기가 곤란해지면 내가 그녀의 생활을 떠맡는 것 말고는 내가 두려워하는 불행에 맞설 방법이 전혀 없다고 말이다. 불행히도 나는 내 취미와 관련된 계획을 세워서 터무니없이 음악으로 출세하겠다고 고집을 피웠다. 머릿속에 악상과 곡이 떠오르는 것을 느끼고 그것을 활용할 수 있게 되면 곧 현대의 오르페우스 같은 유명인이 되어 음악으로 페루의 은을 전부 차지할 것이라고 생각했다. 악보는 그럭저럭 읽기 시작했는데 문제는 작곡을 배우는 일이었다. 그런데 나에게 작곡을 가르쳐줄 사람을 찾는 일이 만만치가 않았다. 라모의 책만으로는 독학으로 작곡에 성공하기를 기대하기 어려웠고, 르 메트르 씨가 떠난 이후 사부아 지방에서 화성학을 조금이라도 아는 사람은 한 명도 없었기 때문이다.

　이제 내 삶에서 꼭 일어나는 일관성 없는 나의 행동을 보게 될 터인데, 그런 행동 때문에 목표를 향해 곧장 가고 있다고 생각할 때조차 목표와는 다른 방향으로 가는 일이 너무나 자주 일어났다. 방튀르는 자신의 작곡 선생이던 블랑샤르Blanchard 신부에 대해 나에게 여러 이야기를 했었다. 그는 유능하고 재능이 뛰어난 사람으로 당시 브장송 성당의 악장이었고 지금은 베르사유 예배당의 악장을 맡고 있다. 나는 브장송에 가서 블랑샤르 신부의 교습을 받을 작정이었다. 이런 생각이 내게는 너무나 합리적인 듯싶어서 엄마도 같은 생각을 하게 만들었다. 그녀는 나의 별것 아닌 여행 준비에 정성을 쏟았고 다른 일과 마찬가지로 이번 일에도 돈을 아낌없이 썼다. 그렇게 나는 항상 파산을 대비하고 그녀의 낭비벽 때문에 앞으로 일어날 일을 만회할 계획을 세우면서도 그녀에게 800프랑의 비용을 내게 하고야 말았다. 그녀의 파산을 막는다던 내가 도리어 그것을 부추긴 것이다. 이러한 처신은 어리석은 것이었지만 나도 심지어 그녀까지도 그 환상에 빠져들고 말았다. 두 사람 모두 확신하기를, 나는 그녀를 위해 유용한 일을 하고 있고 그녀는 내가 나 자신을 위해 쓸모 있는 일을 한다고 생각한 것이다.

나는 방튀르가 아직 안시에 있다고 생각하고 그에게 블랑샤르 신부에게 보내는 소개장을 부탁하려 했다. 그는 더 이상 그곳에 없었다. 나는 그가 작곡하여 직접 손으로 써서 내게 남겨놓은 4부 미사곡이 있다는 정보에 만족했을 따름이다. 나는 이것을 추천장 삼아 브장송에 갔는데, 가는 도중에 제네바에서 친척들을 만났고 니옹에서는 아버지를 만났다. 아버지는 여느 때처럼 나를 맞아주었고 내가 말을 타고 다니기 때문에 나보다 늦게 도착한 내 여행 가방을 내게 부쳐주는 일도 기꺼이 해주었다. 브장송에 도착했다. 블랑샤르 신부는 나를 환대해주었고 나에 대한 교육을 약속했으며 내게 도움을 주었다. 우리가 막 수업을 시작하려는데, 나는 아버지의 편지를 받고 내 가방이 스위스 국경의 프랑스 세관이 있는 레루스에서 압수되었다는 사실을 알게 되었다. 그 소식에 깜짝 놀란 나는 압수된 이유를 알아보려고 브장송에서 알게 된 사람들을 찾았다. 왜냐하면 밀수품은 하나도 없는 것이 정말 확실해서 어떤 구실을 들어 그렇게 했는지 이해할 수 없었기 때문이다. 마침내 그 이유를 알게 되었다. 그것은 보기 드문 일이어서 말할 필요가 있다.

샹베리에서 리옹 출신의 노인 한 사람을 알게 되었다. 그는 상당한 호인으로 뒤비비에Duvivier라고 했는데, 오를레앙 공 필리프의 섭정 시대에는 검인소[107]에서 일했고 실직한 다음에는 지적과에 와서 일했다. 그는 사교계 생활을 했었다. 또한 재능이 있었고 어느 정도의 지식에 온화함과 예의를 갖추고 있었다. 그는 음악도 알았고 나는 그와 같은 방을 썼으므로 우리는 주위의 버릇없는 자들 가운데서 특히 가깝게 지냈다. 그는 파리 사람들과 서신 교환을 해서 아주 사소한 일과 그저 그런 여러 가지 소식들도 듣고 있었는데, 그런 이야기들은 이유 없이 돌았다가 이유

없이 사라졌고 그것에 대한 이야기를 그만두면 누구도 그것에 대해 다시 생각하지 않았다. 내가 이따금 엄마 집의 점심식사에 그를 데리고 갔기 때문에 그는 어떻게 보면 나에게 환심을 사려고 했고 따라붙기 위해 그런 변변찮은 이야기를 내가 좋아하도록 만들려고 애썼다. 나는 그런 이야기들을 너무나 혐오해서 평생 나 혼자서는 그 이야기를 하나도 읽은 일이 없다. 그래도 그의 비위를 맞추어주려고 그 진귀한 휴지 같은 글을 받아 호주머니에 쑤셔 넣고는, 그것이 유용할 만한 유일한 용도 말고는 그것에 대해 더 이상 생각하지 않았다. 불행히도 그 빌어먹을 종잇조각들 중 하나가 새 웃옷 주머니에 남아 있었다. 나는 세관 관리들이 보기에 관례에 어긋나지 않으려고 그 옷을 두서너 번 걸친 적이 있었다. 이 종잇조각은 라신Racine[108]의 〈미트리다트Mithridate〉의 아름다운 장면을 장세니슴[109]풍으로 상당히 풍자적으로 개작한 평범한 글이었다. 나는 그것을 열 구절도 읽지 않고 주머니에 넣어둔 채 까맣게 잊고 있었다. 그것이 바로 내 짐을 압수당한 원인이었다. 세관 관리들은 이 가방의 물품 목록 서두에 굉장한 조서를 작성해놓았다. 그들은 이 조서에서 이 문서를 프랑스에서 인쇄하여 배포할 목적으로 제네바에서 가져온 것이라 추정하면서, 신과 교회의 적들을 향한 신성한 욕설과 그런 사악한 계획이 실행되는 것을 막은 자신들의 독실한 경계심에 대한 찬사를 상세히 늘어놓았다. 그들은 아마도 내 셔츠에서도 이단의 냄새가 난다고 생각한 듯싶다. 왜냐하면 그 끔찍한 원고를 구실 삼아 모든 것을 압수했기 때문이다. 나는 할 수 있는 일은 다 해보았지만 나의 변변치 않은 물건에 관한 보상이나 소식 같은 건 전혀 없었다. 세관 사람들에게 문의를 하자 수많은 온갖 지시서와 자료, 증명서, 진정서 등을 요구하는 바람에 나는 그 미궁 속에서 수없이 헤매다가 결국 모든 것을 단념할 수밖에 없었다. 당시 레 루스 세관의 그 조서를 보관하지 않은 것이 정말 후회스럽다. 그 조서는 이 글 다음에 나올 자료 모음집에 실었다면 독특한 자료가 되었을 것이다.

이 같은 손실을 입는 바람에 나는 블랑샤르 신부에게 아무것도 배우지 못한 채 곧장 샹베리로 돌아가게 되었다. 심사숙고한 끝에 내가 세우는 계획마다 불행이 뒤따른다는 것을 깨닫고 그저 엄마 곁에 머물며 그녀와 운명을 함께하고 내가 어찌할 수 없는 미래에 대해서는 더 이상 쓸데없이 걱정하지 않기로 결심했다. 엄마는 내가 보물이라도 가져온 듯이 나를 맞아주었고 나의 별것 아닌 옷가지도 조금씩 다시 마련해주었다. 나의 불행은 나나 엄마 모두에게 큰 타격이 되었지만 그것이 닥쳤을 때와 거의 비슷한 속도로 잊혀갔다.

이런 불행 때문에 음악에 관한 계획에서는 열의가 식었지만 그래도 라모의 책을 항상 공부했다. 거듭 노력을 기울인 결과 마침내 그 책을 이해했고 작곡 습작으로 몇 편의 소품을 만들게 되었으며 그것의 성공으로 용기를 얻었다. 당트르몽 후작의 아들인 벨가르드Bellegarde 백작이 아우구스트 2세 왕이 죽은 뒤 드레스덴에서 돌아왔다.[110] 그는 오랫동안 파리에 살아서 음악을 대단히 사랑했고 특히 라모의 음악에 열광했다. 그의 형제인 낭지Nangis 백작은 바이올린을 연주했고 그들의 누이인 라 투르la Tour 백작부인은 노래를 조금 할 줄 알았다. 이 모든 것들 덕분에 샹베리에서 음악이 유행하기 시작했고 일종의 공개 음악회가 열렸으며 처음에 사람들은 내게 지휘를 맡기려고 했다. 하지만 지휘가 내게 무리라는 것을 곧 알아채자 곧 다른 조치를 취했다. 그래도 나는 직접 만든 몇몇 소곡을 음악회에서 발표했는데, 그중에서 칸타타가 무척 인기가 좋았다. 그것은 썩 잘 만든 작품은 아니지만 내게서 기대하지 않은 새로운 선율과 효과적인 요소들로 넘쳐났다. 신사들은 악보도 제대로 읽지 못하던 내가 썩 괜찮은 곡을 작곡할 수 있다는 사실이 믿기지 않아서 내가 다른 사람의 작품을 내 성과로 삼은 것이 틀림없다고 생각했다. 사실을 확인하려고 어느 날 아침 낭지 백작이 클레랑보의 칸타타를 들고 나를 찾아왔다. 그가 말하기를, 그 곡을 좀 더 편하게 부르려고 조옮김했더니 클레랑보의 저음부를 악기로 연주할 수 없게 되어 여기에 또 다른 저음부를 만들어야 한다고 했다. 나는 그것이 엄청난 작업이어서 당장 할 수 있는 일이 아니라고 대답했다. 그는 내가 구실을 찾는다고 생각했는지 최소한 서창부의 저음부라도 만들어달라고 재촉했다. 그래서 그것을 만들긴 했지만 아마도 잘 만들지는 못했을 것이다. 그도 그럴 것이 나는 어떤 일이든 잘하려면 마음이 편하고 자유로워야 하기 때문이다. 하지만 그것을 적어도 규칙대로는 만들었다. 그도 지켜보고 있었으므로 내가 작곡의 기초쯤은 알고 있다는 것을 의심하지는 못했다. 그리하여 여학생들을 놓치지는 않았지만 내가 없어도 음악회를 할 수 있다는 것을 알고 음악에 대한 내 열의는 식었다.

평화조약이 체결되고 프랑스 군이 알프스 산을 다시 넘어온 것이 바로 그 무렵이었다.[111] 장교 여러 명이 엄마를 만나러 왔다. 그중에 오를레앙 연대의 대령인 로트렉Lautrec 백작은 제네바 주재 전권공사였다가 마침내 프랑스의 원수가 되었다. 엄마는 나를 그에게 소개했다. 그는 그녀가 나에 대해 소개한 말을 듣고 나에게 상당한 관심을 보이는 듯했고 나에게 많은 것을 약속했다. 그는 말년이 되어서야 겨우 이런 사실을 기억했는데, 그때는 나도 그의 도움이 그리 필요하지 않았다. 당시 토리노 주재 대사의 아들이었던 세넥테르Sennecterre라는 젊은 후작이 같은 시기에 샹베리에 들렀다. 그가 망통 부인의 집에서 점심식사를 하던 날 나도 그 집에서 식사를 했다. 식사가 끝나고 음악이 화제로 떠올랐다. 그는 음악에 꽤 조예가 있었다. 오페라 〈제프테Jephté〉[112]가 그즈음에 처음 발표되었다. 그가 그 이야기를 하자 사람들이 그 악보를 가져오게 했다. 그가 나에게 둘이서 그 오페라를 불러보자고 제안하자 겁이 더럭 났다. 그가 책자를 펼쳤고 마침 이부합창으로 이루어진 유명한 곡이 나왔다.

대지도, 지옥도, 천국조차도,

주님 앞에서 떨고 있네.

　그가 나에게 말했다. "음부를 몇 개나 맡으시겠소? 나는 여섯 개의 음부를 맡겠소." 나는 프랑스 사람의 그런 극성스러움에 아직 익숙하지 않았다. 악보를 종종 더듬거리며 읽은 적은 있지만 어떻게 한 사람이 한꺼번에 여섯 개는 고사하고 두 개의 음부라도 부를 수 있는지 이해하기 힘들었다. 내게는 음악을 연습하면서 하나의 음부에서 다른 음부로 그렇게 가볍게 건너뛰며 전체 악보를 한 번에 훑어보는 것만큼 힘든 일은 없었다. 내가 그런 시험에서 발을 빼려 하자 세넥테르 씨는 내가 음악을 알지 못한다고 여기는 것 같았다. 그런 의심을 확인해보고 싶었는지 그는 나에게 자신이 망통 양에게 주려는 노래를 악보로 적어보라는 제안을 했다. 나는 그의 제안을 거절할 수 없었다. 그는 노래를 불렀다. 나는 노래를 여러 번 반복해서 부르게 하지 않고도 그것을 받아 적었다. 곧이어 그는 그것을 읽고 노래가 매우 정확하게 악보로 옮겨진 것을 알았다. 실제로 그러했기 때문이다. 그는 내가 당황하는 기색을 보고 그 작은 성공을 칭찬해준 것에 기쁨을 느꼈다. 그렇지만 그것은 아주 간단한 일이었다. 사실 나도 음악을 상당히 잘 알았다. 단지 언뜻 보고 파악하는 순발력이 부족했을 따름이다. 나는 무슨 일에서든 그런 능력은 없었으며, 더구나 음악에서의 그런 능력은 오직 완벽한 연습을 통해서만 얻어지는 것이었다. 어쨌든 내가 받은 수치심을 다른 사람들의 머릿속에서나 나의 머릿속에서 잊게 하려고 애쓰는 그의 정중한 배려심만큼은 느낄 수 있었다. 그 뒤로 12년 내지 15년이 지나 그를 파리의 여러 집에서 다시 만났는데, 나는 그때의 일화를 그에게 상기시키고 내가 그 추억을 간직하고 있다는 것을 그에게 내보이고 싶은 생각이 여러 차례 들었다. 하지만 그는 그때 이후 두 눈을 잃었다. 나는 그가 눈을 쓸 수 있었을 때를 떠올리면 그 애석함이 되살아날까 봐 염려되어 더는 아무 말도 하지 않았다.

이제 비로소 내 과거의 삶이 현재의 삶과 결부되기 시작하는 시기에 이른다. 그때 이후 지금까지 계속된 몇몇의 우정은 나에게 정말 소중한 것이 되었다. 나는 그 우정을 떠올리면 세상에 알려져 있지 않은 그 행복했던 시절이 종종 그리워진다. 내 친구임을 자처했던 사람들은 진짜 친구가 맞았고 나를 위해 나를 사랑해주었다. 말하자면 순수한 호의로 그랬던 것이지, 유명인과 알고 지낸다는 허영심이나 교제하면서 그 친구에게 해를 끼칠 더 많은 기회를 찾으려는 은밀한 욕구 때문이 아니었다. 내 생각에 바로 이 시기부터 내 오랜 친구 고프쿠르Gauffecourt[113]와 처음으로 사귀게 되었다. 사람들이 그를 내게서 떼어놓으려고 애썼음에도 불구하고 그는 항상 내 곁에 있었다. 항상 남아 있었다! 아! 나는 이제 막 그를 잃고 말았다. 하지만 그는 삶이 끝날 때까지 나를 끊임없이 사랑했다. 우리의 우정은 그의 죽음으로 막을 내렸을 따름이다. 고프쿠르 씨는 일찍이 세상에서 가장 다정한 사람들 중 하나였다. 그를 만나면 사랑하지 않을 수 없었고 그와 같이 지내면 그에게 완전히 빠지지 않을 수 없었다. 나는 살아오면서 그 정도로 솔직하고 다정하며 차분할 뿐 아니라 감성과 재치를 드러내며 믿음을 불러일으키는 용모를 본 적이 없다. 아무리 신중한 사람이라고 해도 그를 처음 만나자마자 마치 그와 20년은 알고 지낸 듯이 허물없이 지내지 않을 수 없다. 처음 보는 사람과는 편하게 지내기가 그토록 어려운 나도 그와는 처음 만난 순간부터 편안했다. 그가 쓰는 말투와 억양, 그가 하는 말도 그의 용모와 완벽하게 잘 어울렸다. 그의 목소리는 맑고 우렁차고 제법 낭랑했으며, 성량과 표현력이 풍부한 그 아름다운 저음은 귀를 가득 채우고 마음을 울렸다. 한결같고 부드러운 쾌활함과 진실하고 소박한 기품을 타고났으면서도 갈고닦은 재능을 그 사람 이상으로 세련되게 갖추는 것은 불가능하다. 그뿐 아니라 그는 애정이 깊으면서도 모든 사람들을 다소 지나칠 정도로 사랑하는 마음과 누구에게나 친절한 성격을 가져서 자기 친구들을 열심히 도와주었는데, 더 정확히 말해 자신이 도와줄 수 있는 사람들의 친구가 되었으며, 다른 사람들의 일을 매우 열성적으로 도와주면서도 자기 일도 아주 능숙하게 해낼 줄 알았다. 고프쿠르는 크게 볼 것 없는 시계제조공의 아들이었으며 그 자신도 시계제조공이었다. 하지만 그는 자신의 용모와 재능 덕분에 다른 계층의 부름을 받아 곧장 그 계층으로 들어갔다. 그는 제네바 주재 프랑스 변리공사인 라 클로쥐르 씨와 알게 되었고 공사는 그를 좋아했다. 라 클로쥐르 씨는 파리에서 그에게 도움이 될 만한 또 다른 지인들을 소개해주었는데, 그는 그들을 통해 발레 지방의 소금 조달 일을 맡게 되어 연간 2만 리브르의 정기 수입을 올렸다. 그가 남자들 쪽에서 얻은 행운은 상당한 것이긴 했지만 그 정도로 만족해야 했다. 그러나 여자들 쪽에서는 사람이 넘쳐났다. 그래서 그는 선택을 해야 했고 자기가 원하는 대로 했다. 그에게 더 드물고 더 존경할 만한 점이 있다면 어떤 신분의 사람들과도 사귀며 어디서든 사랑받고 모든 사람들에게 인기가 있어서 결코 누구에게도 질투나 미움을 받은 적이 없다는 것이다. 그래서 나는 그가 살아생전에 단 한 명의 적도 가진 일이 없다고 생각한다. 참으로 행운아였다! 그는 해마다 엑스 지방의 온천에 왔는데, 그곳은 인근 지역의 상류층 인사들이 모여드는 장소였다. 사부아의 모든 귀족들과 친분이 있던 그는 엑스에서 샹베리로 와서 벨가르드 백작과 그의 아버지인 당트르몽 후작을 만났다. 엄마는 후작의 집에서 그를 알게 되었고 나에게도 소개해주었다. 이 교제는 별일 없이 끝나버릴 것 같았고 수년 동안 중단되었다가, 내가 말하게 되겠지만, 어떤 기회에 다시 시작되어 진정한 애정이 되었다. 이것만으로도 내가 그토록 친밀하게 지낸 한 친구에 대해 충분히 말할 만하다. 하지만 내가 그를 추억하는 데 어떤 개인적인 관심도 없다 하더라도 그는 너무 사랑스럽고 행복하게 태어난 사람이어서 인류의 영광을 위해서라도 그 추억을 보존하는 것이 좋을 듯하다고 생각한다. 그토록 매력적인 그 사람도 나중에 알게 되듯이 다른 사람들과 마찬가지로 결점이 있었다. 하지만 그가 결점이 없는 인간이었다면 아마도 그는 덜 사랑스러웠을 것이다. 가능한 한 그를 존경할 만한 인물로 만들기 위해서는 그에게 용서해줄 만한 어떤 일이 있어야 했던 것이다.

지금도 단절되지 않은 이 시기의 또 다른 교우관계가 있었는데, 그 관계 때문에 나는 인간의 마음속에서 그리 쉽게 사라지지 않는 덧없는 희망을 다시 품게 되었다. 당시 젊고 사랑스러운 사부아의 귀족이었던 콩지에Conzié 씨[114]는 음악을 배우고 싶은 생각을, 아니 더 정확히 말해 음악을 가르치는 사람과 알고 지내려는 생각을 하고 있었다. 콩지에 씨는 학문에 대한 재능과 취미를 지닌데다 온화한 성격이어서 상당히 사교적이었다. 나 자신도 그를 온화한 성격으로 생각하여 그런 사람들에게는 상당한 사교성을 발휘했다. 관계는 곧 이루어졌다. 문학과 철학의 싹이 내 머릿속에서 움트기 시작하던 터라 조금만 가꾸고 다른 이와 약간만 경쟁시키면 완전히 활짝 필 여지가 있었는데, 그 두 가지를 그에게서 찾은 것이다. 콩지에 씨는 음악에는 별로 소질이 없었다. 그것은 나에게는 잘된 일이었다. 수업 시간에 계이름으로 노래하는 것 말고는 완전히 다른 일로 시간을 보냈다. 우리는 아침을 먹고 이야기를 나누었으며 신간 몇 권을 읽었지만 음악에 대해서는 한마디도 하지 않았다. 그즈음 볼테르Voltaire와 프로이센 황태자[115] 사이의 서신 교환으로 세상이 떠들썩했다. 우리는 두 유명인에 대해 종종 이야기를 나누었는데, 얼마 전에 왕위에 오른 한 사람은 그가 곧 드러내게 될 성향이 이미 예상되었고, 다른 한 사람은 지금 감탄의 대상인 만큼이나 비난을 받고 있던 터라 그를 괴롭히는 것 같은 불행을 진심으로 마음 아파했다. 그런 불행은 위대한 재능을 지닌 사람들에게서 종종 발견되는 속성이다. 프로이센의 황태자는 젊은 시절에는 별로 행복하지 않았고 볼테르는 전혀 행복하지 못하게 태어난 듯싶었다. 우리가 두 사람에게 쏟은 관심은 두 사람과 관련된 모든 것으로 확대되었다. 우리는 볼테르가 쓴 것이면 하나도 놓치지 않았다. 나는 이런 독서를 통해 얻은 취미 덕분에 멋있게 글 쓰는 법을 배우고 싶다는 욕망을, 나를 매혹시킨 이 작가의 아름답고 화려한 문체를 모방하고 싶다는 욕망을 갖게 되었다. 얼마 뒤 그의 《철학서간Lettres philosophiques》이 출간되었다. 그 저서가 확실히 그의 최고 작품은 아니지만, 나를 공부로 끌어당기는 데 가장 결정적인 역할을 했다. 그때 생긴 취미는 그 시절 이후 더 이상 사라지지 않았다.

하지만 내가 진심으로 공부에 빠져드는 시기는 아직 오지 않았다. 내게는 아직도 조금 변덕스러운 기질과 이리저리 돌아다니고 싶은 욕망이 남아 있었다. 이런 욕망은 사라졌다기보다는 억제되어 있었다. 나의 고독한 기질에 비해 너무도 소란스러운 바랑 부인의 집안 형편이 그 욕망을 부채질했다. 날마다 사방에서 그녀에게 몰려드는 낯선 사람들의 무리가 있었고, 그 사람들이 각기 저마다의 방식으로 그녀를 속이는 데만 골몰한다고 확신했던 까닭에 나는 그 집에 거처하는 것이 정말로 고통스러웠다. 나는 여주인의 속내 이야기를 듣는 클로드 아네의 자리를 물려받고 그녀의 사업 형편을 더욱 가까이에서 지켜본 이후 사업이 악화되는 것을 두려운 마음으로 보게 되었다. 수없이 잘못된 점을 지적하며 간청도 하고 몰아붙이기도 하고 사정도 해보았지만 늘 아무 소용이 없었다. 그녀의 발밑에 몸을 던지고 그녀를 위협하는 파국을 강하게 경고했다. 그녀에게 쓸데없는 지출을 줄이고 우선 내게 드는 비용부터 삭감해야 하며, 빚과 채권자를 계속 늘려나가서 노년에 그 사람들에게 험한 꼴을 당하고 어려운 처지에 놓이느니 차라리 아직 젊을 때 어려움을 겪으라고 격한 어조로 설득했다. 나의 진심 어린 열의에 마음이 쓰인 그녀는 나와 더불어 감동하며 나에게 온갖 약속을 다했다. 그런데 신통찮은 사람이 하나라도 오게 되면 어떻게 되었을까? 그 순간 모든 것은 잊히고 말았다. 나의 질책이 쓸모없다는 것이 수없이 입증된 다음에 내가 할 수 있는 것이라고는 내가 막을 수 없는 불행으로부터 눈을 돌리는 것뿐이었던가? 나는 니옹, 제네바, 리옹으로 가벼운 여행을 했고, 그 여행 덕분에 나의 남모를 어려움은 해소되었지만 동시에 나의 지출로 인해 문제는 더 커졌다. 나는 엄마가 그런 절약으로 정말 도움을 받았다면 모든 비용의 삭감을 기쁘게 감당했을 것이라고 맹세할 수 있다. 하지만 내가 절약한 돈이 사기꾼들에게 넘어갈 것이 확실했던 까닭에 나도 그녀의 너그러움을 이용하여 그들과 함께 내 몫을 챙겼다. 마치 도살장에서 돌아온 개처럼 내가 지킬 수 없었던 고깃덩어리에서 내 몫을 가져왔던 것이다.

내게는 모든 여행마다 구실이 없지 않았다. 엄마 혼자서도 그런 구실들을 얼마든지 만들어주었을 것이다. 그만큼 그녀는 곳곳에 사람 관계, 협상, 사업, 믿을 만한 사람에게 맡겨야 할 심부름이 많았다. 그녀는 그저 나를 보냈으면 했고 나도 가기만을 바랐다. 그래서 걸핏하면 떠도는 생활을 피할 수 없었다. 그 여행 덕분에 몇몇 좋은 사람들을 사귀기도 했는데, 그 후 그런 교제가 내게 유쾌하기도 하고 유익하기도 했다. 그 가운데 내가 리옹에서 알게 된 페리숑Perrichon 씨116와의 교제는 그가 보여준 호의에 견주어볼 때 충분히 돈독하게 하지 못한 것이 후회스럽다. 사람 좋은 파리조Parisot와의 교제에 대해서는 적절한 때에 말할 것이다. 그르노블에서는 데방Deybens 부인과 재기 넘치는 바르도낭슈Bardonanche 재판소장의 부인과 교제했는데, 재판소장의 부인은 더 자주 만날 수만 있었다면 나를 좋아했을 것이다. 제네바에서는 프랑스 변리공사 라 클로쥐르 씨와 알고 지냈다. 그는 내 어머니에 대해 자주 이야기했는데, 어머니가 죽고 시간이 많이 흘렀음에도 그의 마음은 그녀에게서 벗어나지 못했다. 두 명의 바리요Barrillot117와도 알고 지냈는데, 그중 아버지 되는 사람은 나를 손자라고 불렀다. 그는 사람들과 무척 다정하게 지냈으며 일찍이 내가 알던 가장 존경할 만한 사람들 중 하나였다. 공화국에 소요가 일어났을 당시 이 두 시민은 서로 대립하는 당에 가담했다. 아들은 시민당에, 아버지는 정부당에 가담한 것이다. 1737년 전투가 벌어졌을 때,[118] 나는 제네바에 있으면서 아버지와 아들이 무장을 한 채 같은 집에서 나와 한 사람은 시청으로, 다른 한 사람은 자기 진영으로 가는 광경을 보았다. 두 시간 뒤면 서로 대치하여 서로를 죽이게 될 것임을 분명히 알면서도 말이다. 나는 이 끔찍한 광경에 너무나 큰 충격을 받아서 언젠가 시민권을 회복하더라도 어떤 내란이건 결코 가담하지 않을 것이며 국내적으로는 무력을 통한 자유를 나 개인적으로든 동의를 통해서든 결코 지지하지 않겠다고 맹세했다. 나는 몹시 난감한 경우에도 이 맹세를 지켰다고 자신한다. 여러분은 이런 절제가 어느 정도 가치 있었음을 알게 될 것이다. 적어도 내가 생각하기에는 그러하다.

하지만 나는 무장한 제네바가 내 마음속에 불러일으킨 애국심의 첫 번째 술렁거림을 아직 느끼지 못했다. 내게 책임이 있는 대단히 중요한 사실 하나만 보더라도 내가 얼마나 애국심이 없었는지 판단하게 될 것이다. 그 사실은 적절한 때에 다룰 기회를 놓쳤지만 누락시키지는 않을 것이다.

베르나르 삼촌은 몇 년 전부터 아메리카의 캐롤라이나 주에 가서 자신이 설계한 찰스타운 시의 건설 책임을 맡고 있었다. 그는 얼마 후에 그곳에서 세상을 떠나고 말았다. 나의 가엾은 사촌도 프로이센 왕에게 봉사하다 죽었다. 그렇게 숙모는 아들과 남편을 거의 동시에 잃었다. 그녀는 이러한 사별로 자신에게 남은 가장 가까운 친척인 나에게 다소나마 정을 주게 되었다. 제네바에 갔을 때 나는 그녀 집에 묵었으며, 삼촌이 남겨 놓은 책들이며 자료들을 뒤적이고 살펴보면서 재미있게 시간을 보냈다. 그곳에서 분명히 누구도 짐작하지 못할 흥미로운 서류와 편지들을 많이 찾아냈다. 쓸데없는 서류에 그다지 신경을 쓰지 않았던 숙모는 내가 원한다면 모두 가져가도 좋다고 허락했을 것이다. 나는 목사였던 할아버지 베르나르가 직접 주석을 단 책 두세 권에 만족했다. 그중에는 로오Rohault[119]의 4절판으로 된 《유작 Œuvres posthumes》이 있었는데, 책의 여백에는 공리와 명제에 대한 주석이 가득했다. 나는 그 주석들 덕분에 수학을 좋아하게 되었다. 그 책은 바랑 부인의 책들 가운데 남아 있는데, 그 책을 간수하지 못한 것이 두고두고 유감스러웠다. 나는 그 책들에 더해서 대여섯 편의 논문 필사본과 유명한 미슐리 뒤크레Micheli du Crest[120]의 인쇄본 논문 한 편을 받았다. 그는 뛰어난 재능에 식견을 갖춘 학자였지만 지나치게 유별나서 제네바 당국자들에게 혹독한 취급을 받았고 최근 아르베르의 요새에서 죽고 말았다. 그는 베른 음모에 가담했을 것이라는 혐의로 그곳에 여러 해 동안 갇혀 있었다.

이 논문에는 제네바에서 일부 실행된 대단하면서도 우스꽝스러운 축성 계획에 대한 상당히 타당한 비판이 담겨 있었다. 그 계획은 전문가들의 큰 비웃음거리가 되었는데, 그들은 위원회가 그 엄청난 계획을 실행하면서 염두에 둔 은밀한 목적을 알지 못했던 것이다. 미슐리 씨는 그 계획을 비난하여 축성위원회에서 제명된 뒤 200인 위원회의 일원으로서 더 나아가 시민으로서 그 문제에 대한 자신의 의견을 빠짐없이 말할 수 있다고 생각했고, 이 논문을 통해 그 일을 한 것이다. 그는 경솔하게도 논문의 인쇄를 맡겼지만 출간하지는 않았다. 왜냐하면 그는 200인 위원회에 보내는 부수만큼만 인쇄를 맡겼기 때문이다. 그 인쇄본들은 소위원회의 지시로 역에서 모두 가로채이고 말았다. 나는 이 논문을 삼촌의 서류 중에서 그가 만들도록 지시한 반박문과 함께 발견했고, 둘 다 가지고 왔다. 그 여행은 지적과에서 나온 지 얼마 지나지 않아 했는데, 그곳 책임자인 코첼리 변호사와는 여전히 어느 정도 연락이 닿고 있었다. 얼마 후에 세관장이 자기 아이의 대부가 되어달라고 나에게 부탁할 생각을 하고 대모는 코첼리 부인이라고 내게 알려주었다. 나는 그런 영광에 정신이 나갈 지경이었다. 변호사 나리와 그렇게 가깝게 지낸다는 것이 너무나 자랑스러워 나 자신이 그런 영광에 손색없는 사람임을 보이려고 거드름을 피우려 애썼다.

나는 이런 생각을 하며 내가 국가 기밀을 아는 제네바의 유력자에 속한다는 사실을 증명하는 데 있어 진짜 희귀 자료인 미슐리 씨의 논문 인쇄본을 그에게 보여주는 것보다 더 좋은 방법은 없다고 믿었다. 그렇지만 설명하기 어려운, 반쯤은 신중한 마음에서 그 논문에 대한 삼촌의 반박문은 그에게 전혀 보여주지 않았다. 어쩌면 반박문은 손으로 쓴 것이고 변호사에게는 인쇄된 것만이 필요했기 때문이었는지도 모른다. 그렇지만 그는 내가 자신에게 어리석게 맡긴 문서의 가치를 너무나 잘 알고 있어서 나는 그것을 결코 되찾을 수도 다시 볼 수도 없었다. 그런 노력이 소용없음을 분명히 깨달은 나는 그 물건으로 생색을 내다 도둑맞은 셈이지만 선물한 것으로 여기기로 했다. 하지만 그가 쓸모 이상으로 희귀한 그 자료를 토리노 궁정에서 잘 써먹었을 것이고, 그것을 구하는 데 들어갔을 돈을 이런저런 방법으로 받아내기 위해 상당히 공을 들였다는 것은 전혀 의심의 여지가 없다. 다행히 앞으로 일어날지 모르는 사건들 중에서도 사르데냐 왕이 언젠가 제네바를 포위 공격하는 것이 가장 있을 법하지 않은 일이다. 그러나 어떤 경우에도 전혀 불가능한 일은 없는 법이므로, 나는 이 요새의 최대 약점을 그곳의 가장 오래된 적에게 알려준 내 어리석은 허영심을 늘 자책해야만 할 것이다.

이런 식으로 나는 음악과 묘약, 계획과 여행 사이를 오가며 2, 3년을 보냈다. 이 일에서 저 일로 쉬지 않고 떠돌아다니며 어딘지도 모른 채 정착하려고 애쓰면서도 서서히 연구에 빠져들었던 것이다. 문인들을 만나고 문학 이야기를 들으면서 종종 나 자신이 문학에 대해 논할 생각을 하고 책 내용에 대해 알기보다는 그것에 나오는 전문용어를 받아들이면서 말이다. 제네바를 여행할 때면 지나가는 길에 종종 과거 좋은 친구였던 시몽 씨를 만나러 가곤 했다. 그는 바이예Baillet나 콜로미에스Colomiès[121]에게서 얻어낸 문단의 최근 소식을 통해 싹트는 내 경쟁심을 꽤나 부추겼다. 또한 샹베리에서는 도미니크회의 수사를 자주 만났다. 그는 물리학

교수이자 사람 좋은 수도사로 그의 이름은 잊어버렸지만 이따금 작은 실험을 하여 나를 무척 즐겁게 해주었다. 나는 그를 따라 무색 감응잉크를 만들어보려 했다. 실험 결과물을 만들기 위해 병에 생석회와 석웅황(石雄黃)과 물을 절반 이상 채워 넣고 마개로 잘 막았다. 바로 그 순간 물이 아주 격렬하게 끓어오르기 시작했다. 나는 병이 있는 곳으로 뛰어가 마개를 열려고 했지만 이미 때가 늦었다. 병이 폭탄처럼 내 얼굴을 덮치며 터지고 말았던 것이다. 나는 석웅황과 석회를 삼켜서 자칫하면 죽을 뻔했다. 그리고 6주 이상을 눈이 먼 상태로 있었다. 이렇게 해서 나는 실험물리학의 기초도 알지 못한 채 참견하는 것이 아니라는 교훈을 얻었다.

얼마 전부터 건강이 눈에 띄게 나빠졌는데, 이런 뜻밖의 사건이 엎친 데 덮친 격으로 일어난 것이다. 정말 체격이 좋고 별 무리한 일도 하지 않았는데, 왜 이토록 눈에 띄게 쇠약해지는지 그 이유를 모르겠다. 나는 꽤나 건장한 어깨에 가슴도 떡 벌어져서 폐도 그 안에서 편히 기능했을 것이다. 그렇지만 숨을 헐떡이고 호흡 곤란을 느끼기도 했으며 저절로 한숨이 나오기도 했다. 또한 가슴이 두근거렸으며 피를 토하기도 했다. 미열이 나기도 했는데, 미열이 떨어진 적은 결코 한 번도 없었다. 한창 혈기 왕성한 나이에 어떻게 이런 처지에 빠질 수 있단 말인가?

칼은 칼집을 닳게 한다고 흔히 말한다. 바로 나를 두고 하는 말이다. 나의 정열은 나를 살리기도 했지만 나를 죽이기도 했다. 어떤 정열이냐고 물을 것이다. 아무것도 아닌 것들이다. 말하자면 세상에서 가장 유치하지만 그것은 마치 헬레네를 소유하느냐 아니면 세계를 지배하느냐의 문제인 것처럼 내게 지대한 영향을 미쳤다. 우선 여자들이다. 내가 한 여자를 소유했을 때 나의 관능은 잠잠했지만 마음은 결코 그렇지 못했다. 사랑에의 욕구는 쾌락에 둘러싸여 있을 때도 내 마음을 괴롭혔다. 나에게는 다정한 어머니와 사랑스러운 여자 친구가 있었다. 하지만 애인이 필요했다. 어머니 대신 애인을 상상해보았다. 나 자신을 속이려고 애인을 수만 가지 모습으로 만들어내기도 했다. 만일 내가 엄마를 품에 안고 있으면서 그녀를 껴안고 있다고 생각했다면 나의 포옹이 덜 열렬하지는 않겠지만 나의 모든 욕망은 깡그리 사라져버렸을 것이다. 자애로움에 울먹이기는 했겠지만 쾌락을 느끼지는 못했을 것이다. 쾌락을 느낀다고! 이런 운명이 인간을 위해 만들어지기나 했을까? 아! 만약 일생에 단 한 번이라도 사랑의 온갖 환희를 그 절정에서 맛보았다면 내 연약한 존재가 그것을 감당할 수 있었으리라고는 상상하기 어렵다. 나는 아마 그 자리에서 죽고 말았을 것이다.

그리하여 나는 대상 없는 사랑으로 불타고 있었다. 아마도 이런 사랑이 가장 사람을 지치게 만드는 듯싶다. 나는 불쌍한 엄마의 나날이 기울어가는 사업 형편과 머지않아 완전한 파산을 가져올 수밖에 없는 그녀의 신중하지 못한 처신이 염려되어 괴로워하고 있었다. 항상 불행에 앞서 나타나는 나의 잔인한 상상력은 그 불행을 극단에서 그리고 그 모든 결과를 쉴 없이 내게 보여주었다. 마음속에 먼저 떠오른 것은, 그녀에게 내 삶을 바쳤고 그녀 없이는 삶을 누릴 수 없는데, 불행 때문에 어쩔 수 없이 헤어지는 내 모습이었다. 그래서 마음이 늘 불안했던 것이다. 욕망과 근심이 번갈아가면서 나를 괴롭혔다.

음악은 나에게 또 다른 열정이었는데, 격렬함은 덜했지만 몸을 쇠약하게 만드는 것은 그에 못지않았다. 열렬히 음악에 빠져들고 라모의 난해한 책들을 고집스럽게 연구하고 여전히 이해되지 않는 내용을 머릿속에 집어넣겠다고 완강하게 고집을 피우고 일하느라 끊임없이 돌아다니고 내가 쌓아놓은 엄청난 양의 편집 자료들을 필사하는 데 너무 자주 온밤을 새웠으니 말이다. 그런데 어떻게 이런 일상적인 일들로만 끝날 수 있겠는가? 나의 변덕스러운 머릿속을 오가는 온갖 터무니없는 생각들, 단 하루 만에도 변하는 취미, 여행, 음악회, 저녁식사, 빠지면 안 되는 산책, 꼭 읽어야 할 소설, 극장에 가는 일, 내 오락거리나 일로서 조금도 계획에 없던 것들이 모두 격렬한 열정이 되어 우스꽝스러울 정도로 맹렬하게 더 없이 극심한 고통을 나에게 안겨주었다. 나는 클레블랑Cléveland[122]의 상상이 만들어낸 불행을 열렬하면서도 자주 중단해가면서 읽었는데, 내 불행보다도 그 이야기에 더 마음을 졸였던 게 아닌가 생각된다.

바그레Bagueret 씨라는 제네바 사람이 있었는데, 그는 러시아 궁정의 표트르 대제 밑에서 일한 적이 있었다. 그는 일찍이 내가 알던 사람들 가운데 가장 비열하고 가장 어리석은 사내였는데, 자신과 마찬가지로 어리석은 계획들에 늘 빠져 있어서 백만 단위의 돈을 비 오듯 쏟아지게 했으며 그에게 돈의 액수는 전혀 중요하지 않았다. 그는 상원에 어떤 소송이 걸려 있어 샹베리에 와 있었는데 당연하다는 듯이 엄마를 붙들었다. 그는 자신에게는 아무것도 아닌 미래의 재물을 그녀에게 아낌없이 쓰더니 그녀의 얼마 남지 않은 돈을 한 푼 두 푼씩 빼갔다. 나는 그를 전혀 좋아하지 않았고 그도 그런 사실을 알고 있었다. 나로서는 그렇게 어려운 일이 아니었다. 그는 내 비위를 맞추려고 온갖 비열한 짓을 다했다. 그는 내게 체스를 가르쳐주겠다고 제안을 했다. 그는 체스를 어느 정도 두었고 나도 거의 내키지는 않았지만 시도를 해보았다. 나는 그럭저럭 행마를 배운 뒤 상당히 빠르게 수가 늘어서 첫 판이 끝나기 전에 시작할 때 그가 나에게 준 루크를 그에게 돌려주었다. 내게 더 필요한 것은 없었다. 이렇게 해서 체스에 미치게 되었다. 나는 체스 판을 하나 샀다. 체스 교본인 칼라브레[123]도 사서 방에 틀어박혔다. 그 책에 나온 모든 경기를 다 암기하려고 어떻게 하든 그것들을 머릿속에 집어넣으면서 쉬지 않고 혼자 게임을 하며 밤낮을 보냈다. 두세 달을 지독하게 공부하고 믿기 어려울 만큼 노력을 한 다음 몸은 비쩍 마르고 얼굴은 누렇게 뜨고 거의 얼빠진 행색을 한 채 카페에 갔다. 나는 시도를 해본다. 바그레 씨와 다시 게임을 한다. 그는 나를 한 번, 두 번, 스무 번을 내리 이긴다. 내 머릿속에는 수많은 경우의 수가 뒤섞여 있고 내 상상력은 너무나 빈약해져서 이제 눈앞에는 뿌연 기운밖에는 보이지 않는다. 필리도르Philidor나 스타마Stamma의 책을 가지고 체스게임을 공부하려고 했을 때도 매번 상황은 달라지지 않았다. 나는 완전히 피곤에 지쳐서 이전보다 더 약해져 있었다. 게다가 내가 체스를 포기했든 아니면 계속하면서 활력을 되찾았든, 나는 첫판을 둔 이후로 결코 한 단계도 더 나아가지 못했다. 또한 판을 마치고 나면 항상 첫판을 끝냈을 때와 같은 지점에 다시 와 있었다. 아마 수백 년을 연습해도 결국 바그레에게 루크를 줄 수 있을 정도가 고작이지 그 이상은 어림도 없었다. 여러분은 정말 시간을 잘 썼다고 말할 것이다! 사실 체스에 적잖은 시간을 들였다. 나는 처음에 시도한 것을 더 이상 계속할 힘이 없을 때가 돼서야 비로소 그만둔다. 내가 방에서 나와 모습을 나타냈을 때의 몰골은 그야말로 무덤에서 파낸 시체 같았다. 내가 계속 그렇게 지냈다면 오래지 않아 땅에 묻혔을 것이다. 특히 혈기 넘치는 젊은 시절에 이런 머리로 건강한 몸을 계속 유지하기 어렵다는 것은 누구나 인정할 것이다.

악화된 건강은 내 기분에도 영향을 미쳐 몽상에 빠져드는 열기도 식게 만들었다. 나는 몸이 쇠약해지는 것을 느끼며 더욱 조용해졌고 여행에 대한 열정도 조금 잃어버렸다. 한곳에만 틀어박혀 지낼수록 갑갑함이 아닌 우울증에 걸릴 지경이었다. 정열에 이어 우울증이 찾아온 것이다. 나의 무기력함은 서글픔으로 바뀌었다. 나는 툭하면 눈물을 흘리고 한숨을 쉬었다. 아직 인생을 제대로 맛보지도 못했는데 삶이 내게서 달아나는 것을 느꼈다. 나 때문에 가엾은 엄마가 놓이게 된 처지와 내가 보는 데서 그녀가 떨어지려 하는 그 처지가 그저 한탄스러웠다. 이제야 말하지만, 그녀와 헤어지고 그녀가 눈물을 흘리도록 내버려둔 것이 내 유일한 회한이었다. 결국 나는 완전히 병이 들었다. 그녀는 나를 지극정성으로 돌보았는데 결코 어떤 어머니도 그렇게 자식을 돌보지는 못할 것이다. 그녀는 그 때문에 사업 계획을 잠시 잊었고 일을 기획하는 사람들과도 거리를 두게 되었으니 그녀 자신에게도 매우 좋은 일이었다. 그때 죽음이 찾아왔다면 얼마나 감미로운 죽음이었을까! 만일 내가 삶의 행복을 거의 맛보지 못했다면 그때까지 나는 삶의 불행도 거의 느낀 적이 없었다. 나의 평화로운 영혼은 삶과 죽음을 타락시키는 인간의 불의에 대한 가혹한 감정을 겪지 않고도 날아오를 수 있었다. 나는 나 자신의 더 나은 반쪽 안에서 살아남을 것이라고 스스로를 위로했다. 그렇게 된다면 그것은 거의 죽음이 아니었다. 내가 그녀의 운명을 걱정하지 않았다면 나는 잠드는 것과 같이 죽었을 것이다. 또한 그런 근심조차도 그 고통을 진정시키는 다정하고 온화한 대상을 지니고 있었다. 나는 그녀에게 말하곤 했다. "바로 당신이 내 모든 존재를 떠안고 있어요. 그러니 그 존재가 행복해지도록 해주세요." 나는 가장 몸이 안 좋을 때 밤중에 두세 번 잠이 깨어 간신히 그녀의 방으로 기어갔고 그녀의 처신에 대해 몇 가지 충고를 했다. 나는 그 충고가 충분히 올바르고 의미 있는 것이라고 감히 말하는데, 그것에는 내가 그녀의 운명에 쏟는 관심이 다른 무엇보다도 잘 나타나 있었다. 마치 나의 눈물이 양식이고 치유인 것처럼 그녀의 침대 위에 가까이 앉아 그녀의 손을 잡고서 함께 흘리는 눈물로 마음을 다졌다. 한밤중에 대화를 나누는 가운데 시간이 흘렀고 나는 그녀에게 왔을 때보다 몸과 마음이 좋아져 돌아갔다. 그리고 그녀가 내게 한 약속과 내게 준 희망에 만족하여 마음의 평화를 느끼고 신의 섭리를 받아들이며 이내 잠이 들었다. 삶을 증오할 너무나 많은 이유를 알게 되었고, 내 삶을 흔들어놓고 이제는 그저 무거운 짐일 뿐인 인생의 파란을 겪고 난 뒤에, 삶을 끝내게 될 죽음이 그때 내게 그랬던 것만큼 가혹하지 않으면 좋으련만.

그녀는 극진한 정성과 빈틈없는 주의, 믿기 힘든 노력을 다한 끝에 나를 살려냈다. 그리고 분명한 건 오직 그녀만이 나를 구해낼 수 있었다는 사실이다. 나는 의사들의 의술을 별로 믿지 않지만 진정한 친구들의 의술만큼은 대단히 신뢰한다. 우리의 행복이 달린 일은 다른 어떤 일보다 항상 더 좋은 성과를 내는 법이다. 만일 인생에서 달콤한 감정을 경험한다면 그것은 우리가 서로에게 받아들여진다고 느끼는 감정이다. 서로에 대한 우리의 애착이 그런 감정 때문에 커진 것은 아니다. 그런 일은 불가능했다. 하지만 그 애착은 대단한 단순함 속에 뭐라 말할 수 없는 더욱 내밀하고 감동적인 무언가를 품고 있었다. 나는 완전히 그녀가 만들어낸 결과물이자 그녀의 아이가 되었다. 그녀가 나의 진짜 어머니인 것 이상으로 말이다. 우리는 모르는 사이에 더 이상 서로 떨어지지 않게 되었고 말하자면 우리의 존재를 공유하기 시작했다. 우리가 서로에게 필요할 뿐 아니라 서로 만족한다는 것을 느끼면서 우리와 관계없는 것은 더 이상 생각하지 않고 우리의 행복과 우리의 모든 욕망을 그러한 상호 간의 소유에만 완전히 한정시키는 데 익숙해졌다. 그 소유는 아마도 사람들 사이에서 유례가 없는 것으로, 내가 이미 말했듯이 사랑의 소유가 아니라 더욱 본질적인 소유이며 성이나 나이나 용모와는 관계없이 바로 그로 인해 자기 자신이 되는 것, 존재하기를 멈춤으로써만 잃어버릴 수 있는 모든 것과 관계가 있다.

이러한 소중한 위기가 그녀와 나의 여생에 행복이 되지 못한 것은 어찌 된 까닭인가? 그것은 내 탓이 아니었다. 나는 그에 대해 위안이 되는 증거를 가지고 있다. 그녀의 잘못도 아니었다. 적어도 그녀의 의도는 아니었던 것이다. 주체할 수 없는 기질이 곧 영향력을 다시 행사하리라는 것은 정해진 운명이었다. 하지만 그 치명적인 재발이 갑작스러웠던 것은 아니다. 천만다행으로 시간적인 유예가 있었는데 그것은 짧지만 소중한 시간이었다. 그 시간은 내 잘못 때문에 지나가 버린 것이 아니며, 그것을 잘못 이용했다 해서 나 자신을 탓하지도 않을 것이다.

중병은 회복되었지만 기운은 되찾지 못했다. 폐는 여전히 회복되지 않았고 미열이 지속되어서 생기가 없었다. 나의 관심은 오직 사랑하는 그녀 곁에서 생을 마감하는 것, 그녀의 좋은 결심을 유지시키는 것, 행복한 삶의 참다운 매력이 무엇인지 그녀가 느끼게 하는 것, 또 그것이 내게 달려 있는 한 그녀의 삶을 그렇게 만들어주겠다는 것뿐이었다. 하지만 나는 음산하고 우울한 집에 단둘이서 계속 고독하게 지내다 보면 결국 우울해질 것임을 알았고 실제로 그렇게 느끼기도 했다. 이 문제에 대한 대책은 의외로 손쉽게 생겨났다. 엄마가 나에게 우유를 처방했고 내가 시골에 가서 우유를 마시기를 원했다. 나는 그녀가 시골에 함께 간다면 그렇게 하겠다고 동의했다. 그녀를 결심시키는 데 더 이상의 것은 필요 없었다. 단지 장소를 선택하는 일이 문제였다. 교외에 있는 정원은 진짜 시골에 있지 않았다. 그곳은 집들과 또 다른 정원들에 둘러싸여 있어서 전원의 한적한 안식처다운 매력이 전혀 없었다. 더구나 아내가 죽은 이후 우리는 돈을 아낀다는 이유로 그 정원을 떠났다. 우리는 식물을 가꾸는 데 더 이상 열의가 없었고, 다른 이유로도 그 누추한 곳을 그다지 그리워하지 않았던 것이다.

나는 그녀가 도시에 싫증을 느낀 것을 알고 지금 그런 감정을 이용하여 도시를 완전히 단념하고 마음에 드는 적막한 곳에, 성가신 사람들을 따돌릴 만큼 충분히 외딴 작은 집에 자리 잡는 것이 어떠냐고 그녀에게 권했다. 그녀가 그렇게 했더라면, 그녀와 나의 선한 천사가 내게 떠오르게 만든 이 제안은 아마도 죽음이 우리를 갈라놓을 순간까지 행복하고 평온한 나날들을 약속했을 것이다. 하지만 그런 상태는 우리에게 약속된 것이 아니었다. 엄마는 여유로운 인생을 보낸 다음 조금이라도 더 미련 없이 삶과 작별하기 위해서 가난과 불만의 온갖 고통을 당하게 될 운명이었다. 나로 말하자면, 온갖 종류의 불행을 계속 겪으며 언젠가 공익과 정의에 대한 사랑만으로 고무되고 나의 결백만을 확신하며 나를 지키려고 당파에 의지하지 않고 파벌도 만들지 않은 채 감히 사람들에게 진리를 숨김없이 말할 수 있는, 어느 누구에게나 본보기가 될 운명이었다.

그녀는 별것 아닌 걱정 때문에 발목이 잡히고 말았다. 그녀는 주인을 화나게 만들까 봐 걱정하여 그 보잘것없는 집을 도무지 떠나지 못했다. 그녀가 내게 말했다. "네가 세운 은둔 계획은 충분히 매력적이고 내 취향 하고도 잘 맞아. 하지만 은둔해서도 생활은 해야지. 나는 감옥을 벗어나 겠지만 생계를 잃을지도 몰라. 우리가 숲 속에서 더 이상 빵을 구할 수 없게 되면 빵을 찾으러 도시로 돌아와야만 해. 도시로 나올 필요가 덜하도록 집을 완전히 떠나지는 말자. 생로랑 백작이 내 연금을 건드리지 않도록 하려면 이 적은 집세라도 그에게 지불해야 해. 평온하게 살 수 있을 정도로 도시에서 떨어져 있고 필요할 때마다 돌아올 수 있을 정도로 가까운 곳에 누추한 집이라도 하나 구해보자." 그 말대로 이루어졌다. 어느 정도 찾아다닌 끝에 우리는 레 샤르메트에 거처를 정했는데, 그곳은 콩지에 씨의 땅으로 샹베리 성문 근처에 있으면서도 수백 킬로미터는 떨어진 것처럼 구석지고 적막했다. 상당히 높은 두 개의 언덕 사이에 남북으로 이어진 작은 계곡이 있고, 그 바닥에는 조약돌과 나무들 사이로 시냇물이 흘렀다. 작은 골짜기를 따라 언덕 중간에는 집 몇 채가 드문드문 있었는데, 다소 야생적이고 외진 안식처를 좋아하는 사람들이면 누구나 상당히 마음에 들 장소였다. 우리는 그 집들 가운데 두세 군데를 둘러본 다음 마침내 가장 예쁜 집을 선택했다. 그 집은 누아레Noiret 씨라는 군인 귀족의 소유였다. 집은 제법 살 만했다. 앞쪽에는 계단식 정원이 있고 그 위에는 포도밭이, 그 아래에는 과수원이 있었다. 맞은편에는 작은 밤나무 숲과 쉽게 이용할 수 있는 샘물이 있었다. 산의 더 높은 곳에는 가축을 기르는 목초지가 있었다. 말하자면 우리가 이곳에 마련하려고 하는 소박한 시골 살림에 필요한 모든 것이 있었다. 내가 시간과 날짜를 기억할 수 있는 한 추측해보면, 우리는 1736년[124] 여름의 끝 무렵에 이 집에 들었다. 우리가 이 집에서 잠을 자게 된 첫날 나는 감격스러웠다. 나는 이 사랑스러운 여자 친구를 품에 안고 감동과 기쁨의 눈물로 뒤범벅이 되어 말했다. "오, 엄마! 이 거처야말로 행복과 순수의 장소로군요. 만약 우리가 이

곳에 있으면서 그것들을 찾지 못한다면 다른 어디에서도 찾아서는 안 돼
요."

제6권

1737~1740

이것이 내가 소망하는 바라네. 적당히 넓은 땅,

정원 하나, 집 가까이에 흐르는 맑은 샘,

게다가 작은 숲까지 있다면……

Hoc erat in votis : Modus agri non ita magnus,

Hortus ubi, et tecto vicinus aqua fons ;

Et paululum sylva super his foret……125

나는 이렇게 덧붙일 수 없다. "신들은 나에게 그 이상의 더 많은 것을 주셨다Auctius atque di melius fecere." 하지만 아무래도 좋다. 내게는 더 이상 필요한 것이 없었다. 이미 소유한 것조차 필요 없었다. 그저 즐거우면 되었다. 오래전 나는 소유자와 점유자가 간혹 아주 다른 두 사람이라고 말하고 느낀 적이 있다. 남편과 애인은 차치하고라도 말이다.

여기서 내 삶의 짧은 행복이 시작된다. 여기서 평화롭지만 빠르게 지나가 버린 순간들이 찾아온다. 나는 그 순간들 덕분에 내가 인생을 즐겼다고 말할 권리를 얻었다. 소중하고도 너무나 애석한 순간들이여! 아! 나를 위해 그 사랑스러운 흐름을 다시 시작하라. 실제로는 덧없이 연속되어 흘러가버렸지만 가능하다면 내 기억 속에서 더 느리게 흘러라. 그토록 감동적이고 그토록 소박한 이야기를 내 마음대로 길게 하려면, 똑같은 말을 늘 다시 하려면, 끊임없이 같은 말을 다시 시작하면서도 정작 나 자신은 지루하지 않았던 것처럼 같은 말을 되풀이하면서도 내 독자들을 지루하지 않게 만들려면 나는 어찌해야 하는가? 이 모든 것이 사실과 행위와 말로만 이루어져 있다면 나는 어떤 방식으로든 그것을 묘사하고 표현할 수 있을 것이다. 하지만 말한 적이 없고 행동한 적도 없으며 생각조차 하지 않았지만 그래도 맛보고 느낀 것을 어떻게 말할 것인가? 그 감정 자체 말고는 내 행복의 다른 대상을 제대로 표현할 수 없는데도 말이다. 해가 뜨면 일어났고 행복했다. 산책을 했고 행복했다. 엄마를 보고 행복했다. 그녀를 떠나기도 했다. 그래도 행복했다. 숲과 언덕을 돌아다녔다. 계곡을 헤매고 다녔다. 책을 읽었고 하는 일 없이 있기도 했다. 정원에서 일을 하고 과일을 땄으며 집안일을 도왔다. 내가 어디에 있든지 행복이 나를 따라왔다. 행복은 규정할 수 있는 어떤 것이 아니었다. 행복은 완전히 나 자신 안에 있었다. 행복은 단 한 순간도 나를 떠날 수 없었다.

이 소중한 시절 동안 내게 일어난 모든 것, 그 시절이 계속되는 동안 늘 내가 행동하고 말하고 생각한 것은 어느 하나 기억에서 사라지지 않았다. 그 이전에 지나간 시기와 그 이후에 온 시기는 이따금 머리에 떠오르지만 간헐적이고 어렴풋이 기억날 뿐이다. 하지만 그 시기는 아직도 계속되는 것처럼 온전히 기억이 난다. 젊은 시절 항상 미래를 향해 앞으로 나아가던 내 상상력이 이제는 과거로 물러나 영원히 잃어버린 내 희망을 그 감미로운 기억을 통해 보상한다. 미래에서는 나를 유혹하는 것이 더 이상 보이지 않는다. 과거로 돌아갈 때만 내 마음이 흡족하고, 내가 지금 이야기하는 시절로 이처럼 생생하고 진실하게 돌아가면 나의 불행에도 불구하고 많은 경우 나는 행복하게 살아가게 된다.

　나는 이러한 추억들 가운데 그 기억의 힘과 생생함을 가늠케 해줄 단 하나의 예만 들어볼 것이다. 우리가 레 샤르메트에 잠을 자러 간 첫날 엄마는 가마를 탔고 나는 걸어서 뒤를 따라갔다. 오르막길이었다. 그녀는 몸무게가 꽤 나갔는지라 가마꾼들을 너무 힘들게 하지 않을지 걱정이 되었고 길 중간쯤에서 내려 남은 길은 걸어서 가려 했다. 그녀는 걷다가 울타리에서 무언가 푸른색으로 된 것을 보고 내게 말했다. "빙카 꽃이 아직도 피어 있어." 나는 전에 빙카를 한 번도 본 적이 없었고, 그것을 살펴보려고 몸을 숙이지도 않았다. 게다가 지독한 근시라 고개를 숙이지 않고는 땅에 있는 식물들을 구별할 수 없었다. 단지 지나가면서 그것을 힐끗 쳐다보았을 뿐, 30여 년이 지나도록 빙카를 다시 본 적도 그것에 신경을 쓴 일도 없다. 1764년 친구인 뒤 페루du Peyrou 씨와 크레시에에 있을 때 나는 그와 함께 작은 산을 오르곤 했는데, 산꼭대기에는 그가 '벨 뷔Belle-Vue'라는 썩 잘 어울리는 이름을 붙인 예쁜 정자가 있었다. 당시 내가 식물채집을 막 시작한 때였다. 나는 산을 오르다 수풀 사이를 쳐다보고 기쁨에 넘쳐 소리를 질렀다. "아, 빙카잖아!" 정말 그랬다. 뒤 페루는 내가 흥분했음을 알아챘지만 그 이유는 알지 못했다. 언젠가 그가 이 글을 읽게 되면 그 이유를 알게 될 것이라고 기대한다. 독자들은 이토록 사소한 대상에 대한 인상을 통해 그 시기와 관련된 모든 것들이 내게 준 인상을 가늠할 수 있을 것이다.

　하지만 시골의 공기도 내 건강을 원래대로 되찾아주지는 못했다. 원래도 생기가 없었는데, 더욱더 그렇게 되었다. 우유가 몸에 받지 않아 우유 마시기도 그만두어야만 했다. 당시에는 만병통치약으로 물 마시기가 유행이었다. 나는 물을 마시기 시작했다. 그런데 너무나 조심스럽지 못해서

병을 고치기는커녕 하마터면 목숨을 잃을 뻔했다. 나는 아침마다 일어나 큰 잔을 가지고 샘에 갔다. 산책을 하면서 두 병 분량의 물을 연달아 마시곤 했다. 식사 때 마시던 포도주도 완전히 끊었다. 내가 마신 물은 산악지대의 물이 대개 그렇듯이 센물이어서 소화하기가 힘들었다. 말하자면 너무나 열심히 물을 마신 나머지 두 달도 안 되어 그때까지 아주 건강하던 위장을 완전히 망가뜨리고 말았다. 이제 소화마저 되지 않자 더 이상 회복될 가망이 없다는 것을 깨달았다. 바로 같은 시기에 그 결과도 그렇지만 그 자체로도 기이한 뜻밖의 사건이 일어났는데, 그 결과는 내가 사라져야만 끝을 볼 것이다.

어느 날 아침 평상시보다 더 아프지는 않은데, 작은 탁자 판을 탁자 다리 위에 얹다가 온몸에 거의 상상할 수 없는 급작스러운 변화를 느꼈다. 핏속에서 일종의 폭풍우가 일어나 순식간에 온 사지로 엄습했다는 것 말고 그 변화를 더 잘 표현해줄 만한 비유는 없을 듯하다. 동맥이 어찌나 강하게 요동치는지 그 박동이 느껴질 뿐 아니라 그 소리가 들리기까지 했고, 특히 경동맥의 박동 소리가 들렸다. 게다가 심한 이명까지 겹쳐서 그 소리가 삼중, 더 정확히 말하면 사중으로 들렸다. 즉 무겁고 어렴풋한 웅웅거리는 소리, 흐르는 물처럼 더 맑은 소리, 상당히 날카로운 휘파람 소리, 내가 막 이야기한 박동 소리 등이었다. 그 박동하는 횟수를 맥을 짚거나 몸에 손을 대지 않고도 쉽사리 헤아릴 수 있었다. 몸속에서 들리는 그 소리가 하도 커서 그때까지 예민하던 청각을 잃어버렸고 아예 귀머거리는 아니라도 가는귀 먹어 그 뒤로 그런 상태가 죽 이어졌다.

내가 얼마나 놀라고 겁을 먹었을지 짐작할 수 있을 것이다. 나는 죽었다고 생각했다. 침대에 누웠다. 의사가 호출을 받고 왔다. 나는 몸을 떨며 내 상태를 그에게 말하면서도 별다른 치유책이 없을 거라고 생각했다. 내가 보기에 그도 같은 생각인 것 같았으나 그는 제 할 도리는 다했다. 그는 나에게 전혀 알아듣지 못할 추론을 장황하게 늘어놓았고 자신의 대단한 이론에 따라 동물에게 시도해보려 했던 실험적 치료를 시작했다. 치료는 너무나 고통스럽고 기분이 나빴으며 효과도 적어서 나는 곧 진력이 나버렸다. 몇 주가 지나도록 더 나아지지도 더 나빠지지도 않은 것을 알고 동맥의 박동과 이명은 여전했지만 나는 자리에서 일어나 일상생활을 다시 시작했다. 그 시절 이후, 말하자면 30년 전부터 이러한 증상들은 한시도 나를 떠나지 않았다.

그때까지 나는 잠이 엄청나게 많았다. 이런 온갖 증상에 더해 지금까지 줄곧 계속되어온 극심한 불면증 때문에 마침내 나는 살날이 얼마 남지 않았다고 확신하게 되었다. 이런 확신이 들자 병을 고치려는 노력에서 잠시나마 마음을 놓았다. 삶을 연장할 수 없으므로 내게 남은 짧은 삶을 가능한 한 모두 이용할 결심을 했다. 그것은 자연이 준 기이한 배려 덕분에 가능했는데, 너무나 침울한 처지에 있던 나는 그 덕분에 그런 처지가 내게 야기한 듯한 고통을 피하게 되었다. 나는 그 귀울림 소리가 성가셨지만 그 때문에 고통을 받지는 않았다. 그런 증세로 밤에 잠을 못 자고 항상 숨이 가쁜 것 말고 또 다른 습관적인 불편함이 동반되지는 않았다. 숨 가쁨이 천식으로까지는 진행되지 않아서 뛰거나 조금 심하게 움직이지만 않으면 별로 느껴지지 않았다.

내 육신을 해쳐야 했을 이 증상은 내 열정만을 약화시켰다. 그래서 이 증상이 내 영혼에 일으킨 다행스러운 결과에 날마다 하늘에 감사하고 있다. 분명히 말하지만, 나는 나 자신을 죽은 사람으로 여겼을 때 비로소 살기 시작했다. 내가 막 버리려고 하던 사물들에 그 참다운 가치를 부여함으로써 더욱 숭고한 책임에 몰두하기 시작했다. 곧 완수해야 하지만 그때까지 상당히 등한시했던 책임을 미리 앞당겨서 하려는 듯이 말이다. 나는 종교를 내 방식대로 종종 왜곡했지만 완전히 종교가 없었던 적은 결코 없었다. 이런 문제를 다시 다루는 것이 내게는 차라리 덜 고통스러웠는데, 종교가 많은 사람들에게는 상당히 우울한 주제이지만 그것을 위안과 희망의 대상으로 삼는 사람들에게는 아주 마음 편한 주제이기 때문이다. 엄마는 이런 상황에서 어떤 신학자보다 훨씬 더 내게 도움이 되었다.

모든 것에 체계를 세우던 그녀는 종교에도 잊지 않고 그 일을 했다. 그 체계는 어떤 것들은 아주 정상적이고 어떤 것들은 아주 어리석은, 무척이나 서로 안 어울리는 개념들과 그녀의 성격과 관련이 있는 감정들 그리고 그녀가 받은 교육에서 비롯된 편견 등으로 구성되어 있었다. 일반적으로 신자들은 자기를 닮은 신을 만들기 마련이다. 착한 사람들은 선한 신을, 악한 사람들은 악한 신을 만든다. 증오와 화를 품은 독신자篤信者들은 모든 사람을 지옥에 떨어뜨리고 싶어 하므로 지옥만을 본다. 다정하고 온화한 사람들은 지옥을 거의 믿지 않는다. 내가 무척 놀라는 것들 중 하나는 선량한 페늘롱Fénelon[126]이 그가 쓴 《텔레마크Télémaque》에서 마치 자신이 진심으로 지옥을 믿는 것처럼 그것에 대해 말한다는 사실이다. 하지만 나는 그때 그가 거짓말했기를 바란다. 왜냐하면 결국 제아무리 진실한 사람도 자신이 주교일 때는 때로 능란하게 거짓말을 해야 하기 때문이다. 엄마는 나와 함께 있을 때는 거짓말을 하지 않았다. 악의가 없는 이 사람은 복수심이 강하고 항상 격노해 있는 신을 상상할 수 없어서, 독실한 신자들이 오직 정의와 처벌만을 생각할 때에도 관용과 용서만을 생각했다. 그녀가 종종 했던 말이 있다. "신이 우리에게 공정하다면 신에게 정의는 전혀 없을 거야. 왜냐하면 우리에게 정의롭기 위해 필요한 것을 주지도 않으면서 자신이 준 것 이상을 다시 요구하는 셈이기 때문이지." 이상한 점은 그녀가 지옥을 믿지 않으면서도 연옥은 믿었다는 사실이다. 그것은 그녀가 나쁜 사람들의 영혼을 지옥에 떨어뜨릴 수도 없고 그렇다고 그들이 선해질 때까지 선한 사람들과 함께 둘 수도 없기에 그들을 어떻게 해야 할지 몰랐기 때문이다. 사실 이 세상이든 저세상이든 나쁜 사람들은 늘 정말로 골치 아픈 법이다.

특이한 점이 또 있다. 그 체계는 원죄와 속죄의 교리 전체를 허물어뜨리고 일반적인 기독교의 근본을 위태롭게 만들어 적어도 가톨릭교는 존속할 수 없다고들 한다. 그렇지만 엄마는 훌륭한 가톨릭교도였다. 아니 적어도 그렇다고 주장했는데, 그녀가 정말 믿는 그대로 그런 주장을 한 것이 분명하다. 그녀에게는 사람들이 성경을 지나치게 문자 그대로 엄격하게 설명하는 듯 보였다. 성경에 나와 있는 영원한 고통과 관련된 모든 것이 그녀가 보기에는 위협적이거나 비유적이었던 것이다. 그녀에게 예수 그리스도의 죽음은 신을 사랑하고 마찬가지로 서로 사랑하라고 인간들에게 가르치기 위한 참으로 신적인 자비의 모범으로 보였던 것이다. 한마디로 그녀는 자신이 선택한 종교에 충실하면서 그 모든 신앙고백을 진심으로 받아들였다. 하지만 각 조항에 대한 토론으로 들어가면 그녀는 교회에 항상 순종하면서도 교회와 완전히 다르게 믿기도 했다. 그녀는 그 점에 대해 억지보다는 더 설득력이 있는 순진한 마음과 솔직성을 지니고 있어서 종종 고해신부까지도 당황스럽게 만들었다. 그녀는 그에게 아무것도 숨기지 않고 말했다. "저는 선량한 가톨릭교도이며 늘 그렇게 되기를 바랍니다. 저는 온 마음을 다하여 성모교회의 결정에 따릅니다. 저는 제 신앙을 지배하지 않으며 제 의지를 지배합니다. 저는 그 의지를 전적으로 복종시키고 모든 것을 믿고 싶습니다. 저에게 무엇을 더 원하십니까?"

기독교의 도덕이 전혀 없더라도 나는 그녀가 그 도덕을 따랐을 것이라고 믿는다. 그 정도로 기독교의 도덕은 그녀의 성격에 꼭 들어맞았다. 그녀는 지시받은 일은 무엇이든 다했다. 그러나 지시받지 않았더라도 마찬가지로 그 일을 했을 것이다. 그녀는 사소한 문제에서도 지시에 따르는 것을 좋아해서 고기 먹는 일이 자신에게 허락되지 않았다면 규정에 없더라도 양심적으로 육식을 금했을 것이다. 그녀의 양심에서 신중함이라는 단어는 별로 떠올릴 필요가 없을 것이다. 하지만 그 모든 도덕은 타벨 씨의 원칙에 따른 것이고 더 정확히 말해 그녀는 거기서 모순되는 것을 전혀 보지 못했다고 주장했다. 그녀는 양심의 가책 없이 매일 스무 명의 남자들과 잠자리를 가졌을 것이다. 또한 그런 일에 욕망이 없는 것과 마찬가지로 거리낌도 없었을 것이다. 나는 신앙심 깊은 많은 여자들이 그 점에서 더 양심적이지 않다는 것을 안다. 하지만 차이점은, 그 여자들은 자신들의 열정에 현혹되지만 그녀는 단지 자신의 궤변에 현혹된다는 것이다. 그녀는 가장 감동적이고, 그리고 감히 말한다면, 가장 유익한 대화를 나누면서 그 문제에 직면했을 때 얼굴 표정이나 말투에 변화가 없고 자기모순에 빠졌다고 생각하지도 않을 것이다. 그녀는 필요한 경우 그 짓을 하려고 심지어 대화를 중단했다가도 다시 전과 마찬가지로 태연하게 대화를 지속했을 것이다. 그만큼 그녀는 이 모든 것이 단지 사회적 통치를 위한 규범에 불과하다고 마음속 깊이 확신하고 있었다. 또한 분별 있는 사람은 누구나 신을 모욕할 위험을 무릅쓰지 않고도 문제의 의도에 따라 그 규범을 해석하고 적용하며 예외로 둘 수 있다는 것이다. 나는 그 점에서 그녀와 의견이 확실히 달랐지만 그 의견을 반박하기 위해 맡아야 할, 여자의 환심을 별로 사지 못할 역할이 부끄러워 감히 그러지 못했음을 고백하는 바이다. 나는 그 규칙에서 나만은 예외로 만들려고 애쓰면서 타인을 위한 규칙을 세우려고 정말 애썼던 것 같다. 그러나 그녀의 기질은 자기 원칙의 남용을 충분히 방지했을 뿐만 아니라, 나는 그녀가 속아 넘어갈 여자가 아니며 나를 위해 예외를 요구하는 것은 자기 마음에 드는 모든 사람들을 위해 예외를 인정하는 것임을 안다. 게다가 여기서 우연히 그 모순을 또 다른 모순들과 더불어 생각해보고 있다. 그 모순이 항상 그녀의 행동에 별로 영향을 끼치지 않고 더구나 당시에는 조금도 영향을 끼치지 않았음에도 불구하고 말이다. 하지만 나는 그녀의 원칙을 충실하게 설명하기로 약속했고 그 약속을 지키고 싶다. 다시 내 이야기를 하겠다.

나는 죽음과 그 결과에 대한 두려움으로부터 내 영혼을 보호하기 위해 내게 필요한 모든 원칙을 그녀에게서 발견하고 그 신뢰의 원천에서 안심하고 활력을 끌어냈다. 나는 그 어느 때보다도 그녀에게 열중했다. 나를 막 떠나고 있다고 느끼는 내 생명을 그녀 내부에 고스란히 옮겨놓고 싶었다. 그녀에 대해 커가는 애착과 살날이 얼마 남지 않았다는 확신과 다가올 운명에 대한 깊은 안도감이 생기자 대단히 편안하고 관능적이기까지 한 일상적인 상태가 만들어졌다. 그러한 상태에서 우리의 두려움과 희망을 멀리 이끌고 가는 모든 정열이 약화되었고 나는 얼마 남지 않은 날들을 근심과 불안 없이 즐길 수 있었다. 그 나날들을 더욱 즐겁게 만들어준 한 가지는 내가 전원에서 한데 모을 수 있는 모든 즐거움을 통해 그녀의 전원에 대한 취미를 키워주려고 배려하는 일이었다. 그녀로 하여금 정원과 닭장, 비둘기와 암소 들을 사랑하도록 만들면서 나 자신도 이 모든 것에 애정을 느꼈다. 내 평온함을 방해하지 않고 하루를 보내도록 해주는 이 소일거리들은 나의 빈약한 몸뚱이를 유지시켜주고 가능한 한 건강을 회복시켜주는 데 우유나 다른 어떤 치유책보다도 가치가 있었다.

우리는 포도와 과일 수확으로 그해의 남은 날들을 즐겁게 보냈고, 주변의 착한 사람들 사이에서 점점 더 시골 생활에 정이 들었다. 우리는 겨울이 오는 것을 무척이나 애석하게 생각했고 마치 유배를 가듯이 도시로 돌아갔다. 특히 봄을 다시 보지 못할 것 같았던 나로서는 레 샤르메트와 영원히 이별을 한다고 생각했다. 그래서 대지와 나무에 입을 맞추지 않고는 레 샤르메트를 떠날 수 없었고 그곳에서 멀어지면서 몇 번이고 뒤돌아보지 않을 수 없었다. 이미 오래전에 여학생 제자들과 헤어지고 도시의 즐거움과 사교계에 취미를 잃어버렸던 터라 나는 더 이상 외출도 하지 않고 엄마와 살로몽Salomon 씨 말고는 누구도 만나지 않았다. 그는 오래지 않아 엄마와 나의 주치의가 된 양식 있는 사람으로 재기발랄하고 데카르트 철학을 대단히 신봉했다. 그는 우주의 체계에 대해 꽤 많은 이야기를 했는데, 그와의 즐겁고 교육적인 대화는 그의 어떤 처방들보다 내게 더 효과가 있었다. 나는 일상 대화의 여백을 메우기 위한 터무니없고 어리석은 말을 결코 참을 수 없었다. 하지만 유용하고 건실한 대화는 항상 큰 즐거움이 되어서 결코 거부한 적이 없었다. 나는 살로몽 씨와의 대화를 무척 좋아했다. 내 영혼이 그 속박에서 빠져나오면 얻게 될 그 고매한 지식을 그와 더불어 미리 느끼는 듯싶었다. 그에 대한 나의 애정은 그가 다룬 주제들에까지 확대되어, 나는 그를 더 잘 이해하는 데 도움이 될 만한 책들을 찾기 시작했다. 학문과 신앙심이 뒤섞여 있던 책들이 내게 가장 적합했는데, 특히 오라토리오 수도회[127]와 포르루아얄 수도원[128]의 책들이 그러했다. 나는 그 책들을 읽기 시작했는데, 더 정확히 말해 탐독하기 시작했다. 라미Lamy 신부[129]의《학문들에 관한 대화Entretiens sur les Sciences》가 우연히 수중에 들어왔는데, 그 책은 학문을 다루는 책들을 아는 데 필요한 일종의 입문서였다. 나는 그 책을 수없이 읽고 다시 읽었다. 나는 그 책을 내 길라잡이로 삼기로 결심했다. 결국 내 처지에도 불구하고, 더 정확히 말해 내 처지 때문에 억제할 수 없을 만큼 강력하게 공부 쪽으로 조금씩 빠져들고 있음을 느꼈다. 하루하루를 내 마지막 날처럼 생각하면서도 분명히 계속 살 것처럼 열심히 연구했다. 주위에서는 공부가 내게 해가 되었다고 말하지만 나는 그것이 내게 득이 되고 정신뿐만 아니라 육체에도 도움이 되었다고 생각한다. 왜냐하면 내가 열중했던 그 공부가 어찌나 즐거운지 내 병을 더 이상 생각하지 않게 되어 그 영향을 훨씬 덜 받았기 때문이다. 그렇지만 어느 것도 나에게 실제적인 위안을 주지 못했던 것이 사실이다. 하지만 큰 고통은 없었던 까닭에 활력을 잃어가고 잠을 자지 못하고 행동하는 대신 생각하는 것, 결국에는 내 몸이 지속적으로 서서히 쇠약해지는 것을 죽음만이 멈출 수 있는 불가피한 과정으로 보는 것에 익숙해졌다.

그런 생각을 하니 삶의 모든 헛된 근심에서 벗어났을 뿐 아니라 그때까지 억지로 받아야 했던 성가신 치료에서도 해방되었다. 살로몽 씨는 본인이 처방한 약이 나를 구해낼 수 없음을 확신하고 내가 쓴 약을 먹지 않아도 되도록 해주었으며, 환자의 기대를 적당히 충족시키고 의사로서의 신뢰를 유지시키는 별것 아닌 몇 가지 처방으로 가엾은 엄마의 고통을 달래주는 데 만족했다. 나는 엄격한 식이요법을 그만두었다. 포도주 마시는 습관이 다시 들었고 체력이 닿는 한도 내에서 건강한 사람의 모든 생활방식을 다시 받아들였다. 매사에 절제는 했지만 어느 것도 그만두지 않았다. 다시 외출도 하고 지인들을 만나러 가기 시작했다. 특히 콩지에 씨와의 만남이 무척 즐거웠다. 그러니까 죽을 때까지 배우는 것이 보기 좋아 보였는지 혹은 살겠다는 한 가닥 희망이 마음 깊은 곳에 숨어 있었는지, 죽음에 대한 예상은 공부에 대한 의욕을 약화시키기는커녕 오히려 그 욕구를 자극하는 듯싶었다. 마치 이 세상에서 가져가게 될 지식 말고는 가질 수 없다고 생각이라도 한 것처럼 저세상에서 필요한 약간의 지식을 서둘러 수집했다. 나는 부샤르Bouchard라는 서적상의 서점을 좋아했는데, 그곳에는 몇몇 문인들이 드나들고 있었다. 다시 보지 못하리라고 생각했던 봄이 다가오자 운 좋게 레 샤르메트에 다시 돌아갈 경우를 생각해 그곳에서 읽게 될 책 몇 권을 구입했다.

나는 그런 행복을 얻게 되어 마음껏 만끽했다. 내가 새싹을 보았을 때의 기쁨이란 말로 다 표현할 수 없다. 내게 있어 봄을 다시 맞이한다는 것은 천국에서 되살아나는 것이었다. 눈이 막 녹기 시작하자 우리는 감옥 같은 집을 떠나 나이팅게일의 첫 노랫소리를 들을 정도로 아주 일찌감치 레 샤르메트로 갔다. 그때부터 나는 이제 죽지 않을 것이라고 생각했고, 실제로 시골에서는 신기하게도 결코 중병을 앓은 적이 없다. 시골에서 고생은 많이 했지만 결코 자리에 누운 적은 없었다. 평상시보다 몸이 좋지 않으면 종종 이런 말을 하곤 했다. "내가 곧 죽을 것처럼 보이거든 나를 떡갈나무 그늘에 데려다주시오. 그러면 틀림없이 회복할 겁니다."

몸은 쇠약했지만 농사일을 다시 시작했다. 하지만 내 힘에 부치지 않을 정도로만 했다. 나 혼자서 정원조차 가꿀 수 없다는 사실이 정말로 서글펐다. 그러나 삽질을 여섯 번 정도 하면 땀이 비 오듯 흘러서 더는 견디지 못했다. 몸을 숙이면 심장 고동이 배로 뛰었고 피가 머리끝까지 맹렬하게 몰려 재빨리 몸을 다시 일으켜야만 했다. 결국 피로가 덜한 일에 만족할 수밖에 없어서 그중에서도 비둘기 집을 관리하는 일을 맡았다. 이 일에는 무척 애착을 느껴서 한시도 지루해하지 않고 계속해서 여러 시간을 보낸 적이 잦았다. 비둘기는 상당히 경계심이 많아 길들이기 어려웠다. 그렇지만 끝내 내 비둘기들에게 상당한 신뢰를 얻게 되어 비둘기들은 어디서든지 나를 따랐고 내가 원할 때 붙잡아도 가만히 있었다. 내가 정원과 마당에 나타나기만 하면 곧바로 비둘기 두세 마리가 두 팔과 머리에 와서 앉았다. 그런 일에 즐거움을 느끼면서도 그렇게 따라붙는 것이 너무나 불편한 나머지 결국에는 비둘기들에 대한 친밀감을 떨쳐버릴 수밖에 없었다. 나는 동물들을, 특히 겁이 많고 잘 따르지 않는 동물들을 길들이는 데 항상 독특한 즐거움을 느꼈다. 내가 결코 저버린 적이 없는 믿음을 동물들에게 불어넣는 일이 나에게는 매력적으로 다가왔다. 나는 동물들이 자유롭게 나를 사랑해주기를 원했다.

앞에서 책을 여러 권 가져왔다는 말을 했었다. 나는 그 책들을 활용하긴 했지만 무엇을 배운다기보다는 차라리 나 자신을 괴롭히는 데 더 적합한 방식으로 이용했다. 나는 사물들에 대한 잘못된 견해 때문에 책을 유익하게 읽으려면 그 책이 전제로 하고 있는 일체의 지식을 알아야만 한다고 확신했다. 종종 저자 자신도 모든 지식을 알고 있는 것이 아니며 자신의 필요에 따라 다른 책들에서 그것을 끌어온다는 생각을 전혀 하지 못한 채 말이다. 이런 어리석은 생각으로 끊임없이 이 책 저 책을 따라다닐 수밖에 없다 보니 매번 책 읽기를 중단했다. 공부하려던 책을 열 페이지도 채 읽기 전에 온 서가를 다 뒤져야 했다. 그렇지만 도를 벗어난 이 방법을 철저하게 고집한 나머지 엄청난 시간을 허비했다. 그리하여 더 이상 아무것도 볼 수 없고 아무것도 알 수 없을 정도로 혼란에 빠질 뻔했다. 다행히 내가 길을 잘못 들어 드넓은 미궁 속에서 방황하고 있음을 깨닫고 완전히 길을 잃기 전에 거기서 벗어났다.

학문에 조금이라도 애착이 있다면 그것에 빠져들면서 첫 번째로 느끼는 것은 학문들 사이의 관련성이다. 이러한 관련성이 있어서 학문들은 서로 끌어당기고 도우며 서로 명확하게 해주고 각기 서로를 필요로 한다. 인간의 정신은 모든 학문을 충족시킬 충분한 능력이 없고 항상 한 가지 학문을 전공으로 선택해야 하지만 다른 학문들에 대해 어느 정도의 개념이 없으면 자기 학문에서조차 종종 암흑 상태에 놓이게 된다. 나는 내 시도가 그 자체로 훌륭하고 유용하며 방법만 변경하면 된다고 생각했다. 처음에는 지식의 총체를 수용하여 그것을 각 분야에 따라 분류해갔다. 그러다가 정반대로 각 분야를 분리해서 취하고 지식의 총체들이 서로 만나는 장소까지 각 분야를 따로 계속해나가야 한다는 것을 알게 되었다. 이와 같이 나는 보통의 총합으로 되돌아왔지만 내가 하는 것이 무엇인지 아는 사람으로서 돌아온 것이다. 사색은 내게 지식의 역할을 맡아주었고 아주 자연스러운 성찰은 나를 잘 이끌어주는 데 도움을 주었다. 살든 죽든 나는 허투루 쓸 시간이 조금도 없었다. 스물다섯 살이 되도록 아무것도 모르다가 모든 것을 배우려면 시간을 잘 활용하려는 결심을 해야 한다. 숙명이나 죽음 탓에 나의 열의가 어느 지점에서 멈춰 설지 모르지만, 어찌 되었든 간에 만물의 개념을 이해하고 싶었다. 나의 천성을 헤아려보기 위해서도 그랬고 발전시키기에 가장 가치 있는 것이 무엇인지 스스로 판단하기 위해서도 그랬다.

나는 이 계획을 실행하는 가운데 생각지도 못한 또 다른 이점, 즉 많은 시간을 활용할 수 있다는 이점을 발견했다. 나는 공부를 위해 태어나지 않은 것이 분명하다. 왜냐하면 오랫동안 공부에 전념하게 되면 피로해져서 같은 주제를 가지고 계속해서 30분을 열성적으로 몰두하는 것이 불가능했기 때문이다. 특히 다른 사람의 생각을 따라갈 때면 더욱 그러했다. 내 생각에는 더 오래 집중하는 일이 종종 있었고 경우에 따라서는 상당한 성과를 거두기도 했다. 정신을 집중하여 읽어야 하는 저자의 책은 몇 페이지만 따라가다 보면 그 저자를 떠나 구름 속을 떠돌게 된다. 고집스럽게 책을 붙들고 있으면 공연히 녹초가 되어버리고 현기증을 느껴서 더 이상 아무것도 보이지 않게 된다. 하지만 서로 다른 주제가 연달아 나오면 중단하지 않더라도 한 주제가 다른 주제에서 비롯된 피로를 풀어주어 휴식할 필요 없이 한결 편안하게 해나간다. 나는 이러한 관찰 결과를 공부 계획에 적용하여 주제들을 아주 섞어놓았더니 온종일 공부하고도 전혀 힘에 부치는 줄 몰랐다. 사실 농사와 집안일이 유익한 기분전환이 되었다. 그러나 내 열정이 커지자 공부를 하면서 그런 일에 드는 시간을 더 아끼는 방법을, 말하자면 두 가지 일을 동시에 하는 방법을 곧 찾아냈다. 어느 한 가지 일은 상대적으로 잘되지 않는다는 생각은 하지 못한 채 말이다.

나를 기쁘게 하지만 종종 독자들을 짜증나게 만드는 무척이나 많은 상세한 이야기를 늘어놓으면서도 나로서는 신중을 기하고 있는데, 만일 내가 독자들을 배려하여 그 점을 알려주지 않는다면 독자들은 그런 신중함을 거의 짐작하지 못할 것이다. 여기서 예를 들자면 가능한 한 즐겁고 동시에 유익하게 내 시간을 찾도록 내가 그 시간을 계획하기 위해 했던 여러 시도들을 즐겁게 떠올려본다. 또한 운둔하여 늘 아픈 채로 살았던 그 시간이 내 인생에서 가장 한가롭지 않고 가장 지루하지 않은 시기였다고 말할 수 있다. 이렇게 두세 달이 지나갔다. 그동안 나는 내 정신적 성향을 탐색하면서, 1년 중 가장 아름다운 계절에 또한 그 계절 때문에 매혹적인 곳이 된 장소에서 내가 그 가치를 절실히 느낀 인생의 매력을 즐기면서, 그렇게나 아름다운 결합을 친교라고 할 수 있다면 자유로우면서도 온화한 친교의 매력을 만끽하면서, 내가 얻으려 하는 학문의 매력을 듬뿍 누리면서 보냈다. 나는 그 학문을 이미 소유하고 있는 듯싶어서, 더 정확히 말해 배우는 즐거움이 나의 행복에서 아주 중요한 것이 되어서 훨씬 더 좋았던 것이다.

이러한 시도들은 나에게 하나같이 즐거움이었지만 설명하기에는 너무 단순하므로 건너뛸 수밖에 없다. 다시 말하지만 참된 행복은 묘사될 수 없고 느껴지는 것이며 묘사되기 어려운 만큼 더 잘 느껴지는 것이다. 왜냐하면 참된 행복은 여러 상황들이 모여서 생기는 것이 아니라 영속적인 상태이기 때문이다. 나는 종종 같은 말을 되풀이하지만 만일 내 머리에 떠오르는 만큼 한다면 훨씬 더 많이 같은 말을 반복했을 것이다. 종종 뒤바뀌던 내 생활방식이 마침내 일정한 흐름을 잡자 나의 일과는 대략 다음과 같이 나누어졌다.

나는 매일 아침 해가 뜨기 전에 일어났다. 그리고 근처에 있는 과수원을 지나 포도밭 위쪽으로 나서 언덕을 따라 샹베리까지 이어지는 아주 멋진 길을 올라갔다. 그곳에서 나는 산책을 하며 기도를 했는데, 그 기도는 입으로만 하는 헛된 중얼거림이 아니라 눈 아래 아름답게 펼쳐져 있는 사랑스러운 자연의 창조주를 향해 진심으로 마음을 고양하는 것이었다. 나는 방에서 기도하는 것을 결코 좋아하지 않았다. 벽과 인간이 만든 온갖 잡다한 물건들이 신과 나 사이에 개입하는 듯싶었다. 나는 내 마음이 신을 향해 고양되는 동안 신이 만든 작품 속에서 그를 바라보는 것을 좋아한다. 내 기도는 순수했다고 말할 수 있는데, 그렇기 때문에 그 기도는 이루어질 만했다. 나는 나 자신을 위해, 내 소원에서 결코 나와 따로 떼어놓을 수 없는 엄마를 위해, 오직 죄악과 고통과 참기 어려운 곤궁이 없는 순수하고 평온한 삶과 정의로운 사람들의 죽음과 앞으로 다가올 그들의 운명만을 위해 간구했다. 더구나 그러한 행위는 무언가를 요구하기보다는 찬미와 교감 속에서 이루어졌다. 또한 진정한 행복을 나누어 주는 하느님에게서 우리에게 필요한 행복을 얻는 최선의 방법은 그것을 요구하기보다는 그것을 받을 만한 자격을 갖추는 것임을 알았다. 산책길을 꽤 크게 돌다 보면 나를 에워싼, 유일하게 눈과 마음이 결코 싫증 나지 않는 시골풍경을 흥미롭고 기분 좋게 바라보는 데 온통 마음을 사로잡히곤 했다. 나는 멀리서 집에 있는 엄마가 일어났는지 바라보았다. 그녀의 집 덧문이 열려 있는 것이 보이면 기쁨으로 전율을 느끼며 뛰어갔다. 덧문이 닫혀 있으면 정원으로 가서 그녀가 잠에서 깨기를 기다리며 전날 배운 것을 복습하거나 정원 가꾸는 것을 즐겼다. 덧문이 열리면 침대로 가서 그녀에게 입을 맞추었는데, 그녀는 때때로 잠이 덜 깬 상태로 있곤 했다. 이처럼 순수하고 다정다감한 포옹은 그녀의 순수함 자체에서 관능적 쾌락과는 결코 결부되지 않는 어떤 매력을 이끌어냈다.

우리는 평소 카페오레로 아침을 먹는다. 하루 중 이 시간이 우리가 가장 평온하고 가장 마음 편하게 이야기를 나누는 때이다. 보통 상당히 길어지는 이 모임 덕분에 나는 아침식사를 무척 좋아하게 되었다. 나는 프랑스의 관습보다 영국과 스위스의 관습을 훨씬 좋아한다. 프랑스에서는 각자 자기 방에서 혼자 아침을 먹거나 대개의 경우 전혀 먹지 않는데, 영국과 스위스에서는 사람들이 다 모여서 진짜 아침식사를 한다. 한두 시간 잡담을 나눈 뒤 점심을 먹을 때까지 나는 책을 읽었다. 우선 철학책 몇 권부터 읽기 시작했다. 포르루아얄의 《논리학la Logique》,[130] 로크Locke[131]의 《인간오성론An Essay Concerning Human Understanding》, 말브랑슈Malebranche, 라이프니츠Leibnitz, 데카르트 등이었다. 나는 이 모든 저자들이 서로 끊임없이 대립하고 있음을 깨달았다. 나는 그들을 조화시키려는 비현실적인 계획을 세웠는데, 그 계획 때문에 몹시 지치고 많은 시간을 허비했다. 그저 머리만 혼란스러웠지 조금도 진전을 보지 못했다. 마침내 그 방법을 단념하고 훨씬 더 좋은 방법을 선택했다. 내 능력이 부족했음에도 불구하고 내가 발전할 수 있었던 것은 모두 그 방법 덕분이다. 내가 늘 공부에 별로 능력이 없었던 것은 사실이니까. 나는 각 저자들의 책을 읽으면서 내 생각이나 다른 사람들의 생각을 덧붙이지 않고 저자와 결코 논쟁도 벌이지 않으며 그의 생각 모두를 받아들이고 따르는 것을 규칙으로 삼았다. 그래서 다음과 같이 생각했다. "옳든 그르든 명확한 생각들을 내 머릿속에 저장하는 일부터 시작하자. 그 생각들이 내 머릿속에 충분히 채워져 그것들을 비교하고 선택할 수 있도록 말이다." 이 방법에 부정적인 측면이 없지 않다는 것을 모르는 바 아니지만, 그 방법 덕분에 배운다는 목적에서 보면 좋은 결과를 얻었다 할 수 있다. 말하자면 깊이 생각하지 않고 거의 이치도 따져보지 않은 채 그저 다른 사람의 견해를 따라서만 정확하게 생각하면서 몇 년을 보낸 끝에 나는 나 자신으로 충분하여 다른 사람의 도움 없이 생각할 정도로 많은 지식의 토대가 갖춰졌음을 발견했다. 그런 다음 여행과 일로 책을 참고할 도리가 없을 때는 이미 읽은 것을 복습하고 비교하며 각각의 것을 이성의 저울에 달아보고 종종 내 스승들을 평가해보기를 즐겼다. 비판력을 기르기 시작한 것은 늦었지만, 나는 그 능력이 활력을 잃었다고는 생각하지 않았다. 나는 나 자신의 생각을 발표했을 때 비굴한 제자라든지 스승의 말에 따라서 판단한다는 등의 비난은 듣지 않았다.

이제는 철학에서 기하학의 기초로 옮겨갔다. 왜냐하면 수없이 제자리걸음을 하고 끊임없이 같은 단계를 다시 시작하면서도 내 부족한 기억력을 극복하려고 애를 쓰고 버텼지만 더 이상 진척되는 게 없었기 때문이다. 나는 개념들의 연관성보다는 오히려 증명들의 연쇄를 좇는 유클리드 기하학을 별로 좋아하지 않았다. 이보다는 라미 신부의 기하학을 더 좋아했는데, 그때부터 그는 내가 선호하는 저자들 중의 한 사람이 되었고, 그의 저서들은 지금도 즐겁게 다시 읽고 있다. 다음은 대수학을 다루었다. 내가 선택한 지침서는 역시 라미 신부의 것이었다. 내가 더 진전을 보았을 때는 레노Reynaud 신부[132]의 《계산학Science du calcul》을 선택했고 다음에는 그의 《증명 해석학Analyse démonstrée》을 피상적으로만 다루었을 뿐이다. 대수학을 기하학에 적용하는 것을 제대로 이해할 정도로 충분히 진도를 나간 것은 결코 아니었다. 나는 무엇을 하는지 잘 모르는 채 실행하는 그런 방식을 결코 좋아하지 않았는데, 내가 보기에 방정식으로 기하학 문제를 푸는 것은 크랭크 핸들을 돌려 노래를 연주하는 것과 같았다. 2항식의 제곱은 그 각 항의 제곱과 그 두 항의 곱의 두 배가 된다는 것을 계산을 통해 처음으로 알았을 때, 나는 내 곱셈이 정확했음에도 불구하고 직접 도형을 그릴 때까지는 아무것도 믿으려 하지 않았다. 추상적인 수만 고려할 때라면 대수에 상당한 취미를 갖지 않은 바는 아니지만 대수가 면적에 적용되었을 때는 선 위에서 계산이 되는 것을 보아야 했다. 그렇지 않으면 더 이상 아무것도 이해하지 못했다.

다음으로는 라틴어를 공부할 차례였다. 라틴어는 가장 힘든 공부였고 거기서만큼은 결코 큰 진전을 보지 못했다. 우선 포르루아얄 라틴어 입문서로 시작했지만 별 성과를 거두지 못했다. 야만스러운 시들 때문에 가슴이 답답하여 그것이 귀에 들어오지도 않았다. 나는 수많은 규칙들 속에서 갈피를 잡지 못했고, 마지막 규칙을 배울 즈음에는 앞서 배웠던 규칙을 모두 잊어버리고 말았다. 단어 공부는 기억력 없는 사람이 할 일이 아니다. 내가 이 공부에 매달린 것은 바로 무리해서라도 기억력을 키우기 위해서였다. 하지만 끝내는 포기할 수밖에 없었다. 쉬운 저자의 저서는 사전의 도움으로 읽어낼 만큼 충분히 문법구조를 이해했다. 나는 그 방식을 따랐고 그 덕을 상당히 보았다. 번역에도 몰두했는데, 글이 아니라 머릿속으로 한 것이어서 그 정도로 만족했다. 시간을 들이고 연습한 덕분에 라틴어 작가들을 상당히 유창하게 읽게 되었지만 라틴어로 말하거나 글을 쓰는 데는 성공하지 못했다. 어쩌다가 문인들 사이에 끼게 되었을 때는 종종 당황스러운 처지에 놓이기도 했다. 그렇게 배우는 방식에서 비롯된 또 다른 부정적인 측면은 내가 작시법의 규칙은 고사하고 운율법조차 전혀 몰랐다는 것이다. 그럼에도 운문과 산문으로 된 언어의 조화를 느껴보려고 많은 노력을 했다. 하지만 스승 없이 그렇게 하기란 거의 불가능하다는 것을 깨달았다. 나는 모든 시 중에서 가장 쉬운 6각시(六脚詩)의 작법을 배우고서 인내심 있게 베르길리우스의 거의 모든 시를 운율로 분석하고 그것에 운각과 음절의 장단을 표시했다. 그리고 어떤 음절이 긴지 짧은지 의심이 가면 곧바로 베르길리우스의 시를 참조했다. 이렇게 하여 작시법의 규칙이 변조를 허용하기 때문에 내가 많은 잘못을 저질렀음을 알았을 것이다. 아무튼 혼자 공부하는 것에 이점이 있다고 하더라도 엄청나게 불리한 점도 있고, 특히 생각하기 어려운 고통도 있기 마련이다. 나는 누구보다도 그런 사실을 잘 알고 있다.

아침나절에는 책 읽기를 멈추고 점심식사가 준비되지 않았으면 그 시간까지 기다리면서 비둘기 친구들을 찾아가거나 정원에 일을 하러 갔다. 그러다 나를 부르는 소리가 들리면 너무나 만족하여 왕성한 식욕을 가지고 달려갔다. 아무리 몸이 안 좋아도 식욕이 떨어진 적은 결코 없었다는 사실을 하나 더 기록해놓아야 하기 때문이다. 우리는 서로의 일을 이야기하며 매우 즐겁게 점심식사를 했다. 엄마가 식사를 할 수 있게 되기를 기다리면서 말이다. 일주일에 두세 번 날씨가 좋을 때면 우리는 집 뒤란에 있는 선선하고 나뭇잎이 무성한 정자에 커피를 마시러 가곤 했다. 나는 덩굴풀을 정자에 둘러놓았는데, 그 덕분에 우리는 더운 기간에도 무척 쾌적하게 지냈다. 우리는 그곳에서 채소와 꽃밭을 보러 다니고 우리의 생활방식에 대해 이야기를 나누며 짧은 시간을 보냈다. 우리는 이런 대화 덕분에 삶의 즐거움을 더 잘 맛보게 되었다. 내게는 정원 끝자락에 또 다른 가족이 있었다. 꿀벌들이었다. 나는 거의 빠지지 않고 꿀벌들을 보러 갔고 엄마도 종종 나와 함께 갔다. 꿀벌들의 작업이 무척 흥미로웠다. 나는 꿀벌들이 약탈을 하여 걷기 힘들 정도로 많은 짐을 작은 다리에 실은 채 종종 돌아오는 것을 무척 재미있게 관찰했다. 처음 며칠은 호기심이 앞서고 조심성이 없어서 꿀벌들에게 두세 번 쏘이기도 했다. 하지만 곧 서로 잘 알게 되어 내가 아무리 가까이 가더라도 벌들은 나를 그대로 두었다. 뿐만 아니라 곧 분가해야 할 만큼 벌통이 아무리 가득 차 있어도 벌들은 종종 나를 둘러싸고 손과 얼굴에 날아와 앉았으며 결코 한 마리도 나를 쏘는 법이 없었다. 모든 동물들은 사람을 경계하는데 그것은 잘못된 일이 아니다. 하지만 인간이 자신들을 해치려 하지 않는다는 것을 일단 확신하면, 그들의 믿음은 매우 커져서 그 믿음을 악용하려면 야만스러운 행동 이상의 것이 필요할 정도다.

　나는 다시 책 읽기로 돌아왔다. 그러나 오후 일거리는 작업이나 공부라기보다는 휴식과 놀이라는 이름으로 불러야 마땅했다. 점심을 먹고 나서는 서재에서 집중을 하는 일이 결코 만만치가 않았다. 보통 더운 낮 동안에는 일체의 노력이 괴롭기만 했다. 그렇지만 공부 말고 책을 읽는 일에는 거리낌 없이 거의 규칙을 두지 않고 몰두했다. 내가 가장 충실하게 공부했던 과목은 역사와 지리였다. 그 과목들은 집중력을 그다지 요구하지 않았기 때문에 내 보잘것없는 기억력이 허락하는 정도에서는 향상이 있었다. 나는 페토Pétau 신부[133]의 책을 공부하려 했고 미지의 연대기 속에 몰입했지만 도대체 모를 고증 부분에는 싫증이 났다. 특히 시간의 정확한 측정과 천체의 운행에는 애착을 느꼈다. 도구들만 있었다면 천문학을 좋아할 수도 있었을 것이다. 하지만 책에서 배운 약간의 기본 원리와 하늘의 일반적인 상황을 알게 해주는 지상망원경만으로 이루어진 몇 가지 어설픈 관찰에 만족해야만 했다. 그도 그럴 것이 나는 근시여서 맨눈으로는 천체를 충분히 명확하게 식별할 수 없었기 때문이다. 그 일에 관해 기억을 하면 웃음을 금할 수 없는 사건 하나가 종종 떠오른다. 나는 별자리를 공부하려고 평면 천체도를 하나 구입해다가 틀에 고정시켰다. 그리고 하늘이 청명한 밤마다 정원에 나가 내 키 높이 정도 되는 네 개의 말뚝 위에 천체도를 아래쪽으로 뒤집은 채 얹어놓았다. 또한 바람에 불이 꺼지지 않고 천체도를 비추도록 네 개의 말뚝 사이에 흙 담는 양동이를 놓고 그 속에 양초를 넣어두었다. 그런 다음 눈으로는 천체도를, 망원경으로는 천체를 번갈아 바라보며 별을 알아보고 별자리를 식별하는 연습을 했다. 누아레 씨의 정원이 노대(露臺)에 있다고 말한 적이 있는 것 같은데, 그곳에서 일어나는 일은 길에서도 전부 다 보였다. 어느 날 저녁, 농부들이 꽤 늦은 시간에 지나가다가 내가 이상한 옷을 입고 작업에 분주한 모습을 보았다. 희미한 빛이 내 천체도를 비추고 있었는데, 불빛이 양동이의 가장자리에 가려져 그들은 그것이 어디서 새어나오는지 볼 수 없었다. 그 희미한 불빛과 네 개의 말뚝, 도형들이 되는대로 그려진 커다란 종이, 그 틀, 왔다 갔다 하는 망원경의 움직임 등은 그 물건에 마법적인 분위기를 만들어내어 그들을 오싹하게 했다. 내 옷차림도 그들을 두려움에서 벗어나게 할 만한 것이 못 되었다. 챙 없는 모자 위에 쓴 챙이 처진 모자와 엄마가 억지로 내게 입힌 허리까지 오는, 솜으로 누빈 그녀의 짧은 실내복은 그들의 눈에 진짜 마법사의 모습으로 비치게 했다. 게다가 거의 자정 무렵이었으므로 그들은 마녀 집회가 시작된 것임을 추호도 의심하지 않았다. 그들은 그 광경을 더 보고 싶지 않았으며 몹시 겁을 먹은 채 황급히 달아나 자기들 눈으로 본 것을 이야기하려고 이웃들을 깨웠다. 이야기는 삽시간에 퍼져 나가 다음 날부터 인근에서는 누구나 누아레 씨 집에서 마녀 집회가 열린다는 것을 알게 되었다. 만일 내 주술을 목격한 농부들 중 한 사람이 바로 그날 우리를 만나러 왔던 두 명의 예수회[134] 수도사에게 고발하지 않았다면 그 소문이 급기야 어떤 결과를 가져왔을지 모르겠다. 그들은 무슨 영문인지도 모르면서 우선 되는대로 잘못된 생각을 깨우쳐주었다. 그들은 우리에게 그 이야기를 해주었다. 나는 그들에게 이유를 말해주었고 우리는 엄청 웃어댔다. 그렇지만 같은 실수가 되풀이될까 봐 걱정되어 그 이후로는 불빛 없이 천체 관찰을 하고 천체도는 집에 가서 참고하기로 했다.《산에서 쓴 편지》에 나오는, 베네치아에서 부린 내 마술을 읽은 사람들은 내가 오래전부터 마술사가 되기에 천부적인 자질을 지녔다고 생각한 것이 분명하다.

농사일을 전혀 하지 않았을 때 레 샤르메트에서의 내 생활방식은 이러했다. 사실 나는 항상 농사일을 더 좋아했고 힘에 부치지 않는 일에서는 농부처럼 일했다. 하지만 당시에 몸이 너무 허약해서 그 일을 하려는 마음을 빼고는 재능이 거의 없었다. 더구나 두 가지 일을 동시에 하고 싶어 했으므로 그런 이유로 어느 것도 제대로 하지 못했다. 나는 억지로라도 기억을 주입시키기로 마음먹었다. 외워서라도 많은 것을 배우려고 집념을 불태웠다. 그런 이유로 항상 책 몇 권을 가지고 다녔고 일을 하면서도 믿을 수 없을 정도로 아주 힘들게 그 책을 공부하고 복습했다. 내가 그 헛된 노력을 악착스레 계속했으면서도 결국 어떻게 멍청이가 되지 않았는지 알 수 없다. 틀림없이 베르길리우스의 전원시를 스무 번은 외우고 또 외웠는데도 그중 한 단어도 기억하지 못한다. 나는 비둘기 집, 정원, 과수원, 포도밭 등 어디든지 책을 가져가는 습관 때문에 많은 책들을 잃어버렸고 전집들은 짝이 맞지 않게 되었다. 다른 일에 몰두할 때에는 책을 나무 밑이나 울타리 위에 놓아두곤 했는데 어디서건 책을 다시 집어 드는 것을 잊어버렸다. 종종 보름이 지나 책을 발견하기라도 하면 책은 썩어 있거나 개미와 달팽이의 밥이 되어 있었다. 배우려는 이러한 열의는 일종의 광기가 되어 나를 얼간이로 만들었다. 입으로는 무언가를 쉼 없이 중얼거리느라 매우 바빴지만 말이다.

나는 포르루아얄과 오라토리오 수도회의 저서들을 가장 자주 읽었으므로 반쯤은 장세니스트가 되어 있었다. 내 넘치는 자신감에도 불구하고 그들의 엄격한 신학은 종종 나를 겁에 질리게 하곤 했다. 그때까지 그다지 두려워하지 않던 지옥에 대한 공포가 조금씩 나의 안정을 깨뜨렸다. 만일 엄마가 내 마음을 진정시키지 않았더라면 결국 그 무시무시한 교리 때문에 완전히 혼란에 빠졌을 것이다. 나의 고해신부는 엄마의 고해신부이기도 했는데, 나름대로 내 마음을 안정시키는 데 도움을 주었다. 그는 예수회 수도사인 에메Hemet 신부로 사람 좋고 분별력 있는 노인이었는데, 그를 기억하면 언제까지나 존경심이 들 것이다. 그는 예수회 수도사였지만 어린아이처럼 솔직했고, 해이하기보다 유연한 그의 도덕은 장세니슴의 음울한 인상을 지워버리기 위해 내게 꼭 필요한 것이었다. 그 선량한 사람과 동료인 코피에Coppier 신부는 그 나이대의 사람들에게는 상당히 험하고 먼 길이었음에도 불구하고 우리를 만나러 종종 레 샤르메트에 오곤 했다. 그들의 방문은 내게 큰 도움이 되었다. 신께서 그들의 영혼에 선으로 보답하시기를. 왜냐하면 그들은 당시에도 너무 고령이어서 아직 생존해 있는지 짐작하기 어렵기 때문이다. 나 역시 그들을 만나러 샹베리에 갔고 그들이 있는 수도원에 점점 친숙해졌다. 나는 그들의 서재를 마음껏 이용할 수 있었다. 이 행복한 시절의 추억은 예수회 신부들과의 추억과 결부되어 있어서 하나의 기억을 통해 다른 하나의 기억을 사랑하게 될 정도이다. 비록 그들의 교리는 내가 보기에 항상 위험스러워 보였지만 그 두 신부만큼은 결코 진정으로 미워할 수 없었다.

내 마음속에서 종종 일어나는 유치한 생각과 흡사한 것이 다른 사람들의 마음속에서도 종종 일어나는지 궁금하다. 한창 공부를 하고, 할 수 있는 한 가장 순수한 삶을 살고 있으며, 남들에게서 들을 수 있는 모든 것을 다 들었음에도 불구하고 지옥에 대한 두려움 때문에 가끔은 여전히 마음이 불안했다. 나는 이렇게 자문하곤 했다. "나는 어떤 상황에 놓여 있는가? 만약 지금 당장 죽는다면 지옥에 떨어지게 될까?" 내가 알고 있는 장세니스트에 따르면 그것은 의심의 여지가 없었다. 하지만 내 양심에 따른다면 아닌 것 같았다. 항상 겁이 많고 그 끔찍한 불안 속에서 어찌할 바를 모르던 나는 그것에서 벗어나려고 아주 우스꽝스러운 술책의 힘을 빌렸다. 만약 다른 사람이 똑같은 짓을 하는 광경을 보았더라면 나는 기꺼이 그 사람을 감금했을 것이다. 어느 날 나는 그 불길한 문제를 깊이 생각하면서 나무줄기에 무심코 돌을 던지는 연습을 했다. 평상시 나의 실력대로, 말하자면 거의 한 번도 맞히지 못했다. 이 재미있는 연습을 하면서 나는 불안을 진정시킬 생각으로 일종의 예측을 해보았다. 이렇게 혼자 중얼거렸다. "내 맞은편에 있는 나무에 이 돌을 던질 것이다. 내가 나무를 맞히면 구원의 징조이고 맞히지 못하면 지옥에 갈 징조이다." 그러고 나서 몹시 두근거리는 마음에 떨리는 손으로 돌을 던졌다. 천만다행으로 나무 한가운데를 보기 좋게 맞혔다. 사실 그것은 어려운 일이 아니었다. 그도 그럴 것이 일부러 상당히 크고 아주 가까이에 있는 돌을 골랐기 때문이다. 그때부터 나는 내 구원을 더 이상 믿어 의심치 않았다. 이런 행동을 떠올리면서 그런 나를 두고 웃어야 할지 한탄을 해야 할지 모르겠다. 분명히 웃고 있을 당신과 같은 대단한 사람들은 스스로를 자랑스러워해도 좋을 것이다. 하지만 부디 내 불행을 모욕하지는 말기 바란다. 당신들에게 맹세컨대 나 자신도 그것을 잘 느끼고 있으니 말이다.

그러나 신앙심과 따로 떼어놓을 수 없을지도 모르는 이런 동요와 불안이 지속적인 상태가 된 것은 아니었다. 보통은 상당히 평안했고, 죽음이 가까이에 있다는 생각이 내 영혼에 미친 영향은 슬픔보다는 평온한 나른함이었으며 나름의 즐거움까지도 지니고 있었다. 얼마 전에 오래된 문서들 가운데 내가 나에게 했던 일종의 권고문을 다시 찾아냈다. 그것을 읽어보면 나는 죽음을 생각할 정도의 충분한 용기를 스스로에게서 발견할 수 있는 나이가 되어 평생 육체적으로나 정신적으로 큰 고통을 겪지 않고 죽는 것에 만족해하고 있었다. 참으로 내가 옳았다! 어떤 예감 때문에 나는 고생하며 사는 것이 두려웠던 것이다. 나는 노년에 나 자신을 기다리고 있던 운명을 예측했던 듯싶다. 그 행복한 시절만큼 달관의 경지에 가까이 있던 적은 결코 없었다. 과거에 대한 큰 회한도 없고 앞날에 대한 걱정에서도 비켜나 있던 까닭에 내 마음을 끊임없이 지배하던 감정은 현재를 즐기라는 것이었다. 신앙심이 돈독한 사람들도 대개는 자신에게 허용된 순수한 쾌락을 마음껏 맛보게 하는 작고도 아주 강렬한 관능적 욕구를 지니고 있다. 세속적 쾌락을 좇는 사람들은 그것을 가지고 그들을 몹시 나무란다. 그 이유를 알지 못하겠다. 아니, 오히려 그 이유를 너무 잘 알고 있는지도 모른다. 그들은 자기가 싫증이 난 단순한 즐거움을 다른 사람들이 즐기는 것에 시샘을 하는 것이다. 나는 그런 취미를 가지고 있었고 양심의 거리낌 없이 그것을 만족시키는 일이 즐겁다고 생각했다. 아직 순진한 내 마음은 아이의 즐거움으로, 아니 감히 그렇게 말할 수 있다면 천사의 쾌락으로 모든 것에 빠져들었다. 사실 그 평온한 기쁨에는 천국의 기쁨이 가진 평온함이 깃들어 있었기 때문이다. 몽타뇰의 풀밭 위에서 했던 점심식사, 차양 아래에서의 저녁식사, 과일 수확, 포도 수확, 하인들과 함께 밤새도록 삼 껍질을 벗기던 일 등 이 모든 것들이 우리에게는 축제나 다름없었는데, 엄마도 나와 함께 축제의 즐거움을 느꼈다. 산책은 고독할수록 훨씬 큰 매력으로 다가왔다. 더 자유롭게 마음을 털어놓을 수 있었기 때문이다. 그중에서도 엄마의 이름과 같은 성 루이 축제일에 했던 산책이 내 기억에 가장 남는다. 우리는 이른 아침에 둘이서만 일찍 출발했다. 해 뜰 무렵에 카르멜회의 수도사가 집 근처의 성당에 와서 드리는 미사가 끝난 직후였다. 나는 우리가 살던 언덕의 맞은편 언덕을 둘러보자고 제안했는데, 그곳은 아직 한 번도 가보지 않았다. 산책이 온종일 걸릴 것이기 때문에 우리는 먹을 것을 미리 보냈다. 엄마는 조금 통통하고 살이 쪘어도 꽤 잘 걸었다. 우리는 이 언덕에서 저 언덕으로 이 숲에서 저 숲으로 갔고 이따금 볕을 보기도 했지만 대체로 그늘로 다녔다. 때때로 쉬기도 하고 몇 시간 내내 자신을 잊고 걷기도 했다. 또한 우리 자신과 우리의 결합, 감미로운 우리의 운명에 대한 이야기를 했고 그것이 지속되도록 소원을 빌었다. 하지만 그 소원은 이루어지지 않았다. 모든 것이 일제히 이날의 행복을 돕고 있는 것 같았다. 얼마 전에 비가 온 적이 있어서 먼지도 전혀 나지 않았고 시냇물도 시원스럽게 흘렀다. 시원한 바람이 나뭇잎을 흔들었고 공기는 맑았으며 지평선에는 구름 한 점 없었다. 하늘에는 우리 마음처럼 평온함이 드리워져 있었다. 어떤 농부의 집에서 그의 가족들과 함께 점심식사를 했다. 그들은 진심으로 우리에게 신의 가호를 빌어주었다. 그 가난한 사부아 사람들은 정말로 선량했다! 점심을 먹고 큰 나무 아래의 그늘로 갔다. 그곳에서 내가 커피를 끓이려고 땔감을 줍는 동안 엄마는 가시덤불 사이에서 즐겁게 식물 채집을 했다. 그녀는 내가 길을 가다가 그녀에게 주려고 모은 꽃다발의 꽃들을 들고서 그 구조 속 수많은 흥미로운 것들을 눈여겨보도록 가르쳐주었다. 그것들은 내 관심을 사로잡았고 내게 식물학에 대한 취미를 부추겼다. 하지만 그럴 만한 시기가 아니었던 것이 나는 다른 공부들에 너무나 정신이 팔려 있었다. 그러다 문득 떠오른 생각 때문에 꽃들과 식물들을 잠시 잊었다. 내가 처해 있던 마음 상태, 우리가 그날 말하고 행했던 모든 것들, 내게 깊은 인상을 주었던 모든 대상들이, 내가 7, 8년 전 안시에서 완전히 깨어 있는 채로 꾸었던 그런 종류의 꿈을 떠올리게 해준 것이다. 나는 그 꿈에 대해 바로 그 자리에서 말한 적이 있다. 그 유사성이 너무나 놀라웠던 나머지 그 일을 생각하면서 눈물을 흘릴 정도로 감동을 받았다. 감동의 격정 속에서 이 사랑스러운 여자 친구를 껴안았다. 나는 열정적으로 그녀에게 말했다. "엄마, 엄마, 이날은 오래전에 내게 약속되어 있었어요. 내게 이보다 더 나은 것은 없어요. 당신 덕분에 나의 행복은 절정에 이르렀어요. 이 행복이 이제부터 사라지지 않는다면 얼마나 좋을까요! 내가 애착을 느끼는 만큼 이 행복이 언제까지나 계속될 수 있다면 얼마나 좋을까요! 이 행복은 내 목숨이 다할 때 끝이 날 거예요."

나의 행복한 나날은 이처럼 흘러갔다. 그 나날을 방해할 어떤 것도 알아차리지 못한 채 정말이지 나의 죽음과 더불어서만 끝날 것이라고 생각했던 만큼 더욱더 행복한 나날이었다. 그렇게 된 것은 나의 걱정의 샘이 완전히 메말랐기 때문이 아니었다. 하지만 나는 그 샘이 다른 방향으로 흘러가는 것을 보았고, 최선을 다해 그 흐름을 유익한 대상들 쪽으로 돌렸다. 걱정의 샘이 더불어 그 치유제도 가져오도록 말이다. 엄마는 본래 시골을 좋아했고 그런 애정은 나와 함께 있으면서도 식지 않았다. 점차 그녀는 농사일을 좋아하게 되었다. 그녀는 땅 개간을 즐겼고 그에 대한 지식도 있어서 기꺼이 활용했다. 그녀는 빌린 집에 딸린 땅에 만족하지 못하고 때로는 밭을, 때로는 목초지를 임대했다. 마침내 집에서 하는 일 없이 지내는 대신에 자신의 적극적인 기질을 농사일에 기울여 대농장주라도 될 태세였다. 나로서는 일이 늘어나는 모습을 보는 것이 그다지 내키지 않았고 내가 할 수 있는 한 그것에 반대했다. 그녀는 항상 사람들에게 속아 넘어갈 것이고, 통이 커서 돈을 헤프게 쓰는 그녀의 기질로 보아 늘 수입보다 지출이 많을 것이 분명했다. 그렇지만 아무리 적은 수입이라도 아예 없지는 않을 것이며 그녀의 생활에 도움이 될 것이라고 생각하면서 스스로 위안을 삼았다. 내가 보기에 그녀가 세울 수 있는 모든 계획들 중에서 그나마 그 계획이 가장 돈이 덜 들 것 같았다. 또한 나는 그 일을 그녀처럼 수익의 대상으로 보지 않고 수지가 안 맞는 사업과 사기꾼들로부터 그녀를 지켜줄 지속적인 일거리로 여겼다. 이러한 생각으로 나는 그녀의 사업을 지켜보고 그녀의 일꾼들을 감독하거나 그녀의 제일가는 일꾼이 되기 위해 필요한 만큼의 힘과 건강을 회복하기를 간절히 바랐다. 그렇게 하려면 당연히 운동을 해야 했는데, 운동 덕분에 나는 종종 책 읽기에서 벗어났고 내 처지에 대해서도 관심을 두지 않게 되어 건강 상태도 더 좋아질 것이 분명했다.

그해 겨울 이탈리아에서 돌아온 바리요가 나에게 책 몇 권을 가져다주었다. 그중에서도 나는 반키에리Banchieri 신부의 《본템피Bontempi》와 《악전Cartella per musica》 덕분에 음악사와 그 아름다운 예술의 이론 연구를 좋아하게 되었다. 바리요는 얼마 동안 우리와 함께 머물렀다. 나는 몇 달 전부터 성인이었으므로,[135] 합의된 바에 따라 오는 봄에 제네바에 가서 행방이 묘연한 형이 어떻게 되었는지 알게 될 때까지 어머니의 유산 가운데 적어도 내 몫만이라도 청구하기로 되어 있었다. 그 일은 결정된 바대로 실행되었다. 나는 제네바에 갔고 아버지도 그곳으로 왔다. 오래전부터 그는 이곳에 다시 왔는데, 아직 그에 대한 체포령이 풀리지는 않았지만 그에게 시비를 걸어오는 사람은 없었다. 사람들은 그의 용기를 호의적으로 평가하고 그의 성실성을 존경했으므로 그의 소송사건을 잊은 척해주었다. 얼마 뒤에 명백히 밝혀진 엄청난 계획에 정신이 팔려 있던 관리들도 시민계급에게 공연히 과거 자신들의 편파성을 떠올리게 함으로써 미리부터 그들의 심기를 상하게 하려 하지 않았다.

나는 나의 개종 사실로 사람들의 반감을 사지 않을까 걱정했지만 아무 일도 일어나지 않았다. 그 점에 있어서 제네바의 법률은 베른의 법률보다 덜 엄격했다. 베른에서는 누구든 종교를 바꾸면 자신의 신분뿐 아니라 재산까지도 잃게 된다. 그래서 내 재산을 두고 다툼이 벌어지는 일은 없었지만 재산은 어떻게 된 일인지 아주 보잘것없이 줄어들어 있었다. 형은 죽은 것이 거의 분명했지만 법적인 증거가 전혀 없었다. 나는 그의 몫을 요구할 권리가 없었으므로 생계에 도움이 되도록 그것을 아버지에게 미련 없이 넘겨주었고, 아버지는 살아 있는 동안 그것을 누렸다. 재판 수속이 끝나고 돈을 받자마자 나는 일부를 책을 사는 데 쓰고 나머지는 엄마에게 주려고 쏜살같이 달려갔다. 길을 가는 중에도 내 가슴은 기쁨으로 두근거렸다. 내가 그 돈을 그녀의 손에 내려놓는 순간이 돈이 내 손에 들어온 순간보다 천배는 더 기분이 좋았다. 그녀는 고매한 정신을 가진 사람들이 흔히 그러하듯이 아주 자연스럽게 돈을 받았는데, 그들은 쉽게 그런 행동을 하므로 같은 일을 보고도 감탄하지 않는다. 그 돈은 거의 전적으로 나를 위해 쓰였고 그 일은 앞서와 마찬가지로 자연스럽게 이루어졌다. 그 돈이 다른 곳에서 들어왔다고 해도 어김없이 그렇게 사용되었을 것이다.

그렇지만 내 건강은 조금도 회복되지 않았다. 도리어 눈에 띄게 쇠약해졌다. 나는 죽은 사람처럼 창백했고 해골처럼 말랐다. 동맥의 박동은 끔찍하게 뛰었고 심장의 고동은 더 빨라졌다. 계속 가슴이 답답했고 결국 움직이기 어려울 정도로 허약해졌다. 걸음을 재촉할 때마다 숨이 찼고 몸을 숙일 때마다 어지러움을 느꼈다. 아무리 가벼운 짐도 들 수가 없었다. 나는 무기력에 빠졌고 이는 나같이 활동적인 사람에게는 가장 고통스러운 일이었다. 이 모든 증세에 심한 우울증이 뒤섞인 것이 분명했다. 우울증은 행복한 사람들의 질병인데, 그것이 바로 내가 앓고 있는 병이었다. 울어야 할 이유 없이 종종 흘리던 눈물, 나뭇잎과 새 소리에서 느끼는 생생한 두려움, 가장 즐거운 삶의 평안 속에서도 기복이 심한 기분, 이 모든 것들은 말하자면 감수성을 얼토당토않게 만드는 행복에 대한 권태를 드러내고 있었다. 우리는 그다지 이 세상에서 행복하도록 태어나지 않아서 정신과 육체가 둘 다 고통을 겪지 않으면 둘 중 하나는 불가피하게 고통을 겪어야 한다. 어느 한쪽이 좋은 상태에 있으면 다른 한쪽에 거의 항상 해를 끼친다. 내가 기분 좋게 삶을 향유할 수 있을 때에도 쇠약해진 나의 몸 전체는 병의 원인이 실제 어디에 있는지도 모른 채 그것을 방해했다. 그 후 나이가 들고 아주 분명하고 심각한 병이 있었음에도 불구하고 내 육체는 내 불행을 더 잘 느끼기 위해 힘을 되찾은 듯싶다. 몸은 불편하고 거의 60대에 이르러 온갖 고통에 시달리면서 이 글을 쓰고 있는 지금, 나는 한창 나이에 가장 참된 행복의 한복판에서 즐기기 위해 가졌던 것보다 더한 원기와 활력을 고통을 겪기 위해 스스로 느끼고 있다.

일단 시작한 공부를 끝내려고 책 읽기 목록에 생리학을 추가한 다음 해부학 공부를 새로 시작했다. 내 몸 전체를 구성하고 있는 수많은 부분들과 그 역할을 검토하면서 하루에도 스무 번은 이 모든 것들이 망가져가는 느낌을 받았다. 나는 내가 죽어가고 있는 것에 놀라기는커녕 내가 아직 살 수 있다는 사실에 놀랐다. 병에 대한 설명을 읽게 되면 꼭 나의 병으로 생각되었다. 나는 내가 병에 걸리지 않았더라도 불행을 가져오는 이 공부를 하면서 병에 걸렸을 것이라고 믿는다. 각각의 질환에서 내 병의 증세를 발견하고 모든 병에 걸린 것이라고 믿었다. 더구나 나 스스로 나았다고 믿었던 더 고통스러운 질병을 얻었다. 즉, 병을 고치고자 하는 욕망이 생긴 것이다. 그것은 의학서를 읽기 시작하면 피하기 힘든 병이다. 나는 연구하며 숙고하고 비교해본 결과 내 병의 근원은 심장의 종양에 있다고 생각하게 되었다. 살로몽 씨조차도 이런 생각에 놀란 듯했다. 마땅히 이런 의견에서 출발하여 앞서 했던 결심을 굳혔어야 했다. 그런데 전혀 그렇게 하지 않았다. 나는 그 엄청난 치료를 시도할 결심을 하고, 온갖 생각을 다 짜내 어떻게 하면 심장의 종양을 치료할 수 있을지 찾으려 했다. 아네는 식물원을 보고 실험 교수인 소바주Sauvages 씨를 만나러 몽펠리에로 여행을 한 일이 있는데, 피즈Fizes 씨[136]가 비슷한 종양을 치료했다는 말을 들었다고 했다. 엄마는 그 이야기를 기억하고 있다가 내게 말해주었다. 피즈 씨의 진찰을 받으러 가고 싶다는 욕망이 일어나는 데에는 더 이상의 말이 필요 없었다. 나는 병을 치료한다는 생각에 용기와 희망을 되찾아 여행을 시도했다. 제네바에서 가져온 돈으로 비용을 충당했다. 엄마는 내 결심을 단념시키기는커녕 오히려 나를 격려했고 그래서 나는 몽펠리에로 출발했다.

아주 멀리 갈 것도 없이 내게 필요한 의사를 찾아냈다. 나는 말을 타는 것이 너무 힘들어 그르노블에서는 마차를 탔다. 무아랑에서는 내 마차에 뒤이어 대여섯 대의 마차가 연달아 도착했다. 이번에야말로 '들것 사건'과 다를 바 없었다.[137] 마차들 대부분은 뒤 콜롱비에du Colombier라는 신부(新婦)의 행렬이었다. 그녀와 더불어 라르나주Larnage 부인이라는 또 다른 여인이 있었는데 뒤 콜롱비에 부인보다 더 젊지도 아름답지도 않지만 덜 사랑스럽지는 않았다. 그녀는 뒤 콜롱비에 부인이 멈추어 선 로망에서 퐁 뒤 생테스프리 근처에 있는 부르생탕데올까지 길을 계속 가야 했다. 내가 수줍음이 많다는 것을 알고 있는 사람들은 화려한 여인들과 그녀들을 둘러싼 일행과는 그렇게 금세 친해질 리가 없다고 예상할 것이다. 하지만 같은 길을 가고 같은 숙소에 묵으면서 사교성 없는 사람으로 통하지 않으려면 같은 식사 자리에 모습을 드러낼 수밖에 없으므로 그런 교제가 이루어지지 않을 수 없었다. 그래서 교제가 이루어졌고 내 예상보다 더 빠르기까지 했다. 이 모든 소동은 환자, 특히 나 같은 기질의 환자에게는 그다지 어울리지 않았기 때문이다. 남자를 밝히는 여자들이 일단 호기심을 갖게 되면 보통 간드러지는 것이 아니어서 남자와 친분을 맺으려고 우선 그가 정신을 차리지 못하게 만든다. 그런 일이 바로 나에게 일어난 것이다. 뒤 콜롱비에 부인은 시샘 많은 젊은 남자들이 잔뜩 에워싸고 있어 나를 유혹할 시간이라고는 없었고, 우리는 곧 헤어질 예정이어서 더구나 그럴 필요도 없었다. 하지만 귀찮게 따라다니는 사람들이 별로 없는 라르나주 부인은 길을 가는 데 필요한 사람들을 구해야만 했다. 이제 라르나주 부인이 나를 유혹하자 변변치 못한 장 자크와는 작별이었다. 더 정확히 말해 열병과 우울증과 종양과는 작별을 했다. 그녀 곁에서 모든 병이 사라지고 내 심장의 고동 소리밖에 들리지 않았는데 그녀는 그것을 굳이 진정시키려 하지 않았다. 내 나쁜 건강 상태가 우리 교제의 빌미가 되었다. 사람들은 내가 아픈 것을 보고 몽펠리에에 가는 것을 알았다. 내 외모와 태도를 보고 나를 방탕한 자로 생각하지 않은 것이 분명하다. 내가 그곳에 성병 치료를 받으러 간다는 의심을 사지 않았다는 것이 나중에 명백해졌기 때문이다. 비록 남자가 병이 들었다는 사실이 부인들에게 건넬 만한 썩 괜찮은 추천장은 아니지만, 그럼에도 나는 그 때문에 그녀들의 흥미를 끌었다. 아침마다 그녀들은 내 소식을 물으려 사람을 보내왔고 자기들과 함께 초콜릿 음료를 마시자고 청해왔다. 그녀들은 내가 밤에 어떻게 지냈는지 묻기도 했다. 한번은 아무 생각 없이 말하는 갸륵한 습관대로 "몰라요"라고 대답해버렸다. 그녀들은 그 대답을 듣고 나를 바보라고 생각했다. 그녀들은 나를 곰곰이 더 살펴보았는데, 그런 시험이 내게 해가 되지는 않았다. 한번은 뒤 콜롱비에 부인이 자기 여자 친구에게 하는 이야기를 들었다. "그는 사교계 생활을 몰라. 그래도 귀엽잖아." 나는 이 말에 무척 안심이 되었고 이 말 때문에 실제로 귀여운 사람이 되었다.

　서로 친해지면서 자기 신상을 이야기하고 어디에서 온 누구라고 말해야만 했다. 그 때문에 나는 난처해졌다. 왜냐하면 상류사회 사람들 사이에서 더구나 세련된 여성들과 함께 있으면서 개종한 사람이라는 말을 하게 되면 스스로 무덤을 파는 것임을 아주 잘 알고 있었기 때문이다. 어찌된 영문인지 별안간 나는 영국 사람 행세를 할 양으로 제임스 2세 당원[138]을 자처했고 사람들도 나를 그렇게 생각했다. 내 이름은 더딩Dudding이라고 소개했고 나는 더딩 씨로 불렸다. 그곳에 있던 고약한 토리냥Torignan 후작은 나와 마찬가지로 병들고 나이 든데다 상당히 심술궂은 사람이었는데, 더딩 씨와 이야기를 나눌 생각을 했다. 그는 나에게 제임스 왕과 왕위 승계를 주장하는 사람, 생제르맹의 옛 궁정에 대해 이야기했다. 정말이지 바늘방석에 앉은 것 같았다. 내게는 그 모든 것에 관해 해밀턴Hamilton 백작[139]의 책과 잡지에서 읽은 얕은 지식밖에 없었다. 하지만 그 얕은 지식을 너무나 잘 활용해 궁지를 모면했다. 아무도 내게 영어에 대해 물어보지 않아 정말 다행이었다. 나는 영어를 한 마디도 못했던 것이다.

　일행 모두가 서로 잘 어울렸으므로 헤어지는 순간을 아쉽게 여겼다. 우리는 달팽이처럼 느릿느릿 하루를 보내곤 했다. 어느 일요일에 생마르슬랭에 도착했다. 라르나주 부인은 미사에 참석하기를 원했고 나도 그녀와 함께 갔다. 그런데 그 일이 내 연애사업을 망칠 뻔했다. 나는 늘 하던 대로 처신했다. 그녀는 절제 있고 명상에 잠긴 듯한 나의 모습을 보고 나를 독실한 신자로 여겼고 이틀 뒤에 내게 고백했듯이 더없이 못마땅하게 생각했다. 나는 그런 나쁜 인상을 지우기 위해 그 뒤 몹시도 그녀의 비위를 맞추어야만 했다. 더 정확히 말하자면 라르나주 부인은 경험이 많고 쉽게 포기하지 않는 여자라 내가 어떻게 그 곤경에서 벗어나는지를 보려고 자기가 먼저 마음을 털어놓는 위험도 불사하려 했다. 그녀가 어찌나 나를 따라붙는지 나는 내 외모를 과대평가하기는커녕 그녀가 나를 놀리고 있다고 생각했다. 이런 터무니없는 생각에 빠진 나는 온갖 바보 같은 짓을 다 했다. 〈유산Legs〉[140]에 등장하는 후작보다도 형편없었다. 라르나주 부인은 이를 잘 참아내며 나에게 온갖 교태를 부리더니 어찌나 다정한 말을 속삭이는지 나보다 훨씬 영리한 사람도 이 모든 것을 진지하게 받아들이기가 참으로 어려웠을 것이다. 그녀가 그렇게 행동할수록 그런 내 생각은 확고해졌다. 나를 더욱 괴롭힌 것은 쉽사리 그녀에게 진심 어린 사랑을 느꼈다는 사실이다. 나는 잠시 생각하다가 한숨을 쉬면서 그녀에게 말했다. "아! 이 모든 것이 진실이 아니었으면! 그러면 나는 가장 행복한 사내일 텐데." 나는 내 풋내기 같은 고지식함이 그녀의 일시적 욕망을 자극한 것이라 생각한다. 그녀는 실패의 고배를 마시고 싶지 않던 것이다.

우리는 로망에서 뒤 콜롱비에 부인을 비롯한 그 일행과 헤어졌다. 나와 라르나주 부인과 토리냥 후작은 더할 나위 없이 천천히 그리고 세상에서 가장 즐겁게 여정을 계속했다. 후작은 몸이 안 좋은데다 불평도 많았지만 상당히 좋은 사람이었다. 다만 그는 남의 즐거움을 구경만 하는 것을 그다지 좋아하지 않았다. 라르나주 부인은 나에 대한 애정을 별로 숨기지 않아서 그가 나보다 더 빨리 눈치챌 정도였다. 나는 감히 부인의 호의는 신뢰하지 못했더라도 적어도 그의 악의적인 빈정거림은 신뢰했어야 한다. 오직 내게만 있는 정신적인 결함 때문에 그들이 서로 합심하여 나를 조롱하고 있다고 생각했다면 말이다. 나는 그런 어리석은 생각 때문에 마침내 정신이 혼란스러워져서 정말 사랑에 빠진 마음으로 나를 꽤 근사한 인물이 되도록 부추길 수 있는 상황이었는데도 가장 별 볼일 없는 사람처럼 굴고 말았다. 어떻게 라르나주 부인이 내 무뚝뚝함에 싫증을 내지 않았는지, 나를 몹시 무시하면서 쫓아내지 않았는지 이해가 되지 않는다. 하지만 그녀는 자기 주위 사람들을 판단할 줄 아는 재치 있는 여자였고 내 행동은 냉정함보다는 어리석음에서 비롯되었다는 점을 잘 알고 있었다.

마침내 그녀는 자기 뜻을 내게 이해시키기에 이르렀다. 하지만 그리 쉬운 일은 아니었다. 우리는 발랑스에 도착하여 점심식사를 했고 서로의 기특한 습관대로 하루의 남은 시간을 그곳에서 보냈다. 우리 숙소는 교외에 있는 생자크에 정했다. 나는 그 숙소를 라르나주 부인이 그곳에서 썼던 방과 마찬가지로 항상 기억하게 될 것이다. 점심식사 뒤 그녀는 산책을 하고 싶어 했다. 그녀는 토리냥 후작이 산책을 좋아하지 않는다는 것을 알고 있었다. 말하자면 그것은 단둘만의 만남을 마련하려는 구실이 었는데, 그녀는 그 기회를 이용하려고 단단히 작정한 터였다. 그 기회를 잘 이용하려면 더 이상 허비할 시간이 없었기 때문이다. 우리는 성벽 주변의 도랑을 따라 도시 주위를 산책했다. 거기서 나는 다시금 신세 한탄을 길게 늘어놓았다. 그녀는 이따금 내 팔을 붙들어 자기 가슴에 누르면서 내 말에 어찌나 다정한 어조로 대답해주는지, 나처럼 어리석은 사람이 아니라면 그녀가 과연 진심으로 말한 것인지 확인하지 않을 수 없었을 것이다. 우스꽝스러운 일은 내가 몹시 감동을 받았다는 것이다. 나는 그녀가 사랑스럽다고 말한 바 있다. 사랑이 그녀를 매력적으로 만들었고 그녀에게 가장 빛나는 청춘의 아름다움을 고스란히 돌려주었다. 그녀는 무척이나 능란하게 교태를 부려서 시험에 빠지지 않는 사람이라도 유혹했을 것이다. 그래서 나는 상당히 거북했고 언제든지 여차하면 내키는 대로 행동하려고 했다. 하지만 그녀의 감정을 상하게 하고 화나게 할까봐 걱정되었고 조롱과 야유와 놀림을 받고 식탁에서 이야깃거리가 되고 인정머리 없는 토리냥에게 내가 여자를 유혹한 일을 두고 축하인사를 받을 것이 더욱더 두려워 자제했다. 그러면서도 내 어리석은 수치심에, 그 수치심을 자책하면서도 이겨낼 수 없었다는 사실에 스스로 분개할 정도였다. 나는 몹시 괴로운 처지에 있었다. 셀라동[141] 이야기는 이미 포기했는데, 성공을 목전에 두고 그 이야기를 완전히 우습게 생각했던 것이다. 나는 어떤 태도를 취해야 할지 무슨 말을 해야 할지 몰라 아무 말 없이 시무룩한 얼굴을 했다. 결국 내가 두려워했던 대접을 받기에 필요한 모든 일을 한 셈이었다. 다행히 라르나주 부인은 더 인간적인 결심을 했다. 그녀는 느닷없이 침묵을 깨더니 한쪽 팔로 내 목덜미를 감았다. 그 순간 내 입술에 포개진 그녀의 입술은 너무나 명확하게 의사 표시를 하여 내 잘못을 깨닫게 했다. 더없이 적절한 순간에 결정적인 사건이 일어난 것이다. 나는 다정한 사람이 되었다. 때가 온 것이다. 그녀가 내게 확신을 준 것이다. 나는 확신이 부족하여 거의 언제나 나 자신일 수 없었는데 말이다. 그때 나는 나 자신이었다. 내 두 눈과 내 감각, 내 마음, 내 입이 그토록 의사 표현을 잘한 적은 없었다. 내가 내 잘못을 이토록 온전히 바로잡은 적은 없었다. 이 대수롭지 않은 쟁취라도 라르나주 부인에게는 정성이 필요한 일이긴 했지만 내게는 그녀가 후회하지 않았다고 믿을 만한 이유가 있었다.

내가 백년을 산다 해도 그 매력적인 여인에 대한 추억을 결코 무덤덤하게 떠올리지는 못할 것이다. 나는 그녀가 아름답지도 젊지도 않았지만 매력적이라고 말한다. 추하지도 늙지도 않았던 그녀는 자기 외모에서 재치와 매력을 온전하게 발산하지 못하도록 막을 만한 것이 전혀 없었다. 다른 여자들과 정반대로 그녀에게 생기가 부족한 곳은 얼굴이었다. 나는 입술연지가 그녀의 얼굴을 망쳤다고 생각한다. 그녀가 몸가짐이 헤픈 데에는 자기 나름의 이유가 있었다. 그렇게 하는 것이 자신의 모든 가치를 돋보이게 하는 수단이었기 때문이다. 그녀를 보고 사랑하지 않을 수는 있지만 그녀를 소유하고도 열렬히 사랑하지 않을 수는 없었다. 또한 그것은 그녀가 나에게 했던 만큼 언제나 호의를 베푼 것은 아님을 증명하는 듯 보였다. 그녀는 변명의 여지가 없을 만큼 충동적이고 열렬한 욕정을 느꼈지만 적어도 그 감정 속에는 관능만큼이나 진심이 담겨 있었다. 그녀 곁에서 지낸 짧지만 즐거운 시간 동안 그녀가 내게 일부러 강요한 절제를 볼 때, 그녀가 관능적이고 선정적임에도 불구하고 자신의 쾌락보다는 나의 건강에 훨씬 더 마음을 쓴다고 생각할 만했다.

토리냥 후작은 우리 사이를 눈치채고야 말았다. 그렇다고 그가 나에게 말을 더 조심한 것은 아니었다. 반대로 어느 때보다도 나를 여자 앞에서 쩔쩔매는 소심하고 가엾은 애인이자 자기가 사랑하는 귀부인의 냉대로 고통받는 사람으로 대했다. 그가 무심코 드러내는 말과 미소와 시선 어디에서도 우리 관계를 꿰뚫어보았다고 의심할 만한 것은 결코 없었다. 만약 나보다 더 분별력 있는 라르나주 부인이 그가 속은 것이 아니라 신사여서 그렇게 행동한 것이라고 나에게 말해주지 않았더라면 나는 그가 우리에게 속아 넘어간 줄 알았을 것이다. 사실 누구도 그가 항상 했던 것보다 더 정중하게 마음을 쓸 수 없으며 더 예의 바르게 행동할 수는 없었을 것이다. 그는 나에 대해서도 마찬가지였다. 그러나 농담할 때, 특히 내가 여자에게 환심을 산 이후 농담할 때에는 예외였다. 그는 인기의 영예를 나에게 돌린 것 같았다. 그리고 내가 보기보다 그리 바보 같지는 않다고 짐작했다. 그런데 알다시피 그가 잘못 생각한 것이다. 하지만 무슨 상관인가. 나는 그의 잘못된 생각을 이용했다. 사실 그때는 빈정거리기를 좋아하는 사람이 나여서 선뜻 그의 독설에 빌미를 주었고, 또 때때로 나는 상당히 적절하게 그 독설에 응수하기도 했으며 라르나주 부인 옆에서 그녀가 내게 알려준 재치를 내 것처럼 써먹으면서 자랑스러워했다. 나는 이제 과거의 내가 아니었다.

우리는 풍요로운 고장에 있었고 마침 계절도 그럴 때였다. 우리는 토리냥 씨의 친절한 배려 덕분에 어디서나 훌륭한 식사를 했다. 그렇지만 그가 우리가 묵는 방까지 오지랖 넓게 친절을 베푸는 것은 원하지 않았다. 그는 미리 자기 하인을 보내 방을 잡아두게 했고, 그놈이 자기 마음대로 한 것인지 자기 주인이 시키는 대로 한 것인지는 몰라도 주인을 항상 라르나주 부인의 옆방에 묵게 하고 나를 집 반대편 끝에 처박아놓곤 했다. 하지만 그 때문에 내가 곤란해진 것은 전혀 없었고 우리의 만남은 더욱 흥미진진해졌다. 달콤한 나날이 네댓새 계속되었는데, 그동안 나는 더없이 달콤한 쾌락을 만끽했고 그것에 빠져들었다. 고통이 조금도 섞이지 않은 순수하고 격렬한 쾌락을 맛보았다. 내가 그렇게 맛본 쾌락은 그때가 처음이자 유일하며, 내가 쾌락을 모른 채 죽지 않은 것은 라르나주 부인 덕분이라고 말할 수 있다.

내가 그녀에게서 느낀 감정이 정확히 사랑은 아니었지만 적어도 그것은 그녀가 나에게 보여준 사랑에 대한 그토록 다정한 보답이었고, 쾌락 속에서 그토록 불타던 관능이자 대화 속에서의 그토록 달콤한 내밀함이어서 그것에는 매력적인 정열의 매력이 고스란히 담겨 있었다. 그러나 미쳐서 즐길 줄 모르게 만들 정도의 광기 어린 정열은 없었다. 일생에 단 한 번 진정한 사랑을 느꼈는데, 그것은 그녀 곁에서가 아니었다. 나는 바랑 부인을 이전에 사랑했고 그때 사랑했던 것처럼 그녀를 사랑하지는 않았다. 하지만 바로 그런 이유 때문에 그녀를 백배는 더 잘 소유했다. 엄마에 대한 나의 쾌락은 슬픈 감정 때문에, 내가 쉽게 극복하기 힘든 남모를 비통한 심정 때문에 항상 혼란스러웠다. 그녀를 소유한 것을 자랑스럽게 여기기는커녕 그녀를 비천하게 만든다는 후회가 밀려왔다. 반대로 라르나주 부인에 대해서는 내가 남자이고 행복한 것이 자랑스러웠고 즐겁게 확신을 갖고 내 관능에 빠져들었으며 그녀의 관능을 자극하고 그 반응을 함께 나누었다. 나는 자신감이 넘쳐서 성적 쾌락 못지않게 자만심을 갖고 나의 승리를 지켜보았으며 그것으로부터 그 승리를 배가시킬 만한 것을 이끌어냈다.

그 고장 사람이던 토리냥 후작과 우리가 어디서 헤어졌는지 기억이 나지 않는다. 결국 몽텔리마르에 도착하기 전에 우리 둘만 남게 되었다. 그

때부터 라르나주 부인은 자기 하녀를 내 마차에 타게 했고 나는 그녀의 마차로 건너가 그녀와 함께 갔다. 단언컨대, 이런 식으로 여정을 해나갔으니 지루할 리가 없었고 우리가 돌아다닌 고장이 어때했는지 나로서는 말하기가 상당히 어려웠을 것이다. 그녀는 볼일이 있어 몽텔리마르에 사흘간 머물렀는데, 그동안에도 한 번의 방문을 위해 잠깐 동안만 나와 헤어졌을 따름이다. 이 방문 때문에 난처하고 성가신 부탁을 받거나 초대받는 일이 생기기도 했지만 그녀는 그것을 수락하지는 않았다. 그녀는 몸이 불편하다는 핑계를 댔지만 그 때문에 가장 아름다운 고장에서, 더없이 아름다운 하늘 아래서 매일 단둘이 산책하러 가는 데 어려움을 겪지는 않았다. 오! 이 사흘간의 시간이여! 이따금 이날들을 아쉬워해야 했다. 그런 시간은 두 번 다시 돌아오지 않을지니.

여행을 하며 나누는 사랑은 오래가지 않는다. 우리는 헤어져야만 했고 솔직히 말해 그럴 때가 되었다. 벌써 싫증이 나거나 막 그렇게 되려던 참이어서는 아니었고 오히려 내 집착은 날마다 더해갔다. 그렇기는 하지만 부인의 온갖 신중함에도 불구하고 내게는 성의를 다하고자 하는 마음 말고는 남은 것이 거의 없었다. 나는 서로 헤어지기 전에 마지막 한때를 즐기려 했고 그녀는 몽펠리에 아가씨들을 견제하기 위해 그것을 허락해주었다. 우리는 다시 만나려는 계획으로 이별의 아쉬움을 달랬다. 이러한 식이요법이 내게 효과가 있어 나는 그것을 따랐고 라르나주 부인의 충고를 들으며 부르생탕데올에서 겨울을 보내러 가기로 결정했다. 몽펠리에에서는 5, 6주 정도만 머무를 생각이었다. 그녀에게 추문을 막기 위해 대비할 시간을 주기 위해서였다. 그녀는 내가 알아야 할 것, 해야 할 말, 처신해야 할 태도에 대해 상세한 지시를 내렸다. 그동안 우리는 서로 편지를 하기로 했다. 그녀는 내 건강을 돌보는 일에 대해서도 많은 이야기를 진지하게 해주었다. 또한 내가 유능한 사람들에게 진찰을 받고 그들이 나에게 처방하게 될 모든 것에 신경을 쓰라고 권고했으며, 그들의 처방이 엄격하더라도 내가 자기 옆에 있는 동안에는 자신이 떠맡아서 그것을 실천하게 만들 것이라고 말했다. 나는 그녀가 나를 사랑하기 때문에 진지하게 말하는 것이라 생각했다. 그녀는 나에게 호의보다 더 확실한 증거를 수없이 보여주었다. 그녀는 나의 행색으로 보아 내가 썩 넉넉한 생활을 하고 있지는 않다고 판단했다. 비록 그녀 자신도 부자는 아니었지만 우리가 헤어질 때 그르노블에서 가져온 상당히 두둑한 자기 지갑 속 돈을 나에게 억지로 나누어 주려고 했다. 나는 그것을 거절하는 데 상당한 어려움을 겪었다. 마침내 그녀와 헤어졌는데 마음은 그녀에 대한 생각으로 가득 차 있었다. 아마 그녀에게도 나에 대한 진실한 애정을 심어주지 않았나 싶다.

　나는 추억 속 여정을 다시 시작하면서 내 여정을 끝마쳤다. 지금으로서는 좋은 마차를 탄 것에 매우 만족하여 그 안에서 내가 맛보았고 나에게 약속된 쾌락을 더욱 마음 편하게 공상했다. 오직 부르생탕데올과 그곳에서 나를 기다리고 있던 매력적인 삶만이 생각났다. 내게는 라르나주 부인과 그녀 주변밖에 보이지 않았다. 나에게 그 나머지 세계는 아무것도 아니었고 엄마조차도 잊었다. 나는 라르나주 부인과 관련이 있는 온갖 자세한 것들을 머릿속에서 구성해보느라 여념이 없었다. 그녀의 거주지와 이웃들, 사교 모임, 모든 생활방식을 미리 파악해두기 위해서였다. 그녀는 딸이 하나 있었는데 딸을 끔찍이 아끼는 어머니로서 그 아이에 대해 나에게 이따금 이야기하곤 했다. 열다섯 살이 지난 그 아이는 활달하고 매력이 있으며 사랑스러운 성격이었다. 그 아이는 틀림없이 나에게 애정을 품게 되는데 나는 그 가능성을 잊지 않았다. 라르나주 양이 자기 엄마의 좋은 친구를 어떻게 대할지 상당히 호기심 있게 생각해보았다. 그런 것이 퐁 생테스프리에서 르물랭까지 가는 동안 했던 내 공상의 주제였다. 나는 퐁 뒤 가르를 보러 가라는 말을 듣고 잊지 않고 그렇게 했다. 맛있는 무화과로 아침식사를 하고 안내인을 한 사람 불러서 그 다리를 보러 갔다. 그것은 내가 처음으로 본 로마인의 건축물이었다. 나는 그것을 세운 사람들의 솜씨에 걸맞은 대건축물을 보게 되리라고 기대했다. 이번에는 그 대상이 내 기대를 뛰어넘었다. 그런 일은 내 일생에 단 한 번뿐이었다. 이러한 효과를 내는 것은 오직 로마인들만이 할 수 있는 일이다. 나는 그 단순하면서도 고귀한 건축물을 사람이 살지 않는 곳 한복판에서 보았기 때문에 더 강한 인상을 받았다. 그곳의 고요와 고독은 대상을 더욱 경이롭게 만들었고 더욱 강렬한 감탄을 이끌어냈다. 왜냐하면 소위 다리라는 것이 실은 수로에 불과했기 때문이다. 도대체 어떤 힘이 이 거대한 돌들을 모든 채석장에서 멀리 떨어진 이곳으로 옮겼으며, 수천 명의 일꾼들을 아무도 살지 않는 이곳으로 모았단 말인가. 나는 이 웅장한 건물을 1층부터 3층까지 돌아보았는데 경외감으로 그 위를 발로 밟는 것조차 황송할 지경이었다. 내 발걸음 소리가 그 거대한 궁륭 아래서 메아리치자 나는 그것을 세운 사람들의 큰 목소리가 들린다고 생각했다. 나는 이 무한한 공간 속에서 한낱 벌레처럼 눈에 띄지 않았다. 움츠러들면서도 뭐라 말할 수 없는 무언가가 내 영혼을 고양시켜주는 것을 느꼈다. 나는 한숨을 쉬며 혼잣말을 했다. "왜 나는 로마인으로 태어나지 않았지!" 그곳에서 여러 시간을 황홀한 명상 속에 빠져 있었다. 얼이 빠진 채 생각에 잠겨 돌아왔는데, 이런 몽상이 라르나주 부인에게 득이 되지는 않았다. 그녀는 몽펠리에 아가씨들에 대해서는 나를 조심시켰지만 퐁 뒤 가르에 대해서는 그렇게 하지 못했다. 사람은 결코 모든 것에 다 생각이 미치지는 못하는 법이다.

님에서는 원형경기장을 보러 갔다. 원형경기장은 퐁 뒤 가르보다 훨씬 더 굉장한 건축물이었지만 나에게 그리 강한 인상을 주지 못했다. 나의 감탄이 첫 번째 대상에서 몽땅 소진되어서인지, 또 다른 건축물이 도시 한복판에 위치해 있어 감탄을 불러일으키기에는 적절하지 않아서인지 모르겠지만 말이다. 그 거대하고 멋진 원형경기장은 보기 흉한 작은 집들에 둘러싸여 있고 더 작고 볼품없는 또 다른 집들이 경기장의 무대에 들어서 있어서, 모든 것들이 어울리지 않고 혼란스러운 인상을 줄 뿐이다. 이곳에서는 아쉬움과 분노가 기쁨과 놀라움을 질식시켜버린다. 그후 베로나의 원형경기장을 본 적이 있는데, 님에 있는 경기장보다 훨씬 더 작고 덜 아름다웠지만 가능한 한 최대로 조심스럽고 깨끗하게 유지, 보존되어서 바로 그것 때문에 나에게 더 강렬하고 매력적인 인상을 주었다. 프랑스 사람들은 어떤 것도 잘 관리하지 못하고 어떤 기념물도 중요하게 여기지 않는다. 그들은 무척이나 열정적으로 일을 시작하지만 어느 것도 끝을 내거나 보존할 줄 모른다.

나는 그렇게 전혀 다른 사람이 되었고 나의 관능 또한 훈련을 받아 제대로 눈을 뜨게 되었다. 하루는 '퐁 뒤 뤼넬'¹⁴²에 들러 그곳에 있는 한패들과 맛있는 식사를 했다. 그 선술집은 유럽에서 가장 인정을 받는 곳이었고 당시에는 그런 평가를 받을 만했다. 그 선술집에서 장사를 하는 사람들은 목 좋은 위치를 볼 줄 알아서 식료품을 넉넉하게 갖추어놓고 잘 골라서 가게를 운영했다. 정말로 신기한 것은 들판 한가운데 고립되어 있는 외딴 집에서 바닷고기와 민물고기, 사냥한 맛 좋은 고기, 고급 포도주 등으로 차린 식탁, 또한 귀족들과 부자들의 집에서나 볼 수 있는 친절과 정성으로 차린 식탁을 받게 된 일이다. 게다가 이 모든 것이 35수면 되었다. 하지만 퐁 드 뤼넬은 이 정도 수준을 그리 오래 지키지 못했고 그 좋던 평판을 너무 소진해버린 나머지 결국에는 완전히 잃어버렸다.

여정 내내 나는 아프다는 사실을 잊고 있다가 몽펠리에에 도착해서야 그 생각이 다시 떠올랐다. 내 우울증은 다 나았지만 다른 질병은 전부 그대로였고, 습관이 되어 덜 민감해졌지만 갑자기 이 질병에 맞서야 하는 사람이라면 그 때문에 죽을 것이라고 생각할 만했다. 사실 그 질병들은 고통보다는 공포감을 주었고 그것 때문에 파멸이 예고되어 있는 듯 육체보다는 정신에 더 큰 고통을 주었다. 그래서 나는 격정에 정신이 팔린 동안에는 더 이상 내 몸의 상태를 생각하지 않았다. 하지만 내 몸의 상태는 상상에서 비롯된 것이 아니었으므로 냉정해지면 곧 그것을 느꼈다. 나는 라르나주 부인의 충고와 내 여행의 목적에 대해 진지하게 생각해보았고 가장 유명한 임상 의사들, 특히 피즈 씨에게 진찰을 받으러 갔다. 게다가 지나칠 정도로 신중을 기하느라 어떤 의사의 집에서 하숙까지 했다. 그는 피츠 모리스Fitzs-Moris라는 아일랜드 사람이었는데 상당히 많은 의대생들에게 식사를 제공하고 있었다. 피츠 모리스 씨는 식사 비용만 받는 적당한 하숙비에 만족했고 하숙생들에게 치료비는 조금도 받지 않아서 그곳에 묵는 환자들에게는 여간 편리한 게 아니었다. 그는 피즈 씨의 처방에 따라 내 건강을 보살피는 일을 맡았다. 식이요법에 관한 한 맡은 일을 상당히 잘 수행해서 그 하숙집에서는 소화불량에 걸릴 일이 없었다. 나는 그런 종류의 궁핍함에는 그다지 신경을 쓰지 않았지만 비교 대상이 너무나 가까이 있는지라 가끔은 토리냥 씨가 피츠 모리스 씨보다 더 나은 식사를 제공했다는 것을 생각하지 않을 수 없었다. 그렇지만 배가 고파서 죽을 정도는 아니었고 그곳의 모든 젊은이들이 상당히 쾌활해서 그런 생활방식이 내게는 실제로 큰 도움이 되었고 내가 무기력에 다시 빠져드는 것을 막아주었다. 아침나절에는 약을 먹고, 특히 발 지방의 광천수라는 생각이 드는, 정체 모를 물을 마신 다음 라르나주 부인에게 편지를 쓰며 시간을 보냈다. 편지 교환은 순조로웠다. 루소가 자기 친구 더딩의 편지들을 찾아오는 일을 맡고 있었으니 말이다. 점심때는 식사를 같이하는 젊은이들 가운데 아무하고나 함께 라 카누르그 광장을 둘러보곤 했는데 이들은 하나같이 좋은 사람들이었다. 그런 다음 우리는 모여서 점심을 먹으러 갔다. 점심을 먹고 나서 대부분은 중요한 일에 몰두했는데, 그 일은 시외로 가서 간식을 걸고 마이유[143]를 두세 경기 하는 것이었다. 나는 힘도 기술도 없어서 그 경기를 하지 않았다. 하지만 돈을 걸었고 내기에도 재미를 붙여 울퉁불퉁한 돌투성이 길을 가로질러 경기자들

과 공을 따라다녔는데, 이것이 내게 딱 맞는 즐겁고 몸에도 좋은 운동이
되었다. 우리는 교외의 선술집에서 간식을 먹었다. 간식 시간이 즐거웠다
는 것은 굳이 말할 필요가 없다. 하지만 선술집 아가씨들이 예뻤는데도
불구하고 간식 먹는 자리가 상당히 점잖았다는 말은 덧붙여야겠다. 피츠
모리스 씨는 마이유에 상당히 일가견이 있었고 우리 모임의 회장이었다.
대개 대학생들은 좋은 평판을 듣지 못하기 마련이지만 나는 이 젊은이
들 모두에게서 같은 수의 어른들에게서도 찾아보기 쉽지 않은 훌륭한 품
행과 예의범절을 발견했다고 말할 수 있다. 그들은 저속하다기보다는 소
란스러웠고 방종하다기보다는 쾌활했다. 나는 생활방식이 자발적일 때
는 쉽게 그 방식에 적응하기 때문에 그런 생활이 언제나 지속되기만 한
다면 더할 나위가 없었을 것이다. 이 대학생들 가운데에는 아일랜드 학
생도 있었는데, 나는 부르생탕데올에서의 일에 대비하려고 그들에게 영
어를 몇 마디 배우려 했다. 왜냐하면 그곳에 가야 할 시간이 가까워졌기
때문이다. 라르나주 부인은 편지를 쓸 때마다 그곳에 오라고 애원했다.
나도 그녀의 말에 따를 채비를 했다. 내 병에 대해 아무것도 알아내지 못
한 의사들은 나를 상상병 환자로 보고 그런 상황에서 하제(下劑)로 쓰이
는 약초와 광천수와 탈지유로 나를 치료했다. 의사들과 철학자들은 신학
자들과는 딴판으로 자신이 설명할 수 있는 것만을 진리로 인정하고 자신
의 이해력을 모든 가능한 것들의 기준으로 삼는다. 이분들은 내 병에 대
해 아무것도 모르기 때문에 나는 환자가 아니었다. 어떻게 여러 명의 의
사들이 하나같이 모를 수 있다고 생각하겠는가? 나는 그들이 나를 적당
히 속이고 내 돈을 쓰게 할 궁리만 한다고 생각했다. 그래서 부르생탕데
올에 있는 사람들이 그들을 대신해 더 잘해주고 더 즐겁게 해줄 것이라
판단하고 그쪽을 선택하리라 마음먹은 뒤 그런 현명한 의도로 몽펠리에
를 떠났다.

출발한 것은 11월 말쯤이었는데, 그 도시에서 6주 내지 두 달 정도 머

문 다음이었다. 그곳에서 열두 개의 루이 금화를 허비했는데, 피츠 모리스 씨 밑에서 들었던 해부학 강의가 아니었다면 건강이나 교육 어디서도 아무런 득을 보지 못했을 것이다. 그나마도 해부용 시체의 끔찍하고 역한 냄새를 참지 못해 강의를 그만두어야만 했다.

내가 한 결심에 대해서도 줄곧 마음이 편치 않아 퐁 생테스프리로 향하면서도 그 일에 대해 심사숙고해보았다. 그곳은 부르생탕데올로 가는 길이자 샹베리로 가는 길이기도 했다. 엄마에 대한 기억들과, 라르나주 부인의 편지만큼 자주 오지는 않았지만 그녀의 편지들은 내가 여정을 처음 시작하는 동안 억눌러왔던 양심의 가책을 마음속에서 깨어나게 했다. 돌아오는 길에는 이 양심의 가책이 너무나 격렬해져서 쾌락적인 사랑을 몰아내고 나로 하여금 이성의 소리만을 듣게 해주었다. 무엇보다 내가 다시 시작하려는 사기꾼 역할에서 처음보다 운이 따르지 않을 수도 있었다. 부르생탕데올 전체에서 영국에 가본 적이 있거나 영국인들을 알고 있거나 혹은 그들의 언어를 아는 사람이 단 한 명만 있어도 충분히 내 정체가 드러날 것이다. 라르나주 부인의 가족이 나를 불쾌하게 여기고 무례하게 대할 수도 있었다. 본의 아니게 내가 필요 이상으로 생각하는 그녀의 딸 때문에도 더욱 걱정이 되었다. 나는 그녀를 사랑하게 될까 봐 겁이 났는데, 그 두려움만으로도 일의 절반은 이미 이루어진 것이나 다름없었다. 그렇게 해서 내가 그 어머니의 호의에 대한 대가로 그 딸을 타락시키고 더없이 추잡한 관계를 맺어 그녀의 집안에 불화와 수치와 추문과 생지옥을 불러오려고 애써야 한다는 말인가? 이런 생각을 하니 소름이 끼쳤다. 나는 그런 불행을 초래하는 애정이 생기면 나 자신과 싸워서 이겨내야겠다는 단호한 결심을 했다. 하지만 왜 그런 싸움을 굳이 무릅써야 하는가? 그 어머니에게는 신물이 나고 그 딸에게는 감히 마음을 열어 보이지 못한 채 애를 태운다면 이 얼마나 비참한 처지란 말인가! 앞서 가장 큰 매력이 바닥을 드러낸 쾌락을 위해 내가 그런 상황을 찾아 나서고 불행과 수치와 양심의 가책에 빠져들 필요가 어디에 있는가? 내 공상은 그 최초의 격렬함을 상실한 것이 분명했기 때문이다. 쾌락의 맛은 상상 속에 아직 남아 있었지만 정열은 더 이상 없었다. 그런 생각에는 나의 처지와 의무, 너무나 착하고 너그러운 엄마에 대한 반성이 한데 뒤섞여 있었다. 그녀는 이미 빚을 잔뜩 지고 있었고 나의 엄청난 낭비로 빚이 더 늘어났으며 나를 위해 전력을 다했는데, 나는 그런 그녀를 이렇듯 뻔뻔하게 배신한 것이다. 이런 질책이 너무나 격해져서 마침내 승리를 거두었다. 생테스프리가 가까워오자 나는 부르생탕데올에 머물지 않고 곧장 지나가기로 결심했다. 그리고 단호하게 결심을 실행했는데, 한숨을 몇 번 쉰 것도 사실이지만 나는 인생에서 처음으로 내적인 만족감을 맛보았다. 나는 속으로 이런 말을 하기도 했다. "자존감을 가질 만하군. 나는 쾌락보다는 내 의무를 선택할 줄 아는 거야." 이것이야말로 내가 그 공부에서 처음으로 얻은 진정한 책무였다. 바로 그 공부가 나에게 심사숙고하고 비교하는 법을 가르쳐주었다. 방금 전에 이처럼 나무랄 데 없는 원칙을 채택하고 자신을 위해 현명함과 미덕의 규칙을 만들고 또한 그것을 따르는데 스스로 자부심을 느낀 이후, 너무나 자기모순에 빠져 너무나 빨리 너무나 큰 소리로 자기 규범을 부인한 것에 수치심을 느끼고 쾌락에 승리를 거둔 것이다. 아마 이런 결심을 하는 데에는 미덕 못지않게 자존심이 개입했을 것이다. 하지만 이 자존심이 미덕은 아니라고 하더라도 상당히 유사한 효과를 지니고 있어서 서로 혼동하는 것은 용서받을 만하다.

　선행의 이점들 가운데 하나는 영혼을 고양시키고 그 영혼이 더 훌륭한 행동을 하게 만든다는 것이다. 악행을 저지르고 싶지만 그것을 절제하는 것조차 선행으로 삼아야 할 정도로 나약한 것이 인간이니 말이다. 나는 결심을 하자마자 다른 사람이 되었다. 더 정확히 말하자면 이전의 내 모습이자 도취의 순간이 사라지게 했던 예전의 나 자신이 된 것이다. 훌륭한 감정과 결심으로 충만해진 나는 잘못을 속죄하겠다는 선한 의도를 품고 여정을 계속했다. 이제부터는 오직 미덕의 법칙에 따라 처신하고 어머니들 중 최고의 어머니를 위해 아낌없이 헌신하며 내가 품은 애정만큼의 충직함을 그녀에게 바치고 나의 의무에 대한 사랑 말고 다른 사랑에는 더 이상 귀를 기울이지 않겠다는 생각밖에 없었다. 아아! 선행으로 돌아가겠다는 진정성은 내게 또 다른 운명을 약속하는 듯싶었다. 하지만 나의 운명은 정해져 있었고 이미 시작되었으며 선한 것들과 올바른 것들에 대한 사랑으로 충만한 내 마음이 인생에서 순수함과 행복만을 보고 있을 때 불길한 순간에 이르렀는데, 그 순간은 뒤에 불행의 긴 사슬을 끌고 다니게 되어 있었다.

빨리 도착해야겠다는 조바심에 예상보다 더 서두르게 되었다. 나는 발랑스에서 내 도착 날짜와 시간을 엄마에게 알렸다. 예상보다 반나절의 여유가 있어서 내가 언급했던 바로 그 시간에 도착하도록 그 시간만큼 샤파리앙에 머물렀다. 그녀와 재회하는 즐거움의 매력을 고스란히 맛보고 싶었던 것이다. 기다리는 즐거움을 더 보태기 위해서 그 즐거움을 미루는 편이 더 좋았다. 이러한 조심성은 나에게 항상 좋은 결과를 가져다주었다. 나는 일종의 작은 축제가 열려 내 도착을 알리는 것을 늘 보아왔다. 이번에도 그것을 기다리지 않은 것은 아니었다. 게다가 나는 그런 환대를 너무나 감사하게 여겨서 그것을 베풀어줄 만한 가치가 있었다.

그래서 정시에 도착했다. 나는 아주 멀리서부터 가는 중에 엄마를 만나게 되지 않을까 유심히 살펴보았다. 가까이 다가갈수록 내 가슴은 점점 더 뛰었다. 시내에서부터 마차를 내려 걸은 터라 숨을 헐떡거리며 도착했다. 마당과 문과 창가 어디에서도 인기척이 없었다. 당황하기 시작한다. 무슨 사고라도 났을까 봐 불안하다. 집에 들어선다. 사방이 고요하다. 일하는 사람들이 부엌에서 식사를 하고 있다. 뿐만 아니라 어떤 준비도 하고 있지 않다. 하녀는 나를 보고 놀란 듯싶다. 그녀는 내가 도착할 것이라는 사실을 모르고 있다. 나는 위쪽으로 올라간다. 마침내 그녀를, 그토록 다정하게 그토록 열렬하게 그토록 순수하게 사랑하는 그 소중한 엄마를 본다. 나는 달려가 그녀의 발밑에 몸을 던진다. 그녀가 내게 입을 맞추며 말한다. "아! 애야, 너로구나. 여행은 잘했니? 몸은 어떠니?" 이런 대접이 조금 당황스럽다. 그녀에게 내 편지를 받지 못했는지 묻는다. 그녀는 내게 받았다고 말한다. "나는 못 받았다고 생각했어요." 그렇게 말하고 해명은 그것으로 끝이다. 젊은이 한 명이 그녀와 함께 있다. 나는 그를 알고 있는데, 내가 떠나기 전에 집에서 이미 그를 보았던 터이다. 하지만 이번에는 자리를 잡은 것 같다. 그는 자기 자리를 잡은 것이다. 요컨대 나는 내 자리를 빼앗긴 것이다.

그 젊은이는 보 지방 출신이었다. 빈첸리드Vintzenried라는 이름의 그의 아버지는 시용 성의 수위였는데, 자칭 집사라고 했다. 집사의 아들은 가발 제작과 이발, 면도를 함께 하는 사람의 보조였으며, 그런 직업으로 세상을 떠돌다가 바랑 부인에게 와서 자기소개를 했다. 그녀는 집에 오는 모든 사람들에게 하듯이 그를 환대해주었는데, 특히 동향 사람들에게 그랬다. 그는 키가 크고 별 특징이 없는 금발이었는데, 체격은 상당히 좋았지만 얼굴과 재치는 보잘것없었고 마치 미남 리안드레[144]처럼 말했다. 그는 자기 신분에 어울리는 여러 말투와 취향을 섞어가며 여자들과 재미를 본 이야기를 길게 늘어놓았다. 또한 같이 잔 후작 부인들의 이름을 절반만 대며, 예쁜 여자들의 머리를 손질해주면서 그 남편들의 머리도 꼭 손질해주었다고 지껄여댔다. 그는 천박하고 어리석으며 무식한데다 건방졌는데, 말하자면 더없이 잘난 체하는 놈이었다. 내가 없는 동안에는 내 대리인 역할을 하다가 내가 돌아온 후에는 동료 구실을 한 자가 이 모양이었다.

오! 이 세상의 구속에서 해방된 영혼들이 영원한 빛의 중심에서, 인간 세계에서 벌어지는 일을 여전히 보고 있다면, 친애하고 존경하는 혼령이여, 만약 내가 내 과오에 대해서처럼 당신의 과오에 대해서도 관용을 베풀지 않고 두 가지 모두를 독자들 눈앞에서 폭로하더라도 용서하십시오. 나는 나 자신에 대해서처럼 당신에 대해서도 진실해야 하며 진실하고 싶습니다. 그 일에서 당신은 나보다 항상 손해를 훨씬 덜 볼 것입니다. 아! 당신의 다정다감하고 온화한 성격과 한없이 착한 마음씨, 당신의 솔직함과 모든 훌륭한 미덕들이 당신의 결함들을 보상해주지 않겠습니까! 단지 당신의 이성에서 비롯된 잘못을 결함으로 부를 수 있다면 말입니다. 당신은 과오를 범하지만 악행은 저지르지 않습니다. 당신의 행동은 비난받아 마땅하지만 당신의 마음은 항상 순수했습니다. 선과 악을 저울질해보고 공정하기를 바랍니다. 만일 어떤 다른 여자의 내밀한 삶이 당신의 삶과 마찬가지로 드러난다면 어떤 여자가 감히 자신을 당신과 비교하겠습니까?

이 신참자는 항상 일거리가 많은 온갖 자질구레한 용무에 열심이고 부지런하고 꼼꼼한 태도를 보였다. 그는 일하는 사람들의 감독이 되었다. 내가 수선스럽지 않은 데 비해 시끄러운 그는 쟁기질, 건초, 장작, 마구간, 조류 사육장 등에서 일이 있을 때면 어김없이 모습을 드러냈고 목소리가 다 들리도록 떠들썩했다. 그가 유일하게 소홀히 한 것은 정원이었는데, 그 일은 너무나 조용해서 시끄러운 소리를 내지 못했던 것이다. 그의 큰 즐거움은 짐을 싣고 수레로 운반하며 나무를 자르거나 장작을 패는 등의 일이었다. 그가 손에 도끼나 곡괭이를 든 모습을 늘 볼 수 있었다. 그가 뛰어다니고 부딪치며 있는 힘껏 소리치는 소리도 들렸다. 나는 그가 몇 사람 몫의 일을 했는지 모르겠지만 그는 항상 열 내지 열두 사람 몫만큼 시끄러웠다. 가엾은 엄마는 이 모든 소란에 깜빡 속아 넘어갔다. 그녀는 이 젊은이를 자기 일에 없어서는 안 될 보배와 같은 존재로 생각했다. 그래서 그를 곁에 붙들어두려고 스스로 적절하다 싶은 온갖 수단을 다 동원했고 자신이 제일 믿는 그 수단도 잊지 않았다.

여러분은 내 심정을, 내 마음의 가장 변함없고 가장 진실한 감정을, 특히 그때 그녀 곁으로 나를 이끈 그 감정을 헤아릴 것이다. 나의 모든 존재 속에서 얼마나 갑작스럽고 극심한 동요가 일었겠는가! 입장을 바꾸어놓고 판단해보기 바란다. 한순간 내가 그렸던 행복한 미래가 완전히 그리고 영원히 사라지는 것을 보았다. 내가 그토록 다정스럽게 품어왔던 온갖 달콤한 생각들이 사라져버린 것이고, 어린 시절부터 그녀의 존재와 더불어서만 내 존재를 볼 줄 알았던 내가 처음으로 혼자가 되었음을 안 것이다. 그 순간은 끔찍했다. 그다음에 온 순간들도 암담했다. 나는 아직 젊었지만 젊음에 생기를 불어넣은 기쁨과 희망의 온화한 감정은 내게서 영원히 떠나버렸다. 그 시간 이후 다정다감한 존재는 반쯤 죽고 말았다. 이제 내 앞에 보이는 것은 무미건조한 삶의 서글픈 흔적밖에 없었고, 이따금 행복의 영상이 나의 욕망을 스쳐 지나가기도 했지만 그 행복은 더 이상 내게 걸맞지 않았다. 나는 이제 행복을 얻더라도 정말로 행복하지는 않을 것이라고 느꼈다.

나는 너무나 어리석고 내 믿음은 절대적이어서 신참이 친근한 말투로 대하는데도 불구하고, 이것을 모든 사람과 가깝게 지내려는 엄마의 너그러운 기질에서 비롯된 결과로 여겼다. 나는 그녀가 직접 내게 말해주지 않았다면 그 진짜 이유를 의심할 생각조차 못했을 것이다. 하지만 그녀는 솔직하게 그 문제를 서둘러 고백했는데 내가 그것에 마음을 썼다면 그런 솔직함 때문에 더욱더 분노했을 것이다. 그녀는 그 일을 아주 단순하게 생각하고 내가 집에 소홀한 것을 나무랐으며 내가 자주 자리를 비우는 것을 구실로 내세웠다. 마치 그녀 자신이 기질적으로 빈자리를 빨리 채워야 성이 차는 사람인 것처럼 말이다. "아! 엄마." 그녀에게 말을 하는 나의 가슴은 고통으로 조여드는 듯했다. "어떻게 내게 그런 말을 할 수 있지요! 이것이 내가 품었던 애정에 대한 보상입니까! 당신이 내 생명을 몇 번이고 지켜준 것이 고작 그 목숨을 소중하게 생각하도록 만들어준 모든 것을 내게서 빼앗기 위해서였나요? 나는 그 때문에 죽을 거예요. 하지만 당신은 나를 그리워할 거예요." 그녀는 나를 미치게 만들 만큼 아무렇지 않은 말투로 대답했다. 나는 어린아이에 불과하고 그 정도 일로 사람이 죽지는 않으며 내가 잃을 것은 전혀 없다고 했다. 그럼에도 우리는 좋은 친구이며 모든 면에서 여전히 친하게 지낼 것이라고 했다. 나에 대한 자신의 다정한 애정은 죽는 날까지 줄어들지도 그치지도 않을 것이라고 했다. 한마디로 그녀는, 나의 모든 권리는 변함없이 남아 있고 다른 사람과 나눈다고 해서 그것을 박탈당하지는 않으리라는 점을 내게 이해시켰다.

그녀에 대한 내 감정의 순수함과 솔직함과 견고함이, 내 영혼의 진실함과 정직함이 그 순간보다 더 절실하게 다가온 적은 결코 없었다. 나는 그녀의 발밑으로 달려들어 비 오듯 눈물을 쏟으며 그녀의 무릎을 껴안았다. 나는 격정에 싸여 말했다. "그럴 순 없어요. 당신을 비천하게 만들기에는 당신을 너무나 사랑해요. 당신을 소유하는 것은 내게 너무 소중해서 나누어 갖는다는 건 있을 수 없어요. 당신을 얻었을 때 그와 동시에 생긴 후회는 나의 사랑과 더불어 커져만 갔어요. 아니, 이제 당신을 같은 가치로 계속 소유할 수 없어요. 당신을 항상 숭배할 거예요. 그러니 항상 그럴 만한 사람이 되어주세요. 내게 훨씬 더 필요한 것은 당신을 소유하는 것보다 당신을 숭배하는 일이에요. 오, 엄마 나는 바로 당신에게 몸을 맡길 거예요. 우리의 마음을 결합시킬 수 있다면 내 모든 쾌락을 희생시킬 거예요. 나는 사랑하는 사람의 품위를 떨어뜨리는 쾌락을 맛보느니 차라리 수천 번이라도 죽을 수 있어요."

나는 그 결심을 시종일관 지켰는데, 감히 말하자면 나에게 그런 결심을 품게 한 감정에 걸맞은 인내심이었다. 그 순간부터 나는 그토록 소중한 엄마를 진짜 아들의 눈으로밖에 더 이상 보지 않았다. 주목할 만한 점은 내가 분명히 눈치챘듯이 내 결심이 그녀의 은밀한 동의를 전혀 얻지 못했음에도 불구하고, 그녀는 내 결심을 단념시키기 위해 환심을 사려는 말이나 호의, 여자들이 자신들을 위태롭게 만들지 않으면서 쓸 줄 아는, 대개는 성공을 거두는 그런 능숙한 교태를 전혀 부리지 않았다는 것이다. 결국 나는 그녀로부터 독립해야 할 운명이었지만 상상조차 할 수 없었던 까닭에 곧 또 다른 극단으로 가서 그것을 완전히 그녀 내부에서 찾았다. 그리고 그것을 너무나 완벽하게 그 내부에서 찾아서 거의 나 자신을 잊어버리는 데 성공했다. 어떤 대가를 치르더라도 그녀가 행복한 모습을 보고 싶다는 강렬한 욕망이 내 모든 애정을 쏟아붓게 만들었다. 그녀가 자신의 행복과 나의 행복을 아무리 구분하려 해도 소용이 없었다.

그리하여 미덕이 내 불행과 함께 자라나기 시작했는데, 이미 그 씨앗이 내 마음속 깊은 곳에 뿌려지고 공부로 길러져 그 미덕은 꽃을 피우기 위해 단지 시련이라는 요인만을 기다리고 있었다. 그토록 이해관계를 떠난 태도에서 나온 첫 성과는 내 자리를 밀치고 들어온 사람에 대한 증오와 시기의 모든 감정을 내 마음에서 몰아내는 것이었다. 반대로 내가 그 젊은이에게 원하고 진실로 원한 것은 그에게 애정을 가지고 그의 재능을 길러주며 그의 교육을 위해 애쓰는 것, 그에게 자신의 행복을 느끼게 하는 것, 가능하다면 그를 그런 행복을 느낄 만한 사람으로 만드는 것이었는데, 한마디로 아네가 그와 유사한 상황에서 나에게 해준 모든 것을 그에게 해주는 것이었다. 하지만 사람들이 서로 같을 수는 없는 법이다. 나는 아네보다 온화함과 지식을 더 갖추었지만 그의 냉정함과 단호함이 없었고, 성공하는 데 필요했을, 강한 인상을 주는 정신력도 지니지 못했다. 나는 아네가 내게서 발견했던 장점을 그 젊은이에게서 거의 발견하지 못했다. 온순함과 애정, 감사하는 마음, 특히 내가 그의 관심을 필요로 한다는 감정, 그의 관심을 쓸모 있는 것으로 만들겠다는 강렬한 욕구 등이 그것이었는데 그에게는 이 모든 것들이 부족했다. 내가 가르치고자 했던 그자는 나를 말만 많은 성가신 선생으로밖에 생각하지 않았다. 그런 반면에 자신은 이 집안에서 중요한 사람이라는 생각에 도취되어 있었다.

또한 자신이 집에서 피우는 소란에 기대어 스스로 집에 도움을 주고 있
다고 생각하는 그 일들을 평가했으므로, 자신의 도끼와 곡괭이가 나의
모든 헌책들보다 훨씬 더 쓸모 있다고 생각했다. 어떤 점에서 보면 그의
생각이 틀리지 않았다. 하지만 그는 거기서 더 나아가 우스워 죽을 지경
으로 젠체하는 태도를 보였다. 그는 농부들에게 시골귀족 흉내를 내더니
곧 나에게도 그렇게 대했고 마침내 엄마에게도 그런 행동을 했다. 그는
빈첸리드라는 이름이 그다지 귀족답지 않아 보였는지 그 이름을 버리고
드 쿠르티유de Courtilles 씨라는 이름을 썼다. 바로 그 이름으로 그는 샹
베리에서 자신이 결혼한 모리엔까지 알려졌다.

  마침내 이 저명인사가 온갖 술수를 써서 자신은 집안에서 전부가 되었
고 나는 별 볼일 없는 사람이 되었다. 운이 없게도 내가 그를 불쾌하게 만
들면 그는 내가 아닌 엄마에게 불평을 쏟아놓았기 때문에, 나는 그의 거
친 행동을 엄마가 감당하게 될까 두려워 그가 원하는 모든 것을 고분고
분 들어주었다. 그가 비길 데 없는 자부심을 가지고 행하는 일은 장작 패
기였는데, 그가 그 일을 할 때마다 나는 그의 힘자랑을 하는 일 없이 구
경하고 얌전히 감탄하는 사람이 되어야만 했다. 그렇다고 녀석의 성격이
완전히 나쁜 것은 아니었다. 그는 엄마를 사랑했다. 왜냐하면 그녀를 사
랑하지 않는 것은 불가능했기 때문이다. 더구나 그는 나에게 반감을 갖
지 않았다. 그가 격양되었을 때를 피해서 말을 하면 그는 제법 고분고분
하게 우리의 말을 듣는 편이었고 자기가 바보에 불과하다는 것을 솔직하
게 인정했다. 그다음에는 어김없이 새로운 바보짓을 하고야 말았다. 더구
나 그는 이해력이 상당히 떨어지고 너무나 저속한 취향을 지니고 있어서
그에게 이치를 따져가며 말하기가 어려웠고 그와 함께 있는 것을 좋아하
기도 거의 불가능했다. 그는 매력이 넘치는 여자를 소유하고도 빨강머리
에 이가 빠진 늙은 하녀와 재미를 보았는데, 엄마는 하녀를 보면 속이 뒤
집어질 것 같았지만 그 불쾌한 시중을 인내심을 가지고 참아냈다. 나는

이 새로운 관계를 알아차리고 분노했다. 하지만 내게 훨씬 더 깊은 충격을 주고 그때까지 일어난 어떤 일보다도 나를 깊은 절망에 빠뜨린 또 다른 일을 알게 되었다. 바로 나에 대한 엄마의 사랑이 식어버린 사실을 알게 된 것이다.

내가 나 자신에게 강요했고 그녀가 동의하는 척했던 절제는 비록 겉으로는 어떤 표정을 짓든지 여자들이 결코 용서하지 못하는 일들 가운데 하나이다. 그 결과 그녀들이 절제 때문이라기보다는 여자를 육체적으로 소유하는 데 남자가 무관심한 것을 보기 때문에 더욱 그렇게 나오는 것이다. 가장 분별력 있고 가장 철학적이며 관능에 가장 집착하지 않는 여자를 예로 들어보자. 하물며 여자가 조금도 관심을 두지 않는 남자라 해도, 그 남자가 그녀에게 저지를 수 있는 가장 용서받을 수 없는 죄악은 즐길 수 있으면서도 그녀를 두고 아무 일도 하지 않는 것이다. 그것은 분명 예외가 없다. 왜냐하면 그렇게 자연스럽고 그렇게 강한 공감이 동기라고는 고작 미덕과 애정과 존경밖에 없는 절제 때문에 그녀의 내부에서 변질되어버렸기 때문이다. 그때부터 나는 항상 내 마음의 가장 감미로운 즐거움이던 서로의 그 친밀한 마음을 그녀의 마음속에서 더는 찾지 못했다. 그녀는 신참에게 불평을 해야 할 때 말고는 더 이상 내게 속마음을 털어놓지 않았다. 나는 그들이 잘 어울릴 때는 그녀의 속내 이야기를 거의 듣지 못했다. 말하자면 그녀는 이제 내가 속해 있지 않은 삶의 방식을 조금씩 취해나갔다. 그녀는 내가 있는 것이 아직 즐겁기는 했지만 내 존재를 더 이상 필요로 하지 않았다. 그래서 내가 그녀를 보지 않고 며칠을 지낸다 해도 그녀는 그 사실을 알아차리지 못했을 것이다.

어느새 나는 바로 이 집에서 고립되었고 혼자라는 것을 느꼈다. 이전에는 내가 이 집에서 중심인물이었고 말하자면 두 사람이 살았는데 말이다. 나는 이 집에서 일어나는 모든 일과 이곳에 사는 모든 사람들과 거리를 두는 일에 조금씩 익숙해졌다. 또한 계속된 괴로움에서 벗어나려고 책을 들고 틀어박히거나 숲 한가운데로 가서 탄식을 하며 마음껏 울곤 했다. 오래지 않아 이런 삶이 완전히 참을 수 없게 되었다. 내게 그토록 소중했던 여자가 몸은 여기 있으면서 마음은 멀어졌다는 사실 때문에 고통이 커지는 것을 느꼈고, 차라리 그녀를 보지 않는다면 그녀와 헤어지는 것이 이처럼 가혹하게 느껴지지는 않을 듯싶었다. 나는 집을 떠날 계획을 세웠다. 내가 그런 사실을 그녀에게 말하자 그녀는 계획을 반대하기는커녕 오히려 도와주었다. 그녀에게는 그르노블에 데방 부인이라는 친구가 있었다. 그녀의 남편은 리옹의 대법관인 마블리 씨의 친구였다. 데방 씨는 내게 마블리 씨 아이들의 교육을 맡아줄 것을 제안했다. 나는 이 제안을 받아들이고 리옹으로 출발했는데 헤어지면서 일말의 섭섭함도 느끼지 않았다. 예전 같으면 헤어질 생각만으로도 죽을 만큼 불안했을 텐데 말이다. 나는 가정교사에게 필요한 지식을 거의 갖추고 있었고 그런 재능이 있다고도 생각했다. 내가 마블리 씨 집에서 보낸 1년 동안은 나 스스로 각성할 수 있는 시간이 되었다. 나의 온화한 성격은 감정이 폭발하여 분노를 터뜨리는 일만 없다면 이 직업과 잘 맞았을 것이다. 모든 일이 순조롭고 내가 수고를 아끼지 않은 배려와 노력이 결실을 거두는 것을 보는 동안에는 나는 천사와도 같았다. 하지만 일이 잘 풀리지 않을 때는 악마같이 돌변했다. 학생들이 내 말을 이해하지 못하면 화가 나서 얼토당토않은 언동을 했고 그들이 못되게 굴면 그들을 죽일 것만 같았다. 그것은 그들을 박식하고 현명하게 만드는 방법이 아니었다. 나에게는 학생이 두 명 있었다. 아이들은 기질이 아주 달랐다. 여덟 내지 아홉 살 된 아이 하나는 생트마리Sainte-Marie라고 했는데 귀여운 얼굴에 상당히 총명하고 발랄하며 덤벙거리는 데가 있어 웃음을 주고 장난기가 있는 성향이었지만 즐겁게 짓궂은 편이었다. 콩디야크Condillac라는 이름의 막내는 거의 바보 같고 정신이 없으며 노새처럼 고집이 센데다 뭔가를 배울 리 만무했다. 이런 두 녀석 사이에서 내가 많은 고생을 했으리라는 사실은 짐작할 수 있을 것이다. 내게 인내심과 냉정함이 있었다면 어쩌면 성공할 수도 있었을 것이다. 하지만 나는 둘 다 부족해서 웬만하다 싶은 일도 좀처럼 하지 못했고 내 학생들은 행실이 점점 나빠졌다. 나는 인내심은 부족하지 않았지만 꾸준하지 못했고 특히 신중함이 부족했다. 그 아이들을 대하며 세 가지 수단, 즉 감정과 논리와 성질밖에 사용할 줄 몰랐는데 그 수단들은 아이들에게는 항상 무익하고 종종 해롭기까지 했다. 어떤 때는 생트마리를 대하면서 눈물을 흘릴 정도로 감동을 받기도 했다. 나는 아이가 진실한 감동을 받을 수 있다는 듯이 그 아이를 감동시키고 싶었다. 또 어떤 때는 아이가 내 말을 알아들을 수 있다는 듯이 이치를 따져가며 말하는 데 전력을 다했다. 또한 아이가 이따금 아주 세밀한 논거를 대서 나는 그 아이가 정말 지각이 있다고 생각했다. 왜냐하면 그 아이는 따지는 것을 좋아했기 때문이다. 나이 어린 콩디야크는 다루기가 훨씬 어려웠는데, 그 아이는 아무것도 이해 못 하고 아무 대답도 못하면서 어느 것에도 감동받지 않고 되는대로 고집을 피우다 나를 성내게 만든 뒤에야 비로소 나를 이겼다고 더없이 의기양양해했다. 그러면 현명한 사람은 자신이고 어린아이는 나였다. 나는 내 모든 잘못들을 보고 느꼈다. 그리하여 내 학생들의 성향을 연구했고 그것을 매우 잘 파악했다. 나는 단 한 번도 그 아이들의 속임수에 넘어갔다고 생각하지 않는다. 하지만 잘못된 것을 보고도 고칠 줄 모른다면 무슨 소용이 있겠는가? 나는 모든 것을 알아차리고도 아무것도 막지 못하고 아무것도 성공하지 못했다. 그리고 내가 한 모든 일들이야말로 해서는 안 될 짓이었다.

나는 내 학생들에 대해서도 그렇고 나 자신에 대해서도 더 나은 성과를 거의 거두지 못했다. 나를 마블리 부인에게 추천한 사람은 데방 부인이었다. 그녀는 마블리 부인에게 내 예의범절을 교육시키고 내게 상류사회의 말투를 가르쳐주라고 부탁했다. 그녀는 그 일에 어느 정도 정성을 쏟았고 내게 집에 온 손님들을 환대하는 법을 가르치려고 했다. 하지만 내가 너무나 서투르게 행동하고 수줍어하고 바보 같았던 나머지 그녀는 실망하여 나를 내버려두었다. 그런 일이 있었어도 나는 평상시의 습관대로 그녀를 사랑하게 되었다. 나는 그녀가 알아차릴 정도로 충분히 내색을 했다. 그러나 감히 사랑 고백은 하지 않았다. 그녀는 수작을 거는 성향이 아니었고 나는 눈길을 주고 한숨을 지었을 뿐이다. 그런 행동이 아무 성과가 없음을 깨닫게 되자 곧 지긋지긋해졌다.

엄마 집에 있으면서 좀도둑질 성향은 완전히 사라졌다. 모든 것이 내 것이었으니 훔칠 필요가 없었던 것이다. 더구나 내가 나 자신에게 부여한 고결한 원칙 때문에 그다음부터는 그런 졸렬한 짓에서 벗어나게 된 것이 틀림없다. 확실히 그때 이후로 대개 그렇게 되었다. 하지만 그렇게 된 것은 유혹을 이겨내는 법을 배워서라기보다는 뿌리를 잘라버렸기 때문인데, 만일 내가 같은 욕망의 대상이 된다면 어린 시절에 그랬던 것처럼 도둑질을 하게 될까 봐 전전긍긍했을 것이다. 나는 마블리 씨 집에서 그런 사실을 알게 되었다. 훔칠 만한 작은 물건들이 사방에 있는데도 눈길조차 주지 않던 내가 별 이름은 없지만 썩 괜찮은 아르부아 산 백포도주를 탐낼 생각을 하게 된 것이다. 식사 때 여러 차례 몇 잔을 마시다 보니 그 포도주를 아주 좋아하게 되었다. 포도주는 별로 맑지가 못했다. 나는 포도주를 맑게 만들 줄 안다고 생각했고 그것을 자랑하여 포도주를 맡게 되었다. 나는 포도주를 맑게 만들었지만 변질시켰다. 하지만 단지 눈으로 보기에만 그랬고 마시기에는 여전히 좋은 상태였다. 그 일이 기회가 되어 나는 이따금 술 몇 병을 가져다놓고 내 작은 방에서 마음 편히 마셨다. 불행히도 나는 먹을거리 없이는 결코 술을 마실 수 없었다. 어떻게 빵을 구하지? 내가 빵을 따로 남겨두는 일은 불가능했다. 하인을 시켜 빵을 사오게 하면 내가 벌인 일이 탄로가 나고 집주인을 모욕하는 것이나 다름없게 된다. 내가 직접 빵을 사려고 했지만 대담하게 그러지는 못했다. 칼을 찬 멋진 신사가 빵집에 빵 한 조각을 사러 가는 일이 있을 법

한가? 마침내 어떤 공주의 궁여지책을 떠올리게 되었다. 공주는 농부들이 빵이 없다는 말을 듣고 "그 사람들에게 브리오슈를 먹이세요"[145]라고 대답했다는 것이다. 나는 브리오슈를 샀다. 그렇게 하기까지 얼마나 많은 우여곡절이 있었는지 모른다! 나는 그 계획을 위해 혼자 외출하여 종종 온 시내를 돌아다녔고 서른 개나 되는 빵집 앞을 지나치고서야 어느 한 곳으로 들어갔다. 가게 안에는 단 한 명만 있어야 했고 그 사람의 생김새까지도 마음에 쏙 들어야만 용기를 내어 결단을 내렸다. 하지만 이 작고 소중한 브리오슈를 일단 손에 넣고 내 방에 꼭 틀어박혀 벽장 깊은 곳에서 술병을 찾게 되자, 소설책을 읽으면서 혼자 얼마나 맛있고 소박하게 한잔 했는지 모른다! 손님이 없을 때는 엉뚱하게도 먹으면서 책을 읽고 싶은 생각이 늘 들었다. 그것은 내게 부족한 교제를 대신해주었다. 나는 책 한 페이지와 빵 한쪽을 번갈아가며 읽고 먹었다. 마치 내 책이 나와 더불어 식사를 하는 것처럼 말이다.

나는 결코 문란하거나 방탕한 적이 없고 일평생 술에 취한 적도 없다. 그래서 나의 이러한 좀도둑질은 심하게 눈에 띄지 않았다. 그렇지만 그 짓은 곧 들키고 말았다. 술병들 때문에 내가 한 짓이 들통 나고 만 것이다. 사람들은 그 일을 모르는 척했지만 나는 더 이상 지하 포도주 창고에 대한 권한을 갖지 못했다. 이 모든 면에서 마블리 씨는 예의 바르고 신중하게 처신했다. 그는 아주 신사다운 사람으로 직업이 그런 만큼 엄격했지만 참으로 온화한 성격인데다 보기 드물게 친절한 마음씨를 지니고 있었다. 그는 분별력이 있었고 공정했으며 심지어 원수 재판정의 관료에게서는 기대하기 어려운 인정이 무척 많은 사람이었다. 나는 그의 관대함을 느끼고 그에게 더욱 애착을 갖게 되었고, 그런 일이 없었다면 그의 집에 오래 머물지 않았을 텐데 그랬기 때문에 오히려 더 오래 머물게 되었다. 하지만 결국에는 내게 맞지 않은 직업과 나로서는 전혀 즐거울 것이 없던 아주 갑갑한 상황에 염증이 나서 내가 그토록 정성을 아끼지 않은 1년의 시도 끝에 제자들과 헤어질 결심을 했다. 내가 그 아이들을 잘 가르치는 데 결코 성공하지 못할 것임을 정말 믿어 의심치 않은 채 말이다. 마블리 씨도 나만큼이나 그런 사실을 잘 알고 있었다. 그렇지만 그가 결코 먼저 나서서 나를 내보내지는 않았을 것이라고 생각한다. 내가 그에게 그런 수고를 덜어주지 않는다면 말이다. 이런 경우 지나치게 호의를 베푸는 것은 나로서는 확실히 찬성할 수 없는 일이다.

내가 떠나온 과거의 처지와 현재 내가 놓여 있는 처지를 지속적으로 비교하는 것은 현재의 내 처지를 더욱 참을 수 없게 만들었다. 내가 사랑했던 레 샤르메트, 정원, 나무들, 샘, 과수원, 특히 내가 태어난 목적이자 이 모든 것들에 생명을 불어넣어 준 엄마가 생각난 것이다. 그녀와 우리의 즐거움, 우리의 순수한 삶을 다시 생각하면 상심이 되고 숨이 막혀 아무것도 할 용기가 나지 않았다. 당장 걸어서라도 출발하여 그녀 곁으로 돌아가고 싶은 마음이 간절할 때가 수없이 많았다. 그녀를 한 번만이라도 다시 볼 수만 있다면 당장 죽어도 여한이 없었을 것이다. 급기야 나는 그토록 다정한 추억을 이겨낼 수 없었고, 그 추억에 끌려 어떤 대가를 치르고라도 그녀 곁으로 돌아가려 했다. 나는 이렇게 혼잣말을 했다. "나는 인내심도, 너그러움도, 다정함도 충분하지 않았어. 그러니 전보다 내 나름대로 더 노력한다면 아주 다정한 우정 속에서 계속 행복하게 살 수 있을 거야." 나는 세상에서 가장 훌륭한 계획을 세우고 그것을 실천하느라 몹시 흥분이 된다. 모든 것과 헤어지고 모든 것을 포기하고 떠나서 쏜살같이 달려 소년기와 같은 격정 속에서 도착한다. 그녀의 발밑에 다시 와 있다. 아! 만일 내가 그녀의 대접에서, 애정 표시에서, 끝으로 마음에서 예전에 다시 찾았고 여전히 다시 가져다놓았던 애정의 4분의 1이라도 다시 발견했다면 기뻐서 그 자리에서 쓰러졌을 것이다!

인간사의 무시무시한 헛된 기대여! 그녀는 나를 여전히 선량한 마음으로 맞아주었는데, 그 마음은 그녀가 죽을 때까지 계속될 것이다. 하지만 나는 더 이상 존재하지 않고 다시 되살릴 수 없는 과거를 찾아온 것이다. 그녀와 함께 고작 반 시간을 머무는 동안 나는 과거의 행복이 영원히 죽어버린 것을 느꼈다. 나는 내가 달아날 수밖에 없었던 이전과 동일한 괴로운 상황 속에 다시 놓여 있었다. 그 일은 누구의 잘못이라고 말할 수도 없었다. 사실상 쿠르티유는 나쁜 사람이 아니었고 나를 다시 보게 되어 불쾌하다기보다는 즐거운 듯싶었기 때문이다. 그러나 나는 그녀에게 전부였고 그녀는 나에게 여전히 전부일 수밖에 없는데, 그녀 옆에서 내가 여분에 불과하다는 사실을 어떻게 견디겠는가? 내가 자녀였던 집에서 어떻게 이방인으로 살겠는가? 내 과거의 행복을 지켜보던 물건들을 보니 그 비교가 더 잔인하게 느껴졌다. 다른 거주지에서였다면 차라리 덜 괴로웠을 것이다. 하지만 그토록 많은 달콤한 추억을 끊임없이 떠올리는 나 자신을 보는 일은 내 상실감을 더욱 크게 했다. 나는 헛된 후회로 지치고 비참한 우울감에 빠져 식사 시간 말고는 혼자 지내는 생활방식을 다시 시작했다. 책과 함께 틀어박혀서 유익한 소일거리를 찾았다. 또한 예전에 그토록 걱정하던 절박한 위험을 감지하고 엄마가 더 이상 어쩔 도리가 없을 때 그것에 대응할 방법을 내 안에서 찾으려고 또다시 고심했다. 나는 집안 형편이 나빠지지 않을 정도로 살림살이를 유지시켰다. 하지만 내가 나온 다음에는 모든 것이 달라졌다. 그녀의 경리 담당은 낭비가 심한 사람이었다. 그는 남의 눈에 띄고 싶어 했다. 그는 좋은 말을 타고 좋은 옷을 입음으로써 이웃들에게 귀족인 것처럼 과시하기를 좋아했다. 그는 아무것도 모르면서 사업을 계속 진행했다. 연금은 당겨서 써버렸고 그중 4분기별 수령액은 저당 잡혀 있었다. 집세는 연체되었고 빚은 계속 늘어만 갔다. 그 연금은 머지않아 차압되고 어쩌면 박탈당할지도 몰랐다. 말하자면 나는 몰락과 파산만을 생각했고, 그 순간이 너무나 가까이 다가온 듯싶어서 그 순간에 일어날 온갖 공포를 앞서 느꼈다.

내 소중한 서재가 유일하게 기분전환 역할을 해주었다. 마음의 불안을 다스릴 대책을 서재에서 찾은 덕분에 내가 예상한 불행에 대한 대책도 그곳에서 찾을 생각이었다. 그래서 예전의 생각을 다시 떠올리고 지금 내가 보기에 당장 빠져들 것처럼 고통스러운 곤경에서 가엾은 엄마를 구해내려고 또다시 헛된 계획을 세우게 된 것이다. 나는 문단에 이름을 알리고 그 길로 출세할 수 있을 만큼 박식하다고 느끼지 않았고 그만한 재능이 있다고도 생각하지 않았다. 문득 떠오른 새로운 생각이 보잘것없는 재능 때문에 갖지 못했던 자신감을 불러일으켰다. 나는 음악을 가르치는 일은 그만두었지만 음악을 포기하지는 않았다. 그와 반대로 적어도 그 분야에서 학자로서 나 자신을 생각할 수 있을 만큼 음악 이론을 공부했다. 내가 음표 독법을 배우면서 겪었던 어려움과 악보를 처음 보고 노래 부르는 데 아직도 겪는 어려움을 찬찬히 생각해보니, 이런 어려움의 원인이 내게 있기도 하지만 음표 때문이기도 하다는 생각을 하게 되었다. 일반적으로 음악을 배우는 것이 누구에게나 쉬운 일이 아님을 특히 잘 알고 있었으니 말이다. 기호들의 구성을 살펴보니, 그것들이 종종 상당히 잘못 고안되었다는 생각이 들었다. 오래전에 나는 숫자로 음계를 기보하는 방법을 생각해냈다. 아무리 짧은 곡도 악보로 적어야 할 때면 선과 보표를 항상 그려야 하는데 그런 수고를 덜기 위해서였다. 하지만 옥타브, 박자, 장단에서 비롯된 어려움 때문에 그만두고 말았다. 예전 생각이 머릿속에 다시 떠올랐고 나는 그것을 생각하면서 그런 어려움들은 극복할 수 있음을 알았다. 나는 그것에 대해 숙고하여 성공을 거두었다. 또한 어떤 음악이라도 가장 정확하게, 내가 그렇게 말할 수 있다면, 가장 단순하게 내가 고안한 숫자로 기보하는 데 성공했다. 그 순간부터 나는 내 출세가 보장되었다고 생각했고 모든 것은 엄마 덕택이니 그녀와 함께 행운을 나누어야겠다는 열의에서 파리로 떠날 생각만 했다. 아카데미에 내 계획을 제출하면 일대 혁신을 일으킬 것임을 조금도 믿어 의심치 않았다. 리옹에서 얼마쯤 가져온 돈이 있었다. 책도 팔았다. 나는 2주 만에 결심을 하고 실행에 옮겼다. 마침내 이런 결심을 불러일으킨 멋진 생각들로 충만하여 매번 그래왔듯이 예전에 내가 헤론 분수기를 가지고 토리노를 떠난 것처럼 내가 고안한 음악 체계를 가지고 사부아를 떠났다.

내 젊은 시절의 실수와 잘못은 이상과 같다. 나는 내 마음이 만족할 만큼 충실하게 그 이야기를 서술했다. 그 후에 내가 몇 가지 미덕들로 장년기를 자랑스럽게 만들었다면 그에 대해서도 솔직하게 말했을 것이다. 그리고 그것이 바로 내 의도이다. 하지만 여기서 이야기를 끝내야만 한다. 시간은 수많은 베일을 걷어낼 수 있다. 만일 내 기억이 후대에까지 이어진다면 어느 날 그 기억은 내가 해야 할 말이 무엇이었는지 알려줄 것이다. 그러면 지금껏 내가 왜 침묵하고 있는지 알게 될 것이다.

옮긴이주

1) Intùs et in Cute. 로마의 시인 페르시우스Persius의《풍자시》III, 30에서 따온 인용문이다.
2) 라 트레유la treille는 제네바 성벽지대의 산책길이다.
3) 사실 가브리엘 베르나르와 테오도르 루소는 장 자크 루소의 부모보다 5년 앞서 결혼했다.
4) 루소는 가브리엘 베르나르가 베오그라드 전투에서 두각을 나타냈다고 썼지만 전투는 1717년에 일어났고 당시 베르나르는 제네바에 있었기 때문에 사실과 다르다.
5) 쉬잔 루소Suzanne Rousseau(1682~1774)를 말한다.
6) 오롱다트, 아르타멘느, 쥐바 등은 17세기 소설의 등장인물들이며 아게실라오스, 브루투스, 아리스테이데스 등은 플루타르코스의 주인공들이다. 결국 루소는 소설과 역사 속 인물들을 대비시키고 있다.
7) 로마의 영웅인 스카에볼라Scaevola는 에트루리아에서 적군이 쳐들어오자 자신의 손을 불길에 넣는 용맹한 행동을 보여주어 적들을 두렵게 만들었다.
8) 보세Bossey는 제네바에서 7킬로미터 정도 떨어져 있는 작은 마을이다.
9) 여기서 체벌이란 '엉덩이 때리기'를 의미한다.

10) 실제로 당시 루소의 나이는 11세였고 랑베르시에 양은 40세였다.

11) 프티 사코넥스petit Sacconex는 제네바에 있는 거리 이름이다.

12) 카르니펙스Carnifex는 '학대자', '사형집행인' 등의 뜻을 지닌 라틴어이다.

13) Omnia vincit labor improbus. 로마의 시인 베르길리우스의《농경시》I, 145~146에 나오는 문장이다.

14) 루소가 삼촌 집에서 보낸 기간은 실제로는 몇 달에 불과하다.

15) 다비드 루소David Rousseau(1641~1738)는 장 자크 루소의 할아버지이며 시계 수리공이었다.

16) 이탈리아 소극(笑劇)이나 인형극에 등장하는 꼭두각시 꼽추 인형이다.

17) '굴레를 씌운 당나귀'라는 뜻으로 당나귀는 '얼간이'라는 의미로도 사용된다.

18) 카이사르와 라리동은 라 퐁텐Jean de La Fontaine의 우화에 등장하는 두 마리의 개다. 카이사르는 위엄 있는 개이고 라리동은 부엌데기 개다. 이 우화에는 다음과 같은 구절이 나온다. "오! 얼마만큼의 카이사르가 라리동이 될 것인가!"

19) 당시 도제는 후식까지 먹을 권리가 없었다.

20) 빵을 보관하는 뒤주는 중세 이후 오늘날까지도 프랑스 가정에서 일상적으로 사용된다. 대략 1미터가 조금 안 되는 높이의 직사각형 뒤주는 탁자처럼 딛고 올라서기에 제격이다.

21) 헤스페리데스는 그리스 신화에 등장하는 여신들로 '저녁의 아가씨들'이라는 뜻이 있다. 여신들은 황금사과가 열리는 나무를 100개의 머리를 가진 용(龍) 라돈과 함께 지켰다.

22) 프랑쾨유Charles-Louis Dupin de Francueil(1716~1780)는 메츠와 알사스 지방의 재무 담당 징세관이었다가 왕실의 비서관이 되었다. 훗날 루소는 그의 비서가 되며 그를 통해 데피네d'Épinay 부인을 알게 된다.

23) 루이 13세의 재상인 리슐리외Richelieu 때 지어진 건축물이며 저택, 궁전, 공연장, 임대시설 등으로 사용되었고 루소가 살았던 당시에는 여론의 진원지이자 민중의 정치 토론의 중심이었다.

24) 라 트리뷔는 당시 제네바에서 젊은이들에게 책을 대여해주던 여자였다. 장로회의는 불온한 책으로 젊은이들을 타락시킨다며 이 여자를 고발하기도 했다.

25) 생제르베Saint-Gervais 거리는 스위스 제네바에 있는 거리이다.

26) 퐁베르Benoît de Pontverre(1656~1733)는 많은 개신교도들을 가톨릭으로

개종시킨 신부이다.

27) 1527년 스위스의 가톨릭교도 귀족들은 반종교개혁의 상징으로 목에 숟가락을 걸었다. 퐁베르 신부도 그들에 동조한다는 의미로 나무 숟가락을 목에 걸었다.

28) 제네바에 망명하여 활동했던 칼뱅Jean Calvain의 사상을 말한다.

29) 바랑Françoise-Louise de Warens(1699~1762) 부인은 루소의 후원자였다. 그녀는 1713년 드 루아de Loys와 결혼을 했고 남편 소유의 땅에서 이름을 따서 바랑 부인이 되었다. 원래 스위스의 개신교도로서 프랑스에 정착했으나 1726년 가톨릭으로 개종했다. 루소는 1728년에 그녀를 알게 되었고 특히 1735년부터 1737년 사이에는 레 샤르메트에 있는 그녀의 집에 머물렀다. 그녀로부터 정신적으로, 감성적으로 많은 영향을 받은 루소는 바랑 부인을 '엄마'라고 불렀다. 루소는 《고독한 산책자의 몽상Les rêveries du promeneur solitaire》의 〈열 번째 산책〉에서 바랑 부인에게 존경심을 표했다.

30) 비토리오 아메데오 2세Vittorio Amedeo II(1666~1732)는 사르데냐 왕국의 국왕이다. 1675년 아버지의 뒤를 이어 사보이 공작이 되었다가 시칠리아 왕이 되었고, 1720년 왕위를 내놓고 사르데냐 국왕이 되었다.

31) 타벨Etienne-Sigismond de Tavel은 바랑 씨의 친구로 1734년 브베 지방의 대법관이 되었다.

32) 안 주느비에브 드 부르봉 콩데Anne-Geneviève de Bourbon-Condé, 일명 롱그빌Longueville 공작부인(1619~1679)은 그랑 콩데 공의 누이이며 귀족의 저항으로 일어난 프랑스의 내란인 프롱드의 난에서 큰 역할을 했다.

33) 성 프랑수아 드 살Saint François de Sales(1567~1622)은 성 프란치스코 살레시오라고도 불리며 제네바의 주교이자 가톨릭교회의 성인이다.

34) 라 모트Antoine Houdar de La Motte(1672~1731)는 프랑스의 시인이다.

35) 원문에서는 경(卿) 칭호를 지닌 원수(元首) 'Milord Maréchal'로 부르고 있으며 조지 키스George Keith(1686~1778)를 지칭한다. 그는 스코틀랜드 군대의 장교였으며 제임스 2세의 지지자로 뇌샤텔에 망명했는데 그곳에서 프리드리히 2세Friedrich II의 친구가 되어 지사로 임명된다. 그는 루소의 가장 절친한 친구들 중 한 사람이기도 했다.

36) 은둔자 피에르Pierre l'Ermite(1053~1115)는 프랑스의 성직자로 교황 우르바노 2세의 소환을 받고 십자군에게 전쟁을 선동하는 설교를 했다.

37) 디드로Denis Diderot(1713~1784)는 프랑스의 작가이자 철학자이며 백과전서 파를 대표하는 계몽사상가이다.

38) 그림Friedrich Melchior von Grimm(1723~1807)은 독일의 외교관이자 문인, 편집인이었다.

39) 중백의는 성직자가 미사를 집전할 때에 입는 무릎까지 내려오는 흰옷이다.

40) 프랑크어는 근동 지방에서 사용되었으며 프랑스, 이탈리아, 스페인, 터키, 아랍 등의 언어를 혼용했다.

41) 기록에 따르면 실제로 루소는 세례를 받았다.

42) 앙리 4세Henri IV(1553~1610)는 프랑스의 왕이며 부르봉 왕조의 시조이다. 프로테스탄트로서 위그노 전쟁에 참여했으나 가톨릭교도들과의 화해를 위해 개종했다. 1598년 낭트 칙령을 공포하여 신교파인 위그노교도에게 신앙의 자유를 허용하고 30년 전쟁을 종식시켰다.

43) 포부르동faux-bourdon은 14~15세기에 프랑스에서 사용한 작곡 기법으로 단선율의 성가에서 많이 찾아볼 수 있다.

44) 소미스Somis와 자르디니Desjardins(Felice de Giardini)는 바이올린 연주자였고, 레 베주치les Bezuzzi(Alessandro, Paolo Girolamo) 형제는 작곡가였다.

45) 아이기스토스는 고대 그리스의 인물로 트로이 전쟁의 영웅인 아가멤논이 전쟁터에 가 있는 사이에 그의 아내인 클리타임네스트라를 유혹했다. 아이기스토스는 전쟁터에서 돌아온 아가멤논을 클리타임네스트라와 공모하여 죽인다.

46) 베르첼리스 백작부인Comtesse de Vercellis(1670~1728)의 원래 이름은 테레즈 드 샤보 생모리스Thérèse de Chabod Saint Maurice로 루소는 백작부인의 집에서 1728년 7월부터 12월까지 하인으로 일한다.

47) 루소는 성에 눈을 뜬 이후 육체적인 접촉 대신 성적인 상상력을 통해 자신의 관능을 충족시킨 것을 다행이라고 생각하고 있다.

48) 갬Jean-Claude Gaime(1692~1761)은 제네바 출신의 신부로 내무부 장관인 멜라레드 백작의 자녀들을 가르친 가정교사였다. 그는《에밀》에 등장하는 사부아 보좌신부의 실제 주인공이기도 했다.

49) 테르시테스는 호메로스의《일리아드*Iliad*》에 나오는 등장인물이며, 추악한 용모에 독설과 수다로 유명한 그리스 병사이다.

50) 1728년 8월 26일에 토리노에서 죽은 사르데냐 왕비 안 마리 도를레앙Anne-

Marie d'Orléans의 상중에 입은 궁정의 상복으로 추정된다.

51) 루이 드 쿠르시용Louis de Courcillon, 일명 당조Dangeau 신부(1643~1723)
는 아카데미 회원이자 문법학자로 루이 14세의 낭독관이었다.

52) 파에드루스Caius Iulius Phaedrus는 기원전 14년 발칸반도 남동쪽 고대 트라
키아에서 태어난 우화작가이다.

53) 헤론은 고대 그리스의 발명가이자 수학자로 공기의 기압 차로 물이 이동해 솟아
올라오게 하는 분수를 만들었다.

54) 루소는 《신엘로이즈Julie, ou la nouvelle Héloïse》 4부 여섯 번째 편지의 내용
을 암시하고 있다. 생프뢰는 훗날 볼마르 부인이 되는 쥘리의 집으로 들어가면서
흥분으로 고조된 감정을 토로하고 있는데, 루소는 소설 속의 상황을 떠올리며 자
신도 유사한 감정에 사로잡혀 있다고 말한다.

55) 아네Claude Anet(1706~1734)는 바랑 씨 댁 정원사의 조카로, 루소는 그의 이
름을 《신엘로이즈》에서 쥘리의 시중을 들던 하녀의 남편 이름으로 사용한다.

56) 영국 작가 애디슨Joseph Addison이 창간한 잡지이다. 그는 잡지에 계몽적인 논
설과 재기 넘치는 수필을 발표했다. 프랑스어로는 1714년에 번역되었다.

57) 푸펜도르프Samuel Puffendorf(1632~1694)는 독일의 법학자이다.

58) 생테브르몽Saint-Évremond(1614~1703)은 프랑스의 자유주의 비평가이다.

59) 《라 앙리아드》는 1723년 루앙에서 출간된 볼테르의 서사시집이다.

60) 벨Pierre Bayle(1647~1706)은 프랑스의 계몽주의 철학자이자 신교도 사상가
이다.

61) 라 브뤼예르Jean de La Bruyère(1645~1696)는 프랑스의 모럴리스트이다. 당
대의 풍속서인 《성격론Les Caractères de Théophraste》(1688)을 썼다.

62) 라 로슈푸코François de La Rochefoucauld(1613~1680)는 프랑스 고전주의
시대의 작가이며 《잠언과 성찰Réflexions ou sentences et maximes morales》
(1665)을 썼다.

63) 우화에 따르면, 사부아 공작이 파리에서 상인이 무례하게 말을 하는 것을 듣고
잠자코 있다가 리옹 근방까지 와서야 화를 냈다고 한다.

64) 루소는 10권에서 이 두 사람이 뤽상부르 부인과 미르푸아Mirepoix 부인이라고
말한다.

65) 트롱솅Théodore Tronchin(1709~1781)은 당대의 저명한 의사이며 루소와 마

찬가지로 제네바에서 태어났다.

66) 그로Aimé Gros(1677~1742)는 안시 지방의 성 나자로회 신학교의 책임자이다.

67) 클라브생은 하프시코드 또는 쳄발로라고 불리는 악기로 피아노와 유사하다.

68) 클레랑보Louis Clérambault(1676~1749)는 생쉴피스 교회의 작곡자이자 오르간 연주자이다.

69) 루소는 오해를 하여 가티에Jean-Baptiste Gâtier(1703~1760)가 여자와 관련된 추문에 휩쓸렸다고 생각했다.

70) 스페인 카스티야 지방에는 '정원사의 개는 자기는 먹을 생각이 없으면서 소들이 먹이를 먹으려 하면 으르렁거린다'는 속담이 있다.

71) 원제목은 〈나르시스 혹은 자기 자신을 사랑한 사람Narcisse ou l'Amant de lui-même〉이며 1752년 12월 18일에 상연되었다.

72) 루소가 기적을 입증할 자료를 작성한 것은 실제 12년 후인 1742년의 일이다.

73) 《산에서 쓴 편지》는 루소가 1763년과 1764년 사이에 제네바의 검사장 장 로베르 트롱솅Jean-Robert Tronchin의 《시골에서 쓴 편지Lettres écrites de la campagne》에 대응하여 쓴 책이다. 루소는 《에밀》과 《사회계약론Le contrat social》에 대한 제네바 정부의 탄압에 맞서 자유와 신앙에 관한 자신의 입장을 드러내는 반박문을 썼다.

74) 시의 음보 가운데 하나이며 고전 시에서 하나의 장음절 다음에 하나의 단음절이 접속되는 경우를 말한다.

75) 루소의 기록에 따르면 그는 영국의 스태퍼드셔의 우턴에 있었다.

76) 그라펜리드 양은 개종을 한 뒤 안시의 갈레 집안에 매어 있었다.

77) 톤Thônes을 사투리로 표기한 것이다.

78) 프리앙디즈Friandise는 제과점에서 많이 볼 수 있는 파이처럼 단 과자이다.

79) 스카롱Paul Scarron(1610~1660)의 작품 《우스꽝스러운 이야기Roman comique》의 1부 7장에 나오는 '들것 사건L'aventure des brancards'에서 환자를 실은 들것이 연달아 도착하는 장면을 말한다.

80) 쥘리, 클레르, 생프뢰는 《신엘로이즈》의 등장인물들이다.

81) 펠라스고는 그리스에서 살았던 최초의 원시 부족이다.

82) 이베르됭Yverdun은 현재의 이베르동 레 뱅Yverdon-les-Bains이며 스위스 보

주(州)에 있는 마을이다. 베른 남서쪽에서 30킬로미터 떨어져 있으며 뇌샤텔 호수에 인접해 있고 온천 마을로 유명하다.

83) 루소와 같은 이름을 지닌 유명인사는 시인 장 바티스트 루소Jean-Baptiste Rousseau(1671~1741)를 말한다.

84) 말제르브Chrétien Guillaume de Lamoignon de Malesherbes(1721~1794)는 프랑스의 법률가이자 정치인이다. 1750년 조세법원 원장과 출판총감이 되었으며 파리의 문인들과 교류했다.

85) 쉬르베크Pierre-Eugène de Surbeck(1676~1744)는 군 사령관이자 화폐 전문가이기도 했다.

86) 디안과 실방드르는 17세기에 출간된 뒤르페Honoré d'Urfé의 전원소설《아스트레L'Astrée》의 등장인물들이다. 소설은 르 포레 지방을 배경으로 전개된다.

87) 태퍼터는 비단으로 만들어진 섬유이며 고급 의류의 소재로 쓰인다.

88) 르 사주Alain-René Le Sage(1668~1747)는 프랑스의 소설가이자 극작가이다. 스페인에서 유래한 소설 양식인 악한소설의 대표작《질 블라스 이야기Histoire de Gil Blas de Santillane》(1715~1735)를 써서 성공을 거두었다.

89) 쿠 폭포La cascade de Couz를 말한다.

90) 루소가 실제 샹베리에 도착한 것은 1731년 9월 말로 추정된다.

91) 스위스의 몽트뢰Montreux 지역을 말한다.

92) 집주인은 대번포트Richard Davenport로 루소가 영국에 체류하는 동안 우턴에 있는 그의 거주지를 제공해주었다. 루소는 1766년 3월 22일부터 1767년 5월 1일까지 이곳에 머물렀는데 이 시기에 철학자 흄David Hume을 만난다.

93) 압생트absinthe는 쑥의 줄기와 잎을 잘게 썰어 얻은 추출물이다.

94) 루소에게 피난처를 제공해주었던 프랑스의 원수 뤽상부르Luxembourg 공작(1702~1764)의 부인이다.

95) 폴란드 왕위계승 전쟁을 말한다. 프랑스는 1733년 10월 10일에 폴란드의 왕위계승 문제로 사르데냐-사부아, 스페인과 연합하여 반(反)합스부르크 동맹을 결성한 뒤 오스트리아에 선전포고를 했다.

96) 피에르 드 부르데유Pierre de Bourdeille, 일명 브랑톰Brantôme(1540~1614)은 프랑스의 작가이자 군인이다.

97) 클리송, 바야르, 로트렉, 콜리니, 몽모랑시, 라 트리무이유 등은 14세기에서 16세

기까지 활동한 프랑스의 장군들이다.

98) 라 퐁텐의 우화 〈노인과 당나귀〉에 등장하는 당나귀를 말한다. 어리석은 당나귀 는 적이 쳐들어오니 짐을 싣고 도망가자는 노인의 말에 누가 주인이 되든지 중요 하지 않으며 자신의 적은 많은 짐을 실으려는 노인이라고 말한다.

99) 드 브로이유François-Marie de Broglie(1671~1745)는 프랑스의 군인으로 이 탈리아 전쟁에서 활약했으며 원수의 지위에 올랐다.

100) 라모Jean-Philippe Rameau(1683~1764)는 프랑스의 작곡가이며 프랑스 오 페라를 발전시켰고 음악이론가로서 근대화성학의 기초를 확립했다는 평가를 받는다. 이탈리아와 프랑스의 음악을 두고 일어난 '부퐁 논쟁' 때 라모는 프랑 스 음악을, 루소는 이탈리아 음악을 옹호했다.

101) 지휘자가 나무꾼과 비교되는 그림의 작품《보에미슈브로다의 소예언자Le petit prophète de Boehmischbroda》를 떠올리며 쓴 표현이다.

102) 음악가 르 메트르를 말한다.

103) 실제로 루소가 일을 한 기간은 8개월이었다.

104) 시네아스는 그리스 테살리아의 외교관으로 피로스 왕에게 이탈리아를 정복하 려는 야심을 단념하라는 조언을 했다.

105) 아스파시아는 아테네에 살던 화류계의 여자로 수사학에 능통했다고 전해진다. 소크라테스도 그녀를 하찮게 보지 않고 대화를 나누었다고 한다.

106) 빌보케bilboquet는 한쪽 끝에 공 받이가 있고 공이 끈에 매달린 장난감을 말한다.

107) 검인소la chambre du visa는 증권을 검증하고 제한하기 위해 1721년에 설립된 기관이다.

108) 라신Jean Baptiste Racine(1639~1699)은 프랑스의 극작가이다. 몰리에르, 코 르네유Pierre Corneille와 함께 17세기 프랑스의 3대 극작가 중 한 사람이다.

109) 장세니즘Jansénisme은 네덜란드의 신학자 얀선Cornelis Otto Jansen이 추구한 교리로 일종의 기독교 신학 운동이다. 종교개혁에 대항해 일어난 가톨릭교회의 개혁 운동으로 나타났다. 원죄 때문에 일어난 타락을 강조했고 영혼 구원에 있 어서 은총의 절대성을 주장했다.

110) 벨가르드 백작은 폴란드의 왕 아우구스트 2세의 딸 마리아 안나 카타리나 루토 브스카Maria Anna Katharina Rutowska(1706~1746)와 결혼했다. 루토브스 카 백작부인은 아우구스트 2세 왕의 혼외자로 첫 번째 결혼 이후 벨가르드 백

작과 재혼했다.

111) 프랑스와 신성로마제국 사이에 평화조약이 체결된 날짜는 1735년 10월 30일이다.

112) 〈제프테〉는 프랑스 작곡가 몽테클레르Michel de Montéclair(1667~1737)가 1732년에 쓴 곡이다.

113) 고프쿠르Jean-Vincent Gauffecourt(1691~1766)는 제네바 주재 프랑스 변리공사의 서기였다. 디드로, 라모와도 친분이 두터웠으며 라 슈브레트에서 데피네 부인과 가까운 사람이었다. 루소는 죽을 때까지 그와의 우정을 간직했다.

114) 콩지에François Joseph Conzié(1707~1789)는 1733년 이웃으로 바랑 부인을 알게 되었다.

115) 1740년에 왕위를 계승한 프리드리히 2세(1712~1786)를 말한다.

116) 페리숑Camille Perrichon(1678~1768)은 리옹의 시장으로 1749년 바랑 부인과 함께 주철도기 공장의 공동 출자자가 되었다.

117) 자크 바리요Jacques Barrillot와 그의 아들인 프랑수아 바리요François Barrillot를 말한다. 두 사람은 출판업자로 특히 몽테스키외Montesquieu의 발행인이었다.

118) 1737년 8월 21일 제네바에서 시민 민병대의 봉기가 시작되었다. 프랑스는 주둔군 부대를 도우러 개입한다.

119) 로오Jacques Rohault(1618~1672)는 프랑스의 물리학자이며 데카르트 물리학을 대중화했다.

120) 미슐리 뒤크레Jacques-Barthélemy Micheli du Crest(1690~1766)는 제네바 출신으로 물리학자, 지도 제작 전문가, 측지학자, 정치인으로 활동했고, 제네바 지도를 만들었다.

121) 바이예Baillet(1649~1692)는《학자들에 대한 판단Jugements des savants》의 저자이고, 콜로미에스Colomiès(1638~1692)는 개신교 신학자이다.

122) 클레블랑은 프랑스의 소설가이자 역사가인 아베 프레보Abbé Prévost(1697~1763)의 작품,《영국 철학자 혹은 크롬웰의 사생아 클레블랑 씨의 이야기Philosophe anglais ou Histoire de monsieur Cléveland, fils naturel de Cromwell》의 주인공이다.

123) 칼라브레Calabrais는 이탈리아의 체스 선수이자 저자인 그레코Gioachino Greco가 쓴 체스 교본으로 프랑스에도 번역되었다.

124) 바랑 부인이 집주인인 누아레 씨와 임대 계약을 한 날짜는 1736년 여름이 아니라 1738년 7월 6일이기 때문에 루소가 언급한 연도는 논란의 여지가 있다.

125) 로마 시인 호라티우스Horatius의 《풍자시》 II, 6에서 따온 인용문이다.

126) 페늘롱François de Salignac de La Mothe-Fénelon(1651~1715)은 프랑스의 성직자이자 신학자, 작가이다.

127) 오라토리오 수도회는 가톨릭교회의 사제회이며 기도와 사목을 목적으로 공동생활을 했다. 프랑스 오라토리오회는 1611년 파리에서 창립되었다.

128) 포르루아얄 수도원은 시토 수도회의 수녀원으로 1204년 가를랑드Mathilde de Garlande가 베르사유 남쪽 슈브뢰즈 계곡에 베네딕투스회 수도원으로 설립했다.

129) 라미Bernard Lamy(1640~1715)는 프랑스의 수학자이며 철학자, 물리학자이다.

130) 아르노Antoine Arnauld와 니콜Pierre Nicole이 《논리학 혹은 사고의 기술La Logique ou l'art de penser》이라는 공저로 써서 1662년에 출간했다.

131) 로크John Locke(1632~1704)는 영국의 철학자이자 계몽주의 사상가이다.

132) 레노Charles-René Reynaud(1656~1728)는 오라토리오 수도회의 수도사이자 철학 및 수학 교수이다.

133) 페토Deni Pétau(1583~1652)는 예수회 수도사이며 《연대표Tabulæ chrono-logicæ》(1628)의 저자이다.

134) 예수회는 16세기 로마 가톨릭교 수사 로욜라Ignatius Loyola가 창설한 수도회이다. 종교개혁에 맞서 가톨릭 교회의 개혁에 힘썼다.

135) 사실 루소는 1737년 6월 28일에 25세가 되어 법적으로 성년이 된다.

136) 피즈Antoine Fizes(1690~1765)는 몽펠리에 의대의 교수이다.

137) 스카롱의 《우스꽝스러운 이야기》 7장의 '들것 사건'을 말한다. 옮긴이주 79번 참조.

138) 제임스 2세(1633~1701)는 1685년부터 1688년까지 재위한 영국의 국왕이다. 그는 가톨릭을 다시 일으켜 세우고 절대주의를 도모하다가 명예혁명으로 추방되었다. 그는 루이 14세의 비호 하에 프랑스로 망명했다. 제임스 2세 당원은 왕의 자손들을 다시 왕위에 복귀시키기 위해 모인 집단을 말한다.

139) 해밀턴Antoine Hamilton(1646~1720) 백작은 《그라몽 백작의 회고록Mé-moires de la vie du comte de Gramont》(1713)의 저자이다.

140) 〈유산〉은 극작가이자 소설가 마리보Pierre Carlet de Chamblain de Marivaux
가 1736년에 발표한 희곡이다.

141) 셀라동은 뒤르페의 전원소설 《아스트레》의 등장인물이다. 젊은 목동인 셀라동
은 아스트레와의 사랑을 이루지 못한 절망감에 강물에 뛰어들지만 여러 시련
끝에 사랑을 이룬다.

142) 뤼넬Lunel은 님과 몽펠리에 사이에 있는 소도시이며 여기서는 선술집 이름으
로 쓰였다.

143) 마이유Mail는 게이트볼과 유사한 공놀이이다.

144) 리안드레는 16~18세기 이탈리아에서 발전한 희극인 〈코메디아 델라르테Com-
media dell'arte〉에 등장하는, 사랑에 빠진 세련된 젊은 주인공이다.

145) 브리오슈brioche는 버터와 달걀이 많이 들어간 빵으로 서민들이 식사 때 먹기
보다는 고급 간식으로 귀족들이 즐겨 먹었다.

찾아보기

옮긴이 **박아르마**

서울대학교 대학원 불문학과에서 미셸 투르니에 연구로 불문학 박사학위를 받았다. 지금은 건양대학교 기초교양교육대학에 재직하면서 글쓰기와 토론 강의를 하고 있다. 지은 책으로 《투르니에 소설의 사실과 신화》(한국학술정보), 《글쓰기란 무엇인가》(공저, 여름언덕)가 있고 번역한 책으로 《로빈슨》, 《유다》, 《살로메》(이상 이룸), 《노트르담 드 파리》(공역, 구름서재), 《레 미제라블》(공역, 구름서재), 《춤추는 휠체어》, 《까미유의 동물 블로그》(이상 한울림), 《에드몽 아부의 오리엔트 특급》(그린비), 《축구화를 신은 소크라테스》(함께읽는책) 등이 있다.

루소전집 1

고백 1

펴낸날	초판 1쇄 2015년 1월 20일
지은이	장 자크 루소
옮긴이	박아르마
펴낸이	김직승
펴낸곳	책세상
주소	서울시 마포구 광성로1길 49 대영빌딩 4층(121-854)
전화	02-704-1251(영업부), 02-3273-1333(편집부)
팩스	02-719-1258
이메일	bkworld11@gmail.com
홈페이지	www.bkworld.co.kr
등록	1975. 5. 21. 제1-517호

ISBN   978-89-7013-904-3 04860
        978-89-7013-807-7(세트)

* 잘못된 책은 바꾸어드립니다.
* 책값은 뒤표지에 있습니다.